流光与叹息

李惟臻 —— 著

Liuguang Yu Tanxi

愿 你 在 艺 术 中 得 到 自 由

百花洲文艺出版社
BAIHUAZHOU LITERATURE AND ART PRESS

图书在版编目（CIP）数据

流光与叹息 / 李惟臻著. -- 南昌：百花洲文艺出

版社, 2024. 11. -- ISBN 978-7-5500-5007-5

Ⅰ. I247.5

中国国家版本馆CIP数据核字第2024M4D968号

流光与叹息

Liuguang Yu Tanxi

李惟臻　著

出 版 人	陈　波	
责任编辑	蔡央扬	
书籍设计	黄敏俊	
制　　作	何　丹	
出版发行	百花洲文艺出版社	
社　　址	江西省南昌市红谷滩区世贸路898号博能中心一期A座20楼	
邮　　编	330038	
经　　销	全国新华书店	
印　　刷	江西千叶彩印有限公司	
开　　本	787 mm × 1052 mm　1/16	
印　　张	40	
版　　次	2024年11月第1版	
印　　次	2024年11月第1次印刷	
字　　数	650千字	
书　　号	ISBN 978-7-5500-5007-5	
定　　价	76.00元	

赣版权登字　05-2024-201

邮购联系　0791-86895108

网　　址　http://www.bhzwy.com

图书若有印装错误，影响阅读，可与承印厂联系调换。

目 录

第一章

"你知不知道，如果不是因为你纠缠不休，我绝不可能和你谈这么久。但我不得不说，你带来的这首协奏曲根本不像你所说的是什么杰作，而只是一堆音符的堆砌罢了。你所说的那个作者，也远远谈不上是什么天才。"

作曲家对我怒目而视，说出了这一席话。起初，他拿起乐谱读得颇为专注，一度还很入神，下意识地说出几句零零散散的内心感受。可是渐渐地，他的嘴角抽搐起来，眼眸里闪着清冷的寒光，好像被眼前所见激怒了一般。我以为他会提出批评意见，没想到他却抨击、谴责，甚至是否定一切了。这种态度的急转直下使我一时间不知所措。

"天才？这就是所谓的天才吗？"作曲家阴沉着脸，低声吼道，"好呀，好一个天才……如果这便是天才，那我这辈子算是干了什么？"

"您之所以有这样的看法，是因为您还没有听到这些作品的全貌。"我指着一旁的钢琴说，"我能否给您弹奏几个段落呢？"

"不必了。"作曲家指着门的方向，一脸冷峻的神色，"请你离开这里，不要再浪费我的时间。"

我前脚刚跨出去，便听见他愤愤地自言自语道："天才？好一个天才！真是病得不轻！"

六个月前，当我在那位知名作曲家冷漠的目光中走出去时，我的心里并没有掀起什么波澜。我已经习惯了被拒绝，也习惯了被人家当作偏执狂和疯子，因此再多一次拒绝在我看来仿佛是一件很自然的事。

几年来，我求见了许多知名的作曲家，也拜访了不少钢琴家、指挥家，他们无一例外地拒绝认可或演奏《流光协奏曲》。他们中的一些人连乐谱都没看，只是听了作曲家不起眼的名字就表示不感兴趣，另一些人则不愿意承担演奏新作品的风险。是啊，明明已经有大量现成的、过往的大师所创作的名声已经稳固的协奏曲可供选择，为什么还要冒险去演奏一个默默无闻的作曲家的新作品呢？还有一些人，见到我时总是态度友好，可是读了乐谱后，他们却不禁勃然大怒，就好像这首协奏曲里有刺痛灵魂、难以直视的东西。

我没有想到，半年后，有一个当地交响乐团的指挥回复我说愿意考虑演出《流光协奏曲》，但是需要见我一面。尽管并不是一流的乐团，但对我来说已经实属求之不得了。我一刻也没有耽搁就去拜访乐团的指挥。我听说，他是一位经常愿意上演新作品的指挥，因此也引发了不少争议。

我见到指挥时，他正在阅读一沓厚厚的协奏曲总谱。他看起来最多只有三十岁出头，但气度不凡，目光如炬，整个人显得精神抖擞。岁月尚未在他的脸上留下痕迹，现在占据着那张脸的是对艺术的热情。

"这么说，你就是那位两个月前寄给我乐谱的年轻人了？"他凝视着我，似乎在上下打量着我。

听他的口气，倒好像他比我年纪大许多似的。三十五岁的我自觉早已不再和年轻这个词有任何关系。不过，我还是微笑着点了点头，和他握手。他的手掌宽大，我一下子就触碰到了指挥棒在他的手指上成年累月留下的痕迹。

"我很抱歉打搅您，"我迫不及待地问他，"这么说，您看得出这首协奏曲的价值了？"

"让我们以'你'相称吧，我还没那么老。"他淡然地笑了笑，指着桌上一本厚厚的乐谱说，"价值不价值的，我可不敢妄下判断，我只是花了一些时间从头到尾读了这首协奏曲，它在我心里唤起了一些回想和情绪，而这些回想和情绪令我颇为动容。"

"仅仅是读完它，我就已经很感激了。"我说，"我找了不知道多少作曲家、钢琴家、指挥家，他们往往只看了几页就下了判断：毫无价值。极少数读了几十页的，虽然觉得曲子里有一些与众不同的地方，但他们对作者没有一点儿了解，因此无法下结论。你是目前为止第一个从头到尾读完整首协奏曲的人。"

"判断一首曲子的价值不需要了解作者，仅凭音乐本身已经足够。"指挥面露宽厚的笑容。

"好一个仅凭音乐本身已经足够。"我按捺不住心里的激动，"那么你是决定要演出这首曲子了？"

"我有个疑问，既然这首协奏曲的作者并不是你，你为何要如此不遗余力地推广它呢？"

我沉默了，不知道该如何作答。事实上，我从未考虑过他的问题，也许对我来说它根本不成其为问题。

"事实上，"我说，"这位作曲家的一些作品近期已经引起了不少关注，渐渐在音乐会上被演奏。尽管缓慢，但这些作品的艺术价值正在被人们认识到。唯独这首《流光协奏曲》，至今还没有机会被交响乐团演出。然而，它才是作曲家全部创作的总结。世界已经忽视这个天才太久太久了。我一直在努力使人们认识到作曲家及其作品的价值，这是我的使命。"

说到这里，我和指挥都沉默了几秒钟，室内的空气似乎停止了流动。

"还有一个问题，"他指着房间一角的钢琴说，"如果乐团要演出这首协奏曲，谁来演奏钢琴呢？乐团固然有几个经常合作的钢琴家，但倘若要叫他们去准备这样一首结构庞大、技巧艰深的新作品，作者又不是什么著名作曲家，恐怕他们不会乐意为此劳心费神。"

"我可以弹给你听听吗？"我原本悬着的心此刻愈发不受控制地跳了起来。尽管我已经弹过了无数遍，但在这个即将决定作品命运的时刻，我还是无法平息心底的忐忑。

"那么，请吧。"他的口气平静得可怕，用一种审视的目光盯着我。

坐在钢琴前，屋顶的灯光照射在钢琴乌黑的漆面上，我的双手在键盘前的镜面里显得异常清晰。

"需要看谱子吗？"指挥问我。

我摇了摇头。协奏曲里的每一个音符、每一个乐句早已镌刻在我的脑海中，溶化在我的每一滴血液里了。

我开始弹协奏曲每个乐章的主题。第一个音响起时，我的思绪立刻随着音乐飞向十年前、二十年前，甚至更久远的时空。每次弹这首曲子，我总有一种感觉：作曲家变成了我，我变成了作曲家，音乐与我结合为一体了。与其说音乐是从我的指尖流出，不如说是从我的心底流出，我感受到了作曲家创作时心灵深处极隐秘的情绪。又或者说，音乐其实就是作曲家通过我在钢琴里的反射。

我弹完了以后，大约有几分钟，我和指挥一句话也没说。我坐在钢琴前，手抚在琴键上，陷入了某种不自知的遐想。终于，指挥的脚步声把我拉回到现实中。他翻开乐谱，指着其中的一页。

"你能把这一段再弹一遍吗？"

这是一段如歌的行板，速度并不快，和声的色彩很独特，音乐极具穿透力，仿佛能刺探到内心最隐秘的角落。作曲家可谓匠心独运，音乐的展开如同女中音的低首吟唱。

"尽管我读乐谱的时候，"他说，"在心里唱出了这些旋律，但听到你弹了之后，我才真实地感受到这里的和声之美。"

"这仅仅是整首协奏曲一个乐章里的一个段落而已。"指挥的友好使我大胆了不少，"想想看啊，倘若整首协奏曲能够在音乐厅里被钢琴和交响乐团演奏，那会是怎样震撼人心的效果。"

"我听说，你在个人音乐会上只演奏两个人的作品，一个是李斯特[1]，另一个是你这位朋友。"他凝视着我的眼睛，似乎想要看到我的心底，"你可否来和乐团一起排练？我们先试试吧，看看效果如何。"

和乐团指挥告别后，走在秋意正浓的街上，我却一点儿也感觉不到迎面而来的冷风。多年来的坚持终于在荒野上重新点燃了一丝希望，我告诉自己，这也许是最后的机会了，我绝不能错过它。

去乐团排练前的几天里，除了给学生上钢琴课，其他的时间我全部用来练琴。我把《流光协奏曲》翻来覆去地弹。作曲家为《流光协奏曲》还写了一个双钢琴版本，其中的伴奏钢琴等同于交响乐团的角色。我不仅练主奏钢琴的部分，也练伴奏钢琴的部分。当我弹主奏钢琴时，我会在心里唱出乐团的部分，在心里进行协奏，我甚至会忍不住唱出声来。当我弹伴奏钢琴的部分时，我会反过来在心里唱出主奏钢琴的旋律。通过这样的方式反复练习，整首协奏曲在

---

[1] 李斯特（1811—1886），浪漫主义作曲家、钢琴家、指挥家，浪漫主义音乐的代表人物，被称为"钢琴之王"。

我的脑子里深深地扎了根。

排练的那一天，我见到了乐团的成员。这是一家年轻的交响乐团，成立才不过两年，成员大多数是二三十岁的年轻人，不少人刚从音乐学院毕业不久。尽管乐团的名气并不大，乐队成员仍然有着很高的演奏水准。

我对《流光协奏曲》已经十分熟悉，和乐团的第一遍合奏就进展得颇为顺利。乐团指挥对我说："你说得没错，只有钢琴与乐团的合奏才能显示出它全部的威力。"

音乐会安排在新年前夕。接下来的两个月里，距离演出的日期越来越近，我精神上的负担也越来越重。除了与乐团排练外，我反复打磨那些需要特别谨慎处理的段落，特别是钢琴独奏的华彩乐段，力求表现出作曲家的思想与音乐本身要求表达出的意境。即使在周末，我也坚持练习。

十一月里一个难得阳光灿烂的下午，我和指挥约好在排练室讨论协奏曲的细节。我刚到排练室，只见一个披着黑色大衣的男子站在门口。他迎面看看我，举止温文尔雅，气度不凡。他镇定的目光背后隐藏着些许迟疑。

"还记得我吗？"他的嘴角露出一抹神秘的微笑。

我盯着他的脸审视了几秒钟，一个小男孩的形象渐渐浮现在我眼前。

"莫非你是……"想到那个名字，我倒吸了一口凉气，一股寒气涌上我的脑门。

七八年前，我就认识眼前这个年轻人，当时他还不过是个瘦弱的小男孩。最近新闻都在争相报道他夺得了国际钢琴比赛的大奖，受邀在国内外举办巡回音乐会。我没有想到，当初那个话都说不清楚的孩子如今竟一举成为知名的青年钢琴家，即将开始职业演奏家的生涯。

"一晃这么多年过去了，你看上去沧桑了不少啊。"他知道我认出了他，眼里泛起了淡淡的光辉。

"你在国际比赛拿了大奖，我要祝贺你啊。以后你就要成为演奏家了，未来可期。"

听到我轻描淡写的话，他绷紧嘴角，皱起了眉头，眼里流露出一种无端的痛苦。他突然话音一变：

"你以为我这些年的痛苦与挣扎只是为了这个吗？为了苍白无力的奖杯和

虚无缥缈的荣誉？你可知道这些年我经历了什么？那种不分昼夜的负罪感分秒不停地压在我心头，没有一个晚上我能安然入睡……只要一闭上眼睛，我眼前就会出现那些凌乱的、不忍直视的画面，它们即便是在睡梦里也从未离开过。我这一辈子算是完了……无可救药了……"

瞬息之间，他的面容变得极度扭曲，在我看来简直有几分狰狞可怖了。喘了几口粗气后，他继续说：

"说实话，在你的心里我是不是仍然是个罪人？没错……我是个罪人，这是永远没法改变的，但我没有忘记过去发生的一切。你以为我是个懦夫吗？不要瞧不起我……总有一天我会向人们坦白一切，但在这之前，我要先完成我的使命。没错，有一些事必须去做……"

说完以后，他抽搐不已的嘴角平添了一抹忧郁。他的话在我听来有些自言自语的意味。难道这是他的自我独白吗？我沉默了，不知道该说什么。

"我这次来找你，是有一件事想征求你的同意。"他抿了抿嘴唇，眼睛死死地盯着我，"我知道你这些年在整理和演奏她的作品。我想在我未来的音乐会上演奏她的音乐，让更多人知道她，了解她，爱上她。"

"同意？你并不需要我的同意，她的音乐属于每一个人。"

"不，我是个例外，我必须得到你的同意。"他咬了咬牙，腮帮上的肌肉耸动着，几乎要露出凶狠的模样了。

我点了点头："这是我们共同的目标。"

"我想去看望她，你要和我一起去吗？"

十二月，气温降到了冰点，还下了一场大雪。那些天我往返于乐团和家里，天空中总是彤云密布，没有一丝日光。傍晚的暮色更为凄惨，没有夕晖，没有霞光，只有一片暗无天日的窒息。不绝于耳的风声在低空呼啸着，雪花飘到我的脖颈里，那种冰凉刺骨的微痛感，提醒我音乐会的日子即将来临。

那一天，我在音乐厅二楼靠花园的阳台上独自一人待了很久。一整天，疾风席卷着大块阴云从东海的方向袭来，空气中浸透了凛冽的寒意。花园里一派落叶凋零的景象，唯有针叶浓密的杉树巍然伫立在两侧，在暮色苍茫中显得幽暗而深邃。

音乐会准时开始了。按照指挥的安排，上半场全部演奏他们常演的曲目，

《流光协奏曲》安排在下半场。我上台的那一刻，观众席里响起一阵低语声。他们随之而来的掌声略显犹疑，这完全可以理解，毕竟我是一个并不出名的钢琴演奏者，我要弹的《流光协奏曲》对公众来说也是一首完全陌生的作品。

舞台中央摆放着一架亮黑色的三角钢琴，天花板上悬挂着晶莹璀璨的枝形吊灯。暖色的灯光打到钢琴上，形成了一种奇特的反光。这个时候，我反而开始担心了：人们会如何看待这首协奏曲呢？期待已久的时刻终于到来，我却担心会错过它。一番内心挣扎后，我努力告诉自己，不能再让消极的情绪占据我的内心，在接下来的半个小时里，我的整个身心必须而且只能聚焦于这首协奏曲。

在我眼里，钢琴——那个岿然不动的庞然大物——无异于风暴迭起的茫茫大海上的一座岛屿，唯有尽快抵达那里，我才能获得上天的庇护。我低着头加快脚步，目不斜视，朝着那个岛屿、那个安全的避风港进发。无数凌乱的念头掠过脑际，我的身体似乎脱离了意识。等我的眼睛重新聚焦，我已经站在了指挥面前，他一只手握着指挥棒，面带微笑地对我伸出了另一只手。

随着乐团开始演奏，我双臂快速移动，击出一段庄严、明亮、浑厚的和弦。当我的手指一触碰到琴键，当《流光协奏曲》的旋律萦绕在我的耳边，那些疑虑和担忧便立时化为乌有了。不需要什么长篇大论的分析论证，只是听到这纯真而引人深思的音乐，我就相信它一定会在人们的心里引发某种回响。

《流光协奏曲》是一首四乐章的钢琴协奏曲，作曲家要求每个乐章必须不间断地演奏。在将近半个小时的时间里，我全部的注意力都集中在指尖流出的音符上，一刻也不敢松懈。纯洁而悠扬，庄严而忧伤的旋律星星点点地散落在音乐厅的各个角落，迈着细碎的步子流到人们的心坎里去。

终于，伴随着乐团激情四溢的号角声，钢琴以极快的速度弹出一大段熠熠发光的八度与和弦，最后乐声在思想的巅峰处戛然而止。

当我站起来向观众致意时，观众缓了几秒钟才反应过来，仿佛他们以为乐曲还没有结束。随后音乐厅内传来热烈的掌声，不同的是，这次的掌声中没有了犹豫的成分，观众已经跟随这首协奏曲进入了音乐所描绘的那个幻境。此时我的心里反而没有预想中的那种激动了，我只有一个念头：截止到这一天，作曲家的所有作品终于呈现给了观众。尽管我的演绎远非完美，但我已经尽我所能。

《流光协奏曲》的首次公演结束了。站在台上，我已经在设想下一次演出了。没错，唯有尽可能多地将这首协奏曲呈现给公众，才能让更多的人了解它、欣赏它、认可它。今晚的演出只是第一步。

我在向观众致意时，冷不防看到后排的角落里坐着一个两鬓斑白的老人。她的脸上堆满了深沟似的皱纹，眼睛里一点儿光彩也没有，腮帮一股脑儿塌陷了进去。我与她的目光接触了仅仅一秒钟，下一秒我就马上觉得，这个目光我曾经在哪里见到过，而且不止一次。退场以后，我试图想起她是谁，却什么也想不起来了。

乐团的演出很顺利，观众还用掌声要求返场加演。我在后台听到他们演奏了一首《晚星》，选自瓦格纳①的歌剧《汤豪瑟》。温柔的旋律萦绕在音乐厅的天花板上，向地板上投下点点星光。乐声停止的那一刻，积累已久的疲倦像一阵风猛烈袭来，我的眼皮上似乎有千斤重担，两腿像灌了铅似的沉重。周围的一切都给我一种强烈的不真实感。

我正准备回去休息，一个工作人员走过来对我说："一个老人在外面，说是非要见到您不可，还说认识您。您要见她吗？"

老人？莫非是《流光协奏曲》演奏结束后和我对视的那个老人吗？我不确定，但我总觉得那个老人的眼神里似乎隐藏着某种秘密，使我无法忽视掉她。

"麻烦请她进来吧。"

见到老人的时候，她步履沉重，肤色苍白，看不见一点儿血色。她给人的感觉像是得了什么慢性病，病正在日渐消耗着她孱弱的躯体。

"您是？"我试探性地问她，距离她只有一步之遥。

"你还记得我吗？那一天以后，我就再也没有见过你了。"老人的声音苍凉而单薄，其中有一种年久日深的哀伤。

那一天……莫非是她……一股电流一瞬间贯穿了我的脊椎，我僵僵地站在原地，惊讶得如同五雷轰顶。但这种震惊的感觉只持续了仅仅几秒钟，随后回

---

① 瓦格纳（1813—1883），德国浪漫主义作曲家、指挥家。与李斯特同为"新德意志学派"代表人物。

忆的狂潮好似汪洋大海一般席卷了我的思绪。

我一句话也没说，但我从她的眼神里明白，她已经知道我认出了她。

"如果你有一点点时间，我能和你聊几句吗？"她看了看周围的人，眼里流露出不安的神色。

我和她走出音乐厅时，地上的落叶在迎面刮来的寒风中打旋。两个人无目的地在大街上走了一会儿，我终于决心打破沉默："所以，那天之后你去哪儿了呢？后来再也没有见过你。"

"我……"老人犹疑片刻后说，"当时，我只觉得生活里的一切都丧失了意义，我的人生似乎走到了尽头。我只想离开那个遍地都是冰冷和绝望的地方。发生了那一切以后，我无论如何也无法继续原来的生活了。我回到了我出生的地方，我的父母虽然早已离世，但还有几个亲戚可以投奔，我只盼着能在那里安静地度过残生。不料我的状态迅速恶化，整日大吵大闹，不吃不睡，打碎眼前的一切东西，人家都说我是疯子。也许我是真的疯了。亲戚送我到医院里接受治疗，但其实我比谁都清楚我的症结在哪儿。出院后，我一个人生活，和谁都不相往来，直到一年前我的状态才稳定下来。"

听着眼前这个老人的讲述，我在唤醒那些痛苦回忆的同时，也对她感到无尽的同情。

"我在虚无中度过了一阵子，"老人接着说，"我以为我的人生就要这样在虚无中结束了。直到有一天，我偶然听到一首曲子，那是她……没错，我听到第一句就知道是她写的曲子，她曾经弹给我听过。我马上去打听，人家告诉我，这是一个最近逐渐引起关注的作曲家。联想起你当初所说的话，我明白了这一切都是因为你……所以我要感谢你，倘若不是你，她的作品也将永远被埋没了。"

"我很抱歉，因为我违背了她的意志，我没有按照她的要求去做……"胃里一阵酸楚涌上来，迫使我不得不深吸一口气，"但我别无选择，我不可能按照她说的去做。请你原谅我。"

"你做得对，"老人深邃的眼眸里泛起温柔的光芒，"不过，我好奇的是，你为什么对她的作品有着那样的信心呢？坦白地说，我自己从未确定过这一点。"

"即使是在最暗沉沉的夜里，她的作品也会闪烁出耀眼的光芒，这是我的信念。从一开始，我就确定无误地知道，这些作品的价值一定会被人们认识到，只是早或晚的问题。只是我没有料到，我等待了这么多年才等来了《流光协奏曲》的上演。这无疑是她最重要的作品。目前的情况还远非理想，但是请相信我，她的作品得到广泛承认的那一天一定会到来。我们必须对她和她的作品有信心。"

在老人和我的对话中，我们都刻意避免提到作曲家的名字。那个名字在我们之间，仿佛成为一块不可亵渎的禁忌之地。

"后来我就想要去找你，只是不知道你住在哪里。"老人凝视着远处昏黄的街灯，"我去了你原来住的地方，那里早就被拆迁了。直到一个月前，我看到这场音乐会的预告，说要演奏她的协奏曲，我马上买了票，这才能够见到你，为了对你说一句感谢。"

"这是我应该做的，而且我做得还远远不够。"

"我很惭愧，我太脆弱了。那件事发生后，我整个人垮了，从此一蹶不振，无法正常生活。我本应该替你分担一些的。"

老人从包里掏出了几个厚厚的笔记本，封面已经褪色了不少，里面的纸张也发黄了。

"我这次来见你，还有这些日记要给你。"

"日记？"我心里有一阵疾风刮过，"是她的日记吗……"

"日记的跨度有十几年，"老人的手战栗着，"时断时续，包括那些……你知道，她很小就喜欢写的遗书。"

接过日记本时，我就像接过圣物一样绷紧了每一寸神经。没错，这些日记本在我看来是一件圣物，也许比圣物更加神圣。

"这些日记本……"我颤抖着嗓子说，"很珍贵，你真的要给我吗？"

"的确很难割舍……"老人的声音哽咽了，"不过，它继续留在我身边也没有用了，应该给你才对。"

尽管周围的夜色很昏暗，我还是在老人的眼眶里看到了晶莹的闪光。

"好啦……"老人低下了额头，像是在刻意躲避我的目光，"我该走了，耽误你太多时间了。"

　　我捧着日记本在原地站了不知道多久。不知不觉，空中洒下了轻扬的雪花。在这个十二月的寒夜里，凛冽的空气将所有的污秽一扫而空。等我回过神来，老人的身影已经消失在黑魆魆的街角。

　　音乐会结束后的第二天，我病倒了。也许是两个多月来累积的压力在一瞬间得到释放，我的身体承受不住这份剧变，也许是在音乐会上演奏《流光协奏曲》耗尽了我所有的精力。总之，整整半个月时间，我只能躺在床上，手中拿着乐谱，翻来覆去地看。尽管尝试了很多次，我还是无论如何也不敢翻开手边的那些日记本。我总觉得其中有什么我不敢直视的东西。

　　持续了许多天的雪终于停了。风势减轻，云雾消散了一些，暮光穿透云层的裂缝，洒下点点余晖。那个老人的形象又浮现在我眼前。我不无悲哀地想到，也许那是我们最后一次见面。回想起过去发生的一切，我不由得大有命运无常之感。此时此刻，我唯有一个心愿：我希望她能避开过去的重重暗影，带着新的希望生活下去。尽管我知道这也许是不可能的。无论如何，希望永远都在，正如那些一度蒙上灰尘的音乐，沉寂多年以后依然有希望在某个春日响彻云霄。

　　身体痊愈后，我去给一个学生上钢琴课。他弹到一半后停了下来。

　　"老师，协奏曲是怎么写出来的？"

　　"什么？"学生的问题令我猝不及防，一时间我不知道该如何回答。

　　"我听了你讲到过的那些经典协奏曲，我也去看了乐谱。我怎么也想不通，几百页的音乐里有着那样复杂巧妙的结构，表达了那样深刻的思想，同时又有那样丰富的和声与色彩。这一切究竟是怎么写出来的？真是不可思议啊。"

　　上完钢琴课后，我走在路上，不时回头望望暗淡的远方。四下里寂静无声，连雪从冬青树叶上掉下来的窸窣声都清晰可闻。冬日柔和的暮色中，天边的云染上一抹玫瑰色的霞光。一种庄严肃穆的宁静笼罩在空气里，我什么也不去想，只是体味着这片和平的气息。我总觉得，这幅岁末冬日黄昏的图景，似乎在向我揭示着什么更重要的事情。

　　我心里忍不住问自己：《流光协奏曲》究竟是怎么写出来的？尽管它的每一个音符都清晰地回荡在我的耳边，我却恍然意识到我并不知道答案，也从未认真考虑过这个问题。

　　那天晚上，我坐在钢琴前，一直到不知道多深的夜。犹豫很久之后，我才翻开了手里的日记本。我以为已经足够了解她，然而事实是，我对她的了解还远远不够。这些日记本不是又出现在我眼前了吗？对我而言，这不是一些日记，而是活生生的一个人呀。我一夜没睡，所有那些过往的画面雨点般落在我的心里。这一夜，我有了新的使命。

第二章

我时常有这样一种感觉：我的人生不是从脱离母体的那一刻开始的，而是从多年后的某一刻开始的。那一刻之前，我从未作为一个"人"而存在过，我置身于一片混沌中而不自知。那一刻究竟是什么时候呢？尽管我无法清晰地界定那个时间点，每当我尝试去回忆，我耳边总会回响起李斯特的一首钢琴曲，名为《叹息》。光阴流逝，往事的遗迹愈发模糊不清，然而若要我忘记关于这首曲子的人和事，在我有生之年是绝无可能的。倘若从我的人生中剥离掉这首曲子，那也就意味着我从未活过这一生。

最初是一个小女孩给我听了这首曲子。

"不要着急。重要的是要有耐心。"

她曾这样对我说。多年以后，那个淡然而温存的声音依然回荡在我的脑海中，暗淡却从未消逝。

那是一个大地冻裂的冬天，我家搬到了城里的另一个角落，我随之转学到了附近的一所学校。从我有记忆时起，我曾跟随父母多次搬家。我从来都没有什么要好的朋友，挥之不去的孤独感总是伴我左右，我将其归因于漂泊不定的生活。我的心里一直默默祈祷，希望这是最后一次搬家。

去新学校上学的第一天早晨，气温下降到了冰点，走在寒风萧瑟的街道上，我不得不把双手缩在兜里，肩膀不住地打着哆嗦。

不安的情绪填满了我的胸口，呼吸也变得不畅。这所学校是怎样的一所学校呢？我会遇到怎样的同学呢？他们会对我友好相待吗？这些问题杂七杂八地充斥在我的脑中。随着学校大门在视野里越来越清晰，我愈发感到紧张了。

我跟随班主任走进教室，喧哗声戛然而止。学生们放下了手中的书，纷纷直勾勾地盯着我上下打量，那种审视的眼神就好像我全身没有穿衣服似的。我站在讲台上，身体变得僵硬，双手紧紧抓住衣服的下摆，手心早已出满了汗。

"站在我旁边的是新同学。"老师把视线转移到我身上，"你给同学们介绍下自己吧。"

"大家好，我是沈一宸——"

"他穿的是我的衣服！是我不穿的旧衣服！"

我还没说完，就被一个男孩的叫喊声打断了。我这才想起来，前一天晚上，母亲从衣柜中给我取出了一件新衣服——其实是邻居家孩子穿过的旧衣服，不过成色很新，看起来并没有穿过几次。

我立刻意识到，眼前这个男孩便是邻居家的孩子。他喊出这句话以后，得意扬扬地看着我，眼神中流露出一种讥讽和不屑。我感到脸上火辣辣的，如果此刻我面前有一面镜子，我一定会看到自己红扑扑的脸色。

教室里顿时炸开了锅，大家纷纷交头接耳，喊喊喳喳的声音好半天还没有平息下来。

"他为什么穿别人的旧衣服呢？他爸妈不会给他买新衣服吗？"有个声音说。

"穿别人的衣服，不嫌脏吗？"一个女孩对同桌说。

"难道他家连衣服都买不起吗？"一个男孩的声音从角落里传来。

还有声音干脆利落地说："穷！"

我完全没有预料到，他们对我的衣服会有这么多看法，也没有想到他们对我的自我介绍全然没了兴趣。我更没有想到的是，他们的反应似乎代表了这样一种看法：我穿别人的旧衣服是一种罪恶，是一件应当感到羞耻的事情。

我的心脏怦怦地乱跳，呼吸极度紊乱，上气接不上下气，有那么一瞬间几乎快要窒息了。我尝试着想说点什么，喉咙却干涩难忍，几个字到了嘴边怎么也说不出来。我感到无地自容，眼下却无路可逃。我就这样一动不动地站着，时间似乎静止了……

"安静！"老师朝着学生们大喊，转而瞥了我一眼，"要不你先回座位吧。"

不知为什么，我觉得老师看我的目光也变得奇怪起来了。不过，听到她这句话，我就像是得到了解救似的，立刻快步朝她指着的座位走了过去。我低着头，不敢与其他学生的目光正面接触。

我坐下以后，周围的学生仍旧在窃窃私语。我没有抬头看，但我能感觉到有许多不怀好意的目光从我四周聚集过来，简直压得我喘不过气来。教室里的空气仿佛凝固了。

好不容易等到下课，我只想暂时逃离这个令人窒息的牢笼，出去呼吸呼吸新鲜空气。有几个学生围在教室门口，嘀嘀咕咕地在说些什么，不时朝我这边投来异样的目光。

"啊——"走过门口时，我的腿磕到了什么东西，整个人扑腾一下倒在了地上，发出一声惨叫。

我毫无防备，脸狠狠地撞到了地面上，双手甚至没有来得及撑起身体。一时间我丧失了知觉，只感到鼻子被冰冷的水泥地面撞得疼痛难忍。挣扎了几秒钟，我奋力支起双臂爬了起来。

我面前站着几个学生，领头的是一个高出我一个头的男孩，身材很壮实，脸上堆满了肉，他看到我这副样子不由得与其他几个男孩哈哈大笑起来。站在他旁边的是邻居家的孩子，也在龇牙咧嘴地笑着。

我这才后知后觉地意识到，是高个子男孩故意伸出脚绊倒了我。我死死地盯着他，身体纹丝不动。

"看什么看？"他高高昂起头，往前迈出半步，身体前倾，"你想怎样？"

那一瞬间，我实在忍无可忍了。我冲了上去，一把抓住他的衣领，用尽我全身的力气推他。然而我的力气相比于他太小了，转瞬之间我反而被他推倒在地。

他的脸色变得黑青，耳根染得通红，那副万分气恼的样子令我感到可怖。不过那一刻，我顾不上看他，我的脑子里只有一个念头：千万不要流鼻血。小时候的我容易流鼻血，经常无缘无故地流鼻血。然而偏偏这个时候，一股温热的液体涌上了我的鼻孔，我还是不争气地流起了鼻血。我下意识地用袖口去堵住鼻孔，只见袖子上沾满了血，血流到之处一片狼藉。

不知什么时候，我旁边围满了观望的学生，有起哄的，吹口哨的，有指手画脚的，还有恶言相向的。高个子男孩仿佛受到了鼓励似的，挺直了腰，脸上露出得意扬扬的表情。

我靠在课桌前，绝望到了极点，感觉天都塌了下来。想到自己在全班同学面前颜面尽失，我既羞耻又气愤，不知道事态该如何收场。

这时，一个模糊的身影出现在了我眼前，一只小手伸了过来，递给我一包纸巾。那是一只瘦弱、苍白的手，皮肤下的青色血管清晰可见。我定睛一看，是一个身形瘦削的女孩，她面色苍白，脸上没有血色。

她说了一句什么话，恍然间我没有听清楚，只记得声音稚嫩、虚弱，却有着温柔的回响，仿佛从遥远的地方传来。

我没有多想，拿起纸巾塞到鼻孔里止住了血。随后我一把抓住了女孩的手，她扶我站起来。

"该上课了。"她眼睛看着地面，声音很微弱，几乎要听不见。

上课铃响了，教室外远远传来了老师的脚步声。学生们纷纷散去，我磕磕绊绊地回到了座位上。

老师走进来后，教室里的聒噪立刻平息。她站在讲台上朝教室里看了几眼，我抱着一种热忱的心情期待她能够给我主持公道。我施展着想象力，设想着她会问我发生了什么事，继而对那个高个子男生做出应有的惩罚。

令我失望的是，她完全没有注意到我的遭遇，目光自始至终没有在我身上停留过一秒钟。接着，她若无其事地讲起了课，直到下课也没有做出什么表示。

我无心听课，头深深埋在书本里，喉咙里一阵哽咽，心里的委屈和羞耻到了极点。我感到委屈，不仅是因为无缘无故受了欺负，更是因为全班几十个学生，除了那个瘦弱的女孩外没有一人对我施以援手。我感到羞耻，是因为来到新学校的第一天就遭受此奇耻大辱，我觉得自己再也无法被有尊严地对待了。

课堂上的每一分钟都漫长得难以忍受，老师的话我一句都没有听进去。终于，代表着放学的下课铃声响了，我就像什么见不得人的生物一样落荒而逃。我没敢看其他同学，也没敢看那个扶我起来的女孩。我唯一的念头是：回家。

一路上，我感到羞愧难当，满肚子的委屈像火山一样忍不住要爆发。我恨不得马上到家，用眼泪来痛痛快快地宣泄一场。我加快脚步，因为不愿意在路上哭而被别人看到。

几乎是连奔带跑着回到家后，我顾不上平复紊乱的呼吸，气喘吁吁地扑到母亲身前，用一种近乎歇斯底里的语气对她喊：

"他们太过分了！"

母亲看到我沾满血的袖子，吓了一跳。我一边断断续续地哭，一边语无伦次地讲述了我所遭受的一切。我实在不愿去回想那些不堪的场景，但我又必须让母亲知道我所受的耻辱。

我的母亲是一个对一切痛苦和不幸都默默忍受的女人。对于生活的不幸和不公正的待遇，她总是逆来顺受惯了的，她的心里可从来没有产生过一点反抗的念头。在她看来，和邻居的关系要比我的遭遇重要得多，她绝不可能为了我做出什么得罪人家的事。在确认我没有大碍后，她只是一个劲地叫我好好读书，不要与同学争吵，避免发生矛盾，又大谈什么宽容和忍耐。说的都是一些正确的废话，对于此刻的我毫无价值可言。

我立刻不抱什么期待了，扭头回到自己的房间，用力关上门，一头扑到被褥里。在学校受辱的画面又浮现在我眼前，压抑许久的心酸和委屈夹杂着难以抑制的愤怒，一齐涌上了我的心头。我的眼泪决了堤，簌簌地顺着脸颊流下来。

我幻想着母亲会为我主持公道，陪我一起去学校质问欺负我的学生……然而这一切注定只是幻想。

第二天，学生们看我的眼神依然带着不屑与异样，他们在背后仍然喋喋不休地嘀咕着。老师在课堂上讲到了真理啊，美德啊，听上去都是一些很崇高的字眼。我在内心不停地问自己：这些字眼在生活中究竟意味着什么呢？当初，我第一次听到这些字眼的时候，我觉得它们多么美好、它们所代表的那个世界多么值得期待啊。

那个帮助我的女孩名叫桐。在我孤立无援的时刻，她向我伸出了瘦弱的手，我却没有马上回报这份善意。

尽管我到学校的第一天就被同学欺负，但实质上我和他们没有什么两样：贪玩、自私，又冷漠。桐帮助了我，我却连一句感谢的话也没说。听到学生们关于桐的传言后，我甚至为桐帮助了我这件事感到羞耻。

桐的父母是未婚生女，那个她从未见过的父亲在医院的产房外听到女儿呱呱坠地的哭声后，居然掉头就走，丢下母女俩跑得无影无踪。可怜的母亲成了单亲妈妈，做着辛苦的工作却只能挣到一点微薄的收入。由于从小营养不良，缺乏关照，桐的身体不大好，总是容易生病。由于生病，桐休过一次学，年纪比班里的其他学生大。桐受到了一些同学的歧视和排挤，他们毫不隐讳地说她是个"没有爸爸的野种"，说她"活不了多久"，还说她母亲是个"贱人"。

并不是所有学生都乐意说桐的坏话，然而沉默的人占了大多数，他们在长期的潜移默化中不知不觉地也反感起了桐。于是，桐在学生里成了一个另类，被视为不受欢迎者，大家纷纷对她避之不及。受到同学们的影响，我也无意识、无缘由地讨厌起了桐——这个对我伸出援助之手的女孩。和其他学生一样，我不愿意和她说话，避免在路上和她同行，和其他人一起对桐的遭遇指指点点。我甚至也说了那些难听的话。

后来很多年，我都无法理解自己当时的所作所为——至今也不理解。

那时候的我，对自己所承受的残忍感到不平，却并没有意识到自己对于桐也有着同样的残忍。我讨厌那些欺负我的人，但我却无形之中也在欺负桐。我并非没有意识到她曾帮助过我，但我还是不敢直视她的目光，因为我怕别人会嘲笑我。和桐这样的女孩别说做朋友了，哪怕只是说一句话，在他们看来也是一件丢脸的、不道德的、不可思议的事。

我告诉自己，应该和其他人一样去讨厌桐，只因为大家都讨厌她，这个理由难道不是已经足够充分了吗？尽管如此，我却每天都在偷偷观察桐，那是一种遏制不住的冲动。我不敢和她说话，但我脑子里总回味着那一刻——她向我伸出手的那一刻——她虚弱而温柔的声音。就算我和别人一起说了多少桐的坏话，我也无法不去关注她。我就像精神分裂或者有双重人格似的，这种相互冲突的心理使我在一段时间里痛苦不已。

我在学校里谈不上有什么朋友。尽管我努力尝试去和同学们交朋友，玩他们喜欢玩的游戏，谈他们感兴趣的话题，但终究我无法拥有一个朋友。他们看到我总是有意无意流露出一种异样的目光。也许他们对我的看法从我转学的第一天起就已经定了。

不久，桐因为生病请了几天假。她不在的那几天，我竟然前所未有地感到焦虑。我听不进去老师的讲课，无法加入同学们的聊天，甚至体育课和美术课也提不起我的兴趣。那时候我还不明白，其实我对这个没有说过一句话的女孩已经有了某种不自觉的依赖。这种依赖从何而来，我始终没有想通，但这种依赖却真真切切地存在着。

有一个同学提起了桐说："又病了啊，她怎么那么喜欢生病呢！"

"病了多少次了？干脆退学算了。"另一个声音不屑地说。

这一天以前，我可没觉得这些言论有多惊骇。然而，这一刻，听到这些冷漠的话，我却感到不寒而栗。这是一种我此前从未有过的感觉。那一天，我没有和任何人说话，没有说一句话。我沉默着，思考着，等待着。

我终于等到了桐返回学校的那天。

下课后，我颤抖着走到桐的跟前。那几步路我走了好几个课间。她坐在课桌前，脸色依旧苍白，青色的血丝缠绕在鼻尖。她正在看书，表情专注，似乎没有意识到我站在一旁。那一刻，我仿佛觉得周围有许多双眼睛在看我，于是我退缩了。我回到了座位上，为自己的懦弱感到羞愧。

放学后，桐走出教室，我在她后面跟了很久。终于，我追了上去，对她说了一声"谢谢"——我酝酿了一整天的话。

"什么？"她转身看着我，眼里露出不解的神情。

"我是说……"我吞吞吐吐地说，"那一天……你帮了我。"

"是那件事啊……"她好像才记起来似的，一副不好意思的样子，嘴角有点僵硬。

迈出了第一步，后面就没有那么难了。一路上我和桐聊了不少，她好像对我之前和其他人一起嘲笑她的事一点儿也不在意，这使我悬着的心放松了不少。

我和桐一起走路、交谈的事很快传遍了全班。同学们都用一种怪异的眼神看着我，好像我犯了什么罪大恶极的罪行。然而，他们的这种态度起了反作用，我反而乐意与桐走得更近了。也许那是我人生中第一次产生逆反心理。

一夜之间，我好像发生了某种剧变。然而，事情的变化是在不知不觉中发生的。我不再和学生们一起说那些愚蠢的笑话，不再为了显得自己有朋友而去做违背我本性的事。想起以前我对桐的态度，还有那些从我口中说出的狠毒的话，羞愧总是会压倒我。然而，桐对我却没有表现出丝毫怨意，她从不提起那些令我难堪的事，就好像她已经忘了那些事。

由于我的特立独行——与一个被孤立的女孩来往，我也被同学们孤立了。男孩们对我或怒目而视，或冷嘲热讽，女孩们纷纷对我敬而远之。

不过，我并不孤独，至少我有一个朋友了。

同学们继续说长道短，桐对此却安之若素。那些恶毒的话似乎在她心里没有溅起一点水花。相反，我不曾见她有情绪激动的时候，无论何时何地，她的脸上总是保持着一种恬静淡然的表情，谈不上有多开心，也远远谈不上怎么悲哀。那是一种能够让我躁动的心迅速安定下来的表情。

那天以后，两个被孤立的孩子自然而然地走到了一起。每天放学后，我和桐总是一起回家。她家距离我家隔了两条街，尽管如此，我却喜欢多绕一点路，陪她走到巷子口后自己再回家。我没有告诉她我是特意绕路送她回家的，不需要什么理由，这对于我是一件极为自然的事。

我问桐为什么那天她要帮助我。

"为什么？"她的语气略带惊讶，转而温柔地说，"因为这是应该的呀。"

"应该的？那为什么其他人没有那样做呢？"

"他们不做是他们的事，并不影响我去做。而且他们有一天也可能会做的。"

"要是他们永远不这样做呢？"

"那么有人会替他们做。"她舒了一口气。

我不由得转过身，打量着眼前这个女孩。她不是那种能抓人眼球的漂亮姑娘，也谈不上可爱，然而她的眉目之间，自有一种安定人心的力量。此刻浮现在她脸上的笑容，没有丝毫的故作姿态，那是一种发自内心的微笑。后来每次回想起来，我总有一种感觉：唯有真正平静的内心才能焕发出这种淡然而从容的表情。

令我感到意外的是，不论对什么人，不论遇到什么事，桐总是保持着这样一种恬静的表情。即使有学生在旁边说着不堪入耳的话语，她依然面不改色，嘴角依旧保持着淡淡的微笑，仿佛那微笑是永远镌刻在她的骨子里似的。

一天，我又听到有两个同学在一边叽叽喳喳地谈论桐的身世，谈话的内容很粗鄙，而且凭我对桐的了解，纯属子虚乌有的谣言。我毫不客气地厉声制止了他们，但我知道他们私下里还是会议论的。

放学路上，我忍不住问桐："你怎么能对他们的风言风语视若无睹呢？你不觉得气愤吗？"

"气愤？一开始可能是有的。但后来渐渐就一笑置之了。"

"一笑置之？对这种话？"

"不然还能怎么样呢？这世界上有很多事情，只能默默接受呀。"

头顶的树叶随风摇曳，她的脸上掠过一道风轻云淡的光影。

"如果是我，"我说，"我是一定想要反抗的。"

"嗯，这一点毋庸置疑，我看到你的反抗了。"她似乎还想说什么，但话到了嘴边又咽了回去。

我感觉脸上火辣辣的。她说得没错，我是反抗了。可是结果呢？我又想起了转学第一天被推倒在地的狼狈场面。是的，桐说得没错，即使反抗，又能怎么样呢？一个人的力量过于弱小，在满世界的汪洋大海中，连一丝细小的涟漪都无法泛起。一个孩子的力量更是无足轻重了。人们掐灭我这点反抗的火焰就像踩死一只蚂蚁那样容易。

桐好像看出了我的想法，她压低声音说：

"不要着急。重要的是要有耐心。"

我看着她瘦削而病弱的身体，又想起人家对她和她母亲的恶言恶语，不由得后背为之一颤，一股压倒一切的同情涌上了我的胸口。这种同情甚至压倒了我因自己所遭遇的不平而感到的愤怒。我的心变得沉重了，目光不知不觉变得温柔了。

"你是不是在可怜我呀？"她那犀利的目光似乎能透过重重围墙，直刺我的内心深处。

"没有……"我急忙否定，眼神避开了她的目光，生怕自己心底的秘密被她一览无余。

"没关系，不用可怜我。其实，他们也很可怜呀。你不觉得吗？"

她停下脚步，望了望并肩走过去的几个孩子，他们都是平日里热衷于挖苦桐的。此刻，我听到他们正在兴致勃勃地讨论一部新近流行的电影。

当时我可不觉得那帮对桐恶语相向的学生有什么可怜的。如果说我意识到了他们的可怜和可悲，那也是很多年以后的事了。桐轻描淡写地说出这句话时，显得泰然自若，表情没有任何变化。在剩下的路上，我一直在想象她的内心究竟经历了什么样的历程，才使得她对周围的一切人、一切事物都抱着深切的理解、包容和同情。

桐的性格和气息对我有强烈的镇静作用。每当我因为看到什么事、听到什么话而觉得愤愤不平时，在她身边，只需要她一个微笑的眼神、不经意间一句平淡的话语、举手投足间一个简单的动作，我的烦恼就会顷刻间云消雾散。

我渐渐意识到，在茫茫人海中，不可能，也不需要有很多人理解你，只要两颗静谧的心默默地交流，星星点点地发出一些暗淡的火光，即使只是一瞬间的火光，也已经足够让彼此在漫漫长夜里感到求之不得的温暖。

整个冬天，桐成了我唯一的朋友。唯有对她我可以倾诉所有。起初，我以为是因为我和桐同病相怜——我们都被其他学生排挤和孤立——我们才成为朋友的。渐渐地，我发现我错了。其实我所谓的那些烦恼，对她来说根本不算是烦恼。她以一种极为平和的态度看待人生和这个世界，周围其他人的目光也好，言论也好，并不会对她施加什么正面或者负面的影响。后来我意识到，就算没有我，她依然会这样生活下去，依然会保持这份豁然和淡泊。哪怕换一个人由于某些机缘巧合偶然踏进了她的人生，她依然会以同样的方式对待他。

认识到这一点，我难免有些失望，因为这似乎意味着我对于她并不是独一无二的。我对她坦白了这一想法。

"你对于我独一无二有那么重要吗？"她望着我，脸上露出浅浅的笑意。

"当然重要，因为你是我唯一的朋友。"我郑重其事地回答。

"那么，你是想要因为你对我独一无二才和我成为朋友，还是想要因为你是我的朋友所以你才对我独一无二呢？"她眨了眨眼睛，显得有一丝俏皮可爱。

我认真地想了一会儿，说："如果二者只能选一个，那我希望是后者。"

"为什么呢？我以为你会选前者呢。"

"我觉得我不应该那么自私，我更希望你有更多的朋友，如果这样能让你更快乐……即使我不是独一无二的。"

"傻瓜，重要的是我们现在是朋友。"

她不作声了，我也沉默了。

我喜欢把所思所想告诉桐，她喜欢听我讲各种见闻。她并不经常谈及自己，可我仍旧知道了关于她的许多事。

桐的身体状况使她的母亲很是担忧。这孩子总是面色苍白，呼吸乏力，好像下一秒就要倒下去似的。母亲为了给孩子治病，求访了许多医生，但始终无法根治，只能用药物维持。长期服药对于桐是一种折磨，对于这个本就艰难的家庭更是雪上加霜。为了给桐治病，桐的母亲背上了沉重的债务。桐的母亲除了照顾桐外，白天连着夜晚打着两份工。十多年来如一日，母女二人就这样互相扶持着走了过来。

知道了桐的经历后，我不禁对她升起一种肃然的敬意。在如此艰难的情境之下，她居然能够保持这样的一份平静和从容，尤其是对自己、对周围的人、对这个世界毫无怨言。换作是我，简直不敢想象。也许我会想要……啊！那是我无论如何也不敢说出的字。是啊，如果是我，我还有勇气面对人生吗？

春节过后的一个星期六，新年的气氛依旧很浓。街道两边的冬青树挂上了彩灯，屋顶残留的积雪尚未消融，又铺上了一层厚厚的冰霜。路上的行人匆匆走过，脸上洋溢着新年的气象。街上的孩子们追逐打闹，玩着雪球，远远地传来一阵爽朗的笑声。

我照例和桐出去走走。她喜欢周末到公园的绿地里散步，每次走完虽然气喘吁吁，累得不行，但她红通通的脸上却泛着晚霞般柔和的光彩。在路上，我们时而谈话，时而沉默，想到什么就说什么，不用刻意去想说什么，各自想事情的时候便一句话也不说。一切都很舒服，也很自然。

那天，天气依然严寒，屋檐上的水滴冻结成细长的冰柱，在冬日的阳光下发出晶莹的闪光。桐站在一棵枝干挺拔的冬青树下等我，她围着一条浅色的围巾，双手插在上衣口袋里。她哈出的热气转眼间就变成了小水珠，散布在冰冷而清冽的空气中，在日光下折射出彩虹般的光彩。

桐似乎在想什么事情，大多数时间她都缄默不语。我们走到一片低缓的山坡上，视野顿时变得开阔。远远望去，湛蓝的天空中没有一丝云彩，凛冽的寒风从远处的山林咆哮而来，发出一阵阵参差不齐的嘶吼声，仿佛能听到树林深处席卷而来的古老回音。

"你不觉得冬日的蓝天比其他季节更蓝吗？"她喘了喘气，抬头望着那无穷无尽的深邃。我点点头表示赞同。

"不知道还能看到多少个这样的蓝色天空啊。"

"想看多少就有多少吧。"

她轻轻挪动了下额头，用一种意味深长的眼神看着我，似乎在怀疑我的说法。

"下一个冬天还很遥远。"

"等待着就会到的。你说过,重要的是有耐心,不是吗?"

这时,从一侧的杉林里袭来一阵凌厉的寒风,吹得树枝簌簌作响。冷杉树在风中有韵律地摇晃着,一道漂移不定的光影掠过桐的脸庞。此刻,她的眼眸宛如树荫下一泓深邃的泉水,任凭顶头的风怎么吹,它却毫无波澜。

回去的路上,经过街边的一家琴行时,桐停下了脚步。她看到里面有一个女孩在弹钢琴,眼里不由得流露出向往的神色。

"钢琴的声音真好听,不是吗?"桐望着钢琴说,"真羡慕那些可以学钢琴的人呀。"

桐喜欢在电视台的音乐频道上听钢琴曲。我猜她是很想学钢琴的。

尽管没有条件学琴,桐对音乐的兴趣却与日俱增。她给我听了一首钢琴曲,开头安静而柔美,中段不乏热烈而深沉的激情,最终旋律在流水似的回响中趋于平静。

"这是什么曲子呢?"我问。

"你知道李斯特吗?"桐问我。

"不知道……"我摇了摇头。

"是一个十九世纪的音乐家和作曲家,被称为钢琴之王呢。"桐的眼睛里流露出向往的神色,"这首曲子名字叫《叹息》,原名'Un Sospiro',意思是一声叹息。是不是很好听?"

后来我注意到,桐几乎每天都会听这首曲子。在她的影响下,我也听了好多遍《叹息》。那时候,我对于音乐并无兴趣,对于李斯特也全无了解,尽管如此,我仍被《叹息》的意境打动了。音乐知识的匮乏使我无法描述这首曲子有什么不同寻常之处,但那时那刻它在我的心里的确唤起了某种不同寻常的感觉。

一天下午的课外活动时间,我和桐在学校里散步,经过学校琴房的时候,听到有人在里面弹琴。桐被琴声所吸引,在琴房外驻足了很久,直到琴声停息,她也不愿离去。这时候,有人打开了琴房的门,是音乐老师。她好奇地看着我们俩问:"你们一直在听吗?"

桐对音乐老师提起了《叹息》。

"李斯特的《叹息》？"音乐老师惊讶地说，"那可是很难的曲子。你想学琴吗？"

说着，她让桐坐在了钢琴前，给她讲起了基本的钢琴知识。我全程站在一旁静静聆听。我只记得，桐最后竟然在钢琴上弹出了一小段简单但动听的旋律，音乐老师坐在一旁为她伴奏。

多年以后，她们两人一起弹琴的那一幕景象依然浮现在我眼前。从此，在所有老师里，我对音乐老师有了独特的，也许是唯一的好感。音乐课上我不再玩耍了，而是认真听讲、唱歌，试着从那仅有的一点儿音乐知识中学到点什么。

寒假结束后不久，桐又请了病假。一个星期后，她还没有来。也许她起得晚了，也许她会晚到几分钟，我想。可是，直到上课了，仍旧没有见到她的影子。老师对于她的缺席并没有什么反应，周围的同学们更是无动于衷。我猜桐可能是延长请假了。之前她也请过几次假，因为母亲要陪她去医院。我想，下午……最晚明天她就会回来的。

过了一天，两天……又一个星期过去了，我仍然没有见到桐的影子。我一天比一天感到焦虑，也陷入了无比的孤独之中。我这才意识到，我之前没有感到孤独，完全是由于桐的陪伴。她一消失在我的生活外，凝重的孤独感便死死地压在我的心头，教我难以喘过气来。

第二天，老师们依然和平常一样讲着乏味的课。班里的男孩们在课间照旧开着那些无聊、粗俗又愚蠢的玩笑，他们自以为很有趣；女孩们又在讨论哪个偶像如何帅气，哪个明星又恋爱了，她们仿佛永远也不会感到腻烦。我不明白，一个同学，一个女孩，一个活生生的人不见了，他们怎么能不闻不问，怎么还能如此心安理得地谈论那些东西。看着桐空荡荡的座位，我实在坐立不安，下课后便跑到教室外追上老师，问她桐为什么没有来学校。

"她旧病又复发了，这次听说病势比较凶险，在医院治疗呢。"老师说完后轻轻叹了一口气，让我有一种不祥的预感。我打听到了桐所在的医院，打定主意放学后就去医院看望她。

毫无心思听课。我满脑子都是桐的病情，连课间的铃声都没有听到，直到语文老师说了下课，我才发现面前摊开的还是上一节课的数学课本。

我到医院的时候，已经是傍晚时分了。室外气温很低，风却不大，清冽的空气中弥漫着淡淡的芬芳。病房距离我越来越近，我的心也跳动得越来越猛烈，胸口有一股闷热之气。一种不可名状的畏惧心理涌上了我的心头，我不敢走向近在咫尺的病房，不敢直视病房里面，不敢看我等待了好多天的朋友……我在害怕什么呢？

病房里没有别人，只见桐躺在床上，脸微微右倾，静静地看着窗外。

太阳沉入地下，晚霞如几条彩色的缎带飘在遥远的天边。天空的底色是湖蓝色的，越往天边颜色越淡，而地平线上空依次是染成了橙红色和玫瑰色的云彩。一道霞光透过窗玻璃，暮色中一种神秘的宁静笼罩着整个房间。

"是你！"桐见到我喊出了声。她的嗓音很低沉，没有了往日的生气。

"你还好吗？"

我站在床边，仔细打量着面前的这个女孩。她的面色苍白，嘴唇干裂，瘦弱的手臂上插着针头。她的头发撩了起来，露出宽阔白净的额头，表情依旧平静，嘴角照例挂着她那标志性的微笑，于是我绷紧的心弦便也松动了下来。

我告诉她最近几天如何为她担心，如何得知她在这里。其实没必要说这些的，只是我面对着她，一时竟不知道该说些什么。

"没来得及告诉你……我还以为再也见不到你了呢。"她用手撑着床，想要支起身体，我没有多想就扶着她的肩膀帮她靠在枕头上。

"你很快会好的吧？"我看着她的眼睛，"很快可以回学校上课的吧？"

"晚霞真美啊。"她转过头看着窗外的晚霞，"你看，天边的颜色一直在变化，每一眼看到的都不一样呢。"

"每天都会看晚霞吗？"

"是啊，每天早上一醒来，就开始期待黄昏时分，等待一整天就为了看日落前一小时的景象。"

此时，天色愈深了，远处的那座山被映成了深蓝色，宛如蓝宝石一般纯净。山的轮廓在步步紧逼的夜色中反而显得更清晰了。不过，这景象只不过持续了短短几分钟，很快山的边缘便消融在一片夜色中了。

"你说，人活着是为了什么呢？人生的目的和意义是什么呢？怎么样才算是过好了这一生呢？"

桐突然问我。她的表情极其严肃而认真——我从未见过的严肃和认真。

"……我没有想过这个问题。"

生平第一次听到有人问我这样的问题，我未免感到很奇怪。

"生命很脆弱。就算是健康的人，在这世上也只能度过几十年时间。既然最终都要归结于死亡，那么生存的意义是什么呢？"

听到"死"这个字，我不禁后背抖了一抖，心头也为之一颤。我对死总是有种不可言说的恐惧。在当时的我看来，死是一件很可怕的事情，它意味着我再也见不到父母，再也回不了家。我宁可假装世间没有死这回事，无忧无虑地度过每一天，仿佛这样的日子可以永远无穷无尽地过下去，这不是很简单吗？但我心里知道，事实根本不是这么一回事，我只是在自欺欺人罢了。

我不可能对桐的问题有任何有意义的回答，她所说的超出了我知识和经验的范畴。我想，她大概是因为生病所以才如此多愁善感吧。

"算了，我随便想想而已。"

她的目光投射到我身上，脸上露出了浅浅的微笑，与我一贯看到的那种微笑并无不同。于是我也笑了，身心放松下来，紧张感也骤然消失了。

这时，天边的最后一缕霞光与黑夜纷纷扰扰地纠缠了良久，终于跌跌撞撞地消失在愈发浓重的夜色之中了。

那天以后，我每天下午放学后都会去看望桐。我见到了桐的母亲。她是一个身材娇小的中年女人，眼角和脸上的皱纹已经不少，明显与她的年纪不相符。大概是生活的艰辛摧残了她的身体，她看上去比实际的年龄足足老了十岁。虽然如此，她却并不怨天尤人，对生活始终抱着一种平和的态度。我想，桐平静随和的性格也许正是由此而来吧。她的母爱对于女儿是一种甜蜜的解毒剂，每当她在病房里，桐的眼睛里总是透露出一股我从未见过的柔情。

我从桐的母亲那里得知，桐这次发病来势凶险，原来的治疗方案已经控制不住病情。我不懂那些医学名词意味着什么，但我以一种莫名的乐观情绪认为，桐的身体很快会好起来的。毕竟，她的笑容依旧那样恬静，那样温柔，使我觉得等到明天她就会和往常一样，与我一起走在放学路上了。

有些天里，桐似乎状态不错，她瘦瘦的脸颊上透出些许红润的光泽。但另外一些时候，她从脖颈到鼻尖都显得干瘪而苍白，双臂似乎动弹不得，很难说出一句完整的话来，硬生生地说出几个字却听起来断断续续的。不过，无论何时，她脸上的表情一如既往：淡定，从容，写满了温柔的气息，给我一种神秘、深沉而庄严的宁静感。她似乎对自己的病情毫不在意。每次见到她，与她双目对视时，我都感觉到她在沉思着什么。

"最近学校里有没有人欺负你啊？"她突然问。

"如果你说的是动手，那倒没有。不过没有人愿意搭理我。"

"你会不会感到孤独？"

"有你在的时候，我一点也不觉得孤独，那些人不理我我反而觉得清静呢！"

"那么现在呢？"

"你住院以后，在学校里我是感到有些孤独的。"其实，我没有完全说实话。由于不好意思，我没有告诉桐，她不在学校以后，沉甸甸的孤独感压在我的胸口，而且与日俱增。

"那么你呢？一个人住在医院里会不会很孤独呢？"我问她。

"我倒没有特别的感觉。可能因为习惯了一个人吧。"

我想起来桐说过，她从有记忆时起，从来都是一个人。一个人玩，一个人去上学，一个人度过所有的雨天。即使如此，听到她这样说，一丝失望的情绪还是戳进了我的脊梁。我因桐不在身边而感到孤独，她却似乎抱着一种无所谓的态度，这让我觉得我对她来说并没有那么重要。我以一个孩子的心理感到不平衡，然而要让我以同样的态度对待她是绝无可能的。

"最近我一直在想，人为什么会感到孤独呢？"桐凝视着我的目光，"你看学校里的那些学生啊，不论男生女生，无论干什么都喜欢与人结伴，一起上学，一起放学，课间一起玩耍，就连上厕所也要一起去。真是让人难以理解呢！如果你一个人去做这些事情，反而就显得不合群了。"

"也许每个人都要有朋友吧？"我得承认，虽然我时常感到孤独，但我没有像桐这样思考过我为什么会感到孤独。对我而言，许多事情只是这样那样地发生了，我可从不会去想"为什么"。

"其实我喜欢独处。很多时候，如果周围有人，我反而会感到不舒服。我总是喜欢一个人静静地思考问题。"她停顿了一下，脸上流露出略带淘气的神色，"当然你除外。"

"思考什么呢？"

"思考……那些没有答案的问题。"她眼眸里浸透出温和的微笑。

"一直以来，我的状态和你一样，大部分时间也是独自一人。"我说，"不过区别在于，我是被迫的，我心里还是暗暗渴望能有许多朋友，只不过常常事与愿违罢了。"

也许，桐自始至终都是内心孤独的孩子。我后来才意识到，我对于她的意义远远没有她对于我这般重要，而她对我的影响也远远大于我对她的影响。倘若有一天我离开了她，她并不会因此而难过。没有了我，她依旧可以一个人生活，一个人忍受那些冷眼和恶意，她一个人就可以构成一整个世界。然而我却绝不敢设想她会离开我。对我来说，失去她也就意味着失去了一整个世界。

夕阳沉入了地平线，天色还没有完全黯淡。最后的一缕微光照在屋里，伴着走廊里折射进来的明晃晃的灯光，在窗户玻璃上形成一种异样的反光。一道浓重的阴影笼罩在室内，空气在半明半暗的暮色中仿佛静止了。

得知桐被转入重症病房的那天，中午时分阴沉的天空开始飘雪，纷纷扬扬地下了六个小时，雪花愈来愈大，颇有大雪封街之势。

放学后我来到医院看望桐，却没有在原来的病房里看到桐的身影。一位女医生告诉我，桐早上病情恶化，已经在重症病房里待了大半天。

刹那间，一股冷气蹿上了我的脊椎，我感觉全身的血液都停止流动了。明明就在前一天，我还见到了桐，与她聊了半个小时。当时她虽然看起来很疲惫，但绝不会让人想到会到眼前这个地步。我呆呆地站在原地，一动不动，无法相信医生所说的是真的。然而，看着医生严肃而沉重的表情，我又不得不相信这残酷的事实。

我失了神似的，步履蹒跚地走到病房外，遇到了桐的母亲。她精神几近崩溃，不住地擦着眼泪。我试图跟她说几句话，却无从开口。显然，桐的病势极其危重。一时之间，一种深深的无力感浸透了我全身的每一条血脉和每一根神经。我多想能够做点什么，使事态朝着好的方向发展，但我什么也干不了，只能站在病房外，等待时间一秒一秒可怕地消耗过去。

等待，漫长的等待。整整一夜，我尽可能守在距离桐最近的地方，平生第一次以至真至诚的虔诚，向上天祈祷。

可是，上天没有眷顾桐，没有眷顾我，也没有眷顾桐的母亲。

后半夜，病房的门打开了，医生走了出来，无奈地摇了摇头，长长地叹了一口气。紧接着桐——脸上盖上了一块白布——被推了出来。我不相信那个躺在推车上的冰冷的身体是桐，我不相信唯一的朋友会离我而去。我真想跑上前去摇一摇她的手，使劲唤醒她，与她谈论那些不着边际的话题。但是我又不敢，因为一种深深的恐惧——对于死亡的恐惧——攫住了我的心，它仿佛能在一瞬间杀人于无形。我只能像灵魂出窍一般一动不动地站在原地，没法说话，没法行动，没法思考，俨然一具行尸走肉。

我凝神注视着逐渐远去的冰冷的身体，关于桐的种种回忆都一齐涌上了我的心头。我想起了她忧郁的笑容，温柔的语调，眼角的一抹惆怅。我想起了她这次病倒前后对我说的一些奇怪的话……她是不是早就想到了这一天？可怜的小姑娘，在病床上一个人孤零零地等待死神降临，那是怎样的一种孤独啊！

我想起了不久前有一次我见到她的情景。那天，我和桐一起听了很久的音乐。李斯特的《叹息》循环播放了很多遍，直到我不得不告别的那一刻。那一天，我觉得《叹息》这首曲子悲伤到了极点，它就好像是在用音乐表达我无法用语言描述的情绪。那一天以前，从来没有一首曲子在我心里引发那样深沉的搅动，音乐也从未以那样沉重的方式影响我的生活。

"你很快会回学校的吧？"我问她。

"我希望是的。"桐的眼神里有一丝忧郁，但更多的是一如既往的平和。

此刻，我死死盯着远处，痴呆一般地站着，脑子里只有一个念头在重复："她死了，她不在这个世上了。"我人生中头一次，死亡这个词以及它所包含的一切恐怖都无可避免地笼罩在了我的头上。

有那么几分钟，我什么都听不到了，什么都看不到了，周围的一切都与我无关了。我心里空荡荡的，脑子里一片空白，我试图理解眼前的这一切究竟意味什么，但是我什么都无法理解，什么都无法判断，什么理智、什么思维、什么情感，所有的一切统统从我脑子里被驱除干净了。我感觉自己掉进了一个深不可测的深渊，在一片不见天日的黑暗中坠落下去，永不停歇地坠落下去。

就这样，桐距离我愈来愈远、愈来愈远，终于模糊在我的视线里，直到她在我的世界里彻底消失不见。

"谢谢你来陪她走完最后一程……她一定知道你就在外面等她。"

一个悲怆万分的声音在我耳边出现，把我从无尽的深渊中拉了出来。我模模糊糊地看到，是桐的母亲。

我一个字都说不出来。我也无法正视她的目光。我转身看看四周，一派空荡荡的样子，除了桐的母亲外，一个人都没有。桐在这个世上的最后时刻，除了我和她母亲，身边没有其他人。我不禁想到，这个世界，茫茫的人海，除了桐的母亲和我之外，没有人会在意她的死活，也没人会在乎一个小女孩在寒冷的冬夜里凄凉地离开了这个她曾对之抱有善意的世界。

可是，这个世界可曾对她有过一丝善意？就算有，恐怕也少得可怜。

一切都与我无关了。我一个人走出医院的大门，走到积雪覆盖的街上，夜空之下一片白茫茫。不时传来噼啪的声音——树枝难以承受雪的重压，折断掉落在地上，听起来恍如冰封雪冻的河面传来的冰裂声。

破晓将近，下了整夜的雪停了，屋子、街道、树木，眼前的一切都被雪盖住了。街上安静得可怖，既没有行人，也没有车经过，整个城市仿佛陷入了一场永远也不会醒来的长眠中。

一阵狂暴的冷风刮过，我在战栗之余又回想起了那可怕的一幕——桐被推出病房的情景。这是我第一次距离死亡那么近，近到这死亡就发生在我的眼前。原来这就是死亡吗？转瞬间灵魂、意识、精神在一片绝望中消失得无影无踪，只剩下一具干瘪的躯壳，很快就要腐烂，蛆虫遍布，变得恶臭不堪。难道这就是死亡吗？好一个神秘的死亡！抽离一切，毁灭一切，夺走一切，这就是死亡的真面目吗？一阵抑制不住的颤动支配了我的身体。桐的人生还没有开始，就已经匆匆地结束了。我感觉，比起死亡本身，一种更可怕的东西占据了我的身躯。

"人活着是为了什么呢？人生的目的和意义是什么呢？怎么样才算是过好了这一生呢？"

我的耳际回荡起了桐的声音，想起了她问过我的问题。起初听到这些看似奇怪的问题时，我还以为只是她病中自然产生的忧郁情绪。如今却要换作我来问自己那些问题了。人生竟然能如此残酷、如此缺乏意义吗？桐来到这世上，究竟是为了什么呢？她在这世上走了一遭，留下了什么痕迹呢？她这一生的目的和价值是什么呢？难道人生只是一种盲目的、任意的、可悲的过程吗？

我惨痛地意识到，她这个鲜活的生命是被无情的命运白白浪费掉了。她的生命停留在了这一刻，今夜过后，除了她母亲以外，不会再有人想到她，不会再有人记得她曾在这世界上顽强地生存过，也不会有人知道她说过的话、她思考过的事情、她对未来所抱有的所有美好的期待。她就像一缕水蒸气，在曙光把朝晖洒落到大地之前就蒸发了，消失在清新淡雅的空气中。既然如此，她为什么还要来到这世上呢？

然而，毫无目的、毫无价值、毫无痕迹地过完一生，这难道只是桐的命运吗？有谁知道自己活着的目的呢？有谁能意识到生命的价值所在呢？大多数人不都是在追名逐利中平庸地过完这一生，然后死去，像尘埃一般卷入风中，消失得杳无踪迹，就像从来没有活过这一生一样。这难道不是芸芸众生都要面对的不可抗拒的命运吗？

面对这浩浩荡荡、势不可挡的命运，生而为人，难道就没有丝毫办法去抵挡吗？我不知道。至少此时，这个问题对我而言过于宏大，以我的能力，根本不可能有任何有意义的解答。

那一夜，我没有回家。我漫无目的地走在大街上，迈着磕磕绊绊的步伐，跌跌撞撞地不知道朝着哪里走去。凛冽的寒风席卷而过，吹得我全身发抖，脚下的积雪发出咯咯的响声。

不知不觉天色亮起来了，在东方湛蓝的天空下，朝霞正在火焰似的燃烧。万籁俱寂，屋檐下的小冰柱在曙光下闪耀着不屈的光芒。

看着眼前这一片平静安详的景象，我不由得想起了桐说过的话："重要的是要有耐心。"一切看似都没有变化，但也许一切都在暗中发生着潜移默化的改变。有些看似没有价值的东西，也许在无声无息中会对这个世界产生一定的影响，正如桐那匆匆来过而又匆匆离去的短暂年华。

直至此刻，我才明白亡友对我的价值，明白她对我有多么重要。我后悔当初没有向她清楚地表明这一点。然而现在一切都已经无可挽回了。

回到家后，父母已经找了我整整一夜。看到我平安归来，他们又惊又喜，母亲紧紧地抱住我，眼泪都忍不住掉下来了。然而，这一幕景象却丝毫没有触动我的内心，我脑子里只充斥着一个念头：他们终究也会死去的。死亡，无法躲避的死亡，我怎么也摆脱不了这个念头。我想，如果他们死了，我该怎么办呢？进而，我绝望地想到，有一天，我也会死的，甚至会比父母先死也不无可能。死究竟意味着什么呢？那会是怎样的一幅场景呢？深不见底的恐惧和无力感笼罩在我的心头。

那天，我悄悄地哭了一场，不仅为了桐，也为了父母，为了我自己。从此以后，死亡就像一块阴郁的乌云，沉甸甸地压在我的头顶，给我的生活投下一片挥之不去的阴影，遮蔽了我心灵的一角青天。每一天，我都感觉我距离那无可避免的结局又走近了一步。

桐的离去像是一场意料之外的倾盆大雨，浸透了我的身体、我脚下的土地和我呼吸的空气，从此世界的两极仿佛被逆转了。我第一次感受到了人生残酷的一面，仅仅是其中的一面。

桐无声无息地离开了我，正如她无声无息站在倒在地上的我面前，对我伸出那只苍白、瘦弱、没有血色的小手。

第三章

不知道从哪天起，我的个头似乎在一夜之间蹿高了许多。我不再是那个受人欺负的小孩了，相反，我倒欺负起别人来了。长期的孤独生活形成的阴郁心理与青春期的叛逆结合起来，使我想要抓住一切机会去报复那些我讨厌的学生。是的，我把这种行为视为对桐所承受的那些不公平的报复，尽管针对的并不是正确的对象。我的报复行为并非一帆风顺，我也为此付出了代价。

有一次，由于和同学大打出手，我的胳膊蹭破了皮肉，不得不去医院包扎伤口。回家的路上，听着母亲的责骂，想起这些日子以来我所过的这种荒唐生活，我感到了自己的可悲。我想到了桐，她会怎么看待这样的我呢？我也想到了当初那个嘲笑我、把我打趴在地上的学生，我和他有什么区别吗？想到这一点，我不由得毛骨悚然。那天以后，我渐渐消停下来了，不再无谓地发泄那些过剩的精力。然而，我始终无法在生活中找到一个支点，也就无法求得内心的某种平衡。

那是十二月的最后一天，新年前夕下了整夜的大雪，街道一侧的柏树依然苍翠欲滴，枝干上缠绕着节日的彩灯。晚上，我去参加了城里几所学校联合举办的新年音乐会。摇滚乐团刺耳的演唱，乏味的小提琴演奏，无聊透顶的音乐剧，一切都令我昏昏欲睡。这时，场内扬起一阵窃窃的低语声，似乎在议论接下来要表演的节目。

主持人说，接下来是钢琴独奏，演奏者名叫夏悦，演奏曲目是《叹息》。什么，《叹息》？听到这个曲名，我立时清醒了过来，所有倦意一扫而空。我想起了桐曾经给我听过的那首李斯特的《叹息》，难道是同一首曲子吗？我竖起耳朵，想要一探究竟。

伴随着一阵掌声，一个女孩走上了台，看来她就是夏悦了。她头上扎着高高的马尾，光洁的皮肤上点缀着几个淡淡的痘痕。她向观众致意时，我定睛凝视，目光撞到了她的眼睛上。尽管只有短短的一瞬，我惊奇地发现，那是一双极为与众不同的眼睛。眼眸中翻动着光与影交织的色彩，非但不显得浑浊，反而纯净得让我想起此刻覆盖于山林上的雪。我搜索遍了脑海中的每一个角落，却没能在过往的记忆中找到任何与之相似的眼睛。

女孩左右手交替弹出一段唯美的旋律，朦朦胧胧中带着一抹忧伤，仿佛深沉的低语。听到第一个乐句，我就听出来是李斯特的那首《叹息》了。连贯的旋律中间，时而出现或密集或断开的音符，乐曲的节奏显得自由而灵动。不知不觉中琴声的色彩似乎出现了变化，旋律趋向于柔和甜美的韵味。突然间乐风一转，音量逐渐增强，一连几个波浪起伏似的转折，好似撕心裂肺般的呐喊。乐曲进入了高潮，但并没有结束，而是迸发出一串密集而快速的音符，压抑已久的情感得到了宣泄和释放，导向了另一片音乐的海洋。

这当然不是我第一次听李斯特的《叹息》，但这首曲子从没有像现在这样紧紧抓住我的灵魂。那些极尽温柔的音符简直要抚平这世上所有的悲伤。听着听着，我渐渐进入一种心智迷离的状态，仿佛失去了时间和空间，不知道过去了多久，也不知道自己身处何方。钢琴，音乐厅，观众，空气……一切外在的事物似乎与我无关了。人生中第一次，我体验到精神和肉体相分离的感觉。

直到女孩停在最后一个和弦上，我才回过神来，随着乐声飘浮到银河的灵魂回到了久已麻木的躯壳。弹完后，她没有马上结束，脸微微向下倾，眼睛对着琴键，等待了几秒钟。她尖尖的耳朵深埋在长发里，隐隐约约露出凹凸有致的轮廓。即使只是几秒钟的工夫，也够我看清楚她的侧脸了。那是一张与她的眼眸相得益彰的侧脸，每一寸肌肤，每一道轮廓，每一条曲线，无不散发出一种纯净的气息。

后面的节目我都没有心思看了，直到音乐会结束，我还沉浸在一种恍惚迷离的状态中。回家路上，我脑子里全都是演奏李斯特音乐的女孩。奇怪的是，无论如何我也想不起她的脸庞了。明明一个小时前，她的脸还清楚地映照在我的眼中。唯一在我脑中挥之不去的，是她清澈的眼眸。可能因为容貌在脑海中逐渐黯淡，这眼眸反而愈发清晰地浮现在我眼前。

第二天放学后，我与同学照例在街上不紧不慢地晃悠了一阵子。屋顶上、马路上、公园里，目之所及尽是一片银装，呈现出庄严肃穆的氛围。冬日凛冽的空气中飘漾着野薄荷般的清新。天快黑时，我们经过一个别墅区，里面都是带着大花园的独门独户的房子。小区背靠着一条街，面向一个公园，清澈的河水从中间缓缓流过。

暮色渐浓，最后一丝昏暗的光线给街道和两边的房屋抹上一层淡幽幽的蓝色。这时，我隐约听到不远处传来一阵钢琴声，渐行渐近。伴随着同学困惑的目光，我寻觅着琴声来到一栋临河的房子旁边，隔着栅栏聆听。琴声无疑是从阁楼上传出来的。

"有人在弹钢琴。"我压低嗓门对同学说，生怕会惊扰到楼上的弹奏者。

"有什么问题吗？"同学的脸上露出疑惑不解的神色，"你什么时候对钢琴感兴趣了？"

没错，我什么时候对钢琴感兴趣了呢？如果非要说我对钢琴感兴趣，那么这种兴趣毋庸置疑也只能是在前一天的音乐会上开始的，从听到那个女孩弹奏《叹息》的时候开始。出生在一个父母完全不懂音乐的家庭，我从小没有接受过什么像样的音乐教育。

说起钢琴，我们学校里倒是有一间琴房。有几次路过，我都听到有人在里面弹琴，但没有一次像我此刻听到的琴声这般婉转悠扬。

"要不你先回家吧？"我对同学说。他比画了一个无奈的手势便离去了。

楼上的琴声听起来没有丝毫要结束的意思。天色已尽，夜幕渐深，刺骨的寒风穿过对面昏黄的街灯席卷而来，气温急剧地下降。我哈了口热气，蜷缩在墙角，屋子里的灯光柔和地洒下来。过了一会儿，琴声停了一下，听得出来是一曲终了。还没等我反应过来，又一曲琴声从紧闭着的窗户里奋力穿透出来。

无疑，这不是我第一次听到钢琴声。无论是在流行歌曲的伴奏里、广播的钢琴曲里，还是餐厅和咖啡店播放的背景音乐里，每一天我都能听到钢琴声，只是钢琴声从未像现在这般不同寻常地引起过我的注意。试想，过去我从未对钢琴这种乐器产生过特别的感觉，为何偶然听了一次现场演奏，就突然间变得走火入魔了呢？这难道不是很奇怪吗？

此刻，听着阁楼上传来的美妙旋律，我心想，这样扣人心弦的琴声，又是怎样的人在弹奏呢?

琴声结束后半晌,我站着一动不动,不知道在想什么。不知过了多久,头顶传来一声推拉窗户的咯吱声。我回过神来定睛一看,楼上有人推开了窗户,一个身影出现在窗前。在半明半暗的灯光下,她的脸上蒙了一层薄薄的光晕。

她是夏悦——在音乐会上弹奏李斯特《叹息》的那个女孩。

她打开窗往下看,似乎是弹完了琴想要透透气。就在这时,我和她的眼神接触到了一起。那一刻,我洞见了她泛起阵阵涟漪的眼眸,它们旋即趋于平静,如同风起潮涌的大海忽然间变得浪恬波静。一时间我丧失了反应能力,无法动弹,简直不知道该如何是好。此刻,我们之间的直线距离很近,如果大声说话想必彼此也能听见。我想要跟她说些什么,比如夸赞她弹得很好,说自己很喜欢听她弹琴,解释自己为何此刻会站在栅栏外而显得鬼鬼祟祟……但终究我一个字也没能说出来。

这一切只是发生在几秒钟之间。夏悦看到我后,脸上流露出略带困惑的表情,接着就关上了窗,拉上了窗帘。这时,三三两两的行人从我旁边经过,我心里闪过一个念头:在周围人眼里,此刻的我是否会显得过于古怪? 同样,在夏悦的眼里,她会怎么看待这个站在楼下而面容呆滞的男孩呢? 她是否会觉得他是个跟踪狂呢? 我只是被琴声所吸引,却万万没有料到她就是前一晚在音乐会上弹琴的那个女孩。

这一夜,我的睡眠出奇地差,在被窝里翻来覆去,时醒时睡。夏悦在音乐会上弹钢琴的样子不停地在我眼前播放,而她所弹音乐的片段也在我的耳边徘徊不止。令我难以释怀的是,她似乎与我此前见过的所有女孩都不一样。她究竟是哪里与众不同,我很难说得清楚,但她弹钢琴时的那份温柔恬静,她眼神里荡漾着的纯净剔透,她指尖自然流淌出的悦耳琴声,这一切结合为一个超越了我过往认知的整体,无不使我的心也随之飞向了未知的远方。

还有音乐和钢琴。那一天之前,除了听过李斯特的《叹息》外,我对李斯特一无所知,对于钢琴也一无所知。然而,在音乐会上听夏悦演奏《叹息》后,钢琴在我眼里似乎不再只是个乐器了,而是某种具有自由意志的东西,赋予音乐以鲜活的生命。那首《叹息》的旋律在我的耳边不住地徘徊,我的心底慢慢滋长出一种平生从未有过的情绪,一种我自己也说不清所以然,却使我心神不定的情绪。

我在想，音乐会上的那一刻，究竟发生了什么呢？我听到夏悦演奏李斯特《叹息》那个瞬间，究竟发生了什么呢？

毫无疑问，那一刻存在着钢琴，存在着李斯特的音乐。除此之外，那一刻好像还存在着某种独立于钢琴和音乐之外的东西。这种东西像洪流一般注入了我的人生迄今为止干涸的河床。

知道夏悦的名字和学校，不难打听到她的情况。原来，夏悦刚满十六岁，父亲毕业于名校，有着体面而令人艳羡的事业，母亲温柔漂亮，在家做全职妈妈。她还有一个正在读小学的妹妹。夏悦在学校里颇有名气，她自幼师从音乐学院钢琴系的教授，在不少钢琴比赛上获奖。据说在学校里，夏悦的追求者甚众。

自从那天听到夏悦的琴声后，每天放学后我都会在她家外边逗留一会儿。我的期待从未落空过，我总会如期听到她的琴声。走在她家隔壁的那条街上，有几次我远远地看到了她。也许，过往走过这条街时，我早已听到过她的琴声，我也完全有可能已经与她打过照面，然而在那场音乐会之前，我却从未注意到过她和她的琴声。这使我更加确信，那场音乐会上一定发生了什么。

有一次，夏悦穿着裙摆飘飘的浅色长裙，从二十米开外与我对向走过来。我一看到她，全身的血液瞬间似乎凝固了，双腿也变得麻木，步伐不得不慢了下来。她与我几乎是擦肩而过，距离近到我能闻到她发梢散发出的淡淡香味。她走到我身边的刹那间，我内心涌起一种难以遏制的冲动，想要迎面跟她打个招呼。

然而，我能说些什么呢？她会怎么回应我呢？她会不会觉得我是个怪人呢？

我转身望着夏悦的背影，她长裙的裙摆在柔和的阳光下闪着星星点点的光芒，仿佛晴朗的夏夜里室女座中闪闪发光的星星。那一瞬，有一种愿望席卷了我的身体，我想要转身追上去，告诉她我多么喜欢她的演奏，她指尖弹出的音乐又带给我怎样的触动。然而，除了上次音乐会上听到的那首《叹息》，我还知道什么呢？我还能跟她说什么呢？想到这里，我丧失了所有的勇气，眼睁睁地看着她走了过去。最终，我呆若木鸡地站在街头，什么也没有说，什么也没有做，望着她渐行渐远，消失在我的视线外。

回到家后，在渐渐浓重的冬日暮色中，我趴在阳台的窗前望着远方山峦上的晚霞。

我的眼前出现了夏悦在音乐会上弹钢琴的情景：她的双手在琴键上一来一往，宛若蝴蝶在花丛中灵巧地飞舞。她的身体随着曲调的流动轻轻摇摆，仿佛有种催眠的魔力。我的耳边回响起她弹奏出的琴声，空灵、圆润、轻柔，像是午间的钟声，透过湿热的气流，回荡在我的心间。我一时间竟弄不明白了，究竟是她演奏的音乐震撼了我，还是弹钢琴的她使我为之颤动？抑或二者兼有？

唯一确定的是，我迫切地想要了解这个弹钢琴的女孩。无论是什么方面，我都想尽可能多了解一点。

首要的问题是，夏悦精通钢琴，而我却对钢琴一无所知。我想象着如果有一天，我站在她面前，我会和她聊什么呢？她会容忍和一个连五线谱都看不懂的白痴浪费时间吗？如果我真的有机会和她说话，音乐必然是最重要的话题，而且可能是唯一的话题，所以我不能对音乐一窍不通。

此外，在那场音乐会之后，钢琴这件乐器在我心中仿佛披上了一层神圣的光晕，即使在沉沉暗夜里也发出火焰般明亮而不息的光芒，它的焰心似乎凝结了这世上所有的炽热，召唤我去靠近、拥抱它。无意中，学钢琴的念头不停地在我心头徘徊。

就这样，思量再三，我决意和母亲提出要学钢琴。我没敢告诉父亲，料想他必然会极力反对。

"钢琴？你怎么会突然想学钢琴？"母亲听到后大吃一惊，脸上露出困惑的神色。

"因为……我对钢琴……有兴趣了。"我吞吞吐吐地回答。我无法坦诚地告诉她，真实原因只是想去结识一个素不相识的女孩，这个理由在我自己看来都显得荒谬绝伦。

"人家学钢琴都是从几岁就开始学的，就这样还未必能走上这条道路，更别提靠钢琴吃饭了。"母亲语重心长地说。

"学钢琴就一定要靠钢琴吃饭吗？学音乐未必要做音乐家，也不一定要走音乐道路吧？我只是单纯地喜欢钢琴。"

说完，我眼前出现了夏悦的形象，脸上顿时变得火辣辣的。

"你很快就要中考了，如果考不上一所好的高中，你就很难考上好的大学，懂吗？这个时候去学钢琴，会耽误你的学业的。"

"学钢琴每天只需要挤出一个小时就好，"我坚持说，"只要时间分配合理就不会影响学业，说不定反而会促进学业呢。"

"再说了，学钢琴得买钢琴吧？钢琴可不便宜。要请钢琴老师吧？学费应该挺贵的吧？"母亲面露难色，"你知道，我和你爸赚得不多，学钢琴那可是一大笔费用呀。"

我没有说话，用力咽下了苦涩的泪水。再一次，我意识到父母的能力是很有限的，也意识到了家里经济状况的窘迫。那段时间，因为学钢琴的事我对自己的家庭在这个社会中的位置有了最初的认知。尽管当时这种认知还十分原始和粗糙，它却是我开始思考人生中一些重大命题的起点。

我的父亲可没有母亲那么温柔。他听到我想学钢琴后，立刻不由分说地臭骂了我一顿，说什么我是"痴心妄想"啦，"败家子"啦，"不务正业"啦，总之什么难听的话都说遍了。

可是我没有那么容易放弃。从那一天起，我通过各种途径、各种手段去尽力提高自己对于音乐，尤其是对于钢琴的知识。

我去图书馆找到了音乐史和钢琴方面的书籍，晚上在被窝里经常读到深夜，了解了历史上不同时期的音乐风格，知道了古典主义音乐与浪漫主义音乐的区分，也了解了现代主义的创作理念。我找到并聆听了那些音乐大师的作品，对音乐史上每个时期作曲家的代表作品有了初步的认识。我读了几本借来的乐理书，自学了五线谱，直到能够轻松看着钢琴谱认出每一个音的名字。

我回想起几年前的某个下午，我和桐在琴房遇到的那个音乐老师。不知道她还在不在那里呢？一个午后，我回到那所学校，走近琴房，极具穿透力的琴声从老远就听得清楚。我把脸凑到窗前，看到一个中年女人在里面弹琴，我一眼就认出了她。她弹的是贝多芬《月光奏鸣曲》的第一乐章。这首曲子我已经听了好多遍，因此只凭开头几个音就听出来了。我鼓起勇气敲了敲琴房的门。

"请进！"音乐老师大声喊道，并没有停止弹琴。

我在一旁等待她弹完，她转过脸来，上下打量着我。

"请问你有什么事吗？"

"我听到您在弹《月光奏鸣曲》……就不由自主地进来了。"我支支吾吾地说，"我以前在这里读过书，几年前我曾见过您。当时您给我的同学，也就是一个小女孩教过琴。"

"小女孩？"音乐老师扶了扶眼镜，眼里露出疑惑的神色。

"当时她还问您李斯特的《叹息》呢，您还记得吗？"我猜，她可能早就忘记这档子事了。

"《叹息》？"她微微皱了皱眉头，张大了嘴巴，"我想起来了，是那个脸色很苍白的女孩对吧？当时我教她弹了一段曲子，她很敏锐地察觉到了音乐里的情绪。她现在还在学琴吗？"

我沉默了，一时间不知道该如何回答。

"你也弹钢琴吗？"音乐老师见我没有吭声，带着好奇的目光继续问我。她是一个中年女子，但气色却跟一般的女青年无异，气质也跟其他老师迥然不同。我猜是因为弹钢琴的缘故吧。

"我不会……但是很喜欢。"

"你对钢琴有多少了解呢？"

最近，我读了不少音乐方面的书，也听了一大批作曲家的音乐，正苦于无人可以交流，这就像心里塞满了无数心思却无处释放一样。因此借着这个机会，我不管三七二十一，从不同时期的作曲家，到历史上的音乐流派，跟这位老师说了一番。

"懂得不少呀，认识五线谱吗？"

我点了点头，伸出手指，指着钢琴说："但是，我还没有碰过钢琴。"

"你过来吧，坐在琴凳上。"她站了起来，面部表情变得耐人寻味，用一种好奇的眼神盯着我。

我坐在钢琴前，看着眼前排列整齐的黑键和白键，激动得说不出话来。

这是我人生中第一次坐在钢琴前，我与钢琴的距离从未如此之近。

"我可以弹吗？"我心里想着这句话，从老师的表情里，我看到了同意和鼓励的答复。

她教我如何以正确的姿势把手指放在琴键上。看到自己的双手倒映在键盘盖的镜面中，一种说不出的复杂感情在我的心头油然而生。

"知道每个琴键对应着五线谱上的哪个音吗？"

"嗯，这个音是中央 C，中间是中音区，两边是低音区和高音区。"

在此之前，我看着钢琴键盘的图示对照着五线谱，一个音一个音地对应，已经把每一个琴键与五线谱的位置关系搞清楚了，唯一的缺憾是没有机会在真正的钢琴键盘上弹下去。不过，此刻我马上就在键盘上找到了每一个音的位置。

"我们就用贝多芬的《月光奏鸣曲》当作例子吧。"老师指着谱架上的琴谱，一片片黑压压的蝌蚪似的音符撞入了我的眼帘。什么？《月光奏鸣曲》？我？这一天之前，我还没有碰过钢琴，我真的可以弹这首曲子吗？

音乐老师看出了我的疑惑，她说："不用担心。我们只来弹前几行，虽然你没有学过琴，但我看到你对键盘和五线谱已经很熟悉了。我们可以尝试慢慢地来弹一下。"

她教我先弹了前四个小节，我竟然弹出来了！随着我的右手缓缓弹出一串三连音，《月光奏鸣曲》开头的旋律从我指尖流淌了出来，我的心仿佛溶化在这如歌一般的琴声里。第一遍老师只让我弹右手的旋律，她帮我弹了左手的八度音。我弹了几遍以后，她教我试着加入左手，于是我一边弹右手的旋律音，一边弹左手的八度音。这一回就跟我听过的钢琴家的演奏效果很像了。

她接着教我弹完了第一页。最后，我用慢速度连起来弹了几遍。源源不断的三连音如流水一般倾泻出来，像是心弦缓慢地起伏波动，又如同梦境一般充满幻想的色彩。我看看乐谱，又看看自己的手指，惊喜中又有一丝惊恐，我简直不敢相信自己竟然可以亲手弹出这段音乐，尽管只是很短的一段。

这时候，我想到了夏悦，她该有多么幸福、多么快乐，可以沉浸在音乐的海洋中肆意遨游。我第一次对她在弹钢琴时的感受有了几分真切的体会。

"这真的是你第一次碰钢琴吗？"钢琴老师吐露出一种怀疑的口气。

我点了点头。千真万确。直到一个小时前，我还不知道琴键摸起来是冷是热呢。

"你的天分不错，可惜学得晚了。如果从小开始学，指不定是一棵好苗子。"她面带微笑，"不过，现在开始学的话，要把琴弹好还是可以实现的。你有兴趣学琴吗？"

我很想大声喊出："想学！"但转念一想，这不是我自己就能决定的事情。

回到家后，母亲在厨房烧菜，我站在厨房门外徘徊了许久。最近为了学钢琴的事，我找母亲说了很多次，因为平日里我和母亲的关系更亲近。每次去找她谈这件事，我都会感到于心不忍。即使只是个初中生，我也能理解父母赚钱养家的不易，看着他们眼角的皱纹一天天增多，我实在不忍心对他们提出过分的要求。

但学琴这件事我无论如何还是不得不去找她谈了。

"那位老师真说你有天分？会不会只是讲好听的话想让你去上课啊？"母亲面露疑色。

"真的！你知道吗？我今天第一次碰钢琴，她就教会了我《月光奏鸣曲》的第一页！"我激动地跳了起来，"你如果在场就好了，我只用了一个小时就弹下来了。是贝多芬的《月光奏鸣曲》！"

母亲完全不懂什么贝多芬和《月光奏鸣曲》，她默然摇了摇头。

"是一首世界知名的钢琴曲。总之，虽然是第一次坐在钢琴前，第一次试着弹完全陌生的曲子，但当我的指尖触碰到琴键的那一刹那，我的心里仿佛有一股电流闪过，我有种异样的感觉，好像我早就认识钢琴了，好像钢琴是我失散多年的老朋友。"我一边说，一边用手指比画出弹琴的手势。

母亲停下手头的活，沉默了片刻。

"你是不是最近在看音乐方面的书啊？我整理你房间的时候看到了。"

"我压在了床垫下……"我难为情地说，"还是被你发现了啊。"

"唉，一开始你爸和我以为你只是三分钟热度，"母亲的脸色变得沉重起来，"最近每天你去上学后，我收拾房间的时候总能在床下翻到钢琴教程，上面做满了笔记，我就知道你大概晚上睡了以后又偷偷起来看书了。看到你的笔记，我怀疑你是动真格了。我心里很难受，不是因为你半夜偷看与学业无关的书，而是看到了你对钢琴的爱，但我们做父母的，却没有能力去满足你的这份纯粹的爱。"

当她说出"没有能力满足"的那一刻，我觉得好像天都要塌下来了。我的眼睛突然一阵酸楚，泪水几乎要夺眶而出。

"虽然我不懂音乐，但也知道搞艺术是要有天赋才行的。如果真像那位老师所说，你哪怕有一点点天分，我也真心为你感到高兴。"

往后的一阵子，我继续看音乐方面的书，但我所学到的东西也随之要求我将它们体现在真正的钢琴上。学得越多，我心里积压的冲动和激情就越是难以发泄，而我也就越发感到难受。那段日子，我无心学业，成绩排名也一落千丈。

也许母亲察觉到了我心理上的这种变化。终于有一天，她来找我说："我跟同事打听了，国产二手立式钢琴价格便宜很多，我去亲戚朋友那里借点钱，凑一凑应该够了。"

"这么说……你同意给我买钢琴啦？同意我学钢琴啦？"听到后我一下子从椅子上跳了起来。

"当然你爸是坚决反对的，他始终认为你是在瞎胡闹，还说我要纵容你堕落。不过放心……我会说服他的。"

听到母亲要借钱去买钢琴，我眼前浮现了她卑躬屈膝地央求亲戚朋友的画面，一阵心酸充溢在我的肺腑间。但无论如何，我总归能有自己的一架钢琴了，虽然只是二手琴，也足以使我内心狂跳不止。

"至于钢琴老师的话，"母亲继续说，"我打听过了，你之前提到的那位音乐老师教得很好，要不你就跟着她学吧。我们可以上一节课付一节课的学费。如果你学得好，上课频次可以多一些；如果效果不好，上课就少一些。我们会尽力为你攒学费的——"

母亲还没说完，我就已经紧紧抱住了她。那一刻，我有很多话想说给她听，却一句话也说不出来。我从未觉得我的心与她贴得如此之近过。我的遐思已经忍不住飞向那想象中的属于我自己的钢琴。

在一个阳光充盈的星期六，我的钢琴被搬运到家里了。真是一个大家伙呢，虽是立式钢琴，也有上百公斤重，好几个搬运师傅合力才搬到了楼上。调音师傅临走前给摆放好的钢琴细致地调好了音，于是，这架成色还很新的二手钢琴就以一种预备好了随时可以被人弹奏的状态矗立在我面前。

我打开琴盖，手不住地哆嗦，手指在黑白相间的琴键上轻轻抚过，动作小心翼翼的，好像生怕它会突然发出爆裂似的巨响。我坐在琴凳上，闭上眼睛，按了几个音，低音区浑厚低沉，高音区清脆透亮，每个键发出的音响都使我沉醉。

凭着回忆，我慢慢弹了一遍《月光奏鸣曲》的开头部分，从第一个音开始，我的眼前又出现了夏悦那清澈的眼眸。弹到我不得不中断的地方后，我转过身，看到母亲站在卧室门外，手扶在墙上，午后的金色阳光照在她身上，一种圣洁的光辉使她原本憔悴的面容焕发出簇新的光彩。

就这样，我开始了学钢琴的生涯。没想到音乐会上的一场无端的邂逅，引发了我与音乐的命运交织，过往的生活节奏完全被打乱了，我的人生从此全然偏离了预定的轨道。我隐隐有一种预感，钢琴于我而言不只是一件乐器，音乐于我也不只是一个爱好，音乐不仅仅会关乎我个人的生活，它也会关乎我和身边人的命运，导致不同命运之间复杂的纠葛和相互作用。如果这世上存在平行宇宙的话，那一场音乐会无疑触发了一个新的平行宇宙分裂出来。

我跟着那位教我弹《月光奏鸣曲》的音乐老师上钢琴课，每隔两周上一次课，取决于我练习的进度，当然，也取决于学费的支付进度。每个月父母发工资的时候是我最开心的时刻，意味着可以付下个月的学费了。

我的钢琴老师和她的丈夫都是音乐老师，两人都会弹钢琴。因此，每次我去她家里时，有时候她的丈夫也会给我上课。夫妻俩的风格迥然不同，一个热烈而真挚，一个深沉而婉约。对于同一首乐曲，两人的处理方式也不尽相同。这种风格上的对比对当时的我来说是一种很好的学习素材。

我尽可能地利用所有空闲的时间来练琴。冬日的早晨，天还没亮，我在睡眼惺忪中坐在钢琴前，练一个小时才去学校。回到家，我会连着弹三四个小时，一口气弹到晚上十点钟。过了这个点，邻居就要投诉了。当然，这并不意味着十点后我就无法练琴了。夜深人静的时候，我会踩下钢琴的弱音踏板，把手指轻轻抚在琴键上，用只发出微弱声音的力度练习指法。这样不仅不会吵到邻居，甚至连隔壁房间的父母也难以注意到。

我对钢琴所抱有的热情使我自己都感到意外。好像在一夜之间，我的生活发生了巨变。无论晴天还是雨天，无论节假日还是周末，我从未有一天不练琴的。除了练习钢琴课上老师教的曲子，我也会练一些自己喜欢的、难度暂时超出我能力的曲子。这反过来促使我更加努力地学琴，因为我心里常常涌起一股巨浪般的渴望，想要亲手弹出这些动人的音乐。

每天放学后经过夏悦家的时候，我总会停下来听一会她的琴声，那是多么美妙的琴声啊。听得出来，她每一天练的曲目都有所不同，有时候是贝多芬，有时候是李斯特和肖邦①，有时候是德彪西②和拉威尔③，另外一些时候，则是柴可夫斯基④和拉赫玛尼诺夫⑤。每次路过听到夏悦在勇攀音乐高峰，我心里也会暗暗为她加油。

练琴的过程中，难免有遇到挫败而情绪低落的时候。有时候我会对烦琐的基础练习感到枯燥，有时候会遇到技术上的瓶颈而感到难以突破。

每当遇到困难，陷入情绪的低谷，我会去夏悦家楼下听她练琴，之后回到家里，我便觉得那些困难好像不再那么狰狞可怖了，于是耐心地一遍遍重复练习，尽力去克服每一个难点。听她弹琴对我有一种天然的激励效果，就像信徒跋山涉水到圣地朝圣后得到精神上的洗礼和灵魂的救赎。

我和夏悦在路上又遇见了几次。我始终没有和她说过话，但每一次遇到她，我的心里都有种不可名状的悸动，每一次我都感觉和她的距离越来越近了。我不确定是不是错觉，她好像也开始注意到我了。

有一次，我走过一个拐角，没想到夏悦也拐了过来，我正在低头思考近几天练的曲子，劈面走过去便见到了她。那一刻，我赶紧刹住脚步，她也停了下来。

我本想说句"对不起"，却像木头一样面容呆滞、毫无表情，话涌上了喉咙口却一个字也吐不出来。夏悦看了我一眼，若无其事地走了过去。虽然只有短短的一秒钟，她的眼神却唤醒了我对于十二月那场音乐会的完整记忆。一模一样、一模一样，我在内心不停地告诉自己，她那一瞬间看我的眼神，和她在那场音乐会上的眼神一模一样。尽管如此，自始至终我们也没有说过一句话。

---

① 肖邦（1810—1849），波兰作曲家、钢琴家，浪漫主义音乐的代表人物。
② 德彪西（1862—1918），法国作曲家，印象主义音乐的代表人物。
③ 拉威尔（1875—1937），法国作曲家，印象主义音乐的代表人物。
④ 柴可夫斯基（1840—1893），俄罗斯浪漫派作曲家。
⑤ 拉赫玛尼诺夫（1873—1943），俄罗斯作曲家、钢琴家。

第四章

几个月过去了，覆盖在山坡上的冰雪在初春柔和的阳光下渐渐消融。远处的山林褪去了冬日的黯淡，树枝上纷纷抽出绿油油的嫩芽，杜鹃在林间叽叽喳喳地叫着，宣告着季节的更替。

那是一个风轻日暖的四月天，晚上夏悦要在音乐厅举办个人钢琴独奏会。早在一个月前，我就看到了音乐会的宣传海报。

傍晚时分，我早早到了音乐厅，距离开场还有一个小时，于是我在音乐厅里漫无目的地环绕了一圈。在我遇到夏悦并且开始学钢琴之前，我从未来过音乐厅，对于这里举行的演出也一无所知。此刻，看着墙壁上挂着的各类音乐会的宣传海报，我心里蓦然生出一种遗憾：如果我能够早点开始学钢琴，早点开始聆听这些音乐会，那么现在的我会不会有所不同呢？

一阵钢琴声从音乐厅的角落里传来。琴声虽然微弱，我却一刹那就反应过来：毋庸置疑，是夏悦的琴声，我认得她手指弹出的音色。

我循着琴声的方向走过去，来到音乐厅背后的位置，这里有几个大大小小的房间，看起来是舞台后面用作排练室的琴房。钢琴声逐渐变得清晰，像钟声一样在天花板下的空气中震荡。

一想到夏悦有可能此刻就在眼前的琴房内，距离我不过几步之遥，我感到我的心仿佛在指引我，召唤我走进琴房。门外边有个工作人员守着，要进去估计需要经过他同意才行。我纠结了一会儿，心想别无办法，只能走上去试一试了。

"你好，请问是夏同学在里面弹琴吗？"

"请问你是？"工作人员没有回答我的问题，皱起眉头，面露警觉的神色。

"我来找今晚音乐会的演奏者……是夏悦同学吧？"

"你和她什么关系？观众是不可以进入后台的，请到休息室等候。"他挡在我面前，大手一挥，似乎把我推向了九霄云外。

"我……是她朋友。"

我不认为我在说谎话。在我的内心，我早已把夏悦当作朋友了。

将一个素昧平生的人当作朋友，尽管是单方面的，尽管听上去有点奇怪，但也并非不可能吧？我相信，有一种朋友，不需要双方的互动，甚至不需要彼此认识，他只是存在着，仅仅作为一个生命体存在着，就可以对你发挥和朋友同样的作用。这就好比你在心灵受伤的时候读了一本有温度的书，借助这本书的力量你愈合了伤痕，从心灵的困境中走了出来。这本书——尽管它并不认识你，尽管你只是它千千万万个读者中毫不起眼的一个——难道不能算作是你的朋友吗？相反，它可能比任何朋友都要忠诚。

"请你到观众休息区等待入场，谢谢配合。"工作人员似乎看出了我的窘态，他很有礼貌，但还是拒绝了我。

正当我失望地想要离开时，琴声戛然而止。紧接着，门被推开了，我转过身，一个姑娘站在半开的门前，和我四目相对。果然是她。

"他是我的朋友，请让他进来吧。"夏悦不动声色地说道。

这是我第一次听到她说话。她的嗓音并不像想象中那样甜美，但温暖而纯粹，仿佛一缕淡淡的茉莉花香伴着青草的味道在空气中缭绕。

"那请进吧。"工作人员做了一个让我入内的手势。夏悦掉转头走了进去。

我一时间摸不着头脑，犹豫了几秒钟，随后马上回过神来，深吸一口气，忐忑地走进了琴房，手颤抖着带上了身后的门。进门的那一刻，我的心脏忽然扑通扑通地发疯了似的乱跳，简直要爆裂了。

站在我面前的，是一个比我高半个头，穿着紫罗兰色长裙的姑娘。她用一种夹杂着好奇与疑惑的神情看着我的眼睛。我至今依然极其确定这一事实，因为我永远无法忘记那一瞬间她看我的眼神。她的目光毫不羞涩地直视着我，透露出少女的天真和直率。

我们就这样一句话也不说，在静默中等待了几秒钟。

"我听到你在弹贝多芬的《悲怆奏鸣曲》。"我决意打破沉默。

"你也弹钢琴吗？"夏悦的眼角微微颤动，目光投向钢琴上的谱架。

"其实我最近才开始学钢琴，满打满算才学了三个月而已。"

"你会弹什么呢？"她的神色没有一点波澜。

"我在练肖邦的一首夜曲，降 E 大调那首，不过还不太熟练。"

"肖邦夜曲？可是你说你才学了三个月。"听到我的话，她平静的脸庞上勾勒出一道怀疑的痕迹。

"我可以弹一下吗？"

我瞥了瞥钢琴的方向，随即为自己的唐突感到震惊。我，一个才学了三个月钢琴的新手，怎么可以在夏悦——一个钢琴高手——面前主动要求弹琴呢？刚说完我就后悔了，但是夏悦已经点了点头，指着钢琴说：

"那么……弹吧。"

距离钢琴只有几步之遥，这几步路我却仿佛走了很久。

我坐在钢琴前，这是一架三角钢琴。我人生中第一次弹三角钢琴。

房间内开着冷空调，我的手心却不停地冒汗。我感觉到夏悦走了过来，站在钢琴一旁，此刻我的脖颈像是被冻结住了似的无法转动。

我打算豁出去了。我心想，丢脸就丢脸吧，能在她面前弹琴的机会太罕见了，可能未必会有下次了。再说，别提是在她面前弹琴了，就算是和她下次见面，也不知道又要等到多久以后了。我不能把一分一秒正在流逝的宝贵光阴浪费在无意义的心理内耗上。此刻，我必须弹出这首夜曲。

然而，手指颤抖着触碰到琴键的那一刻，我的大脑忽然一片空白，我竟然忘记了第一个音的位置！其实我已经背下了整首曲子，可以凭借手指的肌肉记忆弹出来，但前提是，我需要找准第一个音才能弹下去。此刻我盯着键盘，一时间竟不确定是从哪个音开始了，只记得是黑键。

正在我犹豫不定时，夏悦仿佛看出了我的心思，手指着键盘上的一个黑键提示了我。我把右手的第二指放在她所指的黑键上，开始弹了起来。

前几个乐句我弹得有点松松垮垮，和弦按得不够整齐，节奏也不是很稳当。随后慢慢地我找到了节奏，练琴时的情景在记忆深处被唤醒了，于是我深呼吸了几口气，弹得越来越从容起来。

随着乐曲的旋律渐入佳境，我渐渐忘记了时间，忘记了周围的一切，一心只愿沉浸在甜美的音乐中……如果能一直这样永不停息地弹下去该有多好啊。

我停在了最后一个和弦音上。夜曲弹完了，琴声停了，周围的世界倏地变得万籁俱寂了。我继续坐在钢琴前，双手抚在键盘上，身体纹丝不动。我们一句话也不说，夏悦也一动不动。这间琴房，眼前的钢琴，外面的街道，整个外部世界，似乎都熟睡了。

"你真的只学了三个月吗？"夏悦的嘴角微微一笑，露出了浅浅的酒窝。她的语气中带着一丝怀疑。

"是啊，去年十二月我去参加了那场新年音乐会，那个时候我还没有碰过钢琴呢。"我思量再三，还是决定提起那场音乐会的事。

"那场音乐会……我当时弹了李斯特的《叹息》，"她若有所思地说，"等等……所以你当时也在场？"

我点了点头："那是我第一次见到你。"

夏悦听到后，脸颊上微微透出了一抹浅浅的绯红。

"你现在是在怎样学琴？有老师吗？"

"跟着一个钢琴老师，大概两周上一次课。"

"学了三个月就能把肖邦夜曲弹成这样，说明你对音乐是有感觉的。"她从钢琴旁拿出一张纸，"但你弹的时候手指很吃力，许多音都混在了一起，凭借踏板的延音效果掩盖了过去。显然你的基本功还很不到位，对于细节的处理也有不少问题。"

"是的，我自己练的时候也注意到了。"我觉得不能错过这个请教她的好机会，"应该怎么解决呢？"

"究其根本，是手指独立性的问题。你需要针对独立性进行专门的练习。"

说着，夏悦拿起笔在纸上写了几行字，递给了我。

"这是几本比较基础的锻炼手指独立性的钢琴练习曲集，适合初学者。你如果能把每一首都练熟，再去学复杂乐曲就会轻松很多了。"

"每天练琴前都要弹一会吗？"

"没错，在练乐曲之前先练这些手指练习。弹的时候要注意每个音都要均匀而清晰。练习过程中多请教你的老师。"

"谢谢啦！"我把纸条对折后放入兜里，"我一定会按照你说的好好练习。"

"对了……之前经常在我家楼下站着的那个人……不会是你吧？"夏悦把双手交叉起来，凝视着我。这一刻的她，眼神里多了一丝傲娇。

"……确实是我。"我倒吸了一口冷气，连忙解释，"实在是抱歉，希望你不要介意，我只是有一次偶然经过你家楼下，被楼上的琴声吸引了，这才停下来听的。之后经过的时候如果听到琴声，我每次都会听一会儿。"

"你早就知道是我了？"

"嗯……我第一次在楼下听你弹琴的时候其实就知道了。如果你觉得不舒服，我以后再也不会这样做了。我知道这种行为极为失礼。"

"最近几个月，我发现有个学生模样的人老是在傍晚时分站在我家楼下的栅栏外边，一开始我还以为是跟踪狂什么的。原来是你在听我练琴啊。"

夏悦微露出牙齿笑了，浅浅的酒窝变深了，使得她的脸流露出些许妩媚，但绝不是成熟女人的那种妩媚，而是十六岁少女所独有的那种天真的妩媚。

"之后有几次我又看到了你，"夏悦继续说，"本来想告诉我父母，结果后来发现，如果我停止弹琴，你就会马上离开。所以我就想，是不是你只是想要听我弹琴。这么一想，我就索性当作是有一个不认识的听众在一边听我练琴了。"

"原来你会把我当作听众啊。"听到她这样说，我内心一阵狂喜。

"你以后想听还是可以听的，不过如果弹得不好你可不要介意。"

"怎么可能，就是因为你弹得太好了，我路过时才忍不住要听的。"

"还有二十分钟演出要开场，我得准备上场了。"夏悦走到钢琴边，"这张票给你吧，我还有好几张亲友票。"

她递给我一张音乐会的门票，位置在前排最好的区域。

"真的可以吗？"我对于这意料之外的惊喜感到猝不及防。

夏悦坐在钢琴前又继续弹琴了，可能是在温习演出的曲目吧。看来她对这次演奏会很重视，我也就不好意思继续打扰她了。我走出琴房门口，又回头留恋地看了她一眼。她目不斜视，全部精神似乎都注入了指尖流淌出的音符里。

那一晚的演出和预想的一样成功。我至今还记得，在夏悦弹完《悲怆奏鸣曲》的最后一段后，全场都为之沸腾，观众的热情之火瞬间被她点燃，大家热烈地鼓掌。她不得不返场又多弹了两首曲目才结束。我的反应则相当平静：不是因为我不为她的演奏动容，相反，我内心的激动不比在场的其他观众少；而是因为我一直回味着和她在琴房里的对话。

夏悦的手指在键盘上灵动地飞舞，身体随着音乐的流动而有节奏地摆动。明亮而柔和的灯光打到她的身上，侧脸的曲线在朦胧中渲染上了一层柔和的光晕。我听着她弹奏那些音乐史上伟大作曲家的作品，眼前浮现出关于她的种种画面：第一次在音乐会上听到她演奏；第一次经过她家楼下听到她的练琴声；在街上与她擦肩而过；她在琴房指导我练琴……总之，音乐会从头到尾，我都在回味迄今为止与她奇妙的交集，尽管这些所谓的交集只对我自己才有意义。

那天以后，我如果在街上见到夏悦，都会主动向她打招呼。多数时候她只会点点头，微笑一下就走过去了，但偶尔也会留步跟我聊几句。

"练琴还顺利吗？"这次她把头发扎起来了，发尖卡了一个蝴蝶结形状的发卡。

"你上次推荐给我的练习曲，我都练完了，现在每天都要练一遍。"

"效率不错嘛。怎么样，效果如何？"

"果然和你说的一样。我感觉每个手指都越来越均衡了，无名指和小指也越来越有力气了。弹比较难的曲目也更有信心了。上次钢琴课上老师还特别提到我手指的独立性提高了。"

"很好，再接再厉啊。最近在练什么曲子？"

"跟着老师弹钢琴课上的曲子，按部就班地弹。对了，你去年音乐会上弹过的那首曲子，是不是很难呀？我在想什么时候我也能弹呢。"

"你是说李斯特的《叹息》吗？不要着急，先保证打好基础。至于《叹息》，你现在的水平还远远谈不上去学这首曲子。"

我不免有些失望："好吧……我最近还开始练肖邦的另一首《降 B 小调夜曲》。"

"是吗？我认为这是肖邦最好听的一首夜曲，但难度也大一些。如果你有兴趣，我可以教你一些技巧。"

"真的吗？"一阵汹涌的暖流涌上了我的胸口，我的全身都热乎了起来。

"不骗你啊，近期我们可以找个时间探讨一下这首夜曲。"

探讨？她也太看得起我了吧。又一次，我感受到了夏悦的真诚与谦逊。虽然她的父亲是成功人士，她自己钢琴又弹得如此好，她却没有让我感觉到丝毫的傲慢与偏见。

多年后回过头来看，夏悦对我，对周围的人都抱着公正、不偏不倚而毫无保留的态度。可惜当时的我还没有足够的阅历和同理心去理解，生而为人，这种品质是多么难能可贵。直到后来，随着我被无情地抛入纷纷扰扰的社会，睁开眼睛，逐渐看清了人生的真相，我才真正明白，当时站在我面前的这个长裙飘飘的女孩在这个世界上只属于少数派，极少数的少数派。

"我们去哪里弹琴呢？"我问。

首要问题是，在什么地方练琴。学校琴房是一个选项，但因为我们并不在同一所学校，所以并不十分方便。

"留个电话号码给我吧。等我确定了时间，电话告知你。"

时间过得很快。转眼间一个月过去了，不知不觉就到了五月。一个月以来，我对于钢琴的痴迷大有愈演愈烈之势，不仅想方设法每天尽可能多地练琴，而且在学校上课的时候也偷偷藏在课桌下面看音乐方面的书。幸运的是，我居然一次都没有被老师抓到过，也有可能她早就发现了，只是懒得搭理我而已。

我一直在等待夏悦的电话。上次约定她要教我弹肖邦夜曲后，整整半个月，在街上我没有再见到过她。更让我担心的是，放学后我经过她家楼下，极少缺席的琴声也断了一个星期之久。

起初，我胡思乱想：她是不是身体不舒服，生病了？是不是家里出了什么事？是不是有事出远门了？我甚至想，我是不是做错了什么事情使她生气了，她再也不愿意理我了。但转念一想，即使如此，她也没有不练琴的道理。思前想后，我劝自己不要焦虑，我想，夏悦无论做什么想必都会有她自己的道理。我还是专心练琴吧，免得等她回来以后发现我没有什么进步。

五月的一个周末，我打开琴谱，打算温习一遍最近学过的乐曲，这时客厅里的电话响了。

我立刻小跑出去，颤颤巍巍地拿起话筒。对面的人没有马上说话，然而一听到对方传来的微弱呼吸声，我就断定她一定是夏悦了。

"最近好吗？好久不见了。"我声音发着抖，仿佛声带挣脱了身体的控制。

"《降 B 小调夜曲》练得如何了？"她的声音一如既往地轻快。

"还是有一些难点没有解决，怎么练也练不好。好像陷入了瓶颈的那种感觉。"

"今天可有空？"她话锋一转，好像没有听到我的回答似的。

"没有别的安排。"

"要不你下午来我家吧。上次说过要听你弹弹那首夜曲的。"

"可是，你的家人——"

"我父母今天不在家。"

夏悦的口气依然温和而平静，却暗暗地带有一种不可阻挡的气势。她告诉了我到她家的路线，我当然早就清楚了，但还是一字不漏地记了下来。

前一晚下了大雨，午夜后雨势减轻，淅淅沥沥地一直下到清晨。午后转而雨过天晴，地面很快就被晒干了。走在去夏悦家的路上，我丝毫没有察觉到这夏日的艳阳天刚刚才流过了眼泪。远处郁郁葱葱的树林从山脚一直蔓延到山顶上，漫山遍野的绿叶在初夏的水汽中随风摇颤。

没花多少功夫，我就到了夏悦的家。这是一座欧式风格的三层建筑，外墙由布满纹理的石块砌成，二楼的房间外带有一个宽阔的露台，三楼是阁楼，夏悦的琴房就在这间阁楼里。

见到夏悦时，她穿着浅色的雪纺衫和百褶裙，一副邻家女孩的感觉。她一打开门，一瞬间我撞上她犀利的眼神，呼吸变得急促起来。我移开了视线，避免直视她的眼睛，目光落在了她的裙摆上。她的裙子刚好过膝，露出了白净的小腿。这是我第一次近距离观察她的身体，反而使我更加紧张了。

"不用担心，我家里没人。"她仿佛看出了我的局促不安，用一种带着温柔气息的语气安慰我。

沿着玄关走进去，是一个上层挑空的客厅，对面有一排落地窗，可以看到屋子外的花园，视野极为开阔。花园里有几棵树，从叶片的形状看，应该是枫树，但奇怪的是，叶片的颜色却完全不同。我不禁盯着这几棵枫树多看了一会儿。

"为什么这几棵枫树叶子的颜色会不同呢？"我想正好可以借着枫树的问题打破沉默。

"枫树的种类可多啦。它们都属于槭树科。你看，左边那株长着翠绿色叶子的，是五角枫，它的叶片有五个角。中间叶片呈现紫红色的是红枫。右边那一株是红羽毛枫，叶子边缘是红色的，中间是绿色的，叶片的形状就像羽毛一样。"

"没想到枫树还有这么多不同的种类，不管是叶片还是身姿都很优美啊。"

我从未与女孩独处一室过，现在这种情况使我坐立不安。我的脑袋一动不动，在目之所及的范围内环视了一圈，深深吸了一口气，试图尽量缓解内心的不安情绪。

夏悦坐在一侧沙发上，她双腿弯曲，脚轻轻搭在一个小板凳上，蓬松的裙摆微微贴到了脚踝处，我注意到她藏青色的短袜上有一只小猫的图案。

夏悦解释了这个月突然消失的原因。原来，不久前，一个著名音乐学院钢琴系的教授到附近的一座大城市开设钢琴大师班，而这个音乐学院在全国首屈一指，是她梦寐已久的学府。她一获悉这个消息就对父母提出想要去参加，父母当然全力支持，于是送她去了邻近的城市。

"原来如此。我还为你担心呢，不过后来转念一想，你肯定有自己的安排。"

"担心？真的吗？"夏悦悄然抬起侧脸，眼里透出我捉摸不定的光芒。

我不再惧怕她的眼神，不再躲避她眸子里透出来的那束光。不仅如此，我内心反而涌起了一种强烈的好奇心。如果可能，我愿意穿过她那深不可测的瞳孔，到她眼眸最深处去一探究竟。那个未知地带会是怎样的一幅景象呢？

"大师课怎么样，有趣吗？"我问。

"谈不上有趣，毕竟在场的学生都是抱着互相竞争的心态来上课的。那位教授是个著名的钢琴家，他一共讲了七堂课，每一堂课专门分析一首乐曲，都是可以用来考音乐学院的曲子。"

"你是为了考音乐学院才去上大师课的吧？"

"嗯，虽然现在还有时间，按理说不用太着急的。不过要考顶尖音乐学院的钢琴系，竞争的激烈程度是难以想象的。还是得早做准备。"

"你将来想做钢琴家吗？"

"钢琴家？"她睁大眼睛，盯着我笑了笑，"钢琴家可不是想做就能做的，除了持之以恒的刻苦练习外，天分同样重要。如果没有超乎常人的天分，就算自己练到地老天荒恐怕也成不了钢琴家。"

"我觉得你已经弹得足够好了。"

"要成为演奏家，只是'弹得好'是远远不够的，因为你会发现，琴弹得好的人很多。"夏悦把脚从垫子上挪下来，双膝并拢，"或者说，'弹得好'的标准相对于钢琴家的标准来说是很低的。"

"钢琴家的标准是什么样的呢？"

"比方说，有一首难度很高的乐曲，你把它流畅地弹下来了，没有一个错音，速度和节奏也符合要求，细节上按照乐谱上的表情术语都有所体现，这是不是已经算作弹得好了？事实上，对于很多人来说，做到这一步也绝非易事。然而，对于钢琴家来说，首先技术上要无懈可击，也就是彻底解决技巧上的问题，比如错音呀，速度跟不上呀，节奏不对呀……这些问题都是不能再成其为问题的。所以，在技术上，钢琴家的速度、力度、准确度，是一般演奏者无法与之相比的。"

"其次，你要能深入挖掘出乐曲中蕴藏的情感，"夏悦望了一眼窗外，接着说，"对于乐曲情感上的演绎比技巧更重要。钢琴家需要尊重作曲家想要表达的含义，这个过程中通常也需要融入演奏者对乐曲的理解。所以你看，要成为钢琴家可不是一件容易的事。只有同时在技术和情感上都臻于完美的境界，才有可能达到钢琴家的水准。不过，即使达到这个水准，也未必能保证最终成为钢琴家。"

"为什么呢？"我不解地问道。

"我相信有不少人，他们的钢琴技术已经无可挑剔，对于乐曲的诠释也恰到好处，但依然无法成为顶尖的钢琴家。这个世界上，哪有什么百分之百确定的事情呢？家长和老师们喜欢说'努力就会成功'，但遗憾的是这句话只是自欺欺人、彻头彻尾的谎言。只要稍微想一下就明白了。一方面，每个人都是特殊的，他们的天分、质素和适合做的事情是不同的；另一方面，很多纯属偶然性的因素，比如运气、机会、环境甚至灾祸，这些不可控的因素每一天都在现实地影响着每一个人的生活和选择。人世间多的是人力所不可及的事情，怎么可能只凭努力就能实现呢？努力最多只能帮助一个人靠近目标，但倘若努力的方向不对，他只会距离目标愈来愈远。如果一个人天生不是弹钢琴的好材料，任凭他怎么努力也只能是徒劳的。"

"有道理……很多事情确实是无可奈何的吧。"我低下头说，"就像我，现在才发现自己喜欢音乐，开始学琴，然而为时已晚。我这辈子无论如何也不可能在钢琴方面做出什么名堂了。"

"不过就拿弹钢琴这件事来说，也不是每个人都非得立志成为钢琴家不可。"夏悦现出一副极为认真的姿态，"如果能力所限，退而求其次做个以音乐为职业的人也可以呀，比方说钢琴老师，至少每天都可以弹琴，还可以培养那些有天分的学生。总之，就算做不了钢琴家，也有许多关于音乐的职业可以去做。当然，如果不以音乐为职业，仅仅把它当作兴趣爱好，那就更好了，不用承担弹不好琴的压力，只要能够享受音乐的美就已经足够。"

我必须坦诚，夏悦的一席话对于当时的我来说有些晦涩。那时我把她的说法只当作是一种谦虚。在我看来，她的条件如此优越，她又如此有才华，还有什么可担忧的呢？

夏悦站在窗前，背对着我。她乌黑的长发像飞流直下的瀑布披在肩和背上，几缕发梢随着微风轻轻飘起，在窗口倾泻进来的光线下一闪一闪，宛如海底深处发着光的浮游生物。

"你的肖邦夜曲弹得怎样了？去弹琴吧。"

我跟着夏悦，经过客厅外边的拐角，沿着旋转的木质楼梯走上去。楼梯的光线弱了许多，我跟在她身后，她的双腿在拂动的裙摆下隐隐显现，浅浅的血脉藏在紧致的皮肤表层下，透露出微弱的绯红色。

一进阁楼，满眼涌入了明亮的光。阁楼面积很大，铺着木地板，两侧分别有一扇窗户。天花板上有一块镂空的玻璃窗，阳光笔直地照射进来，房间里采光极好，一架黑色的三角钢琴摆放在房间一侧。

"你弹一遍《降 B 小调夜曲》给我听听吧。"

我端端正正地坐在钢琴前，像小学生在老师面前一样。夏悦打开一本乐谱，放在谱架上，翻到我要弹的那一页。她坐在钢琴一边的椅子上，半闭着眼睛，等待我的琴声。我伸出双手，慢慢将手指虚放到键盘上方，用力咽了一口唾液，开始弹了起来。

可能由于夏悦坐在我旁边，可能是我太在意她对我的看法，也可能是我压根儿还没有练好，我接二连三地弹错音，有几段节奏也乱了，不过总归磕磕绊绊地把整首曲子弹了下来。我感觉弹的效果比我自己在家里弹的差远了。弹完以后，我感到羞愧，又掺杂着一丝不甘心，垂头丧气地坐在琴凳上。

"是不是感觉没有平时自己在家里练的好？"夏悦盯着我的手说。

"嗯……自己练的时候反而会流畅很多。"

"其实这是很正常的现象。举个例子吧，如果我把一首曲子弹到了刚好熟练的地步，这个时候我去参加比赛，大概率会弹砸。这个道理你明白吧？"

"嗯……"我若有所思地点点头。

"自己练琴相比于弹给别人听，比如在公开场合弹琴甚至参加钢琴比赛，完全是两码事。想要在音乐会上弹好一首曲子，你私底下就得把它练到百分之二百的熟练，唯有如此，在音乐会上你才能发挥出百分之一百的水平。同理，换作是钢琴比赛的话，你可能需要练到百分之三百、四百甚至更深的程度，才有可能会得奖，还得取决于你竞争对手的实力。这个道理懂吧？"

"就像数学考试吧？"我不想在夏悦面前显得自己好像是个白痴，"把书本上所有的题目都做会了，也只能勉强混个及格。如果想要考高分，非付出成倍的努力不可。"

"数学考试的例子很形象。不过，就算你练琴练到百分之一千的熟练度，也可能最终还是一无所获。"

我觉得这句话听上去未免太悲观了，夏悦仿佛看出了我的心思，她接着说：

"世上有很多事情是无解的。努力了不一定有结果，你爱的人人家未必爱你，数学试卷做了一百遍可能也考不了高分，钢琴练到百分之一千可能还是得不了奖。有些事情只是这样那样地发生了，并没有什么道理可言，也毫无规律可循。我想，人生既有确定性的一面，也有不确定性的一面。把握能够确定的，坦然接受不能确定的，我们似乎也只能如此了吧。"

我的脸唰的一下变红了。坦白地说，从我走进夏悦家的那一刻，看到她拂动的裙边和光洁的小腿时，我感觉身体发生了一些变化，我的呼吸更局促了，血流得也更快了……这时听到夏悦又说到什么爱不爱的话，我毫无缘由地感到害羞，尽管她所说的和我完全没有关系。

后来我才意识到，不知不觉间，她的思想已经在影响我了。

"你脸红什么呀？"她的嘴角上扬，双颊上酒窝凹陷，差点笑出了声。突然间，画风一变，阁楼里荡漾着谜一样的空气。

"不……不是的……"一股热流涌上了我的脑门，我的脸上热热的。

"好啦，来看曲子吧。"她收起了嘴角，手指着钢琴的方向，目光变得静谧。我注意到她的嘴唇微微有一点干裂。

我们交换了位置，夏悦坐在钢琴前，逐句逐段为我分析了这首曲子的技术要点。她的讲解完全不同于我的钢琴老师，她会用一种易于理解而又很友好的方式来讲述，随时辅以示范性的弹奏，直观明了地帮助我理解乐曲的技术要点和正确的弹奏方式。她乐于分享自己对于音乐的理解，使我把握到乐曲更深层次的内核。我当场得出一个确定无疑的结论：她如果去教琴，一定是个很好的钢琴老师。

夏悦讲完了以后，我又弹了一遍。这次我弹得明显好了不少，不仅速度变得更稳，错音也明显减少，弹出的音响效果婉转悠扬了起来，竟然营造出一种颇为哀婉动人的清丽之感。

我头一次在自己的弹奏中感受到了情感的宣泄。如果说在这之前，我只懂得机械地敲出一个个干瘪的音符，现在我就属于在尝试诠释一首乐曲了，尽管这一切仅仅只是个开始。

"怎么样，效果还不错吧？"她说，"你以后练琴都得这样，对于每一首要学的曲子，分三步：第一步要把每个乐句分解开来，正确地弹出每个音，解决技术上的难点，然后能够连贯地弹下来；第二步要理解乐曲的创作背景和作曲家想要表达的情感或者创作的意图，力求恰当地表现出乐谱上所标记的所有表情术语；第三步要发自内心地去感受这首乐曲，感受每个音在钢琴共鸣箱的回响，用音乐这种语言与作曲家对话，与音乐本身对话。没错，音乐跟汉字一样，同样是一种语言。好的音乐是一首动人的诗，弹钢琴的过程其实就是在用音乐的语言书写或者再现同一首诗而已。作曲家书写这诗，而我们则尽可能好地再现这些诗的美。"

"诗的比喻很形象。"我说。

"从这个意义上来说，"她把手抚摸在琴键上，"钢琴弹得好的人内心是一个诗人，或者说有一个诗人住在他的心里，唯有如此，才能弹出音乐里的诗意。"

五月的天气像淘气的小孩子一样捉摸不定。转眼间天色便暗了起来，滚滚而来的乌云在一刻钟前还晴空万里的天空中投下道道阴影，一缕酝酿着阵雨的水汽在渐渐阴暗的天色中飘浮在屋顶上方。夏悦把肖邦的那本夜曲集收了起来，放到书架上。这时，我注意到她的书架上摆满了书。

"你的书好多，可以算坐拥书城了。"

"不全是我的，一半是我妹妹的。"

我才意识到，夏悦还有一个妹妹。

"她不在家吗？"

"在楼下。她总是喜欢把自己关在房间里，一连待上大半天也不出来。"

我在书架前驻足了一会儿，一眼掠过去，我看到了《浮士德》《悲惨世界》《契诃夫小说全集》，此外，还有不少中国文学的著作或文论，例如《诗经》《文心雕龙》《中国文学史》，都是些我感到很陌生的名字。我只模糊地记得在语文课上听到过其中的一些。

我不禁感叹，夏悦不仅钢琴弹得好，看起来也读过很多书。我注视着眼前高大的书架上一排排整齐的书，仿佛置身于一座图书馆之中。阁楼里不知不觉弥漫着庄严肃穆的气氛。

"你想听什么曲子，我可以弹给你听。"

夏悦的声音唤醒了在书架前沉入遐想的我。

"好呀，"我几乎没有多想就说，"李斯特的《叹息》。"

"《叹息》？你怎么对这首曲子念念不忘啦。"

"我很久以前就听过这首曲子了……"

犹豫片刻后，我对夏悦讲述了关于桐的故事。

"你说的那个小姑娘……"夏悦的眼睛里透出一抹忧郁，"真是可怜……如果她能好好活着……"

"每一天，都有千千万万的人离开这个世界，"我叹息道，"我们每个人都会成为其中的一分子，只不过她离开得未免太着急了。"

"你说她很喜欢钢琴，如果她也可以学钢琴该有多好啊。"

我总有一种感觉：如果桐有机会学钢琴，她一定会弹得很好。我一直都认为，她是那种有能力感受到音乐之美的人。在所有关于艺术的才能中，对于艺术之美的感受力是最难拥有的。通常，人们把拥有这种才能的人叫作天才。像桐这样的孩子，哪怕一点儿音乐也没有学过，她也能在听到一个音符后就想象到音乐想要描绘的画面——仅仅一个音符就已经足够。

一层水雾笼罩在窗前，雨水哗啦啦地沿着玻璃上浅浅的水痕蜿蜒流下。蔷薇藤攀爬在窗外的墙上，几片绿油油的叶子被雨水零零散散地打了下来，紧紧贴在窗玻璃上。阁楼里回荡起清新的钢琴声，夏悦的手指在琴键上翻滚，左右手交替弹奏出《叹息》的主题旋律，单纯的动机犹如一缕幽香，让我想起微风吹拂的田野上，矢车菊在空气中散发出淡淡的香气。

夏悦继续弹奏，旋律音以八度音奏出，仍然左右手交替着弹，这是一段极尽柔美的旋律，富有歌唱性，宛如不紧不慢的歌声一样柔肠寸断，婉转低回。音乐线条层次分明的变化仿佛海面上的波涛起伏，我的心也随之左右飘摇。连续不断的琶音从头到尾未有中断过，那是清晨时分大海上卷起的一阵浪涛，满是雾雾的空气中荡漾着海风咸咸的味道。

随着夏悦弹得渐入佳境，她的身体随着有爆发力的和弦而摇摆起来，手臂和手指的动作使我眼花缭乱。我死死地盯着她的指尖，想要跟上她手指的步伐，却被她飞舞的手指远远甩在身后。听着听着，我仿佛置身于一片苍茫中，眼前是海风在暴雨中掀起的阵阵巨浪，远处是湮没在雨雾中的海平面。突然间雨停了，我随着海水的流向漫无目的地在海面上游荡。

终于弹到了结尾部分，一串缓慢进行的和弦仿佛在黑夜将尽时发出一声沉重的叹息，再多的情绪也在转瞬之间碎裂为浪尖的泡沫。

不过，引起我注意的是，夏悦弹的《叹息》的结尾似乎跟我听过的版本略有不同。我说不上究竟是哪里不同，但总觉得不一样。

她停在了最后一个音符上，手指迟迟没有离开琴键。她的身体略微前倾，眼睛凝视着键盘，沉默了一会儿。窗外的雨水声变小了，玻璃上的雾气渐渐散去，天色没有那么阴暗了，半明半暗的阁楼宛如神秘国度的幻境。

我走到夏悦身旁，从后方看着她披肩的长发，那略显凌乱的发梢，仿佛在召唤我，召唤我去轻轻触摸。我无意识地伸出了手，却蓦地又僵住了。恍惚之际，透过她半透明的衣衫，依稀可见的肌肤发出暗淡的光。

仿佛无穷无尽的静默中，阁楼的门突然被推开了。我从迷离的梦境中苏醒，下意识地后退了几步。一个面色苍白的小女孩站在门前，目光静静地投向阁楼里。夏悦似乎也刚从李斯特的音乐中醒来，她看着门口的小女孩，脸上露出惊讶之色。

"你怎么上来啦？感觉好点了吗？"

夏悦的语气很是温柔，充满关切的意味。这时我便明白了，眼前这个神色冷漠的小姑娘便是夏悦的妹妹。

小女孩并没有回答，只是简单地做了一个手势，指着书架的方向。

"你要取什么书？自己去拿吧。"

小女孩不紧不慢地走到书柜前，取下一本厚厚的《我的一生》。她一只手把书抱在怀里，踮起脚尖，另一只手想要取书架上层的某一本书，但她的身高还差一点儿，似乎够不到那本书。

从小女孩推开门起，我便呆立在原地不动。看到小女孩努力了几次都没有取到书，我没有多想便走了过去。

"你想要哪一本呢？"我的嗓音微微颤抖。

她轻轻抬起头，竖起手指，指向一本大部头的书，书名是《人性的枷锁》。尽管我没有听说过这本书，但我觉得这个书名对于一个小女孩未免过于沉重了。其实，对我也同样沉重。

递给她书的时候，尽管想避开她的眼神，但我还是有一瞬间接触到了她的目光。小女孩的眸子里也有和夏悦一样的那种深邃，不同的是，里面泛出一种我难以理解的冷淡，仿佛冬夜里星辰的寒光。这不是那种骄傲的、高高在上的冷淡，而是好像对世上的一切都已经绝望的冷淡。我和她的目光只接触了几秒钟，但这已经足够使我感到，这种冷淡的目光里有一些令人心碎的东西。

"你为什么要弹那个结尾？"小女孩突然转过身问姐姐。

"因为我觉得这个结尾也很好听。"

"但这个结尾是属于我的，是我告诉你的。"小女孩冷冷地说，"你不可以随便给别人弹。"

说完，她不屑地瞥了我一眼。显然，我就是她所说的那个"别人"。

"真是耍小孩子脾气，凭什么我不能弹呢？"夏悦的语气中有一丝俏皮，显然她没有把妹妹的话当回事。

小姑娘不声不响地走了出去，关上了门，既没有看我，也没有看夏悦。

对于姐妹之间的这几句对话，我完全摸不着头脑。我正打算问夏悦是怎么回事，夏悦又弹了一遍《叹息》。我听出来了，这次她弹了另一个不同的结尾，正是我所听过的那个版本。看来，《叹息》有两个不同的结尾，而小姑娘似乎认为自己对其中的一个结尾拥有一种独占的权利。这种心态在我看来很天真也很可爱。

"在旁人看来，我妹妹的性格可能有点古怪，不像是她这个年龄的孩子，"夏悦转过身来说，"希望你不要介意。其实她是个很好的孩子，只是不像其他孩子那么快乐罢了。"

我之前就听说过，夏悦的妹妹心理上有一些问题，甚至有人说她患有精神疾病，为此夏悦的父母还带她去看过心理医生。从刚才我和她短暂的接触来看，传言看来并非空穴来风。这个小姑娘的言行，确实显得与众不同。然而，我总觉得，说她"有病"未免也太武断和残忍了。以我的视角来看，她只是显得孤僻、冷漠、不合群，但我不也一样吗？每个人的性格里多多少少都会带有一些偏执和孤僻的成分，只是多或少的区别罢了。

桐离开后，我没有过一个朋友。我无论如何无法与那些曾经对桐出言不逊的孩子成为朋友。在学校里，我从未合群过。在很长的时期里，我过着一种自我放逐的生活，一个人上学、放学，课间一个人趴在课桌上睡觉，一个人在操场上散步。我从未引起过任何人的注意，也没有任何人引起过我的注意。这个世界于我仿佛是一部永不停息的奇幻电影，而我只是个无关的观众。

直到遇到了夏悦，直到开始学钢琴，我才逐渐感受到了生活的余烬带来的一点温暖。因此，对于夏悦的妹妹，我天然地抱有一种深切的同情。我觉得这样的孩子更值得受到世人的善待，尽管事实往往是事与愿违的。

相比之下，夏悦在各个方面都与妹妹迥然不同。我宁愿将她的性格称为一种"底色是悲观的乐观"。她性格开朗，待人友好，乐于分享，对音乐、对钢琴、对生活，都有着饱满的热情，在这个意义上她是乐观的。然而，她不会为此而盲信盲从，无论对学业、对钢琴，还是对自身的边界，都有着理性的认识，这种认识过于理性，甚至会让我感到悲观的气息。尽管我从未对她说明这一点，然而我总觉得，在她一贯的微笑背后，隐藏着几缕淡淡的愁绪。她最难得的特质在于能够坦诚地接受自己不会成功的可能性，这对十几岁时血气方刚、目空一切、自以为是宇宙中心的少男少女来说，是很难想象的。

夏悦的这种人生态度极易感染身边的人。自从认识她以来，我逐渐觉得人生好像慢慢地有了方向，尽管未来在我看来依然模糊。

我离开之前，她又弹了几首曲子。她弹琴的时候，我看到钢琴对面的书桌上有纸和笔，便坐下来写了几段我无法说出的话。因为心里很乱，字迹写得潦草。

真心感谢你愿意花费一整个下午教我弹琴，我会按照你讲的方法认真练习。听了你弹的《叹息》，我很感动，这大概是我来到世上以来听到过的最美的音乐（没有任何夸张的成分）。

我很开心能够和你一起度过一整个下午，这对我平庸而乏善可陈的人生来说，简直是不可思议的一天。四个月以前，我不敢想象我会对钢琴产生这样难以抗拒的热情，我也不敢想象今天我竟能在钢琴上弹出一首完整的乐曲。同时，我也感到后怕：倘若不是在那场新年音乐会上听到你弹琴，恐怕此生我就要与音乐错过了。而它在仅仅四个月的时间里带给了我多少快乐，在我原本阴暗的生活里注入了多少光明！四个月足以改变太多事了。你对我踏上学琴这条路起到了至关重要的作用，对此我也要表示真心的感谢。

你说过，人生中很多事情是我们无法控制的。对此，我完全同意。然而，我觉得你也不用过于悲观。就拿钢琴来说，我确信你有成为钢琴家的潜质。我绝非在恭维你，因为听你弹李斯特《叹息》的过程中，我惊叹于你演奏时自如的气息，我的确被你指尖奏出的音乐感动了。不仅如此，看得出来，弹琴的时候，你自身也被自己演奏的音乐感动了。一个人的演奏想要打动别人，必然先要打动自己，否则就等于不真诚，等于是在扯谎了。从这一点上来说，我想，你已经具备了成为一名演奏家最基本的质素。

我知道，我的评价无足轻重，甚至毫无价值，但我相信你的音乐一定可以打动更多的人。我衷心期待有一天能够看到你成为一名真正的钢琴家。我永远是你最忠实的听众。

如果我有任何让你感到不舒服或不愉快的地方，我要表示真诚的道歉。

第五章

之后的一段时间，我没有见过夏悦，在街上也没有看到过她的影子。她又像是从我的世界里神秘地失踪了。

终于有一天，夏悦打来了电话。

"最近好吗？"她的声调轻快又活泼。

"还好，你呢？本来想打电话给你，却又怕打扰你。"

"我应该早点打给你的。你不会生我的气吧？"

"怎么会呢，不过这些天没有你的消息，我有点担心呢。"

"担心？真的吗？"她第二次这样问我了，我一时有些不知所措。

"对了，一直想问，你弹《叹息》的时候，结尾的部分似乎跟我听过的版本不太一样。"我想赶快转移话题。

"被你注意到啦。其实《叹息》有两个不同的结尾，除了通常乐谱记载的版本外，李斯特在手稿上还写下了另一个结尾，被收录在他的学生所记录的钢琴教学笔记中。"

"竟然还有另一个结尾！比原版的听起来更自由，更空灵。"

"李斯特在手稿上标记这个结尾应该'自由地'弹奏。你的感觉很准呀。"

"原来如此。真是不可思议的结尾，比原版更好听。亏他想得出来！"

"的确是不可思议的结尾。"

两天后，我在街上遇到了夏悦。不同于以往，这次我们很自然地就走到了一起，肩并着肩走在街上。六月的天空刚刚被雨水洗刷过，比擦过的镜子还要明净。夏悦穿着一件连衣裙，头顶扎了丝带状的发束。她给我分享了近期练琴的心得，我也跟她说了学校里的事情。

"感觉你们学校的生活挺有趣呢，"她摇摇头，"不像我们学校，每个人都无聊得要死。"

"无聊？怎么说呢？"

"每天除了上不完的课就是怎么也做不完的作业和试卷。每个人都只想着考高分，好像除了考试，这世上就没有什么可关心的了。"

"你们学校是重点高中，和我们这种二流学校当然不同了。"

"其实我一直感到很好奇的是，你为什么突然会想要学钢琴呢？"夏悦语调一转注视着我，脸上呈现出一种扑朔迷离的表情。

"这个……说起来有点不好意思啦，其实最开始是因为你的影响。"一阵热流涌上来，我感觉脸颊有点发烫。

"因为我？"夏悦眼中露出吃惊的神情。

"嗯……去年十二月底我在那场音乐会上听你弹了李斯特的《叹息》，不知怎么回事，我对钢琴就一直念念不忘了。之后，我经过你家楼下的时候也被你的钢琴声所吸引。对我来说这是极为不同寻常的事，因为在这之前我从来都没有对钢琴有过特别的感觉。"

"我的琴声还有这样的作用啊！"夏悦掩面笑了，"无论怎么看，你学琴的决定听起来都显得太草率了。"

"我费了好大功夫才让父母同意。我自己到现在也感到神奇，我竟然这样就开始学琴了。"

"不过你学得很快啊，可见你对音乐有很强的感悟能力。坚持学下去一定可以弹得很好。"

我们漫无目的地走在大街上，想起什么就聊什么。转过一个街角，眼前出现一片绿地，狭窄的石板路蜿蜒着通向深处。

"你说，这条石板路会通向什么地方呢？"夏悦放慢了脚步，目光投向树丛深处的阴影处。

我们沿着石板路不停地走下去。草地上长着大片大片的玉带草，白绿相间的叶子在风中轻柔飘逸地摇晃着。不时有几丛花叶芦竹点缀其间，扁平的叶片自然垂落。走过几棵冬青树，一片草丛中散布着许多黄色的花朵，茎直立着，花瓣在阳光下显得艳丽夺目。

"这是什么花呀，有四枚花瓣。"我问。

"花菱草，夏天会开出鲜艳的花。"

绕过了几个弯后，开阔的花境映入眼帘。一大片常夏石竹丛生在草地上，枝端开满了紫色、粉色和白色相间的花，浓郁的芳香从花蕊里传来。在枝叶繁茂的冬青树下，长满了蔓长春花，蓝紫色的花瓣包围起漏斗状的花心，娇艳欲滴的样子尤为可爱。再往前走，是一大片颜色绚丽的五彩苏。我停下脚步，仔细注视着眼前一棵被修剪成圆球状的两米多高的红叶石楠。叶片之间开满了白色的小花，在葱翠的叶片之间，也点缀着红色和红绿渐变色的叶子。

"再过一段时间，红叶石楠的叶片就要变绿了。"夏悦也走了过来。

"那为什么叫红叶石楠呢？"

"春秋两季红叶石楠的新梢和嫩叶会变得火红，夏天叶片则呈现出亮绿色。树叶的颜色会随着季节变换。"她不假思索地回答。

早上下了一场雨，到午后雨才停了。不过，六月的骤雨是一股迅疾的风，来得快去得更快。阴云顷刻间消散大半，透过云层之间的缝隙，太阳奋力把光辉洒向人间。用不了多少时间，潮湿的地面就被晒干了，似乎不曾有人注意到这场阵雨。

这个骤雨后的下午，夏悦和我无意中踏入这片山脚下隐秘的花境，满眼尽是繁花和绿叶，在失而复得的阳光下尽情呼吸着新鲜空气。露水从凌霄花的花瓣上滑落，棣棠花叶片上的水珠反射着紫蓝色的幽光，一缕温暖的水汽从草丛中升起，色彩斑斓的蝴蝶在花丛四周飞舞。花的幽香与泥土潮湿的芬芳混合在一起，在花境中蔓延滋长。

"这样绚丽的花境，居然无人来见证它最美的时刻，不觉得很可悲吗？"她叹了一口气，蹲下来近距离观察着薰衣草的穗状花序。

"至少我们看到了。也许远离尘世的喧嚣，它们才能茁壮生长呢。"

我们走到了一片更为开阔的坡地上，地势开始升高，四周长满了树木和花草，透过树林的空隙可以看见远处黄绿色的葡萄藤架。抬头远望，从山脚到山顶举目尽是郁郁葱葱的杉树。

"你看那边的山顶。"夏悦手指着远处被树林覆盖的一个山头，"你说，站在那里会看到什么呢？"

"大概可以看到整个城市？不过我也没有上去过。"

"你想不想到山顶上看一看？"

于是，我跟夏悦沿着山坡上的小路，一路从山脚下向着山头进发。去山顶的路程比预想的要长许多，我走到半山腰就已经气喘吁吁了。转身一看，我们已经身处浓密的树林之中。太阳倒并不很晒，高大挺拔的树冠层层叠叠地盖住了天空，阳光穿透过树叶的缝隙后强度消减了许多。

我提议休息一会儿，于是我和夏悦找了一个大石块背对着背坐下了。一开始的时候，我和她背对着彼此，中间隔了一段距离。不过，坐下以后，我的疲惫感一下子涌上头来，我的后背不自觉地往后倾斜。有那么一刻，我和夏悦的背贴到了一起。隔着衣服，我依然感觉到了她的体温，我不自觉地想象着那层薄纱之下细嫩的肌肤。我们就这样背靠背坐了几分钟，谁也没有说话，只听见轻微的喘息声在斑驳树影中回荡。

"只剩一半路程了，我们出发吧。"

听到夏悦的声音，我们仿佛都回过神来似的，不约而同地各自往前挪了挪身体。

我们继续朝着山顶走。夏悦的步子迈得很坚定，身体随着路上坑坑洼洼的起伏左右摇摆，帆布鞋在地面积压的叶子上踩出了窸窣声。她不时回过头来看看我，林间半明半暗的光打到她的侧脸上，在光影之间，她的脸抹上了一缕轻飘飘的水雾，仿佛晶体散射出清莹剔透的光芒。

她越爬越快，在一个小坡上不小心滑倒了。我连忙赶过去，她已经抓着草丛站了起来。

"当心，慢一点！"我焦急地喊道。

她毫不在意，继续脚步飞快地前进。

我加快速度追了上去，不知怎么回事，等我反应过来时，我的手已经紧紧抓住她的手了。

她回过头，用惊讶的表情盯着我，手却并没有松动。

我意识到我的手握得太紧了，手指立刻松开了一些，但仍旧握着她的手。

"前面是陡坡，一起走吧。"我沉默了几秒钟后平静地说。这种平静的口气让我自己都感到惊讶。

于是，我拽着她的手，两个人稳稳当当地继续爬。阳光变得越来越暴烈，我们终于抵达了目的地。山顶上是一小块平地，周围遍布着高大挺拔的云杉，底下是我们刚才经过的那片郁郁苍苍的山坡，此刻望去是那样绿意盎然。

"怎么，还不打算松开我的手吗？"

一阵风吹过来，我就像受了惊似的，慌乱中做出一个猛地甩开她的手的动作。我的手心顿时冷汗淋漓，手臂也不住地颤抖。我仿佛被自己的行为吓了一跳，我事后回想起来更是感到后怕。和一个女孩发生这样亲密的肢体接触，即使只是拉拉手，对于当时的我也是不可想象的。然而，事情是自然而然发生的。也许，十四岁的我，身体里另一个人格已经觉醒，而夏悦正好成为引导我发掘这种自我意识的人。对于夏悦来说，她是怎么想的呢？我不知道。

"我找到我家所在的位置了，你看那边。"说着，夏悦用手指向山下的一个方向。

我和夏悦走到山顶的边缘，距离下面的陡坡只有一步之遥。举目四望，山脚下的街市尽收眼底。从山下流过的小河在阳光下宛如一条晶莹的带子，静静躺在缭绕着蓝色烟雾的山谷中间。光线在飘浮着水汽的半空中折射，整座城市仿佛被覆盖上了一层薄薄的轻纱。一阵鸣笛声打破了周遭的宁静，定睛望去，一列火车从山谷中疾驰而过，奔向城市的心脏，远远地传来短促的呼啸声。更远郊的村落里，一股股炊烟沿着屋顶袅袅地缓慢上升。原来从高处俯视这座城是这样一幅景象，我在这里生活了十多年竟是第一次看到。

夏悦微微转过身来，目光直视着我的眼睛。我下意识的反应是想要再次躲避她的目光，但最终却竭力遏制住了这种倾向。我直视着她的眼睛，她的眼眸深处荡漾起一阵阵漩涡，仿佛有一只摇曳不定的小船在风起潮涌的大海上漂流。她的眼眸里似乎有一个吞噬一切的黑洞，我的目光，我的眼睛，我全身的每一寸皮肤和每一滴血液似乎都要被黑洞吸引进去。

暮色降临，半边天空被霞光染成了紫红色。那一天，在恬静安谧的山顶上，在青翠欲滴的杉树林间，在飘散着淡淡水雾的纯净天空下，我们望着远方，一句话也没有说。我回味着她指尖的温热，思绪飘向了遥远的山谷。

看完山上的风景回来后，我和夏悦见面的频率更高了。我们时常一起练琴。我弹给她听最近学的曲子，她会提出意见，教我把每一首曲子弹得更富有音乐性。她也会把新练的曲子弹给我听，每一首我都会私底下做不少功课，以期和她在一起的时候能够发表更多有见解的评论。周末我们会在偶然发现的花境中散步。

我竟然能够分享夏悦的友谊，——她还有不少别的朋友——这个简单的事实常常使我感到不可思议。几年后，我曾对一个朋友回忆起山顶平台上的那一幕。他是一个富于幻想气质的人，他问我那一刻为什么不去亲吻夏悦。我对他的问题感到匪夷所思，对于当时的我来说，迈出这一步不是太难，而是根本不可能。以我当时的认知，我只敢把夏悦当作我最好的朋友，也是我唯一的朋友。

我尤为感到惊讶的是，夏悦对各种植物十分熟悉，她可以轻松说出树和花草的名字，对于它们的形态、花期和习性也相当了解。受到她的影响，我第一次认识了身边的植物，过去它们无时无刻不出现在我眼前，我却从未注意到过。树林之间有光影，草地之上有水汽，云翳之间有柔情，无意中我发现了万物之美。我忍不住感叹，原来自然界聚集了这样异彩纷呈的生灵，而我过去竟是那样麻木。我究竟错过了多少自然赋予的美好啊。

我平静地度过了一段内心并不平静的时光。可惜好景不长。渐渐地，我发觉学校里的同学有意无意地对我流露出怪异的眼神，每次我从他们身旁经过时，他们就会开始交头接耳地嘀咕着什么。再往后，我回家路上遇到那些认识的街坊邻居时，他们看我的眼神也跟从前明显不一样了。

在这个城里，有许多我无法理解的怪事，其中最奇怪的莫过于有一些人对于他人的私事抱着强烈的好奇心。那些所谓的左邻右舍和亲戚朋友，关心旁人的私事远甚于自己的事。他们费尽心思去窥探别人的隐私，即使这些事与他们毫不相干。不仅如此，他们还要用心险恶地编造出一些与事实相悖的谣言，并且乐此不疲地散布这些谣言。更让人难以理解的是，这样做对他们没有任何好处，纯属损人不利己的行为，只为满足他们一时病态的快感。而那些被刺探隐私并卷入谣言旋涡的人，往往会受到不可弥补的伤害。

有一天我走进教室，一群学生三三两两偷笑着聊着什么，不时朝我投来几缕探寻的目光。我走到他们跟前，他们却装作无事发生，马上换了一个生硬的话题。

我实在忍不住了，去质问一个平时与我关系还不错的同学究竟是怎么回事。

"大家都在说，你和一个女高中生……还说……"

"究竟说了什么？"我几乎要扯住他衬衣的领子。

从他那里，我得知了学校里关于我的传言。内容污秽不堪，纯属无中生有、恶意捏造，迎合了那些无耻之徒最龌龊下流的好奇心。他们如果只侮辱我也就算了，我无法忍受夏悦这样一个纯洁到骨子里的女孩遭受如此奇耻大辱。我简直无法在脑中再重现一次这样阴险恶毒的言论。

"这些都不是事实！你是从哪里听到的？"我几乎是喊出来的。

"我也是听别人讲的，不知道最初是谁传出来的……"

我很担心夏悦，担心她也被这样的流言困扰。一整天痛苦的煎熬过后，晚上我在约好的一家琴行见到了她。我们并排坐在钢琴前，我问她最近有没有听到一些不好的传言。

"什么传言？"

我心头一喜，紧张的心情平复了一些。

"其实也没什么。"我想，如果她还不知道的话，最好还是不要告诉她。

"你什么时候也像小姑娘一样敏感兮兮的了。要专心练琴哦，不要整天想一些乱七八糟的事情。"她微微笑出了声。

说完，她便开始弹琴了。我在一旁看着她的手指在琴键上翻滚，陷入了沉思。

几天后，当我以为一切都要归于平静时，我在家接到了夏悦的电话。我心头一紧，生怕她听到了什么传言。

"这周末可有空？"她的声音听起来并无异常，"我妈妈不知从哪里听说了你，问我关于你的情况。她想邀请你这个周末来家里吃饭。"

"啊？你妈妈请我去你家里吃饭？"我大为震惊，又重复了一遍。

"是不是很意外？不过，我觉得这倒说明她对你是抱着友好态度的。你不觉得吗？"

"可是……"我说不出话来。

"你不用担心，我妈妈以前也请我的其他朋友和同学到家里吃过饭。"

挂掉电话后，我心底隐隐透出一丝不安。

夏悦的母亲邀请我去她家里吃饭意味着什么呢？一个母亲得知自己的女儿

和一个男孩走得近，想要了解男孩的情况，这是很自然的想法。

不过，让我感到不安的是这件事发生的时机。夏悦说她母亲听说了关于我们的事，她听到的究竟是什么事呢？她听到的是怎样的说法呢？联想起最近学校里那些不堪入耳的谣言，我不禁坐立不安起来。如果那些不实的谣言也传到她的耳朵里，她会如何看待我，如何看待我和夏悦的关系呢？想到这里，一道阴影掠过窗户，房间里蒙上了一层灰暗的色调。

去夏悦家的那天，我出发前费了一番功夫考虑穿什么衣服。站在镜子前，我第一次如此严肃认真地打量着自己的衣着，紧张得手心都冒汗了。

傍晚时分，我到了夏悦家。一路上，我的心怦怦直跳，喘着无名的粗气。到了门口，我不得不站了一会儿，等呼吸平静下来以后才按了门铃。

开门的是夏悦。一见到她，我的心情马上缓和了一些。我跟着她走到一楼的餐厅，夏悦的父母已经坐在餐桌的一端了，他们用一种平静而审视的眼神打量着我。我顿时站在原地不动，屏住呼吸，感觉手足无措。过了几秒钟，我终于下决心向他们问好。

"是夏悦的朋友吧？快请坐！"夏悦的母亲说道，嗓音颇为果断和犀利。

我坐在餐桌的一端，对面是夏悦的父母，夏悦则坐在另一侧。我低头瞥了一眼对面，夏悦的父亲大概五十岁出头的样子，两鬓的头发夹杂着一丝斑白，从眉宇间已经可以看到一丝遮掩不住的疲态。夏悦的母亲则显得神采奕奕，打扮得时尚靓丽，脸上化了精致的妆，看起来只有三十多岁的样子。

夏悦凑过来悄声对我说："我妹妹说不要一起吃饭了。我们先吃吧。"

这时，楼上传来一阵钢琴声，想必是夏悦的妹妹在弹琴了。

夏悦的父母时而侃侃而谈，聊的都是什么时事或者城里最近发生的新鲜事。我偶尔回应一两句，但实在没法参与他们的聊天。夏悦不时和我说一些最近练琴的情况，让我不至于显得过于尴尬。晚餐很丰盛，甚至可以说是我吃过最丰盛的菜肴了，但我全程六神无主，丝毫没有顾得上仔细品尝。事后我竟怎么也想不起吃了些什么菜。

晚餐结束后，夏悦去楼上看望妹妹，她的父亲径自回了书房。餐厅里只剩下夏悦的母亲和我。她和我相对而视，嘴唇微微翕动着，似乎想说些什么，又流露出一丝犹疑不定的神情。

"这次邀请你来，我有一些话想跟你谈谈。"她站起身来，走到吧台边，倒了一杯咖啡。

她的语气听起来很沉重，一时间我有种大祸临头的预感。

"你和夏悦，没有做什么出格的事情吧？"

果然，她还是听到了那些谣言，我心头顿时凉了一截。

"当然没有，我和夏悦之间只是很纯粹的朋友关系……"

"我听到了一些关于夏悦的传言，不是很好的那种。"

"都是谣言……完全没有那种事情……唉，"我叹了一口气，"我也不知道是什么人恶意捏造的，我很抱歉给夏悦和您带来了困扰。"

"夏悦这个孩子心地很单纯，你认识她这么久了应该很清楚。她的理想是成为钢琴家，现在也正在为考音乐学院而努力。"

"嗯，这些我都知道，这也是她最为打动我的地方。"

"我也愿意相信那些传言只是谣言，但我不希望以后再听到这样的言论了。"她的口吻变得严肃起来，"我不希望夏悦和我们的家庭因为这种荒唐的谣言而蒙羞。尤其是夏悦，我绝不允许她的名誉和前途受到影响。"

"这也正是我所希望的，我以后一定会多加注意的，不给夏悦添麻烦。"听到她相信我所说的，我心里稍微松了一口气。

"你真心想为夏悦好？"她抬起头，眼眸深处发出一道黯淡的光。

"当然，这是我应该做的。"

"那我希望你们以后不要再见面了。"

她的话如同一道霹雳击中了我。我像是受到了惊吓似的，说不出话来。

"你不是说真心想为夏悦好吗？"她冷冷地说，"这是最好的做法。"

"我不明白为什么不和她见面对她是最好的。"

"她需要心无旁骛地专注学业和钢琴，而你会使她分心。"

"我们只是朋友呀！难道我不能和她做朋友吗？"

"只是朋友？我也希望你们只是朋友，但显然你已经给她带来了困扰。"

"我保证以后不会打扰她。"

"你已经打扰到她了。"

"可是我——"我几乎要脱口而出了。

"不要轻易说出那种话，你太幼稚了。你让我很失望。"她打断了我，仿佛早就预料到我要说什么，语气沉重得没有丝毫讨论的余地。

"为什么，为什么呢？！"我几乎是喊出来的。

"有很多因素，比如，你在一所很差劲的中学，成绩也没有起色，能不能考上重点高中都很难说。而夏悦在很好的学校，你们以后的人生道路是截然不同的。再说，夏悦大你两岁，她要比你先进入大学，那时候你们要怎么办呢？"

"我会努力的，我为过去浪费了时间感到悔恨……"我忍住眼泪，奋力控制住情绪说，"也正是遇到了夏悦后，她的纯真和她对音乐的热情感染了我，让我觉得自己应该努力……为了未来……"

"不，孩子，我们没必要说下去了，你们是不可能的。"她态度异常坚决，"你们不可能有未来，你们之间的差异太大了，人生道路根本不同。"

"我还是不明白，为什么你说的这些因素就会成为阻碍。"

"除了你自身和夏悦之间的差别，"她迟疑了一秒钟，"还有……你的家庭……我知道你父母是做什么的，我们两个家庭差距太大了……或者说得直白点，属于两种圈子，懂吗？"

这最后一击使我的泪水夺眶而出。

"夏悦和你的生活本不应该有交集的。她的圈子都是精英家庭的学生，他们的父母都受过良好的教育，有着体面的职业。当然，我知道，你父母是好人，我很尊敬他们，但你和夏悦真的不应该再有来往了。我想我已经说得很明白了，你如果真心喜欢夏悦，就应该为着她好，不要扰乱她的生活轨迹。"

她的话好像一支利箭直直地刺入我内心的最深处，命中靶心，没有丝毫迟疑和偏差。她用不着说完，我已经都懂了。那一瞬间，我明白了我和夏悦之间的距离，真正的距离，而非我以前所设想的距离。

十四岁的我，对于人生还没有很多经验，如果不是全无经验的话。在这一天之前，我并没有明确意识到自己与夏悦是两个不同世界的人，也并不了解我和她之间究竟有着多远的距离。

我的父亲是普通工人，连续换了好几家公司。由于各种原因，他所处行业的生意越来越难做，最终被他寄予厚望的那家公司竟破产倒闭了。尽管父亲很努力地工作，他却还是失业了。无奈之下，他只得在一家汽修厂帮人家打下手。

我的母亲没有读过大学，只有高中文凭，一直无法找到那些被人们视为体面的工作。她先后在食品厂、家具厂、地毯厂打过工。长期在工厂里的高负荷劳作过分地摧残了她的身体，她的脸看起来相比于她的年龄要老得多。

那些年，工商业发展得很快，城里的面貌焕然一新。一些市民在城市化过程中获利颇丰，这体现在越来越多地散布在城市各处的高层公寓和别墅，街上频繁看到的豪华汽车，以及装修华丽的商场。然而，时代的红利并非一视同仁地赋予了每个人。我们家就属于并不幸运的那一部分。

我没有想过自己的父母与夏悦的父母有怎样的差距，没有想过双方的家庭有着怎样的鸿沟，也没有想过她相比于自己是怎样的优秀，而我又是如何普通。我唯一明确的，是自己的内心无端燃起了一股从来没有过的无名火焰，想要去靠近、了解这个女孩。她的出现，仿佛漫天星河照亮了我原本萧瑟清冷的夜空。然而此刻，这道仅存的星光也要被阴霾遮蔽了。十四岁的我，第一次体会到出身和家庭背景带给一个人的深刻烙印，就像一张具有魔法的封印把你压在人生的铁塔下难以翻身。

或许是意识到自己刚才说的话有点重了，夏悦的母亲又说了几句不痛不痒的安慰人的话，但我什么也听不见了。

我站了起来，一句话也说不出，扭头就往门外走去。刚走到门口，我听到了夏悦和她母亲的争吵声。

"你不是我的母亲，你没有资格管我！"

"你怎么能说这样无情的话？你还是不是我的乖女儿了？"

可怜的夏悦……大概是为了我才对母亲说出那种残忍的话吧。她原以为这是个把我介绍给父母的好机会，又怎会料到是这样的结局呢。这时间，楼上又传来了钢琴声。这个时候听到琴声，仿佛是对我的一种无名的嘲讽，我双腿发抖，一秒钟也不想多待下去了，于是加快脚步离开了。

回去的路上，我像喝醉了酒的醉汉一样，迈着踉踉跄跄的步子，目光呆滞，几乎找不到回家的路，像极了一条惶惶不可终日的丧家之犬。那一晚，我漫无目的地乱撞，在这个原本无比熟悉的街区像是迷路了一样，一直晃悠到深夜才回到家。

到家后，我没有回答母亲的问询，马上躲进狭窄简陋的房间，一头钻到被窝里，捂着被子不停地哭泣。接下来的几天，我吃不下饭，觉也睡不好，整夜整夜地只是发呆。我想哭，因为我觉得自己还不够难过。与其说我在生别人的气，不如说我是在生自己的气。我故意要惩罚自己，好像我惩罚了自己，也就惩罚了别人。我觉得全世界在与我为敌，而实际上我是在与自己为敌。

自从桐离开我以后，我一直躲在自己构筑的掩体里，以为自己变得铁石心肠，在那以后我从未因什么事真正伤心过，再也没有为别人而流过眼泪。然而，这一刻，掩体崩塌了，我心底的委屈、羞愧、不平伴随着愤怒，所有这些情绪顷刻间化为咸咸的液体，从内心世界阴云密布的天空中一泻而出。这是我人生中第一次内心发生崩塌——毁天灭地的崩塌。

整整一个月过去了，其间我没有见过夏悦，也没有和她打过电话。我再也没有在路上见到她。我给她家里试着打过几次电话，但都马上被挂掉了。

对于当年的我来说，要让我对夏悦没有一点怨言实属强人所难。尽管我知道，与我断交并非她的本意，而是迫于父母的压力，但我始终认为她不应该就这样轻易放弃反抗，放弃我们的友情。对于夏悦突然和我断了联系这件事，在很长一段时间里，我始终难以释怀。

后来我想明白了，我不能奢望夏悦为了我们的友谊去反抗父母，我不能指望她能为了我，不顾一切，抛弃一切，不顾与家人的关系。我不值得她这样做，而且客观上她也无法这样做。当时，我们都是孩子，还不具备离开父母独立生活的能力，也就不具备与父母讨价还价的资本，这是个惨痛但只能接受的现实。再说，她还有一个无比光明的未来在等着她，我怎么能为了一己之私影响她实现自己的理想呢？

就这样，我停止了见到她、联系到她的努力，试着慢慢接受没有她的生活。唯一的告慰是，他们虽然可以阻止我与夏悦见面，却无法阻止我在栅栏外面听夏悦弹琴。一如既往，每天放学了我都会去听夏悦练琴，我凭此依然掌握着她练琴的动态。我知道她在练什么曲子，知道她又对哪个作曲家感兴趣了，也知道心情的波动起伏，我能从她指尖弹出的音乐里感受到她情绪上的细微变化。

一开始的时候，她的触键明显带着一种不安与愤怒，就算是如歌的曲子她也会弹得像进行曲一样铿锵有力。后来，随着时间流逝，她的触键渐渐重归于温柔，外界的一切变化似乎都无法影响她对乐曲的演绎了。这个时候我就明白，她渐渐从不愉快的情绪中走出来了，而且弹得越来越好，我在楼下暗暗为她感到高兴。

至于我，消沉了一段时间，有几天完全没有碰过钢琴。后来有一次，我经过夏悦家楼下时，听到她又弹了那首李斯特的《叹息》。她的技术精进了一大步，她的演奏听起来更加纯熟、完美了。我总有一种感觉，好像她知道我就在楼下聆听，所以特地为我弹了这首曲子。后来，有一些事实印证了我不是在自作多情：从某一天起，她每天都会在固定时间弹一遍李斯特的《叹息》。从那以后，每一天我都会准时出现在她家楼下，听她弹完《叹息》。

我也重拾了钢琴。在学琴的过程中，渐渐地我感受到了钢琴和音乐本身所散发出的光芒四射的魅力。音乐是一种语言，钢琴是再现这种语言的最美的工具。没有问题，起初我是受到夏悦的影响才想要学钢琴的，不过后来我却是因为音乐本身而学钢琴了。音乐也成了我和夏悦沟通的精神桥梁。即使见不到她，听到她的琴声，我就会觉得她仿佛就在我身边，仿佛我们还并肩坐在钢琴前一起弹琴。

我想，我不能放弃钢琴，放弃音乐。音乐是我唯一可以与夏悦保持联系的途径。在音乐的世界里，我们可以见面，可以在任何时候见面，可以想见就见。我就像中了邪一样，成天把自己关在屋子里练琴，无论晚上或者周末，我从来不去理会那些无聊的聚会、活动，也不再浪费一分一秒在无意义的事情上。除了上学和休息，我把所有时间都尽可能用在练琴和学习乐理上。

我有一个小小的目标：能够和夏悦一样，弹出那首《叹息》。我想望着有一天，我可以弹这首曲子给她听。

一个月，两个月，三个月……岁月如流，一晃又快半年过去了。时间真是伟大，送走了秋天遍地金黄的落叶，又到了万物沉睡、大地凋零的季节。

一个初雪的冬夜，料峭的冷风从窗户缝里直刺进来。我朝手心哈着热气，用僵硬的手指弹下了《叹息》的最后一个音符。上百个日日夜夜，为了能弹下来这首曲子，付出了多少心血只有我自己清楚。但这些都不重要，重要的是我终于能够将这首我们共同心爱的曲子弹给夏悦听了。

我又给夏悦家打了好几次电话，迫不及待地想要告诉她这个消息。第一次是她母亲接的。我依然记得她沉稳中又尽显残酷的嗓音：

"你怎么还要纠缠她？请你以后不要再打电话了。她不会接你的电话。"

说完，她无情地挂掉了电话，甚至没有给我解释的机会。

在街上，我也从未遇到过夏悦，她好像在刻意躲避我似的。我真想告诉她这个消息——我可以弹《叹息》了。这是我人生中第一次迫不及待地想要向另一个人分享关于自己的事。那段时间，我绞尽脑汁地思考如何才能再次见到夏悦，或者至少能够跟她说上一句话。然而，一切都是白费力气，我始终没有打通夏悦家的电话，连她的踪影也没有再见到过。

一番徒劳的挣扎过后，我不由得内心滋长出一种阴暗情绪。如果说我对夏悦没有丝毫的怨恨，那一定是假的。我以一个孩子的心态对她感到恨意，甚至想要报复她，尽管我没有任何可以报复她的手段。这种恨意愈积愈深，甚至连我自己都不大能理解了。固然，她和我一样还只是个学生，很多时候她承受了来自父母和家庭的压力，无法完全随着自己的心意。然而，经过这么久之后，难道她全然不知道我总是给她打电话吗？难道她就不好奇我有什么事情要告诉她吗？难道她就不能悄悄给我打个电话或者寄封信吗？我想不通，她何以如此绝情。

一个辗转无眠的夜晚，我在等待中越来越失望，失望变成绝望，最终只觉得和夏悦的相识只是个彻头彻尾的悲剧。什么友谊啊，温情啊，在我眼里只是虚伪的谎言。不久前想要弹《叹息》给她听的希望之火在我的心里熄灭了。我对自己的无能感到痛苦和沮丧，未来在我眼里一片暗淡。

十二月末的一天，家里的电话铃声响了。

我隐隐约约感到可能是夏悦。我拿起电话听筒，听到对面急促的呼吸声，她还没出声，我就知道是她了。

"你现在好吗？"她的声音略微有些沙哑，以前那种明亮活泼的语调不见了。

"谈不上好坏，日子只是这样过去了。"

"现在还练琴吗？"她似乎在使劲压抑着一种不可名状的情绪。

"每天都练。"

沉默了良久之后，她说："之前的事，很抱歉……"

"都已经过去了。"

"愿一切安好。"

我曾经期待打电话给她，而今一朝听到了她的声音，我却不知道从何说起了。我又想起了与她有关的那些回忆，而这对我来说无异于用刀片再次刮开原已鲜血淋漓的伤口。

挂掉电话后，一阵强烈的不适感从我的腹部涌上来。我一动不动地站了很久。我这才意识到，我忘了告诉夏悦我会弹《叹息》了。我觉得还是应该告诉她这件事，于是我又把电话打回去，却出乎意料地又被挂断了。

"算了……就这样吧……也许这就是命运。"

一种怅惘的失落感萦绕在我的心头。我自我安慰说，告诉她这件事也已经没有什么意义了，纯属自作多情。

奇怪的是，一个星期后，我经过夏悦家楼下的时候再也没有听到过她练琴的声音。窗帘紧闭，晚上也没有亮过灯。阁楼仿佛忽然之间丧失了所有的温度，在凛冽的寒风中摇摇欲坠。莫非夏悦的父母又陪她去上钢琴课了？我想象着各种可能性。

又过了一两个星期，夏悦家依然是这幅景象。我感觉到事情有点不同寻常，跑到夏悦家小区的保安室，询问保安是怎么回事。

"你和夏先生是什么关系呢？"保安问。

"我是他女儿的朋友，她家里最近好像没人，是全家出去了吗？"

"他们家已经搬走了。"

"为什么啊？搬到哪里去了？"

"我不了解具体情况，况且即使我知道，我也不能随便告诉你业主的隐私。你不是她朋友吗？为什么不直接去问她呢？"

伫立在冷风中，我感到一头雾水。夏悦的父母为什么突然要搬家呢？难道是因为我？可是夏悦和我的事已经过去这么久了，从她的练琴声中我可以断定她的生活已经回归正常。我也并没有对她纠缠不放，她家应该不至于因为我的原因而搬家吧？这绝不可能，我哪有那么大的能量啊。可是，除此之外，我也想不出究竟是什么原因。

后来我听说，夏悦一家对于搬家这件事好像讳莫如深，连邻居都不知道他们搬去了哪里，只知道走得极为匆忙。

这件事对我又是一次重创。想到我刚刚才学会的《叹息》还没来得及弹给夏悦听，还没来得及让她得知这件事，她就从我的世界里远去了，而且是永远离去了。我甚至连她去了哪里都不知道。我无法给她打电话，无法写信，无法用任何方式联系到她。上一个落叶飘零的季节里，我认识了她，结果在这个寒风凛冽的冬日里，她一声不响地离去了。

显然，她最后打来的那通电话是某种意义上的告别。自责和愧疚支配了我，我陷入苦痛的后悔中。我原本可以问她为什么要离开，但我却没有，我甚至没有和她道别，没有跟她说一句保重。

然而，除了后悔，我也感到愤怒。她为什么不直接告诉我搬家的事呢？我一直对此耿耿于怀，直到多年后想起来还是意难平。纵然我们早已算不上是朋友，可是我们毕竟分享过一些愉快的记忆。她搬家后难道不能告诉我吗？哪怕一个电话，对我来说都已经足够。我等了很多天，等到第二年的春天来临，却始终没有等到她的任何消息。

夏悦就这样无声无息地消失了，好像从未在我的生活里出现过一样。

我怀疑，夏悦在心里连立锥之地都没有留给我。和每天在街上走来走去的路人一样，我究竟也只是她人生里一个短暂的过客而已。匆匆打了一个照面，就再也不会相见了。

我一如既往地练琴，却决心将那首《叹息》束之高阁，再也不去碰它。以前，这首曲子是夏悦在我心目中的象征，从现在开始，却变成了我惨痛而不忍直视的回忆。我不敢再弹它，也不能再弹它。

我总觉得，夏悦和我之间的情谊，就像晨曦中悬浮在花瓣上的水汽，在朝阳的照射下立刻蒸发得无影无踪。时间一天天过去，那些带来阵痛的回忆化作一缕烟雾，消散在漫无边际的天空中。

第六章

高中时期的我，成了一个平平无奇的少年。不同的是，相比于那些因为考上重点高中而扬扬得意的学生，我比他们更早地意识到了自己的平庸。每个人终究会认识到自己的平庸，或早或晚，到了那最后时刻，即便是最志得意满的人也会意识到的。

一开始，我对高中生活寄予了不小的期望，以为在这样的重点高中读书会有什么不一样的体验。怀着一种天真的憧憬，我原本打算在高中开始新的生活，做有意义的事，交几个朋友，争取得到别人的尊重。然而事实证明，高中生活确实发生了剧变，只不过与我的想象完全背道而驰。

学生们从入学之日起就进入了一种紧张的备考状态，为三年后的那场考试开始做准备。老师们一副如临大敌的样子，每天都要不厌其烦地倒计时，上课前的第一件事就是提醒学生们距离高考还剩多少天。早上六点就得到学校开始早读，课程表排得满满当当，一直到下午六点。晚上需要在学校里上晚自习，十点才能回到家。一整天的时间都用来上课，讲题，做题，复习。日复一日，这种枯燥乏味而又疲惫的生活似乎是无穷尽的了。在这里，唯一有意义的事情就是学习备考，除此之外的一切都被认为是在浪费生命。

交朋友更是痴心妄想。没用多久，我便发现我在同学中的境遇并没有比以前好多少。我周围的同学，大抵可以分为两类：一类学生以考入知名大学为目标，他们对与学习无关的事一概毫无兴趣，除非有助于实现这一目标；另一类学生虽然不至于除了学业不闻不问，但热衷于电子游戏、看剧、追星，与我没有什么共同话题。

我与这两类同学都无法亲近。对于前者，我在他们眼中是一个怪人，仅仅因为我每天都会练琴。练琴对我来说比学业更重要，我不可能像他们那样一门心思都扑在学习上，而这对于他们来说是不可理喻的。在他们眼中，倘若我合上书本做别的事情，无异于犯下一桩罪恶，简直是对自己的谋杀。如果我因为与学习无关的事情去打扰他们，那就无异于是对他们的谋杀了。而对于后者，尽管我也一度学着他们追随潮流，试着玩过电子游戏，看过流行剧集，了解明星歌手，我却始终无法建立持久的兴趣。

当时，网络游戏在学生间流行起来，班里有一大半男生整天在谈论着各种游戏名词。在一个同学的盛情邀请之下，我也跟他们玩了几次。一开始确实很有吸引力，不过没几天我就厌倦了。烟雾缭绕的机房里，即使到了凌晨时分，依然有一群群少年蜂拥进来，戴着耳机，手指用力敲击着键盘，嘴里兴奋地大喊大叫着。他们为了能在游戏里变得更强，不停地花钱买游戏里的装备，不仅把父母给的零钱花得一干二净，甚至还有人干一些小偷小摸的事情来赚钱，用这些钱继续去为游戏买单。

这些学生把生活的意义寄托在虚拟世界里，在这个世界里他们似乎很满足，活得很好。坦白说，我很羡慕他们。倘若一个人能够如此轻易地获得幸福，那真心是一件可喜可贺的事。可惜我无法像他们一样，我非但不能在虚拟世界里找到安慰，相反，每当我退出游戏，我的内心总是被空虚填满。我不明白我在游戏里赢得的那些头衔、获得的那些成就有什么意义，能给我的生活带来多少变化。虚拟世界和现实世界之间似乎有一道深不可测的海沟，每当想要跨过那条海沟时，我却总是堕入无底的虚空。

至于那些喜欢看小说的学生，他们读的并非什么名著，连一般的文学作品都算不上，其中不乏充斥着恶俗趣味的书。有个同学很热情地分享给我一本她自认为是上等佳作的言情小说，据她介绍，这本小说情节扑朔迷离，可读性很高。怀着期待的心情，我迫不及待地翻到第一页开始读。没想到，小说的情节之离奇让我大跌眼镜：不是不堪入目的不伦之恋，就是老掉牙的陈词滥调；不是霸道总裁爱上灰姑娘，就是草根实现逆袭夜夜风流。有些作者为了追求情节的光怪陆离已经到了匪夷所思的程度。

你会感觉到，作者炮制这些文字只是为了迎合读者最低俗的猎奇心理，而非真实的自我表达，也远远谈不上有任何思想性和现实性。情节喜欢玩弄那些下流猥亵的玩意儿也就算了，更难以忍受的是，这类小说的文笔也是粗制滥造，不堪入目。结果是，读了几页我就读不下去了。不过，它们至少有一个可取之处：在性教育极其匮乏的校园里，遍布小说里的那些描写使得学生们可以通过自学了解两性知识，尽管它们很多时候具有误导性。

对于那些热衷于追星的学生我就更加难以理解了。高中时期，每个班里不乏几个对偶像爱到近乎发狂的学生。他们所爱的偶像，无非是红极一时的流行歌手、影视演员、选秀明星。至于那些真正的艺术家，他们是不可能去爱的，也没有爱的能力。乍看之下，他们对于偶像的爱之深切令人感动。但如果仔细观察，你会发现他们表达爱意的行为经不起推敲。他们自己爱偶像，也要求别人同样爱他们的偶像。但凡你说一句对偶像不利的话，他们马上就会暴跳如雷，好像跟你有杀父之仇似的，义正词严地指责你，迫不及待地要维护偶像的名誉。

在他们看来，偶像说的一定是对的，偶像做的一定是有道理的，就连偶像使用的东西也一定是好的。如果哪一天偶像爆出了什么丑闻，不用说，那一定是有阴险小人诬陷，神圣的偶像怎么可能会犯错呢？如果偶像的丑闻被证实了，那一定是这个社会的问题，而绝非偶像的错。任何问题，一旦涉及他们的偶像，那就绝对没有理性探讨的空间，结论一开始就已经定了，你只需要表示同意，否则就是与他们为敌。和这些同学相处久了，我竟然分不清这究竟是偶像崇拜还是彻头彻尾的专制主义了。

于是，我在学校里始终没有什么谈得来的同学，更别提交到什么知心的朋友了。很快，我便放弃了这个念想。我再次被孤立了，虽然某种意义上可以说是我自找的。

与同学之间的不相投固然令人失望，但并非不可接受，毕竟即便我对他们热衷的东西没有兴趣，大家可以各顾各的，互不干扰。不过，我与班主任的关系却使我在整个高中期间倍感压抑和痛苦。

我们的班主任什么都要管：男生剪什么发型要管，女生怎么样扎头发要管，衣服的拉链拉到什么位置要管，课间的活动范围要管……她让我觉得好像我呼吸的每一口空气、我身体的每一个动作都要严格服从管理。在这个班级里，我感觉自己简直毫无半点自由可言。当然，我明白她的本意是想让学生将有限的时间投入到学业上，只不过对于那个年纪的我来说，我很难和她有真正意义上的互相理解。后来我常常想，倘若我能和她有一些坦诚的沟通和交流，高中时期的我也就不至于那么苦恼了。只可惜，我长期形成的那种孤僻的本能使我无法在老师面前敞开心扉，于是我们之间的鸿沟也就愈来愈难以消弭。

随着距离高考越来越近，那种本就令我感到窒息的氛围越发变本加厉了。不论是老师、家长，还是学生，脑子里只有一件事——高考。一切与高考无关的事都是不务正业，都要受到严厉的批判。在这样一种压抑的气氛中，我艰难度日。多亏了钢琴，才让我每天回到家后能够休憩片刻，逃离学业的压力。这一时期，音乐于我而言有了新的意义：抚平我心里的褶皱，治愈我精神上的伤痕。那阵子，即使学业再忙，我也每天坚持练琴。

不知什么原因，我每天练琴的事传到了班主任的耳朵里。她对此感到不可思议，立即给我的母亲打了电话，要求她对我严加管教，不要在钢琴上浪费时间，而应当专注学业、冲刺高考，为学校的升学率贡献一份力量。当时我的成绩在中上游水平浮动，属于老师嘴里"冲一把就能上名校"的程度。我父母过后找我谈话，转达了老师的意思，并且要求我停止练琴，把精力都集中到复习备考上。

我母亲虽然一直都比较理解我，但这个时候她也站在了老师一边，认为距离高考只有一年多时间了，我应该以学业为重，等考上大学再练琴也不迟。我的态度很坚决，要让我不弹琴是不可能的，只要有一天我的手指没有碰琴键，负罪感就会像山一样压在我的胸口，我会觉得自己犯了什么不可饶恕的罪恶。最后，我和父母达成了妥协，每天只弹一个小时钢琴，剩下的时间都用来复习功课。但实际上，我每个晚上在他们入睡后都会踩着弱音踏板偷偷练琴。

有一次，已经连续上了几节课，我感到后背很酸，于是便抬起头，耸了耸肩膀，伸了一个懒腰，活动活动肩胛骨。这样一个平淡无奇的动作，在我看来没有丝毫不同寻常之处，我甚至没有注意到我做出了这个动作。然而，讲台上的班主任却不这样想。她那鹰眼般狡黠的眼睛敏捷地捕捉到了我耸肩的动作，便马上停止讲课，径直走到我跟前。

"你怎么回事？"她合上讲义，死死地盯着我。

"什么？"我愣了一愣，一时没有反应过来。

"谁允许你上课耸肩膀的？"

我站了起来，一头雾水，完全不明白发生了什么。

"不行吗？我只是感到肩膀累，想放松放松。"

"课堂是你放松的地方吗？"她眼睛眨巴了一下，像是突然想起了什么，"你不会现在还练琴吧？"

我犹豫片刻后，生硬地点了点头。我明白只要我否认练琴的事实就能避免麻烦，不过那一刻我却一点儿也不想说谎话，因为我并不觉得承认自己每天练琴是什么见不得人的事。

"你自己数数，现在距离高考还有多少天了？"她的眼神一瞬间变得很凶，"上次考试你的数学成绩一塌糊涂，你竟然到现在还要练琴？你真是不明白时间不等人啊。"

"我认为练琴是我的权利。"我直视着她的眼睛。

"权利？你以为学校是你家开的？在这里你唯一的权利只有学习！"

"这是我的自由。"

"自由？你给我滚出去！我给你自由！"她简直是嘶吼着喊道。

我的脸上火辣辣地疼，就像挨过了巴掌一样。我感觉到周围几十双异样的目光，正在为我的出丑感到幸灾乐祸。我没有说话，拿起书便大步走出了教室。

"我是走出教室的。"我心里暗想。

走到门外时，我听到班主任对全班同学叹了一口气说："距离高考只剩短短的一年，你们还都想着玩，到时候你们考不上大学可怎么办啊？等你们明白的时候就太晚了。"

那一刻，我心里不能说没有一点儿触动。我突然觉得这个平时在我眼里喜欢找我的麻烦、处处与我针锋相对的老师，竟然有某种让我感到同情的成分。我进而想到，作为一个中学老师，她每一年都面对着同样稚气的面孔，而自己却在年复一年单调的教学生涯中头也不回地老去。想到这里，我觉得也许我不应该任性地顶撞她。我们之间的分歧其实很简单：她只是不理解音乐对我的意义，不理解钢琴在我生活中的地位。然而无论如何，直到高中毕业的那天，我也没有勇气跟她说出我心中所想。我不无悲哀地想到，我们之间终将永远误会下去了。

高中时代的大部分时间里，我的生活过得平平无奇。三年时间一眨眼就过去了，没有留下多少可圈可点的回忆。不过，有两个人倒是至今还在我记忆的暗室里不时迸发出一星半点的火花。

我认识了一位学长，他是我高中时代的第一个朋友。我之所以会和他走得近，大概是由于他有着很强的独立精神，对老师的管教很少放在心上，喜欢挑战老师定的各种规矩。在我的眼里，他是一个具有英雄主义色彩的人，因为他做了我想做而不敢做的事。

那天被班主任赶出教室后，我无所事事地在教学楼里晃悠，每经过一个教室就踮起脚从窗口向里面张望，这时候总会有一两个不专心听讲的学生与我目光对撞，而我会趁机向他们做个鬼脸，露出得意的表情，好像是在对他们说："我在上课时间还可以随意走动，羡慕吧？"远远地望到有老师或者校领导走过来，我就会马上折返或者上下楼梯，避免被他们逮着。

经过一层楼的楼道时，我遇到一个男生，他双手插在兜里，和我一样也在楼道里闲逛。我们俩目光对视了一秒钟，双方都表现出警觉的样子，但一秒钟之后，我们马上明白彼此处于相同的境地：我们都是被老师赶出来的。于是，我和他会心一笑后便走到了一起。

"你是因为什么被轰出来的？没写作业？"他的嘴角露出狡黠的笑意。

"原因绝对离谱到你无法想象。"我告诉了他课堂上发生的事。

"这帮老师简直不可理喻。"他拍了拍我的肩膀。

"那么你呢？你为什么不去上课？"

"因为玩手机被抓咯。"

他是高三的学生，比我高一个年级。他长得俊秀，身材又高大挺拔，深得女生们的喜欢。据说，学校里有不少女孩曾向他示好，尽管他们班的老师对此深恶痛绝并极力阻拦，却挡不住他的步伐。在我看来，能够得到女孩的喜欢是一件很难的事，更别提能得到许多女孩的喜欢了。因此，我马上对这个学长刮目相看，觉得他是个厉害人物。

更令我吃惊的是，学长弹钢琴弹得相当好。他在学校的琴房里给我弹了一首肖邦的《大海练习曲》，手指翻来覆去的气势颇为炫目。那时候，我学琴才不过三年，肖邦练习曲对我仍是一个遥不可及的目标，因此我一下子对他佩服得五体投地，求他指导我练琴。

"这……"他清了清嗓子，"其实我弹得也没那么好，不过你说你是十四岁才开始学琴的？这倒是不容易。"

"我学得太晚了……"我不好意思地说，"但是我现在每天都练琴，即使老师和我父母都反对。"

"那我倒是要感到惭愧了，我几年前就拿到了钢琴十级证书，但实话说吧，考过十级的那一天是我的巅峰了，之后没怎么练过琴，水平下降得厉害。不过，唬唬人还是没问题的。"

听到他这样说，我感到更难为情了。他不怎么练琴还能随手弹出我难以企及的曲子，这对我来说无异于又是一个打击。无论如何，我还是厚着脸皮求他教我弹琴。

我对他提起了《叹息》。

"什么？"他面露惊讶之色，"不会是李斯特的《叹息》吧？"

我点了点头，脸颊不由得变得滚烫。

"可是《叹息》是很难的曲子，比所有的肖邦练习曲都难。你说你不会弹肖邦练习曲却会弹《叹息》？真的吗？"他脸上写满了怀疑的神色。

他不大相信我会弹《叹息》，以为我在故弄玄虚，提出和我一起去学校琴房，要求我当面为他弹《叹息》。

那是我多年里唯一一次破例弹奏了《叹息》。起初，坐在钢琴前，面对他质疑的眼神，我感到很不自在，一点儿也没有把握能弹下来。不过，当《叹息》的旋律在我的指尖响起，我便着魔似的一口气弹完了。这时候他脸上的疑色非但没有平息，反倒更加浓重了。

"你是怎么做到的？"他走到我跟前，把手放到我的肩膀上，"你是怎么弹下来这首曲子的？"

于是我告诉他最初如何听到《叹息》，后来又如何在日复一日的练习中学会了这首曲子。

他没有说话，只是微笑着拍了拍我的肩膀。他那种带有肯定意味的眼神仿佛对我说："从今天起我们是朋友了。"

那天以后，我们经常聊到音乐。学长最喜欢的音乐家是肖邦，他对霍洛维茨①和鲁宾斯坦②演奏的肖邦极为推崇。对于肖邦的同一首曲子，有时候他觉得前者弹得更好，另外一些时候又觉得后者弹得更好。他对李斯特同样熟悉，常常将阿格里奇③和阿劳④演奏的李斯特进行比较。在认识他之前，我竟不知道对于同一首曲子，不同钢琴家的演奏可以千差万别，我也不知道原来学琴也需要研究比较不同钢琴家的演奏风格。可以说，和他的交流拓宽了我在音乐上的视野。

我每天都会去找他，对他埋怨学校里让我感到不快的一切人和事。在他面前，我可以畅所欲言，想到什么就说什么。他不仅对我的想法完全表示理解，而且还总要把我的想法以一种更激进、更偏激的方式重述出来。每当这个时候，我对他都有种相见恨晚的感觉。在我倍感压抑的高中时代，难得遇到一个可以懂我的人，我为此感到幸运。

有一阵子，学校里出台了一项规定，明文禁止学生携带手机进入学校。校规是这样规定的：第一次发现使用手机，没收并记作违纪一次，写书面检讨交至班主任；第二次发现使用手机，没收并记作违纪一次，写书面检讨交至年级；第三次发现使用手机，计入学生综合评价，没收并记作违反校纪校规一次，取消在校一切评优资格。

学长对我说："显然，我还有两次在学校公然看手机的机会，我会充分利用它的。"

"可是你不怕被记作违纪吗？"我问。

"什么时候看手机也成为一宗罪了？"他握紧拳头说，"如果这也算罪过，那让我们期待哪一天走路和呼吸也变成罪过吧。粗暴的禁止永远是最愚蠢的管理手段，不仅只能暂时获得最表面的服从，也表明管理者对现状根本无能为力。这些老师啊，总是喜欢妖魔化一些事物，给一切他们看不惯的行为贴上笼统禁止的标签。手机本身有什么错呢？难道问题不是出在人身上吗？"

他这一席话，在当时的我听来无异于一片混沌中的真知灼见。我从未酣畅

---

① 霍洛维茨（1904—1989），美籍乌克兰裔钢琴家。

② 鲁宾斯坦（1887—1982），美籍波兰裔钢琴家。

③ 阿格里奇（1941— ），阿根廷钢琴家。

④ 阿劳（1903—1991），智利钢琴家。

淋漓地听过这样的心灵宣泄，因此他说的每一句话我都记住了。

"算了，说这些又有什么用呢？"他叹了一口气，"我居然把自己当人看，我太自恋也太自负了。我只是一团被人家玩弄于股掌间的肉酱，还是质量不好的那种。"

他常常和女孩在校园的角落里散步，还要小心翼翼地提防被老师看到，所以他们之间时而走得近一点，时而又刻意疏远，在我眼里竟有一种若即若离的美感。他乐于在同学面前弹琴，在学校的文艺晚会上面对成百上千的学生弹琴也毫不怯场。当他弹琴时，他总是喜欢大手一挥，脸上呈现出一种略显夸张的戏剧性表情，一点儿也不掩饰自己由内而外散发出的那种风度。我不自觉地想：如果有一天我能和他一样，毫不露怯地在一大群人面前弹琴，那该是怎样令人神往的场景啊！可惜那一幕画面在很长的时间里只存在于我的想象中。别说是面对着一大群人弹琴了，仅仅是在他面前弹琴，我就已经万分紧张了。

学长是我唯一的朋友，我却只是他众多朋友中的一个。尽管如此，每天能有一个课间见到他，和他谈天说地，分享一点儿他的友谊，对我来说已然足够。

然而好景不长，我和学长的友谊才开始不久，他便马上面临毕业和高考。高考结束后，我再也没有见过他，我们也就失去了联系。他在毕业前送了我一张唱片，是霍洛维茨录制的肖邦作品集。多年后，这张唱片依然放在我的书柜上。

我不知不觉已经习惯了向学长倾诉我的郁闷，因此他毕业以后，我的生活突然间被抽出了一个空洞。暑期结束后，这种被抽空的感觉更为明显，我心里好像在呐喊说，急需另一个人来填补这个空白。

一个阳光晴好的下午，我来到田径场。有几个班的学生上完了体育课，学生们正在自由活动。我顺着跑道漫无目的地走着，足球场的草已经长得很茂密了，空气中弥漫着青草的淡淡香味。这时候，我遇到了萱。

萱是我的同级生，但比我大一岁。两个班级的教室在同一层楼，所以平时偶尔会在楼道里打个照面。不过，那一天之前，我从未跟她说过话，也不知道她的名字，亦不觉得我们会产生什么交集。

萱从跑道那边朝我迎面走了过来。我不经意间瞥了她一眼，惊讶地注意到她的脸颊上布满泪痕，眼眶微微透出红色。她脚步飞快，转眼间就从我身旁掠过，好像急着要离开这里似的。一种夹杂着好奇的同情心从我心里陡然而生，我不由得转过身，远远地跟着她，同时保持了适当的距离。

在教学楼背后的一个角落里，萱坐在台阶上，双膝并拢，掩面而泣。对面不远处是学校的一片小树林，长满了郁郁葱葱的水杉树。我装作无意中路过，静静地走到她旁边，问她是否需要帮助。

"不用担心，我没事。"她倏地抬起头，脸色惨白，模糊的泪眼中隐隐流露出惊诧的神情。

我指了指对面的杉树林，提议一起去树林里散散心。

一走进树林，原本充裕的阳光一下子被浓密的枝叶割裂为无数个光影的碎片，伴随着雏菊的香气在微风中懒懒地荡漾。世界突然之间变得万籁俱寂，脚步声，呼吸声，还有脚踩到树叶上的沙沙声都清晰可闻。

萱的气息逐渐平稳了下来，抹去了眼角的最后一道泪痕。我始终没有问她因何而哭，心想就算问了她可能也不会告诉我。不过，在气氛压抑的高三，想来可以有许多哭泣的理由。我调侃着告诉她那次被班主任赶出教室的事。

"她让你滚出去你就真的出去了？"她听到后，黯淡的眼中燃起了一星半点的火花。

"不然呢？如果她指望我承诺不再练琴，那我无论如何也办不到。"

"练琴对你有这么重要吗……不过，后来你怎么办了？事情总得收场。"

"第二天，我装作无事发生，继续上课。她狠狠地瞪了我一眼，却也没有再说什么了。"

"其实我……"

她欲言又止，刚恢复了一丝血色的面容又变得了无生气了。一时间，我有一种与她同是天涯沦落人的感觉。

只不过我们不仅相逢，而且也相识了。萱算不上学校里公认的那种美女，然而，她的性格却对当时的我有一种独特的吸引力。她属于那种个性鲜明、风格大胆的女孩，青春期的叛逆心理又强化了她的个性。她在班里也不是个安分守己的学生，经常遭到老师的责骂，在这一点上，我们有一种惺惺相惜的感觉。也许这正是我们很快一拍即合成为朋友的原因。

萱并不懂音乐，对于钢琴也没有特殊的兴趣。不过，她听到我会弹钢琴后，还是表现出很期待的样子。

我不知道哪里来的勇气，竟然对她说："来我家吧。我为你弹琴。"

一个周末，趁我父母不在家，她来到我家里。那天，她穿着一件深色的小裙子，裙边上蜿蜒着一串精致的纹路。她化了妆，乌黑细长的睫毛下面，眼睛显得比平时更大了些。她高超的化妆术使得脸颊上的那些细小的瑕疵神奇地不见了，代之以宛若凝脂的肌肤，在阳光下显得柔嫩光滑。

我为她弹了一首巴赫[①]的前奏曲。她坐在旁边，脸上现出一副像煞有介事的表情，好像她对这首曲子很熟悉似的。我弹完了以后，她问我："你会弹《布拉格之恋》吗？"

原来，她说的是一首通俗钢琴曲，我此前从未听过。我答应她回头找到这首曲子的乐谱，练好后再弹给她听。

"那首曲子总让我想起雪天。"萱说，"大雪过后，整座城市被厚厚的积雪覆盖，夜空下一片白茫茫。走在大街上，鞋子也陷进了雪地里，哈出一口气马上就会变成雾气。雪地反射了路灯所有的光，天空因而比平时要亮许多倍，好像星星一下子全都被点亮了。"

"的确很美。"我想象着萱所描述的雪景。

"在这样的雪天里，和恋人挽着手臂一起走在覆满积雪的街上，手插在对方的口袋里，就算一句话也不说，就这样走下去，也足够美好了。"

萱给我讲述了她的故事。她家里是做个体户生意的，开了一间小店。生意一直不怎么好，十几年来收入没见涨多少，店面的租金却随着城里的房价日益水涨船高。萱九岁的时候，她的父母离婚了，她跟母亲关系更亲密，却最终跟了父亲一起生活，因为父亲的经济状况更好。

萱的父亲是个聪明人，本来是有很多机会可以成功的，但他过于自负，过于喜欢玩弄小聪明，待人缺乏基本的真诚。因此，他虽然自认为很努力，但店里的生意一直处于不温不火的状态。挣扎几番无果后，他渐渐丧失了斗志，整日与一群狐朋狗友在外面纵情酒色，将父亲的责任抛到了九霄云外。不久，他毫无预兆地再婚，给萱找了一个继母。她颇有姿色，是他在夜场里认识的。继

---

① 巴赫（1685—1750），巴洛克时期德意志作曲家。

母自己也带来了一个儿子，她的眼里并没有萱的位置。在萱看来，继母和父亲一样，都喜欢整日在外面鬼混，常常彻夜不归。

在这种环境里，萱处于无人看管和照顾的境地，随着年龄的增长，她心里积累了越来越多的怨气需要释放，她的心理比同龄人早熟了许多。她的想法在我看来有点偏执和极端，比如她总是用一些极为粗俗的话来痛斥自己的父亲和继母，又频频表示对人世间的爱情不屑一顾。她对自己的情感经历讳莫如深，不过我能感觉到，她曾经历过某种不可救药的幻灭，导致她对一切冠以"感情"的东西抱着深深的怀疑。她直言不讳地对我说：

"这世上根本没有爱情。就连所谓的亲情，也不见得有几分。至于友情嘛……可能有那么一点儿。"她说完后，对着我眨了眨眼睛。

"那么我算是你的朋友了？"我问。

"傻瓜，你破坏了意境。有些话说出来就没有那种感觉了，懂？"

无论如何，在高三那无比难熬的一年里，萱和我成为对方精神上的某种依靠。起初，我把她当作学长的替代者，后来我却意识到她对我是无可取代的。在所有的同学里，唯有她愿意倾听我的或好或坏的心情，也许更多的是怨言。

我渐渐意识到，许多人穷尽一生只不过是在寻找一个愿意无条件倾听自己怨言的人，而这样的人往往求之不得。所以，能够对萱埋怨我所不满的一切，使得她成为类似于我精神支柱的人物。可惜那时候的我没有意识到，也不可能意识到生命中遇到这样的人是如何难得。

有时候我会感到惭愧。我对萱说："我好像说了太多负面情绪的话，我很抱歉。我不应该把你当作我的情绪垃圾桶。"

"情绪垃圾桶？你这个比喻挺有意思，"她开玩笑地说，"不过听到有人也不开心，反而会缓解我的负面情绪呢。负负得正呀，是不是？"

那段时间里，我们都能从对方那里获得一点求之不得的情感慰藉。尽管她带给我的只是一点儿的微光，但这道光明在我眼里不亚于冰原上的熊熊火焰。

我会偶尔想起来夏悦，并且不自觉地把她和萱进行比较。夏悦与萱是两种迥然不同的女孩。夏悦有着优越的家庭背景，她从小接受了良好的教育，起点一开始就比别人高出许多。在父母的悉心照顾下，她就像一朵暖室里的花朵，没有经受过外界的风吹雨打。她一直生活在她的伊甸园里，很小就确定了要追寻的理想，朝着人生更高的方向进发。

夏悦的同学们很多都跟她一样，家境优越，多才多艺。他们很多人并不需要参加高考，因为早早便确立了出国留学的计划。对于那些要参加高考的人来说，考上什么大学也并不重要，因为他们可以继承家业或者由父母帮忙安排工作。相比之下，萱和我一样，家庭很难支持我们去追求色彩斑斓的理想。家庭和环境限制了我们展望更远未来的目光，将我们的视野死死地局限在小小的一亩三分地之中。我们从来都没有意识到这大千世界里居然还能有那么多样的可能性，我们的眼界限制了我们去设想人生其他的可能性，如果有的话。对于我们来说，唯一能设想的未来就是考上一所大学。为什么要读大学？因为老师和父母告诉我们应该这样做。至于大学是什么样的、上了大学后要做什么、大学毕业了能干什么、怎样的未来在等待着我们，我们一无所知。

萱的父亲最终变成了一个不可救药的酒鬼，整日只喜欢在外寻欢作乐。他对女儿的生活不管不问，给她零花钱却十分慷慨，可能他心里也有歉疚吧，以为给了钱就可以弥补自己欠下的父亲的责任。萱手里有了钱，又无人照顾，无人关心，便频频出入娱乐场所，学习成绩也一落千丈。

萱其实是一个很聪明的女孩，凭此在中考中发挥超常，踩着分数线进入了这所重点高中。在遇到我之前，她的成绩排名垫底，在老师眼里几乎无可救药了。这也难免，她从头到尾没有把心思放在学业上。

"可以多花点时间在功课上，毕竟还有半年就要高考了。"我曾经尝试劝她。

"你很想上名校吗？"她冷冷地问，言语中有一丝不屑。

"倒不是想上什么名校，我也没有这个能力。只不过我觉得，对于我们这样的人来说，尽可能上个好点的大学在目前看来还是有必要的。"

"我们是什么样的人？"

"比如……我们的父母都没法帮助我们太多。以后的路还是得靠我们自己走，不是吗？"

"为什么是必要的呢？"

"对于现在的我来说，除了准备高考，考个好点的大学，我想象不出来人生还有别的道路了。听说现在社会上找工作都至少要求大学本科学历了，甚至很多都要求硕士、博士了。所以我觉得，如果将来要靠自己立足，上大学还是有必要的吧。"

"你的意思是，你想要上进咯。"她眨了眨眼睛。

"谈不上什么上进，我只是感觉生活逼迫我们不得不做出这样那样的选择。我们做出的很多选择，表面看上去是我们自主做出的，但实际上其中自由的因素十分匮乏。大多数时候，我们都是被一种盲目的力推着向前走而不自知罢了。"

"那你怎么知道现在的选择是正确的呢？"

"我不知道。只是从目前来看，在我的认知范围内，这是一个相对合理的选择。当然也未必，我的认知很浅薄，而且可能是错误的。况且未来的事谁知道呢。但是我没有办法，我只能基于我现在的认知做出选择。"

"你不是很讨厌老师吗？比如你的班主任？我也讨厌他们，所以我学不进去。"

"是的。"我说，"我和班主任的关系一直有点紧张。不过，慢慢地我意识到，读书是自己的事情，与老师并没有关系。因为讨厌老师而放弃学业，岂不是得不偿失吗？教课对于老师只是一份养家糊口的工作而已，他们管教学生也是出于职责所在。你对于学业的态度不应该受到老师的影响。实在不行的话，你只要熬到毕业就可以，犯不着为了他们影响自己的人生。"

我的劝说在短期内的确产生了一些效果。有一阵子，萱开始专心听课了，也愿意交作业了。用她的话说，她"决心要用功"了。

不过，好景不长，这种决心没有坚持多久，她便照旧我行我素了。

"对不起，让你失望了。但是我真的不行……我已经脱离学习这种事情太久了。我没法集中注意力，哪怕只是短短的几分钟。我一翻开书就头晕，看到数学公式就像看天书一样。我可能天生不适合学习。"

距离高考越来越近，我和萱都意识到我们的友情快到终点了。按理说，就算是毕业后也可以继续保持联系的，但不知道为什么，我对未来总感到莫名的恐惧，对我们的关系也没有一点儿信心。我隐隐感觉到，萱也是这样想的，尽管她从来都没有明确谈到这一点。

我想起最后那段时间，她每次来找我，我们会若无其事地谈天说地，她会愤愤地骂几句她的父亲和继母。我曾多次弹琴给萱听。令我感到奇怪的是，每一首曲子她都没有耐心听完，总是迫不及待地打断我要跟我谈天。唯独有一首曲子是例外，那首《布拉格之恋》。每当空灵的旋律响起时，她就会屏住呼吸，坐在钢琴边上一动不动，那一副乖巧的模样简直不像是她了。大概她的眼前出现了雪天吧。

六月，大地在滚烫的高温中战栗着，路边的花叶芒无精打采地垂下了叶片，长春花紫色的花瓣也低下了头。在地面散发出的腾腾热气中，我走进了高考的考场。

考试持续了两天。第一天早上考语文时，我在考场外见到了萱。我远远地向她挥了挥手，她只是微笑着，我们没有走近，也没有说话。第二天我就没有见过她了。考试结束后，同学之间有传言说，萱只参加了第一天上午的考试，下午的数学考试她中途退场了，第二天的考试也弃考了。她的行为固然出乎我的意料，但我并不感到过分惊讶。

我没有料到的是，考语文的那天早上竟是我和萱最后一次见面。高考结束后的那个暑期，我给她打了几次电话，都无人接听。等到我要动身前往陌生的城市读大学时，她也没有出现。

我不禁大失所望。固然，我们之间谈不上有什么契若金兰的友情，也谈不上有多少共同点，甚至也没有相同的志趣和爱好。但无论如何，我们在一段很长且难熬的时间里彼此陪伴，缓解了对方的孤独和心理上的压力，因此我自认为我们之间还是存在着一种特殊的友谊。

我曾经许多次在脑海里设想过与她分开的场面。我想象着那会是一个清凉的雨天，空气中氤氲着栀子花的香气。我们站在火车站的站台上，相视无言，静静地拥抱，雨水和泪水混在了一起，流到嘴角化作一股咸咸的味道。我会祝福她有一个美好的未来，她也会祝愿我学业顺利。我们会约定在未来的某个时间再见。在依依不舍中，一阵呼啸声划过，火车缓缓驶出车站，她在站台上朝我挥手，她的面容很快便消失在我的视线外……

想象中的一切都没有发生。临走的那天，离开家之前我最后给她打了一通电话，她还是没有接。我早早去了车站，一直等到上车，也没有看到她的身影。

这不是我想象中的告别，我不由得感到茫然若失。当时的我有一种奇怪的执念，总觉得离别，无论是恋人之间的分手，还是朋友之间的分别，都应该有一种体面的，甚至是浪漫的告别场景，或者说应该有一种仪式感。可是，什么都没有。

后来，进入大学一个月后，我收到了一封匿名信：

听说你考上了不错的大学，真心为你感到高兴。在我看来这是很自然的事。在我情绪陷入最低谷、对人生感到无比迷茫的时期，你的出现就像连绵多日的阴雨后终于拨云见日的午后，给我阴沉沉的天空染上了一道明亮的色彩。虽然我的世界仍旧是半明半暗的，但总好过从前的一片漆黑。

还记得我们初遇的那一天。一开始你走过来的时候，我以为你和平日里接近我的那些男生并没有什么不同，我以为你和他们抱着相同的目的。我要对此表示真诚的道歉。在你之前，接近我的男孩都喜欢甜言蜜语地哄我开心，我虽然明知他们满嘴都是骗人的鬼话，却还是不由自主地想要接受他们的恭维。也许这就是我的弱点吧，由于虚荣心作祟，我控制不住自己，我喜欢那种被男人环绕的感觉。

我不记得我从什么时候开始变成这个样子。变化可能是在潜移默化中悄然发生的。记得很小的时候，母亲对我的照顾无微不至，当时父亲对我的尽心程度虽不及母亲的一半，但也算说得过去。母亲离开了以后，父亲仿佛一夜之间没了拘束，变得越来越任性妄为了。后来，除了给我钱，他很少再关心我，我便在这种放任自流中自生自灭了。我的继母是一个极度自私而刻薄的人，她对我从来都不管不顾，我过得越差劲她反而会越开心。此刻，也许她正在对我的境遇冷嘲热讽呢。

我说这些，并不是推卸责任，也不是为自己找借口。我只是在想，如果母亲没有离我而去，如果父亲不那样玩物丧志，如果父亲和继母能够稍微给我一点关心，我的人生会不会有什么不同呢？当然，人生没有如果，但至少我可以做出一些合理的假设。

遇到你完全是一个偶然的契机。那天，我被老师当众狠狠地臭骂了一顿。我不堪忍受，便不顾一切地跑出教室，来到了田径场上，最后在教学楼背后找了个角落偷偷哭泣。

不瞒你说，我其实是一个自尊心特别强的人。我觉得一个人活在这世上，什么都可以不管不顾，什么都可以丧失，唯独不能丢了尊严。我一直都希望得到别人的尊重，我一直相信，一个人无论出身，无论贫富，无论学识高低，无论从事什么职业，他仅仅作为一个人，就值得得到别人的尊重。这样说来，大家都应该互相尊重，而不是互相伤害。但是，现实击碎了我天真的念想。事实上，人与人之间的倾轧、欺骗和伤害远甚于互相的尊重。在我的成长过程中，我目睹了男人不懂得尊重女人，女人不懂得尊重男人，家长不懂得尊重孩子，老师不懂得尊重学生。所有人仿佛都非要把别人踩在脚下方能后快。

所以那一刻，我觉得整个世界都抛弃了我，都要与我为敌，我感觉我再也不会获得任何人的尊重了。

这时，你走了过来，问我是否需要帮助。我有点惊讶，一眼就看出来曾在楼道里与你有过几面之缘。我猜你是隔壁班的学生。你和我在学校的杉树林里漫步，你什么也没问，只是跟我聊一些轻松的话题。走在你旁边，我没有丝毫的压力和负担，就像是跟一个很久没有见面的老朋友在谈话似的。我没有想到的是，你竟然也被老师赶出过教室。我当即就觉得与你有一种患难之交的感觉。

就这样，我们成为朋友。你喜欢对我倾诉你的苦恼，你的忧虑，还有那些我不知道如何界定的想法。我得坦白，你所说的许多令你感到烦恼的事情其实我根本想都没想过。比如你提到人应该怎样过好这一生啦，生命的意义和价值啦，这个世界的运行法则啦，这些问题对我来说根本不是问题。倒不是说我没有想过这些问题，而是我想了又能怎么样呢？从小到大，我曾不止一次地被教导我应该怎样度过这一生，包括那些老师啦，书籍啦，课文啦。但问题是，在这些说法里没有一种能够令我信服，也没有一种能够告诉我应该如何解决自己目前面临的困境。不过，我能感觉到你的内心有着某种挣扎，很可惜对于这种挣扎我无能为力。但我愿意听你诉说，尽管你所说的话有时候难免让我昏昏欲睡……

你苦口婆心地劝我要努力学习，考一个好点的大学。苍天在上，就凭这一点，你在我心里已经超越了所有人。整个中学时代，那些成绩好的同学都认为我是个无可救药的人，他们不可能来劝导我好好学习，对他们来说，让我学习无异于天方夜谭，如果我真的学起来，他们反而一定会觉得我病得不轻呢！而平时与我鬼混的那些人，就更不可能关心我的学业了。他们毫不在乎我的未来，只要我现在能够和他们一起玩得开心，他们就心满意足了。

因此，你不知道，当我听到你劝我学习时，我内心有怎样的波折。在你的影响下，有那么几天，我心底好像真的燃起了一股热情，居然真的听起课看起书来了。但很抱歉我让你失望了。我没有坚持下去，或者说我没有坚持下去的能力。我远离那种正常女孩的生活已经太久了，我远离思维性的活动也已经太久了。当我翻开书本，我会觉得这是一个对我来说无比陌生的世界。

况且，我周围的环境也不允许我去专心学习。一旦我开始读书，周围总是充满了异样的眼光，好像读书对我来说是一种罪恶似的。你不知道，我只是专心听了几堂课，用心做了几页笔记，有几个同学就对我说出了怎样恶毒的言论。你不知道，有人甚至还搬出了那些令我不堪回首的往事来羞辱我。在他们看来，我不配学习，也不配让自己变好，仿佛只有沉沦，不停地沉沦，才是我应得的命运和归宿！好吧，那就让他们如愿以偿吧！

也许你会觉得我过于任性，过于叛逆。我也不想再做过多的辩解了，也许这就是我的宿命吧。

一开始我就意识到，尽管性格上有一些共同点，比如任性、不服管教，但我们其实是两种截然不同的人。我也一直都清楚，我们的友情迟早有一天会结束。但我没有想到的是，这段关系持续的时间远远超过我的预期。随着日子一天天过去，我内心越来越明显地感觉到了对你的某种依赖，使我整日心神不宁。我越来越紧迫地感觉到，是时候必须了结这段关系了，否则拖下去只会后患无穷，对我们造成更大的伤害。

也许是我自作多情吧，我不是没有考虑过我们之间长久的可能性，但无论想多少遍，我都觉得我们之间是不可能有结果的。尽管你常常对老师们所描绘的大学生活表示怀疑，但无论如何你考上了不错的大学，而我的人生则毫无希望。你热爱音乐，弹得一手好琴。虽然你没有明确说过，但我隐隐能够感觉出，你对音乐的态度绝不只是兴趣这么简单。你看，你对于人生还有许多理想，而我却已经心灰意冷，只能在永恒的内心孤独中了却此生。当然，更要命的是，我已经丧失了爱一个人的能力，长期的感情投入对我是一种折磨。因此，我们不可能有什么结果，就算强行继续来往，你迟早也会受不了我的浅薄无知，我也不会容忍有一天你会那样看待我。

请你原谅我没有接你的电话，也没有在你临走前道别。我不敢再见到你，因为我怕自己会动摇。至于我在高考中途弃考，是因为我发现我一道题也不会做，待在那里又有什么用呢？

你不必担心我。对于未来，我已经有一些计划。就算不读大学，我也能以自己的方式活下去。

本来只打算写几句话的，没想到一不小心就写了这么多。如果有任何地方引起你的不快，请当作我只是在开玩笑吧。

就此告别。

来自过去的人

我回忆起来，离开家的那天，除了下着雨之外，一切都与我想象中的情景不同。雨滴淅淅沥沥地掉落到地上，汇集成一股细流，沿着坡地流到花园里，渗透进土壤里，消失得无影无踪。十八岁的我，仿佛看到自己的过去也一同被埋葬了。

第七章

去大学所在城市的那天，谈不上是纯粹的晴天还是雨天。只记得天色阴晴不定，阳光时而穿过云层碎裂为无数道光影，时而被浓厚的雨云遮蔽，天空中上演着一场无休止的拉锯战。

火车抵达车站时正值午后。那一阵子雨下得正大，整个车站被满世界突如其来的雨淹没了。父母和我合用两把伞，没走多久我的肩膀便淋湿了。我回头看看，阵雨中的车站在雨雾中渐行渐远，对于前方等待我的未知世界，我感到惶恐不安。

走出火车站之后，第一件事是要寻找地铁站。地铁对我是个新鲜事物。以前我只在电视上看到过地铁，按照我顾名思义的理解，地铁是"地下的铁路"，那么地铁站应该是在地下吧。我们找了一会儿还是没有找到，无奈之下，父亲只好拦住一个路人，用他蹩脚的普通话询问地铁站怎么走。

"地铁站？这里就是地铁站啊。"

路人笑了，那笑声在我听来很是刺耳。尽管问他的人是父亲，我却感到脸上火辣辣的，仿佛在他眼里我们就像刘姥姥初进大观园一样。

我的目光环绕四周一圈，果然看到了地铁的标识，原来这个地铁站与火车站是连通的。很快我也明白，地铁线路未必都在地下，也可能在地面。可以说，我刚到这座城市，就被当头一棒，让我认识到了自己的浅薄无知。

地铁在黑魆魆的地下行驶了一段时间后，倏地一下子钻出地面，视野开阔起来。此刻雨停了，云端裂出了无数条缝隙，光线找准方向不失时机地钻过去，车厢里一瞬间明亮了。车窗外的建筑物不停地向后退去，一直延伸到远远的天际。地铁好似是城市的脉搏，带动整座城市有节奏地律动。

经过中途某一站时，车门缓缓打开，一个身穿纱裙的女孩走进来坐到我对面。她双腿并拢，从包里掏出一本厚厚的书，把书轻轻按在腿上读了起来。起初我并没有注意到女孩，直到我的目光无意中扫到书脊上，"李斯特"三个字犹如一道炫目的闪电，猝不及防地击中我的眼球。

李斯特？我的第一反应是，这个李斯特是音乐家李斯特吗？我在脑海里搜寻了一番，也未想到还有哪个名人也叫作李斯特。女孩很可能在读关于李斯特的书，或许是音乐家传记之类。

仿佛瞬间被注入了一剂猛药，我全部的注意力都被眼前的女孩吸引了。她细碎的长刘海盖住了眉毛和眼角，额头在发梢下若隐若现，轻盈的发丝间似有暗流涌动。她的双唇轻轻闭合，腰背挺得很直，颇有一种沉静娴雅的感觉。

她为什么会读关于李斯特的书呢？她也会弹钢琴吗？但看着她瘦削的脸庞和单薄的身体，我实在无法把她与李斯特那富有激情、浪漫和诗意的音乐风格联系起来。当然，她未必会弹琴，也可能只是喜欢李斯特的音乐，进而对李斯特的生平感兴趣。

无论真相是什么，此刻，她在我眼中变得与众不同了。也许是钢琴之王的魔力穿越了两百年的时空，蔓延到高速行驶的地铁上，使得车厢里的一切人和物都披上了一层朦胧的光晕。

女孩的目光全部倾泻到书上，专注的眼神中透露出一点儿悲天悯人的情思。跟随着她坦率清澄的目光，我仿佛也看到了书页上的一行行文字。

那一刻，我萌生出一种强烈的渴望：我想坐到她旁边，凑到那本书跟前，对她正在读的文字一探究竟。也许，我可以礼貌地跟她打个招呼，问她是否喜欢听李斯特的音乐。然而，几乎是在同一秒钟，我马上自我否定了这个想法。女孩专注的神情和她眼里那种恬静淡雅的气息，使我无法做出这样唐突的行为。

地铁在高楼之间穿行，影子不时投射到车厢里，呈现出一种明暗飘忽不定的色彩。在光影的变幻中，女孩的脸颊随之产生若明若暗的变化。高架桥上的车流在女孩的轮廓周围飞驰而去，建筑物从她的面影后面掠过，一切相对于女孩在移动的东西仿佛构成了一幅虚化的背景，她便成了这幅图画里的女主角。我失了神似的，目光盯着她不动，只觉得女孩不知不觉在流逝的光影中沉浮。

一阵呼啸声袭来，阳光消失了，地铁又钻进了深不见底的地下。车厢里的灯光在女孩脸上蒙上一层阴影。不同于明亮的日光，这冷色系的灯光仿佛寒夜里的点点星光，浸透出清冷的寒意，零星点缀在女孩眼睛的轮廓上。

女孩抬起手，轻轻撩拨了一下额头一边的头发。这时，女孩的目光不经意间触碰到了我的目光，像是注意到了我在看着她。我们就这样对视了，持续的时间很短，大概只有一两秒钟。紧接着，我不动声色地转移了视线，装作在看对面车窗外的风景，她继续低头读手中的书。我偷偷瞥了她一眼，她的神情没有什么变化，依然是那样恬静和淡然。

地铁又停了下来，在这一站，女孩收起书起身下车了。从她站起来到走出车厢只用了不到五秒钟。虽然只有短短的五秒钟，我的心却莫名其妙地在这五秒钟里被搅动得天翻地覆。

眼看车厢的门马上要关闭，我做出了一个令我自己都不胜惊讶的举动。我对父母说："下一站下车等我。"在父母惊诧的眼神中，我小步跑出去，追着那个女孩到了站台上。

最近的那一刻，我距离她只有几步远。我总觉得心里有什么想对她说的话，有什么非说不可的话。我跟着她一直走到了地铁站口，眼看着她就要穿过闸机。倘若要对她说些什么，这是最后的机会了。然而最终，我眼睁睁地看着她走出去，一个字也没有说出来。我远远望着她的身影淡化、消逝在川流不息的人群中。

像是头上被泼了一桶冷水似的，我怀着沮丧的心情地走回了站台，上了下一趟车。地铁又开动了，我的思绪淹没在车轮和轨道冷酷无情的摩擦声中。

回顾刚才几分钟内所发生的一切，我想，也许我并不是想要去认识她，也并非想对她说什么话，我只是留恋那种她坐在我对面的感觉。至于我为何会留恋这种感觉，我想不明白。也许，仅仅是她在地铁上阅读关于李斯特的书这一简单的事实，就使得这个素不相识的姑娘对我有了某种无可取代的意义。

我心里涌起一种不可名状的失落感和前所未有的孤独感。这个萍水相逢而又匆匆离去的女孩，在我的心里卷起了一阵不小的潮汐。她使我不由得想起那些意外闯入我的世界而又很快离去的生灵。

据说，有人做过统计学上的研究，人的一生里会遇到上百万人，其中会打招呼的有上万人，会和上百人熟悉，会和几十个人亲近。能够成为知心好友的只有两三个人，能够相爱的只有一个人。但最终，所有人都会失散在茫茫人海，即使是知心好友和爱人，也概不例外。

地铁上偶遇的女孩，属于我一生中会遇到的那几百万人里的一个。我不知道她的名字，不知道她的年纪，不知道她喜欢什么，也不知道她对这个世界抱有什么样的看法。我们只是在一个偶然的时间，在一个偶然的地点相遇了。我们甚至连一句话也没说，只是用眼神默默交流了短短几秒钟。

每一天，我们都会与陌生人擦肩而过，与他们眼神接触，但我们没有机会去了解他们的经历，了解他们的喜怒哀乐。在他们那神情各异的眼睛背后，究竟藏着什么样的悲欢离合，我们一概不曾知道。每当想到这里，我都会觉得自己错过了一幕幕正在上演、永不停歇的人生大戏。无论是喜剧还是悲剧，其中包含了怎样复杂的人类情感，我无从得知，也无从体会，更谈不上感同身受。

有一位诗人曾写到，没有人是一座孤岛。从社会的层面来说这是对的，因为我们每个人都不同程度地依赖他人，依赖共同体而存活。但是，从心灵的意义上来说，我们每个人的确都是一座孤岛。对许多人来说，内心深处最真实的情感，终其一生也只能自己知晓。即使是我们最亲近的人，恐怕也很难真正理解我们。我们终其一生寻找能够了解我们所思所想的人，这也是为什么我们要寻觅爱情和友情。不幸的是，不论生活表面看上去多么喧嚣与骚动，在心灵的层面上大多数人都只能孤独地度过此生。

我们都被困在了人生的孤岛上，无一例外。

每一天，为了生存和生活，我们情愿或者不情愿地认识了那些不了解我们、不愿意了解我们，也没有能力了解我们的人，甚至是我们嗤之以鼻的人。不仅如此，我们还要装作喜欢他们，弯下脊梁骨去讨好他们，甚至抛弃掉自己仅存的尊严，只因为这样做可以给我们带来现实的利益。然而，那些有能力懂我们的人，要么被我们无视，要么与我们擦肩而过，要么出现在同一个时空里互相匆匆一瞥就消失不见了。

这就是人生对我们开的玩笑。它让那些虚伪自私者掌控了我们的生活，反而使那些真正的朋友、那些能够理解我们的天涯沦落人与我们渐行渐远。

尽管大多数时候我对人与人之间的关系抱着悲观的态度，但有时候我也会想，茫茫人海中，不论概率有多小，不论希望多么渺茫，一定会有真心懂你的人。在这个世上，一定有两颗真心，不论距离多么遥远，一朝到了命运垂青的那天，能够马上感受到从对方心里散射出的星光一样的感情。这种星光般纯粹的感情，与时代无关，与年龄无关，与背景无关，而唯一只关乎心灵。

想到这里，地铁又钻出了地面，光影回到车厢里，眼前的世界又亮了起来。

不知道为什么，那一天以后，我不时会想起那个在地铁上读书的女孩，想起夏末那个雨收云散的午后。那一天，有温情的暖风，有清新的雨水，有充盈的阳光，还有流逝在暮景中的少女。

我和父母在距离大学一公里远的地方找了一家旅馆住下。旅馆旁边是一个巨大的立交桥，往来车辆的呼啸声叠加在一起，从桥下走过时震耳欲聋。晚上，我们在附近的一家小面馆吃了二十块一碗的葱油拌面。父亲抱怨说："大城市的物价太贵了。这碗面如果是在咱们家那里，顶多不到十块。"

第二天早上，去大学的路上，望着鳞次栉比的高楼大厦与光华四射的玻璃幕墙，大都市的满目繁华给我留下了深刻印象。到了大学，我见到了陆扬，他是我的室友，也是我在大学里认识的第一个人。尽管他和我一样也是新生，但他说话时那种游刃有余的神气好似一个高年级的学长。他的性格颇为开朗，一见到我就和我谈天说地起来。陆扬是本地人，经常来大学里玩，早就对这里的一切轻车熟路，我在他的带领下很快熟悉了校园。

在学生公寓住下后，我做的第一件事是去打听学校里有没有可以练琴的地方。令我喜出望外的是，大学里的学生活动中心有十几间琴房。当天晚上，我就去琴房一口气弹了三个小时。头一次在这片陌生的土地上弹出琴声，我总觉得琴房里回荡着一种遥远的回响。

我在学校里安顿下来，父母便要回去了。我本来希望他们多待一阵子，逛逛城市里的景点，但他们觉得这样只会徒增无谓的开销。临走的那天，我送他们去了火车站。这次我轻而易举地就找到了学校旁边的地铁站，对一路上的路线也了然于胸。父母看到我已经逐渐适应了新的生活，此前由于担心而绷紧的脸终于松弛下来。我在站台上送他们上车的时候，母亲转过身去偷偷抹掉了眼泪，但我还是注意到了她眼角的泪痕。

十八年来，我从未离开过父母身边一步。而今一朝就要分开，他们放心不下我一个人在这座陌生的城市里独自生活。他们也担忧我与室友以及同学的关系。毕竟在中学时代我都是走读上学，素来喜欢独来独往，没有集体生活的经验。母亲又唠叨了很久——

"要跟室友、同学处好关系，任何事都要心平气和，不要发脾气。

"我们不在身边，要照顾好自己，身体不舒服要及时去医院。

"对学业不能掉以轻心。不要整天只知道弹琴，要把学业搞好。大学是在为你以后找工作做准备。"

不同的是，这次我一反常态，全程静静地聆听，丝毫也未觉得厌烦。我甚至希望火车晚一点驶入站台，让我能多听听母亲的叮嘱。

与父母分别的那一天，从拂晓时分就下起了淅沥的雨。雨越下越凶猛，等我们到车站时，雨幕已经遮蔽了整个天穹。我把两把伞分别递给父母，父亲将一把伞推给了我，嘱咐我回学校的路上要注意安全。

列车缓缓驶出站台，发出一声令人浑身为之一颤的惨叫声。漫天灌下的雨滴排列成无数条银白的细线，如同望不到边的瀑布从天而降。我走出车站，路上都是行色匆匆的旅客，有挽着胳膊的恋人，有三五成群的友人，也有人孤身一人撑伞迎着风雨前行。我回头望了望淹没在灰色雨幕中的车站，却发现已经很难看清车站的全貌。冰冷的雨随风拍到我的脸颊上，一阵凉意贯穿了我的全身。

入学后的第一桩大事是选课。面对种类繁多的课程和众多名字陌生的老师，我在选课环节不知从何下手。这时，学院里有个高年级的优秀学长为我们举行了一个讲座，主题是如何选课。我原本以为他要介绍不同老师的授课风格，没想到他全程都在大谈特谈什么"选课学"。

所谓的选课学，是指针对每一个老师，梳理他们对课程的要求和考核方式，统计他们的每一门课程历年考试评分的高低，从而判断出哪个老师要求较低、打分比较宽松，哪个老师要求高、打分比较严格。

"大家可以想象，"学长挑起眉毛，露出一副得意扬扬的样子，"进行这一项统计的工作量是很大的。要感谢往届的学长学姐一代代更新、补充数据，我们今天才有了一个完善的、可以造福每一届学弟学妹的选课学数据库。"

见识了学长口中所谓的选课学数据库，我不得不对学生们的聪明才智佩服得五体投地。在这个数据库里输入任何一个老师的名字，就会显示他所开设的课程信息，其中包括每年的课程考试里有多少比例的人获得了不同等级的成绩，老师的要求和评分越宽松，越代表这门课是"好课"。反之，如果好成绩的比例很低，那么意味着这个老师要求严格，是需要避开的。至于那些挂科的学生比较多的课程，则属于绝对的雷区，是碰也不能碰的，否则就等于自讨苦吃了。除了成绩分布的统计外，还可以查到课程的考核方式，例如是闭卷还是开卷，老师是否喜欢点名，是否需要写课程论文，等等。

"每一门课的容纳人数都是有限的，所以好课的竞争很激烈，那可是需要去抢的。"学长的语气变得严肃了起来，"你们一定要在选课系统开放前严阵以待，系统开放后第一时间去选课。"

听到学长的谆谆教诲，我恍然大悟，周围的同学也都纷纷表示受益匪浅。讲座结束后，学生们纷纷使用选课学数据库来筛选老师和课程。陆扬很快列出了一个课程名单分享给我，要我和他选一样的课。

我很幸运，课程名单里的课都选到了。开学第一周，我怀着激动的心情去上课。不过，有一些老师的课使我感到十分失望。原来大学里也有这种照本宣科、讲义念完了事的老师。上课的过程十分乏味，老师只顾自己在讲台上讲，与学生们也毫无互动，只是机械地念一些概念。听了一堂课我就顿觉索然无味了。

失望之余，我抱着试试看的心态，去试听了在选课学里评价很低、被学生们列入"垃圾"评级的课程。我想，再差也总不会更差了吧！

结果，这些为学生们所不齿的课对我来说，上课体验竟出奇地好。有一门课被选课学标记为最低评级，强烈不推荐学生修读，除非"想虐自己一把"。但我立刻发现，这门课程的教授学识渊博，讲课时思维活跃，喜欢旁征博引，讲了许多超出教材和讲义范围的内容，但实际上是对核心知识很有益的补充。他喜欢提出许多开放式的问题，引导学生发散思维。他鼓励学生通过自己独立的思考得出结论，而不是一股脑接受现成的结论，考试前一背了事。他的课程考试题目绝不是背诵讲义和笔记就可以应付的，学生得对课程知识有全面而深刻的理解才行。课程考核的形式是论文，要求要有一定的创新，这对于本科生来说无疑是很高的要求。难怪这门课会被学生们嫌弃，被扫进选课学的垃圾堆。

这下我算是明白了。所谓的选课学，根本不关注授课质量和课程内容，而只关注老师对于课程考试的评分要求。学生们选课时只想选择那些打分宽松的老师，而不问老师的教学水平和风格如何。为此才诞生了这种叫作选课学的学问，专门研究选哪些老师的课可以获得更好的成绩。在这些学生的眼里，上课只是为了拿高分，老师讲什么不重要，学生学到什么也不重要。况且，那些打分宽松的老师上课时的要求也很宽松，任凭你在讲台下玩手机也好，呼呼大睡也好，一概不加干预。反过来，学生上课时玩耍，下课后走人，委托同学帮忙签到，考试前两天突击背一通了事，还能考个不错的分数。这样一来，学生能够轻易拿到好成绩，老师也可以得到学生们的好评，这种和谐相处的方式对双方真可谓皆大欢喜！至于通过上课能学到什么东西，学生们漠不关心，也毫不在乎，反正无论如何都会拿到一个不错的成绩，为什么还要花心思去读书呢？

曾经有人告诉我，在大学里成绩不是第一位的，因为评价一个人的维度是多元化的。结果现在我才发现，大多数学生——如果不是全部的话——对于学业都抱着极度功利的态度。在大学里，成绩与许多东西捆绑着，比如奖学金、保送研究生、好工作等。因此，一切的中心在于获得好成绩，为了获得好成绩可以无所不用其极，选课学仅仅只是其中一种手段而已。除了与课程考试有关的资料以外，学生们对其他学问和书籍一概置之不理。凡是对提高成绩没有帮助的知识，哪怕再高深，他们也没有兴趣去了解。我对这样一种对待学业的功利态度感到担忧，我总觉得分数高低未必代表学术水平的高低，与思想更是毫无关联。

上完那门"垃圾"课回来后，我立刻把选课学数据库删除了，一分钟都没有耽搁，仿佛它是个长在我身体里的毒瘤似的。紧接着我一股脑把之前选到的所有课都退掉了。我尽可能地去试听了相关老师的课程才去选他们的课。最后，我意识到一个事实：那些受到学生冷遇、在选课学里评价不佳的课程往往更值得去听。

我对陆扬提起选课学的荒唐，他却说："这不是很自然的事情吗？大家都想轻松拿高分。谁愿意累死累活地读书但最后却还拿不了好成绩呢？"

"可是学术呢？眼里只有成绩，能真正学到东西吗？"

"你一个小小的本科生谈什么学术？你没看到大把大把的研究生都还在排

队发论文而不得吗？你以为学术那么容易做啊？"

"这和我是本科生有什么关系？无论是谁，想要学到东西，难道不就得踏踏实实地去读书吗？一味为了成绩投机取巧，难道是治学应有的态度吗？"

"你这是迂腐之见，"他的嘴角暗暗洋溢起一丝嘲讽，"你以为现在还像古代，死读书就能范进中举啊？你以为是科举制度，连中三元后一举成名天下知？无论你想要读研究生，还是找工作，或者出国读书，人家都会看你的平均学分绩点，而这取决于你平时每一门课的成绩，懂吗？而要获得好成绩，与其说是在读书之内，不如说是在读书之外。"

"你说的'读书之外'是什么意思？"

"选择比努力更重要，"他说，"你选了要求宽松的老师的课，你就会很容易得高分，但如果你死磕那些要求严格的老师，我承认你确实可能学到东西，但是最后你会发现你的成绩很糟糕。一旦你的成绩被搞砸了，你以后的所有路子便都会不好走了，这你可明白？"

"可是……这样的话，我对学术的前途感到担心。如果大家抱着这样一种唯分数论的态度，怎么能指望他们走上学术道路呢？创新和进步也就无从谈起了。"

"学术的前途？你跟我谈这个？不要为了和你无关的事情自寻烦恼！"他掩口欲笑，"说白了做学术也只是一种职业而已，不要把学术当成什么崇高的事情，学术自然有那些做学术的人来操心。比如那些博士生自然会更严谨。当然，你有这样的想法不奇怪，高中生刚进大学都是这样想的。过阵子你就明白了。"

陆扬虽然说得很有一套，但我终究还是对他的理论抱怀疑态度。我不相信，一个在本科生阶段为了获得好成绩投机取巧的学生读了博士就会转眼间变得严谨治学。也许，一个本科生对待学术的态度就已经决定了他未来的学术前途。

我对选课学从一开始就不抱什么好感。我并非像陆扬所说的那样为了所谓的挑战自我，也并非对学术抱有什么热情。究其所以，是选课学在某种意义上激起了我深层次的某种抵触情绪。当我看到一届又一届的学生都乐此不疲地投身于选课学时，我本能地对选课学产生了一种发自心底的厌恶。一直以来，隐藏在我内心深处的那种孤僻和内省的本能，使得我对一切盲目的群体性行为都抱有警惕，特别是那些不允许我问为什么、在人们眼里理所当然的从众行为。高年级的学生在给新生宣扬选课学的时候，那种居高临下的口气仿佛在他们看来这是一种多么高尚的施舍。学生们一窝蜂地热衷于选课学，他们不仅要让自己相信选课学，还要求别人也相信选课学。围绕着选课学，我嗅到其中隐藏着一种专制气息。更可怕的还不是这种专制本身，而是每一个学生无意识地成为专制的执行者。如果不按照选课学的方针去选课，反倒要被大家认为是异类了。这种不容置疑的态度令我感到厌恶。

最终，我没有理睬风靡在学生间的选课学，而是根据自己的偏好选了课。我的做法在学生中引发了一些议论，有人说我特立独行，也有人说我装腔作势，陆扬说得更直接："我已经看到你成绩单的惨状了。"

入学后不久，我在楼道里看到有个男生在挨个敲门，手里捧着一沓彩色传单。遇到没人的寝室，他就把传单从门缝底下塞进去。他看到我便径直走了过来说："同学，学生会开始新学期的招新啦，欢迎报名！"

我接过传单，他嘀咕了一声"谢谢"就越过我去下一个寝室敲门了。传单上写着："参与学生自治，欢迎加入学生会。"

看到传单上写满了激情四射的宣传语，我不由得心动了，便报了名。第二天我收到了面试通知，要求穿正装参加。我问陆扬正装是什么意思。

"什么？你不知道什么是正装？"陆扬轻描淡写地说，但我听得出来他强忍住了笑意。

"总不至于为了参加这个面试去买一套吧。"

"这个简单，我借给你一套，你和我的体形差不太多。还有皮鞋你也试试。"

于是，我穿着陆扬的套装去参加了面试。现场的气氛在我看来颇为紧张，面试我的人都是什么学生会的部长、副部长之类的，听起来层级很复杂。候选人清一色都穿着笔挺的西装和油光锃亮的皮鞋，不知情的人也许会以为这里要召开什么决定人类命运的重大会议呢。

第一次参加这种面试，我毫无经验，表现得像个傻瓜，所有的问题都是吞吞吐吐地回答，连自我介绍都说得一团乱麻。面试结束后，我心想这下没戏了。

出乎意料的是，当天晚上我收到了面试通过的通知。

我自知面试时表现糟糕，便好奇地问面试时在场的一个担任部长的学长："我没有想到会通过面试，我的表现很差劲啊。"

"你的表现并不重要，"他顿时露出了诡异的难以捉摸的笑意，"你穿了一身价值不菲的名牌西装和皮鞋，你以为学生会的部长们不识货吗？他们觉得你一定背景不凡，所以虽然你表现不好，还是让你通过了。不过，你那套西装究竟多少钱啊？"

我真是哭笑不得。我根本没想到陆扬借给我的西装还有这种功效。不过老实说，我就是学长口中那种不识货的人，我完全没有觉得这套西装有什么与众不同的地方，更别说判断它的市场价值了。

就这样，我如愿以偿地加入了学生会，一开始激情满满，以为在这个号称学生自治的组织能做出什么惊天动地的事。然而好景不长，不到一个学期我就想退出了。

我从来不是一个擅长社交的人。在陌生人面前，我会感到不自在，更别提在许多人面前发表长篇大论了。然而学生会恰恰是一个极需要社交技能的地方。每一次活动，我都会见到高年级的学长学姐和其他院系的学生，我不得不和他们打招呼、介绍自己、留下联系方式。他们似乎都能随时轻易地开启数不清的话题，我只能随着他们硬生生地聊几句。这一套标准流程完成后，我总是感到疲惫不堪。当然，有许多人对此乐在其中，比如陆扬。他在学生会里可谓如鱼得水，很快就和那些学长学姐打成了一片。而我，却无论如何也无法以积极的心态面对那些需要不停地认识人、不停地与人谈笑风生、不停地推广自己的场合，我也无法伪装成那样的人。

我萌生退意后，学长立刻不留情面地批评我：

"退出？你把学生会当成什么地方了？想来就来，想退就退？"

"但是我觉得不是很适应，不是很喜欢这里的氛围。"

"不喜欢就退出？"他发出一声嗤笑，"天底下你不喜欢的东西可多了，凡是不喜欢就能不要吗？"

"可是我确实没什么兴趣了。"

"你可以去了解下每年在学生会里做学生干部的学生，他们在校期间都是学校里的风云人物，毕业后无一例外都有很好的去向。难道你不想成为他们吗？"

"我现在并不关心这个。"

"你家里情况如何？你父母是做什么的？"学长显然已经对我的情况有所了解，他的眉梢露出狡黠的笑，"对于你这种背景的人，一定要抓住机会哦！不然几年后可没有后悔药吃。"

学长可能是真的为了我好，但他所说的话对于当时的我难免有些刺耳，我觉得脆弱的自尊心受到了伤害。他可能察觉到了这一点，紧接着又说："我的意思是，你现在有很好的机会可以改变现状。"

"我没觉得我的现状哪里需要改变。"我冷冰冰地说。

"凡事要看利弊，不能由着自己的性子，不然你会吃大亏的。"

"即使继续待下去也没有任何意义，只能是徒增烦恼。"

"那你好自为之吧。"他用暗含威胁的口气说，"不过我要提醒你，你这样一走了之会进入学生会的黑名单，也可能会上报到学院，可能会影响你以后的评优。"

退出学生会以后，我决心专心于学业。我在大学里读的是经济学专业。之所以选择读经济学，倒不是因为我对经济学有什么特别的兴趣，只是因为在高考后填报志愿时，我周围的所有人，无论是老师、同学还是父母，都说经济学是时下的热门专业，毕业后能够找到一个好工作。事实上，在进入大学之前，我对经济学一无所知，对读了经济学以后将来能够干什么也没有任何概念。

入学后的第一堂课上，一位教授激情四射地做了主题演讲，给我们讲述了经济学的功能、价值和在社会中扮演的角色。他讲到了古今许多不同的理论，结合时事热点，听起来相当精彩。在他的感染下，一时间我对自己即将要开始学习的专业充满了热忱。

我很快就感受到了经济学的博大精深。我知道了宏观经济学研究的是整体社会经济的运行方式，微观经济学研究商品和市场供需之间的相互关系。我也知道了国际经济学研究的是跨国经济活动中生产与消费的循环过程。总之，用一句话说，经济学研究如何将有限的资源进行合理配置，从而实现社会财富的可持续增长。不过，我更喜欢一位教授对于经济学的解读，他认为经济二字的含义是"经世济民"，意味着经济学不仅要探求经济运行的规律，而且还有独特的价值追求，也就是力求使社会繁荣，使百姓安居乐业。

于是，我开始在课上认真听讲，做好笔记，下课后去图书馆阅读资料，大有一副此生要献身于经济学的势头。开头的一阵子，我的认真程度使得陆扬大为吃惊。

"没看出来啊，你真是深藏不露。"他用一种调侃的语气说，"不过，我觉得经济学太乏味了。你现在才刚开始接触，你的热情未必会持续下去。"

"倒是你，为什么要读经济学呢？"我反问他。

"对我而言，读什么都无所谓。"他露出了轻蔑的笑意，"我本来打算挑个轻松点的文科专业，不过我爸觉得学经济学可以让我以后更好地接手他的公司，这种想法岂不是很可笑吗？"

没错，以陆扬的家庭条件，大学里读什么专业对他并不是什么重要的事情，甚至上不上大学在我看来都无关紧要。几年前，市里进行了如火如荼的棚户区改造，他家里很幸运，在本市拆迁补偿了几套房子，仅凭收房租就已经可以保障他衣食无忧，更别提他父亲经营着一家规模不小的企业。对他而言，读大学只是锦上添花的事。

大学的第一个学期，我学习格外用功，我从来没有在学业上花如此多的心思，即使是在高考前也没有。

我很快注意到，每次课间和下课后，总是有不少学生到讲台旁围着老师，问各种问题。他们问的都是一些不痛不痒的，甚至上课时老师已经明确解答过的问题，提问的方式也奇蠢无比，带着刻意讨好的、谄媚的气息。还有一些学生，压根就不是去问问题的，而是缠着老师聊天。聊的内容无非是说些令人作呕的恭维话或者扯上什么不清不楚的关系。

起初我以为他们是真的不懂而去请教老师，直到有一天，陆扬在课后找到了我："你怎么从来不去找老师问问题，与老师混个脸熟呢？"

"我没有问题呀，老师讲得很清楚了，而且就算有问题，我自己可以先去查阅资料研究清楚呀。"

"你真是傻啊。你以为那些下课后去找老师的人当真是有问题要问吗？"

"不然呢？"

"他们都是在跟老师套近乎，让老师认识自己，留下好印象，这样才能拿高分。"

"成绩难道不是取决于考试吗？"

"你真是天真得可以！你还以为像过去，一考定乾坤啊？"他的脸上写满了惊讶，旋即轻蔑地撇撇嘴，"这里是大学！最后的课程考试只占总成绩的一部分，另一部分是平时表现。平时表现，你懂的……说白了就是与老师的关系。就算是课程考试，一个老师熟悉的人和一个连名字都没听过的人，你觉得老师会给谁打高分？"

"所以你才每次下课都去找老师聊天啊……我还好奇你哪来那么多问题呢。"

"像你这样不跟老师搞关系，只知道自己埋头苦读，就算考得再好也没用。"

头一次听到陆扬的这种说法，我不以为然。按照我一贯的认知，老师怎么可能仅仅因为与学生关系好就给他打高分呢？再者，从小到大，我都是一个不喜欢在课堂上发言或者积极表现自己的人，但这不意味着我没有专心学习。很多次，即使我知道老师提问的答案，我也不会主动举手去回答。这难道有什么错吗？

但是事实无情地打了我的脸。在课程考试中，我自认为答题答得很不错，每一个问题都了然于胸。成绩公布后，我却傻眼了。那些平时读书敷衍但总是与老师套近乎的学生，无一例外都拿到了高分，包括陆扬。而我却只获得了一个不痛不痒的中等成绩。对于其他人，或许还可以说我不够了解，但陆扬的情况我再清楚不过了。他平时连课程讲义都懒得去看，只会考试前借别人的笔记背一背了事……没错，这次考试前他还是借了我的笔记去复习的！

我这才明白，一些学生课间去找老师，并非真的有疑问，而是为了与老师混个脸熟，和老师建立某种私人关系。他们孜孜不倦地去向老师提问、聊天，课后还会私下跟老师联系，嘘寒问暖。最后，不懈的努力终于有了回报：他们一如所愿地获得了好成绩。

"多亏你的笔记了……记得很全面，也有许多老师讲义之外的内容，考试的时候我都写上去了。没想到能拿优秀。"陆扬一脸笑嘻嘻的样子，令我感到恶心。

我一时间无法接受这样的结果。我思来想去，实在气不过，想要去找老师理论一下，或者至少知道我究竟是哪里出了问题。

"你还真犯傻啊？"陆扬一把拦住了我，"你去找老师有什么用呢？成绩已经发布了，你还指望老师给你改成绩不成？绝无可能！你去找他，他也只会告诉你，你的考试表现虽然尚可，但平时成绩太低。你如果想反驳，他能举出一千个理由让你哑口无言。比如，你上课从来不回答问题，课后也从不向老师提问，你的学习态度很消极——"

"我的学习态度消极？"我一口气打断了陆扬，"你知道我在课程讲义之外读了多少资料吗？老师讲义里提到的那些参考资料我都认真读过了，而且做了笔记。你知道我在课后下了多少功夫，花了多少时间吗？你晚上玩的时候，我还在自习室里用功呢！你背过了我的笔记，你难道不知道我付出的心血吗？你现在竟然跟我谈学习态度的事？你真是叫我大开眼界！"

"我知道你的努力，我也很感谢你的笔记。但是，你要明白，这里的游戏规则不是你想象的那样。你如果以为光凭努力就可以解决一切问题，那你就大错特错了。比方说所谓的学习态度吧，为了和老师混个脸熟去找老师提问题当然算不得好的学习态度，但是站在老师的角度来说，除了看你上课回答问题和下课请教问题的积极性，他还有什么方法能判断你的学习态度呢？而且，我发现你现在还是中学生的思维，以为只要闷头努力学习就能得到一切。你想要一个好结果，努力只是其中一个因素而已，甚至有些时候，努力与否根本无足轻重，重要的是别的一些东西，人情、关系、资源，懂吗？"

我简直不敢相信我是在大学的经济学院里读书。从入学时的第一堂课起，我对经济学这门学科便建立了很高的期待。这是一个学习如何经世济民的地方，听起来多么神圣。就像那位教授讲的，经济学要追求什么？最根本的是如何建立一个更美好的社会。正如一个多世纪以前的那些经济学巨擘，他们看到满目的剥削和普遍贫穷，认为世界不应该是这个样子。他们的经济学理论描述了那个理想中的新世界应该是什么模样。这难道不是当代经济学家、学生的榜样吗？而现在，一个学经济学的学生，跟我大讲特讲人情、关系、资源，告诉我只有跟老师搞好关系才能得到好成绩。

为此，我跟陆扬大吵了一架，那是我大学期间第一次和别人吵架。我知道陆扬平时待我不错，他虽然是有钱的本地"土著"，但至少表面上并没有瞧不起我的意思。但那一天我实在是气不过，听到他一番不堪的言论后，我忍不住想要予以反击，我无论如何也无法认同他的说法。争吵当然没有任何结果，我们谁也无法说服对方。我头一次感到，我和他固然在同一所大学读书，身处同一间教室，但我们的各种观念差别之大，比南半球与北冰洋之间的距离还要遥远。

没过几天，我们又和好了。只可惜经过这件事，我对于学业的热情被现实无情地浇灭了一大半。心一变，所有的态度和感知也随之变化了。那些烦琐的经济学理论和无休止的习题在我眼里变得枯燥不堪，我对我所学的东西产生了严重的抵触情绪。有几天，我整日瘫倒在床上，连课也不想去上了。

我一度对大学生活有一种不切实际的幻想，以为我会进入怎样一个新天地。然而兜兜转转一番徒劳的挣扎后，我愕然意识到自己一无所获。在这个校园里，我找不到精神的依靠和生活的意义，而这种依靠和意义对我来说又是生存所必需的。我坠入了深不见底的迷茫之中，伸手不见五指。空虚再次席卷了我的生活，把我带向那一片精神的不毛之地。

第八章

在课程、学生会、学术上寻找自身价值的努力纷纷宣告失败。失望之余，我希望能够在同学里找到几个知心的朋友，获得一点儿安慰。然而我很快便发现，对我来说这几乎是不可能的。

大学的第一年里，我身边不少学生早早在寒暑假开始实习。他们无一例外地向往去那些业界闻名的金融机构实习，包括什么对冲基金啦，私募基金啦，投资银行啦。我第一次知道，原来金融业有如此多的细分行业，甚至产生了某种显而易见的鄙视链，同学们都想去那些处于所谓的金字塔顶端的公司实习，也盼着能在毕业后入职这些公司。同学们的交谈中永远少不了这些大公司的名字，学院里几乎每个月都有大大小小的讲座，主题是教学生如何为进入这些大机构、大公司做准备。起初，我对这种群体性的狂热感到不解，陆扬却对我说：

"这有什么难理解的？你可知道，上一届毕业生里有一个学姐，毕业后去了某对冲基金工作，年薪百万。一毕业就拿到百万年薪，你可知道这意味着什么？"

我回想起来，刚入学时，走在经济学院的大楼里，看到了优秀毕业生的宣传板。那些优秀毕业生无一不是去了国际知名的大机构工作，学院显然以此为荣，同学们也把他们当作榜样。久而久之，我在学生中感受到了这样一种暗示：在这个学院里读书，如果不能在毕业后获得一份高薪的工作，那就算是一种失败。从来没有人明确说出这一点，然而这个暗示是不言而喻的。每个同学都想方设法地取得好成绩，他们热衷于学生组织也是为了使自己的简历显得更漂亮，这一切努力都是为了能够拿到实习机会、毕业后找到好工作。

不知道为什么，我从一开始就对这种群体性的倾向抱以怀疑的态度。在课堂讲授的知识和同学们的行为之间，我看到了一条深不见底的海沟：我们在课堂上被告知，学习经济学是为了探求和利用经济运行的规律，为整个社会争取最大福利，然而不少同学却把经济学当作一个跳板，眼里只有年薪百万的工作。这一事实无疑给我泼了一盆冷水。

陆扬也和别人一样热衷于实习。大一结束后的暑期，他去了一家知名的外资金融机构实习，整天西装革履地出入寝室，全身上下一副金融精英的模样。我偶然向他提起对同学们热衷于实习的看法，他却对我的说法不以为然。

"理论是一套，实践又是另外一套。"他眼里露出一副指点江山的神气，"这有什么可纠结的？价值不价值的，有那么重要吗？经济学固然有你所说的那些价值追求，但学生们毕业后总得工作挣钱才行啊。"

"工作、挣钱、通过劳动养活自己，这些我都能理解，但如果每个学生都想着要进那些待遇最好的大公司，都以年薪百万为目标，将此作为工作的唯一目的和原则，你不觉得这有问题吗？难道我们接受了高等教育只是为了赚高薪？我们这门学科的社会价值呢？难道我们所学的一切只是为了比别人赚更多的钱？"

"这是个人选择。如果人家的目的就是为了赚钱，也没有什么错，这是他的自由。所谓的社会价值难道不是应该和自我价值相统一吗？"

"退一步讲，对于个人而言，这种目标当然属于个人选择。"我不服气地说，"但问题是，他们不仅自己去追求这种目标，还以此去要求和评判他人。大家羡慕那些毕业后拿到高薪的学长学姐，认为那才算成功，反过来瞧不起那些从事了一般职业的人。就拿大家都趋之若鹜的对冲基金来说吧，难道它创造的价值真的比一个勤勤恳恳为社会服务的工人创造的价值高？还是说，它基于某种不公平和不合理的机制，才赚了并不应该属于它的钱？"

"你现在还是学生思维。"他没有理睬我的问题，"如果你不早点转变过来，迟早会摔跟头。"

每当我和陆扬出现争执和意见不一时，他总会把我的说法归结于"学生思维"。我当然对这种武断的结论深感不服气，但同时我心底也有一个念头蠢蠢欲动，使我无法安心：万一他说得对呢？倘若我是出于所谓的学生思维才和他意见不一，那不就意味着迟早有一天我也会和他一样？如果这是真的，我现在所相信的一切岂不都是徒劳？这个念头令我无端感到恐惧。

无论如何，在学生之间那种唯高薪导向的风气里，我总是显得格格不入。我的同学不理解我为什么每天要花大把时间去练琴，不理解我为什么要选那些要求严格、难以获得高分的课程，也不理解我为什么寒暑假不去实习。同样，我也无法理解为什么他们除了追求高分和大公司的实习外，对别的东西一概没有兴趣，我也不理解为什么他们在实现自我价值和社会价值相统一的过程中，反而变得更加功利、更加以自我为中心了。这种根深蒂固的矛盾，在大学期间给我带来了不少痛苦，甚至许多时候我会怀疑自己学习经济学究竟是不是一个正确的选择。

由于我和同学在对待学业和职业选择上的不相投，我在班级里难以找到说得上话的朋友。为此，我把目光转向了几个会弹钢琴的同学，期待以音乐为契机打破困局。

有一个同学得知我会弹钢琴，马上露出了惊讶的神情，仿佛会弹钢琴对我而言是什么了不得的大事。

"你也会弹钢琴？"他的目光里满是怀疑。

"嗯，虽然学得比较晚。"

"你父母是做什么的？"他咄咄逼人的口气令我很不舒服。

我原本想回答"和你有什么关系"，但马上觉得这样反而会使他觉得我是自觉羞愧了。于是我平静地告诉他，我父母只是普通的打工者。

"是那种……农民工……吗？"他咬着嘴唇，异常艰难地说出了"农民工"三个字，好像这个词是什么罪大恶极之物。

"差不多吧。"我明白他不怀好意，也许我早就该结束对话了，但我此刻有一种残忍的欲望，想看看眼前这个人的偏见究竟会恶劣到什么程度。

"可是学钢琴是要花很多钱的。"

"各人有各人的学法呀。"

"但你总不能无师自通吧。"

"我除了初学的时候上过一段时间钢琴课，后来都是自己照着谱子弹的。"

他显得愈发怀疑了，追问我说："学到什么程度了？考了几级了？我钢琴过十级了。"

"我没有考过级。"

"没有考级？那你说自己会弹琴？你在说笑吗？"这时候，他的眼神里已经不是怀疑，而是赤裸裸的蔑视了。

"考级只是一种评价体系而已，"我想要反击，"但绝不是唯一的评价体系，而且对于艺术来说，考级很可能是最不可靠的评价体系。我见过很多考了十级却弹得一团糟的人。也许，能弹出什么样的乐曲以及弹得怎么样更重要。"

他满不在乎地哼了一声说："那请问你会弹什么曲子呢？"

"贝多芬的奏鸣曲和肖邦练习曲。"我本来还想提起李斯特，但又想到那首《叹息》已经很多年不弹了。

"哦，真的吗？那你参加过什么钢琴比赛吗？你公开演出过吗？"

"都没有。"

"那你弹琴有什么用？你说你会弹肖邦练习曲，你拿什么证明你会弹呢？难道你只是弹给自己听吗？"他简直要捧腹大笑了。

再说下去也没有意义了。我暗想："能弹琴给自己听就已经足够。"

也许，在他的认知中，钢琴这种高贵的乐器是需要同样高贵的灵魂才能与之匹配的。

冬天，临近新年，学院在学生剧场里举办了一场新年晚会。辅导员提前一个星期发出通知，向学生们征集表演节目。陆扬问我是否想要报名弹一首钢琴曲。

"弹琴？"我惊讶地说，"不必了吧。"

"为什么呢？你不是天天都在练琴吗？这是一个很好的表现机会呀。"

"表现？给谁表现？有谁会在意呢？"

"这次可是学院的学生都会参加，"陆扬的嘴角挂上轻浮的笑意，"学院的几个大美女可都会在场哦。"

"你又来了。"我不禁发出嘲讽的语气。

我终究还是没有去报名弹琴。一方面，我从未有过公开表演的经验，因此我对在人们面前弹琴抱有一种天然的恐惧；另一方面，我没有什么表现欲，弹琴对我来说更多的是一种内心需求。

举行晚会的那晚，是一个冷寂的冬夜，夜空中聚集着厚厚的雪云，寒风吹得树上的枝丫咯咯地响，天地之间正在酝酿着一场大雪。

我坐在学生剧场的最后一排，无精打采地看着台上无聊的节目。好不容易等到晚会结束，学生们纷纷散场离去。我一眼扫过去，目光在舞台一角的钢琴上停留良久。我内心突然有一种冲动：我想要去弹弹这架钢琴。于是我信步走了过去，一个人坐在钢琴前，打开琴盖。大多数学生已经离开了，周围没有人注意到我。

思忖片刻后，我开始弹奏近日在练习的一首曲子。窗外不知从何时起飘起了纷纷扬扬的雪花。隔着玻璃，白色的晶体落了下来，宛如降雾似的笼罩了窗外的杉树。

一开始弹琴，我便忘记了周围的事物，只是纯粹地沉浸在音乐的世界——只属于我一人的世界里。弹完一段以后，我发觉身边站着一个男生。他体格有点瘦弱，戴着方框眼镜，一副文绉绉的样子。注意到他的瞬间，我不觉手指停了下来，琴声戛然而止。

"怎么不继续呀？"他的声音很柔和，听起来是个性情温和的人。

惊讶之余，我继续弹下去。弹完琴以后，他和我聊了不少音乐方面的话题。他虽不会弹琴，却对音乐很有感觉，他的见解中不乏许多真知灼见。

之后一连好几天，我和男生都会聊天，涉及的话题也越来越广。我心里暗暗感到一阵狂喜，心想自己终于有个说得上话的朋友了。与他的交谈中，我了解到，他比我高一个年级，家在本市，父母都事业有成。他很自豪地向我介绍他所毕业的学校，从高中到小学，甚至还追溯到了幼儿园，无一例外都是本市最负盛名的国际学校，是我从来没有听说过的名字。

"那么你呢？"他话锋一转，直视着我的目光。

"我？"被他这么一问，我竟有点蒙了。我只能告诉他，我所读的学校都是很普通的学校，而他也完全没听说过我出生的那座城。告诉他这些的时候，我的脸上总感觉火辣辣的，好像我做错了什么事一样。

"啊……这样啊。"我明显感觉到他的话语中有一种失望的意味。

"那么，你是通过高考考入这所大学的吗？"他用一种好奇的语气问。

"是呀，难道你不是吗？"

"不是哦，我是保送进来的，通过学科竞赛。"

那时我才知道，原来要进入大学并非只有高考一条路，对于这些从小享受了良好教育资源的孩子，他们有很多种方式可以进入大学。在我读高中时，通过高考以外的途径进入大学对我来说是不可设想的。

"那么，"他继续问，"你父母是做什么的呢？"

他的语气里没有一丝不友好的成分，然而这个问题总是令我感到尴尬。每当有同学问起我的家庭状况和我父母的情况，我都有种抬不起头来的感觉。这简直是一种难以遏制的冲动。我知道，这种想法很对不起父母。我的父母当然远不是什么有能耐的人，但他们在能力范围内，尽了最大努力来支持我。我从来不想埋怨他们什么，因为我知道，就像我无法选择自己的人生一样，他们也无法选择他们自己的人生。不过，每次在那些背景优越的同学面前谈到自己的父母，我还是会感到很自卑，因为我的父母与他们的父母差距太大了，说是霄壤之别也不为过。

我坦诚地告诉了男生我父母只是很普通的打工者。他听到以后，脸上掠过一道捉摸不定的阴影，但一秒钟就恢复如初。

"那你加油！"

听到他的这句话，我有点摸不着头脑。他说要我"加油"，是什么意思呢？他想要让我加油做什么呢？

不过，这是他跟我说的最后一句话。那天以后，怀着一种复杂而沉重的心情，我再也没有勇气去找他。

我在同学里找到朋友的愿望落空了。一方面，我根深蒂固的自卑感使我无法以积极坦然的心态去融入那些大大小小的圈子；另一方面，我孤独的天性和本能使我无法发自内心地去参与大学里形形色色的社交活动，也就谈不上认识志同道合的朋友了。大部分时候，我会逃避和同学的聚会，宁愿自己一个人默默练琴。

相比之下，陆扬反倒成了与我走得最近的人。这固然是由于他和我是室友，但也因为相对于其他学生，他的性格比较随和，对我没有什么居高临下的态度。

陆扬这个人在我看来颇为神奇。他长得英俊潇洒，眉宇之间透露出翩翩的风度，谈吐中又显现出一种放任不羁的气质。他很受女孩们的欢迎，女人缘极好，身边的女孩换得跟走马灯一样频繁。他一直都有正式的女朋友，尽管从我认识他以来也已经换了好几个。奇怪的是，他的几任女朋友虽然看上去是不同类型的女孩，却不约而同地对他在外面拈花惹草抱着睁一只眼闭一只眼的态度。

入学后不久，他当时的女朋友来学生公寓里看望他。她是一个身材娇小但看上去乖巧可爱的女孩。

"这是我女朋友，之前跟你提到过。"陆扬大方地向我介绍她。

眼前的这个女孩露出腼腆的笑容，对我点了点头，用甜甜的嗓音向我打了招呼。后来我又见过她几回，每次都是她来学生公寓看望陆扬。我对她印象极好，她一看就是那种家庭教养很好、待人接物极为礼貌的女孩。不过，很快陆扬就提出分手了。女孩可怜兮兮地到公寓里来找他，我却只能告诉她陆扬在外面租了房子，经常不在寝室。她当即泪如雨下，我不知道该怎么办，也不知道如何安慰她，于是两个人相对无言了几分钟后，她便离开了。从那以后我没有再见到过她，连她的名字也不知道。

后来，陆扬又旋风式地追求了几个女孩，因为换得过于频繁，我虽然都见过却也分不清了。只记得其中有几个身材很好，其他的细节一概想不起了。

大概是从我上大学的那阵子开始，一大批以交友为目的的网络社交平台如雨后春笋般纷纷出现。大学校园里也流行着好几款不同的交友平台。

陆扬是玩交友平台的高手，对每一个平台的功能和优缺点都如数家珍。事实上，他交往过的不少女孩都是在社交平台上认识的。他的一般做法是，先在平台上根据女孩子发布的照片和视频筛选出有意向的女孩，与她们聊天，接着相约与她们见面，通常是约在酒吧。见到女孩的真容后再决定要不要采取下一步行动。

我问他为什么要和网络上认识的女孩相约在酒吧见面。

"这还需要解释吗？"他嘴角流出诡谲的笑，"当然是因为在酒吧里容易勾搭到女孩呀。"

"为什么呢？学校里女孩也不少呀。"

"你想呀，在图书馆和在酒吧里认识的女孩，哪个更容易得手呢？就算是同一个女孩，你在图书馆和在酒吧里认识，那也具有完全不同的含义。我这样说你明白了吧？"

陆扬虽然喜欢勾搭女孩，然而一旦涉及感情，他会变得相当谨慎。倘若有女孩对他动了真心，那他反倒会徒增一桩烦恼了。

我感到神奇的是，尽管陆扬热衷玩乐，但他对于学业一点儿也没有放松。如果第二天早上要上课，那么前一天晚上他绝不会去酒吧喝酒。他的成绩不算拔尖，却也一直说得过去。每次考完试公布了成绩，他会对我说："这个成绩差不多了，可以向我父母交差了。"说完，他就会喊几个朋友去酒吧，疯狂地玩个通宵，第二天早上才回去睡觉。

我每天都会去学校琴房练琴，有时候很晚才回来。起初，陆扬以为我有了女朋友，总是有意无意地取笑我，弄得我摸不着头脑。有一天，我又回来得晚了，一推开寝室的门，看到他坐在椅子上，跷着二郎腿盯着我。

"怎么，最近打得火热啊？一连好几天没见你了。给我说说，是什么样的女孩？身材好吗？"

"啊？你在说什么呀？没有的事！我是去琴房练琴了。"我没好气地对他说。

"练琴？练什么琴啊，钢琴吗？"

我点了点头。他不禁露出好奇的表情。

"其实我小时候也被爸妈逼着学过钢琴，只是我没什么兴趣，没有坚持多久。现在连生日快乐歌也弹不出来。"

他追问了我一大堆问题，比如会弹什么曲子，喜欢哪个音乐家，当代哪个钢琴家弹得最好，诸如此类。我大概泛泛而谈了一下，没怎么认真考虑他的问题。

"钢琴弹得好真是令人羡慕啊。既然你琴弹得好，怎么不去找女孩子玩呢？"

我哭笑不得，不知道该如何回答。在他看来，钢琴弹得好和找女孩之间似乎存在某种奇怪的关联，但对我而言这简直是匪夷所思。

"懂艺术的男人对女人总是有一种天然的吸引力。"

"是吗？我可从未感受到过。"

"会弹钢琴可是很受女孩子喜欢的，你怎么不好好利用呢？"

"你又来了。"坦诚地说，我不喜欢他用这种淫荡的口吻来谈论音乐。

"以后你跟我晚上出去玩吧。"他拍了拍我的肩膀，眼珠里迸射出一丝火花。

在大学里，我没有交到过一个知心的朋友。这倒不是说我周围没有人，恰恰相反，我身边的同学比任何时候都多。大学校园就像一座城市，数以万计的学生身处其间，然而，在这偌大的校园里，我无法向任何人敞开心扉，没有任何人能够理解我，我也没法与任何人有深层次的交流。

尽管我和陆扬表面上看起来关系不错，但我很清楚他只是把我当作一个玩伴而已，远远谈不上什么朋友。他这个人太过于玩世不恭，对人生抱着一种及时行乐的态度，寻欢作乐是他骨子里的本能和冲动，似乎从来都没有什么事情能让他认真对待。再者，我们只是因为碰巧被分配到同一个寝室才会建立一种形似密切的关系，但我了解我们之间的距离。

当然，在他眼里，我对他并非毫无价值。有我在他旁边，他便可以向女孩们吹嘘关于音乐的话题而不用担心露馅。有一次，他在酒吧里看中了一个音乐学院的女孩，便跟她聊起来俄罗斯音乐。他把柴可夫斯基的《第一钢琴协奏曲》与拉赫玛尼诺夫的《第三钢琴协奏曲》混淆了，幸好我在一边急忙暗示他，这才避免他出了洋相。事后他对我感激不尽，请我在校外吃了一顿大餐。

有时候，我和隔壁几个寝室的同学会显得很亲密，大家偶尔会在晚上一起吃夜宵，熄灯后还聚集在公寓的阳台前聊天。尽管如此，我还是明显感觉到，我们看上去的亲密纯粹只是基于我们住在同一个公寓里这个地理上的事实而已。他们聊天的话题，无非是哪个女孩子身材好，哪个同学谈恋爱了，哪个老师给分宽松，诸如此类，再也不会超过这些范围。空间上的距离掩盖了我们之间更深层次的差异，我很清楚，倘若我们不是身处一室，恐怕不会对彼此有半点兴趣，顶多成为点头之交，到头来与街上的路人无异。

我越来越感觉到，人与人之间的关系不再那么纯粹了，随着时间的推移，利益因素的考量越来越多，每个人都在追求自己利益的最大化。有一些同学，表面上待人客气，甚至有时候还让你感觉很友好，但和他们相处久了，你会发现，他们一直在审视着你，观察你的身上有没有什么利用价值。如果他们从你身上捞不到什么好处，哪怕你再真诚，你在他们眼里也是一文不值。而且，在这么一群虚伪的人里面，你的真诚在他们看来反而会成为更大的虚伪，因为在他们的一生中，还从未设想过有真诚这样的东西存在。

大学里那些所谓的朋友——暂且唤作朋友吧——有的表面上看起来关系很好，但暗地里却互相怀恨在心，在背后挖空心思诋毁对方。有的只能做一起游戏人生的酒肉朋友，却无法进行思想上任何有意义的交流。至于打开心扉，彼此分享内心深处的想法和对于这个世界的看法，则更是奢谈了。

多少个寂寥落寞的夜晚，每当我跟陆扬去酒吧喝完酒回到寝室后，无边的孤独感会紧紧绷在我的心头。我百思不得其解的是，我越是想要排遣孤独，我的孤独感反而会越发强烈。

除了无法驱散的孤独，我头一次对未来的方向产生了迷茫。在过去，我的人生都是按部就班地走，不存在许多自我选择的可能，如果有，也少得可怜。学钢琴当然是一件偏离轨道的行为，但除此之外我都是按照既定的道路前进。在过去的十八年里，我的生活只有学习两个字，别人对我的评价也只依赖于我的考试成绩。一朝进了大学，我恍然发现，忽然间要独自面对一大堆选择，选什么课，考什么证书，参加什么社团，做什么实习，找什么工作……我对今后的人生道路该怎么走感到不知所措，因为过去的十八年里，从未有人教过我应该如何独自面对未来的人生。

我找不到生活的目标和自身存在的价值与意义，我的内心又陷入了前所未有的孤寂。在这样的痛苦与挣扎中，我一头钻进了音乐的世界，仿佛那里才是我心灵的庇佑之地。

我更加频繁地去学校琴房练琴，每次一弹就是半天，甚至有时候会从早弹到晚，只为了啃下一首难度较大的曲子。没有老师教我，我也请不起老师，我便从网络上找来了钢琴大师的现场演奏视频，一遍遍地聆听和观看，与自己弹奏的效果做比较。在学校琴房的日日夜夜里，我弹完了贝多芬几部代表性的钢琴奏鸣曲和肖邦所有的练习曲。我经常把一首曲子一口气连续弹十几遍，越弹越快，越弹越激烈，直到最后手心的汗水滴满了琴键。

有时候，我在寻找这样一种感觉：我想把内心积累的所有不平、所有怨念、所有焦虑透过指尖的音符发泄出来，就像海面上一场骤然而来的暴雨，伴随着毁天灭地的狂风，将海水搅动得天翻地覆，掀起一阵席卷整个世界的狂潮。很多时候，与其说我是在弹琴，不如说我是在嘶吼，在撕扯，在抗争。每当我在现实世界里遭到了打击，遇见了不平，我总会在音乐的世界里找到无可言说的慰藉。我用音乐给自己构筑了一个坚固的城堡，这座城堡有着高城深池，足以遮挡满世界的风雨。

有时候我会想起夏悦，我感激她在我的人生中出现。尽管只有短短的一瞬，她却引导我进入一个本不属于我的奇幻世界。如果没有夏悦，我不会意外闯入音乐王国的疆域，而我现在已经无法设想没有钢琴、没有音乐的生活。如果没有夏悦，我一定会在懵懂状态下继续沉沦而不自知，直至最终被这个纷纷扰扰的世界所彻底瓦解。

生活的孤寂中，我把支离破碎的幻想寄托在钢琴上。日子过得飞快，转眼间，大学的一大半就浑浑噩噩地过去了。除了每日去琴房练琴，其他一切事情我都觉得索然无味。

一个星期六的清晨，我早早起床去琴房练琴。天还没有完全亮，布满雾气的玻璃窗上跳动着一些来自东方的微光。这是一个惨白的黎明，琴房里显得暗淡而没有生气。坐在钢琴面前，我开始练贝多芬的《悲怆奏鸣曲》。

不知道弹了多少遍，我一直弹到了中午。又一遍弹完后，我停下来擦擦掌心的汗水。这时，有人敲了敲琴房的门。

"同学你好！"是一个女孩，她微笑着对我打招呼。

她一副欲言又止的样子。我们对视了几秒钟后，她终于说：

"好多次在琴房的走廊里听到你弹《悲怆奏鸣曲》了，今天你从早上一直弹到现在，几乎没有停下来过。"

原来，这个女孩是学校钢琴社的社长。钢琴社是一个音乐类学生社团，我早有耳闻，但由于之前在学生会的经历，我对一切学生组织抱着怀疑态度，为此我没有想过要加入任何学生社团。

"为什么不考虑加入钢琴社呢？"社长说，"我们会举办很多活动，包括音乐讲座、沙龙、音乐会，大家不仅可以切磋琴艺，还有很多公开演出的机会呢。"

"你们是像学生会那种组织吗？"我没有明确说出我对学生组织的看法，不过社长似乎看出了我的疑虑。

"钢琴社是一个完全以音乐为导向的兴趣社团，"她的语气很轻快，"和学生会完全不同。在钢琴社，我们看待自身和他人只有一个标准，那就是钢琴弹得好不好。琴技高超的同学，不论他是什么人，都会得到大家的尊重。"

看到我怀疑的眼神，她继续说："为何要一个人闷头弹琴呢？说到底，钢琴是一门演奏的艺术，你的水平完全足够在社团的音乐会上表演了。为什么不把你的演奏呈现给更多听众呢？"

我告诉她，我没有什么表演欲。

"不是表演欲的问题，而是你是否能将自己的琴技精进到更高水平的问题。你老是自己一个人练，终究会遇到瓶颈。"

她这句话倒是戳到我的心里了。其实，最近我总有一种感觉，无论我怎么练习一首曲子，弹到某个程度后，我便很难再有新的突破了。

"你的意思是，"我的身体前倾了一下，"加入钢琴社可以提高琴技？"

"那是当然，对于钢琴这种乐器来说，和与你水平相当以及水平更高的人交流是很重要的。聆听其他人的演奏，观察他们如何处理乐曲的细节，对你会有很大的启发。在音乐这件事上，你不能一个人闭门造车。"

"你说得有道理。"我不得不承认，社长的说法对我很有吸引力。

"这样吧，今晚钢琴社正好有一场音乐沙龙，你来参加吧。之后再考虑是否加入社团。你看这样是否可行？"

这是一场小范围的钢琴沙龙，由社员自愿报名，谁都可以在现场演奏自己想弹的曲目，其他社员可以就此发表评论和感想。

我很少主动参加这样的集体活动。推开琴房的门前，我难免感到有些紧张。这是学生活动中心最大的一间琴房，相对地摆放了两架三角钢琴。房间的面积可以容纳轻松十几个人。

现场的气氛出乎我的意料。事实证明，我之前的担心纯属多余。不同于学生会，钢琴社里的气氛极其宽松，没有什么森严的层级，一切话题和活动都围绕着钢琴来展开。我听了几个社员的演奏，发现社团里有不少琴技相当高超的学生。

社员们演奏的曲目类型颇为广泛，涵盖了许多不同时代的作曲家。引起我注意的是，有几位社员演奏了肖邦的同一首练习曲，他们的演奏风格有很大的差别，我顿时觉得观察他们弹琴是一件充满乐趣的事。

"怎么样？我说得没错吧。"社长在中途休息时对我说，"就算是同一首曲子，世界上没有两个人的演奏是一样的。"

"观察别人演奏确实是一种学习方式。比如，刚才有两个同学都弹了肖邦的《革命练习曲》，但每个人的处理方式不尽相同，表达出的情绪也有微妙的区别。"

"你要不要弹一首给大家听？"社长突然问我。

"我？"我颇为惊讶，"可是我没有准备什么……"

"还需要准备什么吗？你都在琴房练了一整天了。"

"那我应该弹什么呢？"

"就弹你今天在练的《悲怆奏鸣曲》吧，就当作在听众前的练习。"

于是，在她的提议下，我迈着僵硬的步伐走过去，在钢琴前坐了足足半分钟才开始弹。这是我第一次在公开场合弹琴，我既感到紧张又有种莫名的悸动。

琴声一响起，周围叽叽喳喳的社员们瞬间安静了下来，房间里只听得到琴声和呼吸声。一开始，我的节奏不是很稳，随即在一个稍慢的段落，我闭上眼睛，深吸了几口气，调整心率和呼吸。随着音乐向前发展，我感觉手指的掌控力在逐渐加强。我弹完了以后，社员们为我鼓起掌来。

这是我第一次听到别人为我的演奏而鼓掌。一时间，我竟不知道该做出什么反应。我愣了几秒钟，只听到了社长的声音。

"从今天开始，沈一宸就是钢琴社的一员啦。"她向我抛来一个眼神，我这才反应过来，不知所措地向社员们鞠了个躬。

原来，钢琴社的社长名叫金筱晴，是文学系的学生，和我是同级生。就这样，我以一种意外的方式加入了钢琴社，这也是我大学期间唯一加入的学生社团。

当晚的钢琴沙龙中，我注意到，社员里也有一些不会弹琴的学生。

"怎么？不会弹琴也可以加入社团吗？"我问金筱晴。

"社团对社员是否会弹琴没有硬性要求，有许多学生虽然不会弹琴，但这不影响他们去欣赏和热爱钢琴和音乐，不是吗？当然，高水平的社员会组成一个演奏团，承担社团每个学期都会举办的校园音乐会的演出任务。"

"完全同意。"

"以后我们还会有许多不同类型的活动。例如，每个学期至少两场公开的音乐会，面向全校师生。演奏者都是社团的社员，在自愿报名的基础上进行选拔，你以后也可以来参加表演。此外还有钢琴讲座和沙龙。我们通常每个月会举行一次音乐沙龙，社员们可以自由参加，互相切磋琴技。"

自那天以后，我经常去参加钢琴社的活动。我认识了许多社员，各个年级的都有，其中不乏一些我能够聊得来的朋友，我们的话题主要聚焦于钢琴和音乐。由于以艺术作为纽带，这些同学对我的背景反而并不在意。他们关注的是我最近又练了什么新曲子，或者某一首曲子应该怎么弹。在钢琴社，社员们唯一关注的是音乐本身，在其他方面大家保持了一定的相互尊重。这种纯粹的氛围使我感到久违的舒适。

"你已经弹得很好了，为什么不去试试教琴呢？"金筱晴问我。

"教琴？我自己还没有弹好，去教别人不太好吧，万一会误人子弟呢？"

"现在想学钢琴的人很多，"她说，"除了小孩子，成年人也不少。就拿学校里来说吧，有不少零基础的学生想要学琴。你去教他们当然绰绰有余。"

"但我总觉得我没有什么理由能够使人家信服我的能力。"

"你怎么不去参加钢琴比赛呢？你弹的曲子足够去报名参加不少比赛了。"

"钢琴比赛？"我感到更惊讶了，"我从未想过参加比赛，我的水平去参加比赛恐怕不够吧……"

"不用如此悲观，比赛也分为很多种呀，有那些高水平的国际比赛，但也有竞争不那么激烈的小范围比赛。不论如何，只要是比赛，对琴技都是很好的磨炼。你可以试试。"

在社员们的影响下，我尝试去参加了一个琴行举行的钢琴比赛。我没有抱什么希望，也没有刻意去做什么准备，只是弹了几首自己平时常弹的曲子，结果竟然出乎意料地拿了第二名。尽管这是一个普通的比赛，但这次获奖依然对我是个极大的鼓舞。

我听从了金筱晴的建议，周末去给两个本校学生教琴，赚来了一点零花钱。我在父母给的生活费之外居然有了额外的收入，而且是靠自己的劳动，这对当时的我可是一桩大事。

我还加入了钢琴社高水平社员组成的演奏团，在钢琴社举办的面向全校师生的音乐会上演奏。我在学校音乐会上演奏和在钢琴比赛中获奖的消息传到了周围同学那里，不知不觉，我总觉得他们看我的眼神都不一样了。班里那些平日和我没有什么交集的女孩，走在路上居然会主动跟我打招呼。陆扬告诉我，学院里不少人都在议论一个钢琴弹得好的学生。当然，我知道自己弹得没有那么好，更别提以专业的眼光来看了。

无论如何，钢琴给我带来了一点自信心。我心想，我是否有可能在音乐的道路上走得更远呢？在那段我对未来感到迷茫的日子里，这个想法对我不可谓没有吸引力。

第九章

音乐厅的门紧闭着，透过木质的大门，传来依稀可闻的钢琴声。我听出来里面的人在弹肖邦的《风弦琴练习曲》。据说肖邦给学生上钢琴课时曾讲到，这首曲子描述了这样一幅景象：在寥廓的旷野上，风云突变，暴雨将至，一个牧羊人进入山洞躲避。远处狂风大作，风雨交加，牧羊人却毫不在意，掏出短笛在山洞中悠闲地吹奏。因此这首曲子也被称为《牧笛练习曲》。《风弦琴》这个名字是舒曼 ① 所起，因为它听起来像是风弦琴的声音。

肖邦的这首曲子和室外的天气倒是很契合。正值夏末，阵阵雷声响彻云霄，雨水从遥远的天际狠狠砸到地上。只可惜此刻的我实在无暇享受作曲家想要描述的诗情画意。

两个月前，我得知了全市青少年钢琴比赛即将举办的消息。在金筱晴的推荐下，我和她一起报名了这个比赛。随后，我们顺利通过了预选赛，一路冲进决赛。这使我心底燃起了一缕火焰，觉得自己有希望在决赛中得奖。

然而，听到决赛中选手们的演奏后，我的希望顿时化为不安和焦虑。决赛选手的水平与我上次遇到的对手不可同日而语。用不了多久，我就要推开眼前这扇沉重的门，走上台，在一大片黑压压的观众面前弹琴，忍受评委挑剔的目光。我低头看着身上的黑色套装，有那么一瞬间，我感觉自己仿佛是路边精致的橱窗里华而不实的商品，每个路过的人都会对我品头论足，却没有人知道我究竟有没有价值，若是有，我究竟价值几何。

想到这里，我甚至想要逃离。随着时间流逝，我有种度秒如年的感觉，每

---

① 舒曼（1810—1856），德国作曲家。

一分钟都是一种煎熬。

除了音乐厅里正在进行的比赛，选手们在隔壁的休息室里也展开了某种隐隐的较量，现场始终弥漫着一种紧张不安的情绪。我无意参与这种心理上的角逐，只盼着比赛早点结束。

我对面坐着一个男生。他身材高大，一身笔挺的西装，黝黑的领结和洁白的衬衫搭配得恰到好处。他盯着我看了几眼，我不得不低头避开他锐利的目光。

"请问你要弹什么曲目呀？"他的眉毛上扬，语气听似很客气，眼神里却隐隐透露出一种居高临下的神气。

"我要弹——"我下意识地回答，却只吐出了几个字。短暂的沉默后，我回过神来看了看他，又看看四周，确定他是在对我说话。

"《匈牙利狂想曲》。"我说。

"你是音乐学院的吗？"听到我的回答，一丝惊讶的表情从他的脸上掠过。

"……不是。"

"是李斯特的狂想曲？"

我点了点头。

"你的钢琴老师是谁呢？"他频频发问，有点来势汹汹的架势。

"我现在没有钢琴老师，我以前只跟一个音乐老师学过钢琴，而且我已经很久没有上过钢琴课了。"

"那可真是有趣，"他的口气中有一丝怀疑，"不过，现在业余的人都能弹李斯特了？"

他说出"业余"两个字的时候，用了重重的口气，就好像在一句话的一个词语下面加上了着重号。我只感到脸上火辣辣地发烫。

"我觉得，'业余'与否只意味着是否把钢琴作为专业，但对于钢琴演奏本身来说，是无所谓业余不业余的。弹好一首乐曲的标准，并不会因为业余与否而有不同，都应该用专业的标准一视同仁地来评价，对吧？"

"一视同仁，说得好，"他嘴角闪过一丝诡异的笑，仿佛我所说的使他正中下怀，"那么李斯特的狂想曲，相信你也能以专业的标准来弹了。"

我立刻明白了他的意思。我要弹的这首乐曲难度之大，对于钢琴专业的学生来说也是个硬骨头。扪心自问，我并没有信心能够把它弹得很好。我顿时有种作茧自缚的感觉。

"建议你换首曲子，最好是换个作曲家，李斯特可能对你来说太难了？"

他的嘴角上扬，得意扬扬的神情中暗暗夹杂着一种鄙夷的态度。他在说这句话的时候，拉高了嗓门，似乎故意想让屋子里的其他人听到。果然，不少人的目光齐刷刷地投向我这边。我感觉领结突然变紧了，就好像有人掐住我的脖子，那种沉甸甸的窒息感压得我简直喘不过气来。

我对他的咄咄逼人感到愤愤不平，但心想在这个场合还是要竭力保持礼貌，避免冲突升级。正当我不知局面如何收场之际，原本在专心读乐谱的金筱晴站起身，朝我们走了过来。

"老师再厉害也只能代表他个人厉害，和学生的水平未必挂钩吧？再说了，人家想弹什么就弹什么，用不着别人指手画脚。"金筱晴的声音铿锵有力，在场的其他选手都被她吸引得转过头来。

"你——"音乐学院的男生声音有些颤抖，没有预料到她会横插一脚。

"快要上场比赛了，我们还是最好别浪费时间在这种无聊的事情上了。"

金筱晴直截了当地打断了音乐学院的男生，她显然不想听他继续讲下去了。

音乐学院的男生似乎还想说点什么，但咬咬牙欲言又止。他狠狠地瞪了我一眼就走开了。

我本想对金筱晴说一声感谢，她却已经在远处的角落里坐下，手里捧着一本厚厚的琴谱看起来了。场内顿时安静得鸦雀无声。过了一会儿，隔壁传来的琴声戛然而止，打断了我纷乱的思绪。这毋庸置疑地说明上一个选手已经结束演奏。

我的手指愈发冰冷僵硬了。刚才发生的一切比起我即将面临的煎熬，顿时变得微不足道了。我甚至开始怀疑，等我坐在钢琴前的时候，我的手指是否还能自如地伸展开来，是否还能触摸到琴键上的温度。我闭上眼缓缓地深呼吸，试图降低心跳的频率，却感到指尖传来一阵刺痛。

这一刻终于来了。拖着沉重的步伐，我走进等候已久的音乐厅的大门，舞台中央巍然屹立着一架黑色三角钢琴，在暖黄色灯光下熠熠发光。

音乐厅里安静得可怕，连最远的角落里传来的咳嗽声都清晰可闻。我不敢看台下的观众，只想赶紧朝钢琴走去。无数零乱的念头闪过脑海，我的身体似乎要不受控制了。

黑键，白键，钢琴。明亮的灯光投射到我眼前，琴键上泛着光，我看到自己的双手无比清晰地映现在键盘盖的镜面中。我用眼角的余光偷偷瞥了一眼台下，音乐厅里坐满了观众，几乎没有空座位。我倒吸一口冷气，闭上眼睛，僵硬的手指不听使唤地跑到了琴键上。

在决赛中弹李斯特的第六首狂想曲无疑是个大胆的决定。李斯特的作品本来就难度很大，他的狂想曲又以光芒四射的钢琴技巧而著称。单是从技术上解决这首曲子就不是一件容易的事。在此基础上，想要表现出这首曲子优美的音乐性，那就更为困难了。况且，在琴房里独自一人练习和在比赛中面对着评委和观众演奏完全是两码事。

此刻，坐在钢琴前，我才意识到要在这个时间、这个地点弹出这首乐曲对我是多大的一个挑战。也许那个音乐学院的男生说得没错，我的确是不自量力了。

灯光在钢琴上洒下一片亮晃晃的金辉，围绕着我投下一片光晕。看着双手在钢琴上的镜像，我想，这难道不是我期待已久的场景吗？在音乐厅里，在明亮的聚光灯下，在数不清的观众面前，像个钢琴家一样，与钢琴这个好朋友合作，演奏出那些音乐史上的不朽杰作。准备比赛的两个月以来，我多少次幻想过这种场景啊！

可是，这个时候，我为什么呼吸急促，为什么血流停滞，为什么手指僵硬呢？一阵铺天盖地的恐慌感朝我袭来，我害怕我会弹砸了。

我努力使自己的气息平静下来。我告诉自己，无论如何都要弹完这首乐曲。无论如何也不能辜负两个月以来的努力。无论如何至少要完成这场比赛。

弹下第一个音符时，我的手指依旧僵硬，我怀疑它能否坚持到这场艰苦卓绝的拉锯战的最后一刻。渐渐弹下去，弹得越久，我觉得越自在，仿佛置身于平日里练琴的琴房里。从乐曲的中段部分开始，手指快速地跑动，手心输出的热量逐渐转移到我的小臂和肩膀，我的身体终于热起来了。紧接着我感觉自己越弹越快，手心的汗珠打落到了琴键上，我甚至担心手指会不会打滑。

钢琴果然永远是我可以藏身的避风港。手指一碰到琴键，我就什么也不怕了。我不停地弹，仿佛用尽这一生一世的全部力气也永不停息。不知过了多久，我用力甩动手掌，停在了最后一个明亮而辉煌的和弦上。

无论如何，对于这场比赛而言，我完成我的使命了。

我从琴凳上站起来，向观众鞠躬致敬，但我不敢正视台下那一双双犀利的眼睛。我眼角的余光瞥见了第一排座椅上的三位评委，坐在中间的是一位白发苍苍的老者，他左边是一位儒雅的中年男性，右边的女士则打扮得颇为时髦靓丽。他们是音乐学院钢琴系的三位重量级教授，他们的学生在国内外的钢琴大赛中屡获殊荣，捧回了无数奖杯。

从台下传来了一阵掌声，也许这是观众留给我最后的体面吧。我额头冒着冷汗回到休息室，难以抑制的疲惫感和无力感一齐涌上身来。在我之前上场的选手们零零散散地坐在沙发上，有人用手指轻轻打着节拍，头往后仰着，显得沉稳而自信。也有人低头盯着双手，眼神空洞迷离，一副虚弱无力的样子。那个音乐学院的男生双臂交叉，跷着腿坐在不远处。他看到我出来，头便转了过去，避开我的眼神。

随着音乐厅里爆发出一阵热烈的掌声，金筱晴也回到了休息室。

她弹的是肖邦的一首叙事曲。她对这首曲子的演绎颇具特色，清晰的触键里萦绕着一种似有若无的朦胧感，有如清晨时的一层薄雾浮在海面上。

她从我一侧走过时，我向她表示谢意。她停下脚步，欣然一笑。

"你弹的肖邦叙事曲很精彩，不亚于我听过的钢琴家的录音。"

"其实没那么好。更别提和大师的演奏相比了。"她撩了一下散落在肩头的乌黑长发，微露出整齐的牙齿。

"那些大师的录音也并非一定就是最好的诠释，毕竟音乐需要结合演奏者个性的表达，对吧？如果每个人都非得弹得一模一样，毫无个性，那也就没必要学习钢琴了，大可以让机器去演奏，我们只需坐在一边听着便好了。但这样的话，钢琴还是一门艺术吗？终究，音乐的本质在于演奏者思想的表达和情感的宣泄。"

"我确实是想加入一点我个人的理解到这首曲子里。尽管可能会被认为不符合作曲家的本意。所以有人认为对于参加比赛来说，模仿大师的演奏是最稳妥的。"

"我倒是觉得，"我说，"对于一首乐曲来说，每个人都有自己的理解，并不存在什么绝对正确的诠释。所谓作曲家的原意，除非可以回到那个时代与作曲家交流，又有谁能真正知道呢？很多时候，乐思是片刻间的灵光一闪和灵感迸发，作曲家自己都未必能准确地描述创作乐曲时的本意。"

自感获奖无望，我在这里连半分钟也不想再多待下去了。我径直走出了休息室，感觉到身后疑惑的目光。

离开比赛现场后，我走在音乐厅明亮而宽敞的走廊上，两边的墙壁上按照年代顺序挂着音乐家的画像。从二楼沿着两边的旋转台阶下来就到了大厅。大厅地板上铺砌着光洁明净的大理石，左右两边伫立着排列整齐的圆形立柱，支撑起高高挑空的穹顶。天花板上悬挂着熠熠发光的水晶吊灯，暖色灯光明亮又不失优雅。大厅正中摆放着一架三角钢琴。大厅门口挂着近期音乐会的巨幅海报，有不少知名钢琴家的演奏会即将在这里举办。在钢琴社，我常听别人说在这里开音乐会是所有钢琴学生的梦想，此刻看来果然不是妄言。

这时，我身后传来了金筱晴的声音："怎么，你这就要走吗？结果还没公布呢。"她追了上来，眼里流露出难以置信的神情。

"我肯定没希望得奖了，就算等到宣布结果也只是徒增烦恼罢了。"我心怀不甘地说，"也许一开始就不应该选这样的曲子。难度不重要，关键是要能弹好。"

"为了应付比赛去练自己没兴趣的曲子也很痛苦啊。"金筱晴说，"挑战自己喜欢的曲子，难道不是更有意义吗？"

"就算是这样，但比赛拿不到奖，还不是等于一无是处。"我总觉得她有点站着说话不腰疼。

"不要只在乎结果——"

"'过程比结果更重要？'又是这样的陈词滥调？然而人们只会关注你有没有得奖，对吗？只有得了奖，才能证明能力，才能在这条道路上一直走下去，不是吗？冠冕堂皇的大道理所有人都懂，弹琴时功利心不要太重，享受音乐带来的纯粹美好，但是如果拿不到奖，甚至没有夺冠，又有谁会在乎我是怎么想的？"

我知道她在安慰我，但此刻我并不需要自我欺骗式的安慰。我未尝不知道金筱晴所说的话是有道理的，事实上我从内心深处也认同这些话。但理性无法解决我此刻内心的悲观情绪。尽管我说的话难免带有破罐子破摔和叛逆的意味，但当它们一股脑地从我胸口涌出时，我感到前所未有的舒坦，同时我也惊讶于自己在她面前会如此坦率。

"我明白你现在的感受。不过，你只要想着参加比赛是为了提高琴技，你就不会那么在意结果了。"

"我感觉我的琴技可能再也无法提高了。"我苦笑着说。

"不要这样悲观。对了，我今晚还要去忙夏令营的事。"金筱晴突然话锋一转，似乎想要转移话题。

"夏令营？"

"你不知道吗？每年的暑期都会举办中学生夏令营，一些优秀的中学生提前来体验几周大学生活。我是志愿者，今晚还有事呢。"

"真羡慕你的活力啊。"

说真的，我很羡慕金筱晴的状态。她似乎有着无穷无尽的精力，对许多事情都抱有兴趣并且投身其中。相比之下，除了音乐，除了弹琴，我感觉自己一无所爱。然而现在，即便是仅存的这份热爱，也站在了悬崖边上：我意识到了自己的水平有再也无法提高一步的可能性。

推开音乐厅金属质地的厚重大门，眼前瞬间亮了起来。雨已经停了，云雾渐趋消散，几道阳光在被雨水洗涤一新的街道上洒下点点金辉。走出音乐厅后，我如释重负，大口呼吸雨后新鲜的空气。

下了地铁之后，我一直惦记着刚刚结束的钢琴比赛。如果说我对比赛结果并不在意，那一定是假的。我内心有一种很矛盾的情绪，尽管觉得自己无望获奖而提早离场，却总还抱有一丝对于获奖的幻想。

我回到学校公寓时，天色已近傍晚，比赛结果应该早已公布。比赛失利的悲观情绪一直笼罩着我，使我对查看比赛结果有一种抗拒心理。不过最终，还是好奇心占了上风。我打开公布比赛结果的报道，一段醒目的文字出现在眼前：

赛事快报：本市青少年钢琴比赛决赛圆满落幕。十位选手经过激烈角逐，最终音乐学院钢琴系学生傅辰夺得冠军。傅辰已在国内外多个钢琴大赛上获得了优异成绩。三位评委一致认为，这届选手是历年比赛以来水平最高的一届。以下是进入决赛选手的排名及比赛现场照片。

我一眼就在照片里认出了那个音乐学院的男生。什么？他就是傅辰？他居然是冠军，真是可恶！不过这也不能说是出乎意料。我在现场仔细听了他的演奏，从技巧上来说无可挑剔，他作为音乐学院钢琴系的高才生还是有过人之处的。我承认，他的傲慢让我一开始对他抱有一层负面的滤镜，但他夺冠这件事并不能让我由衷地佩服他。我甚至觉得，这样一个傲慢和自负的家伙弹李斯特的作品简直是对李斯特本人的侮辱。

我接着看下去，金筱晴的名字跳入眼帘，她是第三名。我终于找到了自己的名字，原来我是第五名。按理说能在这个高手云集的比赛中获得第五名，对我来说已经可以接受了，不过失落的情绪还是笼罩了我。比赛结束时，我就对这样的结果早有预料，我以为我能坦然接受自己无缘奖杯这个结果。但此刻我还是感到呼吸突然变得急促，小腹猛地收缩，一时间体力不支瘫坐在床上。

承认比赛失利好像没有想象中那么难。比赛总是残酷的，有人获奖就有人被淘汰，既然是比赛，总要分出个胜负高下。回想起来，为了准备这场比赛，整个暑期我每天都在琴房至少弹五个小时，练习从未有一日中断。有时候弹着弹着感觉渐入佳境，我甚至会忘记吃饭，半天下来竟然滴水未进。

即便如此努力地练习，却依然很难获奖。我这才意识到，钢琴领域的竞争太过于激烈，总有人比我弹得更快，更清晰，更准确，更富有感染力，更能征服评委挑剔的耳朵。坦白地讲，我连技术上的问题都尚未完全解决，更别提对音乐内涵的诠释了。既然如此，似乎我根本不该来参加这场比赛，不该浪费时间在一场注定劳而无功的挣扎上。

我开始怀疑最近自己热衷于钢琴比赛的意义。没错，哪个学琴者不会多多少少希望自己能在比赛中获奖呢？每个钢琴学生，为了能让手指在琴键上健步如飞，为了能弹出那些艰深的乐曲，都付出了长年累月的努力。在比赛中捧得奖杯当然是一种证明自己演奏水平的方式。但这次，我开始怀疑自己，甚至怀疑比赛本身的价值和意义。多少年来无休止地练琴难道只是为了在比赛中夺奖？音乐难道不应该要有更高的目的和意义吗？

　　当然，很难说我心里不曾有一点获奖的期待，毕竟我花费了足足两个月去准备这场比赛。然而聆听了其他选手的演奏，我意识到光是这些还远远不够。我自认为我的表现只能算是勉强完成了比赛曲目，但距离好的演绎尚有很远的距离。听起来可能有些苛刻，但对于那些专业的评委和音乐评论家来说，不论是速度、准确性，还是对情感的诠释，我恐怕都远未达到至善至美的境界。

　　更要命的是，经过这次比赛，我隐隐意识到，我恐怕永远也无法达到那种理想中的完美状态了。毕竟，我从十四岁才开始学琴，比起比赛中的其他选手已经落下了一大截。不同于文学、绘画等艺术，音乐在所有的艺术里是对天分和童子功要求最高的。凡·高[1] 和高更[2] 都是二十多岁才开始学画，他们都成为后印象派画家里的大师。文学领域就更不用说了，许多作家都是成年后才开始写作。然而在音乐领域，却极少见到这样的例子。对于音乐，尤其是钢琴等乐器的学习而言，儿童时期的启蒙和功底往往是决定性的。纵然我很努力地练琴，却难以弥补那些失去的时间。想起十四岁之前我度过的那些浑浑噩噩却不自知的日子，我就感到扼腕叹息。

　　我又想到了傅辰，他师出名门，是音乐学院的高才生，而我却连几节像样的钢琴课也没有上过，我又何以期待能胜过他呢？也许我永远也没有可能弹得比他好。回想起过去这些年来的学琴经历，又想到这一天所经历的一切，消极和绝望压倒了我。一时间，我觉得自己出现在这个音乐厅、参加这场比赛是个彻头彻尾的错误。

　　我只能安慰自己，也许人生中许多事情注定是徒劳的。有些事，即使提前知道了结局，还是会有人做出同样的选择，不论后果何其痛苦。在发生如今的一切后，如果我可以回到两个月前，我可能依然会选择参加这场比赛，为了站上我倾心已久的舞台，为了即使用尽全身力气也要弹完我热爱的音乐。我想，有时候我追求的并非只是一个最终的确定性结果，生命中有许多事不只是纯粹以终点的存在形式来界定其价值的。

　　我告诉自己应该知足，能够有机会参加这样高水平的钢琴比赛，在几个月

---

① 凡·高（1853—1890），荷兰后印象派画家。
② 高更（1848—1903），法国后印象派画家。

前还是我无法设想的。也许我应该放下比赛失利的心理负担，坦然面对未来。然而，经过这次比赛，我对自己在音乐道路上能够走多远产生了深深的怀疑。几个月前滋生的自信心顿时荡然无存。

我的脑袋里充斥着各种凌乱而无序的念头，这时，有人推开门进来。我回头一看，是陆扬回到寝室了。

"你怎么这个时候回来了？"我问。

"怎么？这是我的寝室，我想什么时候来就什么时候来。"他用一种调侃的语气说。

我瞥了他一眼，继续盯着眼前的获奖名单。

"钢琴比赛结束了？怎么样，得奖了吧？"他把脸凑了过来。

"别提了。"我没好气地说。

"真是遗憾……没事，看你闷闷不乐的样子！不就是个比赛嘛，还有下次呢。"

我摊摊手，露出一副苦笑的表情。

"别想了，今晚跟我去玩吧，放松一下心情。瞧你现在这副样子，女孩见了不会喜欢的。去洗个澡，调整一下状态吧。"

晚上，我跟着陆扬去了酒吧。我对什么都提不起兴致，便跟他出去喝几杯消愁解闷。

我再次被陆扬在女孩面前展现出的高超手腕惊到了。他与三个女孩相约同时在酒吧里见面，都是他在社交网站上认识的。

"你是要一个个和她们聊吗？"我感到很好奇。

"不，当然是一起聊啊。"他淡定地说。

"一起？你不怕她们觉得你花心，或者有别的想法？"

"你这就不懂了吧，得讲究策略。"他嘴角露出一撇得意的笑意。

原来，他所说的策略，是指一开始在网络上和女孩聊的时候只搞暧昧，即使女孩对他抱有好感，又保持适当的距离，这也就避免让女孩觉得他有任何程度的义务。之后尽可能与几个女孩同时见面，这样一来可以让女孩们感到他很受欢迎，无形之中就会抬高自己的身价，二来也可以提高效率，避免认识自己并不喜欢的女孩。此外，在几个女孩中重点关照自己中意的目标，还可以利用女孩们之间互相看不顺眼的心态来凸显自己的眼光独到。

他的这套理论说得头头是道，然而我总觉得，这套方案也只有他这样的人才能执行得了。

在烟雾缭绕的酒吧里，他先后找到了那三位女孩，邀请她们坐到一起，用一种巧妙而又不显得尴尬的话术与她们聊了起来。我坐在他旁边一言不发，他一个人应付对面三个女孩也显得游刃有余。在酒吧朦胧的灯光下，他显得风度翩翩，谈吐非凡。他全程主导着谈话，心里似乎有着无穷无尽有意思的话题，可以迅速吸引女孩们的好奇心并使她们围着他的话题团团转。他总是能快速抓住女孩的个人特征，从而大概猜测出女孩的一些情况，并用一种礼貌而又不失优雅的方式恭维她们。女孩们觉得他很聪明且善解人意，于是便跟他聊得更热乎了。

他顺势提出要请三位女孩喝酒，她们欣然同意。他笑称晚点还要开车，给自己点了一杯无酒精饮料，给女孩们点了几杯鸡尾酒。他微微侧着身子凑到我的耳边小声说："我喜欢左边的女孩。"接着，他便绅士般地把桌上的酒水递到每一个女孩面前。

他没有忘记在一旁略显无聊的我。一开始，他只是自顾自地与女孩们谈天说地，似乎忘了我的存在。喝了一会酒，正当我感到特别没劲的时候，他突然话锋一转，对女孩们说起了我。

"我身边这位朋友可厉害了，钢琴弹得很棒，是我们学校的钢琴小王子。"

事实上，我从未有过这样的称号，也从不觉得这样的称号有什么意义。我正打算纠正他的说法，他便对我提出了一连串音乐和钢琴方面的问题，问题听起来不像是随意问的，而是有意为之，为的是让我在女孩们面前显得像一个"钢琴小王子"。效果居然还很不错，一来二去后，几个女孩竟也对我感兴趣了，纷纷向我发问。借着酒劲，我便与她们聊了起来。

到了最后，陆扬顺理成章地和喜欢的女孩一起离开，出门时还不忘给其他女孩展示一下他停在路边的跑车。他对我比画了一个胜利的手势，狠狠地踩了一脚油门。随着引擎震耳欲聋的咆哮声划破夜空，他一溜烟消失在夜色朦胧中。

只留下我和另外两个女孩面面相觑。我感到尤为尴尬的是，她们似乎以为我和陆扬一样有钱，尽管这完全是个重大误解。我在想要不要直接回学校，然而时间已经过了午夜。晚上十二点后学校的公寓会锁上门，尽管可以敲门喊宿管阿姨开门，但每次都会被她毫不客气地臭骂一顿。

当我正在纠结要不要自己回学校时，高个子女孩径直走到我身前，借着酒劲一把拉住我的手腕，二话不说便拽着我往前走。另一个女孩冷漠地哼了一声，愤愤不平地离去了。见此我只好打消了回学校的念头。

这条街上两侧尽是酒吧和各种俱乐部，即使到了午夜时分，依然灯火通明。从门窗里传出震耳的音乐声和嘈杂的喧闹声。三三两两的男男女女从街边走过，有的从酒吧里出来，有的又进去，每个人似乎都在这夜色迷离中追寻着什么捉摸不定的东西。

我和女孩走在街上，继续聊着之前的话题。没了酒吧里炫目的灯光和吵闹的音乐，此刻的她看上去似乎与一个普通的女孩无异。并不是说她不漂亮，而是她给我的感觉与我日常见到的女孩并没有什么不同。在聊天中我得知，她比我大好几岁，已经研究生毕业，目前在一家金融机构工作。她埋怨说工作很辛苦，工资涨得太慢，还讲述了她失败的恋情。

我们就这样漫无目的地在附近的街区瞎逛。路过一家咖啡店，我提出去喝杯咖啡，她说喝了会睡不着觉，似乎在暗示着她想睡觉了。路过一家旅馆，她猛地停下脚步，说自己走不动了，想休息一会。于是，我们便走进了旅馆，携手上了楼。

她侧身贴近我的胸口问："我听见你心跳的律动了，弹钢琴是不是也一样，也是有节奏的？"

"大概是的，无非是音乐的节奏可以更复杂罢了。"

我说她看起来像是大学生，她摇了摇头："我已经二十八岁了，老啦。不像你们还年轻。"

"你看起来年纪还很小啊，如果你说你是在校大学生我也不会怀疑。"

"那我要感谢你这样讲了。不过，我现在很焦虑。"

"焦虑什么呢？"

"焦虑的可多了，比如焦虑容貌，皮肤变得日渐松弛，眼角出现了鱼尾纹，在化妆品上的花费飞速增长但效果却不及想象。还有焦虑工作，快到三十岁事业却没有什么好前景。"

女孩埋怨工作压力很大，熬夜加班是家常便饭，周末也需要经常工作。

"工作如此辛苦吗？"我大为惊讶，"不过，我很少接触到已经工作的人。"

"虽然薪资确实不错啦，但等于是公司花钱买断了你所有的时间。"

"为什么不换个轻松点的工作呢？"

"果然是学生说的话，"她的嘴角绽出遮掩不住的笑纹，"轻松的工作赚不了钱呀。"

"非得赚那么多钱吗？有时间做自己喜欢的事也很重要吧。"

"你真可爱。薪资低的工作支持不了我现在的消费水平呀。"她的笑意从嘴角扩散到整个脸上，我一时间搞不懂她的笑是嘲讽还是其他什么意思。

"消费水平非得那么高才行吗？"我这才注意到，她穿的衣服和带的包都是一些奢侈品牌，想来价值不菲。

"我像你一样还是学生的时候，每个月基本的生活费就能满足需要了。工作了以后，各种花销一下子冒出来了。好看的衣服、鞋子，名牌香水、化妆品，还有各种样式、适用于不同场合的包……太多需要花钱的地方了。"

"我能理解你对这些东西的需求，但一定要买那么贵的吗？"

"周围的同事啊，客户啊，衣着用度个个都很精致，在这个场合里如果你用便宜货，马上会显得格格不入。况且，如果我在客户面前显得不够优雅和精致，比如穿了便宜的鞋子，带了便宜的包，那么客户也会质疑我的专业能力。"

"我不明白专业能力和消费水平有什么关系，我也不明白优雅和精致为什么非得靠那些奢侈品。"

"我也觉得很荒唐，但现实是我圈子里的人都这样认为，我不可能独善其身。"

"这么说来，我感觉你好像是被这份工作绑架了。"

"也许是的，"她皱起了眉头，眼梢也绷紧了，"按理说工作应该使生活变得更好才对，但我现在非但没有幸福的感觉，反而每一天被烦琐无聊却又不得不做的工作推着向前走，丧失了个人的空间和时间。我买了很多昂贵但自己实际上并不需要的东西，仅仅因为其他人也这样做。但我又无法不这样做，因为我必须和其他人一样，不然我就会显得不合群了。"

尽管我还只是个大学生，对于工作和职场不甚了解，但我对工作的理解是，它应该是做一份自己至少可以接受——如果谈不上喜欢的话——的事情，进而把它发展为一个长期的事业，不仅作为谋生的手段，而且从中获得自我价值感。

"果然是学生的想法！"她听到我的说法后，不屑地回答，"你说的是一种理想化的情况，能够实现的都是幸运儿。大多数人无非是为了生存在苦苦挣扎罢了。"

"这我能理解，"我有点不服气，"但你说的那些高消费似乎并不是生存所必需的，在我看来更多的是一种物质上的欲望。"

"对我来说没有区别，我已经没有退路了。我只能维持现在的生活水平，绝不能降低。工作需要只是一方面，最重要的是我已经习惯这种消费水准了。换一份轻松点但收入少的工作对我是不可设想的。"

"所以我才说，你被工作绑架了。"

"你现在当然可以站着说话腰不疼，但等到你毕业了，你也会变成这样。就拿我周围的男人们来说，虽然他们所热衷的东西和女人不尽相同，——他们喜欢追求豪车啊，高定西装啊，奢华酒店啊——但本质上和女人没有不同。我承认这些东西华而不实，但它会给你打上一种标签，而这种标签是你在工作和社交场合必需的。"

"你不觉得这是一个圈套吗？你好像在说，你所消费的物品界定了你是怎样的一个人。但真的是这样吗？"

"好啦，不聊这些不开心的话题了，"她显得不耐烦了，"等你毕业了以后，你就知道现实是怎么一回事了。"

女孩所说的，对于当时的我来说还是新鲜事物。固然我对她的观点抱着怀疑态度，但从她的话语和表情里，我能感受到她的焦虑和无奈。看着她耷拉下来的眼神，我对这个大我好几岁的姑娘竟有些同情了。

"你怎么不问我的恋爱经历呢？"女孩突然问我。

"为什么要问呢？我不明白有什么问的必要。"

"总是有一些愚蠢的男人喜欢寻根究底地问我的感情经历，好像他们觉得和我发生一点儿关系后就对我拥有了什么权利。他们无一例外地问我交过几个男友啊，还对我的初恋念念不忘，是不是很荒唐？"

"那如果我问你了，你岂不是要觉得我愚蠢了。"

"就是因为你没有问，反倒显得不正常了。"

女孩脖颈上的肌肤在暖色灯光下，显得很娇嫩。她耳朵上的凹凸线条异常分明，这线条沿着脖颈一直蜿蜒到背部，消失在一抹阴影处。

看着这温润柔美的身体，一个可怕的念头从我的脑海里掠过：这个姑娘，这身肉体，这副令人怜爱的容颜，最终会去死去、腐烂、发臭、化为一粒尘埃，就像她从未来到过这个世界上一样。而且用不了多久的……明天、后天、大后天，或者二十年后、三十年后……无论如何那一天总会到来的。那是我们谁也逃不掉的命中注定。

我想起了陆扬在酒吧如何对几个漂亮的女孩侃侃而谈，女孩们又如何对他所说的话感到着迷。我想起眼前这个女孩工作上的烦恼，对于赚钱和物欲的焦虑，还有复杂的情感纠葛。进而，我想起了选课学，学生会，为了成绩不择手段、到处寻求优越感的学生……这一切真的有什么意义吗？既然每个人最终的归宿都是灰烬，都是刺骨的冰冷，都是无尽的虚无，那么我们现在为之狂热、为之苦恼、为之担忧的一切又有什么意义呢？每个人都在为各自的欲望痛苦着，每个人都在为了往上爬而无所不用其极，每个人每一天都在为所谓的现实而苦恼着，但是比起那唯一的永恒、唯一的现实，这些徒劳的挣扎显得是那样不值一提，那样荒谬可笑。

有那么一瞬间，我感觉自己怀里抱着的不是一个活生生的女孩，而是一具冰冷的尸体，一具风一吹就化为灰烬的骷髅。我仿佛进入了某种非现实的空间，这里没有繁华的城市，没有热闹的大街，没有熙熙攘攘的人群，只有冰封的大地、枯萎的花瓣、无尽的尘埃。放眼望去，一片冷寂，满目萧条。

想到这里，我的身体剧烈地颤抖了一下，一阵凉意从脚底涌上脑门，额头上不由得冷汗淋漓。

"你怎么啦？"女孩关切的声音把我拉回了现实。

"你说，"我停顿了几秒钟说，"人活着是为了什么呢？人生的目的和意义是什么呢？怎么样才算是过好了这一生呢？"

"人生的意义？"女孩的脸上浮现出一丝困惑，随即若有所思地说，"吃好，喝好，玩好，和爱的人快快乐乐地过一辈子，不是吗？"

"除了这些呢？"

"除了这些？难道还能是拯救世界呀？"她也许觉得我的问题很可笑。

"可是……大家都会死呀。"

"你怎么突然想这些莫名其妙的问题啦？看你一副心事重重的样子，你知不知道，你现在看起来简直有点吓人呢。"

女孩还在耳边说着什么，我却怎么也听不见了。桐的形象不住地跳跃在我眼前，她的声音像是一个阴魂不散的鬼影，在我耳边重复着那个可怕而又无解的问题。

女孩见我没有回应，便钻到我的怀里。她柔软的肌肤紧紧贴住我，她的体温驱散了我周围的寒意，给我的身体带来少许温存。只不过，即便是这份温存，对于我心里冻结已久的坚冰也无能为力。

透过窗帘的缝隙，一丝微弱的晨曦钻了进来。一夜过去了，女孩安静地侧身躺在我身边，有节奏地发出缓缓的呼吸声，像一只趴在窝里安睡的小猫。

第二天早上，我迷迷糊糊地睡到快到中午才醒过来。躺在旁边的女孩也醒了，赖在被窝里不愿起来，一副睡眼惺忪的样子。她把手臂伸过来，搭在我的肩上。一夜过后，她的妆容已所剩无几，脸上大大小小的瑕疵便清楚地显现出来。看着她的侧脸，我不由得感到困惑。

她是谁？一个我不知道名字的人。

她与我是什么关系？一个与我毫无关系的人。

我对她了解多少？我对她一无所知。

看着这张陌生的脸，回想起我和这样一个陌生的女孩所度过的一夜，羞愧和不安的情绪一齐涌上了我的心头。

"可以听你弹钢琴吗？"女孩翻过身子，靠在了我的肩头。我莫名感到一阵反感，身体不由得微微发抖，做出一个想要躲开的动作。

"弹琴？"我又想起了前一天钢琴比赛的场景，一股胸闷的感觉从我的喉咙里迸发出来，"弹什么琴呀，再怎么弹还不是徒劳无益。"

"可是，"女孩面露不解的神色，"弹钢琴的男孩子很帅啊！"

接着，女孩热情洋溢地发表了一通关于音乐的言论。从她的说法来看，她对于音乐的理解只限于几首流行歌曲或者通俗的钢琴曲，仅此而已。音乐史上的那些大师她不知道，或者最多只知道一两个名字。几百年来流传下来的那些或庄严，或纯真，或悲怆，或引人深思的经典作品她不知道，也从没有听过。当然，这些都可以理解，我没有理由要求她对音乐很了解。但是女孩滔滔不绝的言谈中对于音乐颇有一种猥亵的意味，在她的认知里，音乐似乎只是一种取悦于人的娱乐，或者一种华而不实的装饰品。

女孩提出要一起去吃午饭，我委婉推辞了。她看起来有些失望。

"还能再见？"她问。

我面露苦涩的笑意，没有回答，只是无奈地摆了摆手。于是，我们便分手了。

我一个人走在大街上，望着一碧如洗的晴空，大有如释重负之感。明媚的太阳把光辉洒在一侧的街道和房屋上，眼前的一切都染上了簇新的色彩。

回到公寓后，瘫躺在床上，我回想起过去二十四小时内所发生的一切。

为了准备这次钢琴比赛，我已经竭尽全力，结果却远不如人意。整个大学期间，我几乎每天都会去琴房练琴，时间宽裕就多弹几个小时，时间紧张就少弹一会儿。总之，每天都要练琴，唯有这样才能保持乐感和手指的灵活性。然而，最近一阵子，我时常出现一种焦虑的情绪，总是怀疑自己每天花大半天时间去练琴究竟有无必要。也许是由于我即将迎来大学的最后一年，毕业就在眼前，看到周围的同学都在为读研究生或者找工作而努力，我也会心神不宁，经常问自己是不是应该像他们一样。

我想起了夏悦，不知道她现在身在何处？也许正在某个知名的音乐学院里，为了成为钢琴家在不懈奋斗吧。

我又想起了刚刚才分开的女孩。我不知道她的名字，也不想知道。从什么时候开始，我可以只是为了满足欲望而心安理得地与一个陌生的女孩一起过夜呢？我对她没有一点儿爱情，也没有一点儿了解，最多只是对她的身体感兴趣。想到这里，我对自己感到恶心。我究竟是从什么时候起变成这个样子的呢？无论在身体上还是在精神上，我越来越觉得自己变得肮脏污秽了。我恨自己的软弱，但同时又痛苦地意识到，倘若还有下次，我依然可能会愿意抱着一个陌生的女孩发泄自己可怜的欲望。

我陷入了半醒半睡的状态，直到听到楼下一群学生走过时的喧闹声才惊醒过来。我坐到椅子上，看到书架上的乐谱，犹豫要不要去练琴。经历了前一天的比赛，我感到身心俱疲，只想倒头睡觉。不过，平日里早已形成的习惯却提醒我要去琴房。近来我总有一种感觉，好像我每天去练琴全靠习惯，而非出于对音乐的热情了。如果有一天不去练琴，空虚感和无意义感就会压倒我。因为除了练琴，我不知道还有什么事可以去做、值得去做。最终，一番挣扎之后，我还是从床上爬了起来。

走过盘旋的楼梯，狭小的玻璃窗半掩着，蔷薇藤密密麻麻地爬在窗户上，遮挡住一大半光线，使得楼道里略显阴暗。我推开一间琴房，眼前瞬间变得明亮了。这间琴房正对着学校的塔楼，采光很好，阳光透过宽敞明亮的落地窗洒在钢琴上。坐在钢琴前，我看着窗外影影绰绰的浅蓝色天空出了一会儿神。

我把琴谱放到谱架上，闭上眼睛，深吸一口气，把手指放到琴键上。就在这时，从琴房外的走廊里传来了一阵熟悉的琴声。若隐若现的琴声透过门隙，流淌在曲折迂回的走廊里，整座大楼里荡漾起悠扬的旋律。

我听得出来，这分明是李斯特的《叹息》。

第十章

我抬起头望着钢琴的顶盖，置于琴键上的双手无意识地滑落下来。听着这琴声，我眼前出现了手指在琴键上来回翻滚，左右手交替弹奏旋律的画面。琴声纯净剔透，对音色的控制极尽苛刻，那一瞬我眼前出现了雪国，屋檐下滴水冻结而成的小冰柱发出晶莹的闪光，遥远的山巅上积雪映照出晚霞的余晖。我能想象到这是怎样一种温柔的触键：必然是小心翼翼，把指尖流出的音符当作最为心爱的东西，否则绝无可能弹出这份纯净之感。

我的心绪还没有从一片白茫茫的雪国抽离出来，忽然之间，琴声停了。我睁开眼，琴房、走廊、大楼，这些实景旋即又重现在眼前，雪国的景象恍如梦境。我回味着刚才听到的曲调，一气呵成的演奏颇有荡气回肠之势。

我已经好多年没有弹过《叹息》了。换作以前，每当听到有人弹这首曲子，如若可能，我会尽可能地远离。然而这一天，我在学校的琴房里听到了《叹息》，非但不想躲避，反而还听得入神。更让我深感意外的是，这琴声隐约使我想起了夏悦弹这首曲子时的感觉……会不会可能是她呢？

绝不可能。就算夏悦碰巧也上了这所大学，她如今也该已经毕业了。况且，夏悦的目标一直都是去读顶尖音乐学院的钢琴系，不大可能来读这所学校。退一步讲，就算真的是她，为什么此前我从来没有在琴房听到过这琴声呢？我一定是想多了。此刻弹《叹息》的那个人，绝不可能是夏悦。

琴声复起。究竟是谁在弹《叹息》呢？

怀着难以遏制的好奇心，我循着琴声来到位于角落的一间琴房外。听着琴声，我久久站立不动，仿佛掉进了某种非现实的幻境。

我不知道在琴房外站了多久。不知何时，琴房的门被推开了，一个女孩迎面望着我，朝我的方向走来。

"请问……是你在弹李斯特的《叹息》吗？"女孩正要与我擦肩而过时，我忍不住问道。

女孩猛地站住，一丝惊讶的神情在眉宇间一掠而过。在走廊微弱的灯光下，她的脸藏在墙角的阴影里，难以辨认。半明半暗的光线中，我只看到了她一闪而过的眼神。尽管只有短暂的一秒钟，她的目光里却透出深沉和温柔的光芒，使我想起日落时那一抹风轻云淡的霞光。

她摇了摇头，一句话也没说。走廊里光线昏暗，反而使她脸上的轮廓显得更清晰了。

我看着她头也不回地走远，转身消失在楼梯的拐角处。

推开琴房的门，我看到钢琴的谱架上有一本乐谱。我拿起乐谱，海浪般的音符在发黄的纸上蜿蜒起伏。我一眼就认出这是李斯特的《叹息》。

毋庸置疑，刚才的琴声是从这间琴房里传出的，是那个女孩在弹《叹息》。可是，她为什么要否认呢？

这本乐谱是那个女孩的吗？我像中了雷击似的一动不动，盯着手中的乐谱。

我翻到扉页，用铅笔写着一行字，字迹已经模糊不清，但右下角能隐约看出写着一个字母"X"。这是什么意思？我猜女孩大概是把乐谱遗忘在了钢琴上，于是收起了这本琴谱。我想，如果下次在琴房见到她，我可以把乐谱还给她。

可问题是，还有下次吗？

眼前是《叹息》的乐谱，我的脑海里却还在回放那个女孩从我身旁走过时模糊的画面。她也是这所大学的学生吗？应该是的，只有本校学生才能进入学校琴房。她是哪个学院的？她很喜欢《叹息》这首曲子吗？为什么她目光里有一抹似有若无的惆怅？

疑问填满了乐谱上的音符，我却无从知晓答案。我不知道她的名字、年级、专业——我对她的一切一无所知。偌大的校园，就算下次还能碰巧见到，也必然已经忘记彼此的模样。

想到这里，我双臂耷拉在两侧，身体前倾靠在钢琴上，手指变得冰冷。我把乐谱翻到第一页，左右手交替弹奏的音符跃入眼帘。我把双肘撑在键盘上，双手托住下巴，陷入了沉思。

第二天傍晚，天边被晚霞染成了一条条紫红色的缎带。我没有回学生公寓，直接去琴房练琴。

晚上的学生活动中心与白天颇为不同。楼下的路灯射出清冷的光线，楼上的房间里亮着暖色的灯，两种光线交相辉映，在夜色中渲染出一种朦胧之感。一楼的大厅里灯火通明，布满纹理的木地板在吊灯下闪着光。站在大厅里，楼上十几间琴房传下来的琴声混合在一起，在无序的碰撞中我竟然听到了一种有序的和谐感，就像交响乐团里几十个声音组合成的完美共振。

走上二楼，转过墙角，角落的那间琴房又传来了熟悉的旋律。没错，又是李斯特的《叹息》！

我蓦地停下脚步。难道又是昨天那个女孩？我想要往琴房再靠近一点，双腿却冻僵似的寸步难移。不知为什么，这段旋律像是一剂猛药注入了我的五脏六腑，几乎使我喘不过气来。站立片刻，我试着再往琴房走近几步，仔细聆听越来越显清晰的琴声。

奇怪的是，尽管是同一首曲子，似乎与我前一天听到的略有不同。

前一天女孩弹的时候，尽管没有亲眼看到，但我听得出来那种细腻的触键，流畅的乐句里蕴藏着难以名状的悲伤。那种音色是深沉的低吟，仿佛在向听者诉说一场悲剧的落幕。而眼下我所听到的，却少了一些悲伤的感觉，多了一些汹涌起伏的激情。断奏弹得活泼而有朝气，和弦的色彩明亮了不少。我不由得想，这真的是同一个人所弹吗？

当然，这种区别是很微妙的，很多人未必听得出来。但我对这首曲子太熟悉了，所以音色上的细微差别也逃不过我的耳朵。难道是女孩今日心境不同？心理上的变化无疑会影响触键和音色。抑或是她刻意想要尝试新的风格？要么此刻正在弹琴的另有其人？

站在琴房门口，我更加确信，声音的质感确实不同于昨日。我纠结要不要进去看个究竟。若是要进去，是否敲门呢？如果我轻轻推开门，里面的人未必会马上注意到，但这很不礼貌。然而如果敲门，势必会打扰到弹琴者，这更是一种无礼。在琴房门外犹豫了半天，我还是拿不定主意。

最终我还是决定一探究竟。我轻轻转动门把手，蹑手蹑脚地推开一条细缝，清晰透亮的琴声如海浪般霎时间从门缝里喷涌而出。

眼前是一位长发披肩的女孩。我看不到她的正脸，但她的身影与昨天的那个女孩像是同一个人。

我原本只打算偷偷看一眼就关上门，不料看到女孩弹琴的侧影，我沉浸在汩汩音流中，早已把不请自来的事忘得一干二净。她一气呵成弹完了最后一段，手指落在最后一个和弦上。这时，她转过头来看着我，但似乎并不感到意外。

琴房里的空气立时静止了。有几秒钟，我没有说话，她也只是静静地看着我。我们就这样沉默地对视着。

"对不起，"我强迫自己说出几个字，"本想敲门的，又怕打扰到你。"

我这次才有机会看清楚女孩的面容。她的眼角有一颗雨滴状的黑痣，我第一眼就注意到了。她有着曲线柔和的鹅蛋脸，眼神里透露出天真的神气。细碎的刘海儿半掩住眉毛，长长的睫毛以一种温柔的痕迹包围着眼睛，眼睛占面部的比例恰到好处。长袖衬衣和百褶裙使得她全身上下散发出一种学院派的气息。裙摆并不那么短，刚好落在膝盖的位置。她的身材谈不上骨感，但依然有几分单薄。

那是我昨天见到过的眼神。我确信她就是昨天我在走廊里遇到的那个女孩。她的眼眸很深邃，从中隐隐可以看到几分忧郁，却不失少女的清澈气息。这种纯粹的眼神是无法伪造的，因为它只能发自于内心。我一直相信，眼睛就和指纹一样，是一个人独一无二的符号。

"请问有什么事吗？"女孩的语气平静得可怕，平静中又夹杂着一丝冷淡，仿佛寒夜里凝结着雾气的玻璃窗。

"昨天下午……"我支支吾吾地说，"就在这间琴房，我听到有人在弹《叹息》，请问也是你吗？"

"……不是啦。"她犹豫片刻后回答。

"这样啊……看来是我搞错了，"尽管我确信她没有说实话，我决定还是把原因告诉她，免得遭她误解，"昨天我听到这间琴房有人在弹李斯特的《叹息》，之后我在钢琴上捡到一本《叹息》的乐谱，心想一定是被乐谱的主人落下了。刚才我又听到你在弹这曲子，还以为是同一个人呢。实在抱歉。"

"等一下，"我正打算转身离开，她站起来说，"能给我看一下你说的乐谱吗？"

她的视线一下子挪到了乐谱上。接过乐谱后，她不动声色地翻了几页。看着她故作姿态的样子，我强忍住了笑意。

"没错，这是我的乐谱。"她咬了咬嘴唇，眉头紧锁，声音颤抖，之前的那种平静似乎一瞬间就消失殆尽了。

"但昨天在这里弹琴的不是你。"

"昨天是我在弹啦。"她的嘴角浮现出一丝尴尬的笑意。

我瞪大眼睛盯着乐谱，又看了看她，不知道该说什么。

"昨天我来琴房练琴，有事走得匆忙。"她说，"回去才发现，不知怎么地把乐谱丢了。我今天过来也是想看看乐谱还在不在。"

"……原来是这样。"我心里充满了疑惑：为什么她之前要一再否认呢？

"嗯……谢谢你帮我收起来了，不然乐谱可能找不回来了。"她嘴上虽然这样说，深褐色的眼眸里却没有喜悦之色，反而透露出一丝莫名的惆怅。

"我天天来琴房练琴，以前好像没有见到过你，你是哪个学院的呢？"

这时，我又想起昨天在走廊里遇到她的情形。我内心点燃起一颗好奇心，试图多了解一些情况。

她犹豫了一下，目光转向钢琴，似乎想要避开我的眼神。

"其实……"她顿了一下说，"总之很感谢你帮我找到了乐谱，它对我很重要。"

她似乎不愿意与我多说，见此情形我也不好再追问了。

正打算告辞，我脑中突然闪过一个念头。

"对了，你知道钢琴社吧？"

"钢琴社？是学生社团吗？"

"没错，我也是社员。下个星期五中午会在学校的篮球场举办新学期的社团现场招新，钢琴社也在的，你有兴趣过来看看吗？"

"倒是头一次听说。"她紧皱的眉梢终于稍微缓和了一些。

说到这里，她咬了咬嘴唇，目光投向手中那本《叹息》的乐谱。

"那我不打扰了，你继续弹琴吧。"见状，我识趣地说。

回到琴房后，我打开灯，钢琴和房间的镜像对称地映照在窗玻璃上，要凑近到窗前才能看清外面的景象。我把手掌靠在窗上，嘴里呼出的热气在玻璃上雾化为小水滴。窗外的路灯变得模糊，只听见风声在梧桐树密密麻麻的枝丫间席卷而过。

我回想起与女孩的对话。事实上，女孩所说的话非但没有解开我的疑问，反而使我更为困惑不解了。前一天我在琴房外遇到她，为什么她要否认是她在弹《叹息》呢？时隔一天，这次她为什么要一再否认呢？为什么提起她的情况，她会显得有点局促不安？我心中充满了疑问。

反复思虑后，我告诉自己，或许是自己想多了。女孩并没有义务告知我所好奇的一切。也许她自我保护意识很强，不愿意向一个陌生人透露自己的信息呢？也许她只是单纯讨厌我，看我不痛快，难道不可以吗？难道人们不是经常毫无缘由地以貌取人吗？难道我们不是总喜欢带着一时的偏见而对陌生人报以恶意吗？虽然我们偶尔也会奇迹般地意识到这种做法的不公平，但这难道不是现实生活中的常态吗？再说，就算是同一所大学的同学，女孩也没有任何理由向我透露她的情况。这个校园里有好几万人，除了自己身边的同学外，其他人与街上的路人无异。反倒是我，追着一个陌生人问这问那，反而显得无礼了。

我心想，还是不要庸人自扰为好。

我的手指刚碰到琴键，还未按下去，李斯特的那首《叹息》在我的脑海里掠过。十四岁那年，因为夏悦，我学会了这首曲子，而后，又因为她的离去，我决心不再弹这首曲子。如今，让我感到极为不同寻常的是，我竟然连续两天在学校琴房里听到了这首曲子。这究竟意味着什么呢？

《叹息》是李斯特的极尽唯美之作。乐曲开头的琶音需要左右手交替快速弹出，听起来就像海浪般滚滚扑来，因此也有人给这首乐曲取了别名叫"大海"。然而我一直认为，将这首乐曲理解成只是单纯在描述大海是对它的最大误解。它需要左右手交替弹奏旋律，节奏婉转千回，旋律优雅如诗。曲如其名，每次弹这首曲子，我的心弦总会跟随作曲家在黑白琴键之间不住地叹息。

也许是时候放下年少时那种莫名的执念了。一个念头在我的心底陡然而生：弹弹这曲子又何妨呢？尽管多年没有弹过，我不确定还能不能流畅地弹下来。

我深吸了一口气，把左手的小指腹贴在低音区的黑键上，以极慢的速度开始弹起来。回忆起来的一串串音符在眼前像电影画面一样播放。钢琴的镜面里，我的双手随着起伏的旋律来回翻滚，渐渐地，我的人生似乎也跟随这旋律而沉浮。我闭上眼，凭借手指的记忆接着弹下去。

随着琴声渐入梦境，我的脑海里出现了关于夏悦的那些画面。这么多年过去了，有关夏悦的回忆在我的心底变得日益黯淡，那些画面也变得支离破碎。她的脸颊、她的声音、她的形象慢慢消逝在岁月的潮汐中。我惊奇地发现，时隔多年再次弹起这首乐曲，我心里竟然平静得如同没有风的湖面，泛不起一丝涟漪。

弹着弹着，我眼前继而又浮现出眼角旁的雨滴状黑痣，温润而有光泽的脸庞，还有那冷淡而忧伤的眼神——是那个弹《叹息》的女孩。我的手指不停地弹，关于女孩的画面滚滚袭来。她周身散发出一种清新脱俗的气质，我远远看到她就感到一种莫名的敬畏涌上身来。她的眼睛、嘴唇和面部的轮廓在光影中显得层次分明，恍如孤零零地分开，结合在一起却又有种奇妙的和谐。我从上到下看遍了她，最终视线还是落到她深不见底的眼眸里。

她的眼神里为什么浸透出隐隐的忧郁？有什么悲伤的回忆萦绕在她心头吗？我还会再见到她吗？她会来参加钢琴社的社团招新吗？我不知道答案。

此刻，我竟然不太懂自己了。为什么我会一直对这个女孩感到耿耿于怀呢？明明我与她只是萍水相逢，一面之缘而已。倘若晚到琴房一会儿，我不会听到她的琴声。倘若进入琴房直接开始练琴，我不会注意到她的琴声。倘若听到她的琴声后没有出门去一探究竟，我不会在走廊里遇到她。

是啊，她与我每一天每一秒身边所经过的无数个路人并没有任何区别。前一秒我可能会遇到她，后一秒我就会与她擦身而过。一瞬间我可能注意到了她，下一刻我又会把她连同有关于她的所有回忆抛在脑后，这又有什么值得纠结呢？难道人生不就是这样，在不论无意识或有意识的状态下，不停地遇到，错过，再遇到，再错过，直到每一滴血液都腐烂在空气中，最终化为一抹灰烬吗？

奇怪的是，我明明看清楚了她脸上的细节，但弹着弹着，她面部的轮廓逐渐在我的记忆中淡去，只留下一个虚化的背影。到最后，我竟完全想不起来她的模样了。

我弹到了《叹息》的尾声。对，或许一切只是因为这首曲子吧。当我听到女孩弹出主题旋律时，那种温柔的触键、纯净的音响渗透到我的肺腑里，直抵遥远国度的无名之地。那是一种不带任何外在目的的纯粹。被音符浸彻心脾的那一瞬间，这个外表冰冷的女孩使我感觉迎面扑来了一股清冽而甘甜的气息。

弹完一遍《叹息》以后，我去洗了一把冷水脸，强迫自己清醒过来。回到琴房后，我连续不停地把这曲子弹了十几遍，越弹越快，直到大汗淋漓、精疲力竭为止。

星期五很快就到了。每个新学期开学后的第一个星期，都会举行社团联合现场招新活动。由于学校里社团众多，据说有上百个，因而号称"百团大战"。

"你要去上课吗？"我收拾东西打算去篮球场时，陆扬探头问我。

"我去社团招新现场看看。"

"那我跟你一起去看看吧。"陆扬咧着嘴，不怀好意地一笑。

正值下课高峰，伴随着密集的自行车流，学生们纷纷涌向篮球场那边。路边的两棵梧桐树之间悬挂着一条长条形的横幅，上面一行大字赫然在目："百团大战——学生社团联合招新。"

一路上，学生们的嬉笑声和闲聊声，路边的广播声，风拂动树叶的簌簌声，种种声音有韵律地结合到一起，使得整个校园里洋溢着青春的活力。走在这密集的人流中，我忍不住加快步伐，脚步也变得轻快起来。

"加入你们钢琴社需要什么条件呀？必须得会弹钢琴吗？"陆扬嚷嚷着说也想加入社团，"钢琴社是不是有很多漂亮女孩呀？招新应该会有很多新鲜学妹？"他龇着牙，露出狡黠的笑。

"我就知道你没安好心！说什么想加入社团，我看明明就是想勾搭学妹吧！"

说着我们便走到了篮球场附近。学生们挨肩擦背地聚集到球场门口，堵住了各个社团展位之间的路，拥挤的人群移动得极为缓慢。

想当初，因为在琴房遇到钢琴社社长，我误打误撞地加入了钢琴社。没想到自那以后，我一直参与钢琴社的活动，从未中断过。即使明年夏天我就要毕业，面临找工作的压力，我仍然没有退出社团的念头。绝大多数学生到了大四不会再参与社团活动，因为一大堆事情占据了他们的注意力，比如，毕业论文、实习、找工作。

一进入篮球场，便看到数不清的社团按照类型分别位于两侧。首先跳入眼帘的是能力拓展类社团，有大名鼎鼎的演讲与辩论协会，学生们在展位前围得水泄不通。一路走过去，有公益类、科学类、兴趣类、体育类等各种各样的社团，简直遍地开花。

走到篮球场最里面的角落里，便是音乐类社团的展位了。这里人声鼎沸，可见音乐类社团在学校里的人气之高。除了钢琴社，这块区域还有小提琴社、吉他社、爱乐者协会、摇滚协会、音乐剧社、民乐社等。一路走过来，每个社团的展位前都挂着横幅和宣传海报，社员们站在展位前热情地为经过的学生介绍社团。

钢琴社据说最初成立于二十多年前，那时候还不叫钢琴社，毕竟那个物资匮乏的年代，不要说学钢琴了，很多家庭连钢琴都买不起。此后随着人们生活水平和艺术品位的迅速提高，钢琴这件乐器也越来越飞入寻常百姓家。后来，不知道从什么时候起，钢琴社改成了现在的名字，专门针对钢琴而聚集起了一大批音乐爱好者。

钢琴社的展台一旁，摆着一架三角钢琴，不时有路过的学生坐下弹一弹。他们居然在现场还搬来了钢琴！真是出乎意料。我看到金筱晴和几个钢琴社的社员正在忙碌着。

"现在人手不够，"金筱晴指着桌面上一沓印着黑白键的彩色传单对我说，"这边有一沓传单，你可以帮忙发给路过的学生吗？"

"没问题。"我说。

"我帮你一起发吧。"陆扬说他想要帮忙，我当然欣然接受。

音乐类社团这块区域的人流量不亚于其他区域，而且由于位于篮球场最内侧位置，学生们一股脑地涌进来，尤为拥挤不堪。顶着接近三十度的高温，我总算是发完了传单。

"三角钢琴哪里来的？"我问金筱晴，"没想到你们把钢琴都搬过来了。"

"这个学期我们在学校附近找了一家琴行合作，打算推出针对成人的钢琴课程。他们可以给我们的活动免费赞助钢琴。"

"已经敲定了？"

"还没最终确定，目前还在和琴行谈合作细节。"

"不过，学校里会有很多学生想要学琴吗？"

"现在想学钢琴的成年人越来越多了，"金筱晴的语速加快，我能察觉到她激动的心情，"每个学期的招新现场，都会有很多学生询问我们是否提供零基础的钢琴课程。潜在的学习者远超你的想象，他们虽然没有学过钢琴，但迫切渴望能够现在开始学，目的通常是学会几首喜欢的简单曲子。"

听到金筱晴说起要开设钢琴零基础课程，陆扬显得颇为兴奋，嘀咕着说要学琴，于是金筱晴给了他一张社团报名表。

"我可以弹弹吗？"我指着钢琴问金筱晴。

"当然可以，你弹点看起来厉害的，吸引更多学生到我们这边。"

我耳边又回响起那首《叹息》。

我把手放在琴键上，整首乐曲从左手的第一个黑键而起。这一段旋律富有歌唱性，动机清晰而单纯，极尽和声之美感。左右手翻来覆去，快速地交替弹奏出旋律与和弦，双手不停地进行远距离跨越，所以弹这首乐曲的时候在视觉上也是很优美的。弹着弹着，我会感觉整个世界也随着手指左摇右摆起来。

《叹息》有两个不同的结尾。除了普遍被人们所演奏的常规版本外，李斯特也写下了另一个不可思议的结尾。第二种结尾是以下行全音阶中六个音为基础构建的大三和弦，音响效果别具特色，是夏悦当年告诉我的。最后的那一串和弦，如同林间缓缓敲响的钟声，在第一缕阳光照进山谷时从远方传来，空灵静谧，回响不止。我一直觉得，李斯特之所以写下这个不同凡响的结尾，代表了他更深层次的某种幽思。

我沉浸在黑白世界里，敲下最后一个音符。我的左臂靠在钢琴谱架上，右手抚摸键盘陷入了沉思，聆听最后一个和弦的余音回响。

在无意识的恍惚中，我愕然发觉，不知何时钢琴一侧站着一个女孩，眼角旁有一颗雨滴状的痣。

没错，她就是几天前在琴房里弹《叹息》的女孩。

钢琴周围除了她，还围绕着不少被琴声吸引过来的学生。不过，我全然没有心思去观察别人，目光都投注在了女孩身上。她穿了一件浅色的亚麻衬衫，裙摆随风摇动，双腿露出光滑的膝盖。

"是你……我正在想你会不会过来呢。"我想跟她打个招呼，却不无尴尬地意识到我并不知道她的名字。

"你弹的结尾……"她的嗓音透出一种野薄荷般的清新，暗暗带有孩子般的清脆。

"是的，你也听过吗？李斯特为这首曲子还写了另一个版本的结尾。"

她没有说话，脸色苍白，眼里掠过一抹慌乱，但只持续了一秒钟。随即她平静地凝视着我，一副凛然不可侵犯的神情。

"你也喜欢这首曲子吗？"我站起来，与她相对而立。

"李斯特的三首音乐会练习曲，"她的声音突然变得低沉，"一个以《诗意的随想》为名的巴黎版本给三首练习曲加上了标题，分别名叫《哀诉》《轻盈》《叹息》。据当时的出版商所说，这是李斯特的作曲家审定版。"

她并未理会我，那副模样似乎是在自言自语。

我僵僵地站在那儿，全身怔住了。我得承认，我并不了解她所说的话。于我而言，我只知道这首曲子名叫《叹息》，它是李斯特所作，我对这首曲子的了解并不比其他曲子更多。这么想来，我对《叹息》的创作背景一无所知。看着她淡然中折射出纯净的眼神，我忍不住抬起头，轻轻扫了一眼这个由内而外透露出神秘气息的女孩。不知为何，我总觉得难以直视她的眼睛，仿佛在她的眼眸里停留多一秒的时间，自己内心深处藏匿的阴暗和污浊就会难以遁形。

"李斯特的三首音乐会练习曲里，第三首《叹息》是最美的。"她的嗓音不再低沉，仿佛从自我的状态里走出来了。

"同意。你应该是很小就开始学钢琴了吧。"我问她。

我从女孩那里得知，她从小开始学琴，虽然钢琴课断断续续地停了几次，但一直都没中断过练琴。这时我又想起，她弹的《叹息》一气呵成，从头到尾没有一个错音，我也没有听出来有任何一处瑕疵。难怪她能够保持那样熟练的手感。

"你的功底不错。"她的声音逐渐变得明亮，但总感觉还是有点冷冰冰的。

我略有迟疑地说："其实我十四岁才开始学钢琴。"

"真的吗？"她的嗓音升高了一些，面露惊讶之色，"这首曲子难度不小，我见过很多从小学琴的人都弹不下来。"

"我十四岁的时候，因为一些机缘巧合，对钢琴忽然有了兴趣，"我能感受到女孩眼神里的怀疑，"我三番五次向我父母要求要学琴，他们后来拗不过我就同意了。"

"那是怎么一直弹到现在这样子的呢？"她的目光盯着我，仿佛要直抵我的内心深处。

"一开始的时候，我的父母以为我只是心血来潮，他们都觉得学钢琴会影响我的学业。但上了几节钢琴课后，我对钢琴越来越着迷，每天放学回到家都会练琴。甚至在高考前一天晚上我也弹了。"

"即使是这样，还是难以相信你十四岁开始学琴居然可以弹到这种水平。如果你从小就开始学，说不定可以成为钢琴家。"

"我弹得没那么好啦，"我难为情地说，"也许只是因为有耐心去啃硬骨头。如果是我喜欢的曲子，我就会有一种强烈的愿望想要自己亲手弹下来。我会一遍又一遍不厌其烦地练习，从慢速到快速，几个星期，几个月，想尽一切办法去把它弹好。"

我再次打量起面前的这个女孩。她的个头很高，我看她眼睛的时候目光是平视的。她那令人捉摸不定的眼神极具震慑力，我站在她面前隐隐感到一种无形的压力。

"《叹息》你练了多久？"她走到我这一侧，扫了一眼谱架。

"好多年前就弹下来了，只是后来很久没有弹过，生疏了许多，"我强调说，"我是最近才重新练这首曲子的。"

"听得出来有一些地方没那么从容。你现在有钢琴老师吗？"

"我已经很久没有老师了，只靠看着谱子和听钢琴家的录音自己摸索着练习。"每当提到我没有钢琴老师，我总会有一种莫名的惭愧。

"我现在也没有老师，"她看着我，眼里掠过犹豫的神色，"听你弹的时候，我觉得你在某些地方的处理有一些问题。"

"什么问题呢？愿闻其详。"

"开头的旋律音是左右手交替弹奏的，而且乐谱上是断奏记号加连线，所以尽管旋律音是断开的，但每个音应该要尽量拉长并向下一个音传递。但你弹的没有那种绵延不绝的感觉。"

"这一点我之前听你弹的时候也注意到了。你在弹第一段的时候，音质很柔和，给人以甜美的感觉。你是用指腹触键的吗？也许这一段我应该尝试用指腹触键，而不是指尖。"我承认她说的确实有几分道理。

"踏板的运用需要特别注意。"她指着乐谱说，"比如这里，第 11 小节开始低声部的转调，低音部分应当始终保持宽广的感觉，李斯特要求乐句中的每一个低音都要使用踏板。另外，第 29 小节的颤音应该是自由但有节奏的。李斯特要求使用用力奏出断音，指触如同槌击的方式来弹奏。"

"李斯特要求的？"我听到后很惊讶，"你是说他本人对于这首曲子的弹法有过明确的要求？"

"对呀，这些都记载在莉娜·拉曼① 根据李斯特在魏玛开设的钢琴大师课所著的《李斯特钢琴教学笔记》中。而且，一旦你按照李斯特的要求去弹，你就会发现音乐的表现力的确增强了。"

"你说的这些我竟然完全都不知道，也没有听任何人提起过。"事实上，听到她所说的《李斯特钢琴教学笔记》，我总感觉我曾经在什么地方听说过，但我怎么也想不起来了。

一开始听到女孩对我的质疑，我难免有些失望，毕竟我潜意识里更愿意相信自己弹出了应有的境界。不过听到她的这番见解，我立刻对她肃然起敬了。我意识到，关于李斯特，关于《叹息》，眼前的这个女孩所知道的远远超乎我的想象。我马上以一种真诚求教的姿态请求她指出我的所有问题。

"还有，"她把乐谱翻过去，"有一些段落你弹得用力过猛了。虽然乐谱上的旋律音标有重音记号，但不该用蛮力粗暴地敲打。之所以标注重音是为了强调旋律音，应该有更多的歌唱性。你弹的时候过于暴力，背离了这首曲子整体的感觉。"

"没想到我给了你'暴力'的感觉啊？"听到女孩的质疑，我下意识地想要为自己辩护，"可能因为我觉得整首乐曲的基调是伤感的，但不代表从头到尾都是软绵绵的，我觉得感伤的情绪背后其实还潜伏着一种坚定，也许这一段应该刚劲有力才能与其他段落有鲜明的对比。"

"你说感伤的情绪背后有一种坚定，这固然不错，"她说，"但不是非得

---

① 莉娜·拉曼（1833—1912），德国作家。

大声摇旗呐喊才算得上坚定，相反，很多时候，真正的坚定和决心是深深埋藏在心底的，不会轻易让别人知道。反映在这首曲子里，无论音量如何响亮，但始终需要委婉动人。我总有一种感觉，作曲家在创作这首乐曲时的感情从一开始就是很复杂的，所以演奏者要试图去表现这种复杂的心理。"

"那么，怎么样才能弹出这种感觉呢？"我不服气地说。

"海涅[①]有一首诗，《一听见这首曲子》，你读过吗？"

"诗？"我愣了一愣，不明白诗和《叹息》有什么关系。

"一听见这首曲子，想起爱人曾唱过它，我就难过得要死，胸膛仿佛快要爆炸。内心暗暗地渴望，渴望爬上山林之巅，去那儿大哭一场，让哀伤融化在泪泉。"女孩背出了这首诗。

"你是说，这首诗和《叹息》有某种关联？"

"想象一下，假设你曾经有一个爱人，她后来离你而去。你们在一起的时候，《叹息》是她最喜欢的曲子，她也曾为你弹奏。当你们分开后，你再次听到这首曲子，难道你不会感慨万千吗？如果你爱过她，你一定会很悲伤吧，这时候回首往事，你会不会发出一声沉重的叹息呢？所以，你要弹出这种悲伤，弹出这一声叹息。"

听女孩说完，我的心不由得凉了一截：我想起了夏悦。女孩让我想象的情境，不就是我和夏悦的经历吗？尽管我和夏悦只是朋友。我压根儿不需要想象，那是我亲身经历过的。眼前的这个女孩竟然能够无意中触碰到我内心的极隐秘之处，想到这里，我不觉吓出了一身冷汗。

"只是一点个人的看法而已，你也不必当真。"女孩见我没有反应，目光离开了乐谱。

"不，你对于《叹息》的理解很到位。"我回过神来说，"你把这首曲子与诗联系起来，真是让我耳目一新呢。"

"这没什么吧。"她的嘴角欣然浮现出一抹微笑，"音乐和文学联系起来是一件很自然的事。音乐的主题和灵感来源于文学作品并不少见。许多音乐都是从文学中得到启示或者灵感。比如，门德尔松的《仲夏夜之梦》序曲来源于

---

① 海涅（1797—1856），德国浪漫主义诗人。

莎士比亚的同名戏剧，贝多芬《第九交响曲》的大合唱是以诗人席勒^①的《欢乐颂》为歌词而谱曲的，舒曼的声乐套曲《诗人之恋》是根据海涅的长诗改编。特别是李斯特，如果你要弹他的作品，你就必须对十八世纪到十九世纪的文学保持一定的敏感性。"

"李斯特的作品与文学有什么独特的关联吗？"

"你不会不知道'标题音乐'吧。李斯特和柏辽兹^②一样，都是标题音乐的倡导者。他们主张音乐可以和文学、绘画等其他艺术形式联系起来，讲述故事、表达思想或者在听觉上再现视觉之美。例如，李斯特的《浮士德交响曲》和《但丁交响曲》就是受到歌德^③的《浮士德》与但丁^④的《神曲》的启发而创作的。李斯特与当时的许多诗人是朋友，包括雨果^⑤和海涅。当然，当时也有许多音乐家反对这样做，比如勃拉姆斯^⑥，他是个保守派，信奉所谓的绝对音乐。这就造成了浪漫主义艺术内部的分裂，甚至爆发了所谓的浪漫主义战争。这是音乐史上很有趣的一个历史事件呢。"

说完后，女孩莞尔微笑，但这种笑意中不存在任何轻视或者鄙夷的成分，反而透露出理性的光芒。

坦白地说，她提到的这几首曲子我并不熟悉，就连贝多芬的《第九交响曲》我也只是完整地听过一遍而已，谈不上有什么心得。至于她提到的那几部文学著作，我更是听都没有听过。

我不禁为眼前这个女孩对文学和音乐的了解感到惊讶。她虽然只是随口说说，但我明白这种表面上的随意从容无疑需要深厚的功底。我忍不住好奇这双眼睛背后到底藏着多少我不知道的秘密。她所说的这些，我从未关注过，在过往的日子里我也并不觉得了解它们对于练琴有什么帮助。然而此刻我动摇了，我隐隐感觉到，她所说的话里也许藏着打开音乐世界的另一把钥匙。

---

① 席勒（1759—1805），德国诗人、哲学家和剧作家。

② 柏辽兹（1803—1869），法国浪漫主义作曲家。

③ 歌德（1749—1832），德国诗人、剧作家。

④ 但丁（1265—1321），意大利诗人。

⑤ 雨果（1802—1885），法国浪漫主义文学的代表人物。

⑥ 勃拉姆斯（1833—1897），德国浪漫主义作曲家。

女孩的目光微斜，朝着琴键望去，似乎有意想避开我充满好奇的目光。阳光透过头顶的枫叶在她的脸上洒下斑驳的光影，她脸部的轮廓显得更加明晰了。

"对了，你是哪个学院的呀？还不知道你的名字呢。"我问。

"不打搅你了，你继续弹吧，"尽管是炎炎夏日，她的语气里却陡然生出冬日里刺骨寒风的感觉，"希望你能把《叹息》弹得更好。"

她无视了我的问题。我感到很沮丧。

"你是钢琴社的社员吗？"我不服气地追问。

"不是。"女孩皱了一下眉头，旋即又舒展开来。

"那你要不要考虑加入呢？钢琴社会举行很多活动。"

女孩抿紧双唇，露出略微严肃的表情。一丝犹疑从她的眼眸里一闪而过，她用手轻轻撩起额前的头发，发梢在半明半暗的光线中漾起了微光。

"谢谢，不过不用了。"

听到她冷漠的拒绝，我不禁暗自大为气恼，心想：这个女孩究竟是怎么回事！她的言行着实使我摸不着头脑。前两次在琴房偶遇，她已经带给我许多疑惑，而今她出现在社团招新现场，又是一副神秘兮兮的样子。她像个老师一样，对我发表了一席热情的言论，就像是给我上了一堂钢琴课，不出片刻她却又翻脸不认人。她给我一种剪不断理还乱的感觉，前一刻她仿佛要走近我，后一秒却又立刻拒人于千里之外。

随即我又开始自责，觉得自己不该对一个陌生人苛求太多。我再次告诉自己，不回答我的问题是人家的自由，不加入社团也是人家的自由，我又有什么权利去对她指手画脚呢？尽管如此，我仍旧对她的冷漠感到沮丧。

我有一种感觉，这个女孩对于音乐的理解有一种我难以企及的深刻。那种深度也许我一生中还从未领教过。

我目送她走远，她的背影在大太阳下逐渐拉长，不久便消失在人群中。此时阳光减弱了一些，温热的地面上多了一丝慵懒的意味。花菱草的香气弥漫在空气中，消解了一部分光线。天空的颜色富有层次感，像是调色板上由浅蓝色到深蓝色的层层递进。

我回头看到金筱晴正在给挤在展位前的学生介绍社团的情况。她会不会知道这个神秘的女孩呢？也许可以问问她，但我转念一想又打消了主意，我担心引起误会。看女孩稚嫩的模样，难道她是大一新生吗？

社团招新活动结束后，人群渐渐散去。钢琴社的几个社员围着钢琴，或弹琴或说笑，一直到傍晚时分。我无心参与他们的话题，脑海中还纠缠着那个女孩的面影。

天色渐暗，学校的塔楼远远地伫立在一片浓密的树林背后，楼顶的塔尖在暮色苍茫中闪烁。夕晖消散在天际线上，蓝幽幽的霞光浸透了半边天空，整个城市渐渐被星星点点的灯光点亮。

回去的路上，我忍不住一直想：那个女孩究竟是个怎样的人呢？

第十一章

　　大学时代的很长时间里，我都在孤独中度过。我总是一个人去吃饭，一个人去上课，一个人去跑步，一个人去看电影，一个人去医院看病。这些时候，绝顶的孤独感总是徘徊在我身边，怎么也挥之不去。唯独有两件事能使我短暂地从孤独感中抽离片刻：一件事是在琴房练琴，另一件事是去听音乐会。

　　与其说练琴和听音乐会可以将我从孤独感中拯救出来，不如说这两件事对我而言，只能自己一个人去做。练琴需要高度专注和不受打扰，一遍又一遍地重复练习同一首曲子。在琴房练琴时，倘若旁边有听者，无论是怎样有趣的乐曲，想必他很快也会觉得索然无味了。

　　听音乐会属于另一件使我远离孤独的事。每次去听音乐会，我从学校出发，搭乘地铁，中途换乘另一条线路，在车厢里站四十分钟，到站后再步行五分钟便到了音乐厅。一路上，看到川流不息的人群，牵着手搂搂抱抱的情侣，还有结伴而行的友人，我内心的孤独感会达到无以复加的程度。然而，一旦我踏进音乐厅灯火辉煌的门厅，再多的孤独也马上被一阵从南方刮来的暖风一扫而光。

　　光洁明亮的大理石地板、悬空而立的巨大穹顶、庄重肃穆的艺术气氛，身处音乐厅之内，周围的一切对我而言都变得圣洁了。我就像一个朝圣的信徒，跨越茫茫大海，终于抵达理想的圣殿。多少学钢琴的人，都梦想着能够在这里举办自己的演奏会……不，哪怕只是在这里弹奏一曲，也是多么激动人心的瞬间呀！在这个圣洁之地度过奇妙的两个钟头，现场聆听和观看大师的演奏，对我而言有着莫大的意义。每次听完音乐会，走出音乐厅宽敞的门厅，我都会感到心里得到了无限的温情和慰藉。

　　大学入学后不久，我很快发现，在这座城市里举办的各类音乐会多得出奇。

浓郁的艺术氛围给爱乐人士提供了得天独厚的音乐土壤，每个月都有国际知名的乐团和演奏家来访问演出。每个月我会从自己的生活费里省出一部分，专门用于购买音乐会的门票。我通常都买最便宜的座位，还能享受学生半价。在我看来，省下吃喝玩乐的钱去买音乐会门票是极为值得的。那些音乐大师和他们演奏出的美妙音乐，代替了我的夜宵，填补了我夜晚的空虚和寂寞。

演出开始时，音乐厅里倏地变暗，只留下了舞台上明亮的聚光灯打在了钢琴和钢琴家的身上。此刻，台下和台上好似遥相对应的两岸，台下的观众在此岸世界，台上的钢琴家则属于彼岸世界。在音乐的感召和联结下，原本截然分明的此岸与彼岸不再对立，界限渐渐模糊了，最后合并为同一个世界。

微弱的光线在若明若暗的音乐厅里肆意游走，时而将光影投射在音乐厅的角落里。有时，我会注意到阴影里有几张忽明忽暗的脸，写满了对音乐的眷恋。这些面容，虽然陌生，但和我一样，在音乐的感染下时而激动，时而惆怅，时而肃静。这一切情绪都在无声无息中迸发，我却能感受到它们微妙的起伏变化。钢琴家弹到某一个段落，我分明能够察觉到，有几张面孔之下的心灵与我有着同样的触动，那些心灵中也会有一些能够感知到我的情绪。在音乐会的时间内，这些素昧平生的心灵不约而同地在生命的熔炉里燃烧起一股共鸣的火焰，仿佛它们可以参透对方内心深处最隐私的秘密。这股沟通情感和意识的洪流发端于音乐，孕育于心灵，最终在音乐厅这片艺术的净土上开花结果。

不知从什么时候起，有几次我远远地看到了一个女孩的侧脸。她的背影颇有一种娴静淡雅的风度，只是每次都隐匿在后排角落的阴影里，碍于距离和角度，我始终没有机会看清她的面容。

有时候，钢琴家快要弹到某个经典的段落，第一个音符一跳出来，我就马上知道要到这个段落了，几乎在同一时间，我看到她的身体动作也做出了反应。这种反应在别人眼里或许无足轻重，但在我看来是那样瞩目。等钢琴家演奏到了激动人心的地方，我猛地一抬头，看到她的腰身也为之一颤。音乐中流露出伤感的气氛时，她便低下头，像一只受委屈的小猫。遇到她特别喜欢的段落，她会双手紧握，身体前倾，做出一副极尽专注的样子，似乎恨不得要把每个音符、每个乐句听得清清楚楚，而这些段落恰恰也都是我为之着迷的。

渐渐地，我觉得我能够从她身体的微妙动作感知到她对于音乐的理解，甚至刺探到她隐秘的情绪。有一个晚上，我觉得她心绪很坏，可能是受到了什么刺激，抱着疗伤的目的来听音乐会。从演出结束后她脸上漾起的温柔笑容来看，她也确实得到了治愈。还有一个晚上，我觉得她心情不错，听到演奏精彩的地方，她的侧脸不时蒙上一层明暗交织的光影，我仿佛可以看到她嘴角的一抹浅笑。

自从在音乐会上注意到这个女孩后，每次只要她在场，我都会默默地关注她。这种关注完全是自发的、无意识的，同时又是消极的，因为我从未想过在音乐会结束后走过去跟她打个招呼，与她成为现实里的朋友。我们从未说过一句话，我也从未有机会看清楚她的面容，然而，在我心里，我们已经是很好的朋友了，只不过限于音乐会的时间和空间之内。在音乐的狂流中，我们共享了类似的情绪和对音乐的理解。我内心隐隐有一种确信：她一定也注意到了我的存在，察觉到了我们之间在音乐上的那种奇妙的电磁感应。

我在脑海里为她勾勒出了一副想象出的模样。如果我们就这样继续下去，只是在音乐会的时间内做朋友，我不会觉得有什么不妥，我也不会想要去跨越这条界线。我相信，我们彼此都认为这就是最好的状态，倘若跨出一步，打破这种植根于静默中的默契，我们之间的心灵感应可能就要受到威胁甚至消失不见了。

这是完全可能的。试想，倘若我走过去认识了她，我可能会发觉她完全不是我想象中的那样，反过来她也会如此觉得。这样一来，我们的友谊——音乐会时间内的友谊——岂不是要毁于一旦了吗？所以，我宁愿永远维持现状。

九月的一天傍晚，风轻云淡，东海来的海风驱散了弥漫了一整天的闷热，空气中漾起一丝久违的清爽。夕阳已经隐没在地平线下，绚丽夺目的晚霞渐渐褪去，化作一抹忧郁的深蓝。高旷明净的天空下，一排排屋顶上散射着落日的余晖。

六点钟，我出发上了地铁。再过一个半小时，一位我喜欢的钢琴家即将在音乐厅里带来一场钢琴音乐会，演奏贝多芬的作品，其中包括《悲怆奏鸣曲》和《第五钢琴协奏曲》。

一路上，我按捺不住激动的心情。为了准备那场失利的钢琴比赛，我已经两个多月没有去听过音乐会了，因此对晚上的演出格外期待。我也在想，那个音乐会时间内的朋友是否也会来呢？

到音乐厅后，场内已经有不少人入座。天花板上悬吊着几盏巨大的水晶吊灯，从拱顶上散发出玫瑰色的光芒，金色的大厅显得熠熠生辉。灯光经过玻璃的层层散射，焕发出一种奇特的光线效果，空气中弥漫着一层薄雾，好似天鹅绒一般柔和。舞台位于音乐厅中间靠前的位置，高低层次不同的观众席呈山丘状排列，紧紧围绕着舞台。舞台中央放置着一架九尺长的音乐会三角钢琴，舞台的背后则依托墙体坐落着一台管风琴。身处这样一个庄重而威严的音乐厅内，演出虽尚未开始，观众的心已经沉浸在音乐中了。入场的观众越来越多，可是没有人大声喧哗，每个人都小心翼翼地寻找着自己的座位。

距离七点半越来越近，观众也越来越密集，我周边除了一两个空位外都坐满了人。等会儿要演奏的钢琴家是一位享誉海内外的中国演奏家，演出足迹遍布全世界。他在国际乐坛上的成功带动了一时间席卷国内的学琴热潮。他大部分时间受邀在海外演出，在国内举办的音乐会反而屈指可数了。因此，近期他的一系列演奏会引起了轰动，一票难求。音乐厅内表面的安静掩盖不住观众的激动心情，人们纷纷在座位上翻动节目单，等待演出开始。

我看了看时间，距离演出开始只剩五分钟了。我向目之所及的范围内扫视了一番，没有找到那个女孩的背影。难道她不来听这次音乐会了吗？也许她碰巧有什么事情冲突了，或者她没有买到音乐会的票也有可能。一番猜测之后，我心底难免感到一丝沮丧。

拱顶上的灯光熄灭了，只留下了台上的聚光灯，音乐厅里的其他角落都陷入了一片阴影之中。这预示着演出马上就要开始了。我不甘心地再次朝四周望了望，依然没有找到那个音乐会时间内的朋友。

正当我将目光聚焦于钢琴时，一阵匆忙的脚步声向我这边袭来，一个模糊的身影在昏暗中快步走过来，停在我左前方的座位前，距离我只有一步之遥。在半明半暗中，我看到了她侧脸的轮廓，是那位音乐会时间内的朋友！她低头瞥了我一眼，紧接着马上避开了我的眼神，坐在座位上，动作稍显僵硬。虽然这次她把头发扎起来了，我却认得她脸颊的轮廓，我也对她的身影感到熟悉。

那一瞬我有一种如释重负的感觉，因为我等待的朋友终于到了。然而下一秒钟，忐忑不安的情绪在我的身体里蔓延滋长。这一次她坐得距离我如此之近，这是以前从未出现过的新情形。我有一种不祥的预感：我担心我们之间保持已久的那种精神上的朋友关系会遭到挑战。

我还没来得及多想，一阵狂风骤雨般的掌声淹没了整个音乐厅，钢琴家出场了。他向观众致意后坐在了钢琴前，掌声又持续了好一阵才停下来。我也随着人群一起鼓掌，但我的动作完全是机械性的，因为此刻我的心思都在旁边的女孩身上。想到她就坐在我侧前方，我的额头上不由得冒出冷汗。我不敢直接转过去看她，我总感觉她只要稍稍向右转身就能用余光看到我。为了掩饰自己的紧张情绪，我佯装冷漠的样子，把头往前探，做出瞭望舞台的动作，实则在努力用眼角的余光捕捉女孩的身影。然而演出开始后观众席上方的灯都熄灭了，在昏暗中我难以看清楚女孩。这样一来，我愈发感到局促不安了。

贝多芬拯救了我。随着一段突然由强转弱的富有戏剧性的和弦，钢琴家开始演奏《悲怆奏鸣曲》。乐曲的开头蒙上了悲壮沉郁的色彩，仿佛预示着一部悲剧性的史诗，紧紧抓住了现场观众的心。紧接着乐曲的情绪依然悲壮，但流露出一种坚定，表达了作曲家身处绝境却绝不屈服的意志。人们连呼吸声都压得很低，只留下清晰透亮的琴声在音乐厅里来回游荡。钢琴声仿佛是一道坚固的城墙，将我与外面的危险隔绝开来，使我得到片刻的喘息。

台上的演奏渐入佳境，凝固的空气恢复了流动，紧张的气氛也渐渐缓和下来。这时，我微微转过侧脸，试探性地看了看女孩。在过往的音乐会上，我和女孩从未坐得如此之近，她脸部的棱角和轮廓也从未如此清楚分明地出现在我的视野里。

然而此刻，可怕的事情发生了。近距离看着女孩的侧影，一种奇怪的感觉在我的心里陡然而生：我觉得她像是我在琴房里遇到的那个弹《叹息》的女孩。

我的第一反应是：这不可能。音乐会上的朋友怎么会是她呢？这个想法未免太奇怪、太不可思议了。在前几次音乐会上，我没有看到过这位朋友的真面目，因为观众席上总是一片灰暗，而我们的距离又总是隔得很远。尽管如此，我与她进行音乐上隐秘的交流时，我依稀能够感受到她的气质，那是一种不同的感觉。于是，我对自己说，音乐会上的朋友绝不是那个弹《叹息》的女孩。想到这里，我稍微平静了一些，尽管这种奇怪的猜想依然萦绕在我的心头。

凝视女孩的侧脸时，有那么几秒钟，我陷入了一种无意识的状态，我似乎忘记了来音乐厅的目的，我似乎听不见钢琴家的演奏了。我仿佛被吸入了某种真空的世界里，现实世界里的一切我都视若无睹了，一切声音我都充耳不闻了，我眼中的焦点落在她的侧脸上，周围的一切都幻化为虚化的背景。

突然，她侧脸微动，好像要转过来似的。我立刻从无意识的状态中惊醒，连忙伸直腰背，眼睛直勾勾地注视着台上，摆出一副正襟危坐的样子，生怕女孩发觉我在看她。过了一会儿，我又悄悄用眼角的余光朝着女孩的方向搜寻过去，却发现她一副安之若素的样子。看来是我想多了，她并没有注意到我在打量她。想到这里，我不由得松了一口气，但心底旋即又升起一股莫名的失落感，搅得自己难以平静下来欣赏钢琴家的演奏。

钢琴家弹到了《悲怆奏鸣曲》的第二乐章。这是一段舒缓而甜美的旋律，宛如一曲悲歌，隐隐透露出一丝忧郁，但这种忧郁并不过分悲伤，给人以质朴和纯净之感。这段音乐有一种安抚人心的力量，像是一种无言的祈祷，带有宗教式的虔诚气息。

听到这里，我的内心仿佛得到安慰似的，渐渐平静下来。我也告诉自己，身边的这位朋友只是一个不知姓名的爱乐者，她与琴房里的女孩没有关系，等这场音乐会结束后，我们依然会像以往一样，默默地各自离场，将我们的友谊限制在音乐会的范围之内。我很清楚，这个范围是一个安全的范围，我相信她也这样认为。这时，我又怯生生地瞥去一小束目光，看到女孩双手舒展，放在双膝上，她的背没有靠在座椅上，身体微微前倾，肩膀随着呼吸缓缓起伏。显然，她和我一样，也沉浸在这段柔美的旋律里了。

到了第三乐章时，音乐的情绪又为之一变。轻快的旋律从钢琴家的指尖流淌出来，旋律依然优美，却一下子变得灵动起来。起始部分洋溢着明亮的青春色彩，继而掺杂着一种游移不定的情绪，随后在激烈中爆发出一阵热情，音乐的意志变得无比坚定，最后整首乐曲以一个壮丽辉煌的结尾告终。

一阵不自觉的沉默后，观众纷纷鼓掌，音乐厅里洋溢着热烈而纯粹的气息。拱顶上的水晶吊灯再度亮起，向观众席投下了明亮的灯光，这下音乐厅里变得一目了然了。我不由自主地向女孩看去，没想到那一刻她的脸也转了过来，我的目光与她的目光迎面撞了个满怀。我看到了她眼角那颗雨滴状的痣，她无疑就是我在学校琴房里遇到的那个女孩。在目光接触的那一瞬间，我的后背一阵哆嗦，像是被雷电击中似的，身体剧烈地颤抖起来。

原来，前几次与我产生思想上的隐秘交流、仅限于音乐会时间内的那个朋友，与学校琴房里弹李斯特《叹息》的那个女孩是同一个人吗？我感到不可思议，但眼前所见却明明白白地告诉我这是毋庸置疑的事实。

在音乐厅里不息的掌声中，我和她默默对视。她的眼眸里闪现着若隐若现的微光，仿佛寒夜里摇曳不定的烛光。有几秒钟时间，我们的眼神交织在一起。她一定也认出了我：她的眼眉之间纠缠起一种复杂的神情，其中有惊讶，有困惑，也有疑虑，很难说哪一种情绪占了上风。

钢琴家继续演奏下一首曲子，音乐厅里重新归于安静。灯熄灭了，阴影再次笼罩了观众席。女孩继续端坐着，头微微抬起，面向钢琴家飞舞的双手，一副专心聆听音乐的样子，仿佛什么也没有看见，什么也没有发生。

然而我确实看到她了，她也确实看到我了。对我而言那真是惊心动魄的一瞬。一时之间，我竟不知道该如何是好。我迟迟未能从与她对视的震惊中抽离出来，总感觉这不是现实中发生的事。

对于仅限于音乐会时间内的那个朋友，我当然曾不止一次地对她有过好奇心。但一直以来，我小心翼翼地克制这种好奇心，因为我总是担心，倘若我太贪心而越界，我们的友谊就会走到尽头。我不愿意为了愚蠢的好奇心去冒这样的风险。尽管我对现实中的她一无所知，但在音乐会的时间和空间里，我觉得我比任何人都要了解她。如果说她对于我是个神秘的女孩，那么这种神秘感是我主动选择的，我享受这种神秘感给我带来的慰藉。

对于琴房里遇到的那个弹《叹息》的女孩，我又了解她多少呢？事实是，虽然我在琴房里听过她弹琴，在社团的招新现场也与她聊过音乐的话题，但我对她仍旧一无所知，我甚至连她的名字都不知道。对我来说，她同样是一个神秘的女孩，她的身上充满了一个个未解的谜团。但是这种神秘感，不是我主动想要的，恰恰相反，我想要剥去这种神秘感的外衣，想要对她有更多的了解。

以一种我无法预料到的方式，那条界线被我跨越了。然而，界线虽已跨过，面纱却尚未揭开。此时此刻，我遇到了一个无解的难题：一个我想要保持其神秘感的女孩和一个我想要剥去其神秘感的女孩，两者居然是同一个人！这一事实对我无异于晴天霹雳。这是上天跟我开的玩笑吗？

我的心情是复杂的。对于那个仅限于音乐会时间内的朋友，这意味着我已经跨过了我们之间泾渭分明的界线，打破了原有的平衡，事态的发展已经超出了我的掌控范围。最坏的结果是，我们之间长期培养起来的那种音乐上的默契可能已经毁于一旦了。想到这里，我不免感到沮丧。我甚至有点恨自己了，恨自己与她坐得那么近，恨自己看清了她的脸，恨自己亲手毁掉了一个在音乐上可以感应到自己心灵的朋友。

同一个女孩，在某一刻之前，我虽然对她一无所知，但这不影响我们在音乐会的时间内以音乐为纽带成为最好的朋友。然而，在某一刻以后，我依然对她一无所知，她却褪去朦胧的光环，真真切切地进入我的生活，我再也无法把她当作一个心灵上的密友了。这难道不是很难令人置信吗？

那一刻，究竟发生了什么？

音乐会的后半段，钢琴家与乐团开始演奏贝多芬的《第五钢琴协奏曲》，它又被称为《皇帝协奏曲》，波澜壮阔而变化无穷的旋律中自有一种高洁的风范。在音乐会开始前，这首协奏曲最为令我期待，然而此刻，我却惭愧地发现我竟难以听进去钢琴家的演奏。《皇帝协奏曲》从我的左耳进去，又从我的右耳出去，没有在我的心里荡起一丝涟漪。我大概一直在发呆，忐忑地回想着令我惊心动魄的那一瞬。

音乐会从未过得如此之快。时间的流速仿佛加快了好多倍，我还没有从女孩带给我的惊愕中走出来，音乐会已经要结束了。钢琴家的演奏无可挑剔，感情充沛，征服了台下的一双双耳朵，观众纷纷站起身来为他鼓掌。天花板上复古风格的水晶吊灯亮了起来，充盈的光线覆盖了音乐厅的每个角落。我偷偷朝女孩瞥了一眼，她的神情依旧平静。

退场时，我急忙先走了出去，内心做着剧烈的挣扎：要不要去跟女孩打个招呼呢？换作几天前，我对她充满好奇，但是此刻，经历了刚才的一切，我却觉得难以启齿，也难以坦然面对她了。

下楼时，那一段十几级的台阶，我却仿佛走了一辈子。站在中间的一级台阶上，我不由得停下脚步，转过身望着后面。我看到女孩远远地走了过来，直到她距离我只有几步之遥。

我僵住了，身体仿佛不听使唤似的动弹不得，只是站在台阶上呆呆地看着她。眼看她就要从我身旁走过去，我内心竟萌生了想要喊她停下的念头。

我正要喊出口时，她蓦地停下了脚步。她站在比我高一级的台阶上，俯视着我，脸上保持着一种淡然的从容。这时，看着她透出微弱光芒的眼睛，我已经到嗓子眼的话却无论如何也说不出来了。

密集的人流从楼上走下来，行人从我们两侧不停地擦身而过。不时有经过的人回头用疑惑的眼神看着相顾无言的我们。我们一句话也没说，只是这样站着，在静默中互相凝视。我仿佛丧失了意识，进入了一个没有时间与空间的地界。我的所有感官变得麻木了，却唯独没有丧失听觉，我听到音乐厅里传来了舒缓温柔的退场音乐。

"别站在这里挡路了，走吧。"

不知过了多久，她把我从恍惚中拽了出来。她的声音仿佛钢琴的中音区弹出的音色，清澈而饱满。

我想说点什么，却怎么也说不出来，只能顺从地跟着她走。走出音乐厅的大门，一阵清新的夜风劈面袭到我的脸上，凉爽的感觉顿时贯穿全身。这当儿，我绷紧的身体缓缓放松了，呼吸也变得顺畅起来。我回头望望，身后的音乐厅灯火灿烂，观众从闪光的门厅中鱼贯而出。

多年后，当我回想起那个晚上，我站在音乐厅的台阶上和女孩相对而立，我想起了一句诗："相顾无相识，长歌怀采薇。"直到那时，我才对这句诗的意境有了几分真切的体会。

女孩和我走在宽阔笔直的林荫道上，梧桐树浓密的枝叶在头顶交织成一座绿荫的穹顶，两边的路灯发出昏黄的灯光。星光黯淡的夜空下，树荫显得幽暗而温柔。

"钢琴家弹得真好啊，他的技术华丽，感情也很充沛。贝多芬的音乐真是激情四射啊。"我总觉得不应该这样沉默下去，便谈起了音乐。音乐对我总是最安全的话题。如果可以，我宁愿一辈子都躲在音乐的城堡里，因为我知道在这里我才能得到真正的安全感。

"嗯，贝多芬的音乐像火一样，即便在悲愤之中也燃烧着热情。"她用从容的口吻说道。

"音乐会的曲目里，你最喜欢哪一首？"我问。

"《悲怆奏鸣曲》，你呢？"

"《皇帝协奏曲》，特别是第二乐章那段柔板。我总觉得这段抒情曲的动机虽然简单朴实，却潜伏着一股令人陶醉的柔情，从头到尾散发出纯洁的气息，每次听到后我的内心都会立刻平静下来。"说完，我感到很愧疚，我其实并没有特别仔细地聆听钢琴家的演奏。

"创作这两部作品时，贝多芬正在受到耳聋的困扰。"女孩抬起头说，"他的前四部钢琴协奏曲在首演时，都是他自己亲自演奏钢琴。但是，完成《皇帝协奏曲》时，由于耳聋，他已经无法亲自演奏，于是在维也纳的演出中他委托自己的学生车尔尼① 演奏钢琴。"

"车尔尼？"我惊讶地问，"是那个写钢琴练习曲的车尔尼吗？"

"没错。每个钢琴学生都被他折磨过吧？"女孩不经意地一笑。

"我知道李斯特是车尔尼的学生，但不知道车尔尼竟然是贝多芬的学生，没想到贝多芬与李斯特之间还有这样一种传承，真是令人感慨啊。"

"李斯特与贝多芬之间的关系不止于此。你应该知道'被贝多芬亲吻的钢琴神童'吧？"

"我知道，"我总算抓住了一个让自己不至于显得那么无知的机会，"据说，李斯特十二岁那年，在音乐会上按照贝多芬指定的主题做了惊人的即兴演奏。贝多芬惊叹于他的天才，在观众的欢呼声中走上台亲吻了李斯特的额头。李斯特将这个吻视为对他艺术生涯的洗礼。果然，没过多久，李斯特就一发不可收，成为有史以来最伟大的钢琴家，后来成为浪漫主义作曲家的代表，写出了钢琴艺术史上的巅峰之作。"

女孩听到后，扭过身子咯咯地笑了。尽管她的笑听起来并没有敌意，但还是使我茫然失措，窘得半天说不出话来。

"我说的有什么问题吗？"我感觉耳根发热。

"你刚才说的，是在哪里看到的？"

"这……"我回想了一下，只能告诉她是在网络上看到的文章。

"怪不得。"她嘴角的笑意消失了，神情变得严肃起来，"确实，很多文

---

① 车尔尼（1791—1857），奥地利作曲家、钢琴家、音乐教育家。

章都是像你所说的那样写的，然而很遗憾，这只是一个谬传。"

"谬传？有什么证据吗？"

"证据，说得好。"她盯着我的眼睛，"有充分的证据证明当时贝多芬不可能在音乐会上亲吻李斯特。1823 年 4 月 13 日，星期日，十二岁的李斯特在维也纳开了一场音乐会。贝多芬被两次邀请参加李斯特的音乐会，并且在音乐会的前一天，也就是 4 月 12 日，贝多芬被请求在李斯特的音乐会上提供一个主题，以便供李斯特即兴演奏。但遗憾的是，贝多芬既没有指定主题，也没有参加第二天的音乐会。这些都有当时相关人士的书信和文献可以证明。然而此后，贝多芬在音乐会上为李斯特指定主题并且亲吻李斯特的说法就开始流传了。"

"那么，按照你的说法，李斯特的'贝多芬之吻'是假的？"

听到女孩所说的，我除了震惊，更感到失望。我一直觉得，李斯特的"贝多芬之吻"是音乐史上一个很浪漫的故事，如果它是假的，那也未免太令人沮丧了。

"你希望它是真的吗？"女孩停下脚步。

"当然。"

"那么你可以放心了，'贝多芬之吻'是真的。"

"但你刚才不是说那只是流言吗？"我有点摸不着头脑了。

"贝多芬确实亲吻过李斯特的额头，只不过不是在音乐会上。"

"好啦，别卖关子了，快告诉我究竟是怎么回事？"我急切地问。

"李斯特十二岁那年，车尔尼曾带他去贝多芬的住所。贝多芬本来不想见李斯特的，因为他一贯讨厌所谓的神童，而李斯特是个不折不扣的神童。在车尔尼的再三坚持下，他终于同意听李斯特当面为他演奏。贝多芬先是让李斯特弹了一首巴赫的赋格曲，接着又问他能否将赋格曲移到另一个调上弹一遍。李斯特完美地完成了这一切，于是贝多芬原本冷峻的脸上掠过一丝难得的笑容，他走近李斯特，把手放在李斯特的额头上，抚摸了李斯特的头发。贝多芬的举动使李斯特突然间充满了勇气。他大胆地问贝多芬'我可以弹你的作品吗？'贝多芬微笑着点了头。于是李斯特弹了贝多芬的《C 大调第一钢琴协奏曲》的第一乐章。李斯特弹完了以后，贝多芬动情地抓住他的双手说'你很幸运，你将为很多人带来幸福'，并且亲吻了他的额头。"

"真是不可思议。"我不由得感叹。

"我上面所说的,是李斯特本人在五十多年后所回忆的。他把这段往事讲给自己的学生时,语气十分情绪化,眼里也满是泪水。他告诉学生,除了他最好的朋友以外,他很少把这件事讲给其他人。也许,这就是为什么李斯特在世时并没有明确否认贝多芬在音乐会上亲吻他额头的说法。因为对他来说,'贝多芬之吻'的确是真实的。"

听完女孩的讲述,我心里悬着的一块巨石终于落地。我对女孩说:"我觉得,真相反而比那个传言更美,更浪漫。"

"'贝多芬之吻'象征了李斯特和贝多芬极为特殊的关系。"女孩说,"尽管今天贝多芬被人们尊为乐圣,但你要知道,在当时贝多芬的地位还远远没有稳固,他只是被视为同时代许许多多音乐家里的一个,当时还有很多人反对他、攻击他、否认他的音乐。在贝多芬逝世后不久,音乐界还有不少人称他为'蛮子',认为他的晚期作品是精神失常的产物。李斯特小小年纪便意识到了贝多芬的价值,他立志将推广贝多芬的音乐作为自己的艺术目标之一,事实上他成为十九世纪对贝多芬的最伟大的诠释者。比方说,他将贝多芬极为艰深的《槌子键琴奏鸣曲》呈现给并不情愿的公众,他也花了二十五年时间将贝多芬的九首交响曲改编为钢琴独奏曲。如果没有李斯特的捐赠和努力,如今竖立在波恩的贝多芬雕像将永远不会存在。"

眼前这个女孩再次让我感到吃惊。她是怎么知道这么多不为人知的事情和细节的?我真想钻进她的脑子,看看里面是什么构造,看看那里究竟藏了多少我不知道的秘密。

"你是怎么知道这些事的呢?"我忍不住问。

"怎么知道?"女孩面露诧异的神色,仿佛我的问题很愚蠢似的,"当然是在关于李斯特的文献里读到的呀。"

"你真厉害,你是不是很喜欢读书啊?"

"这有什么好厉害的,"她冷冰冰地说,"谁都可以去读呀。读了你也会知道。"

我本意是想要讨好她,没想到却吃了闭门羹,这使得我感到狼狈不堪。我不由得再次打量着眼前这个女孩,她总是给我一种与现实世界隔着一层雾的感觉。

"你刚才说贝多芬在耳聋后创作了《悲怆奏鸣曲》和《皇帝协奏曲》，真是令人唏嘘呀。"看到有冷场的危险，我急忙想转移话题，"耳聋，对于一个音乐家意味着什么？！听不到自己的手指弹出的琴声，也听不到自己写的音乐，对于一般人，耳聋已经很痛苦了，对于音乐家，则无疑是剥夺了他赖以生存的根基。"

"可能生理上的痛苦反而激发了他的创造力，"女孩说，"其实你会发现，他的许多重要作品都是在耳聋后写的。而且，你在这些作品中找不到半点绝望和悲观。就拿《悲怆奏鸣曲》来说吧，虽然名为《悲怆》，但其实整首乐曲的色彩是越来越明亮的。"

"也就是说，"我说，"这首曲子的出发点是悲怆，终点却不是悲怆。音乐的发展没有向命运屈服，而是选择向它发起挑战，与残酷的现实进行抗争，这不就是作曲家一生经历的写照吗？从这个意义上来说，这首曲子可以说是一部自传，记录了作曲家与命运做斗争的经历。"

"与命运做斗争？其实我很反感这种说法。"

"为什么？难道有什么不对吗？"

"因为这种说法掩盖了人们彼此伤害和压迫的本质。"

"……那我就不明白了。"

听到女孩所说的，我感到困惑。不是在说音乐家与命运做斗争吗，怎么就突然联系到什么"伤害和压迫的本质"了？可能是看出了我的疑惑，女孩接着说：

"事情往往是，一个人遭了厄运或者遇到灾难，人们便迫不及待地想要把他踩在脚下。他们非但没有同情和怜悯之心，反而乐于见到同胞的痛苦，纷纷想要落井下石。如果这个不幸之人幸而没有自甘堕落，而是不屈不挠，克服重重阻碍取得了某种成就，人们一朝看到他成了个大人物，就会立刻改头换面，回过头来吹捧他、歌颂他，说他与命运抗争并取得了胜利。这些人却忘了，当初恰恰是他们在不幸者的路上堆砌了障碍，使得他寸步难行。对于不幸者来说，最大的不幸不在于自身的缺陷和灾祸，而在于世人的自私和冷漠。你可知道，贝多芬死后，那些要歌颂他、纪念他的人里，有多少是他在世时千方百计污蔑他、诋毁他的？所谓世态炎凉，便是如此啊。"

女孩说出这番话的时候，语气依旧平静，但我能感觉到她好像压抑着什么情绪。在她表面的镇定下我感觉到了一股感情的暗流，仿佛她不只是在说贝多芬，不只是在说一般的不幸之人，也是在说自己。

"世人的冷漠是一回事，这我能理解，"我说，"但对于这个试图在逆境中崛起的人来说，他与命运抗争也没有错吧？"

"你想想看，"女孩说，"一个人在面临不幸的时候，他是不是非得走上这条与命运抗争的路不可呢？如果他非走上这条路不可，那么这在多大程度上归功于人们的自私冷漠呢？一个不幸之人，倘若周围的人能够对他施以援手，而不是趁机踩踏，倘若人们对他多一点关怀，而不是不闻不问，倘若人们不要对他的痛苦那么冷酷无情，那么他的道路是不是就不至于太过艰险，他是不是就不必冒着巨大的风险与命运抗争了呢？他要取得成就的机会是不是也会大大增加，而他就此沉沦的概率也会减小呢？"

"你要知道，你所能看到的那些战胜不幸的人其实只是极少数的幸运儿，大多数不幸的人都在命运的洪流中被淹没了，夭折了，只是他们太过于渺小，所以没有在时间的长河里荡起一缕尘埃。谁能说这样的结局是他们应得的呢？在我看来，'与命运抗争'这种说法非但不值得骄傲，反而是人类莫大的耻辱。如果人们可以多一点同情心和怜悯之心，不幸之人本来可以不必那样不幸，至少可以避免许多新的不幸。如果我们对同胞的不幸抱有更多的善意，不幸之人也就不用耗尽全部的力气去和所谓的命运抗争了。这样，他们可以有更多的机会来发挥创造性。

"不幸之人之所以沉沦，除了少数是纯粹的天灾和意外，相当程度上是因为人祸。你想想看，由于人们的自私和冷漠，多少天才和精力都被白白浪费了！这简直无异于慢性谋杀。最可怕的是，如果只是不理不睬的冷漠也就罢了，但他们反而还要迫害不幸之人。有些人这样做是抱着利己的动机，比如想要趁机排斥异己，而另一些人则纯粹是想要借机释放人性中的恶意，满足病态的欲望，所以就算对自己没有好处他也想要去参与这种迫害。"

"所以你看，"看我还在思考，女孩接着说，"这就是为什么我不喜欢'与命运抗争'这种说法。在我看来，这只不过是一些人为他们的自私冷漠所找的冠冕堂皇的借口罢了，掩盖了人与人之间互相伤害的本质。"

"但是，人性终究是自私的，你不能指望人们对于与自己不相干的人也抱有对亲人一样的善意。"说着，我突然意识到我说的其实并不准确，于是补充了一句，"不，哪怕是对于自己的亲人，哪怕是父母儿女，谁又能保证自己会真心相待呢？历史上无数的例子已经证明了，人的自私是无底线的，为了一己私利而骨肉相残也毫不稀罕。"

说罢，我不禁摇了摇头，长叹了一口气。不经意间，我觉得话题变得十分沉重了。

"这就是问题的所在。"女孩说，"唉，所以我对于人类的未来并不抱太好的期待，毕竟无论社会如何发展、进步，人性是难以改变的。也许在很长的一个时期内，也许在人类最终灭绝前，人们也无法摆脱与命运抗争的命运。"

这是我第一次听到"与命运抗争的命运"的说法。不知为什么，那一瞬间，我感到一种无可言说的悲哀贯穿了我的全身。我感到很难过，但又说不清是因什么而难过。

令我感到意外的是，尽管说了这样一番听起来悲观的话，女孩的眼睛里却没有流露出消极，反而泛起了灵动的闪光。我的目光投向她眼眸的深处时，我仿佛有一种在星夜里仰视星光的感觉。直视着她的眼神，我觉得自己的整个身心都得到了净化。这道星光仿佛有某种魔力，使我不再感到那么难过。

"你也不用如此悲观啦，"我说，"你说人性难以改变，这固然不错，你说历史上发生过的、如今还在继续发生的那些人性的恶固然也是事实，然而不要忘了，人性中除了阴暗面，毕竟也有一些美好和光明的成分，历史和现实中也不乏纯洁和真诚。也许，历史就是在人性自身的斗争中前进的。我和你一样，有时候也难免对人类的未来感到悲观，但无论如何其中也有一些希望的火花。比如说，音乐，不就是沉沉暗夜里的一道星光吗？不要小看这道光明，在漫漫长夜里，哪怕是转瞬即逝的微光，也足以点亮一个世界。你要相信，人们能够创作出纯洁的音乐，也就意味着人们具备了纯洁的能力。所以善与恶，纯洁与污秽，只取决于人们的选择。"

不知不觉，我们走到了湖畔。远远望去，音乐厅坐落在湖的另一边，灯火通明，和周边的一片昏暗形成了鲜明的对比，仿佛茫茫原野上一堆熊熊燃烧的篝火。湖的这一边，平静的湖水在晚风的吹拂下扬起一缕缕涟漪，轻轻拍打着岸边的岩石，发出清脆的声响。一盏盏灯与水杉树间隔着点缀在湖边，倒映于湖面的树影上投下一道粼粼的薄纱，随着微风左右摇摆。

暗淡的街灯下，女孩脸部的轮廓反而显得更加清楚了。鼻梁略显单薄，悬在眉心之间。在半明半暗的光影下，脸颊上透出一丝绯红，显得朝气十足。即便在沉默不语时，两瓣薄薄的嘴唇也轻微地翕动着，仿佛在对谁说什么悄悄话似的。黑绒一样密而光亮的长睫毛之下，是一双明澈的眼睛，让我想起秋日里明净的晴空。

"你平时也喜欢听音乐会吗？"我问。

"取决于音乐会上演奏哪位作曲家的作品，以及演奏的曲目。"

我对女孩提起记忆里那几次看到她的音乐会。果然，她不仅记得很清楚，而且马上说出了每次音乐会的主题。原来，凡是演出曲目中有贝多芬和李斯特的音乐会，她都有兴趣来听，难怪我们会在音乐会上相遇。那一瞬，一个想法令我不寒而栗：我们也许早已注定要在音乐会上认识，此前只是在等待这一天的到来。

也许生命中有一些邂逅，初看是偶遇，其实是迟早要遇到的。

难道这也是一种命运吗？

"不过，"我说，"我一直没有把音乐会上见到的你和在学校琴房里见到的你联系起来。原来我们早就在音乐厅里打过照面了。我应该为此表示道歉。"

"道歉？"她在湖边停下脚步，目光投向湖面，"为什么要道歉呢？其实，我在琴房见到你的时候就隐约意识到可能在音乐会上遇到过你。"

"真的吗？那为什么你没有告诉我呢？"

"告诉你，然后呢？我不认为在当时有什么必要。"

我明白了。看来她的想法和我的一样。我们都不愿意失去那个在音乐会的时间里通过神秘的心灵感应交流隐秘思想的朋友。

然而现在，一切都完了。倘若下次在音乐会上偶遇，我们又该当如何呢？我们还能隔着几排座位无意识地在思想层面交流彼此对于音乐的感受吗？对我来说，也许那个仅限于音乐会时间内的朋友已经死去了。想到这里，一种悲从中来的感觉不由得笼罩了我。

女孩像是猜到了我的心思，转过身来凝视着我。她的眼眸深处仿佛隐藏着一股巨大但不可知的力量，使我难以正视她的眼睛。

"不必纠结太多，顺其自然就好。"

我轻轻点了点头。尽管我们都没有明确说出这一层顾虑，但在无言之间我们已经达成了某种共识，多余的话也用不着再说了。

"时候不早了，我得赶最后一班地铁回家了。"她看了看时间。

"我也要回学校，不如一起去地铁站吧。"我这才意识到，距离音乐会结束已经过去了一个半小时。

一阵风无预兆地从东海的方向席卷而来，刮得路两边的水杉树来回摇摆。这阵风不同于夏日的暖风，我从中感到了一丝寒意。我意识到，这是初秋的预兆，夏天正在不知疲倦地离我们远去。

去地铁站的路上，女孩终于告诉我她的名字了。原来女孩名叫林夏涵，后来我习惯叫她小涵。得知她的名字后，我有一种如释重负的轻松感。我觉得直到这一刻，我们才算是真正认识了。想起前几次在学校里遇到她，她留给我不少疑问。或许，我的潜意识里始终对这个女孩有几分好奇心。不过，即便是现在，我依然谈不上对她有几分了解。我有一种感觉，她好像对自己的过去讳莫如深。我试探性地想多了解她的事，但她不是语焉不详，便是顾左右而言他。也许，此刻的我于她而言只是一个刚刚知晓了姓名的人，比起陌生人并没有多少区别，无论如何她都没有理由对我敞开心扉。想到这一点，我立刻知趣地打住了我的问题。

那天，从漫步在湖边到去地铁站的路上，我们从贝多芬聊到了李斯特，从钢琴聊到了幸与不幸，也聊到了在遥远的未来世界等待人们的那些未知数。尽管她的想法并不总是与我相同，甚至有不少显而易见的分歧，但我内心却暗暗有一种惊喜。我从未有机会与别人探讨这些话题，也从未谈得如此尽兴过。在我人生的前二十年里，我周围的不少人都没有思想，也不愿意去思想。他们不会对这些话题感兴趣，因为这不会给他们带来任何现实的好处。思想有什么用？能够帮你找一份好工作吗？不能。能够为你赚到钱吗？不能。能够让你住进宽敞的大房子吗？不能。既然什么好处都捞不到，为什么还要去思想？因而，思想是无用的行为，在他们眼里无异于浪费生命。

然而，这一晚遇到小涵后，我觉得我沉睡已久的生命仿佛渐渐苏醒了。眼前这个气质清新脱俗而略显神秘的女孩，是我从未遇到过的。虽然与她刚刚认识，也远远谈不上了解她，但我总觉得她单薄的身躯里有一种深藏不露但风卷残云般的东西，在无声无息中自有一种搅动人心的力量。她的眼眸深处总是散发出利箭般锐利的目光，仿佛一下子就能直击我的心底。在她面前，一切虚伪都无处遁形。

不知道为什么，某一刻，某一句话说完后，我们不约而同地沉默了。谁也没有说话，我却有种感觉，好像我们都告诉彼此说想要安静下来。没有冷场的难堪，因为我们都不觉得这是冷场，一切都很自然。

星夜恢复了它的宁静，心灵找回了它的幽思。我们就这样悄无声息地走着，周围的一切在静默中有了几分甜美。

我们赶上了地铁的末班车。上了地铁后，她静静地坐在车厢里，我站在一边默不作声。到中途的某一站，她下车了。我们没有说什么，我甚至也没有对她说一句再见，只是轻轻朝她点了点头。那一刻，我只想尽情享受这种浸透心灵的静谧。

第十二章

大学时代的最后一年，我的大部分课程已经修完，只差几个选修课学分就可以满足毕业条件了。我选修了几门课程，大多都一如既往地无聊，教授们只是站在讲台上照本宣科地念着枯燥的讲义。除了总是抢坐在前排的那些积极表现的学生，其他人都在台下昏昏欲睡，大学课堂上的学生大都呈现出这样的分裂态势。

不过，一门名叫法律哲学史的选修课倒是引起了我的注意。我们的一位教授对经济学和法学进行了比较，他说，经济学要解决的问题是如何最大限度地增加社会财富，核心是追求效率，然而法学要解决的问题却是如何分配权利和义务，核心价值是追求公平和正义。这种对比给我留下了深刻印象，因为在经济学的学习中，我逐渐意识到一个问题：经济学似乎只告诉我们如何做大蛋糕，但是却没有告诉我们应该如何分配蛋糕。我直觉上感到，事实上后者是一个更重要的问题，而经济学本身无法解决分配正义的问题。抱着这些疑问，我选修了法律哲学史，它讲述历史上哲学家们的法律思想，讨论怎样构建一个好的社会，以及一个好的社会应该采用哪些法律原则。教授从亚里士多德[①]的法治理论讲到康德[②]的理性主义哲学，一直到罗尔斯[③]的《正义论》。

星期五下午，我在教学楼上法律哲学史课。这次课上，教授先是比较了边

[①] 亚里士多德（前384—前322），古希腊哲学家。

[②] 康德（1724—1804），德国哲学家，德国古典哲学的创始人。

[③] 罗尔斯（1921—2002），美国哲学家。

沁① 和穆勒② 的功利主义学说的区别，进而讲述了康德对功利主义所做的批判。不过课上到一半后我就没有心思继续思考这些复杂的哲学问题了，满脑子都是晚上要举办的钢琴沙龙，这是钢琴社在新学期的第一场活动。

对社员们来说，沙龙是一个小范围进行钢琴演奏的机会。我提前一刻钟到了学生剧场，有几位社员正在现场布置场地，陆陆续续有学生走进来。我一眼看到金筱晴正站在钢琴前和几个社员笑着聊天。她穿了件深色的连衣裙，露出光滑匀称的臂膀，脚上的一双高跟鞋使她看起来比实际上高出不少。

金筱晴除了琴弹得好，对社团活动也热情满满。除了钢琴社，听说她还加入了其他几个社团，喜欢参加演讲比赛。

"社长大人这么早就来啦。"我走到钢琴边上对她说。

"我下午没有课，所以早早就过来了。"金筱晴讲话时语速总是飞快，充满活力，我猜她说话时就像她参加演讲比赛时一样干净利落吧。

"你今天要弹什么曲子吗？"

"响应这次活动的主题，具体是哪首先不告诉你，"她的脸上露出神秘的笑容，"等会你听到自然就知道了。"

"搞得这么神秘啊，是肖邦吗？"金筱晴似乎对肖邦情有独钟，上次钢琴比赛她弹的便是肖邦叙事曲。

"你继续猜吧，哈哈。倒是你，要弹什么？"

"想弹一首好多年前练过，但后来很久没有弹过的曲子。"说着，我耳边回响起了《叹息》的旋律。

"正好在社员们面前练习，很好！"

自从最近重新弹过李斯特的《叹息》以后，我对这首曲子简直感觉有些欲罢不能了。十四岁那年，我为了某种偏执的念头将它束之高阁。不久前，在琴房里听到小涵弹了它之后，我就好像打开了埋藏在记忆深处的百宝箱，发现了遗失已久的美妙旋律。这首曲子是如此优雅和唯美，以至于我不得不觉得当年的决定显得幼稚可笑。最近几天，我每天都要弹一遍《叹息》。

---

① 边沁（1748—1832），英国哲学家、法理学家。
② 穆勒（1806—1873），英国哲学家。

"对了，"金筱晴压低嗓门悄声说，"今天有神秘嘉宾和隐藏环节哦。"

"神秘嘉宾？是谁啊？"

"到时候你就知道了。"她的脸上闪过一丝诡异的笑。

我找了个靠边的位子坐下。距离沙龙开始只有几分钟了，学生剧场里已经有不少人就座。此刻，我眼前浮现出一个星期前在音乐会上见到小涵的情景。我扫了一眼剧场四周，没有找到她的身影。她会不会来呢？不知为什么，我心里老是隐隐有一种期待，希望能够见到她。也许她正在过来的路上，也许她会晚一点才到，也许她根本没有打算来参加……我开始胡思乱想，脑子里一团乱麻。

"大家晚上好，欢迎参加本学期钢琴社的第一场音乐沙龙。"

听到金筱晴爽朗清脆的声音，我才回过神来，沙龙已经开始了。

"今晚的主题是'浪漫主义音乐及钢琴作品'。十九世纪见证了在艺术领域被称为浪漫主义的风格的兴起。这一时期诞生了许多我们耳熟能详的、音乐史上的巨擘，比如舒伯特[①]、舒曼、门德尔松[②]、肖邦、李斯特和瓦格纳。说到这里，今晚我们有不少同学准备了这些作曲家的曲目，即将呈现给大家，真是叫人无比期待呢。那话不多说，我们开始演奏环节吧。"

金筱晴的开场白讲得流畅，语速飞快，几句话就使得现场气氛热烈。不论面对多少人，她总是能有条不紊地流利表达，这是我难以企及的。从小我就不擅长发表长篇大论，在很多人面前讲话更是噩梦。

第一个要演奏的社员走上舞台，她缓缓调低琴凳的高度，手指在琴键上放了片刻，开始弹门德尔松的《乘着歌声的翅膀》，这是门德尔松的一首艺术歌曲。

她弹完最后一个音符后，大家热烈地鼓起掌来。

"好一个《乘着歌声的翅膀》！"金筱晴说，"听到这美妙的音乐，我感觉自己好像长了双翅膀呢！那么接下来谁想要第二个弹？有没有自告奋勇的同学呀？"

---

① 舒伯特（1797—1828），奥地利作曲家，被称为"歌曲之王"。

② 门德尔松（1809—1847），德意志作曲家。

剧场里沉寂片刻后，金筱晴说："要不然我先弹吧，我怕你们都弹得太好，到后面我都不敢上场了。"

金筱晴总是如此谦虚，但她的谦虚恰到好处，并不会让你感到不适。她的眉毛微微上扬，轻手拽了一下裙子。在舞台的聚光灯下，她看上去举止优雅、落落大方，额头上落下来整齐的发丝，耳朵在发梢后若隐若现。所有人的目光都集中在她身上，剧场内没有人讲话，甚至低声细语也没有。

她一坐在钢琴前，灵巧的小指就稳稳地落在了闪着微光的黑键上，急流般的琶音从钢琴的击弦机里倾泻而出，大跨度音程构成的旋律萦绕在我的耳边，如泣如诉。果然，她弹的是肖邦的《风弦琴练习曲》。琶音的波光潋滟持续上行，直往高音区冲去，突而急转直下，旋律音在宽广的音域里若隐若现。她弹完最后一个音符时，我眼前仿佛笼罩起一片迷雾，犹如在梦里凝视着一幅印象派的风景画。

金筱晴弹的《风弦琴练习曲》和我之前听她弹过的其他曲子一样，充满了她的个性色彩。伴随着她身体和手臂的大幅摆动，我可以强烈地感受到她的感情，好像她在用琴键宣泄着自己的愉悦、痛苦抑或不快。她弹的时候显得相当轻松，音乐似乎毫不费力地从她的指尖流出。但实际上，这首曲子并不简单，想要弹得天衣无缝那就更难了。与其他很多在场的学生一样，我也不自觉地发出赞叹并鼓起掌来。

"谢谢大家的鼓励。接下来我要隆重介绍今晚的重磅嘉宾。"

金筱晴的话出其不意地引发了全场的关注，人群中立刻传来一阵低语声，大家似乎都不知道会有神秘嘉宾这回事。这个神秘嘉宾究竟是谁呢？

"这次我们邀请到了音乐学院钢琴系的傅辰同学，他师从知名钢琴家，在多个国内外钢琴比赛上得过大奖。就在不久前，他再次在全市青少年钢琴比赛上夺冠。我有幸与他同台比赛，见识了他的高超琴技。"

说完，金筱晴向第一排中央的一个男生打了个手势。

傅辰？那个在比赛时出言不逊的家伙？听到金筱晴说出这个名字的那一刻，我愣住了。我万万没有想到，所谓的神秘嘉宾竟会是他。我更没有想到，邀请他的竟然是金筱晴。她当时亲眼见识了那个家伙的傲慢无礼，还为了我和他对峙，此刻怎么又会邀请他来参加社团活动呢？我感到一头雾水。

剧场内的所有人纷纷将目光投到第一排穿白色衬衣的男生身上。我朝他所在的方向一看，没错，他就是傅辰。我完全没有注意到他是什么时候进来的，莫非这也是"隐藏环节"的一部分？

"谢谢金同学的邀请。"傅辰见况站了起来，转过身来对着剧场内的观众。此刻他站在逆光的方向，我并不能很清楚地看到他的脸色，但从脸部的轮廓看，长相颇为俊俏，再加上他的身高目测在一米八以上，身材又偏瘦，从仰视的角度看他显得高大挺拔。他一开口说话，那充满磁性的声音引得在场不少女生交头接耳。

"刚才几位同学的演奏都非常精彩，可见贵校钢琴社的水平很高。特别是金同学弹的肖邦练习曲，也是我的保留曲目，正好借此机会分享一些感想。"

"好呀，原来傅同学也喜欢这首曲子啊！那就请多多指点了。"金筱晴把话筒递给了傅辰。他俯身接过话筒，动作显得极有风度。

"在音乐的浪漫主义时期，以李斯特、肖邦为代表的音乐家们极大地拓展了音乐的体裁和内涵。就拿练习曲来说吧，早期练习曲就像它的名字一样，真的只是为了训练特定钢琴技巧而写，通常每一首练习曲只针对特定的技术课题。这种练习曲几乎没有什么音乐性。从李斯特和肖邦开始，练习曲成为一种专门的乐曲类型。肖邦创作的二十四首练习曲，音乐性不亚于他的其他作品。再拿李斯特来说吧，他把练习曲发展到了一个空前绝后的高度。在座的应该没有人不知道他的十二首超技练习曲吧？这十二首练习曲，难度达到了'令人发指'的程度，比如第四首《马捷帕》、第五首《鬼火》、第八首《狩猎》等。"

他说的倒是事实。我之前也了解过李斯特的超技练习曲。这些曲子一翻开谱子就会发现连识谱都是个挑战，想要流畅地弹下来绝非易事，更别提要体现其中的音乐之美了。

傅辰说到这里，台上的灯光打到他脸上，他面部的细节清楚地呈现在了我面前。他的眉毛浓而密，鼻梁挺拔，眼睛炯炯有神，头发蓬松，由内而外地散发出一种艺术家的气质。尽管我讨厌他，但我不得不承认他有着非同寻常的个人魅力。

"分享了这么多，接下来我们请傅同学为我们示范演奏一首好不好？"金筱晴提议。看来这就是她所谓的隐藏环节。

"那我就不推辞了，我给大家分享一首我最近在练的李斯特音乐会练习曲《叹息》吧。"

什么？《叹息》？他也要弹这首？！他的话音还未落地，我立时倒吸一口冷气，一股寒流从小腹涌上心头。我万分意外：傅辰，这位音乐学院钢琴系的高才生，竟要和我弹同一首曲目。

问题来了：我等会上场要不要弹《叹息》？傅辰是钢琴系的明星学生，老师又是那般厉害的钢琴家。上次在比赛中见识过他的演奏后，我丝毫不怀疑，如果我和他弹同一首，他必然弹得比我好，我会相形见绌。但这还不是主要问题。最要命的是，他是今晚的特邀嘉宾，我如果在他之后弹同一首曲子，他会不会以为我是要挑战他，故意与他斗琴呢？经历了那次的不愉快后，我很难想象他不会这样认为。现场的观众无疑也会这样想，这样局面可能会变得一发不可收拾。

然而，如果要我放弃弹《叹息》，这种临时的退缩会让我感到屈辱。我心底有两个声音在针锋相对地较劲，一个声音告诉我应该知难而退，另一个声音却呼唤我不要软弱。究竟该如何是好？我简直有种欲哭无泪的无奈。

我的内心还在挣扎，只见傅辰已经坐在了钢琴前，开始弹这首我心心念念的曲子。他的演奏流畅精致，身体的动作也流露出一种优雅气质，我真是自愧不如。听着行云流水般的旋律从他指尖流出，我愈发坐立不安，感觉如鲠在喉，手心不停地冒汗。

傅辰弹得越是无懈可击，我反而越紧张，注意力越发涣散，心里越是一团乱麻。我双腿颤抖个不停，反复吞咽口水，好像永远也咽不干净似的。就这样不知过去了多久，琴声戛然而止，我回过神来定睛一看，傅辰已经弹完了。几秒钟的沉默后，剧场内的观众热烈地鼓起掌来，显然都被他的演奏折服了。

我看到金筱晴的嘴唇在快速翕动，她一定是在说赞叹的话语吧。然而，她说的话我一个字也没有听到。此刻我周围的空气仿佛静止了，凝结成了厚厚的冰块，使得我充耳不闻台上的声音。

傅辰又说了一些话，继而几个学生先后上台又弹了几首曲子。但我没有心情欣赏，也完全不记得他们弹了什么。

我感觉耳边有一个倒计时的闹钟，指针嘀嘀嗒嗒地走着，时间一分一秒地流逝，做出最终决定的时间所剩无几。恍惚之中，我看到金筱晴的目光投向了我，眼神里说着什么话，难道她在暗示我准备上场吗？

"接下来轮到沈一宸同学，让我们期待他会给我们带来什么作品吧。"

我突然听到金筱晴在喊我的名字……这么快就轮到我了吗？

我眼神迷离地站起来，用力摇摇头，从心智冻结的状态中挣脱出来。我和金筱晴对视了几秒钟，她对我投来一缕异样的目光，随即恢复如初。

我脚步瘫软，拖着沉重的身躯走上舞台，跌跌撞撞地走到钢琴前。那短短的几步路我仿佛足足走了一刻钟。

直视着眼前这台硕大的黑色物体，我对它从来都没有像现在这样感到陌生。我想起上次钢琴比赛时的情景，当时面对音乐厅里的几百名观众，无形的压力一直伴随在我左右。这次虽然只是社团内部的小范围演奏，由于傅辰在场这一突发状况，我感到压力更为沉重了，更何况我还没决定要不要弹《叹息》。

"你要弹哪一首呀？"金筱晴明快的声音唤醒了沉思中的我。

我瞥了一眼台下，剧场里的一双双眼睛正在注视着我，仿佛想要把我全身从里到外扒个干干净净。

"我……给大家分享一首李斯特的曲子。"我还没缓过神来，嘴唇却不受控制地脱口而出。

那一刻，我有种奇妙的感觉，这句话似乎是别人说出的，但这声音听起来又分明是我的声音。言语不受理性的控制，这似乎是疯癫状态的症状。所以这声音究竟是源自哪里？它距离我那么近，又那么遥远。

听到我也要弹李斯特的作品，剧场里传来了此起彼伏的低语声。他们大概在猜我要弹哪首，但一定没有人会料到我要在傅辰这样的高手面前与他弹同一首曲子。

手指触摸到琴键尚未弹下去时，我内心又有一个声音说："现在换曲子还来得及！"确实，我可以弹另一首李斯特的曲子，这样就能无形之中化解掉所有的问题。

然而此刻，我觉得手指不听大脑的使唤了。也许只有弹出第一个音，我才能知道最终的答案。

我的指尖触碰到琴键，耳边响起了《叹息》的旋律。

光影随着手指的翻滚在黑白琴键间跳跃起来。暖色系的灯光柔和地照在琴键上，反射到我的脸上，一股暖流逐渐流淌在我的身体里。

乐曲进入中段时，蓦然间我眼角的余光里闪现出一个模糊的身影，看上去像是女孩的身段。那身影站在剧场最后面不起眼的角落里，没有其他人，没有灯光，一片昏暗中难以辨认。她会不会是小涵呢？

这时，乐曲进入快速激昂的段落，我不得不将注意力拽回到指尖的音符上。事已至此，我唯有排除一切杂念，将所有的心思都集中在音乐上。我的手指跑动得越来越快，指尖越来越热，一个个乐句摧枯拉朽般地迸发出来，仿佛一阵暴雨后骤然暴发的山洪，以浩浩荡荡之势扫除了沿途的一切。

随着音乐的展开，我置身的剧场、台下的听众、指尖的琴键，外在的一切仿佛都隐匿了，消失了。我进入了一个非现实的空间，那里有水雾朦胧的玻璃，茂密的蔷薇藤，被雨水打落的叶子，还有半明半暗的阁楼。我耳边响起了一段温柔的旋律，那是一种带有夏天雨水气息的声音。我看到一个女孩坐在钢琴前，手指在琴键上轻快地跳跃，指尖流出一种只存在于记忆里的音色……

当我的手指停在最后一个和弦上时，脚还未离开踏板，和弦仍在空气中回响。这时我从那非现实的梦境中抽离出来，深吸了一口气，眼睛直勾勾地盯着琴键。我悬着的心落地了，指尖和额头上大汗淋漓。

我的目光离开琴键，转过身朝向剧场里的人群。这时，剧场内一片肃静，听不见半点杂音。片刻之后，大家零零星星地开始为我鼓掌，他们好像还没有从我的演奏中反应过来，但我能感觉到他们眼神里微妙的变化。我远远地瞧了一眼傅辰，他静静地坐着，双臂交叉，一副冷冰冰的样子。

对我来说，琴虽然弹完了，挑战其实才刚刚开始。我不知道傅辰此时此刻是什么感受，但如果换作是我，我也会觉得尴尬。毕竟前一阵子，我们才刚刚交锋过。这种情况下，显得好像是我故意要挑战他，纵然我心里大声疾呼，这只是个巧合。

可能是察觉到了一种奇怪的气氛在剧场里滋长，金筱晴连忙举起话筒，小步走到我旁边。

"真是出人意料，没有想到在傅同学之后，你又给我们带来了一遍《叹息》。难怪你之前一直都不肯透露要弹什么，原来是要给我们一个惊喜呀。"

我感觉金筱晴只是在撇清关系，毕竟傅辰是她请过来的，她不能让傅辰觉得这是有意安排的。

我远远地看到傅辰的脸色并没有什么明显变化。他是经历过大场面的人，控制表情的能力优于常人也并不奇怪。只是当我走下舞台从他身边经过的时候，我猛地瞥见他的眼睛里泛起一阵刺人的寒意。

金筱晴在台上又讲了几句无关痛痒的评论，她似乎想要请傅辰对我的表演做出回应，却欲言又止。也许她也注意到了傅辰的表情没有任何变化，平静得可怕。

后面又有几个学生上台分享，不过我没怎么仔细听。我一直沉浸在弹《叹息》时的情绪里。开始弹之前，我担心、不安、焦虑，心里乱糟糟的，甚至不停地自我否定。一旦开始弹，钢琴发出的声音似乎有一种神奇的魔力，迅速斩断我心中的杂念，扫除眼前的灰尘，只留下一个寂静的世界和一阵不绝于耳的风声。

我再次意识到，音乐于我而言是个比雪国还要纯净的世界，唯有在这个世界里，我才感到我的人生是完整的，我才能体验到真正的内心宁静。我不想再去纠结那么多了，别人开心也好，不开心也罢，我总归弹出了我心里的声音。就算傅辰反感我、讨厌我，大概也不会对我的生活有什么影响。毕竟我们不在同一个学校，又没有什么共同的朋友和圈子，等这场活动结束，我们就会分道扬镳，万事大吉，从此再也不会有什么交集。

我想起角落里的那个身影。她是小涵吗？难道她终究还是来了？我找遍了剧场的每个角落，那个身影却已然消失不见。事实上我没能看清她的样子，没法确定她就是小涵。但如果是她的话，为什么她要一个人站在角落的阴影里呢？为什么她很快又没了踪影？我再次四下张望，依旧一无所获。一番徒劳的寻找后，我心想，大概那个身影只是我的幻觉，我只是把我的希望——见到她的希望——投射到了剧场的角落里。

两个小时很快过去了，钢琴沙龙也进入了尾声。金筱晴在所有人分享完之后又说了一些话，但我全然当作了耳旁风，一个字也没有听进去。

沙龙结束后，金筱晴朝我快步走了过来。

"你为什么要邀请傅辰呢？"没等她开口，我直接问她。

"为什么不能呢？"她反问我。

"上次参加比赛的时候你也在场，他显然是个傲慢自负的人。"

"也许吧，但那是在比赛现场，而且那个时候大家都还不认识，不是吗？"她盯着我的眼睛，"也许他有一些傲慢，但他的琴弹得确实很好啊，不然也不会在比赛中夺冠。艺术家有一些神经质或者所谓的傲慢，也可以理解吧？"

"你说他是艺术家？"我对她的一百八十度大转变感到不解甚至是气愤了。

"好啦……我知道你心里有气，"她的语气缓和起来，"我确实觉得他对你说的那些话不妥，不然当时我也不会帮你说话了。只是……"

"只是什么？"

"还记得上次我说过的社团要和校外的琴行合作吗？"

"这和傅辰有什么关系呢？"

"傅辰的母亲也投资了我们要合作的那家琴行，她是琴行的大股东，所以他们家对琴行的决策能施加决定性的影响。"

"所以你担心得罪了他会坏了社团与琴行的合作？"

"没错……社团前期与琴行沟通合作细节已经花费了不少功夫，我不想在一切都要敲定的时候横生枝节。况且，傅辰本身在音乐学院里很有名气，如果能与他建立良好的关系，对社团活动大有帮助。所以我借着这个契机邀请了他。"

听了金筱晴的解释，我算是明白了。原来，她为了社团与琴行的合作，主动去向傅辰示好，这对我来说完全是不可思议的。

一直以来，我之所以对钢琴社念念不忘，是因为我觉得这里是一个单纯以兴趣为核心的集合体，我最看重的是这里对于钢琴和音乐的纯粹态度。金筱晴，这个在不久前还为了我不惜与傅辰针锋相对的女孩，如今却摇身一变，成了傅辰的好朋友和合作伙伴，真是令我匪夷所思。为了所谓的合作，去刻意讨好一个自己明知很傲慢无礼的人，这不是势利和虚伪吗？我第一次觉得钢琴社这个以往我觉得纯粹的地方，也开始被一阵刺鼻的气味污染了。

金筱晴说罢，便回头去找傅辰了。我远远地看到她与傅辰站在钢琴边谈笑风生。我猛然感到一阵眩晕，只想离开这个是非之地。

"和音乐学院的高才生弹同一首曲子？你可真了不起。"

　　我正要跨过剧场的门，背后传来陆扬的声音。

　　"是你？你怎么也来了？"

　　"我现在也是钢琴社社员了呀，难道我不能来吗？"陆扬哼了一声，话音里暗含嘲讽的气息。我看了他几秒钟，沉默不语。

　　"你这可不是好的待客之道。"他瞥了一眼远处的傅辰，"不过你也太出人意料了吧，谁都没想到你会不声不响地上台，弹完同一首曲子，又不声不响地走下台。那个傅辰虽然表面上不动声色，但鬼知道他心里怎么想的呢。"

　　"真是唯恐天下不乱！我可没有故意要挑衅他。"

　　"你可别告诉我这一切都是巧合。"

　　"的确是巧合啊，"我做出苦笑的表情，"但这个重要吗？我不明白，我不能跟他弹同一首吗？有什么错吗？"

　　是啊，为什么我不能弹同一首曲子呢？没有人规定只能由他来弹《叹息》吧？我承认弹得不比他好，但难道这就意味着我必须处处对他退避三舍？

　　"你知道傅辰的父母是谁吗？"陆扬说，"他爸爸是知名企业家，经常在财经频道接受采访。他妈妈据说经营着一家规模很大的基金会。"

　　"他的父母是谁跟我弹什么曲有什么关系吗？"

　　"这……一般人都会想着找机会去讨好他，跟他结交，毕竟他的背景非同小可，对吧？"

　　"……"我无言以对。

　　"我听社长说，这次请他过来，也是想要跟他建立好的关系，以后可以动用他的资源来帮助社团。你也知道，社团要与校外的琴行合作，据我所知——"

　　"她已经告诉过我了。不过你的消息可真够灵通的。"

　　"哈哈，只要我想，没有我不知道的事。"他斜着下巴，歪着脸，好像感到很骄傲似的。

　　即使如陆扬所说，那又与我弹什么曲子何干呢？傅辰的家世如此优越，再加上他是音乐学院的高才生，想必他从小接受了很"精英"的教育。以他的教养，不至于连这点心胸和气度都没有吧？现在许多家庭不都在说什么精英教育，还说要培养孩子的精英气质吗？难道这种教育不会教一个人要平等地去对待他人吗？无论背景的差异，每个人在人格上难道不是始终平等的吗？还是说，精英教育的目的是要让孩子从小就意识到自己高人一等，并且终其一生去巩固和扩大这种高人一等的地位呢？固然我主观上并没有要挑战他的意思，但倘若连别人的公平挑战都无法坦然面对，那我实在不懂这种精英教育究竟是在教什么。

虽说这次是我无心为之，但即使同样的场景再重复一遍，我照样不认为有什么必要为了取悦和迎合傅辰而去改变自己的选择。对于陆扬的说法，我能理解但难以认同。当然，我对陆扬说出这样的话一点儿也不奇怪。

"我相信傅同学大人有大量，一定不会介意的。我还想着以后有机会向他多多请教呢。"我竭力压抑住内心不知道什么时候又升腾而起的怒火。

"好吧……其实我想说的是……"他欲言又止，脸颊上居然出现一团浅浅的红晕。我从没见过陆扬有过这副表情，我摸不着头脑，不知道他究竟在想什么。

"那首曲子，其实你也弹得不错。"他用手指比画了弹琴的动作，"听了你弹的《叹息》，我觉得啊，就算是同一首乐曲，不同的人弹起来的感觉还真是大相径庭呢。"

"这……我弹的比不上傅辰啦。"

"是一种很不一样的感觉。"

"你是认真的吗？"

"傅辰弹得固然干净利落，没有丝毫拖泥带水，技术上无懈可击，"他望了望此刻在钢琴前被一群女孩子围得水泄不通的傅辰，"但总感觉缺了点什么。"

"缺了什么呢？"

"直到听了你弹的，我才明白他缺少了什么感觉。"

"你听到了什么呢？"

"画面感……你弹的时候，不知道为什么，我脑子里一团糟，那些离我远去的人，那些我曾去过的地方，那些我早已忘记的瞬间，一股脑地全都出现在我眼前……但这些回忆是凌乱的，我拼尽全身气力，也无法拼成一幅完整的画面。"此刻他几乎是沙哑着嗓子说的。

我大概能理解他的感受。弹《叹息》的时候，我眼前也会浮现出那些或明或暗的记忆里的碎片。他接着说：

"傅辰弹的《叹息》在技术上也许更胜一筹，但除了让人感到眼花缭乱、大呼精彩便没有别的感觉了。你弹的时候，音乐的呼吸与触键的音色给我耳目一新的感觉，好像你在这首乐曲里注入了一种深沉的情感。这种情感，我也说不上到底是什么，但总感觉它里面有一部分也是我内心的情感。或者说，我在其中辨认出了我自己的情感。"

"那么另外一部分呢？"

"另外一部分我就不认得了。这得问你自己。"他的目光低了下来，静静地凝视着我，流露出一种无言的怅惘。

我们站在剧场的过道中间，两边不停地有人擦肩而过。

听到陆扬的这番评价，我真是深感意外。一直以来，他给我一种玩世不恭的感觉，他对待感情也形同儿戏。我从未见他如此认真地与我谈论音乐，在此之前，他提起音乐只不过把它当作一种玩乐罢了。我想，也许是这首曲子唤醒了他内心深处的某些东西，而这些东西对他的人生有着某种特殊的意义，只不过在时间的流逝中被遗忘掉了。也许这就是音乐的力量吧。

这种情形经常发生：那些对你有着特殊意义的人和事，无论好坏，无论悲喜，无论过去多久，你都不会彻底忘记。一时的遗忘说明不了什么。你以为你已经忘记了，释怀了，解脱了，然而你所经历的事实却悄无声息地潜伏在记忆的角落里，暗暗等待时机。等到某一天，只需要一个契机，所有回忆便会一齐压上心头，一瞬间教人难以承受。所以，一个人年纪越大，在世上活着的时间越久，便越会惧怕回忆。他恐惧的不是回忆本身，而是过去人生中的那些暗影。那些记忆中的暗影不会因为星移斗转而淡去，反而会随着年月的积累而愈发沉重。

"好啦，我好像有一点伤感。"陆扬笑着说，"你是不是没有料到我会说这些？"

"是呀，你刚才说什么'音乐的呼吸''触键''音色'，真是吓到我了。你什么时候在哪里学到的这些名词？"

"不要看不起人啊！我报名了钢琴社的课程，好歹我现在也在学琴了！"

这时候，陆扬的语气又纹丝不动地恢复到正常，我不禁感叹这真是一种神奇的能力。只是我不知道在几秒钟之间，他的心里经历了怎样的波澜起伏。

此刻，钢琴旁还聚集着十几个学生，其中大部分是女孩。傅辰为她们弹琴，她们绕着他围成一个圈。欢笑声、欢呼声，充满了整个剧场。

第十三章

不久到了中秋节假期前夕。我给父母打了电话，听母亲说父亲近来身体不舒服，她为此颇为担心。人到中年后，父亲在工作上的失意使得他一蹶不振，他将无数苦闷寄托在杯中物里，然而不仅没有摆脱这份苦闷，反而把身体喝坏了。他的脾气也变得很坏，总是无缘无故地发火。他恰恰又是个偏执的人，母亲的劝告他一点儿也听不进去。我和母亲隔着电话沉默良久，我不知道该如何安慰她，也不知道任何办法去改变父亲的现状。

挂掉电话后，我看到通讯录里那个未备注姓名的手机号码，没错，是小涵的号码。不知道她现在如何了？最近我去琴房练琴，再也没有听到过《叹息》，也没有见到过她的影子。她像水蒸气一样蒸发了。

不知道为什么，我突然有一种想要给她打电话的冲动。或者根本谈不上冲动，只是之前她留下的一些谜题还没有得到解答，我偶尔想起来仍会觉得好奇心作祟。

为什么我会对这个最近才知道名字的女孩念念不忘呢？回想起来，我在学校琴房遇到过她，在音乐会上也遇到过她，但直到两个星期前的那场音乐会上，我并不知道琴房里的她和音乐会上的她是同一个人。也就是说，对于同一个她，我竟然认识了两次，就像认识了两个不同的人。然而事实又告诉我说，这两个人实际上是同一个人。这难道不是很神奇吗？每每想起这一点，我总是难以平复心里的某种搅动。

即使如此，我却谈不上对她有什么了解。围绕着她的一切都使我隐隐感到，她的身上似乎隐藏着什么不可告人的秘密。她的那双眼睛则更让我耿耿于怀。那是一双怎样的眼睛呢？穷尽汉语词典，我却无法找到一个合适的词语来形容。

她的眼眸深处泛着星星点点的光，有一点冷寂，有一点清冽，仿佛冬夜里的寒星。

我似乎认识那双眼睛。这并非说我曾见过她，我与她是素不相识的。然而，我一定在某个时间、某个地点，在某个人身上见到过这双眼睛，我确信我认识它。

纯真绝不等同于天真。当我直视她的眼眸深处时，我感觉到其中荡漾着的纯真气息，并非小孩子那般未经世事的天真无邪，而恰恰是目睹了扭曲的现实后依然不受其污染的纯真。从这个角度来看，我却又不大认识这双眼睛了。每一天，我见到过很多双眼睛，无不多多少少沾染了现实生活带来的痕迹，原本纯净的眼眸日益褪色，变得浑浊不清，我自己当然也难以避免。然而，每当看着小涵的眼睛，我总会有一种荡涤污垢的感觉，好像她眸子里射出的那道微光里蕴含着一种不可知但能扫除一切的力量。

我盯着小涵的手机号码过了好几分钟。某一刻，我的手指好像不听使唤似的，无意识地动了动，等我反应过来，手机里已经传来嘟嘟的响声。

慌乱之间，我想挂掉电话，不料电话已经接通了。

我一时惊得站在原地，如寒蝉般哑然无声，像是顷刻间遭到了雷击。对方也没有说话，我们似乎在等待对方说话。

"是你吗？"小涵打破了平静。

"嗯……"

"听出来你的声音了，请问有什么事吗？"她的口气显得十分客气，反而让我更加不知所措了。

"其实……没什么……"我大脑一片空白，"对了，上次钢琴社的沙龙，你去了吗？"

"没有呢。"

听到她并不在场，我心里生出一丝失望。

"你最近还好吗？"我声音颤抖着问。

"还好啦。"她的声音听起来很冷淡，有如冬日凛冽的寒风。

我们又沉默了几秒钟。

"没有什么事的话，那就这样吧？"她说。

我正在想还要不要说什么，她已经挂掉了电话。

打了这通电话，我简直不认识她了，也许我自始至终未曾认识过她。我想起不久前在音乐会上见到她的情景，想起我们沿着林荫道和湖畔所谈论的那些话题。此刻电话里的她，听起来却是那样陌生和冷漠。

这个女孩的性格和特质对我来说仿佛是个矛盾的集合体：她的面容很稚气，谈及的话题往往却很沉重；她的眼眸里流露出纯真的气息，却又给人历经世事的感觉；她对音乐抱着一腔热情，却又让我感到一种疏离的淡漠。如果说我周围的其他人对我而言是实实在在可以触碰到的实体，她却像一个若即若离的、半透明的存在，在我的生活里荡漾出一丝涟漪，却又像朝晖下的露水一样很快就消失在空气中。

我回想起她弹奏的《叹息》。我听得出来，她在音符里寄托了某种情思，绝非随便弹弹那么简单。这种情思究竟包含了什么呢？

小涵对我是个谜一样的存在。更加令我大为气恼的是，每当想要靠近她一点点，我却总是被推得更远。每当我想要多了解她的一点秘密，结果总是适得其反，反而使得她身上积攒了更多谜团。

我坐下来想了想，觉得刚才我被她牵着鼻子走了，完全没有得到任何我想要的信息。我内心燃起了一丝不甘心，于是决心用手机发一条信息给她。

> 小涵你好呀，好久不见。刚才给你打电话，只是因为在练《叹息》的时候想起你上次弹琴的情景。抱歉打扰你了。最近在学校里没有见到你，不知你假期要不要回家。中秋节要到了，节日快乐呀。

我又盯着信息看了一遍，感觉写得不够真诚，于是全部删掉，重写了一次：

> 小涵你好呀，好久不见。刚才打电话有点唐突，如果让你感到被打扰或有任何冒犯，我要表示真诚的道歉。中秋节要到了，节日快乐呀。

踌躇片刻，我下定决心，点击了发送。

我不指望她会回复我的信息，至少不指望有什么实质性的回复。毕竟，电话那端的她是那样冷漠，似乎不愿与我多讲一句话。她最多可能会礼貌性地回复，当然更有可能的是直接无视。在她的眼里，我只是个无足轻重的路人，是学校里一个再也普通不过的学生，在人群里毫不起眼。世界对我而言，是唯一的世界，而我对于世界则无异于一粒可有可无的尘埃。

想到这里，尽管有一些伤感，我反而感到释然了一些，把关于小涵的事暂时抛到了一边。

我整理书桌时翻开一沓乐谱，《叹息》跳入眼帘。近来每次练琴前，我都会先把这首曲子弹几遍，好像我是新近才学会它似的。我试着按照小涵所说的方式去弹，力求每个乐句都尽可能温柔而有歌唱性，效果居然十分明显。

更神奇的是，随着我的触键越来越温柔，指尖传出的层次变化越来越多，这旋律使我的眼前又浮现出十四岁那年的一幕画面：我好像回到了那个六月的夏日，窗外雨水如注，蔷薇藤的叶子爬在窗玻璃上，一层水雾在玻璃上缓缓升起。半明半暗的阁楼里，夏悦背对着我，为我弹了一曲《叹息》。

这一幕场景使我先是惊讶，最终反而感到后怕。隐隐的恐惧朝我袭来。时隔多年，我以为夏悦只不过是我人生中很短暂的一个阶段匆匆出现的一个过客而已。我以为她与我在岁月的洪流里遇到的其他人并没有什么实质性的区别：匆匆来到我面前，匆匆与我擦肩而过，又匆匆离我而去。可是，最近关于夏悦的记忆频频无意识地出现在我眼前。我不明白这究竟意味着什么。

这种情形是从什么时候开始的呢？我在脑海里回顾了一下最近发生的事，我只能得出一个结论：这些微妙的变化是从见到小涵以后开始的。在遇到小涵之前，我并不常常想起与夏悦的往事。并非我忘了她，只是我坦然接受了我们并不属于同一个世界这个现实，坦然接受她有着不同于我的人生道路。我愿意为她祝福，我愿意为她的成功喝彩，但我们像是两个平行世界的人，永远不会再有交集。因此，她的面容、声音，与她有关的那些往事，尘封在记忆的暗室里，就像堆积在地下室阴暗角落里的旧物，除非有一天被翻出来，否则将永无重见天日之时。而今，我竟有种暗室里漏了光进来的感觉，往日生活里的平衡无意中被一点点打破了。

可是为什么呢？为什么和小涵的相遇会引发我对于夏悦的回忆呢？难道是因为小涵和夏悦有某种相似之处吗？可是，除了会弹钢琴之外，两个女孩没有任何共同点。就算是弹琴，两个人的风格也是迥然不同的。想到这些，我心乱如麻。我推开窗，大口呼吸涌入的新鲜空气，试着平复自己波动不已的心情。

翻过《叹息》的琴谱，我也想到了傅辰。自从上次钢琴沙龙上与他同台竞技（虽然在我是完全出于无意）后，我时常思考他处理乐曲某些细节的方式。固然他给我的初次印象并不好，但不得不承认，就弹琴本身而言，他毫无疑问是个厉害的学院派。

忽地，手机振动了一下。我没有看错，是小涵的信息：

　　谢谢，节日快乐。

果然，只是礼貌性的回复而已。我本想就此作罢，却又忍不住回复了。没想到，她很快又回复了，于是我们隔着屏幕继续聊了起来。

　　我：你弹的《叹息》给我不少启发。我在按照你说的方式练习。
　　小涵：上次我讲的你不要太放在心上，未必是对的。
　　我：我尝试改变触键的方式。我发现效果确实不同凡响。
　　小涵：如何不一样了？
　　我：尝试着用更细腻温柔的触键。避免你说的"暴力"。
　　小涵：也许我是错的。
　　我：我觉得用你说的方式更符合乐曲的性格。
　　小涵：性格？
　　我：我相信和人一样，每首乐曲也有其性格。这是内在的、植根于乐曲创作逻辑中的性格。只有找准了它的性格，才能有恰如其分的演绎。
　　小涵：最近一直在弹《叹息》？
　　我：是啊，有种欲罢不能的感觉。很奇怪，很多年没有碰这首曲子了。
　　小涵：这倒是有趣。莫非你最近良心发现，才知道这曲子的乐趣？
　　我：有机会我想再弹给你听，用你所说的方式。你再给我提提意见。

说到这里，我的本意是想邀请她去弹琴，也许可以一起去学校琴房。我不敢明确提出这个建议，只能用一种试探性的语气暗示。不知道为什么，我特别怕被她拒绝。只是想象到被她一口回绝，就已经足够使我心灰意冷了。

果然，她并没有回复我的消息。我在想要不要就此结束对话。可是我又感到不甘心，于是继续对她说：

不知道你假期有没有空呢？可以的话，也许我可以用新的方式给你弹一遍《叹息》，如果你能给我再提点意见就再好不过了。

我不确定她会不会同意。从第一次见到她起，她就给我一种心事重重的感觉。我觉得，无论如何，去弹弹琴，总归可以让她的心情变好一点。我想，弹琴对于所有喜欢音乐的人应该都会具有这样的功效。当然，万事无绝对。

等待了几分钟也没有回音。我想，大概她不想听我弹琴吧。我又发了最后一条信息过去，没想到她回复了。

我：我只是想到可以去弹弹琴散散心，说不定会让你的心情好起来。
小涵：你觉得我的心情不好吗？
我：只是我个人的感觉，隐隐觉得你可能有什么心事。
小涵：请不要无端揣测别人的心思，这叫作自以为是，很招人讨厌，懂吗？你以为你是谁？不要自以为很了解别人，其实你对我一无所知。
我：对不起……

我心里顿时凉了一截。我绝没有恶意揣测她的念头，只是从她的眼神里看到了一抹说不清道不明的惆怅。我承认，我对她感到好奇，但这绝不是那种猥琐下流的好奇心。不过事已至此，我不胜悲哀地想到，我在她心里的形象大概已经一落千丈。我的心变得空荡荡的，一种不可名状的失落感渗透了我的身体，我好像掉进了深不见底的冰窟窿里，从头到脚都冻僵了。

第二天早上，我醒来以后继续瘫躺在床上，什么也不想做，对什么都提不起兴趣。尽管假期明天才开始，已经有不少学生要么回家，要么出去玩了，比起平时，学校里空了一大半。

我翻了几个身，继续迷迷糊糊地入睡了，脑子里充斥着小涵那几句残忍的话。中午醒来后，睡眼惺忪中我摸摸手机，定睛一看，小涵竟然在半小时前发来了一条消息：

我下午有空去弹琴。

看到这行字，我立时清醒了，马上回复了她的消息。我与她约定下午三点见面。我没有料到，她竟会同意和我去弹琴，这么说她并没有因为我的无礼而生气吗？无论如何，我感到一种按捺不住的欣慰，连我自己都搞不清这股热乎劲是由何而来的。不过，她提出的见面地点引起了我的注意。

我迅速在脑海里搜寻了一下。小涵所说的地方在几公里外，距离学校倒不算远。不过，她为什么要约在那种地方见面呢？学校里不是就有琴房吗？我不明白，但没有多问，毕竟她已经提议，想必自有她的道理，如果质疑反而显得我太斤斤计较了。也许她是觉得学校里熟人太多，也许她不想被别人看到跟我走在一起，有太多理由了。总之，对我并没有什么不妥。

一场大雨，气温骤降。一夜之间，笼罩在地上的闷热被夹杂着雨水的海风一扫而尽。走在学校的林荫道上，不少叶子被风雨打落到了地上。雨后的天空云收雾散，空气中荡漾着一股清冽的气息，飞鸟在树林里咿咿呀呀地叫着。这一切都表明一个新的季节已经主宰了大地。湛蓝的天色显得晴朗可爱，可以想象，此刻在几十公里之外，东海的海面上也被这天色映射出了同样的蓝色。

我按照约定时间来到小涵说的地点，这里是一个交叉路口，一侧是一所中学。假期前的下午提前放学，学生三三两两地结伴从学校门口出来，街上传来喧闹声。也有一些学生孤零零地一个人走出校门，形单影只。

看到这些满脸朝气的中学生，我想起了我的中学时代。那个年代仿佛已经过去了很久，许多原本鲜活的记忆变得模糊，那些我当初以为至关重要的事，如今却已不再重要。然而，那个年代又仿佛才过去不久，从高中毕业到现在也就三年光景。这些年我发生了什么变化呢？

最大的区别也许是，中学时代的我很少为自己而活过，相反，大部分时间我都是在为别人而活。尤其是在高中时，无休止地上课，考试，为高考做准备，每一天的时间表都排得满满当当，我整天马不停蹄地去完成一项项任务，却很少知道这些事情对自己的人生意味着什么。我所做的一切几乎都是按部就班地在完成别人给我制定的计划，我很少有机会自己做出什么决定。回过头来看，最可悲的不是我不知道自己所做事情的意义何在，——很多事情直到今天我还是不明白，以后也许会继续不明白下去——而是我压根儿就不曾有过思考自己所做事情的意义的意识。

进入大学后，我最明显的一点转变是，我开始去质疑，去反思，去考虑每一件事情的价值和意义。我不愿意像一只蒙着双眼的驴子，在鞭子的驱使下绕着碾磨无休止地转圈，却从来都不知道自己磨的是什么东西。我不愿意只是在一种心理的惯性之下，被绵延不绝的人流裹挟着只能往一个既定的方向走去。我宁愿去为人生寻找新的方向、新的路线，即使这样做会与大部分人背道而驰也在所不惜。

当然，如今的我依然远远谈不上为自己而活，但比起以前那种麻木、蒙蔽而不自知的状态，至少我有意识地在朝这个方向靠近。

我刚想到这里，小涵打来了电话。

"到了吗？"她问。

"到了，我站在路口，对面是一所中学。"

"我看到你了。我在对面，现在正朝你走过去。"

她正在朝我走来吗？

我环绕四周看了看，却没有找到小涵。

此刻，一个女孩从路对面径直朝着我走过来。我还没回过神来，她就站在了我面前。她穿着一件略显宽松的深色外套，衬衣上系着一条小领结，搭配着迎风飘摇的百褶裙，透露出少女的天真气息。她小腿上的皮肤在午后的光线下几乎显得透明了。

"怎么？两个星期不见就不认识了？"

"你……"我一时无言以对。

女孩的头发上夹着一个星星形状的发卡，在阳光下熠熠发光，仿佛闪着星光一样。一缕长长的细碎刘海儿垂下来，盖住大半个耳朵，露出了耳尖。柔软飘拂的长发在脖颈后一直延伸到衬衣领子里。

我静静地看着她，一句话也说不出来。

我们相顾无言，就这样站了足足十秒钟。

我终于意识到，眼前这个女孩就是小涵。

"对不起，你看上去跟之前很不一样，而且……"我瞥了一眼她身上的一袭衣裙，"一时没有认出来。"

"现在认得出来了？"

我彻底摸不着头脑了。小涵为什么要选择在这个地点见面呢？她为什么从中学的大门走出来？难道她是从对面这所中学毕业的？她是想回中学校园里看看吗？一大串理不清的疑问纠缠在我的脑海里。

"你为什么要去中学里呀？"我问。

"什么为什么，我刚刚放学呀。"

"……"

什么？她是说，她还是个中学生？一定是在开玩笑吧！

"上次你不是在大学的琴房弹琴吗？还有社团招新也见到了你，"我回想起前几次见到她的情景，"难道你不是大学生吗？"

是啊，我一直以为小涵和我是同一所大学的。尽管单纯从她的脸来看，那光洁的肌肤确实像年纪更小的少女，不过她的眼眸总是流露出忧郁的神色，眉梢间时常布满了冰冷的雾气，这使得她的气质和其他十几岁的女孩完全不同。

即使我抛出了一堆问题，她也没有回答，反倒显得极为平静。

"不要傻站在这里了，走走吧。"她似乎并不想理睬我的困惑。

"所以你真的是高中生？"我的声音有点发抖。

"嗯，现在读高中二年级，过了这个冬天，我很快就要十八岁啦。"她一边走路，一边随意地撩起盖到眼前的头发，侧脸的轮廓清晰地在阳光下拂动。

我不由得笑了。听她的口气，这个十七岁的女孩似乎并不想让我轻视她的年龄，因此特别强调了她很快就要十八岁。

"那么，你是怎么进入大学琴房的？本校学生才能进吧。"

"中学生夏令营你知道吧？"她轻快地说，"上个月我参加了夏令营，在大学里待了两周时间。"

"原来是这样。"我恍然大悟，想起来金筱晴曾说她在中学生夏令营做志愿者，这么说来她很可能当时就已经见过小涵。

"是不是很意外？"她的嘴角透出一丝笑意。

意外？真是天大的意外！

"你社团招新那天还来了……"我想起那天在篮球场的情景。

"不是你邀请我来的吗？"她说，"所以我没法加入钢琴社，因为我不是你们学校的呀。"

"我还以为你是我的同学呢……"

"我可没有骗过你哦。我从来都没告诉过你我是大学生。"

这倒是真的。不过，我觉得她"消极地"隐瞒了这一事实。我做梦也没有想到，最近一阵子搞得我心神不宁的竟是一个高中生。

"看到我震惊的表情，你一定觉得很有趣吧。"我盯着她说。

"我要声明，我可不是故意的，"她欣然一笑，"当然，我承认我确实预想到了你的反应。"

不同于前几次她留给我的印象，这次她眼里常有的那种忧郁情绪一扫而光，代之以我从未见过的天真笑容。我不得不想：这个女孩有很多面，也许迄今为止我只认识了极少的一点儿而已。

我们漫无目的地走在街上。有一阵子，我们都没有说话，只是这样肩并肩走着，迎面而来的行人在两边擦肩而过。我不知道自己在想什么，只感觉心里乱糟糟的。

"大学生活怎么样，好玩吗？"小涵突然问。

"谈不上好玩，唯一值得一提的是大学里有大把时间可以自由支配。"

"不是还要上课吗？"

"的确，不过除了上课，也有很多时间。也会有不想去上课的时候，不去上也没什么关系。如果老师点名，那就拜托同学帮忙签到。"

"大学里会做什么呢？"

"每一天、每一分钟，每个人都在做迥然不同的事。对我来说，除了上课外，大部分时间都用来练琴了吧。"

我稍微放慢步伐，落后于她半步，看到她披肩的长发在背上随风飘扬。

"上次你说你是从十四岁开始学钢琴的，我到现在还感到惊讶。"她发觉我走在后面，便也慢了半步，我们于是以更慢的速度同步走着。

"你不是第一个这样说的人。"我不好意思地笑了笑。

"我所见过的琴弹得好的人，没有一个不是从小就开始学的，"她继续说，"你知道，从小被父母逼着学，大多数人都是考出钢琴十级就不怎么弹琴了。至于走上音乐道路的那就更是寥寥可数了。"

"这么说，我是个非典型的钢琴学生了。"

"当初是发生了什么让你想要学钢琴呢？"

"因为一个人吧。"我想起了夏悦。

"一个人？女朋友咯？"小涵的脸转过来，眼睛里闪过一束火花。

"不是……只是个朋友。"

我犹豫了一下。多年来，我从不觉得我对夏悦产生过可以称之为爱情的那种感情。我们之间的关系，倘若有一点儿超出友情的成分，那也顶多只是一种柏拉图式的关系。那个时候我太不成熟了，而我们的友谊也太短暂了。

"那你现在和她……"

"我们早就没有联系了。"

"为什么呢？"小涵似乎对此很感兴趣。

"因为一些复杂的原因。不过这些都不重要了，这件事已经过去很多年了。"我内心很抗拒去想关于夏悦的事，尽管那些事已经在记忆里变得很模糊了。

"我想，很多人可能会与你有类似的经历，因为某个人或某件事的激发去做出一些重大的决定。但倘若是因为一个人去学习一种乐器并且长期坚持，达到你这个水平，那就有点少见了。"

"一开始也许是基于那个看似荒唐的理由，"我说，"不过当我开始学琴后，我越来越发现这种乐器的奥秘，我也不可遏制地爱上了音乐，学琴的动力便很快转化为音乐本身了。后来我对那个人的记忆逐渐模糊，对音乐的热爱却与日俱增。"

"我明白了，"小涵说，"那个人只是引导你走进音乐的世界。"

"随着学习的深入，"我说，"我了解到音乐史上的作曲家们为钢琴写下了浩如烟海的作品，其中不乏艺术史上的精品。每个时代都流传下来属于那个时代的、具有时代烙印的伟大作品。我很快就沉浸在音乐的海洋里，一发不可收。"

"但是你弹的钢琴曲难度不小。"小涵微微侧过脸，"这也是为什么我对你十四岁开始学琴，现在却可以流畅地弹李斯特的作品感到惊讶。或者说，一开始我甚至还有过怀疑。"

"我记得那段时间，每天放学回家，我会一直练琴到很晚，白天在学校上课的时候也在想着练琴的事。为了练好手指的基本功，我每天都会把整本《钢琴练指法》从头到尾弹一遍。"

"从头到尾？每天？"小涵听到后，猛地停下脚步，转过身来注视着我。

"这是我当时的……可以说是钢琴老师吧，教我的方法，目的是尽快提高手指的灵巧和独立性。我弹得越来越熟练，速度也越来越快，后来只消一个小时就能把整本书弹完了。此后，每天开始练琴前我都会把它从头到尾弹一遍。"

当我在说"钢琴老师"的时候，我想到的是夏悦。在我眼中，她才是我真正的钢琴启蒙老师。

我也停下脚步，面向小涵站着。我们都把双手插到外套的兜里。

"你的练琴方式真是疯狂。"她轻轻踮起脚尖，扬起了眉毛。

小涵和我走进了街角的一家咖啡店。咖啡店一共有上下两层，我们进门后不约而同地沿着折梯走上了二楼，坐在靠窗的位置。

"我学得太晚了，我也知道钢琴很大程度上靠的是天分。"我坐下后接着说，"当时所有人都不看好我学琴，我父母起初也极力反对。我也不知道我是怎样坚持下来的。"

"想想就知道会遇到很多困难。"小涵坐在我对面，脸上呈现出一种极为认真的表情。

"当时的生活对我来说确实很难熬。所有人都以为我学钢琴只是一时心血来潮，他们也不相信我会坚持下去。我对自己就更不可能有信心了，几乎每天都会无数次陷入自我怀疑。现在我也没有信心，甚至信心更少了，因为见识了太多钢琴弹得很好的人。"

"但是你考上了这所大学，说明除了学琴，你还得准备高考吧？"

"嗯，除了每天雷打不动地练琴，我还得兼顾学业。"

"既要练琴，又得准备高考，听上去就很难。"

"那段时间对我而言真是太煎熬了。试想，当周围没有人相信你的时候，你还要去坚持一件看上去没有希望和前景的事情。"

"在学校里也会遇到困难吧。"她的话音里有一些关切的成分。

"班主任知道了我的事以后，觉得非常荒唐，还去找我父母谈话了。她觉得如果我这样一意孤行下去，最终连大学都会考不上。"

"好在父母最后还是理解你了？"

"谈不上理解，只是他们没有办法。想要我放弃钢琴，哪怕只是暂时，也是绝对不可能的，他们最终也只能妥协。毕竟，他们也怕逼得太紧我会走极端。"

听我说完，小涵笑了，但不知为什么，我总觉得她即使在笑的时候眼眸里也隐隐透露出一丝淡淡的哀愁。她的双腿微微倾向一侧，小腿向前伸展出去。她双手轻轻握起来，双臂自然落在裙摆上。

"至少说明你父母还是尊重你的。毕竟钢琴又不是什么恶习或者怪癖，也许他们在你日复一日的坚持里看得出来你对音乐是由衷热爱的。"

"在很多人眼里，热爱本身并没有什么价值，只有能带来利益或者好处的东西才有价值。"我叹了一口气，"当时我每天练琴，但是没有人知道练琴能给我带来什么好处，我自己也不知道，但我唯一知道的是，我练琴不是为了得到某种好处。我并没有任何外在的、功利性的目的，而只是纯粹地喜欢钢琴，单纯地享受音乐给我内心带来的宁静和满足感，即使在别人看来这种满足感要付出沉重的代价，比如，可能赌上自己的未来。"

"别人口中那些所谓的未来，未必是你自己想要的未来，更未必是值得你去追求的未来。"小涵放下手中的咖啡，严肃地盯着我的眼睛，"一件事情是好的，并不是因为它所促成的结果或者带来的好处，也不是因为它能够实现某种外在目的，而仅仅是因为它本身就是好的、它本身就是值得去做的。简单地说，它自身内在就具有价值。就像钢琴吧，有的人学琴只是为了考级，有的人学琴只是为了在钢琴比赛中获奖，有的人学琴只是为了把它当作炫耀的资本，又有多少人学琴只是纯粹出于对钢琴和音乐本身的热爱呢？但毫无疑问，不考虑外在的功利性目的，钢琴作为一门艺术本身就值得学习，不是吗？"

听到她这番言论，我不由得直立起后背。这番话在我听来不像是一个十七岁的高中生所说出的。我联想起了那次音乐会结束后和她的谈话，那同样也不像是一个十七岁的高中生所说的话。

"你说的，好像跟某一个哲学家讲的很像，"我想起了法律哲学史课上讲的内容，"但我突然想不起来是谁了。"

"康德。"她淡然一笑，"他曾写到，在任何时候，我们都不能把自己和他人仅仅当作实现目的的工具或者手段，而应当永远把人自身就看作是目的。简单地说，人是目的本身，而不是手段。"

"你读过康德？"我问她。

"嗯，我最喜欢康德书里的一句话："使一个人成为幸福的人，不等于使一个人成为善良的人。一种为自己谋利益的理智和一种使自己有德行的理智，全不相干。""说起康德，小涵的眼眸里泛起了微光。

"为什么会想要去读康德的书呢？可能是我孤陋寡闻了，但即便在大学里，读过康德的学生也是极少数。他的书很深奥，我曾试着翻开过他的《纯粹理性批判》，却发现尽管每个字都认识，但一句话也读不懂。"说罢，我难为情地笑了。

"你有没有这样一种感觉，对很多事情有着各种各样的疑问和不解？没有人能告诉我真相，我只能自己去书本里寻求答案了。"

在对面这个女孩深邃的眼眸里，我看到了一些搅动灵魂的东西。

尽管我的确对人生、对世界有着各种疑问，但我从未想过去从那些晦涩难懂的哲学里寻求答案，即使是那些经典著作。我想，对这个世界上的大多数人来说，即使不是十之八九，也极少有人会这样做。有疑问，有不解，有烦恼，那又怎么样呢？世上无解的问题数不胜数，即使一无所知、一无所思，不也可以照样麻木地活下去吗？

"其实，"她说，"当你对这个世界了解得越多，你反而会越感到痛苦。当你对这个世界应该是什么样的有了更多的思考，你反而会对这个现实世界感到更加失望。"

"这么说，不读书也有好处了？"我说，"知道得越少，就越可以过得心安理得。这世上麻木不仁、得过且过的人可太多了。"

"你愿意生活在痛苦的真相中还是幸福的谎言里？"小涵的眼眸里发出一道秋日晴空般明净的光，"真相和谎言，我会毫不犹豫地选择真相，即使真相是残酷的。有人曾说，宁愿做一个痛苦的苏格拉底，也不愿意做一头幸福的猪。即便我知道我会失望，我也想要去理解这个世界，哪怕这意味着永无安宁之日。"

"有时候我会想，这个世界真的会变好吗？"我说，"我不愿意相信这是个没有方向的、任意的世界，但我很难说服自己这个世界在往好的方向发展。你看看吧，在世界的各个角落，频繁的战争、冲突，难以消除的落后，不平衡的发展和差距，无休止的享乐主义，精神上的极度贫乏，这一切似乎预示着人类无法主宰自己的命运。"

"其实熵增定律已经告诉你答案了。事物总是不可逆地朝着无序的方向发展，最终走向毁灭。"小涵停顿了一下，说出了令我感到毛骨悚然的一句话——

"世界终将毁坏。"

这句话在我听来冷漠到了无以复加的程度。然而她的语气极为平淡，眼眸里无端地流露出一种令人难以置信的淡然，仿佛在谈论一件稀松平常的事。

"你这样说未免也太悲观了。"我说，"往好的方面想，至少我们现在还有钢琴，还有音乐，还有艺术，不是吗？它们赋予了这个世界明亮的色彩。"

我充满好奇地观察着眼前这个女孩。她的面容给我一种少女的稚嫩感，说起话来却又像个饱经世事的智者，仿佛稚气的面容只是她未卸下的伪装似的。

她似乎注意到了我在看她的眼睛，转身避开我的眼神，望着窗外的车流。

阳光顺着窗帘的缝隙飘进来，她侧脸的轮廓变得更清晰了。

我们来到大学附近的一家琴行，位于沿街一幢建筑的五楼。站在入口的大厅里，听到钢琴声从不同的琴房传来，时而悠扬，时而激昂，或同时兼而有之。我不禁想象起来每间琴房里都是怎样的人在弹琴。朝着楼梯的方向走过去，摆放着好多架不同品牌的三角钢琴和立式钢琴。

"不知道为什么，"我说，"无论在哪里，每次看到钢琴就觉得心头一颤。"

"或许是因为钢琴对你来说是一种神圣的东西。"小涵转身对我说。

"也许是钢琴太过于纯净，我的心里却总是填满了污秽。也许每次弹琴都是一种洗礼，或者说是一种救赎。"

"有趣的是，如果说人心是污浊的，但偏偏是这污浊的心写出了那些纯洁无比的音乐。"

"也许音乐是人们追求纯洁而不得的产物。"我说，"在现实中无法实现百分之百的纯洁，所以把这份残缺的纯洁寄托在音乐中。所有的艺术大抵一样。"

上楼后，我们来到走廊边的第一间琴房。这是一个大约十平方米的小屋，靠窗摆放着一架小型三角钢琴，钢琴对面的墙上挂着一个绿色的黑板，上面印着几行五线谱。黑板上零乱地画着一些音符，看起来像是刚刚结束了一堂钢琴课。沿街一侧是一排宽敞明亮的落地窗，站在窗户前，视野相当开阔，远处的高楼拔地而起，城市的玻璃幕墙在阳光下闪着耀眼的光芒。

"一直没好意思再问，那天我第一次在学校琴房遇到你，你为什么要否认是你在弹《叹息》呢？"踟蹰了片刻，我还是决定问她。

"……"她似乎有点难为情，手指翻着钢琴上的琴谱。

"当时在走廊里，我问你是不是你在弹琴，你说不是……我还以为我眼花了呢。"

"那天……我没有看你，也没有注意听你讲话。我以为又是一个奇怪的陌生人跟我搭讪，所以我就下意识地说了不是。"她双手颤抖着把琴谱从钢琴上拿了下来。

"会有很多人向你搭讪吗？"

"通常我都会置之不理。没想到那次是你……"

"我到现在还记得你当时的琴声。"我说，"那种触键的感觉和声音的质感和我以往听过的所有琴声都不同。"

"你能听出来区别？"她睁大了眼睛，眼神里流露出一丝难以置信的神情，"是怎样的琴声呢？"

"每一个音符听起来很纯净，没有一点儿杂音，没有一点儿多余的共鸣。听上去是一种小心翼翼的触键。你的琴声让我想起了冬日雪花飘零的山林。"

"真有意思，我的琴声竟能让你产生这样的联想。"

"结冰了的小河背靠着绵延起伏的山峦，山上长满了树林。冬天下过雪后，整个树林被寂静无声的雪覆盖了，积雪压断了一根树枝，在很远处也清晰可闻。雪中的树林总是给我一种纯净的感觉。你的琴声带给我的就是这种感觉。"

小涵听了，没有说什么，安静地翻阅着手中的琴谱，好像没有听到我说的话。

看着眼前这个手里捧着琴谱，静静地坐在钢琴边的女孩，我回想了从见到她以后到现在我们所谈论过的一切。

最让我感到意外的，并不是小涵还是个高中生这一事实。诚然，她是个十七岁的少女，这一点是我没有预料到的。然而，她思想的广度和深度才是最让我预料不及的。我怎么也无法想象，这个十七岁的女孩可以对世界、对人生有那样深刻的认识。她与我对话时的那份从容，也出乎我的意料。这固然是因为她读过不少书，但我也能明显感觉到她心思的缜密。

我很难把小涵单纯当作一个高中生，或者说我和她聊天时很快会忘记她是高中生这个事实。她的思维、谈吐、观点都使我无法把她与一个高中生联系起来，尽管她看起来毫无疑问是一副高中生的模样。然而，即便如此，我还是隐隐感觉到，迄今为止我所接触到的只是她精神世界的冰山一角。这个十七岁的女孩，竟有着这样深邃的内心世界，她似乎迫不及待地要在短暂的一瞬里经历别人穷尽一生也无法经历的精神旅程。

"弹《叹息》吗？"我拿出叹息的琴谱，翻到第一页，放到钢琴的谱架上。

小涵还没有开始弹琴，她只是安静地坐在钢琴前，喧嚣的世界仿佛立时变得万籁无声了。她只是一动不动地用低沉的目光看着钢琴，在这种静默无声中就足够产生一种令人敬畏的力量。

一串又一串高低起伏的音符从她的指尖流出。她柔软的身体微微前倾，轻巧的手指在琴键上从容不迫地跑动着。这次她弹得并不太快，听起来却别有一种缠绵悱恻的美感。伴随着指尖飞舞，她的右脚有节奏地踩着踏板，重复做出一放一收的动作，光滑洁净的肌肤从脚踝处沿着腿部曲线延伸上去，经过纤长的小腿和圆润的膝盖，最终消失在裙摆的褶皱之中。

平日里我在弹琴的时候，随着音乐的展开，总是有许多大幅度的，甚至夸张的肢体动作。比如，弹到特别快的地方，我的双臂会激烈地抖动，弹到乐曲的高潮部分，我会全身随着音乐的起伏而剧烈地摇摆。这是因为，随着音乐的节奏和情绪变化，演奏者会下意识地表现出相应的肢体语言。

相比之下，小涵弹琴的时候，肢体的律动相当轻微，几乎没有什么明显的动作。无论音乐的情绪如何变化，她的身体始终保持稳定，大幅度的动作只限于双臂和双手上。很多时候，她的手指不停地在键盘上旋转翻飞，身体却始终岿然不动。不仅如此，不论乐曲的情绪如何波涛起伏，她的脸上始终保持平静，并没有什么夸张的表情。

虽然小涵的面部和身体并没有太多的表情和动作，但她指尖弹出的音乐却强弱分明，层次丰富，最微妙的音色变化也被她捕捉到了，音质上最细微的区别她也能表现出来。她弹出的音乐也因此色彩变化多端，明暗飘忽不定，在音符与乐句之间荡漾起捉摸不定的情绪变化，使听者容易陷入情感的旋涡。此外，她弹出的声音弥漫着一种清新久远的气息。这琴声就在我耳边，没有问题。但恍惚之间，这琴声又仿佛穿过幽深的谷底，越过遥远的山巅，在一瞬间将我带到我从未踏足过的国度，我的耳边仿佛传来了冰雪消融后潺潺的流水声。

看着小涵弹琴时安然若素而与世无争的样子，听着她指尖流淌出的纤尘不染的旋律，有那么一刻我想起了夏悦。我的眼前出现了夏悦弹琴时的模样：同样的若无其事，同样的神情自若。我的耳边似乎回荡起夏悦的琴声：同样的纯洁无瑕，同样的不染一尘。自从夏悦离开我以后，我是多少年没有听到这样纯粹的琴声了啊……我抑制不住汹涌而出的回忆，只能任凭它席卷了我的躯体，掀起一阵阵记忆的狂潮。

我内心隐隐感到不安，甚至有一些自责，心想自己不该在小涵弹琴的时候想起别的女孩，即使是夏悦。况且，公正地说，小涵弹得比夏悦更好。她对于细节、色彩变化和强弱层次的把握是我从未领会过的。我整理了一下心绪，缓过神来，继续看小涵弹琴。

弹到跨度比较大、和弦密集的段落时，她的处理异常干脆利落，没有半点拖泥带水。那些我费了九牛二虎之力才弹出来的段落，对她来说仿佛像小孩子过家家一样轻松。

她弹到最后一个段落时，一连串密集而快速的琶音排山倒海般喷涌而出，好似浪尖的泡沫飞溅，又如繁星倾洒出满天星辉。她停在最后一个和弦上，双手久久放在琴键上，那种和弦的共鸣和回响，使我想起海面上朦朦胧胧、散之不去的雾气。

小涵把双手从琴键上挪开，轻轻放到裙摆上。我原本有很多感想，此刻却一句话也说不出来。

"接下来你来弹吧？"小涵望着窗外，似乎在看街道上的人群。

她背对着我，蓬松的头发像瀑布一样倾泻而下，星星状的发卡镶嵌在柔软的发梢上，宛如月光下闪着亮光的蓝宝石。她的腰背挺得很直，没有一点青少年常有的耸肩驼背的样子，这就使她并不显得柔弱，反而给人以坚定感。

我将琴谱翻到乐曲的第一页，深吸了一口气，把手放到琴键上。我的心弦倏地紧绷了起来。她会如何看待我弹的《叹息》呢？

我学着身边现成的榜样，刻意避免了不必要的肢体动作，避免了无谓的体力消耗，把所有的注意力都集中在音乐的色彩上。无论速度如何变化，我的耳朵都尽力去听清楚每一个音符。我用手指的指尖和指腹灵巧地触键，手腕灵活地弯曲，试图将音乐的线条和层次感表现出来。

五分半钟后，我弹完了。虽然没有计时，但我知道是五分半。最近在琴房练习的时候，我会打开节拍器，严格按照作曲家标注的速度来弹。久而久之，这个速度的节奏和韵律已经镌刻在了我心里。前几天我曾试着计时过几次，每次刚好都是五分半，几乎分秒不差。

我停在最后一个音符上，琴房里还飘荡着最后一个和弦的回响。小涵站在我旁边，轻轻咬着嘴唇。在静默中只听到了两个人呼吸时的气息声。

"你这次弹得很不一样，是全新的感觉。"她打破了静默。

"部分是有意为之。听了你弹的《叹息》，对我有很大的启发。"

"当真吗？"她的语气略显怀疑。

"当然。我第一次听你弹就注意到了你与众不同的音色。刚才你弹的时候，再次确认了我的感觉。所以我试着融入你的音色和触键的感觉。一开始想的是模仿，弹着弹着，耳朵听着色彩的明暗变幻，内心有个声音便对我说，这首曲子就该这样弹才对。"

"钢琴真是神奇的乐器。"她说，"同一首曲子，不同的人来弹，力度，速度，强弱，层次感，手指接触琴键的角度、方式，手腕的松弛、弯曲，任何一点有细微的区别，弹出来的声音就会千差万别。"

针对目前我面临的一些技术上的问题，小涵很耐心地逐个给我讲解了一番，也提出了针对性的练习方法。

我注意到，对于一个女孩来说，她的手一点也不小。她的手指谈不上纤细，手掌很大，给人以很有力量的感觉，是那种属于钢琴家的手指，与她瘦削的身躯相比甚至有些不相称。手指头上的指甲剪得干干净净，露出了平整厚实的肉垫。我心想，这是一双多么适合弹钢琴的手啊。

天色不知何时发生了奇妙的变化，一半天空被乌云遮蔽，另一半依旧晴空万里。电闪雷鸣，雨水顺着玻璃上的痕迹稀里哗啦地流淌下来。

"是太阳雨……太阳和雨水同时出现，他们原本是属于两个世界的吧。雨雾笼罩大地时，即便是太阳这样的恒星，也要隐去万丈光芒。是什么力量使得他们可以短暂地在一起呢？"

小涵不知什么时候走到了窗前，手指在玻璃上顺着水流的痕迹滑下去。

就这样，在我弹完《叹息》后，天气风云突变，太阳底下大雨倾盆。小涵默言不语，对着窗外静静地看着，似乎想要奋力穿透那层朦胧的雨雾。那层雨雾背后似乎隐藏着什么秘密——倘若我知道了就会令我胆战心惊的秘密。我也没有说话，只是目不转睛地看着小涵，她侧脸的轮廓蒙上了一层阴影。

两个人就这样坐在琴房里，什么也不做，什么也不说，只是一同对着窗外发呆。可惜好景不长，太阳雨的景象没持续多久，乌云越来越蚕食着太阳这边的天空，雨也随之越来越大，最终整个天空被染上了灰蒙蒙的颜色。转眼之间，那一抹无比纯净的蓝色就变成了过眼云烟。

"你刚才弹的《叹息》，听起来与之前完全不同，说是两首不同的曲子也未尝不可。"小涵转过身来，目光重新回到了钢琴上。

"受了你的启发，我才对这首曲子有了新的理解。"

小涵的眼里泛起了柔和的光辉，仿佛夜里摇曳不定的烛光，虽然微弱，但也驱散了周围方寸之地的黑暗。这时，一个念头突然在我脑中一闪而过，但并不确定是否可行。

"我有个主意，"我说，"我觉得改一下，《叹息》就可以四手联弹了，你想不想试一试？"

"四手联弹？《叹息》？"她向我投来了怀疑的目光。

我用铅笔在乐谱上涂涂画画，尝试将原曲分成可以由两个人一起弹的两个声部，再加上一些必要的修饰。这时小涵一直用专注的眼神盯着谱子。

几分钟后，我大概在乐谱上标出了我的思路。

"你看，我的想法就是这样，写得很潦草，但你明白我的意思吧？"

小涵点了点头。

我往琴凳左侧挪了挪，她犹豫了几秒钟，坐到了我的右边。这样，我们一起坐在琴凳上，两个人挨得很近。她的呼吸声听起来愈发清楚了。

我没有解释更多，因为我觉得小涵一定会明白我的想法。果然，她按照我在乐谱上的标记弹了起来，一串串旋律音仿佛深谷里的溪水在岩块之间奔流。我也试着用同样温柔的触键，将流水般的音符融合到小涵所弹的声部中。两个部分的音响如层层水汽萦绕在半空中。

随着两个声部逐渐靠近，小涵和我也不自觉地往钢琴中间靠近，在某一刻，我们的身体触碰到了。她额前一排茸茸的刘海垂到耳边，发梢几乎触碰到了我的侧脸。弹完最后一个音符以后，我们的手臂和侧身依然轻轻靠在一起，两个人都没有说话。突然，小涵的肩膀抖动了一下，身体往外侧挪动了一些距离，与我保持了一定间隔。她的脸倏地变得绯红了。我这时也才回过神来，顿感空气中弥漫着一股奇怪的气息。

"我在想，"小涵在钢琴上弹了一段，"李斯特倘若听到我们的四手联弹，会是什么感觉。"

"一定会暴跳如雷，"我说，"他老人家说不定会大骂我们一顿。"

"我倒不这样觉得，以我对他的了解。"

听小涵的口气，好像她对李斯特很了解似的。我感受到了这个女孩子可爱的一面。

我们离开琴行后，雨停了，几道阳光洒到街上。

又是一场朝秋天靠近的雨。雨后天空的底色是一种影影绰绰的浅蓝色，透露出一种纤尘不染的纯净，远远地延伸到天际线上。浮云零零散散地点缀在天空的各个角落，把这浅蓝色稀释成不同的色度，变化万千又富有层次感。云雾的厚薄恰到好处，不会轻易消散在东海袭来的海风中，又不至于遮挡住想念大地和万物生灵的日光。光线和空气中尚未褪去的水汽凝结在一起，在建筑物之间渲染出一层雾蒙蒙的感觉。

我们路过一片绿地，一眼望去是绿油油的花叶燕麦草，时而还能看到一丛狼尾草，花序下长满了密集的柔毛，就像狼尾巴一般弯下去。一株株五彩苏构成的花篱将花园分隔为不同的部分，色彩斑斓的叶子上小水珠不停地滑落。

"你要进去看看吗？"小涵放慢脚步，抬头望着花园。

我们从石板路上走过去，雨后的花园已经恢复了生机。两边的花丛中缀满了野菊花的蓓蕾，这种野菊花朵虽小，到了寒秋时节却依旧会傲霜怒放。在野菊之间，一丛玫红色的金鸡菊点缀在草地上，尤为引人注目。

"这种金鸡菊还有个名字，叫'天堂之门'。"小涵指着眼前的菊花说。

我靠近观察，花瓣外侧是粉红色的，越靠近花蕊颜色越深，变成了玫红色。

"为什么会叫这个名字呢？"

"大概是天堂的门口也生满了这种花吧。"

我们转过一个弯后，一株七八米高的石楠树跃入眼帘，旁边还有一棵被修剪成半球形状的红叶石楠。后者的树干有两米高，入秋后长出的火红色嫩叶与夏天青绿色的叶子夹杂在一起，色彩呈现出渐变状。

"左边的树是石楠，四季常绿，右边的是红叶石楠，叶片的颜色随着四季会变化。"我不由自主地说。

"你对植物也很熟悉啊。"小涵的脸凑到了红叶石楠的树梢前。九月正好到了红叶石楠的果期，红色的浆果挂在树梢上，在阳光下鲜艳夺目。

这时，我脑海中又浮现出那年与夏悦漫步于花境的情景。这幅画面已经很模糊了，我以为它和其他有关夏悦的记忆一道，已经消融在日渐冰冷的过往里。可是此刻，那一幕场景又出现在我眼前。与其说我喜欢植物，不如说是夏悦使我喜欢上了植物，想到这里，我感到身上一阵发冷。

"我小时候喜欢去森林公园，里面树木丛生，花团锦簇。"小涵说，"从小父亲就教我认识植物的名字。"

我一路走过去，出现了一片枝繁叶茂的冬青树，下面长满了花叶青木，将冬青树的树干包裹得严严实实。这种花叶青木，叶片绿油油的，富有光泽，叶面上布满了淡黄色的斑点，如同洒金一般。

朝着草地远远望去，紫青色、桃红色、深红色……花色多样的夏堇小巧玲珑，落在花草之间，将这片花园装扮得更为灵巧动人。

我转过身，只见小涵半蹲着，充满怜爱地用手指轻轻抚摸一只不知何时从花丛里蹿出的小猫。温柔的光辉从她的眼眸里倾泻而出，那一刻我有种感觉，好像全世界的温情都集中在她一人的心里。

我们快要走出花园时，正前方长着几株足足有一米高的紫茉莉，一朵朵紫红色的花簇生于枝端，散发出阵阵幽香。

"这种紫茉莉的花在午后开放，次日午前凋谢。"小涵说。

"这么说，明天早上就会凋谢了？"我不禁感到惊讶。

"是啊，这种花在天色将尽时苏醒，赶着夜晚盛开，第二天天亮后却又要沉睡了。好像故意不想让人们欣赏似的。"

"它的生命也太短暂了吧。"

"花的生命固然短暂，但活得绚丽生姿。不像人的生命，穷尽一生也很难绽放一次。"

走出花园，我不禁想，人们常说春花秋月，现在看来秋花也有着不同于春花的别样韵味。

回到街上后，我和小涵都没有说话。我的脑袋昏沉沉的，涌入了许多凌乱的记忆碎片，却又拼不出一幅完整的拼图。小涵也一言不发，加快步伐，我不知道她要去哪，只是漫无目的地跟着她走。

梧桐树干朝地面投下淡淡的影子，不知不觉间已近黄昏。天色黯淡下来。浮云散去，落日的余晖透过云层之间的缝隙，映着晚霞的残容，在地面上投下几道若明若暗的阴影。

我们无声无息地走着，最终来到了地铁站。刚进站台，一班列车就已经发动了。我陪她在站台上等下一班车。

小涵依旧一句话也没有说。她只是站着不动，目光投向远处锈迹斑斑的铁轨。铁轨在昏暗的灯光下泛起点点光彩，仿佛星星坠落到了铁轨上。

从花园出来后，小涵一直显得闷闷不乐，似乎在想什么心事。我没有多想，毕竟这个年纪的女孩子，心里大概都有许多不为人知的秘密吧。

一阵鸣笛声从站台外面传来，地铁缓缓进站了。一阵风呼啸而过，车厢停在了眼前。我站在小涵旁边，凝视着车窗，在窗玻璃上我看到了她的镜像。一刹那间，我们的目光在车窗上接触了。

车门打开了，小涵走到车门前，又停下来，转过头看着我。

她眨了一下眼睛，用眼神与我告别。那一瞬间，我再次想：我曾经认识这眼神。她的额头在站台的灯光下蒙上一抹阴影，发梢在晚风中飘扬。

我朝她招了招手，想说点什么，却连"再见"这句话都卡在嗓子眼里没能说出来。

她的背影和身体的轮廓在我的眼里渐渐幻化为远方的云雾，一种奇异的感觉在我心底油然而生。她像是属于彼岸的人，而我则站在此岸。此岸灯火通明，人声鼎沸，彼岸却笼罩着挥之不散的浓雾，显得神秘而又幽静。此岸与彼岸之间仿佛隔着一条难以逾越的霜冷长河，尽管此刻我与她的距离不过几步之遥。

车厢的门关上了，地铁驶出站台，速度越来越快，不到半分钟就消失在夜色朦胧中了。

我望着地铁消失的远方，天边还残留着一抹淡淡的玫瑰色霞光。

第十四章

两天后，我下课后见到了金筱晴。她一看到我便快步走过来。

"友谊赛的事，你知道了吧？"

我摇摇头，表示没有听过这回事。

"他们在学校论坛上发了帖子，邀请钢琴社去参加，"她笑着说，"还点了你的名呢。"

"我？"我一时不明白她是什么意思。

"你自己去论坛上看吧。"她甩过来一个意味深长的眼神。

我急忙在手机上打开学校论坛。我目不转睛地搜寻，在首页找到了一个标题为"诚邀贵校钢琴社参加钢琴友谊赛"的帖子。

原来，音乐学院将于十一月中旬举办冬季音乐节，发帖人邀请钢琴社的社员参加音乐节。此外，他提出举行一场音乐学院钢琴系与钢琴社的"友谊赛"。不仅如此，他还特地提到了我的名字，说期待看到我在友谊赛上演奏。

发帖人署名为"F"，我马上意识到，他很可能就是傅辰。联想到我们之间的过节，我猜他可能是觉得遭到了挑衅，想要借着所谓友谊赛的名义报复我。

帖子下面的回复更是使他的邀请充满了火药味。仅仅一天时间，这条帖子下面，已经有几十条评论和回复。有人问 F 是谁；有人回复说很可能是傅辰，还发了傅辰的资料；有人提到在钢琴社的沙龙上我与傅辰弹同一首曲子的事，并称之为"挑衅"；有的人看热闹不嫌事大，一个劲儿地起哄，说邀请信是"下战书"，还说什么"两校之间的钢琴对决"即将上演。

我感到头脑里一阵眩晕。如果说帖子是傅辰发的，那么显然这并非只是邀请钢琴社去参加音乐节和友谊赛那么简单。我总觉得，如果我去参加，就代表着我接受了他的挑战，要和他在音乐学院里一较高下。对此我真是哭笑不得，却又不禁有种如临大敌的感觉。

我回到公寓后，陆扬转过身盯着我，脸上一副狡黠的笑容。

"所以你要应战吗？去和他斗琴？"

"你也知道了？"

"那个帖子都上了今日十大了，不想看也会看到啊。"

"为什么你要说'应战'呢？他只是邀请我们去参加友谊赛啊。"一种不祥的预感从我脑中一闪而过。

"你和那个音乐学院高才生的故事在论坛上已经炸开锅了。我看，不只是友谊赛这么简单吧。"

说完，他拍了拍我的肩膀，甩甩身子扬长而去，只留下我一个人坐在椅子上发呆。我心想，网络上的信息传递真是可怕，一夜之间，我和傅辰之间的过节仿佛在学校里已经尽人皆知了。

我躺在寝室的床上，心里纠结着要不要去参加所谓的友谊赛。陆扬说得没错，如果我去了，结果很可能是傅辰会在现场与我斗琴。他写的邀请信表面看似客气，实则暗藏敌意。如果我接受挑战，会有两个问题：一是友谊赛的地点是在音乐学院，这可是他的主场，我天然地不占优势；二是目前并不知道比赛的形式。但若是采用斗琴的形式，必然需要多准备几首曲目，而且还得是难度足够大、适合比赛的曲子。如今只剩下不到两个月，时间已经很紧张了。光是这些因素就已经使我心生畏惧，更别提他是音乐学院钢琴系的高才生，最近又一次在钢琴比赛中夺冠，锐气正利。

我的第一个念头是想退缩，我认为赢过他的概率很低。倘若我在现场输得太惨，与傅辰表现出的差距过大（这是极有可能的），那么我会感到太过屈辱。再说，如果消息传出去，被我的同学们和钢琴社的社员们知道了，岂不是太丢人了？最糟糕的是，大家都以为上次在钢琴沙龙上我与傅辰弹同一首曲子是故意为之，以为是我主动挑战了傅辰，才导致这次他想要教训我。所以，如果我输了，必然会被他们所耻笑，指不定会说出什么难听的话。

然而，我内心确实还有另一种相反的冲动——接受他的挑战。想起之前傅辰那副咄咄逼人的样子我就来气，这次他又给钢琴社发出这样一篇阴阳怪气的邀请信。如果他想要激怒我，那么他的目的已经达到了。我想了想，我已经有一些现成的备选曲目，再多准备几首应变，一个月内练出来也不是不可能。可问题是，演奏效果是另一回事，这样突击练出来的曲子，我能弹好吗？如果弹砸了，反而会弄巧成拙。

想到这里，我万分纠结。不久，金筱晴打来了电话。

"你看到他的邀请信了吧？"她一开口就问。

"嗯……"

"所以，你是什么打算？"

"我不知道……进退两难。钢琴社要去吗？"

"钢琴社肯定是要去的，我已经安排好了其他几个社员。不过我担心的是你……"

"很明显他想针对我。如果我去的话，可能会输得很惨，不知道他会怎么羞辱我呢。但如果不去，好像显得我胆怯了。"

"傅辰这个人啊，脾气很大，心气很高。不过他的背景那么好，琴又弹得好，有傲气也不足为奇。我现在也在担心，你会不会到时候和他再起冲突。"

"这个你放心，冲突我一定会避免。不过对于比赛，我一点儿也没有把握。但我难以释怀的是……你也看到了吧，大家都以为是我先挑衅他的。现在如果我置之不理，反而要被人家笑话了。"

"都怪你当时想不开，非要跟他弹同一首曲子，不然也就不会有这档事了。"

晚上，我带着几本琴谱去琴房。我打算梳理梳理备选曲目后再做决定。

自从进入大学以来，除了极少数的例外，我没有中断过日常的练琴。我练的曲子覆盖了不同时期作曲家的作品，其中尤以李斯特和肖邦为多。肖邦的气质是水：他的作品是清晨树叶上滑下的露水，是六月湖面上卷起涟漪的一阵细雨，是黄昏时笼罩在海面上的一层薄雾，情思敏感细腻；李斯特的气质是火：他的作品是破晓时东方燃起的朝霞，是旅人在茫茫冰原上堆起的熊熊篝火，是雷雨天划破天际的紫色闪电，充盈着饱满的热情和生命的活力。

我翻开琴谱，弹了几首肖邦练习曲，还算能流畅地弹下来。不过，李斯特的练习曲，除了《叹息》外，我虽然还练过几首，但无论从技术上还是音乐性上都还欠火候。弹完几首后，我觉得倘若勤加练习应该至少能拿出一两首来示人。弹着弹着，我逐渐找到了一点残缺不全的信心。

思忖再三，我决定先集中精力把之前已经掌握的曲目练得更加熟练，同时练几首新曲子，增加曲目量。我的计划是这样的：倘若进展顺利，那我就去参加友谊赛；倘若进展不利，就无视他的邀请。目前来看，这是唯一可行的方案了。

有了计划，唯一需要做的就是按照计划去练琴。我从来不善于制定计划，因为我时常会对前进的方向感到迷茫，但我对于执行计划反而没有太多恐惧，一旦有了计划，只需不折不扣地去执行。因此，我给自己定下了接下来一个月的练琴计划：每天下午两点到六点，练四个小时；晚上七点到十一点再练三到四个小时。除了上课时间外，下午和晚上都用来练琴。

事不宜迟，从第二天起我开始执行计划。一夜之间，我有了一个明确的目标。此刻，我心里只有一件事：与傅辰斗琴。

国庆节假期对我来说是个绝好的练琴时机。我的室友们要么回家要么去度假了，学校里也变得空荡荡的，我可以不受打扰地利用一切时间来练琴。这一天，我练了差不多十个小时。晚上回公寓之前，我已经可以把几首曲子连起来一刻不停地弹好几遍。练完琴，我合上琴盖，整个大楼里静悄悄的。当我走过昏暗的楼梯时，我眼前出现了傅辰，还出现了想象中和他斗琴的情景。我不由得问自己：我真的有能力应付这一场面吗？

晚上，我翻来覆去地睡不着，心里既为友谊赛的事情担忧，又充满了难以言说的落寞。我爬下床，摸黑走到阳台，拉开窗帘，一束皎洁的月光射进了我的瞳孔，恍惚之中我有种神摇目眩的感觉。黑暗中一种不可抑制的孤独感像潮汐一般拍打着我的胸口。

我想起了小涵。她此刻一定已经入睡了吧。不知道她最近在忙什么呢？有没有弹什么新曲子呢？除了练琴还要顾及学业，一定很辛苦吧？关于友谊赛的事，我真想听听她的意见。不过，也许是因为知道了她的身份，自从上次分开后，我一直都不敢主动去找她。一朝知道了她只是个十七岁的高中生，我竟不知道该如何面对她了。

无论如何，执行计划的顺利给了我一点信心，使我觉得有一定把握可以练好几首可以与傅辰同台竞技的曲子。想到第二天还要早起去练琴，我拉上窗帘，又钻进了被窝。

凌晨时分，我突然感到腹部隐隐作痛。一开始我没有怎么在意，以为只是和前几次一样，喝点热水休息休息就好了。不想，腹痛却愈来愈剧烈，两个多小时过去了还不见缓解。后半夜，痛感越来越强烈，我根本无法入睡。好不容易熬到了天亮，我爬下床，步履艰难地去了校医院。

到了校医院，医生听了我的描述后，问了几个问题，然后用手指按压了一下我腹痛的位置，剧烈的疼痛使我忍不住叫了一声。医生开了个单子，叫我去校外的大医院做检查。

在医院的急诊挂号时，我已经痛得难以走路了。一位年轻的医生再次按压了一下我的腹部，这时我已经痛得叫不出来了，只是一个劲儿地喘着粗气。

抽血检查和拍了彩超之后，医生确认是急性炎症，并且有化脓的危险，需要尽快手术。

"手术？这么严重吗？"此前，手术这个词对我来说似乎很遥远。

"不用担心，是微创手术，很快会好的。不过事不宜迟，拖久了问题可就严重了。"

我打电话给母亲，她很担心我，坚持要来看望我。不过，我家所在的城距离这里有上千公里远，而且要先去省城才有来这里的航班。即便她马上动身，最早也得到第二天下午才能到。

在急诊科等待手术的时间里，我一个人孤零零地坐着，其他病人看着我的窘态，对我投来同情的目光。我有一种被人类社会抛弃的感觉。腹部的疼痛还在继续，我感觉难以站起来了。我无法冷静地思考，什么理性、思维和逻辑，在这个场所，在这一刻，都被剧烈的痛感付之一炬了。

正当我陷入恍惚状态时，手机铃声响了，我定睛一看，居然是小涵打来的电话。

"好久不见！"电话另一端传来熟悉的声音，小涵的话音很轻快，"上次弹过的四手联弹，我有个新想法，关于——"

"什么？四手联弹？……"疼痛使我难以集中精神去思考小涵所说的话。

"你怎么了？听起来很虚弱的样子。"

"真是太不凑巧了……我生病了……在医院……"

"医院？你到底怎么回事？"

"我需要做一个小手术，不用担心，我——"一阵刺痛掠过我的腹部，我一时间说不出话来了。

"你在哪家医院？"

挂掉电话后，铺天盖地的痛感席卷了我的大脑，我已经无法再做出任何有意义的思考。我不记得我和小涵说了些什么，也不知道我们是如何结束对话的。

一个小时后，小涵到了医院，朝我走了过来。看到她的那一刻，我以为我眼花了，眼球使劲聚焦了好几次才相信是她。

"你怎么……来了……"我有气无力地说出几个零星的词语。

"不要讲话了。"时隔半个月听到她说话，还是那熟悉的音调。

事后回想起来，那一刻我先是感到震惊，随后心里涌上一阵难以平息的激动，就好像看到了救星。我记得，小涵穿着一袭浅色长裙，披着一件外套，裙摆展开呈现出波浪形，露出来的小腿肚在侧面发出淡淡的光芒。不过，当时的我全然没有心思去仔细观察她，只是心里一个劲儿地告诉自己：她来了。

我们没有说话，只是用眼神交流。一想到她看到了我这样失魂落魄的模样，我不禁感到十分难为情，不敢直视她的眼睛。

她的表情始终很平静，一副心如止水的样子。她一句话也不讲，只是安静地坐在我身旁，不时凝视着我的眼睛。她的目光在无声无息之中自有一种安定人心的力量。渐渐地，我对手术的恐惧减轻了，手术前的等待对我不再是一种难忍的煎熬，随着时间流去，我反而有点享受这种无言的静谧了。

我被推进了手术室。我望着小涵距离我越来越远，直至模糊成一道阴影。

平躺在推车上，看着冷冰冰的医疗设备，一阵不知从何而来的寒风穿透了我的身体，我的心头控制不住地颤抖起来。屋顶的灯光惨白而诡异，我出了一身冷汗，对手术的恐惧感重新压上了心头。在我人生过去的二十一年里，我从未生过什么大病，感冒的次数一只手也数得过来。这次，我居然要上手术台！这是我无论如何也没有想象过的。看到几个穿着手术服的医生和护士在忙忙碌碌地走来走去，我有一种自己是待宰羔羊的感觉。

一阵刺痛从小臂传来，我还没有反应过来就失去了知觉……

等我醒来的时候，我感觉周围冷气逼人，身体不住地发抖。我的心跳很快，呼吸困难，同时感到恶心，伤口也隐隐作痛。医生告诉我用嘴巴深呼吸，慢慢地，我的呼吸平静了下来，但仍旧觉得头晕。

我被推出了手术室，又被推进了病房。我清醒后的第一个念头是找小涵。

"手术很顺利，静养两天就可以出院了。"护士像是看出了我的心思，"你的朋友在等你了。"

这时，我看到小涵坐在病床边上，膝盖上放着一本夹着书签的书。

"我没想到你会来……就像做了一场梦。"我苦笑了一声，"我觉得自己很没用。"

"你知道吗，刚才在电话里，你的声音很吓人。"她带着关切的语气说，"一个人在病倒的时候是很脆弱的，我知道那种感觉……就好像全世界都抛弃了你……"

说到这里，小涵的眼睛里透露出一抹忧郁，像是回忆起了什么久远的事。

"我没事，只是小毛病，不该麻烦你来看我的。"

"坦白地说，电话里听到你的声音，我莫名有一种不祥的预感，"小涵的脸上露出犹豫的神色，停顿几秒钟后接着说，"那种感觉……就好像你危在旦夕……我知道这样想很奇怪，而且我不应该诅咒你……不过我不想对你隐瞒。"

听到小涵这样说，我自己也感到很疑惑。为什么她会有这种奇怪的预感呢？我不由得冒出一身冷汗。

"现在感觉怎么样？还痛吗？"她轻轻地说。

"伤口有一丝轻微的灼热感，腹痛已经没有了。"

"全身麻醉是什么体验？"

"很神奇，意识的丧失似乎只是在一秒之内发生的，就像是睡了一个很深很深的觉，中间的时间好像活生生地被切掉了。"

我有一种很神奇的感觉：小涵，这个我最近才认识的谜一样的少女，此刻竟然坐在我身边，静静地陪伴着我。我找不到什么理由能够解释她出现在这里的合理性，但她却真真切切地就在我身边。一种不真实感环绕着我，催眠般地使我闭上眼睛，昏睡了过去。

我做了一个梦。梦境中，我身处医院的病房里，躺在病床上。起初，房间里只有我一个人。过了一会儿，穿着白大褂的医生推了一个人进来，推到我的旁边。那个人的脸背对着我，一动不动，我看不到她的样子，只看出来是个女孩。医生随后便离开了病房，但不知为什么，他们把房间的门锁上了。

窗外袭来一阵强劲而凌厉的狂风，摇得窗户咯咯作响。天色也变得黯淡起来，日光将尽，厚厚的乌云在房间里投下重重暗影。这时，躺在我旁边的女孩醒了，她的肩膀不停地发抖，很费力地挣扎着，似乎想要转过身来，但挣扎了好几次都失败了。

终于，她转过身来的那一刻，我惊呆了，这个女孩是夏悦。她的脸上一片惨白，面无血色，仿佛全身的血都被抽干了。她的目光呆滞，眸子一片浑浊，在这双眼睛里我找不到半点我所认识的夏悦的影子。与其说她是夏悦，不如说她只是一具形似夏悦的躯壳。

"夏悦……是你吗？"我声音颤抖着问她。

她点了点头，大口喘着粗气，呼吸变得困难。她挣扎着终于说出了几个字："你……我……"说完，她举起青筋暴起的手，朝我伸了过来……

我的身体一抖，从睡梦中惊醒了。我的额头上满是冷汗，手心冰凉。

"你醒来啦，现在感觉怎么样？"一个女孩的声音问我。但我没有回应，似乎还沉浸在梦境中。这个梦究竟意味着什么呢？我为什么会做这样的梦呢？梦里的夏悦为什么是那副惨淡而恐怖的样子呢？她遭遇了什么才会变成那样？

"你怎么啦？一副魂不守舍的样子。"

我又听到女孩喊我的声音，这才意识到是小涵在对我说话。

"我做噩梦了……"其实，我不能确定刚才的梦境是不是噩梦。没错，梦中的一切都很诡异，但并非在恐怖电影里所感受到的那种恐怖。相反，梦中的夏悦想要对我说些什么，可惜她还没有说完我就惊醒了。

"梦见了什么呀？"

我面露苦色，不知道该从何说起。

"好啦，别想了。你感觉好点了没？你已经睡了五个小时了。"

"这么久了吗？感觉好多了，已经没有痛的感觉了。"

窗外的天色已经一片漆黑，只有一点儿路灯的灯光透了进来。

"现在几点了呀？"我问小涵。

"晚上八点半。"

"你一直在这里吗？耽误你的时间我很抱歉。"

"你以为我什么都不做，只是呆呆地坐在这里呀？"

这时我才注意到，她手中拿着那本书，书签的位置已经从靠前的位置放到了最后几页。

"你在读书吗？"我问。

"嗯，你睡着的时候，我已经差不多读完这一本了。"

"你在读什么书呢？"

"重读《复活》。"说着，她把书的封面翻了过来。

"是托尔斯泰的《复活》吗？"我心想，总算提到了我知道的话题，于是便不假思索地说，"《战争与和平》是他最好的作品。"

"你很熟悉托尔斯泰的作品吗？"

"这……"我惭愧地笑了笑，"我其实没有读过他的书。"

"那你何出此言呢？"

"因为……我记得中学的语文课上老师曾这样讲到。"我顿时感到自己刚才所说的话很蠢，不由得低下头躲避小涵审视的目光，"我不应该对自己不了解的事物下那么武断的结论。"

"这也不能怪你，大多数人都是听信老师和教科书上的说法。但如果你真的读过原著，你很可能会得出不同的结论。比方说，托尔斯泰的三部长篇各有特色，不过我个人还是最喜欢《复活》。"

"这本书讲了什么呢？"

"一个女人和曾经辜负她的男人的故事。"

"听起来好像很有意思。"我不禁睁大了眼睛。

"不是你想象的那种故事啦……"她察觉到了我的反应，话音里透出几分无奈，"创作《复活》的时候，作者已经对沙皇的统治不抱有任何幻想，在《复活》里这种思想上的变化是很明显的。"

"你的意思是他在不同的作品里有着不同的思想？"

"三部长篇小说正好勾勒出托尔斯泰思想的变化。"她一副认真的样子，似乎对我的问题很在意，"在《战争与和平》中，他明显对沙皇亚历山大一世抱有好感，而在《安娜·卡列尼娜》中，他借女主人公安娜的悲剧对沙皇俄国上流社会的腐化堕落做了深刻的剖析，也通过小说的男主人公列文之口表达了他对于农奴制的反思。到了《复活》，你能明显看出他通过女主人公玛丝洛娃的悲惨遭遇和男主人公的内心救赎，对于整个沙皇制度进行了最严厉的批判。"

"主题居然如此深刻。我以前读中学的时候，周围的同学不乏喜欢读小说的，但他们读的往往是那些情节离奇、一味想要通过恶趣味吸引读者眼球的小说，谈不上什么思想，也没有任何现实意义，一味用下流做作的情节吸引人的眼球也就罢了，在语言上也是粗制滥造，文笔低劣。我曾试着读过一本当时流行在学生间的小说，读了几页就看不下去了。我当时就想，这些人花功夫写一堆文字垃圾是图什么呢？当然，后来我明白了，为了钱他们什么荒唐和猥亵的东西都可以写出来，只要读者愿意买单。"

"托尔斯泰为了写《复活》，花了整整十年时间，六易其稿，"她的表情变得严肃了起来，"这本小说可以说是他的思想总结。"

"真的吗？"我不由得叹了一口气，"现代人哪有这样的耐心十年如一日地去打磨一本小说呀。人们都想的是更快地赚钱，赚更多的钱，爬到更高的位置，满足无休止的欲望。对艺术的追求不仅让位于金钱和权力，而且真正为了艺术而献身的人反倒会被大众耻笑，因为他们没有财富。这就是我们这个时代所面临的现实。"

"不过也不用过于悲观，你要看到，你刚才提到的这类小说最多也只能流行一时，最终会像日常消耗品一样被扫进时间的垃圾堆里。而像《复活》这样的作品，却历久弥新，过了上百年仍被称为文学名著，唤起一代代不同的人的相同的情感。"

"我联想起了音乐。历史上许多伟大的作曲家在世时，往往得不到认可，因为他们写出的作品远远超前于时代，反而无法得到世人的理解。而一些名利双收的所谓艺术家，有不少是沽名钓誉之徒，他们批量化地粗制滥造一些无病呻吟的音乐，反而能够赢得一般大众的热捧。当然，你说得对，时间是最好的过滤器，一个艺术品或者自称是艺术品的东西，无论是文学还是音乐，其价值只能由历史才能做出公正的审判。"

"所以，"她停顿了一下，对我投以一道温柔的目光，"不要着急，重要的是要有耐心。应当对艺术的未来有信心。要相信，时间是无情的，也是公正的。"

听她说到这里，我原本沉重的心情感到释然了，就好像阴暗的角落里突然射入了一道光，随即所有的阴影都消解了。

小涵又拿起了书，读完了最后几页，这时候我感觉她像是变了一个人。她的神情极为专注，目光凝视着书页移动。她翻页的间隔很短，可见阅读速度很快。她的身体微微动着，仿佛随着小说中人物命运的沉浮而摇摆。

"我现在应该没什么大碍了，你早点回去休息啊。"我看她合上了书页，知道她已经读完了这本书。

我和小涵告别了。她走出病房的时候，我看着她的背影，心底不知从哪里冒出了一种留恋的情绪。那一瞬间，我心里闪过一个念头：也许我并不希望她走，也许我希望她能够陪伴我更久。随即，我仿佛嗅到了危险的信号，觉得这样想未免也太奇怪了，想要赶紧把这个念头从脑中驱散出去。

其实，小涵能够来医院看望我这个事实已经在我的意料之外了，我不应该奢求更多。我想，一定是生病后我的身心变得脆弱，才会不自觉地想要寻求依赖吧。

经历了一整天的折腾，我早已精疲力竭。然而，躺在病床上，我却怎么也睡不着。我想到小涵走之前的情景和她说过的话。回想起前几次见到她，每次我对她都有新的认知。也许，我至今对她的了解只是浅浅的冰山一角，也许她的精神世界比我想象的还要广阔。

关于那场钢琴友谊赛，突发的疾病已经彻底打乱了我的计划。我现在这个样子，几乎已经没有可能在比赛期限前做好准备了。小涵走之前，我曾犹豫要不要把这件事告诉她，最终还是选择了沉默。告诉她又有什么意义呢？想到以自己现在的状态已经无法去和傅辰斗琴，我一方面感到如释重负，同时又有一种莫名的惆怅。前一天晚上在琴房练琴时，因为进展顺利，我还很有信心。谁想仅仅一日之隔，我已毫无希望。想到这里，我不由得情绪低落，大有命运无常之感。

我侧躺在床上，透过窗望着街对面的屋顶，不知道想了多久。最终，我也没有想出个所以然来。我告诉自己：明天再说吧，明天又是新的一天了。

第二天早上，医生来复查我的情况以后，说我可以下床走动走动，有助于恢复。我看了看时间，心想下午就能见到母亲了。

不料，约莫十点钟的时候，小涵又来了。看到她出现在病房的那一刻，尽管我很努力地在压制情绪，但仍旧难以掩饰内心的激动。

"你……来啦。"我的声音明显带着一丝颤抖。我没有问她为什么会来，就好像这是一件很自然的事。

"昨晚睡得好吗？感觉怎么样了？"小涵的嘴角露出一抹浅浅的微笑。

我和小涵走出病房，穿过医院大楼的过道。医院里人流密集，举目望去都是来看病求医的病人和陪伴他们的家人。迎面走过去的所有人都步履匆匆，表情严肃。有的人驼着背，瘦骨嶙峋，拖着摇摇晃晃的步子，显得虚弱无力。有的人黑眼圈很重，眼神空洞，仿佛失了神一样。有的人头发乱糟糟的，衣衫不整，一副惘然若失的样子。

"医院里面和外面真是两个世界呢。"我说。

"怎么说？"小涵抬起头看着我。

"你看，今天是一个晴朗的日子，蔚蓝的天空下挂着几朵轻飘飘的云。从病房里的窗户向外看去，你可以看到医院外的大街上人来人往，车流声和喧闹声不绝于耳，一群群衣着时髦的男男女女不停地经过，你会觉得有一种活力遍布在街头巷尾。"我接着说，"然而，仅仅一墙之隔，医院里就完全是另一番光景了。"

"同样的蓝天，同样的阳光，但在医院里，色调却变得灰暗了。"小涵转过身，目光投向那些正赶着求医问药的病人。

"昨天我到医院时就马上感受到了，"我说，"医院里始终有一种极为压抑的气氛，简直令人窒息。在这里你几乎看不到笑脸。大多数时候，来到这里的人们都是一副忧郁甚至绝望的表情，你不知道那些表情背后有多少个悲痛的故事。"

"你昨天痛得那么厉害，还有心情观察别人啊。"

"也许正因为这次生病，我对医院的认知不同于以往了。当我自己经历了被推上手术台后，我对于周围的病人似乎有更多的同情了。走过医院的走廊，看到来往病人和家属的满脸愁容，我能明显感到他们的痛苦。来到这里的人各有各的苦衷，即使是性格坚强的人，在看似平静的外表下也能感觉到他们的痛楚。"

"医院里可以看到人生百态。没有人会希望来这里，除非万不得已。"

"昨天我在医院里看到了一幕景象，深深地印在我的脑海里，我觉得我这辈子都忘不掉。"

"你看到了什么？"小涵眼里流露出好奇的目光。

"我经过一个科室，叫整形科。以前，我以为整形科的患者都是那些爱美的姑娘，没想到，我却在那里看到了好几个十岁都不到的小孩子。其中有一个小男孩，他穿着连帽衫，整个脸几乎都缩在帽子里，在医院的过道里十分显眼。当我正好奇他为什么要在温暖的室内戴帽子时，我无意中朝他走近了一点，无意中我看到了他的脸：一大半的面积都是黑青黑青的颜色，整个脸是畸形的，第一眼看上去会使人十分不适甚至感到可怕。但我马上就意识到自己的错误，我不应该对这个可怜的孩子抱有这样残忍的态度，于是我迫使自己恢复平静的表情，因为我不想让他感觉到我对他的脸有什么特殊的关注。男孩的父母坐在两边，他们的衣着很朴素，脸上满是深深的皱纹，全身上下风尘仆仆的样子，看起来是从很远的地方赶来的。于是我马上明白了，这个男孩患有某种先天性的脸部畸形和皮肤病。

"男孩手里拿着父母的手机，我用眼睛的余光看到，他在用手机玩一款时下流行的游戏。这时候，他突然抬起头看了我一眼，那一瞬间我与他有一秒钟的目光对视。我下意识地想要逃避他的目光，因为我的身体不自觉地对他的脸有一种生理性的厌恶。我随即制止了自己这种残忍的想法，心里感到难以承受的重负。我再次朝他看了看，令我惊讶的是，虽然他的脸是畸形的，皮肤也灰暗得可怕，但他的眼睛却没有任何异常，和其他小孩并没有什么不同，同样流露出一种天真的神气。男孩戴着帽子坐在角落里，一个人默默地玩着手机，与周围正在追逐打闹、说说笑笑的小孩形成了强烈的对比。那一刻，我觉得这一幕场景中有一些令人心碎的东西。

"我不知道男孩的父母为了给他治病已经去过了多少家医院，但我希望这里是最后一家，尽管我知道这也许只是个美好的愿望。看着他父母脸上的疲态和倦容，我不敢想象他们为了使自己的孩子有一个与其他孩子一样的童年已经付出了多少。我也不敢想象这个男孩以后的成长道路上会面临多少恶意和不公正的对待。他会因此而受到同学的欺负吗？儿童之间的残忍有时候超乎大人的想象，我小时候早就清楚地见识过这一点。他未来上学、工作是否会受到人们的歧视？他是否会因此而沉沦？想到这里，我感到很难过，我觉得上天未免太不公平了，它对一些人过于仁慈，给了他们远远超过他们所需要的，而对另一些人却过于残忍，连最基本的东西都不肯给予他们。"

我说完了以后，那一幕恐怖的场景又在我眼前重演。

"我想起了你之前所说的，与命运抗争的命运。"我继续说，"对于这个孩子，人们会说'不错！他很可怜，所以他需要努力与命运抗争！'说得多么轻巧！好像这是大手一挥就能做到的事。倘若人们少一些偏见，给这个可怜的孩子多点关爱，他的路就不至于那么难走，他也就不用过于痛苦地与命运抗争了。当然，痛苦无法完全避免，但至少可以减轻痛苦的程度，不是吗？所以，直到今天，我才真正明白你说的那些话。"

接下来好几分钟，我和小涵都没有说话。我们只能听到彼此的呼吸声，节奏有一些凌乱。此刻对我而言，小涵的陪伴是一种无声的慰藉。

"医院里也不完全都是悲剧啦。你忘了一个例外，妇产科的妈妈和爸爸们应该是很高兴的。"小涵似乎想把我从极度的消极情绪中拉出来。

"这就是医院的神奇之处。每天，这里都有人死去，也有新生命降生。这些病房里，有的盘旋着死神的诅咒，有的回荡着生命的回响。医院是一个毁灭与创造共存的地方。"

"其实，不久前我也去过一次医院，与你有类似的感受。"小涵的语气突然沉重了起来，"对于毫无希望的病人来说，医院就好像一个法庭，医生是不讲情面的法官，无情地宣告一个人死刑。"

"你之前也是生病去医院的吗？"

小涵没有回答我，她只是默默凝视着脚下，视线失去了焦点，仿佛想起了什么。她异常安静，静到我可以清楚地听见她深沉的鼻息。此刻，她一定是在回忆着些什么，但从她的表情来看，她不会愿意告诉我。我总觉得，她想起了那些隐藏在暗处的秘密。

"我们回去吧。"沉默片刻后，她的语气变得平淡而阴沉。

回到病房后，我躺在床上，她走到窗边，看了一会儿远处的风景，回过头说："友谊赛的事我听说了。"

"你也看到了？"我吃惊地问。

"所以究竟是怎么回事？"

于是，我把与傅辰的那些过节告诉了小涵，包括在钢琴比赛上如何与傅辰相遇，在钢琴社的沙龙上又如何无意中与他弹了同一首曲子。

"只可惜，我现在这个样子，看来没法执行原来的计划了。"

"你很想去吗？"

"随着最近练琴的进度，我感觉有了一点信心。"

"为什么你会想要和他较量呢？听起来你们之间只是个误会。"

"没错，是误会。"我犹豫了片刻说，"不过我觉得这是一个与高手切磋琴技的好机会。"

"你真的这样想吗？"小涵的眼睛里漾出怀疑的目光。

"当然。怎么，有什么问题吗？"

"坦率地说，我觉得你根本不是为了什么与高手切磋，而是基于对傅辰的私人恩怨。你不服气他，想要挑战他，击败他，或者至少与他平分秋色。"

我立时哑口无言。我不得不承认，小涵说得没错。我本来想掩藏真实的想法，没想到还是没有逃过她敏锐的眼睛。沉默片刻后，我不敢再直视小涵的眼睛，那里仿佛隐藏着一个飞速旋转的漩涡，一不留神就会把我卷进那深不见底的滚滚急流中。我的脸颊变得灼热起来，被眼前这个女孩看穿了自己的想法，我感到心有不甘。

"我看不惯他的傲慢和高人一等的优越感。如果我能够在斗琴时压过他，那无异于给他一记耳光，想想就觉得解气。不过现在我这个样子，接下来一个星期都没法好好练琴了。"说完，我叹了一口气。

此刻，我心生一个念头，我认为是绝好的主意。但我不知道小涵是否会同意。我支支吾吾地问她："你到时候有可能来吗？比赛是在周末。"

"我？"小涵听到后很是惊讶，"我为什么要去？"

"我觉得……如果你能来的话，可以作为钢琴社的社员支援我们。我是说……万一有需要的话。"

　　"你这个提议……很有趣。"小涵一副忍俊不禁的样子，好像以为我在开玩笑，"不过，我可能来不了……"

　　那天下午，直到小涵离开后很久，我依然觉得，她的影子还徘徊在房间里，久久未能离去。

　　时隔将近一年再次见到母亲，我惊讶地发现，她额头和眼角上的皱纹更深了，两鬓又多了几缕白发。她衰老的速度超出了我的想象，她似乎在一年的时间里匆匆走完了十年的旅程。在成年子女的眼中，父母在外表上的变化往往给他们这样一种感觉。原因在于，小时候，我们与父母朝夕相处，我们察觉不到他们每一天所发生的细微变化。长大了以后，由于离家求学、工作，一年难得见到父母几回，长时间累积的变化往往在一瞬间呈现给我们，因此我们时常会觉得他们突然间变老了。

　　"你爸本来也想来看你，但他自己身体也不好，最近老是去医院，我就劝他在家休息。"

　　母亲谈及父亲的时候，总是显得忧心忡忡。父亲年轻的时候身体是很壮实的。可是这些年来，他不仅得了高血压，肝脏也一直有大大小小的问题。去年经历过一场大病后，他安分了一些，多次声称要戒酒戒烟。他确实做出了一些尝试和努力，母亲在家也会监督他。不过据母亲说，他还是经常会控制不住地去喝酒。

　　"都怪你爸的几个所谓朋友，都是酒鬼，早年就是他们拉着他去喝酒的。到现在，他们还不放过他，明知道你爸身体不好，还总是叫他去参加各种酒局。世上怎么会有这么自私冷酷的人呢？打着朋友的名号做出伤害朋友的事情，这不是等于慢性谋杀吗？真是令人气愤啊。"

　　"他就不能推掉那些应酬和酒局吗？"我问。

　　"我一直劝他别去，但你爸是一个好面子的人，他不希望他的朋友们觉得他不行了。"母亲叹了一口气，"但事实就是他的身体已经不能再喝酒了。"

　　"我给他打个电话吧，我也劝劝他。这样下去可不行。"

　　母亲陪了我几天，见我的身体没什么大碍，便打算回家了。我当然希望她能多留几天，不过她面露难色。

"我也希望能够多陪陪你，不过这些天的住宿已经花了不少钱。眼下你身体已经恢复得差不多了，我也该回去继续工作挣钱了。现在你爸身体不好，医药方面的开销很大，你明年也马上要毕业，家里需要用钱的地方还会有很多。"

其实我知道，母亲这两个星期以来的花销已经控制得几乎无法再低了。她住在最便宜的旅馆，吃饭也在路边小店，只为尽可能地节省钱。这次见到母亲，我责怪自己很少去体谅父母的艰辛。如今看着她脸上的皱纹越来越多，眼袋越来越臃肿，皮肤越来越松弛，我心里真不是滋味。这些都是生活的艰辛留在她身上的痕迹。我突然有一种预感，作为她的儿子，我即将要去经历她所经历过的那些生活。尽管我读了大学，有了文凭，但那又如何呢？她在生活中受过的那些苦，我要以另一种形式去经历，她所受到的那些委屈，我要在另一种情境中去忍受。从长远来看，我面对人生的表现，还未必会比她好呢。想到这里，一种止不住的失落情绪在我的心里蔓延，我对那个渐行渐近的未来感到莫名的恐惧。

自从小涵来医院陪伴过我之后，我感觉我们之间的关系起了一些微妙的变化。也许是我因为生病变得脆弱，而她的陪伴给了我求之不得的温情。从那天以后，我总是会想到她，总是想见到她。

几天后，我在小涵的学校门口等她。这次她还没跨出校门，我就看到她了。她迈着轻盈的步伐朝我走过来。

"身体恢复得怎么样了？"她看着我，手插到上衣的兜里，脸上焕发出少女的青春光彩。

"已经没有什么异样了。我应该已经可以继续练琴了。"

"身体要紧。不要着急去练琴。"她迟疑了一秒钟，"所以你还是想要去挑战傅辰？继续执行你的计划？"

"计划取消了。"我直截了当地说。

"取消？你不去参加友谊赛了？"

"当然要去。是取消之前那个愚蠢的计划了。"

"好啦，别卖关子了，你究竟是什么想法？"

"我不想抱着挑战或者报复傅辰的想法去参加比赛了。事实上，我现在一点挑战他的欲望都没有了。我会去参加比赛，但我不想被傅辰牵着鼻子走，掉进他的圈套里了。我只想在那个场合努力把自己要弹的曲子弹好。"

"几天不见，你的想法怎么发生了一百八十度大转弯啊？"

"也许是因为生病。你知道，人在生病的时候总会思考许多平时绝不会去想的事。我想明白了，我的关注点不应该是输赢，而应该是音乐本身。我的目的不应该是赢过傅辰，而应该是弹出乐曲中的音乐之美。"

其实还有一个重要的原因我没有说出来，那就是小涵对我的影响。我被她性格中的那份平静和淡然的气息感染了。我越发觉得，我之前想要给傅辰一点颜色看看的那种想法太幼稚也太无聊了。

我对小涵在我生病期间给予的帮助表示感谢。

"不过，你当时真的孤立无援吗？"她的声音很柔和，"我是说，你的朋友和同学们，他们怎么没有人来看你呢？"

"不瞒你说，我虽然认识不少人，但是我的朋友少得可怜，甚至我不确定我究竟有没有朋友。"

"这样吗？我看你热衷社团活动，还以为你很擅长社交呢。"小涵的口吻中带着调侃的语气。

"社交？"我苦笑了一声，"那只是表面的假象。如果不是因为钢琴，我才不会去加入什么社团。不知你有没有听过一种说法，越是内心孤独的人，表面上越怕显得孤独，越想要掩饰孤独。"

"有什么可掩饰的呢？"

"你看看，走在这大街上，不论是恋人还是朋友，似乎每个人都有陪伴自己的人。在学校里，我也有不少同学，但我依然是孤独的。这样不是显得很不合群吗？人家会觉得，你为什么没有朋友呢？你这个人是不是有什么问题才没有朋友？"

"首先你得给'朋友'下个定义。你说的那种朋友真的是朋友吗？还是说只是玩伴呢？两者可是大不相同的。"

"问题就在这里。"我摆了摆手，"我可以有很多玩伴，这简直太容易了，我的室友陆扬就是其中之一。但我却无论如何找不到一个真正的朋友。"

她沉默了片刻，我也没有回应。但在这种沉默中我感受到的不是嘲讽，而是一种怜悯。

"在我看来，"她接着说，"孤独并不是什么不好的事，我反而喜欢一个人不受打扰呢。"

"不受打扰地干什么呢？弹琴吗？"

"弹琴，读书，写作。没有所谓的朋友来叨扰，也没有无聊透顶的聚会，安静地享受一个人的世界，不好吗？"

"写作？写什么呢？"我已经知道小涵喜欢弹琴和读书，但我还不曾知道她还喜欢写作。

"写点文章，记录自己的想法。"

"那很难得。我觉得如今人们很难静下心来去写东西。"

"以后你如果感到烦躁不安，除了弹琴，也可以试试写作。只要自己对任何事有什么想法，观点也好，困惑也罢，统统都可以写下来。你会发现，当你写出来以后，你积累的情绪就已经释放了一大半。"

"就跟弹琴的效果一样？弹琴对我也具有镇定的效果。"

"写作还有独特的功效呢。"

"比方说？"

"当你和别人聊天的时候，你是不是想到什么就说什么，完全不用考虑逻辑？一旦要把相同的想法写下来，你会发现那就远远没有说出来那么简单了。你行文必须有逻辑，论证必须有理有据，不然你写出来的东西不仅无法令自己信服，还会像小学生的作文一样幼稚。因此，写作的过程是整理自己思想的过程。只有把你的思想写出来，你才知道自己真正的思想。在日常的谈话中，很多人的说法充满了自相矛盾、前后不一致，因为他们从未整理过自己的思想，由着性子想到哪便说到哪。他们自己也没有意识到，他们说出来的话往往并不代表他们真正的想法呢。"

不论如何，小涵的这些说法还是让我耳目一新，这个女孩越来越让我感到神奇了。在那次音乐会认识之后，直到我生病期间，我们已经聊过了许多关于音乐、文学和人生的话题，必须承认，她是一个很有思想的女孩。我有一种感觉，我和她在精神上有了某种联结，而她的思想已经在不知不觉中影响了我。

我不由得问自己，这个女孩究竟还有哪些我不知道的秘密？

第十五章

去音乐学院参加钢琴友谊赛的那天，是一个阴冷的雨天。那几天气温下降得厉害，初冬的气息等不及秋天离去就想要宣示它的主权。

尽管戴着手套，双手插在兜里，我依然感到手指冰冷得在战栗。当我踏上开往音乐学院方向的地铁时，几天内憋在胸口的焦虑情绪在这一刻达到了顶峰，我连呼吸都不顺畅了。我对音乐学院一点儿也不熟悉，对那里的人也一无所知，疑虑填满了我的内心。我不知道所谓的友谊赛将会以何种形式呈现，不知道见到傅辰会是怎样一种情景，也不知道这一天我将经历什么。总之，我开始怀疑去参加友谊赛是不是个正确的决定。我甚至想，现在回头还来得及，可以声称自己生病了，或者随便找个借口推脱不去。

自上个月以来，尽管每天都在练琴，我的压力却有增无减。在音乐学院这个高手云集的场合要高质量地完成几首高难度的乐曲，对我并不是一件简单的事。每一天，我的心态都会发生过山车似的大转变。起初，我有时会觉得自己弹得还不错，甚至偶尔还会信心满满。然而随着比赛的临近，我却越来越缺乏信心了。

我渐渐发觉，当我的动机不再是与傅辰较量，而是聚焦于音乐本身时，我面临的挑战反而更大了。与一个人较量是简单的，因为参照物仅仅是对手。况且对于钢琴来说，每个人的演奏风格都不尽相同，这就给各人的演奏留下了解释的空间。但当我的目标是弹出乐曲的音乐性，表现出孕育于乐曲中的音乐之美时，事情就变得复杂起来。这时我的参照物不再是某一个人的演奏，而是音乐的艺术性，这是最高的标准。如果我弹得不好，我没有任何借口可以逃避，因为我不可能欺骗自己，正如我不可能欺骗音乐。

我面临的就是这种情况。比赛前几天，我一天比一天意识到，从音乐性的角度来看我弹得还远未达到理想水平。尽管我可以流畅地弹下来这些曲子，但其中要表达的细腻多变的情绪，我的手指却无法同样细腻地表达出来。从乐曲中，我感受到了作曲家的一千零一种情绪，而我的手指却似乎只认识一种苍白的表情。我有一种感觉：我活生生地把优雅的艺术品玷污成了粗俗下流的玩意儿。在我弹琴的漫长生涯中，感知到自己在艺术上的无能常常使我陷入抑郁的低谷。

从地铁站出来，步行不到五分钟便到了音乐学院。一路上，枯黄的梧桐树叶堆满了路两边，一辆辆车经过时随风扬起，好似翅膀上带有金色花纹的蝴蝶。我站在街对面，深吸了一口气，调整了步伐。还没走进大门，我就听到临街传来若隐若现的琴声。沿着笔直的林荫道走去，两侧种满了高大的梧桐树，只不过昔日茂密的树叶已经四散凋零，铺在地上形成一层厚厚的垫子。沿途紧密地排列着一个个巨幅宣传板，上面都是令人眼花缭乱的音乐会和学术讲座信息。

走进一座大楼，我沿着琴房一路走过去，各种乐器的声音迎面而来：嘹亮悠扬的小提琴，低沉浑厚的大提琴，雄浑有力的圆号……在众多乐器中，钢琴声迅速抓住了我的注意力。怀着好奇心，我走过每一间琴房时，都踮起脚尖透过门窗看看里面。几乎每一间琴房里都有学生正在练习，其中有的人很专注，一点儿也没有注意到我，但也有几个开小差的学生马上与我目光对视。

身处各种乐器声的共鸣中，我的心也随着音乐飞向了远方。

穿过两边满是琴房的走廊后，我来到一个大约能容纳两三百人的演奏厅，这便是举行友谊赛的地点。舞台中央摆放着一架三角钢琴，调音师正在做最后的调音。距离比赛开始还有十分钟，演奏厅里已经坐了三分之二的人，还有观众陆陆续续地走进来，他们大多数都是音乐学院的学生。想到马上就要与傅辰在这里同台弹琴，我稍稍平静的心又悬起来了……

我听到一个声音远远地在喊我，回头一看原来是金筱晴。她周围还坐着十来个钢琴社的社员。

"你怎么不接我的电话？"金筱晴用故作责怪的口气说，"我本来想叫你一起出发的，给你打了好几个电话你都没接啊。"

我揣出兜里的手机，看到有几个未接来电。

"实在抱歉……我没注意到。"

"好啦，过来坐吧。对了，你练得怎么样了？最近你怎么像消失了一样，钢琴社的活动也没来参加。"

于是，我告诉她我是如何生病了，痊愈后又如何为比赛做准备。

"还有这回事啊，身体现在恢复好了吧？不过，等会感觉是一场硬仗呢。"继而她转身跟几个要演奏的社员说，"大家要加油啊，要表现出钢琴社的水平，不能让他们看轻我们。"

显然，金筱晴和其他社员把这场比赛视为钢琴社与音乐学院钢琴系的某种较量，然而他们之间的那种同仇敌忾似的情绪并没有感染到我。

演奏厅内已经坐满了听众，场内不时从某个角落里发出一阵哄笑声，又立刻趋于平静。一个穿着酒红色连衣裙的姑娘拿着话筒走上了台。她说了一席开场致辞，前面几句话我一个字都没听进去。我满脑子都在想我马上要弹的曲子。

"我想强调的是，"她说，"这不是一场正式的比赛，而是友校钢琴社和我们钢琴系之间的友谊赛，今天也没有评委的打分，所以希望大家不要在意结果，友谊第一！"

这时，演奏厅的门被推开了。一个身穿黑色西装的高大男生走了进来，是傅辰。他面无表情，径直走向第一排左侧为他预留的座位，没有看一眼观众席，我甚至连他眼睛的一丝余光都没有捕捉到。他走过去的时候，演奏厅内响起了一阵低语声，显然他的出现吸引了大家的关注。

"今天友谊赛的赛制是回合制，"主持人继续说，"双方派出代表轮流上台演奏，弹满一个半小时。"

听到这里，我悬着的心终于落地了。如果是这样的比法，那么我最多只需要弹一两首就足够了，因为一个半小时的时间显然不够双方弹更多的曲目。

按照抽签的结果，演奏由钢琴系开始。于是，一位钢琴系的学生上台弹了贝多芬《热情奏鸣曲》的一个乐章。他的演奏干净利落，体现了精准平衡的学院派风格。第一首曲目就是贝多芬的奏鸣曲，这给到现场的其他选手不小的压力。

接下来，钢琴社的一位社员上台演奏了一首拉赫玛尼诺夫的《音画练习曲》。这首曲子虽然简短，包含的技巧却不简单。他流畅的演奏引得在场听众热烈鼓掌。

"你想第几个上场？"金筱晴悄声问我。

这是个好问题。看现场的情况，我心想越早弹完越好，这样就可以避免与傅辰正面交锋。

"要不下一个我上吧。"我说。

我走上台时，用余光瞥了一眼傅辰所在的位置，只见他双臂交叉，额头低垂，微微眯着眼睛，并没有看台上，好像在想什么事情。我认得他这副模样，和那次在钢琴社的沙龙上并无不同。

我手扶着钢琴键盘的边缘，向观众鞠了个躬。看到台下黑压压的观众，我不禁想：他们都是从小学习音乐，如今以音乐为专业，日后也会以音乐为职业的人。奇怪的是，想到这一点非但没有让我感到胆怯，反而使我觉得这次演奏的机会难得。舞台的聚光灯打到我的脸上，在这个短暂的瞬间，我在大脑里极迅速地回顾了我的整个学琴生涯。我有一种感觉，能够在他们面前弹琴，接受他们从专业角度的审视，也许我已经很幸运了。

我坐在钢琴前，调整了呼吸的节奏，手指放在琴键上。弹什么呢？既然只需要弹一首乐曲就已经足够，要么就弹贝多芬《悲怆奏鸣曲》的第二乐章吧！这是一段如歌的柔板，速度并不快，技巧也不复杂，曲调却很优美。弹这首曲子也可以释放出一种友好态度，表明我并不想在这个场合引发任何竞争。

我弹完以后，观众对我致以友好的掌声。走下台的时候，我的心仿佛随着《悲怆奏鸣曲》的旋律已经飞出了演奏厅。原来这就是我为之焦虑了一个月之久的比赛吗？现在看来，远没有必要那样担心。心里这样想着，我已经完全卸下了精神上的重担。

接下来，双方继续派出选手依次上台演奏。一个小时过去了，傅辰却迟迟未动。我不时朝他瞥一眼，只见他稳稳地坐着，那种气定神闲的神气就好像这次比赛与他无关似的。时间一分一秒地过去，演奏厅里升起一种不安的气氛，大家都在想：傅辰究竟打算什么时候上台演奏呢？

终于，一个半小时到了。这时钢琴系的一位学生正在弹德彪西的《雨中花园》。我想，难道傅辰竟不打算在这场友谊赛上演奏了吗？他邀请钢琴社的社员来参加比赛，自己却不上场，这未免也太奇怪了。我又朝他望了望，他还是一动不动，稳如泰山。这时，主持人在台下和几个学生接头交耳地说了些什么。我猜，等最后一个学生弹完后她可能要上台宣布比赛结束了。

出人意料的是，钢琴系的学生弹完以后，比赛并没有要结束的意思。主持人照例宣布说接下来又轮到钢琴社的学生演奏。一开始，我们并没有想太多，以为只是延长一些时间，于是金筱晴自己上场又弹了一首。不料，之后比赛仍旧没有要结束的迹象。钢琴社的另一位社员上台再次弹了一首以后，这个时候傅辰竟然站起来了。

除了腮帮上的肌肉微微抖动外，傅辰的脸上没有多余的表情。他几乎是在屁股刚碰到琴凳的瞬间就大臂一挥弹了起来，第一个音符就爆发力惊人，宛如划过天际的一声霹雳，立刻抓住了现场每一个人的心。他弹的是肖邦的《革命练习曲》。

傅辰的左手在琴键上飞速跑动，以迅雷不及掩耳之势奏出一串密集的音符，他的身体随着奔流而出的音符而起伏。他的演奏有一股旋风似的横扫一切的激情，仿佛一个带领千军万马冲锋陷阵的国王，非要叫你臣服在他脚下不可。短短的两分半钟，所有人都屏住了呼吸，直到傅辰弹完了最后一个音符以后才敢喘息。大家沉默了几秒钟，随后场内爆发出雷鸣般的掌声。傅辰弹的《革命练习曲》简直无懈可击，虽然我也练过同一首曲子，但听完他的演奏我马上便自惭形秽了。

"又该你去弹啦。"金筱晴贴近我耳边说。

我顿时惊出一身冷汗。就在几分钟前，我还以为比赛即将结束，我再也不用被比赛的梦魇支配了，然而几分钟后，我竟然要紧接着在傅辰之后上台，真是个天大的玩笑！

"接下来欢迎友校钢琴社的朋友为我们演奏。"主持人脸上洋溢着热情的笑容，但我总觉得那笑容中暗含着一种杀气。

我跌跌撞撞地向钢琴走去，双脚快要瘫软了。我甚至没有时间去紧张，因为我还没有决定要弹哪首曲子。我在脑子里快速地回放我为参加这次比赛所准备的曲目，试图在一大堆凌乱不堪的旋律中找到最适合此刻的一个。

坐在钢琴前，我双手贴在腿上来回蹭了蹭，又用手背擦去手心的冷汗，旋即盯着琴键沉默了半晌。演奏厅内起初很安静，但当我坐了一会儿还没有开始弹，台下便此起彼伏地传来一阵喧哗。也许他们是在议论我为什么还不开始弹，但我此刻顾不上想这些了。弹下第一个音符后，我听见我弹出的是肖邦练习曲《风弦琴练习曲》。

一听到我弹出的琴声，我咚咚直跳的心便缓和下来了。随着音符一行行掠过指尖，我的所思所想都被这风声似的旋律裹挟着，飘向远方弥漫着雨雾的山谷。

我不必去想要用什么惊艳的技术使四座皆惊，我不必去想要用这首曲子去证明什么，我也不必去想我所弹的会被人家拿去和傅辰比较，我只想着感受指尖跳动着的音乐。此刻，对我有意义的唯有音乐本身。弹到最后，我仿佛看到作曲家就坐在我对面听我弹琴。我是否弹出了他所想表达的意志呢？如果我是他的学生，他是否会对我的演奏满意呢？我又想，也许他会臭骂我一顿，说我弹得很糟糕呢。

几分钟后，我双手停在最后一个音符上。不论音乐学院的学生觉得我弹得如何，我终究是弹完了。我走下台时，没有了上台时的那种磕磕绊绊，反而步伐变得轻快而从容了。也许这也是音乐带给我的力量吧。观众的掌声对我只是一个虚化的背景，我还沉浸在音乐的世界里。

我想，既然傅辰也已经弹过了，那么比赛应该会结束了吧。不料，比赛没有一丁点要结束的意思。这一回，主持人没有再说话，只见傅辰起身又走向钢琴。没错，他要接着弹了。场内不由得响起一阵窃窃的交谈声，大家似乎都没有预料到这个局面。

更让我惊讶的是傅辰接下来弹的曲目：他也弹了《风弦琴练习曲》！紧跟在我之后弹同一首曲子，这难道是他对我的报复吗？我又想起那次钢琴沙龙上我在他之后弹奏《叹息》的情景。看来，他对这件事还是念念不忘啊。

虽然是同一首曲子，他弹出来的听起来却是完全不同的一种气质。他的演奏风格激进、大胆，充满对现场的掌控力。音符从他指尖不是流出的，而是从深谷里迸发的山洪，这就使得他的演奏对观众有一种特殊的吸引力。听他的演奏，不论你是否喜欢他，你都不得不全神贯注地聚焦于他。

观众对傅辰投以的掌声更为热烈。尽管我可以安慰自己说，由于在场都是他的同学，他的掌声更多是很自然的，但我还是不得不承认他的演奏完美地呈现了他鲜明的个人风格。

没错，风格，这是傅辰对我的一个重要启示。弹下来一首曲子也许不难，难的是找到并形成自己稳定的音乐风格。在如此众多的钢琴演奏者中想要脱颖而出，毫无疑问风格是一个决定性的因素。但风格又不等同于标新立异，风格必须建立在对音乐的理解和诠释之上。我意识到，演奏缺乏风格是我的一个短板。在这个方面，傅辰的确是个值得学习的榜样。

傅辰弹完了以后，比赛仍旧没有要结束的迹象。主持人提醒钢琴社的选手再次上场演奏。

"接下来谁去弹呢？"金筱晴焦急地问社员们，大家面面相觑。没有人预料到现在的情形，来现场的社员里只有六七个报名了在友谊赛上演奏，而且大多数人只准备了两首曲目。

"要不你再去弹一首？"我向金筱晴提议。

"这……好吧，虽然我原本也只准备弹两首。"

然而，金筱晴弹完一首莫扎特奏鸣曲后，傅辰又上台了。他干净利落地弹了另一首难度更大的莫扎特奏鸣曲，就好像要向钢琴社宣战似的。看来，接下来他要对我们奉陪到底了。

现在局面已经很清楚了：他想要刻意造成斗琴的局面。

接下来，我又不得不上台了。除了金筱晴，其他社员都不情愿再次弹奏，一方面是他们没有提前准备，另一方面是时间已经过去了两个小时，大家都有点疲倦了，担心贸然上场会弹砸。这个时刻，我觉得不能撂担子，毕竟我的确准备了好几首曲子。

我弹了李斯特的第六首狂想曲。我万万没有想到，傅辰紧接着又弹了同一首！而且，他弹的过程中，对后半部分的八度段落加快了速度，音响更为辉煌，炫技的效果更强了。我明白这是他对我的某种嘲讽，看来他毫无疑问是要针对我了。

这时，我开始觉得，这场比赛更像是针对钢琴社的一个阴谋：一开始使我们麻痹而放松警惕，傅辰最后出场而且不停地弹下去，直到耗尽我们的保留曲目或者直到我们弹砸为止。我想，如果这是真的，那未免也太阴险了吧。然而此刻，我们别无他法，只能硬着头皮弹下去。我和金筱晴轮流上台，以二对一的形式和傅辰轮流弹奏，但我们所准备的曲目很快就要耗尽了，而这场拉锯战却没有丝毫要停下来的意思。

"要不直接摊牌说不弹了吧？"我对金筱晴提议。

"可是，这不就等于认输了吗？"

此刻，傅辰在台上开始弹李斯特的《钟》。他的演奏如火花四射，那种激情仿佛一场百年不遇的洪水，扫荡着沿途的一切。我和金筱晴彼此都很清楚，我们的曲目库已经捉襟见肘了。虽说我们还练过一些其他乐曲，但在缺乏准备的情形下，要在台上高标准地弹出来却并不容易。

等傅辰弹完这一轮以后，虽不情愿，我们也要无计可施了。我想象着傅辰斜视我们的那种不屑的眼神。

然而，事情的转机往往孕育在绝望中。这时，我在后排的人群里看到了小涵。起初，我以为我认错了人，但定睛一看，没错就是她。这么说她还是来看比赛了吗？一瞬间那个念头重新在我心里燃起：小涵可以代表钢琴社继续上台演奏。以她的水平，一定不亚于傅辰的表现，可以为钢琴社挽回一点破碎的尊严。

我把我的主意告诉了已经尽显疲倦的金筱晴。

"可以是可以，但那个女孩乐意帮助我们吗？"她眼里闪过一丝疑虑，"你和她什么关系啊？"

"我来试试吧。"

于是，我悄悄沿着演奏厅的一侧走到后排，蹑手蹑脚地挪到小涵跟前。

"你也来了吗？"我不知道怎么提出那个请求。

小涵似乎对我的出现并不意外。她点了点头，对我说："你们还要继续弹下去吗？"

我苦笑着，贴近她的耳朵说："还记得我上次说过的吗？现在我们需要你的帮助。"

"你是认真的吗？"她眼里流露出惊讶的神情。

"关键看你的想法。如果你不愿意，我们就打算到此为止了。也就是认输……"

"有必要死磕吗？"她似乎有点不情愿。

"倘若直接放弃，会使钢琴社显得很被动，这等于直接承认：钢琴社的社员们全部加起来都比不过傅辰。我自己倒是无所谓，我也并不想着去和他争什么。只是这样一来，傅辰的目的便达到了。这显然是一场阴谋，而非公平的对决。"

"好吧，"小涵盯着我的眼睛，"那么我就最多弹三首可好？弹完三首，即便他不依不饶，我也不会再弹了。"

小涵和我一道回到钢琴社社员所在的区域。我马上把这个好消息告诉了金筱晴。

"不过，你确定……她可以？"金筱晴看了看小涵，明显感到怀疑和担忧。

说实话，面对来势汹汹的傅辰，我也不知道小涵的演奏会是怎样一种效果。但眼下我们别无选择。

傅辰弹完以后，小涵便在众人惊异的目光中走向了钢琴，连傅辰都不得不望着她。

直到这时，我才来得及看清小涵的模样。她上台前脱下了外套，白色衬衣外套着一件毛衣，配以格子裙，俨然一副学生的样子。当然，在场的所有人里，只有我知道她还只是个高中生。想到自己知道关于她的一个秘密，而这个秘密在场的人里只有我知道，这使我心里竟产生了一种莫名其妙的悸动，连我自己都感到大为不解。

我的注意力始终聚焦在小涵身上，未曾有片刻的转移。傅辰是什么反应我也顾不上了，我眼里只有小涵弹琴的模样。

她坐在钢琴前，灯光在她的脸上形成了一道若隐若现的光晕。钢琴的键盘上也散布着同样的光晕，使得她的脸和琴键一样都呈现出相同的象牙白。我回想起了她脸上的每一处细节：悬而直的鼻梁，新月似的眉毛，略微干燥的薄唇，还有那眼梢旁显眼的痣。这一刻，我甚至觉得自己能够看清楚她脸颊上细小的汗毛。

小涵弹出的第一个音符就使所有人大吃一惊：她弹的也是《钟》！在小涵之前，只有傅辰会挑衅般地弹和别人一样的曲子，这一回轮到他自己来感受这种滋味了。

演奏厅内传来此起彼伏的悄语声，没有人预料到这个身形单薄的女孩竟敢反击傅辰。他可是音乐学院钢琴系的高才生啊！我先是感到解气，随后又为小涵捏了一把汗……目前的场面在我看来已经完全失控，接下来会发生什么我不敢想象。

小涵弹的《钟》听起来完全不同。远距离的跳音音色明快，极具穿透力，整个演奏厅里回荡起钟声清脆的回响。到那段单手同时弹奏旋律和颤音的段落时，她的一只手仿佛变成了两只手，颤音的速度快得我看不清楚她的手指。最后那段双手八度和弦音响饱满、深厚，有激情，也有动人的遐想。在我看来，小涵弹的《钟》不亚于傅辰。

小涵弹完《钟》以后，正当所有人暗暗吃惊时，她却做出了一个更令人意想不到的举动：没等到观众鼓掌，她便头也不抬地继续弹了下去。

一连串色彩轻柔的琶音从她的指尖流出，她接着弹起了《叹息》。她的手指贴着琴键，像抚摸婴孩似的，寓于指尖的那种温柔简直要融化一切有形和无形的东西。不经意间节奏变得激烈起来，海上掀起了一阵狂风骤雨，海面剧烈地摇晃，巨浪仿佛要吞噬一切。终于，风平浪静之后，一切又变得安静而甜美。

在小涵的弹奏下，《叹息》这首曲子既有夏夜般的温情，又有海洋般的壮阔，两种情绪的过渡是那样自然和流畅，我甚至没注意到转换发生在何处。这首曲子当然也有其技巧性的一面，但在这一刻，所有的技巧都被优雅的曲调淹没了，人们只感受到音乐的唯美和思想的深刻。

小涵弹完以后，演奏厅里安静得寂然无声。不知道多久的时间过去了，听众们还在回味那种悠长的韵味。随后，大家才意识到小涵已经站起来了，于是热情的掌声从四处喷涌而来。被压抑的窃窃声复燃了，大家似乎都在议论这个神秘的女孩。

傅辰的脸上再也没有了之前那份旁若无人的沉稳。显然，小涵的演奏对他形成了真正的挑战，使得他不得不认真面对这个强劲的对手。

不出所料，傅辰上台后也弹了《叹息》。就这首乐曲而言，从技术的层面上来说他弹得固然无懈可击，但相比之下，我觉得小涵更胜一筹。小涵并没有什么大幅度的肢体动作，但她就像个高明的画家，对色彩明暗的控制恰到好处，使得音乐的层次感和画面感都很强。

看来比赛还得接着继续。我低头看了下时间，已经快要弹满三个小时了，焦躁不安的情绪在演奏厅里蔓延开来。只见小涵低头注视着键盘，沉思片刻后，双手同时弹出一组快速的琶音。听到第一个音，我便明白她弹的是李斯特的超技练习曲《马捷帕》。

马捷帕在历史上确有其人，他是一个英雄人物，拜伦、雨果、柴可夫斯基都曾以马捷帕的事迹为主题进行过创作。《马捷帕》是李斯特在读了拜伦的同名长诗后所作，技巧艰深、音响宏伟、画面史诗般壮丽。此外，李斯特也写了同名的交响诗。

这是我第一次看到小涵弹《马捷帕》。在开头一长串快得惊人的华彩段后，只见小涵有力地奏出作为旋律音的和弦，飞速弹出旋律音之间的双音，手指如幻影一般神出鬼没。她的双手在键盘上远距离地来回跳跃，动作呈抛物线状，音乐在她的弹奏下极富线条感。她身体的动作幅度很小，没有一点儿过分的表情。主题进行了几次变奏，每次都有着不同的旋律线条与和声色彩，她却从容地在各种音型和节奏之间变换，每一个段落都很自然地展开。随着不同音区间音符迅速而猛烈地碰撞，她用钢琴弹出了一种交响乐的效果，甚至仅仅钢琴本身就可以压倒整个交响乐团的气势。更令我惊奇的是，她驾驭这首曲子时显得那样轻松而毫不费力。我有一种感觉：音乐在她的指尖是流动出来的，而非弹出来的。我不得不想，这个小姑娘体内究竟蕴藏着什么样的能量，使她能够以瘦弱的身躯压倒键盘上的雷霆万钧。

即使在知名的钢琴家里，也很少见到女性钢琴家演奏《马捷帕》。这首曲子难度之大可以在任何"最难钢琴曲"的榜单里占有一席之地。由于对体力和耐力的要求很高，需要的手指跨度也很大，它对于女性演奏者来说并不友好，难度无疑放大了好几倍。在我的印象中，能驾驭这类曲子的都是那种身强体壮、手掌宽大，总之身体条件很好的钢琴家。然而此刻，在我的眼前，这个身形瘦削的女孩不仅流畅地弹出来了，并且营造出了那种史诗般辉煌的效果。有那么一瞬，我简直不敢相信眼前的一切。

现场的观众和我一样，在小涵弹完了以后都怔住了片刻。大家都在试图理解刚才发生了什么，音乐的冲击力太大了，以至于所有人都没能马上反应过来。直到角落里传来几声零零散散的掌声，观众这才意识到小涵的演奏已经结束，于是便一起大声鼓掌。但我也看到有一些人没有鼓掌，我猜他们很可能是傅辰的支持者。也许这不是整场比赛中最热烈的掌声，但一定是最真诚的掌声，因为鼓掌的人一定是从内心由衷认可小涵的演奏。

接下来的情况就变得复杂了。傅辰会不会继续和小涵弹同一首曲子呢？他咬了咬嘴唇，脸上的肌肉似乎在抽搐，显然小涵的演奏给他造成了压力。不同于之前在对方弹完后立刻上场，这次他竟然沉默了一分钟之久才走向钢琴。

当傅辰的手放在键盘上时，全场都为之紧张了。观众都屏住了呼吸，大家都在好奇他是否会继续弹《马捷帕》。

他没有弹《马捷帕》，而是弹了另外一首李斯特的练习曲。听到的瞬间，我内心一阵狂喜，这不就意味着傅辰放弃与小涵继续斗琴了吗？也就是说，在这场友谊赛中，钢琴社并没有落下风，至少与音乐学院钢琴系平分秋色。

这一切都是小涵的功劳。然而，她的表情却一如既往地平静，并没有什么变化。我想，这是因为对她来说，唯有音乐本身才是值得追求的。什么比赛，什么高下，什么占不占上风，这都不是她会考虑的。我进而想到，她是由于我的再三请求才同意上台演奏，这个念头使我感到一股暖流从心房流遍全身。

钢琴社的社员们都很兴奋。果然，傅辰弹完了以后，主持人跟他私下说了几句，于是她上台宣布：友谊赛到此为止。看得出来，她也没有预料到会是这样的结局。

此刻傅辰脸色铁青，面带懊恼的表情，这在我还是头一次看到。他走下台的时候，依然迈着大步流星的步伐，但已经没有了那种从容淡定的意味。主持人宣布比赛结束后，他一言不发，头也不回地走出了演奏厅的大门。

"你弹得太好了！连傅辰都不敢继续和你斗琴了。"金筱晴绽开了笑容对小涵说。

"没有那么好啦，"小涵看了看我，对金筱晴说，"可能只是他刚好没有准备过这首曲子而已。我也是抱着赌一把的心态。"

在演奏厅外面的大厅里，只有我们两个人的时候，我怀疑地看着小涵问：

"你选的曲目真的只是赌一把吗？"

原来，小涵第一首弹《钟》是一种激将法。此外，小涵知道《叹息》这首曲子在我和傅辰之间有着不同的意义，这样她紧接着弹《叹息》，傅辰大概率也会弹同一首，这就使大家明确知道他要故意与小涵斗琴。果然他也弹了《叹息》。第三首小涵弹了《马捷帕》，难度再次提高，倘若傅辰接下来不再弹同一首，那么也就意味着他放弃了较量。

"我始终只打算弹三首，不再多弹，所以我选择了一个相对激进的策略。"小涵意味深长地看着我，"我承认有赌的成分。"

我不得不承认她的策略是对的。如果她前两首弹的不是《钟》和《叹息》，那么傅辰很可能会弹别的曲子，这样就会陷入拉锯战的死循环，结果便无从预料了。听了小涵的解释，我觉得这个女孩的机智中有一丝可爱的成分。

小涵说《叹息》在我和傅辰之间有着不同的意义。这一点她说得并不完全对。是的，《叹息》对我的确具有独特的意义，但绝不是因为傅辰，而是因为夏悦……不，应当说，最初是因为夏悦，现在却也因为小涵。

小涵所弹的《叹息》是我听过对这首曲子最美的演绎，正因为听了她的演奏我才重拾这首曲子。其实，我心里一直都有种冲动，想要告诉小涵我和《叹息》这首曲子的过往纠葛，但这就无可避免地会提到夏悦。要在她面前提起另一个女孩，而这个女孩还对自己产生过重大影响，在我看来总觉得难以启齿。因此，我还是决定对这段往事保持缄默。

"要不要在音乐学院里走走？"我向她提议。

"不知道钢琴系在哪里。"她的想法和我一拍即合。

我们沿着路上的标识，来到一幢三层高的小楼前。红色的屋顶掩映在几株茂密的冬青树后面，树叶间长满了红色的球形果实。斜的屋顶上面伫立着一个塔尖，此刻雨已经停了，云雾也散去了一些，塔尖背后露出了一角湛蓝的天空，伴着冬青树叶在微风中的摇摆，颇有一种安逸恬静的韵味。

"进去看看？"我小声说。

还没走进门，几处琴声就从楼上的窗户里传了出来，在楼下交汇成一股音响的奇妙混合。走廊里有教室，也有琴房。有的教室在上课，老师坐在钢琴前示范演奏，几个学生围绕着他认真地听着。有的学生在琴房里练琴。总之，大楼里充满了音乐的氛围，令人心旌飘摇。我想，如果能够在这里心无旁骛地学琴，该是一件多么幸运的事呀。

被琴声吸引，我和小涵来到了二楼的一间教室外。教室门紧闭着，透过门上的玻璃窗，我看到里面有两个人坐在一架三角钢琴前。一个应该是钢琴系的教授，看起来五十岁左右，两鬓已经有几绺白发，正在指着谱架上的乐谱比画着什么。另一个是学生，正在按照教授的指导弹琴。

"你知道他在弹什么吗？"小涵小声问我。

我摇了摇头。

"拉威尔的《海上孤舟》。"

拉威尔是印象派作曲家的代表，迄今为止，我还没有弹过印象派的钢琴曲。小涵是否对印象派的作品也很熟悉呢？

我还在想这个问题，突然间，教室的门被推开了，是刚才在弹琴的那个学生，手里捧着一沓乐谱。站在钢琴旁边的教授朝他喊："回去再好好练练！"学生走出来的时候，用好奇的眼神打量了我和小涵。

我和小涵也打算下楼，这时，那位教授走到门口说："你们刚才是不是在门外面听？"

于是，我不无尴尬地向他解释了为何我们会出现在这里。我对他说："抱歉打扰到您了，那我们告辞了。"接着，我做出一个转身的动作。

"等一下！"教授的声音很洪亮，"你说你们来参加和钢琴系的友谊赛？这么说你们也会弹琴了？"

我点了点头。

"那么，你会弹什么呢？"

我不知道这位教授为什么这样问，但他的语气里并没有任何不友好的成分。我看了看小涵，对老师说："我旁边这位女孩会弹李斯特，而且她弹得很好。"

听我说完，小涵对我投以惊讶的眼神，她似乎没有想到我会把教授的注意力转移到她身上。但我不得不这样做，因为小涵确实比我弹得好太多了。

我有一种预感：这位教授可能会要求我们弹一首曲子给他听，如果真的是这样，那么由小涵去弹无疑是最合理的。

"李斯特？"教授的口吻中不无惊讶，"小姑娘，可以请你弹一首吗？"

小涵面露难色。也许这个突如其来的请求在她的意料之外，也许经历了刚才的比赛她已经无心再去接受别人的审视，不论为什么，我都感觉到她并不想在教授面前弹琴。

"不要紧，只弹一段也行的，"教授欣然一笑，"我只是好奇而已。"

也许是教授鼓励的目光使小涵觉得放松了，她指着钢琴说："那我弹一首吧。"这时，我总算是松了口气。

一开始，我对小涵弹的曲子感到很不熟悉，直到她弹到某一个段落，我才听出来她弹的便是拉威尔的《海上孤舟》。

听着这首曲子，我脑海中浮现出的是这样一幅画面：在月光朦胧的夜晚，海上波光粼粼，一只小船孤独地漂流在暗流涌动的海面上。某个时刻起，风起潮涌，波涛迭起，小船在一阵又一阵的巨浪下苦苦挣扎。而后，风平浪静，海面又趋于宁静，小船终于脱离危险，在海面上轻轻摇晃。

"速度、节奏都处理得不错，音色的层次感也弹出来了。"教授话锋一转，"不过，踏板的运用还有待提高。我给你示范一下吧。"

接着，教授坐在钢琴前弹了起来，他每弹一个段落，便停下来告诉小涵应该怎么处理。小涵对他的意见表示认同。最后，他连起来弹了一遍，朦胧的曲调中有一种如诗如画的境界。

"你的朋友说你会弹李斯特？"教授微笑着对小涵说，"你能否弹一首听听看？"

这次小涵并不犹豫了，她弹了一遍《叹息》，一气呵成，没有丝毫的拖泥带水。教授听完，脸上露出了满意的笑容：

"很好，你的演奏已经有个人风格了。如果你要在钢琴道路上继续往前走，就应该力求风格的鲜明、稳定。"

小涵对他善意的评价表示感谢。他问她："你参加过什么钢琴比赛吗？"

小涵摇了摇头。其实教授问她的问题也是我想问的。小涵琴弹得这么好，但为什么她没有任何想要去参加比赛的念头？

听到小涵还只是个高中生后，教授又问她："你不想到钢琴系来学琴吗？我觉得你应该走专业道路。"

这是教授对小涵的肯定吗？毫无疑问是的，在他看来，小涵应该以钢琴为专业，致力于成为一名钢琴家。听到教授的话，我也为小涵感到激动了。

"您是说……考音乐学院吗？暂时还没有考虑……"小涵说。

"为什么？不弹琴你还想做什么？"

这也许是教授对学生讲话的习惯性口气，他仿佛意识到自己并没有权利这样质问小涵，于是立刻改用缓和的语气说："我的意思是，这个可能性值得你来考虑。"

"因为一些复杂的原因。"小涵似乎并不想做过多的解释。

随后，我们便与教授告别了。临走前，教授给小涵留了他的联系方式，并对她说："如果决定要考音乐学院，可以随时联系我。"后来我才知道，这位教授姓康，是音乐学院钢琴系一个有名的教授。

离开音乐学院后，路上我一直在想："复杂的原因"究竟是指什么呢？

第十六章

从音乐学院回来以后，我和小涵见面越来越频繁。悄无声息之间，我生活的星系中仿佛点燃了一颗恒星，给我原本贫瘠的人生传来光和热。

小涵在那场友谊赛上的演奏使我再次确信，她的钢琴水平已经不亚于音乐学院钢琴系的学生。那位钢琴系教授的问题也困扰着我：她为什么不去参加钢琴比赛呢？以她的水平，捧来几个大奖的奖杯不算难事，通过比赛开启职业演奏家的生涯也大有希望。当下国内几个炙手可热的钢琴家不都是通过比赛成名的吗？她也没有想要去音乐学院学钢琴，难道她真的只是把钢琴作为一个兴趣爱好吗？如果仅仅是这样，那未免也太可惜了，也令人难以理解，有谁会拥有一身才华而宁愿弃之不用呢？

尽管预感到她并不喜欢聊这个话题，我还是忍不住问她：

"你为什么不去参加钢琴比赛呢？"

"为什么一定要参加？"她反问我。

"通常来说，这是证明自己钢琴水平的一种最好的方式，而且也可以为你以后的音乐道路积攒资本。"

"又是'证明自己'，我不明白，为什么一定要证明自己呢？证明给谁看？"她一副态度凛然的样子，"还有，你说什么'积攒资本'，你把音乐当成什么了？博取利益的工具吗？"

"不，你知道我不是那个意思，"我解释说，"我从十四岁才开始学琴，我比谁都知道要弹好钢琴意味着什么，所以我明白你的天分，还有你多年来的付出。正因为如此，就算不是为了证明自己，你努力的结果也值得被人们看到，得到人们的认可。至于'积攒资本'，我的本意是参加比赛可以让你更好地走上音乐道路。"

"音乐能够给我带来内心的平静，这就足够了。我想要在音乐上得到的东西，我已经得到了。"

我仔细审视着眼前这个发梢轻飘的女孩，再次陷入了沉思。她对于音乐有一种近似于偏执的态度，甚至到了不近人情的地步。

我一度以为我已经对她有所了解，但到头来却发现，我对她的了解只是停留在很肤浅的程度。

无论如何，我很享受与小涵一起练琴的时刻。我向她坦然承认了自己在练琴上的苦恼："我似乎进入了学琴的瓶颈期。固然，我弹下来了一些有难度的乐曲，我在弹琴的过程中也很享受，我自以为能感受到寄身于音乐中的那种美。但这种美究竟是什么，我却说不上来。还有一些曲子，我只是从听觉上感觉它们很美，但它们究竟想要表达什么，我却一头雾水。很多时候，我觉得自己只是照着谱子把音符弹出来了，在这个过程中，我所感受到的那种美是很原始的、粗糙的、不成形的美。我总觉得在音乐背后隐藏着什么我不知道的秘密。可是，对于这些秘密，我却无处探寻。"

"你弹琴的时候会有画面感吗？"小涵问我，"也就是，想象音乐描绘的是怎样的一幅景象，或者描述了什么故事。"

"画面感是有的。"

"可以举个例子？"

"有一些曲子与我的过去有联系，比如说《叹息》，我在弹它的时候会想起我十四岁那年发生的一些事。此外，我还能想象到海面呀，诗人呀，少女呀。"

"一首乐曲与你过往的某件事相联系，可以使你在演奏中代入自己特殊的记忆和情感，这当然是好的。但是，你要是指望每一首乐曲都能建立这样的联系，那是不现实的。肖邦的二十四首练习曲，难道每一首都能让你想起你过去的故事？显然这是不可能的。至于你说的海面、诗人、少女，这些只是一个个单独的意象，它们不足以解释你弹的乐曲究竟有什么内涵。"

"那么，怎样才能理解乐曲的内涵呢？"

"你是否认为音乐是一种语言？"

我想了片刻回答说："是的，音乐可以并且应该像文字一样，传递特定的信息。"

"如果音乐是一种语言，传递着某些信息，那么这些信息必然是可以解读的。但是问题在于，音乐的语言与文字的语言相比，太模糊不清了。音乐没法直接告诉你它要表达什么，需要你发挥想象力去解读。"

"你说的想象力是什么意思？怎么才能有想象力呢？"

"你刚才提到了《叹息》，那就以《叹息》为例吧。"她说，"你知道这首乐曲是李斯特在哪一年写的吗？"

"不知道，"我有点摸不着头脑，"这个重要吗？"

"李斯特创作《叹息》的时间大致是 1845 年到 1849 年之间，"她没有理会我的疑问，"这一时期见证了他持续多年的爱情走向破裂，也正是在这一时期，他遇到了和自己最终相伴一生的人。如果你去了解了这一时期李斯特经历了什么，了解他在情感和精神世界里走过的那些旅程，你就能明白《叹息》究竟想表达什么样的情绪、描绘什么样的故事。"

"所以，应该去了解乐曲的创作背景和作曲家的人生经历？"

"不是浅尝辄止的那种了解，你必须理解作曲家本人，然后才能去理解他写的音乐。"

在我看来，小涵所说的无非是要我去读几本音乐家传记罢了，听起来并不是很难的事。

"你以为这就够了吗？"她好像看出来了我的想法，嘴角流露出微妙的一笑，"其实，了解作曲家经历和创作背景只是打个基础，要培养想象力，还需要读书。"

"读书？"我不禁后背抖了一下，"读什么书呢？我第一次听到要弹好琴需要读书这种说法。"

"最重要的是文学。"

"我想起来了，你上次也说过，音乐家的创作与文学在历史上有密切的联系。可是，这和想象力有什么关系呢？"

"设想一下，从古到今，自从有文明诞生以来，经过一代又一代的传承，这星球上曾经生活过多少生灵。每一个人的经历对他自身来说都是具体而独特的，但问题是每一个人只能经验自己的人生，对别人的人生是无法经验的。幸好人类发明了文字，而文字的一个重要功能是文学创作。文学是人类思想的结晶之一，文学既可以抽象出那些模式化的、许多人都会经历的人生经历，也可以通过艺术化的手法使那些独一无二的、传奇式的人生经历成为不朽。所以，通过阅读文学作品，你可以体验自己未曾经验过、此生也不可能经验的人生。换句话说，你可以在文学中体验别人的人生。

"当你读的文学作品越多，你经验的人生也越多，你的想象力就会越丰富，因为你眼前不再只有自己贫瘠生活的一角天空，而是能看到无数生灵的命运。比方说，在弹《叹息》时，我不仅会想起作曲家本人那些悲欢离合的往事，我也会想起舞女①站在伊豆的海边，渐渐消失在舢板的另一头，想起玛丝洛娃②站在审判席上扫视法庭的那种可怕又可怜的表情，想起娜娜③孤独地死在旅馆的床上而没有人愿意靠近她，想起祥林嫂④一头撞在香案上，头上碰了一个大窟窿，鲜血直流……

"所以你看，文学可以告诉你这个世界上以前发生过的、现在正在发生着的、未来还要继续发生的喜剧或悲剧……和惨剧。这就是为什么文学可以激发艺术家的想象力。作曲家在音乐中表达的情感绝非作曲家独有的，而是人类所共通的情感。遗憾的是没有人能够仅凭自身的经历就体验到人类所有的感情，但文学可以帮我们接近这个目的——倘若无法完全实现这个目的。"

"那么按照你所说的，"我追问小涵，"当我经验了这样多的人生以后，在弹琴的时候我如何把它们与特定乐曲联系起来呢？"

"不用你刻意去联系，联系是自然而然发生的。你在弹某一首乐曲的时候，乐曲里蕴含的那些情感会使你想起你所读过的某一个情节、某一个人物、某一段惨痛的经历。你会有一种恍然大悟的感觉，原来，强弱、节奏、速度的变化都不是作曲家随便写的，都可以赋予其特定意义，每一个表情术语都表达着那

---

① 川端康成的中篇小说《伊豆的舞女》中的女主人公。
② 托尔斯泰的长篇小说《复活》中的女主人公。
③ 左拉的长篇小说《娜娜》中的女主人公。
④ 鲁迅的短篇小说《祝福》中的女主人公。

些你所挖掘出的情感。这就是文学带来的想象力。李斯特读完彼特拉克①的十四行诗后谱写的音乐，不就是文学带给他的灵感吗？"

"这种联系是必然的吗？"我问。

"当然我承认，不是所有人都能建立文学与音乐之间的这种联系，这既需要读书，也需要同时对两种艺术都有敏锐的感知力。但无论如何，读书总能让你距离这个目标越来越近。"

听完小涵的解释，我明白她的意思了。通过文学去体验我们自身不可能体验的人生。这个说法初听上去是违反直觉的，但并非不可能。关键问题在于，在浩如烟海的著作里，要读什么样的文学作品？

用不了多久我便发现，小涵对文学的热情不亚于音乐。她似乎读过数不清的书，不论是中外小说、戏剧还是诗歌，她都如数家珍。她给我推荐了雨果的诗和小说。她几乎读过雨果所有的主要著作，其中她经常提到《悲惨世界》。

"《悲惨世界》里的每一个主要人物都有其重要的象征意义。芳汀代表着当时法国的劳动人民，她的经历揭示了阶级不平等和贫富差距到了逼良为娼的地步；冉阿让揭示了不公正的司法制度和社会制度对人性的摧残，但同时他也代表了人性高尚的一面，作者在他身上寄托了对人类未来的理想；沙威代表着一种披着法律和秩序的外衣的恶，这种恶在人类历史上一直存在；珂赛特和马吕斯的爱情则代表了纯洁、互相奉献的爱情。"

她读过《悲惨世界》的好几个中文译本，她把自认为最好的一个译本借给了我，建议我读一遍。我答应她了，而且在一个星期内就读完了。

"你已经读完了？"当我告诉她我读完了小说，她显得有点意外。

"晚上练完琴回来就开始读，一直读到深夜，而且还读了不止一遍。"我半开玩笑地说，"你可知道，我连准备期末考试也没有这样用功过。"

"读完后有什么想法？"她说，"其实我之前有点犹豫要不要推荐小说给你，毕竟你对小说没什么兴趣。"

"确实，一直以来我并没有什么读书的习惯，"我盯着小涵的眼睛说，"大学期间除了教科书，我几乎没有读过其他书。一开始看到你给我的《悲惨世

---

① 彼特拉克（1304—1374），意大利学者、诗人。

界》，我的第一反应是，天哪，好厚的书！竟然有上百万字。我承认读最初的几十页是有挑战的。因为我平时很少读书，我发现要让自己进入读书的状态真的很困难，那是需要耐心和定力的。但因为是你推荐的，我必须得读完，因此我强迫自己坚持读下去。"

"没想到会给你造成这样的痛苦啊。"小涵风趣地说。

"不，如果说有过痛苦，那也只是在一开始。当我继续读下去，我渐渐进入了小说所描绘的那个时代，我眼前仿佛出现了小说里人物的形象，我跟随人物的眼睛经历着他所经历的现实。时代背景、人物的经历、戏剧性的场景和描写，无一不吸引着我，使我想要知道人物最终的命运。就这样，我只用几个晚上便读完了。非但如此，我读完以后有一种意犹未尽的感觉。"

"这么说，这部小说给你的感觉不错？"

"何止是不错，"我说，"我能理解你为什么会推荐它给我了。小说中对于大革命时代波澜壮阔的社会图景和各阶层的人物的描绘堪称生动。主人公的传奇经历，以及各个人物命运的交织纠缠，紧紧抓住了我的心。作者在自序中提出的十九世纪的三个社会问题令我印象深刻，也就是：无产使男子堕落，饥饿使妇女失节，黑暗使儿童衰萎。整部小说深刻地揭示了这三个社会问题。"

"雨果所说的那三个世纪问题是很有启发性的，"小涵说，"如今，他提出的那些问题已经得到了相当程度的解决，尽管在全世界的范围内还远不能说这些问题已经完全解决。"

"然而我们这个时代却面临着更严重的问题，也就是思想的普遍贫乏。人们只想享乐，只想满足感官欲望。想想看啊，现在人们热衷些什么？无非是电子游戏啊，短视频啊，直播啊，选秀节目啊，网络爽文啊，除此之外还有别的东西吗？现在还有谁愿意花哪怕一个小时看一本书？过去几千年里人类智慧所创造的结晶被束之高阁，面对不可知的、危险的未来，我们却只在乎感官刺激和眼前利益，除了寻欢作乐不知道人生还有别的目的、不知道这世上还有别的事情可做。没有人在乎思想，也没有人愿意去思想，由此带来的精神上的贫瘠已经阻碍了社会的进步。我总觉得，思想的普遍贫乏将是我们这个世纪最突出的特征。"

"你竟然会有这么多感想，这是我没有预料到的。"小涵眨了眨眼睛。

"你说得没错，《悲惨世界》最耀眼的不是情节，而是其中所蕴含的思想。我必须说，它改变了我对小说的固有看法。我明白了，许多人之所以读不下去这本书，是因为他们读书的目的是娱乐，而不是为了思想。这本书不是为了满足感官上的欲望而写的，他们自然也就不愿意读了。读了《悲惨世界》，我才知道，原来小说可以不用包括那些庸俗的玩意儿，可以承载人类最深刻的情感。最重要的，原来小说可以成为社会的良心。"

说完以后，小涵微笑着说："也许应该说，文学可以而且应当成为社会的良心。就像音乐，音乐的意义绝不仅仅在于娱乐，不是吗？作为一种艺术，它有着更高的目的和价值。"

"坦白地说，读完《悲惨世界》以后我有点难过。"

"你是为人物的命运感到难过吗？比如芳汀？我觉得她是全书中最可怜的一个人。"

"不仅如此。读完以后，我觉得心里空荡荡的，我非但没有得到想象中的安慰，反而一种空虚感压倒了我。这也许是因为，小说里的人物不论悲喜，他们总归是找到了自己的命运，我眼睁睁地看着他们的故事结束了，而我却不知道我自己的故事进展到哪里了，我甚至也不确定我自己的故事是否已经开始了。我有这样一种感觉：无论幸与不幸，成为一个有故事的人本身就是上天的一种眷顾。你想想，一个人如果活了一辈子，也没有什么值得回味的故事，即使他平平安安、无灾无恙，但这是多么平庸、多么可怕的一生啊。"

"可是，"小涵说，"对于大多数人来说，平庸的一生就是最好的一生，因为可以避免风险。想要不平庸，便意味着要和大多数人不一样。在任何时代，如果你要过一种与大多数人不一样的生活，这就意味着要承担巨大的风险。"

"也许生命的意义不在于尽可能活得长久。很多人把人生看成一个结果，穷其一生他们都在追求一种幸福的人生。他们所谓的幸福，无非是指赚很多钱，获得物质上的极大满足，得到人人艳羡的社会地位，但这种幸福在我看来并非人生的意义所在。当然，我现在还没有能力断言人生的意义是什么，但我总觉得人生不是一个既定的结果，而是一种过程。你提到的风险，是相对于结果而言的，但如果把人生看成一种过程、一种体验，风险就没有那么可怕了。相反，没有风险的人生是无趣的，无风险恰恰说明了人生的贫瘠和乏味。"

说完以后，我们沉默了一会儿，仿佛我们都在思考刚才所说的话题。

"你说读完书后觉得空虚，也许我知道症结所在。"小涵脸上显出一种神秘兮兮的表情。

"是什么呢？"我急切地问。

"是因为——你读得还不够多。"她莞尔一笑，"我能理解当你真正读进去一本好书后，在读完以后的那种恍然如梦的空虚感。这是因为，在你阅读的时候，不论你有没有意识到，文字为你的思想注入了养分，你的心灵也得到了滋养。而读完了以后，这种思想的营养剂突然间中断了，也许这可以被称为读书的戒断反应。出现这种情况是好事，说明你确实读进去了。"

"你是说，继续读书就可以避免这种空虚感？"

"这种空虚感只是暂时的，等你读得足够多了，你非但不会觉得空虚，反而会很有充实感，因为你开始有自己的思想了。"

"有自己的思想？"我不解地问，"这是什么意思？"

"没有人生下来就对这个世界有一套系统的、自洽的思想观念。在成长过程中，你对周围的人和事渐渐形成了一些认知，但这些认知是建立在经验主义之上的，也就是说，是你所感受到的，根据自己的生活经验得来的，而不是通过有逻辑的思想得来的。阅读的过程是一个把那些建立在经验基础之上的认知重新进行归纳、反思的过程。你会看到很多不同思想的碰撞甚至激烈斗争，每一种思想代表着一种解释这个世界的方式，每一种思想都想要征服你、令你信服。但你需要有自己的判断力，对这些错综复杂的思想进行独立的思考。在这个过程中，也许你会认同书里的某些思想，但你也有可能会发掘出新的思想。那些提出原创理论的思想家便是如此。但无论如何，一切思想的起点在于读书。人类社会发展到今天，已经积累了大量思想成果，你只有了解前人有过怎样的认知，你才能在此基础上有自己的思想，不然就无异于搭建空中楼阁了。"

"所以，"她继续说，"当你读得足够多，你就会发现对于很多人和事，你渐渐有了自己的想法。你不会再盲信盲从，不会人云亦云，因为你对事情会有自己独立的判断。"

那么问题就很明确了：我需要读更多书。我请小涵给我推荐个书单。

"可以先从小说入手，培养阅读的习惯。以后也可以读哲学和历史著作。"

小涵建议我可以从雨果同时代的作家开始，她给我列了一个书单，于是我开始如饥似渴地读起来。

下一次我见到小涵时，我迫不及待地告诉她："当我有了你列的书单，心里知道自己有十来本书可以读时，果然我的空虚感减轻了不少。我现在有了一个新的期待，想要尽快把书单里的书读完。果然，人生需要有所期待。"

我很快就读完了小涵的书单，之后小涵又给我推荐了契诃夫的中短篇小说。

"别听到是短篇小说就小瞧它。"她对我说，"契诃夫在短篇小说中揭示的真理和人生，也许比托尔斯泰长篇三部曲——不，比其他所有俄国作家的总和还要多。"

对于中国现代文学，小涵建议我读鲁迅："鲁迅的所有小说都值得你去读，他的小说是可以和契诃夫进行比较的。"

由于一个偶然，我得知小涵对中国古典文学也别有一番兴趣。有一次，我看到她的包里放着刘勰①的《文心雕龙》。我回想起有一个学期，为了攒选修课学分，我选修了一门中国文学批评史，里面讲到了这本书。

"我记得有一堂课老师曾讲到这本书，我有印象。但我并没有读过，也不知道这本书是讲什么的。"我不无尴尬地说。

"《文心雕龙》里有一句话，'勋荣之家，虽庸夫而尽饰；迍败之士，虽令德而常嗤。理欲吹霜煦露，寒暑笔端，此又同时之枉，可为叹息者也！'你看，这句话里也有'叹息'这个词。"说完，她向我会心地一笑。

"这句话是什么意思呢？"

"这是刘勰对史书的批评。说的是有一些史书，对于世家大族，即使是平庸之辈也要不遗余力地夸饰，但对于那些困顿落败的人，尽管此人有高尚的品德也要嗤笑，使之埋没无闻。"

"我觉得这种情况至今也存在啊，"我说，"而且不局限于史书。即便是现在，一些人也是这样的。对于有钱、有背景、成功的人就拼命追捧，不认为他们的过失有什么大问题，反而认为是他们的'个性'和'特立独行'；而对于那些失败的、没有背景的人，人们就会使劲踩踏，他们连呼吸好像都是

---

① 刘勰（约465—约532），南朝梁文学理论家、文学批评家。

错误。"

"所以你看，这就是为什么需要文学。文学抽象出来的人性是普遍的、超越时代的。如果你在读前人的作品时感觉到他所描述的情形在今天依然适用，那么他的作品无疑就具有了超越时间的价值。"

在中国古代文学的所有形式中，小涵对诗是最为推崇的。她很喜欢李白《古风五十九首》中的一句："逝川与流光，飘忽不相待。"

"这句诗应该是在感叹时光逝去的匆匆之感吧。"我暗自庆幸终于听到了一句自己能理解的诗。

"你不觉得'流光'这个词很有意境吗？想象一下，傍晚时分，落日夕晖中流动的霞光。"小涵微微闭上眼睛，仿佛沉浸在黄昏的日落里。

"用流光比喻时间，的确是很生动的比喻啊。"

"其实李白并不是第一个写流光的人。"

"第一个是谁呢？"我问。

"曹植。他在《七哀诗》里写道：'明月照高楼，流光正徘徊。'"

"这里的流光也是比喻时光吗？"

"一般把'流光正徘徊'里的'流光'解释为洒下的月光。毕竟，时光只会头也不回地向前走，而不会'徘徊'，对吧？其实，中国历史上有许多诗人写到过流光，比方说范成大[①]写道'愿我如星君如月，夜夜流光相皎洁'，阮籍[②]还写道'流光耀四海，忽忽至夕冥'。"

"这几首诗里描绘的意境的确令人神往，我在想，倘若能写一首曲子，用音乐表达出流光的那种意境，那一定很动人。"

"那可比写诗困难多了，"小涵笑了笑，"用音乐描绘流光，想想就觉得很美呢，要是能写一首钢琴协奏曲才好。"

"那就可以称之为《流光协奏曲》。"我用调侃的口气说，"不知道我有生之年能不能听到这首曲子呢。"

那天晚上正好是个晴朗的星夜，我的目光所及之处，遍地是流动的星光。

---

① 范成大（1126—1193），南宋诗人。

② 阮籍（210—263），三国魏诗人，"竹林七贤"之一。

从那天以后，无论是破晓时的晨光，暮色中的霞光，抑或是夏夜里的星光，都对我有了完全不同的含义。后来的日子里，我时常会想：想象中的《流光协奏曲》，究竟应该是怎样的存在？

以前，提起中国古代文学的高峰，我的第一反应是唐朝和唐诗。不过，小涵却认为宋诗不亚于唐诗。

"唐诗的光芒太盛，唐代中国的国力也最强，所以人们仿佛以为唐诗就是诗的代表了，"她说，"其实宋诗也是诗的另一座高峰，只是被唐诗和宋词遮挡了它的本来面目。"

在宋诗里，她向往"小楼一夜听春雨，深巷明朝卖杏花"中那种清明幽远的意境，也同情"山河破碎风飘絮，身世浮沉雨打萍"中那种凄凉无力的叹息。她说，不同于唐朝的大一统和国力强盛，宋朝时期的积贫积弱和内忧外患反而使得她在宋诗中体会到一种唐诗中没有的哲理和忧思。

小涵也推荐我读诗。我不解地问她："之前你让我读小说，这我能理解，小说毕竟是一个完整的故事，从中我可以体验到别人的人生，或者说人生的其他可能性，从而培养对于音乐的想象力。但读诗又是为了什么呢？"

"文学难道只有小说吗？读诗同样可以培养想象力，诗里的那些意象和诗所要表达的意境，你在音乐中同样可以找到。"她说，"如果说小说是一个构思精巧的宏大建筑，那么诗就是一瞬间的灵感迸发。不要小瞧这一瞬间，因为音乐也有类似的情况。"

"类似的情况？"

"你应该已经发现了，音乐作品中既有演奏时间长达十几分钟、几十分钟、结构复杂的奏鸣曲、交响曲、协奏曲，也有短到一两分钟的钢琴小品、短歌。一部钢琴协奏曲当然不可能是一两天就能写完的，它所涉及的宏大结构需要作曲家用逻辑和理性去构筑，这就好似一部长篇小说。但那些短小却优美的钢琴曲中不乏一瞬间的灵感迸发。再者，即使是复杂的大型作品，往往也是由一个简单的动机开始的。还记得贝多芬《命运交响曲》的开头吗？很简单的一个动机，却发展出了一首复杂的交响曲。就这个动机而言，难道不可能是一瞬的灵感吗？"

我注意到，尽管小涵的外文很好，对外国文学也很了解，她依然认为汉语是世界上最优美的语言。她对我说："有史以来，世上已经有数千种文字，可是没有任何一种语言有着汉字那种非同寻常的美感。当我读外文时，我常常会有这样一种感觉：倘若这个句子、这段话用汉语来写会有更美的表达。我总觉得，汉语本身有其深刻的思想性，当我写出每一个汉字，我都能察觉到某种神秘的触动。五千多年的象形文字至今凝视着我们的眼睛，今后也会继续指引未来的方向。"

新年的脚步声临近了。商店门口和窗户的遮阳棚上，挂满了各种颜色的小旗帜，迎着风簌簌飘扬。街角的冬青树高大的树冠上，点缀着彩色丝带和挂饰，树干上围绕着一行行彩灯，入夜时跳跃起晶莹的光彩。空气变得愈发寒冷，其中飘漾着新年的节日气息。

整个冬天，我和小涵在枫香大道上边走边聊，从音乐到文学，从李斯特到契诃夫，话题仿佛永远也不会枯竭。

不知从哪一天起，路两旁的枫香树好似一夜之间变了模样，五角形的树叶变成了红色，但这种红色又不是整齐划一的红色，而是随着叶片的高度、角度和光照条件不同而化为橙红、鲜红、紫红，在阳光下现出鲜明多样的层次。我们常常在枫香树的红叶下驻足，直到手脚冻得僵硬。

小涵的生日在一月末的一天。早在年初的时候我就在想，这可是她的十八岁生日，我应该有所表示。然而，我对于送礼物这件事一向并不擅长，对于给女孩子送礼物更是无从下手。我曾想到送花，送工艺品……但又觉得这些礼物太普通了。

在琴房练琴的时候，我猛然想到，为何不给她写一首小曲呢？虽然我没有专门学过作曲，但写一首简单的曲子也并非不可行。于是，连续几天，我泡在琴房里，在钢琴上试着弹出平日里在灵感迸发的瞬间击中我大脑的曲调。右手弹旋律，左手辅以伴奏，再添加一些和弦和双音，弹出来以后，我惊奇地发现效果竟然还不错。我在五线谱上写下了曲子，回去后又工整地誊抄了一遍。

我想象着在小涵生日那天，在钢琴上为她弹出这首曲子，之后再把乐谱送给她。那天晚上，我捧着那几张谱子反复看了好多遍。我不停地想，小涵听了以后会怎么看待它呢？她会喜欢它吗？沉浸在一种热切的期待里，我直到深夜才能入睡。

第二天，我又去琴房弹了一遍自己写的曲子，但令我失望的是，这次听起来远没有前一天好听。明明是同一首曲子，为什么隔了一天就会听起来完全不同呢？我不禁大为沮丧，顿时觉得自己写的只是一首垃圾玩意儿。小涵会不会觉得我写的曲子很幼稚呢？这一刻，我觉得自己过于自负了，竟想着要去作曲。

一时间，我不由得悲愤交加，抓起眼前的乐谱，把它揉成一团，扔到了墙角的垃圾桶里。

我双肘撑在钢琴键盘上，随机发出的不和谐音似乎在嘲讽我的无能。我双手托着额头，闭上眼睛，心乱如麻。

天色渐渐暗了下来。我走到琴房的窗前，视线投向暮色苍茫的远方。一排长得整整齐齐的杉树屹立在路边，一阵风吹过，我仿佛听到树叶摇动的声音。街灯亮了，然而天还没有完全黑。惨淡的暮色和昏黄的街灯交错之下，室内的阴影更为浓厚了。我打开了琴房的灯，这使得窗玻璃上全是室内的反光，我反而看不清窗外了。于是我索性关掉了灯，坐在钢琴前，等待黑暗吞噬掉一切。

离开琴房前，踌躇片刻，我终于还是不甘心地走到墙角，捡起了被我揉成一团的谱子。晚上回去后，我再次把它誊抄了一份。

我心想，不论这首曲子有没有价值，价值有多少，总归代表着我对小涵的某种感情。我不打算当着她的面弹给她听了，因为我不敢直视小涵听到这首曲子时的目光，但我还是决定把谱子送给她。无论如何，这是我为她而作的曲子。我有这样一种感觉：当我写完这首曲子的那一刻，它就不再属于我了，我没有权利毁掉它。

小涵生日的前一天，我和她见面了。至今，她没有向我提起她即将满十八岁这件事，这引起了我的好奇。她似乎对自己的生日毫不在意，对于这个年纪的女孩来说是极为不同寻常的。我想起高中时，同班的女生们无一例外地对十八岁生日赋予了各种特殊的意义，仿佛在这一天以后，她们的人生就会变得不同。

当我见到小涵时，她依旧询问我练琴的进展，和我聊着文学与音乐，谈一些我们通常会谈及的话题。我们在两侧满是枫香树的路上走着，枫叶随风在空中飞舞。一路上，我犹豫着要不要把写好的谱子送给她，但始终下不了决心。

最后，我陪她走到了地铁站口。

"那么我回家啦。"她朝我投来浅浅的微笑，和每一次分别时的笑容并没有什么不同。看来，她不会对我提起生日的事了。

"等等——"我喊出声。

"怎么了？"她回头看着我。

"我还有东西没有给你。"我从衣服兜里掏出一个信封。

"这……不会是……"她面露难色，一副茫然失措的样子。

一开始我没有反应过来，过了几秒钟我便明白她是误会了。

"不，"我急忙说，"不是你想象的那样。"

我羞得两颊绯红，简直无地自容了。

两个人都不说话了，就这样在静默中过去了不知道多久。在别人眼里也许只是极短促的一瞬，但我心里不知道经历了怎样崎岖的路程。

"那我带回去再看吧？"她的眼眸在街灯下如湖水般澄澈。

我点了点头，目送她走进地铁站。

小涵走后，我心底莫名生出一种我自己也无法理解的念头：也许她并没有误会呢？

雪花飘扬起来，伴着小雨落到地上，路上的行人都加快了脚步。等我到学校时，夜空已变成白茫茫的一片。袭人的寒气侵入肌骨，我却不觉得冷，反倒遗憾这个冬天只下了零星的几场雪而已。

我来到琴房，凭着记忆弹了一遍写给小涵的曲子。我想象着她打开信封时的反应，不由得又紧张起来。小涵会怎样看待这首曲子呢？

不料，手机铃声响了，我侧身一看，是小涵打来的电话。

"信封我打开看了。"小涵在电话那头轻声说，"那首曲子，是你写的吗？"

"嗯，是给你的十八岁礼物……"我克制住自己颤抖的喉咙。

"十八岁……"她似乎沉思了片刻，"是明天啊……"

她仿佛才想起来这个事实。她给我的感觉是，她一点儿也不在乎自己的十八岁生日，这使我感到格外奇怪。就算她自己并不在意，那么她的父母呢？

说起她的父母，我对她的家庭可以说是一无所知。尽管我和小涵聊过许多话题，但凡是涉及她的家人，她要么是沉默不语，要么会转移话题。我不想让她觉得我想要打探她的家庭状况，因此每次我都识趣地避开这类话题。同样，她对我的家庭状况也从未表示过兴趣。

不过，对此我不仅不觉得遗憾，反而感到庆幸呢。我喜欢和小涵待在一起，喜欢和她谈天说地，喜欢和她一起弹琴，我享受和她之间那种宁静悠远、不受打扰的纯粹状态。凡是涉及孩子们之间的关系，家长很多时候只会带来伤害和痛苦。家长们自以为很懂儿女，自以为是为了他们好，殊不知往往把孩子之间单纯的情感推向万劫不复的深渊，给一颗颗年轻的心留下无法抹去的伤痕。关于这一点，我已经有足够的经验。自从我和小涵认识后，半年以来，没有任何她的家人会干涉我们往来的迹象。在我们之间，有一种真正的自由。说真的，我恨不得永远是这样才好呢。

"我能为你弹一遍吗？"不知道哪儿来的勇气涌上我的胸口。

"现在吗？你——"

"我正在琴房。"

她没有回答我，我知道她在等待我的琴声。

我把手机放到钢琴的谱架上，擦去手心的冷汗，开始弹了起来。

整首曲子速度并不快，篇幅也不长，弹完只需要三分钟。在曲子的结尾，我用渐慢和渐弱的和弦模拟悠扬的钟声，试图用音乐表现出语言无可形容的宁静。

当我的手指落在最后一个音上，整个世界变得悄无声息。窗外的雪势没有减弱的迹象，反而大有铺天盖地之势。在街灯周围的亮处，雪花纷纷扬扬有如飞舞着水晶似的粉末，又如一堆篝火在冰原上喷射出四溅的火星。

"学校这边下雪了，你家那边呢？"我问她。

"我正站在窗前看雪呢。对了……"她听上去略显犹豫，"你明天有空吗？"

"我现在最不缺的是时间。"

"也许……你可以来我家？"她的话音有些生硬，"请不要误会，我的意思是，我想听你弹你写给我的曲子。"

"可是，你的家人……"我内心有期待，也有抗拒，因为我怕见到她的父母。

"只有我一个人。"

不论是什么原因，听到她家里没人，我终于松了一口气。我没想太多，和小涵约好第二天下午去拜访她。她给了我一个地址，在江对岸。

一整夜，我睡得迷迷糊糊的，介于半醒半睡之间。我脑子里想象着小涵家里的画面，但无论如何也没有一点儿可以供我想象的线索，只是徒增烦恼罢了。直到冰雾冻结的窗户上透出一些破晓时的曙光，我才昏昏沉沉地睡了过去。

午后，雪势变小了一些，天空中依然彤云密布，雪花冉冉飘落。一声嘹亮的汽笛声响起，划破了笼罩于江面上的平静。一班摆渡船从对岸开过来，停靠在码头边上，我跟随着人群上了船。上船后，我没有坐在船舱里的座位上，而是走上二楼的甲板，站在栏杆前眺望江面。

尽管我曾多次从横跨两岸的大桥或者江底的隧道过江，但我从未距离江水如此之近过。江水蜿蜒着穿城而过，将整座城市一分为二。在昏沉沉的日光下，辽阔的江水不再像往日那样碧波盈盈，看上去灰蒙蒙的，甚至变得浑浊。我想听雪花滴落在水面的声音，但轻扬而下的雪花还未触碰到水面就消失得无影无踪了，没有发出一丝声响。江对岸蒙上了一层湿漉漉的水雾，远处的另一艘船在若隐若现的雾气里穿行，失去了鲜明的轮廓。

几粒雪花钻进了我的脖子里，我仿佛掉进了冰窟窿里。尽管逼人的寒气无孔不入，江水却照旧平静地流淌着，朝着东海的方向奔去，没有丝毫要停滞的迹象，它似乎永远知道自己要往哪儿去，而且它总是很有自信地把握着自己的流向。我感到了自己的悲哀，因为我从来都不知道我要去哪里。我总是到了一个地方后，才意识到自己是被某种不可知的力量推到此地，我难得有机会控制自己的走向。江水可以主宰自己的命运，也许这是古人所谓上善若水的另一层含义吧。

照着小涵提供的地址，我来到了位于郊区的一个镇子，找到一幢两层的小楼，外墙上的水泥已经掉落了不少，露出斑驳的砖块。附近散落着一排排二三层高的小楼，都是镇上居民的自建房。小楼外边围着一圈冬青树形成的树篱，把这幢小楼与周边的其他小楼分隔了开来，俨然一个遗世独立的小天地。小楼的墙上爬满了成片的三叶地锦，三裂的叶子在严寒季节变成了火红色，密密麻麻的藤蔓把几扇窗户都快要遮住了。冬青树和藤蔓上盖满了雪，在严寒中竟有一派生机盎然的感觉。

一楼看起来是个仓库，堆满了杂物，并没有人居住。我沿着小楼外侧的楼梯走上二楼，听到了穿透墙壁的琴声。我在门口停下脚步，直到听到一曲弹完了才敲门。

"你是坐轮渡过江的吗？"小涵为我开门的时候，穿着居家的衣裙，头发也略微有些凌乱。

尽管觉得四处张望不是很礼貌，我还是忍不住打量了屋里的角落。我一眼看到了她的钢琴，位于客厅的角落，窗边是一张书桌，窗外的玻璃上有一半爬满了蔷薇的藤蔓。靠着墙立着两个书柜，上面堆满了书。看来，客厅被小涵当作了琴房和书房。连着客厅的是两间小卧室，一间的门半掩着，另一间的门紧闭着。门开着的房间看起来是小涵的卧室，贴着浅色的墙纸，空间很小，除了床以外没有多少落脚的地方。整个屋子并不大，没有什么多余的家具，也谈不上有什么装修，一切都很简约而朴素。尽管如此，房间收拾得干净整洁，东西虽然不多却井井有条。我感到奇怪的是，我在屋内没有发现任何家庭共同生活的痕迹，它似乎是一个女孩的独居之处。

"你家里没有别人了吗？"我忍不住问小涵。

她摇了摇头，肯定了我的猜测。我暗想：父母不跟她住在一起吗？这里是租的房子吗？她为什么不和家人住一起呢？虽然心里满是疑问，我没有继续追问。

"你最近在练什么曲子？"她走到钢琴前，把谱架上的乐谱放到一边。

"没练什么新曲子，"我惭愧地说，"只是在弹以前练过的曲子，但还是弹不好。"

"哪里弹不好呢？"她转身直视着我的眼睛，"你先弹几首听听？"

我坐在小涵的钢琴前开始弹起来。我有一种很奇怪的感觉：虽然这是我第一次来小涵家，但我并不觉得陌生，也没有感到过分拘束。就连眼前的这架钢琴，我也觉得仿佛我曾经在某个地方弹过似的，不仅手感很熟悉，连音色听起来也似曾相识。

我弹了一首曲子后停了下来。小涵站在钢琴边，俯视着我，对我的弹奏谈了一些看法。她一边说，一边不自觉地用左手撩了撩耳边的几缕头发，露出耳朵的完整轮廓，耳廓的曲线中有几分圆润可爱。看着她眼角的那颗痣，我仿佛看到雨滴马上要从肌肤上滑落下来。我没有听见她说的最后几句话，因为我看着她的侧脸恍如进入了一种非现实的状态。

"你在听吗？"一个声音问我，我才从恍惚中抽离出来。原来，小涵已经说完了，我却没有反应。

"不好意思，"我脸颊滚烫，不敢直视她的眼睛，"接下来你来弹吧？我想听你弹了。"

小涵的指尖响起李斯特的《安慰曲》。她端坐在钢琴前，腰背挺得很直却没有一点儿僵硬，手指的动作灵巧而优雅。她瘦削的手臂灵活又有力量，那双手仿佛有魔力似的，能弹出一千零一种强弱和音色。她左手弹出的低音是一条缓缓流淌的河，带走所有不安的成分；右手弹出的旋律如歌声一般甜美，那种温柔直抵我的心底。与其说她在弹琴，不如说她在唱一支哀婉的悲歌，时而唱得沉郁，时而唱得悲壮。低沉而悠长的旋律缓慢地进行着，搅动人心的曲调中有的是年久日深的哀伤。

我不由得被她弹琴时的表情吸引了。她深不见底的眼眸里散发出一种明亮的光芒，钢琴的琴键反射了这种光芒，使得雪天暗沉沉的房间里显得并不那么晦暗了。她的嘴唇随着音乐的节奏微微张合，嘴角时而挂着浅浅的微笑，时而又布满疑云，那是唯有对自己所演奏的音乐有着深切的理解才能有的表情。她极其专注，所有的心思都投入在指尖流出的音符上。这种专注很容易感染听者，我有一种感觉：弹琴的此刻，她正在完成一场灵魂的献祭，她把自身和有关于自身的一切都献给钢琴和音乐了。

我走到窗前，透过藤蔓缠绕间的缝隙，看到远方渐渐暗淡的天色。风卷着粉状的雪花，撒满了整个天际，旋即又纷纷扬扬地落下，仿佛没有尽头。我转身走过去，小涵沉浸在音乐中，并没有注意到我站在她身后。

她的脖颈从领口露出来，即使在阴沉的雪天，也发出一种明亮的光泽。她脚跟着地，轻轻踩着钢琴的踏板，单是看脚的动作就能感受到音乐的律动。膝盖处的裙摆随着小腿的动作轻拂，裙边上的每一处褶皱也随着音乐的韵律舞动起来。

小涵又弹了一首，这使得我有机会长时间近距离地观察她。说来奇怪，认识她这么久了，我竟然没有仔细观察过她的模样，有时是因为来不及，有时是因为没有意识到，总之，我现在就像个正对着模特的画家，观察她身上的每一处细节。

倘若我是个画家，我一定会画下此刻小涵弹琴的模样，用画笔记录这个弹钢琴的少女。没错，画的名字就叫《弹钢琴的少女》。可是，我不是个画家，我甚至不会作画，因此我只能把眼前这一幕尽可能地镌刻在我的脑海里。谁说画作就一定比人的记忆更为持久呢？一幅画可能会遗失，毁坏，被不识货的人扔掉，但记忆里的形象至少会伴随我一生，说不定到了坟墓里这个形象还会继续陪伴我呢。

小涵弹完以后，一切都变得很安静，窗外落雪的声音清晰可闻。我不知道我是沉浸在《安慰曲》那令人心碎的曲调中，还是沉浸在小涵动情的演奏中，总之，我沉默了很久，一句话也说不出来。

截至目前，我们还没有谈及我写给小涵的钢琴曲。我们甚至也没有提到关于她生日的任何事。在我而言，我总觉得提起那首曲子是一件很难为情的事，因为随着时间的推移，我能够更准确地评价它的价值了。它只是一首普普通通的曲子，就像这世上每一天被写出来的许多平平无奇的音乐一样，甚至不会有机会被人们听到。此刻，我反倒希望小涵忘记这首曲子。

"对了，你写的那首曲子……你要不要弹一下？"小涵终于问我了。她从书桌的抽屉里拿出一个信封，从中取出我手写的乐谱。

我从小涵手中接过乐谱，顿时感到汗颜无地。明明是我送给她的十八岁礼物，明明说好要弹给她听，我却迟迟没有表示。我战战兢兢地走到钢琴前，手指颤抖着把乐谱放在谱架上，这个时候我倒怕忘记自己所写的音符了。

我写的是一首简单的钢琴曲，无论是和声还是织体一点都不复杂。当然，这是因为我没有能力写更复杂的乐曲。不过，我还是想在这首简单的曲子里描绘这样一幅画面：风中摇摆的枫香树，天边残留的霞光，屋顶尚未消融的雪，空气中的淡淡香味。就这样，在一派宁静中，两个人走在柔和的暮色中，仿佛永远也走不到尽头。我不知道听者会联想到什么，但在我而言，写出音符的时候，我眼前出现的是这样一番景象。

我弹的时候，速度并不快，音乐好似娓娓道来。我力求尽可能温柔地触键，希望能够描绘出我想象中的那幅画面。或者说，我试图描绘的并非画面本身，而是画面在我心里唤起的感受和情绪。

在小涵面前弹奏自己所写的曲子，这对我是一种神奇的体验。事实上，在此之前，我从未尝试过作曲，也从未想过要作曲。作曲对我来说是一件很遥远的事情。当我弹过这么多伟大作曲家的作品以后，我意识到作曲——尤其是要写出能流传下去的作品——对于一般人是不可能的事。但无论如何，为了小涵的十八岁生日，我还是写出了这首曲子。

乐曲停在最后一个和弦上后，我用手轻轻抚摸着琴键，感受着它的质感和温度。神奇的是，弹完了以后，我竟有种心情畅然的感觉。不论怎样，这首曲子在我看来是活起来了，因为它有了第一个听众。也许小涵是它唯一的听众，但那又怎么样呢？至少它有了一个听众，而且对我来说是唯一重要的听众，这就已经足够。我有一种感觉：小涵的倾听为这首原本一出生就枯萎掉的乐曲赋予了第二次生命。

"我真的是第一个听到它的人吗？"

"还能有谁呢？这首曲子只为你而作。"

说完，我暗想：眼前这个女孩已经十八岁了，那是一生中最好的年华。我想起一个诗人曾写道："我宁愿以整个后半生作为交换，只要你能回到十八岁。"

下了一整天的雪终于停了。小涵说："我带你去屋顶看看吧。"

小楼外墙的楼梯通向屋顶，上面是一个平台。我和小涵爬上嘎吱嘎吱响的楼梯，站在屋顶眺望远处的树林与河流，这里远离城市的中心，四下里没有更高的建筑阻挡，视野一下子变得开阔了。

远处的浓云散去了一些，夕晖一瞬间填补了那些空隙，在一片片屋顶上洒下淡淡的金色。放眼望去，从屋顶到街道，从田野到山峦，积雪反射了阳光，天地间注入了万道金光。临近傍晚，暗淡了一整日的天色被点亮，斑驳陆离的霞光穿过树林，在冬青树的枝叶间渲染上一层幽幽的淡蓝色。街道上一点儿声音也没有，连雪在枝头掉落的声音都听得清楚。雪后的空气是一种凛冽中带有清新气味的流体。我们在屋顶上待了很久。

"我突然有个主意，"小涵的脸上掠过片刻犹疑，"你能允许我对那曲子做一些改动吗？"

暮色时分，小涵坐在钢琴前，弹着我写给她的曲子。不过，她对这首曲子做出了一些改动：音型有更多变化了，和声更丰富了，此外她还对主题进行了两次变奏。在她的弹奏下，乐曲的旋律听上去保持了原来的风格，但俨然已经是一首完全不同的乐曲了。如果说我所写的原曲只有一个单薄的骨架，那么她的改动则给它填充了血肉之躯。

"你的改动就好像是救活了这首曲子。"

"你写的旋律很好听，"她说，"我的改动只是使它听起来更饱满。"

"你当真觉得好听？"我怀疑地看着她，"不是为了安慰我？"

"如果我不喜欢，我会告诉你的。对音乐必须坦诚，不是吗？"

霞光照射进室内，房间里蒙上变幻不定的色彩，钢琴的漆面和琴键上泛起彩色的光，起初是橙红、紫红，又变成青蓝色，后来化为一抹深蓝。在冬日沉寂的暮色里，小涵弹着琴，我从书架上取下一本书，坐在窗前，时而望望消逝的晚霞，随手翻翻手里的书。我突然有种感觉：如果我耳边的琴声，眼前的霞光，室内的阴影，还有此刻我所听到的、看到的、感受到的一切都能永远这样持续下去，那该有多好啊。

晚霞终于在渐浓的夜色中消逝了。似乎一瞬间，房间里就被黑夜笼罩了。

"我去开灯吧。"我沿着墙，寻找灯的开关。在室内浓重的暗影中，我不经意看到了那间紧闭着门的房间。不知道什么缘故，从我走进小涵家的那一刻起，这扇门就萦绕在我的心头，使我不得不一直惦记着它。如果小涵是一个人住在这里，那么除了她自己的卧室外，另一个房间是干什么用的呢？

当我走过那间紧闭着门的房间时，我不由得停下脚步，紧贴着门，做出一个聆听的动作。然而，里面什么声音也没有。

"你在干什么？"小涵的声音忽然出现在我耳畔，我冷不防吓了一跳。我转过身，发现小涵站在我面前，用一种埋怨的眼神看着我。原来，我的注意力都集中在了房间上，居然没有注意到琴声已经停了。此刻她站在逆光的方向，她的脸隐藏在一片阴影之中。

"这个房间……"我只说出了几个字。

小涵没有回应我。她在黑夜中无声无息地站了一会儿，接着出乎意料地转动了门把手，轻轻推开了那扇门。

一瞬间眼前亮起来了，入夜后浓云散尽，夜空反而变得晴朗起来。星星悬挂在天幕上，透过窗户投射进来点点星光。这是一间同样狭小的房间，里面除了床还有一张书桌，书桌上面还有一排书架。星辉洒在窗户和地板上，房间里的一切都显得光洁，给人一种纤尘不染的感觉。书桌上放着几本翻开的书，一支笔和一张书签还夹在书里。我有一种感觉，房间的主人似乎离开并不久。

"那天晚上……她在这里……"小涵的声音变得低沉、缓慢，每个字都是颤抖着说出来的。

小涵是在说谁呢？难道这里除了她，还有别人和她一起生活吗？这么说来，她并不是独自住在这里？她说的那个人是她的亲人吗？我心里堆满了疑问。

然而，我顾不上这许多疑问了。借着星光，我看到小涵的眼角发出晶莹的闪光。我还没反应过来，她已经蹲在地上，双手捧着眼睛，泣不成声了。一时间，我不知道发生了什么，也不知道该怎么办，我只能蹲下去，试图安慰她。我的手在她身后悬空了很久后，我才下定决心，索性坐在地板上，小心翼翼地抚摸她的肩膀，进而轻轻抚摸她肩上的发丝。这一刻，我不知道该说什么、能说什么，我只能凭着本能试图给她一点慰藉。

坐在地板上，透过窗户，我抬头看到疏疏落落地散布在夜空里的寒星。其中有几颗很大的星，亮闪闪的。从这个角度看去，星星是那样的低，摇摇欲坠似的，我仿佛能听到它们在低声说话。冬夜里的星光固然带来清冷的感觉，却显得无比纯洁剔透。

小涵靠在我的怀里，哭得像个孩子。显然，由于某种我尚不知道的原因，痛苦和脆弱在此刻支配了她，我没法问她为什么哭，因何而哭，我只能抱住她，让她有所依靠。一粒大大的泪珠滴在我的手上，反射出星光一样的色泽。我试图帮她擦拭眼泪，她反而抱紧了我不停地颤抖。

在夜色的流逝中，我们就这样抱了一会儿，她渐渐趋于平静。她的脖颈紧贴着我的肩膀，胸口随着呼吸声起伏不止，侧脸在暗淡的光线中变得透明。我一只手轻轻触碰到她的头发，无数根发丝摩挲着我的手心，即使在这个寒夜里，也犹如初夏的第一阵暖风席卷了我内心的每一个角落。我定睛直视她的眼眸，那里发出一些闪光，在沉沉暗夜里变成一种无可言喻的星光。

那个雪后寒冷的星夜里，这个十八岁的女孩竟然把一生的秘密统统告诉了我。

第十七章

事情要从小涵的父亲说起。他生于一个高知家庭，在恢复高考后考入了一所名校，之后又读了研究生。在他那个年代，这是很不容易的。毕业后，他白手起家，先是在一家国有企业做职员，后来下海经商，赚到了人生中的第一桶金。在父母的支持下，他的生意越做越大。

小涵的父亲和相亲对象结了婚，生下一个女儿，可是婚姻破裂，他们很快便离婚了。前妻为了事业远走高飞，去了遥远的国度，从此杳无音信。年幼的女儿于是跟随父亲生活。不久，他在工作中认识了一个比他小好多岁的女孩，二人见面后一拍即合，迅速结了婚，几年后又生下一个女儿便是小涵。

小涵的母亲很喜欢丈夫带来的女儿，对她视如己出，给她的母爱一点也不逊色于给小涵的。事实上，小涵的姐姐直到十六岁才知道这个真相，这也是母亲刻意为之，目的是呵护她的成长。小涵比姐姐小六岁，姐妹俩的性格迥然不同。姐姐性格温和开朗，待人接物都极有礼貌和分寸，得到父母双双的宠爱。小涵却没有那么幸运，她的性格孤僻，一度还被医生诊断为抑郁症。

小涵上幼儿园后，父母很快发现了她的与众不同之处。她不喜欢和别的小孩一起玩耍，喜欢自己一个人看书，或者一个人趴在桌子上画画。起初，父母以为这只是小女生的害羞情绪，没想到随着年龄增长她的这种情况大有愈演愈烈之势。在学校，她不喜欢与同学讲话，也不热衷于参加集体活动，总是露出一种冷漠的表情，从来不爱笑。在家里，她老是喜欢把自己关在屋子里，不是在看书，就是在写东西，要不然就对着窗户发呆。

有一次，她把自己锁在房间里写遗书。父母收拾房间时看到遗书后吃了一惊。夫妻俩合计了一下，决定由妻子出面试探一下虚实。吃完晚饭后，母亲走到她的屋子里，在床边坐下。

"小涵，你写的这是什么呀？"母亲指着书桌上的遗书问道。

"遗书呀。"小涵的回答很平静，也丝毫不想掩盖写遗书这个事实。

"遗书？"

"放心，不是写给你们的。"小涵冷冰冰地回答。

"那是写给谁的呢？"母亲不解地问。

"写给世界的遗书。"

"为什么要给世界写遗书呢？"

"答案在遗书里面。如果你读不懂，那你永远也不会懂了。"

说完，小涵就头也不回地走出去了。

此后，写遗书竟成为这个小女孩的一大乐趣，她写遗书就像其他人写日记一样频繁。她在遗书里会想象自己未来是怎么样死去的，同时也会抒发自己对于死亡的理解。这固然只是一个孩子天真的幻想，但对她来说竟成了生活中的头等大事。

她的认知从小不同凡响。父母曾给她读了许多童话故事，她却一点儿都不喜欢听，因为她觉得童话故事很假。她尤其讨厌那些以"从此王子和公主过上了幸福的生活"之类的句子为结尾的故事。每次听到这类故事，她总要追问父母："除了王子和公主，其他的人呢？故事里那个赶马车的人最后怎么样了？那个被孩子抛弃独自生活的老农民还活着吗？那个路上跑过去的小兔子到哪去了？"在这些故事里，她并不关心王子或者公主的命运，她关注的是那些几乎不会被人们注意到但很可怜的小人物。她关心他们的命运。她也喜欢质问父母：为什么这些故事都在讲要过幸福的生活？为什么一定要过幸福的生活？只有幸福的生活才值得追求吗？幸福的生活便意味着富有的生活吗？因为好像所有的故事里都是这样明示或者暗示的。总之，父母觉得她的想法反常、阴郁，甚至带点暗黑的意味。

她没有朋友，没有小伙伴，没有愿意了解她内心的人。周围的小孩子甚至都害怕她，觉得她是个怪胎，是个冷漠的女巫，不敢接近她。在生活的孤寂中，她把自己漫无边际的幻想寄托在书本上。家里的书很快就被她翻遍了，然而这对她来说远远不够，她开始整天泡在图书馆里。也许正因为她以读书为乐趣，她反而在语文课上表现出了异于常人的才能。当别的小孩开始识字时，她已经认识半部字典了。当别的小孩读标注拼音的童话故事时，她已经开始读《悲惨世界》了。

在《悲惨世界》里，小涵最喜欢的人物，不是冉阿让，不是芳汀，而是小说开头出现的那位濒死而不为人知的哲人，他是国民公会的代表。那位哲人曾说："只有知识才是真正的权力。"他还说："我们摧毁了旧制度，但在思想领域中却没能把它完全铲除干净。消灭恶习是不够的，还必须转移风气。风车不在了，风却还在。"这些对话给小涵留下了深刻的印象。

在别人看来，小涵是彻头彻尾地被囚禁在孤独中了，尽管她自己对此并不介意。父母很担心她，带她去医院看了心理医生。医生的诊断结论是她患有儿童抑郁症，需要进行心理认知治疗。然而，他们哪里知道，对于这个女孩来说，最好的药物就是读书。后来，父母逐渐也意识到了这一点，于是对她的读书行为不再做过多的干涉，放任她让自己置身于书籍的王国里。对她来说，这个王国里好像有一个只有她知道的、极隐秘的角落，任凭什么光也射不进来，她可以把自己的心思藏匿在这里而无人能发现。

起初，小涵和姐姐的关系并不好。年龄的不同和性格的差异，使得姐姐虽然对妹妹充满同情，却始终难以理解妹妹的所思所想。后来，有一次小涵听到姐姐在弹李斯特的《叹息》，她立刻被这首曲子所吸引，求姐姐为她反复弹了好几遍。

好像是一夜间发生的转变，从那天起，小涵彻头彻尾地迷上了钢琴。她要求姐姐教她弹《叹息》。姐姐看着天真的妹妹，露出怜爱而又无奈的表情。

"要弹《叹息》这样的曲子不是一朝一夕的事。"

"那么我要学钢琴。"

姐姐半信半疑地同意教她弹琴。

用不了多久，小涵展现出了在音乐上的非凡天赋。她学得很快，一年就可以弹莫扎特的奏鸣曲了。姐姐看到妹妹有如此的天分，建议父母为她找个好的钢琴老师。

"就找你之前的老师如何？"父亲提议。他说的是小涵的姐姐初学钢琴时的那位老师，她极为擅长挖掘孩子的音乐潜能。

　　于是，小涵便开始跟着那位老师学琴了。可是，没过多久，老师便告知小涵的父母，她没法继续教小涵了。原来，小涵学琴时只愿意弹自己喜欢的曲子，如果是她不感兴趣的曲子，任凭老师怎么要求、怎么强调其重要性，她是死活都不愿去弹的。这位老师的教学水平固然不错，但她持有许多老师共有的那种自以为是的态度，视学生的个性为洪水猛兽。她认为小涵的一意孤行既是对老师的不尊重，也带坏了其他学生。因此，她声称：除非小涵改变固执的态度，严格按照老师的要求去练琴，否则就只能让她回家。

　　如果这位老师是想以此逼小涵就范，那么她显然低估了这个小女孩的决心。小涵一声不吭地回家了，向父母宣称她从此不再跟着老师学琴。父母足够了解自己的女儿，因此劝说她几句后就放弃了。从此，小涵只愿意跟着姐姐学琴。对姐姐来说，自己练琴的任务已经足够重了，又要给妹妹教琴，肩上的责任无疑更重了。不过，小涵对音乐不凡的领悟力使得她学得飞快，不久，小涵可以只凭乐谱自己去弹新曲子，除非遇到什么困难她才会求助于姐姐。

　　音乐为小涵打开了观察世界的另一扇窗。自从她开始学琴后，她写遗书的数量明显减少了，后来甚至不再写遗书，因为她花了更多的时间在钢琴上。父母对此倒是乐见其成，他们在小涵的房间里为她放了一架立式钢琴，免得她老是要去跟姐姐抢那架大三角钢琴。

　　钢琴还有另一个作用：它使得姐妹俩的关系不知不觉变好了。自从小涵开始学琴后，姐妹之间的话题大部分围绕音乐展开。小涵喜欢问姐姐许多奇怪的问题——在一般学音乐的人眼里是奇怪的问题。比如，她会问姐姐："这个作曲家为什么要写这首曲子呀？他是不是很难过才写的？他是白天还是晚上写的呢？他作曲的时候有没有月亮和星光呢？他是写给谁的呢？"诸如此类的问题还有很多。

　　起初，姐姐以为妹妹只是随便问问，于是信口回答了几句。后来，姐姐发现妹妹是动了真格。小涵在图书馆里找来了关于作曲家生平的资料、传记，甚至他们的书信集，每天练完琴后躲在被窝里读。每当她自认为找到答案时，她会迫不及待地分享给姐姐。姐姐听了她旁征博引的讲述，不得不承认她的说法有几分道理。小涵对于作曲家和作品的研究反过来也对姐姐对于乐曲的理解和演奏大有帮助。就这样，钢琴把两个女孩的命运紧紧联系了起来，她们在音乐的世界里一起成长。

　　小涵的父亲虽然把公司经营得风生水起，但说到底他是个老实人。经商二十年来，他总是兢兢业业，不曾做过什么出格的事。尽管如此，人们还是对他很有意见。起初，人家看到他生意做得不错，都说："一个利欲熏心的商人而已。"他向儿童基金会捐款，热心于慈善事业时，别人说："赚的黑心钱，花钱买平安。"他积极在公共领域发声，尝试推动当地营商环境的改善时，别人说："野心家和投机主义者。"后来，他给那些创业的年轻人提供资金上的支持，投资了许多人们并不看好的项目，最终打了水漂，人家又说："败家子！蠢货一个！"

　　等到他的公司做得越来越大，在当地具有一定影响力以后，那些往日里瞧不起他的人却纷纷登门拜访，争先恐后地想要攀附结交他。他这个人没什么多余的心思，居然来者不拒，往日的恩怨一笔勾销，从此大家表面上都成了"好朋友"。渐渐地，上门借钱的人也越来越多。有的人以创业为借口，抱着几页空中楼阁般的项目计划书请求他予以资助，明眼人一看就知道这帮人与欺诈无异，他却觉得不妨试一试，以免得罪那些家里有背景的纨绔子弟。有的人声称要与他"合作"，其实只是想从他蒸蒸日上的业务里分一杯羹，他也同意了。还有一些人请求他给他们的子女在公司里安排一份工作，前提是不能真刀实枪地干活，领一份工资混日子即可。他明知这样对其他员工不公平，但碍于这些请托人的权势和地位，他还是满足了他们的要求。

　　就这样，公司的经营规模越来越大，可是负债率也越来越高，太多无意义的人情项目和内部日益增多的蛀虫们一天天把公司给挖空了。然而，对小涵的父亲来说，这一切都不是问题，因为公司的利益和这些"好朋友"的利益捆绑在了一起，就算公司有了什么危机，他们不见得会见死不救吧！

　　在家里，小涵的父亲有一个年轻貌美的娇妻和两个女儿，一家四口住着大房子，家里有几辆汽车，银行账户里有大把现金，他觉得自己还有什么不满足的地方呢？相反，他觉得生活已经足够幸福，老天对他已经足够仁慈。虽然小女儿的性格有点问题，但那又怎么样呢？很多小孩子都有多动症、抑郁症或者其他行为认知和心理上的问题，最后不还是痊愈了吗？而且小女儿现在一头钻到音乐和书本里，他对她也没什么可担心的。

如果生活就一直这样过下去，他确实会很幸福，他的家庭也会很美满。可惜天有不测风云，人有旦夕祸福。而且很多时候，祸福自有它发生的道理。

自从公司成为当地的龙头企业后，小涵的父亲获得了数不清的荣誉，也受到了无数虚情假意的恭维和吹捧。对他而言，他不在乎谁对他是真心，谁对他是假意。真心也好，虚伪也罢，不都是在讨好他吗？他不觉得在结果上有什么区别，更觉得没有必要花心思浪费时间去了解那些想要接近他的人。反正围绕在他身边的人不都是同一个目的吗？有什么必要区分个高下呢？横竖都只是为了他的钱而已。单就这一点来说，他倒是看得很透彻。只要大家能够一起赚钱，他就觉得这一切都不重要。

有一天，一位"好朋友"带来了一个天大的商机，如果能拿下他所说的这个项目，他们就能赚到一辈子也花不完的钱。前提是要和某个"重要人物"建立关系。这位朋友人脉广阔，愿意去牵线搭桥，但需要小涵的父亲提供资金。小涵的父亲犹豫了。他觉得家里确实是需要更多钱的：虽然赚了不少，但自己和妻子的消费水平也水涨船高，钱不论有多少，总是永远不够的，因为永远有这样那样新的欲望和需求像变戏法似的冒出来。住着大房子，却还想换更大的别墅，想在各个地方置办房产；开着几十万的车，却总想着换上百万的豪车；用着几万块钱一个的包，却总想着换新的款式，体验不同的奢侈品牌。无疑，朋友的提议对于他来说是极有吸引力的。不过，他还是有一些担忧。

"你说的那个重要人物，靠谱吗？"他小声问朋友，"确定可以拿下项目？"

"千真万确。"朋友斩钉截铁地回答。

这位朋友是当地极有权势的一个大户人家的儿子，没有什么稳定的事业，但极为善于钻营。他总是以"某人的儿子"的身份出现在社交场上，这一身份在任何场合都能使他马上成为人群的焦点，取得人家的信任。

小涵的父亲回家后，和妻子提起了这件事。一直以来，妻子对丈夫的生意并不了解，也不关心。她唯一关心的，是丈夫能赚回来多少钱供她消费。听到这是个很好的商机，妻子的头脑里便充满了关于金钱的各种浪漫想象。

"赚到这一笔，你就休息一年，我们去环球旅行吧。我想去冰岛、伊斯坦布尔、南太平洋、大溪地……我想住最好的酒店，在每个国家待上一个月，进行一场真正的、不受打扰的环球旅行。"

妻子为丈夫描绘了一个颇有画面感的场景，这是她一直期待的生活。

小涵的父亲很疼爱年轻美貌的妻子，疼爱的主要方式是为她花钱。虽然最近一年以来，公司的生意遇到了一些困难，利润下降，他自己的现金流也变得紧张起来，但他仍然满足了她买各种名贵的香水、化妆品、服装和大包小包的要求。眼下，朋友介绍的这个项目确实是一个赚钱的好机会。于是，在妻子的支持下，小涵的父亲决定和那位朋友合作。

果然，那位朋友拿着小涵的父亲提供的资金去疏通了上上下下里里外外的关系，成功拿到了这个大项目。起初，项目进展得很顺利，简直可以说超乎预期，小涵的父亲很快就大赚了一笔，这使得他欣喜若狂，对项目又加大了投入。

然而好景不长。那位"重要人物"涉嫌犯罪被立案调查了，一棵大树在一夜之间竟倒下了。于是，以前被这棵大树罩着的小草们纷纷急着要撇清关系。那位朋友连夜来找小涵的父亲，说要马上撤出投资，终止这个项目。

"可是，那不就等于前期的投入都打了水漂？"小涵的父亲心有不甘。

"那一位已经倒了，这个项目可是他促成的。再不退出，等到人家查到头上，你我都要进去，你可懂得其中的利害？不仅如此，还要花钱摆平新上任的那位，这样才能万无一失。"

无奈之下，小涵的父亲只能终止项目，结果是，不仅所有的投入都化为乌有，自己还赔上了一大笔钱用于打点新的关系。

由于强烈的自尊心，小涵的父亲没有告诉妻子项目失败的事，但妻子抱着对未来的憧憬，在花钱上的大手大脚反而愈演愈烈。财务上的压力使得小涵的父亲把目光转移到投资上。

这时，另一位嗅觉灵敏的朋友嗅到了他经济上的压力，邀请他一同去投资一个基金。这位朋友不愧是金融行业的所谓精英，吹牛皮的功夫实在了得，说得神乎其神，小涵的父亲听到后顿时心驰神往。不过，他毕竟也是一步一个脚印创业才到今天这个地位的，风险意识当然是不低的。他仔细询问朋友基金的各种细节，朋友对答如流，使得他有点心动了。他提出想要和基金公司的管理人一起吃个饭，讨论合作事宜。朋友马上心领神会，承诺不日就会组织一个饭局，让他与基金公司的高层会个面。

没几天，小涵的父亲赴约去参加了饭局，见到了基金公司的管理层以及其他所谓的潜在投资者。他和他们聊了许多，用他自以为巧妙的方法做了核实和调查，他可没想到，其实他的套路都在人家的意料之中了。饭局后没多久，他同意先投资一小笔，随后如果收益好的话再追加投资。果然，这笔投资很快就给他赚取了超额收益。他又追加了一笔金额更大的投资，结果又给他赚了更多。他喜出望外，拍着大腿后悔投得太少了。这时那位朋友再次上门来访。

"怎么样？我推荐的机会不赖吧？"

"收益出乎意料！可惜我投得少了。"

"赚钱要慢慢来，不要着急。我还知道另一个产品，预期收益比现在这个还要高！"

小涵的父亲动心了，一旦尝到了甜头，此刻竟有些欲罢不能了。赚钱居然如此容易，动动手指头就能有几百万进账，在公司里每天累死累活地工作，积劳成疾不说，哪能比得上躺在床上数钱舒服呢。

他想要再谨慎一些，于是跟朋友确认："你说的基金跟上一次一样是同一个团队在管理吧？"

"不用担心，完全一样，保证投了就是赚到。"朋友语气坚定，没有质疑的余地。

朋友的承诺使他卸下了最后一丝防备，决定大幅追加投资额。不仅如此，他还听了朋友的意见，加了数倍的杠杆，想要博取更大的收益。

小涵的父亲正满怀期待地等待投资带给他超额回报，没想到坏消息接踵而至。起初是他追加的投资收益不佳，亏损了一半。他愤怒至极，跑去质问那位朋友。朋友这个时候不说那些冠冕堂皇的话了，直接拿出了投资合同的条款，说什么投资是有风险的，赚钱或者亏损都属正常的风险范围，基金的操作也并无不合法之处，一副大义凛然的样子令他哑口无言。朋友见状语气又变得温和起来，安慰他说亏损只是暂时的，只要坚持下去就可以赚更多的钱。朋友建议他追加更多的资金，这样可以降低持有成本，回本会更快，赚钱时也会收益更多。然而此时小涵的父亲已经拿不出什么现金了，朋友便给他出主意说可以抵押不动产或者汽车，加更高的杠杆来投资。

"抵押房子？你在说什么？万一我连房子都亏掉又如何？！"他气得直跺脚。

"您不是不止一套房子嘛，除了自住的，把其他的抵押了又不会怎么样。这样您能借到更多的钱追加投资，就可以早日扭亏为盈了。"

小涵的父亲想了一下，觉得目前似乎没有更好的办法。他不甘心自己的投资打了水漂，于是心一狠，把几套房子都给抵押了。

回到家以后，妻子见他愁容满面，问他怎么回事，他一言不发就睡了。他做了一个梦，梦里他的投资赚了成倍的收益，他为家人换了更大的房子，和妻子踏上一段期待已久的环球旅行……

可惜事与愿违。他抵押房子借贷所追加的投资不久也亏损了大半，而且亏损还有变本加厉之势。他再次找到了那位朋友，朋友却只能建议他继续抵押仅剩的唯一一套房子。他气得要死，扯住朋友的衣领说要跟他拼命。

"您先别急，"朋友一把推开他说，"其实您不用再抵押自己的房子了，您公司的账上不是还有很多现金吗……"

"混账！无耻！你竟然想让我……干那种事？"他明白朋友是想让他挪用公司账户的资金。作为公司的高层，他确实有办法可以短期内这样做而不造成什么后果，只要他能按期把钱还回来。

小涵的父亲内心经历了一番苦苦挣扎。他知道这样做不仅违反公司规定，而且是违法的，可能要坐牢。其实，倘若他就此收手，尽管亏损了全部的本金和抵押出去的房子，但他至少还有自己的事业，他的家人也没有受到什么影响，一切都还可以重新来过。可是，走到这一步，他已经差不多丧失了理智，满脑子只想要回本，赚钱……他可是名校毕业的高才生，久经沙场的商界老将，怎么能栽在一个无名小卒手里？

他告诉自己，他不能输。从小到大，他一路优秀过来的，从未输过。他一直是家族的骄傲。失败二字从来不在他人生的词典里。他白手起家，创立了一番普通人不敢想象的事业。他搞不懂为何他竟会走到今天这一步。

在旁人看来，其实很好解释：无休止的物欲，使得他永远无法感到满足，毫不费力就赚到大钱的感觉，释放了他人性中恶的一面，引燃了他的贪婪，使他陷入无边的欲望中无法自拔。可惜他自己是无论如何也无法领悟到了，即使他有领悟到的机会，也被对奢华生活的幻想浇灭了。

于是，几乎是不可挽回地，他歇斯底里地追加资金，抵押了所有的房子、车子，甚至卖掉了妻子的珠宝首饰。他不信他的人生会折戟于此。可是最终连这些钱也都亏损了……他万念俱灰，最后动用了夫妻多年为两个女儿攒下的储蓄，怀着最后一丝侥幸心理，希望能打个漂亮的翻身仗。

最终的结果依然是一败涂地，他损失了几乎所有投入的本金，还倒欠别人高额债务。他这个时候才绝望地发现，这个基金从头到尾是个彻彻底底的骗局。那位朋友和基金公司联起手来骗他，而他却浑然不觉，其他的受害者居然也不少。他们故意让他在一开始尝到一点甜头，就是为了取得他的信任，诱使他不停地追加更多投资。事发之后，那家基金公司人去楼空，那些金融精英携款跑路，逃之夭夭。那位朋友也消失得无影无踪，他想去讨个公道，然而连人都找不到。

妻子其实早就察觉出了一些端倪。她注意到丈夫的脾气越来越坏，性格也不如从前那般阳光积极了。她看到他整天患得患失，眉宇间总是阴影重重。她估计丈夫可能是遇到了事业上的危机，但相信他能够力挽狂澜，以前他总能挺过去的，而且每次危机过后生意会做得更好。渐渐地，当她发现家里那些名贵的首饰珠宝不见了，而且时而有人上门讨债后，她终于感到了不安，问丈夫究竟是怎么回事。丈夫承认自己遇到了财政危机，但并没有坦承关于项目和投资失败的事。

她没有过分地担心，因为她了解自己的丈夫，他是一个多么优秀、多么沉稳、多么待人友好的人啊！当初，他赚到钱后，那些十几年没有联系，甚至八竿子打不着的远房亲戚纷纷上门来套近乎，想要跟他借钱或者讨个饭碗，他没有拒绝；当地的一众三教九流之辈也上门求见，想要跟他合作，其中不乏欺世盗名之徒，他也对他们待之以礼。如今，她觉得丈夫遇到了危机，总归可以去找昔日这些他曾帮助过的人，请求他们帮他度过危机吧！

然而，她把这帮人想得太好了。这帮人在丈夫得势时对他有多热心，现在他失势了就对他有多冷漠。往日里对他们家趋之若鹜的这些所谓的亲戚朋友，在得知小涵的父亲投资失败，负债累累，陷入危机后，立刻与他划清了界限，唯恐自己受到牵连。过去那些频繁登门拜访的亲戚朋友不见了踪影。不仅如此，他走投无路之际，主动上门去拜访这些亲戚和老朋友，哪知道他们纷纷闭门谢客，生怕听到他提出借钱二字。他们好像一夜之间把他曾经帮助他们的事忘得一干二净。

确实有这样一些人：你帮助他一个小忙，他表示感激涕零。你帮助他许多事情，按理说他应该感念你的大恩大德才对，但事实往往是，他会对你的帮助变得习以为常，甚至反而觉得你帮助他是应该的，是你应尽的本分。这时候如果你的援助比之前少了一点，程度减轻了一点，他反而会觉得你在故意迫害他，不惜与你结下深仇大恨。还有一些人，你越帮助他，他的心理负担越重，因为他觉得对你亏欠得越多，这使他原本脆弱的自尊心更受到打击。这时候，明智的做法是接受他的回报，让他可怜的自尊心得到一点安慰。如果你不及时去收取回报而仍然照旧无私地帮助他，他的感激之情迟早有一天会转化为嫉妒和愤恨，反而最终会把你当成仇人，巴不得看到你哪天栽了跟头。恩人一瞬间转变为仇人，听起来匪夷所思，但世事往往正是如此。一个普通人的心灵太脆弱了，没有能力承受太大的恩情，因此他只能亲手毁灭掉他的施恩者才能痛快。

所以，那些亲戚朋友看到小涵的父亲遭此大难，不仅不同情他，反而纷纷暗自拍手称快。他们想：谁叫他当初挣了大钱，不停地撒钱，好像施舍乞丐一般地施舍他们，现在倒好吧，他也有今天！真是活该！他们好像忘了，当初是他们自己争先恐后地去拜访小涵的父亲，装作可怜兮兮的样子，使出了浑身解数来投其所好，央求他借钱给他们。他们确实是忘记了，因为这种人是从来没有什么记忆的，他们的记忆不是客观发生的不变的事实，而是可以基于利害关系随时发生变化的。利害关系一变，所有的亲情、友情，所有的道德原则，所有的义务和责任，统统都是可以随之改变的。夫妻俩见此情景，对这帮亲戚朋友彻底寒了心。

没想到，昔日的天之骄子如今居然变成了老赖。债权人不仅纷纷上门讨债，而且还起诉到法院要求强制执行他的财产来还债。毫无疑问他要输掉官司，眼看他的房产、车子，还有他的一切财产都要化为乌有。他觉得自己已经穷途末路，实在无路可退了。

凌晨时分，夜色迷离，小涵的父亲走在灯红酒绿、人流不息的大街上，怎么也想不通自己怎会沦落至此。想到妻子和女儿们的脸庞，他万般悔恨却又无地自容。他好几次想向妻子坦白一切，乞求她的原谅，但每次他站在妻子面前时，他都没有勇气说出真相。他觉得自己既没用又懦弱，再也无法承受他们无条件的信任和爱了。

他目光呆滞，形容枯槁，一夜之间又增添了许多白发。身上的西装沾满了红酒的污渍，皱巴巴的衬衫一团凌乱地卷在裤腰上。他活脱脱像一条丧家之犬，就这样漫无目的地在街上游荡。经过一个街角的便利店，他买了一沓信纸、笔和信封，坐下来开始给妻子和女儿写他的遗书。他有一种预感，自己在这个世上的日子所剩无几了。他想，万一到了那不可挽回的一天，他必须让妻子知道真相。

他在遗书中回顾了半年以来的经历，毫无隐瞒地告诉妻子所发生的一切，其中不乏对那些愚蠢决定的悔恨。他接着回顾了五十年来的人生历程，一件件历数人生中重大的事件，反思自己为什么会一步步沦落到今天。

他生在一个条件不错的家庭，谈不上大富大贵，却能让他从小衣食无忧，接受优于大多数人的教育。他之所以能考上名校，固然有他自己用功的因素，但更多是因为父母从小的悉心照顾和他所享受到的普通人无法负担得起的资源。而他，却轻易地把这些都归功于自己的努力。毕业后，他的第一份工作是借助父亲的关系找到的，为他以后下海经商打下了基础。他辞职创业，第一笔启动资金是父母的资助，而他，却一直声称自己是白手起家。他赶上了好时候，吃到了时代的红利，一举实现财务自由，而他却认为这是靠自己的努力实现的。之后，他面临着竞争者激烈的蚕食，但上天帮助了他，他的竞争对手因为晚几天才拿到新的融资，导致资金链断裂，这才让他趁机以相对优势的资金实力幸运地击败了竞争者，在市场上站稳了脚跟。后来，他又继承了父母的遗产，把父母的老房子都卖掉，扩大了公司的规模，这才使得公司度过了危机，最终成就了他的一番事业。

这一切的一切，他一直都以为是自己通过努力得来的，他却丝毫没有想过，如果没有他从小享有的优越条件、没有收获时代的红利、没有他的好运气，他又怎么会有今天的成就呢？实际上，几十年来，他没有遭遇过真正的困难和挫折，也没有遇到过货真价实的危机，因为每次都有父母挡在前面，帮他出面解决问题，或者有好运气帮助他渡过难关。而他，却把这些外在的因素当成了自己内在的能力。其实，倘若他能够安安稳稳地做生意，就算遇到暂时的困难，凭着之前打下的基础，他的事业也不至于顷刻间灰飞烟灭。但他对自己估计过高了，对自己的能力太自信了，对人性阴暗的一面和世事的险恶太低估了，而恰恰他的欲望又像个无底的深渊，所以他的悲剧是无法避免的——几乎可以断言从一开始就注定无法避免。

他在遗书中回顾完了自己的一生，越发觉得自己是无可救药了。他又想起了妻子和女儿的样子，深感有愧于她们，为她们以后的生活也做了规划。他预计家里的房子很快就会被法院查封并抵债，数不清的债主会上门来对孤儿寡母恶语相向。他让妻子在必要的时候带女儿们搬去沿海的一座城市，他的亲妹妹在那里经营着一家公司，妹夫是当地一个有钱人的儿子，家业甚巨。如果有一天他不在人世了，他希望妻子和女儿能够投靠他妹妹一家，远离尘嚣是非，在新的地方开始新的生活。

他又写了一封给他妹妹的信，在遗书中嘱咐妻子到时候亲手交给妹妹。他和妹妹从小关系很好，他也对她一直照顾有加，他相信妹妹在危急关头会照顾好他的家人。他托着脸一想，又在遗书里写下了妹妹的地址和联系方式。

这时一个转机出现了：一个大学同学给小涵的父亲介绍了一个新项目，很有商业化的前景，倘若能够拿到这个项目，他就可以大赚一笔，也就可以翻身了。在同学的引荐下，他认识了几个重要客户。这个项目对他来说无异于是救命稻草，为了拿到项目，他举办了一个宴会款待那些客户。没想到这几个客户都是地地道道的酒鬼，一开始喝酒就怎么也停不下来。

小涵的父亲早年是很爱喝酒的，为了商业上的应酬他也不得不喝酒。长期的过量饮酒损害了他的健康，他被诊断出许多毛病：肝硬化、胰腺炎、心血管疾病，后来他不得不消停了一些。那段时间，在沉重的打击和压力下他的身体已经吃不消了，他比谁都清楚自己不应该再喝酒。但是，在这个决定他自己和整个家庭命运的时刻，他怎么能错过这个大好机会呢？他不愿意承担哪怕一点儿丢掉项目的风险。于是那一晚，他陪着几个客户喝酒，一直喝到大半夜还没结束。在他的一生中，他从来没有一次性喝过这么多酒，他直到感到心跳骤然加快时还强忍着去喝……终于在酒局结束时，客户拍了拍他的肩膀说："这个项目交给你做了。"

那一刻小涵的父亲内心是什么感受，我们不得而知。逆转困境的希望之火终于点燃了……只可惜这火苗还没有引燃为熊熊火焰就被扑灭了。那天晚上回家以后，小涵的父亲由于酒精中毒，在睡梦中猝然离开了人世，再也没能醒过来。

也许，小涵的父亲做梦也没有想到自己在绝望时所写的那封遗书会如此之快地派上用场。妻子看到遗书后，先是震惊，接着以泪洗面。她读了他的遗书，怎么也想不通好端端的丈夫为何会在短短几个月内沦落至此。

小涵的父亲死后，他的公司也濒于破产。他以前的那些朋友对他的死非但没有丝毫同情，反而对他的愚蠢横加指责。那个诱使小涵的父亲参与投资项目的朋友，这个时候又现身了，摆出一副大义凛然的样子，开办了关于投资的讲座，在讲座上以小涵的父亲为反例，道貌岸然地痛斥了他的贪婪无耻。那些以前死乞白赖地向小涵的父亲借过钱或者有求于他的人，纷纷声明与他以及他的公司概无瓜葛，生怕自己向上爬的努力化为泡影。那些曾经请求小涵的父亲在公司里给子女解决工作的人，急着跳出来说，他们的子女是被小涵的父亲忽悠进去的！至于那些竞争对手和敌人，那些平日里早就对他心存嫉恨和不满的人，他的死就像一份意外之喜，简直使他们乐开了花。小涵的父亲在生意场上摸爬滚打了三十年，结交过无数的朋友，也帮助过许多人，此刻竟然没有一个人站出来为他鸣不平。

两个女儿一夜之间就发现了现实的残酷和人心的丑恶。这是她们第一次看到赤裸裸的现实，这现实不再被童年的千百个谎言所遮蔽，而是呈现出它全部难以想象的、危险的未来。

在父亲出事之前，小涵的姐姐身边不乏追求者。城里那些有钱人家的子弟，都盼着能够结交她。其中有几个人和她是同学，与她的关系相当好，都在争先恐后地向她献殷勤。等到父亲出事的消息传出去，姐姐感到恐慌，想要找这几个男孩，拜托他们求他们的父母帮帮濒临绝境的母亲。她却不曾想到，昔日这些对她大献殷勤、不惜为了她而大打出手的男孩，这个时候却一哄而散彻底不见了踪影。她居然一个人也联系不到。她给他们打电话，不是马上被挂掉就是根本打不通。

果然，如小涵的父亲所预料的那样，那些债主听到他的死讯后，慌不择路地冲上门来，对着孤儿寡母大喊大叫，甚至挥起拳头威胁。两个女儿从来没有见过这等阵势，吓得哭了起来。母亲叫大女儿带着小女儿上楼，她以一己之力将这群与黑社会无异的彪形大汉挡在了门外。

那一天，在女儿们眼中，母亲的形象从未如此高大过。她们后来才意识到，母亲原本只是个手无缚鸡之力的弱女子，为了她们硬是一人扛下了所有的羞辱、压力、无助，还有所有的眼泪。这个几天前满脑子还只有物欲的女子，一夜之间竟扛起了整个家庭的命运。几天前，她还只是个被宠溺的娇妻，现在她倒成了个真正的母亲。很多时候，我们以为人的转变是渐进的，但事实是，人生中许多重大的转折都只是发生在一念之间。

在这个城里，母亲和女儿们显然已经无法继续待下去了。为了女儿们的未来，母亲决心按照丈夫的遗书带女儿去投奔他的妹妹。她自己只见过两次这位小姑子，一次是在她和丈夫的婚礼上，第二次是在公公的葬礼上。她对小姑子谈不上有什么好感，平时联系也极少。但毕竟那是丈夫的亲妹妹，念着丈夫的旧情，她料想小姑子也应该会帮助她们一家。

她整理了家里仅剩的一点现金，只带最基本的必需品，收拾了三个行李箱。尽管早早就决定要走，但她还是等待丈夫的后事了结后才动身。家里的房子、车子，其他动产、不动产，凡是有点价值的东西全部都用于还债，她自认为丈夫对于那些债权人没有什么亏欠了。

她们在十二月一个刚下过大雪的早晨出发了。从午夜起，大雪纷纷扬扬地下了七八个小时，在破晓的晨曦中停了下来。目之所及被厚厚的积雪覆盖了，在阳光的照射下显得晶莹剔透。屋顶上和街道上也一片白茫茫，不时有几个小孩子在路上打雪仗，发出欢快的叫喊声。母亲带着两个女儿往火车站走去，远处山脚下的田野上笼罩了一层薄薄的雾。

母亲为了省钱买了二等座，需要在火车上坐十几个小时才能到达。这些日子的担忧和劳累，使母亲感到极度疲惫。好在大女儿已经上高中了，既懂事又体贴，她可以照顾小女儿，使得母亲能够在车上稍微休息一会儿。

午夜时分，她们到了沿海城市。下车后，一走出站台，空气中荡漾着海风清新的味道。她们找了一个便宜的小旅馆，精疲力竭的两个小姑娘倒在床上就睡着了。小涵的母亲在昏暗的灯光下拿出丈夫的遗书，把关于小姑子的部分又看了一遍。她打算第二天一起来就带女儿们去找小姑子。

这位小姑子的丈夫姓王，资质平平却继承了父亲的一半家业，整日寻欢作乐，纵情于声色之中。王太太并非不知道丈夫是个什么样的人，不过这并不重要，因为她看中的只是丈夫的财富而已。他们俩可谓一对天造地设的好夫妻，各自满足自己的嗜好，各自享受自己的乐子，互不干涉却又一片和谐，还被外界认为是模范夫妻呢。

第二天，小涵的母亲找到了小姑子家，见到了王太太和王先生。王太太对小涵母女的突然造访感到十分意外，对哥哥的死讯则假装惊讶和悲伤，其实她和丈夫早就听说了。

王太太脸上化着浓浓的妆，全身上下都是奢侈品，手指上戴着巨大的钻戒，耳朵上镶着闪光的耳钉，脖颈上挂着玫瑰色的项链，满身珠光宝气。如果在往日，小涵的母亲和她倒是会有许多共同话题。如今相比之下，小涵母亲的装扮就显得太寒酸了。王太太对这些不速之客的到来感到十分愤怒，却碍于情面装作非常客气的样子，嘘寒问暖，心里却生怕母女们提出什么过分的要求。王先生最近原本打算去找小涵的父亲谈几个项目的合作，现在万分庆幸还没有跟他产生什么瓜葛。

"你们昨晚就到啦？"王太太满脸堆着笑，"怎么不马上来家里呢，还要住外边旅馆，真是太见外了。"

"深夜来的话打扰你们休息，那样我就太过意不去了。"小涵母亲正在想怎么开口请求他们的帮助。

"哎呀，都是一家人，见什么外啊。"王太太看到她神色紧张，猜到她想要说那些事了，于是马上转过身去，"已经中午啦，我们先吃饭吧。"

午餐很丰盛。王太太家里专门雇用了厨师负责每日三餐，饭菜的口味可以比肩高级餐厅。小涵姐妹俩已经好几天没吃过一顿正经饭了，见到眼前的午餐喜出望外，便开开心心地吃了起来。王太太的儿子和女儿与小涵年纪差不多大，他们有着跟父母一样灵敏的嗅觉，准确地嗅出了眼前这对姐妹家没有钱，是自己家的穷亲戚。因此，两个小孩对小涵姐妹俩嗤之以鼻，觉得她们没见过世面，不乐意跟她们一起玩耍。

午餐期间，小涵的母亲好几次想要提起丈夫的信，却苦于没有机会。王先生和王太太就像早就写好了剧本似的，你一句我一句，一直聊着看似毫不相干的话题。王先生谈到了股市，说他今年收益不好，亏损了很多钱，又抱怨说现在市场行情不好，生意不好做，公司的效益也受到了影响。王太太则埋怨近期物价又涨了，家里每周的支出比往常增加了许多，说日子越来越紧张了。

小涵的母亲马上明白了这对夫妇的意思，但她绝不是个轻易放弃的女人。吃完饭后，王先生借故要离开，王太太也说要先行告辞，去参加一个太太们的聚会。她只盼着这位哥哥的遗孀能赶紧识趣地离开。小涵的母亲马上拦住了王太太，从兜里掏出了丈夫临死前写给妹妹的亲笔信。

"我知道你很忙，不过这里有封信你一定要看。"她冲到王太太身前，摆出一副不可拒绝的样子，使得王太太不由得后退了半步。

"什么信？"王太太终于忍不住露出了凶狠的表情。

"你哥哥写给你的亲笔信。"小涵的母亲声音颤抖着说。

王太太接过了那封信，打开后看完了，一句话也说不出来。她板着脸，面色变得血红，似乎皮肤底下的血管都沸腾起来了。

她沉默了半晌，只听得哗啦一声，那封信竟被她撕成了两半。

小涵母亲惊呆了，一愣一愣地说不出话来。

"这封信是假的。"王太太脸色铁青，语气变得无比冷漠。

"假的？"可怜的母亲几乎喊出了声，"你哥哥亲笔写的信，怎么可能是假的？"

"如果是哥哥要给我写信，为什么不直接寄给我呢？再说，哥哥已经走了好多天了，他死得那么突然，怎么可能会写这封信呢？"

"怎么不可能？他在遗书里说了，想让我亲手把信交给你。"

"口说无凭。你说是我哥哥写的就是他写的啊？那么每个人随便拿来一封伪造的信，难道我都要相信？"王太太平生最擅长胡搅蛮缠了，应付这种情况对她来说游刃有余。

"可是我是你哥哥的妻子呀……"小涵的母亲几乎要哭出声了。

"没错，我是看在我们是亲人的分上才对你好言相待的，没想到你竟拿一封不明不白的信来忽悠我。"

"且不论这封信的真假，难道信里说的不能烦劳你们帮一下忙吗？"小涵母亲还是竭力想保持镇定和礼貌，"我们真的……很需要你们的帮忙。如果可以的话，我们会很感激。"

小涵的父亲在给妹妹的信中写到，想请求妹妹一家帮忙安置小涵母女，给她们找个住处，安排两个孩子上学，仅此而已，这些请求对王太太一家来说简直不费吹灰之力。他觉得自己当初对妹妹颇为照顾，妹妹不至于拒绝他生前的最后一个，也是唯一一个请求吧。他可没有想到，在他失势后，妹妹一家早就把他的情谊抛到了九霄云外，在他死后妹妹甚至不愿意公开承认有过这个哥哥。

"我们刚来这里，人生地不熟，所以很需要你们的帮助。等我找到了工作，母女们稳定下来了，一定会回报你们。"

小涵的母亲几乎是在乞求王太太了，她此前的人生经历中，还从未受过这等委屈。

"你们先找个地方安顿一下，等我们忙完了这一阵，再请你们来家里做客好吗？"

王太太好像没有听见小涵母亲的话似的。其实她听得比谁都清楚，只是她觉得如果蹚了这趟浑水，恐怕以后就很难再全身而退了。更何况，现在她哥哥已经成了人人喊打的过街老鼠，她巴不得别人不知道她和哥哥的关系呢，又怎么会愿意和哥哥留下的这个贱人再纠缠呢？万一影响到自己和丈夫在社交场上的名誉呢？一想到她平日里结交的那些贵妇和太太得知这件事后将会如何议论她，她就简直受不了。哪怕是一点点虚无缥缈的风险她也不想承担，任凭什么手足之情，倘若威胁到了她的利益，她都可以彻底抛到脑后。

王先生看到眼前这一切，其实已经有些动摇了。他觉得只是找个房子和安顿小涵姐妹上学，无非只是花一点儿钱的事。但他看到妻子对这件事寸步不让，也就不想再掺和了。他想：女人之间的事情就让她们自己解决好了！

事已至此，小涵的母亲算是看透了这两个人的无情和虚伪。她不再坚持，不再说话，默默带着两个女儿头也不回地离开了。王太太终于松了一口气，戴上名贵的首饰，开着跑车去参加太太们的聚会了。

傍晚，飘起了满天飞扬的雪花。小涵和姐姐往手心呵着热气，跟随母亲在昏暗的小巷子里找房子。那一天，气温很低，窗沿上滴落的水珠凝结成了小冰柱，在晚霞的余晖中闪着晶莹的光。

初到新城市的这段日子对小涵母女来说尤为难熬。靠着她的大学学历，小涵的母亲找到了一家咨询公司的工作。工作很忙但收入尚可，勉强可以应付家里的日常用度了。她在租的房子附近给大女儿找了一所不错的中学。由于小涵的姐姐成绩优秀，又考虑到她特殊的家庭情况，学校同意她以借读生的身份就读。小涵也在家附近的小学继续读书。为了避免过往的人和事继续干扰孩子们，母亲给两个女儿改了姓，从此她们便跟了母亲的姓。几年后，小涵的母亲在当地落了户，一家人总算在新的城市站稳了脚跟。

小涵的姐姐从小就想成为一个钢琴演奏家。在家庭发生变故之前，她能享受到良好的钢琴教育资源，无忧无虑地练琴，考上音乐学院的钢琴系似乎对她是顺理成章的事情。不过，父亲出事、举家搬到这里来以后，她的学琴和练琴就成了一个难题。母亲省吃俭用，终于给她买了一架二手钢琴。

有了钢琴以后，姐妹俩的生活仿佛染上了绚烂的色彩，从此有了可爱的阳光。她们终于可以弹着钢琴，唱着歌，追忆她们逝去的美好旧日时光。对姐姐而言，这一变化可谓意义重大：她可以继续练琴，追寻她的音乐理想了。尽管无力请好的钢琴老师，但她已经学了十几年钢琴，水平已经到了相当高的境界，如今有了钢琴，她至少可以自己练习。

小涵嘴上虽然不说，但她早就明白了父亲和家里出了什么事。经过这次打击，她的孤僻似乎更严重了。在学校里，她的自闭倾向更加明显，除了自己闷头读书外，任何人她都一概置之不理。让老师深感意外的是，她的成绩竟越来越好，尤其是语文课，除了作文她几乎每次都考满分。她的作文并不是不够好，而是过于独特，远远超过了她这个年龄的学生所能理解的范畴，以至于老师只能扣掉几分。把她写的文章与大学生的文章比较，也毫不逊色，而且情感更真诚，思想更深刻，尽管字里行间都散发出一种忧郁的气质。

时间过得飞快，转眼间一年过去了。家庭的剧变固然带来难以抹去的伤痛，也渐渐远去成为往事了。母女们逐渐在这座新的城市站稳了脚跟，她们也习惯了新的生活。在阳光晴好的周末，母亲会带着女儿们去海边散心。母亲和姐姐互相追逐、嬉戏，小涵则喜欢坐在海滩上，把光着的脚丫子埋到沙子里，面向大海，看云卷云舒，在大脑里幻想着无数个光怪陆离的故事。就这样，母女仨的日子倒也过得安稳了起来。

小涵的姐姐到了高三，考音乐学院的日子将近。母亲对她寄予厚望，她自己也坚持不懈地练琴，一天也不敢松懈。又一个冬天过去了，艺考的日子到了，母亲向公司请了假，专门陪女儿去考场。

小涵的姐姐提前半小时到了理想中的那所音乐学院。在考场外等待的时候，旁边的几个考生跟她聊了聊天，缓解紧张的气氛。

"同学，你是跟着音乐学院的哪位老师学琴呀？"一个考生问。

"其实……我没有……"她羞于启齿告诉别人家里没有钱给她请钢琴老师，更别提音乐学院的老师了。

听到眼前的几个考生无一例外都找了音乐学院的老师来上课，小涵的姐姐心底陡然生出了一丝不安。倘若是在以前，她当然可以去找最有名的教授上课，这也是她当时习以为常的。她也很清楚，那些知名音乐学院的老师，上一堂课的收费贵得惊人。换作现在，她连一个普通老师的学费都负担不起。想到这里，她不由得担心起来了……

不过，此刻她不能胡思乱想，必须集中精力完成当前的考试才行。她深吸了一口气，调整了呼吸节奏，走进了考场。

一个月后，考试成绩发布了，母亲陪女儿一起查成绩，看到成绩的那一刻，小涵的姐姐几乎窒息了，她的分数距离合格分数线只有一分之差。这个结果完全出乎她的意料。那一天，她在考场外面听到了其他考生的演奏，他们弹得谈不上有多好，充其量只是平庸的音符制造师罢了。她分明还记得，她在考场上的表现感染了现场所有的评委老师，他们在她弹完后还忍不住热烈地鼓掌了。她实在想不通，自己为什么会落榜。

小涵的姐姐再次感受到了现实对一个少女的恶意。事实上，这种天翻地覆、扭转磁极般的落差，她们姐妹俩才刚刚开始体会。

心仪的学校落榜了，小涵的姐姐面临着人生中最重要的选择：放弃考音乐学院，直接参加几个月后的高考；或者复读一年，来年再战。

她看到母亲为了支撑起这个支离破碎的家，为了供她们姐妹俩读书，为了支持她追求梦想，独自一人承受了所有精神方面和经济方面的压力。母亲经常工作到深夜才回来，周末也频繁加班。长期的熬夜工作摧残了母亲的容颜和健康，过往的风情不再，皱纹和白发都多了起来，体检的结果也不容乐观。母亲每个月赚到的钱并不多，除去房租和生活支出后，所剩无几。一家人已经很久没有在外面的餐厅吃过饭了，母亲也已经很久没有添过新衣了，她把攒下的钱都花在了两个女儿身上，但日子依然过得捉襟见肘。错过付房租的期限是常有的事，晚一天就会被刻薄的房东找上门来辱骂。一个单亲妈妈带着两个女儿实在是不容易，这一切小涵的姐姐都看在眼里。

她也想到了妹妹小涵。有一个时期，由于父亲的离世和家庭的变故，小涵的抑郁症状有加重的迹象，经常无端地情绪低落，整日闷闷不乐，对一切事情都持极度悲观否定的态度。最可怕的是，偶尔受到外界的刺激，小涵就可能会在一瞬间歇斯底里地爆发，无法进食，无法休息，要过很久才能平静下来。多亏母亲和姐姐的关心和照顾，小涵的状况才渐渐稳定了下来。小涵目前虽然在一所普通的初中就读，但成绩很好，很有希望可以考上一个重点高中，她的路还很长，她的人生才刚刚开始。

小涵的姐姐辗转反侧，整夜未眠。她想了很久很久。她想着自己作为长女，马上就要成年，是时候帮母亲分担家庭的重担和照顾妹妹的责任了。更要命的是，最近她对自己在音乐上的才能产生了怀疑。没错，她比常人更有天分，并且十分刻苦，这使得她弹得一手好琴。然而，她也明白，自己并不是那种对音乐有着与生俱来的掌控力的天才，为此她需要付出成倍的努力才有可能实现成为钢琴家的理想。这个理想现在看来距离她越来越远，她觉得自己不能再任性，不能为了虚无缥缈的未来再去无谓地浪费时间和金钱。她意识到，家里的经济状况已经不允许她再去肆无忌惮地追求所谓的理想了。

那一夜，她做出了选择。她决定放弃成为钢琴家的梦想，全力准备高考。她的文化课很好，考上一个重点大学大有希望。她想，在大学里她可以勤工俭学，做一些兼职工作，尽量靠自己赚生活费。她可以读一个热门的专业，毕业后可以进大公司工作，这样就可以赚钱补贴家里，可以为妹妹创造一个更好的环境和条件了。等到有了一定的积蓄，她也可以去创业，亲手努力扭转家里的境况。为什么她不可以呢？当初父亲不就是这样过来的吗？这些对于未来的设想使得她觉得，人生好像并没有那么绝望。

主意一定，她便告诉了母亲。母亲听到后哭了，她看到母亲哭了，自己便也忍不住哭了。母女俩紧紧抱在一起，哭了很久。这一切，小涵在隔壁房间虚掩着的门后面，都看到了。

做出这个决定，对小涵的姐姐而言是异常艰难的，无异于把她十八年来人生中最美好的事物一朝给扼杀了。理想的高峰还未攀登到半山腰，就被一股无形的、不可阻挡的力量推倒了。这股谁也无法预料、无法抗拒、无法逆转的力量，人们把它叫作命运。

小涵的姐姐在高考中发挥得不错，考上了外地的一所名校。去大学报到的那天，母亲陪着女儿，母女俩一起坐着火车到了学校所在的城市。小涵的姐姐对这座城市并不陌生。很小的时候，父亲就带她来这里玩过几次，那时候他们一家人多快活啊！他们一家人去雪后的古代建筑，去山顶上看沉睡在晚霞中的城市，去公园的湖里划着小船儿游荡……那些欢乐的画面，像是阳光下闪着光晕的泡沫一样，至今依旧飘浮在她的记忆里。可是，只要她一伸出手去抓，那些记忆的泡沫就会碎裂，立时化作一缕水汽消散在无穷无尽的虚空中。可惜，今非昔比。往日的美好回忆荡然无存，她觉得这座城市对她来说显得冰冷而陌生。

就这样，十八岁的姐姐，远离母亲和妹妹，在遥远的城市里孤身一人开始了四年的大学生活。她在大学里勤工俭学，在节假日里兼职做钢琴老师，很快居然不需要母亲给生活费了。她放弃了钢琴家的梦想，却并没有放弃钢琴和音乐，依然常常去学校的琴房里练琴。这个时期，钢琴是她唯一的朋友，抚慰着她那颗破碎不堪的心。

第十八章

　　十六岁那年的那场灾难，固然是小涵的姐姐生命中难以承受的一场雷暴，却没有摧毁她天性里的纯洁。大学里不乏追求她的人。送花、请客吃饭、看电影、赤裸裸的告白……那么长时间过去了，这帮男生追求女孩的拙劣手段竟然从未变过。

　　她想起家庭横遭劫难之际，她的那些个所谓的朋友，那些平日里抢着给她献殷勤的男生，竟没有一个愿意帮忙的。父亲出事后，她正值心理上最为脆弱的时刻，这个时候，哪怕一点儿温情，哪怕一点儿友谊，都能极大地缓解她心里的苦痛。可是，令她失望透顶的是，这些昔日的朋友，包括那些喜欢她的男孩，一句安慰的话也没有，一个关心的电话也没有，而且纷纷假装不认识她。仅有的一两个同情她遭遇的朋友，也迫于父母的压力与她断了联系。

　　大学里这些压抑已久的男生，她早就看透他们了，现在的她可不会那么容易被他们骗了。她很清楚，这几个男生感兴趣的只是她的身体。说什么爱情呀，依恋呀，只是冠冕堂皇的借口，无非她相比于其他女孩更漂亮，身材更好，是个更好用的泄欲对象罢了。

　　她对于他们猛烈的、花样百出的追求不为所动。他们终于被激怒了。其中有几个自以为高人一等的家伙，看到她对他们持久的殷勤不为所动，气得咬牙切齿，好像自己的头被按在泥淖里侮辱了一样。他们家里很有钱，向来花钱如流水，白天在学校里拈花惹草，晚上左拥右抱，一掷千金。在他们的认知里，还无法理解这世上竟也有不为金钱和权势所动的人。他们以为，只要他们乐意，他们可以得到他们想要的任何女人。

　　可是他们错了。在这个世界上，有的是他们无法了解的女人，有的是他们无法想象的纯洁，有的是他们不愿意也不可能理解的尊严。对于这种人，我们很难指望他们有一天突然良心发现或者懂得了尊重他人。然而，纯洁永远不会隐没，尊严永远不会被抛弃，因为纯洁和尊严是植根在人性中的内在需求，倘若有朝一日人类不再需要纯洁和尊严，那也就是人类走向灭亡的时刻。一个纯洁而有尊严的灵魂是永远不可能被打倒的。你可以消灭它的肉体，但你永远无法动摇它的自由意志。

小涵的姐姐无视了几个纨绔子弟的追求，令他们大为气恼。他们索性想迫使她就范，不然就把她给毁了。他们设法打听到了她的家世，知道了她父亲当年的事，于是便添油加醋地把这些事在学校里散播开了，而且越说越荒唐，越说越恶毒，最后完全是在恶意栽赃了。他们说，她的父亲是个穷凶极恶的赌徒、罪大恶极的犯罪分子。他们说，她的妹妹是个精神病，应该被关到精神病院。他们还说，她的母亲是个不知廉耻的荡妇，为了钱勾引了大十几岁的男人，还说她母亲生活多么淫荡。他们自诩掌握了学生间的舆论，指望着她会求他们放过她。

这些恶毒的言论在学校里传开了，一时间人们对小涵的姐姐议论纷纷。这些大学生，尽管自以为是天之骄子，却既没有独立思考和求证真伪的能力，也没有这种意愿，只是人云亦云地信以为真。还有一些人听到这些爆料兴奋异常，甚至还觉得不够劲爆，非得再大力渲染一番才说出去不可。而那些平时暗中嫉妒她的人，这个时候就像中了彩票一样兴奋，纷纷落井下石，把他们平时积攒的不快一并给发泄了出来。学院里的几个学生辅导员，听到这些荒谬言论竟毫不制止，反而任凭其散布，因为他们不敢得罪那几个始作俑者的男生，他们的父母可是有头有脸的大人物。谁会为了一个与自己毫不相干的女孩去承担不必要的风险呢？他们可没有这样的魄力。

人言可畏。在这个世界上，要完全不在意别人的看法和眼光是很难的，这样的人屈指可数。我们常常说要为自己而活，但这句话往往只是沦为一句空话，大多数人的意志远没有强大到能够抵抗满世界的恶意。可以想象，在这样无以复加的恶意之下，小涵的姐姐承受了什么样的绝望。也可以想象，被这种食肉寝皮、锉骨扬灰的仇恨包围着，对于一个二十岁的女孩意味着什么。人心竟能有如此阴暗的一面，最纯洁的心灵也不能承受其重。

小涵的姐姐想到过以最极端的方式结束一切。在流言闹得最为沸沸扬扬的那些日子，她每一天简直都活在挥之不去的梦魇中。甚至有一次，她都已经站在楼顶边缘了。

没错，死是一切问题的终极解决方式。人死了以后，一了百了，任凭什么嫉妒，什么恶意，什么仇恨，没有能超越死亡的。可是，当她站在生命的边界上，望着远处郁郁葱葱的树林，下过雨的天空被雨水荡涤得清新，她会想起过去的那些美好回忆，想起坚强地撑起一个家的母亲，想起年幼的妹妹……她又怎么能抛下她们独自离去呢？

蔚蓝色的穹顶之下，冥冥之中好像有一个声音从天际传来。她陷入了幻觉，见到了久违了的父亲。那天，在幻觉中，她和父亲聊了很久。父亲谈到了女儿面临的困境，谈到了他对她的希望，谈到离开妻子和女儿们的生活是多么孤独。说罢，他便头也不回地转身走了，化作一缕云烟飘散在淡蓝色的空气中。

一阵寒气袭来，她回过神来。她想，父亲的出现只是一个幻觉。不过，父亲为什么会在幻觉中说那些话呢？父亲说现在还不是对的时间是什么意思呢？他说要做应该做的事指的是什么呢？无论如何，在幻境中见了父亲后，她全身一阵颤抖，后退了一步，哆嗦着肩膀走下了楼。后来，她跟妹妹提起这件事的时候，姐妹俩都觉得不可思议。

一颗纯洁的心一朝洞见了死亡后，就会变得无比强大。小涵的姐姐不再在乎那些恶毒的谣言了，不再理会那些可鄙又可悲的人了，她恢复了往日的生活模式，继续上课、弹琴、做钢琴家教。周围的一切声音，不论好的或者坏的，都与她无关了，她也不再关注任何人对她的评价。她心里只有一个念头——做自己，她已经完全看开了。

她意识到，面对恶毒的流言，最愚蠢的做法是去辩解，去论战，这只会给对手可乘之机，并且刺激一般人阴暗下流的好奇心。毕竟，对于这些人来说，真相是什么并不重要，他们在乎的是心理上的刺激。这种时候，只需要继续坚持做正确的事，毫不理会那些流言，流言最终会不攻自破。现在，没有什么人，没有什么事能挡住她前进的步伐了。那几个散播谣言的诋毁者，见她"脸皮竟如此之厚"，如此这般不为所动，没过多久也就放弃攻击了，转而去寻找新的猎物了。他们一想到自己为这个女孩浪费了这么多精力和时间后竟然一无所获，不禁大为气恼，却终于无可奈何了。

一转眼，四年过去了，又到了炎热的七月，小涵的姐姐迎来了她的毕业季。她的努力、纯洁、真诚，终于感染了身边的人。那些往日里人云亦云地传播过谣言但本无恶意的同学，邀请她拍毕业照，参加同学聚会。那些曾经对她出言不逊的同学在了解了她以后羞愧难当，主动跟她道歉和好了。那些在她面临危机时因为懦弱不敢挺身而出的辅导员、老师，也都纷纷祝贺她毕业。她获得了优秀毕业生的荣誉，这是实至名归的，也是她应得的。

当地有好几家知名企业向她伸出了橄榄枝，邀请她加入。她思忖再三，还是决定回去与母亲和妹妹团聚。四年以来，为了节省往返的费用，她只在春节时才回家过年。

回到沿海城市时，她选择了一份工作相对轻松、收入尚可的工作。这样她就能有更多时间来陪母亲和妹妹了。母亲见到大女儿时激动异常，心想她总算可以独自撑起一片天空了。母亲回想起这些年的不易，忍不住在大女儿的怀里流泪了。就连小涵，这个平时面无表情，看上去冷淡至极的妹妹，在姐妹相见时也不禁动了情，紧紧抱着姐姐，一句话也说不出来。

不用怀疑，小涵在高中里照旧没有一个朋友。谁会愿意跟一个整天神经兮兮，捧着一本砖头似的书发呆的女孩一起玩呢？那个年纪的学生正处于一生中最自大却也最无知的时期，他们可无法理解小涵心里那种比海洋还要深邃的思想，也许一辈子都无法理解。他们躲她都来不及呢。当然，小涵压根儿没有社交的需求和愿望，她宁愿自己一个人埋头弹琴、读书。

上了高中以后，尽管课业繁忙了许多，小涵还是坚持每天练琴，这使得她比别人起得更早，睡得更晚。不过，照小涵自己的话讲，这倒使她在相同的时间里过了成倍于别人的生活。学校收藏颇丰的图书馆成了她的精神家园，她每天课间都抱着其他学生看不懂的书：《浮士德》《理想国》《道德形而上学原理》……不论文学、历史、哲学，都是她所爱。

音乐对小涵来说是一个永恒的家，一个永远不会背叛她的朋友，一个知道她心中全部所思所想的智者，一个在任何时刻可以治愈伤痕的地方。不论在现实中遇到怎样的不快和委屈，一旦她坐在钢琴前，手指触摸到琴键的温度，她就什么也不怕了，一切烦恼和问题都会迎刃而解。在音乐的王国里，她穿越了百年的时空，与那些过往的伟大灵魂对话。她惊讶地发现，这些她曾经以为不食人间烟火的伟人，在他们活着的时候也忍受过同样的痛苦，也为同样的烦恼而寝食难安。他们和她一样，也曾煎熬过，挣扎过，坚持过，放弃过。她在他们的作品里，在那些复杂的和声与对位里辨认出了他们的情绪和经历。由此她第一次见识到了作曲家巨大的威力：他们居然可以把自己的所遇所见、所思所想，无论伤痛或欣喜，用一种高尚、优雅而完满的艺术形式体现出来。这在小涵看来，无异于身处井底而看到了满天星河。

除了弹琴，小涵也开始学习作曲了。当然，家里无力请老师教她，她只能通过书本自学。好在她的钢琴基础已经足够深厚，对于乐理也掌握得足够全面，她看那些作曲理论的书并不费力。用不了多久她便知道了主流的作曲理论和技法。她写了一些音乐，甚至还写了几首多声部的复调乐曲，然而，当她把自己写的曲子在钢琴上弹出来时，她听到的要么是一些庸俗无聊的调子，要么就是对大师作品的拙劣模仿。

她为此消沉了一阵子，好几天都没有拿起过笔。她意识到，掌握作曲理论和实际作曲是两码事。作曲和写作一样，必须有感而发才能动人。为了作曲而作曲，只能写出一些庸俗的、取悦大众的玩意儿。不过，她没有放弃作曲，也不会放弃作曲。作曲对她来说，是一个终极的理想。她继续练琴，继续分析那些伟大作品里所蕴含的逻辑和思想。日子一天天过去了，她感到自己一步步靠近那个在寒夜里也散发出星光的所在。

当她不弹琴的时候，她喜欢长时间地泡在图书馆里。图书馆对她而言宛如一个无所不知的智者，娓娓道来地讲述一个个光怪陆离的故事。有的故事来自遥远的过去，从数百年、上千年前的时空里传来，其中的智慧和温柔依然启发和慰藉着当代人。有的故事距离更近，反射出现实生活的镜像。还有些尚未被人们知晓的，在遥远的未来会被人们听到的故事，这些故事在等待，等到未来的那个时刻，未来人类会把它们奉为真理。就这样，摇曳在不同时空里的烛火慢慢地点燃了她日渐冰冷的心。

在日复一日的阅读中，小涵渐渐觉得，世上所有的知识大抵可以分为两类：一类是关于规律的知识，我们把它叫作真理；另一类是关于价值的知识，我们把它叫作正义。艺术与科学属于真理的范畴，但真理反过来也能影响人们的价值观念，即影响人们的正义观。只有不懈地追求真理，我们才能更加接近正义。小涵对一位哲学家写到的一句话印象深刻："作为人类活动的首要德行，真理和正义是绝不妥协的。"她就这样在孤独的生活中与那些回荡在过往时空里的思想对话，她的心就像古老传说中被放逐的诗人一样，没有家却四海为家。她以为自己一辈子就会这样过去，直到生命的尽头。可是我却觉得，即使到了那个时候，她的心也会始终和十几岁的时候一样。

她读得越多，写作的欲望也就越强。她读了许多古今中外的文学作品，心里也萌生出了创作的想法。当然，她明白这不是一件容易的事，而且她也知晓自己的弱点，对于一个人生阅历还不够丰富的小姑娘来说，要写出震撼人心的作品是很难的。历史上绝大多数伟大的文学作品——如果不是全部的话——都是深刻反映社会现实或者剖析人性的作品，非如此才能成就其不朽。这就要求作者必须对社会生活的广度和深度有着相当的了解，对人性的不同方面及其复杂性有相当深刻的认识，才可能用文字写出最直击人心的情感。当然，我们这个时代有许多那种纯粹消遣式的、无病呻吟的、一味取悦读者的文字充斥着人们的眼球。然而，时间会去粗取精，证明一切。

就这样，在别的女孩子情窦初开的年纪，小涵独自一人在钢琴与读书中消磨着年华。她自以为在那些伟大的作品里已经把爱情的本质和情欲的危险看透了。一开始都是甜言蜜语和海誓山盟，所谓的你侬我侬实则是两颗不甘寂寞的心想要互相占有彼此。大多数爱情——包括历史上那些一时传为佳话的爱情——最终都会在时间的流逝中消耗殆尽。绝大多数人的爱情并没有什么独特，一开始新奇的魅力很快就会变得习以为常以至于索然无味，非得来些特别的刺激才能激发恋人的情欲不可。这种刺激并非永无止境，一旦到了山穷水尽的地步，两颗心便渐行渐远。恋人之间的情欲永远是那样单调乏味，始终是同样的开端、同样的过程、同样的结局。

小涵还没有体验过爱情，却已经对爱情不抱有期待了。她未来想要写的，绝不是那种情欲式的庸俗不堪的所谓爱情。她想要写一个温暖人心的故事。一个从来没有朋友，不被人理解，被人类的大多数感官快乐所抛弃的女孩，竟想写一个温暖人心的故事，真是咄咄怪事。至于故事的内容，她还在脑中想象着。

小涵藏匿在音乐和读书的世界里，姐姐的工作也颇为顺利。似乎一切都步入正轨的时候，姐妹俩却得知了一个令她们深感意外的消息：母亲在考虑再婚了。

小涵的父亲离世已有六年之久。这些年来，母亲都是一个人熬过来的，即便在最艰难的时期，她也没有再婚的想法。结婚并给孩子们找个继父当然会极大地减轻母亲肩上的负担，至少在经济方面如此。然而一方面，母亲担心再婚后的家庭会影响两个孩子的成长，另一方面，她心底其实还保留着一份对爱情的执着，觉得非得遇到爱的人才能结婚不可。母亲虽然饱受家庭变故和生活的摧残，但她内心有一个角落始终没有变过，所以她才一直等待孩子们长大。如今，大女儿已经大学毕业并且工作，小女儿上了高中，家里的经济负担已经减轻了许多，她正好遇到了一个她认为不错的男人，觉得是时候考虑开始新的生活了。

两个女儿获悉母亲的恋情之前，母亲已经和这位周先生交往了一段时间。小涵和姐姐第一次见到周先生是在母亲生日那天。周先生为小涵的母亲举办了一个烛光晚餐，母亲带上了两个女儿，借此机会把女儿们介绍给他。周先生刚满五十岁，自己经营着一家公司，去年刚跟前妻离婚，唯一的儿子跟了前妻。他的长相儒雅秀气，经济实力也不错。晚餐的气氛很和谐，周先生显得温柔体贴，其间对母亲照顾入微。席间他对小涵姐妹俩也表现得殷勤友好。晚饭后，姐姐对他印象不错，但小涵却不以为然。

周先生已经请求了两次，母亲还没有最终下定决心。她最大的顾虑还是在于两个女儿的态度。如果女儿们不乐意，她是绝不会再婚的。小涵的姐姐知道母亲有了喜欢的男人挺开心，她觉得母亲再次找到真爱不容易。辛苦了多年，母亲也该享受享受自己的生活了。

不过，小涵心里并不乐意。一方面，她觉得现在一家人的情况挺好，虽然并不富足却过得逍遥自在。另一方面，她从第一次见面就隐隐感觉到周先生没有母亲想象的那么好，这是基于她对男人的直觉，尽管并没有什么明显的依据。不过，看到母亲满怀期待地来征求她们姐妹的意见，又看到姐姐对这件事表示了支持，她也就不想反对了，一方面是免得让母亲和姐姐觉得自己还是个任性的小孩子，再者也是想要母亲更快乐一些。

就像姐姐所说的："这是母亲的选择，我们只需为她祝福。"

母亲和周先生很快就办了婚礼。婚礼上，化了妆的母亲气质很好，在聚光灯下依然光彩夺目，皮肤看起来简直跟三十岁时相差无几。婚后，周先生热情地请母女三人都搬到了自己的房子里。就这样，小涵姐妹俩开始了与母亲和继父一起的生活。

起初，一切正常。周先生对母亲的态度还是不错，只是不及婚前那般耐心热情。母亲虽然感到有点失望，却也在她预料之中，毕竟，她已经经历过一段婚姻了。

不过，渐渐地，小涵却感觉事情越来越不对劲了。不知从什么时候开始，她觉得周先生好像有意无意地在接近她，这不是一般父母对于子女的那种关注，让她无论在生理还是心理上都很不舒服。

一开始，周先生每天晚上喜欢到小涵房间里，问她在学校里的事，小涵很烦他，敷衍几句就说要睡了，催他赶快离开。之后，周先生喜欢洗完澡以后只穿着睡衣进入小涵的房间，这让她感觉十分无礼，但碍于情面只能忍着，等周先生出去后马上关门。更有甚者，有一次他袒胸露怀就走进了小涵的房间，而且毫不掩饰，小涵愣住了，随即马上冲出房间去找姐姐。当时，小涵的母亲工作依然很忙，经常很晚回家，周先生正是趁她不在之际去骚扰小涵的。

姐姐听了这件事吃了一惊，因为周先生在她面前一切正常，很有礼貌，也经常关心她。她一时间无法断定发生了什么，于是劝小涵少安毋躁，再观察一阵子，如果还有类似的情况及时告诉她。

之后的一个星期，周先生倒安分了一些，没有再去找小涵，在家人面前一切也都正常。有一天早上，小涵准备去上学，那天她穿了白色衬衣、小西装外套和格子裙。吃早饭的时候，周先生一直盯着小涵的腿看，在她弯下腰穿鞋子的时候，他竟然装作要在地上捡东西，暗暗偷看她的裙底。小涵一眼就识破了他拙劣的把戏，顿时脸上火辣辣的，用力摔门而去。这一天，她在学校里想起这件事，觉得既恶心又害怕，打算回家后马上告诉姐姐。

晚上小涵放学回到家后，正值黄昏时分，天色还亮着。通常这个时间，母亲和姐姐都还没有下班回家，她以为家里只有自己一人。没想到一推开门，看到周先生坐在客厅的沙发上。

"回来啦？"他主动问她。

"嗯。"她冷冷地回答。她脱鞋子的时候，故意站在墙角，避开他的视线。

"今天在学校里老师讲了什么呀？"他用一种关切的口气问。

"没什么。"她一头钻进了房间，关上了门。

过了几分钟，周先生敲了敲门，小涵板着脸打开了门。

"请问有什么事吗？"她面无表情地问。

"小涵啊，我们是不是有一些误会？"他说着便走了进来，"我可以坐会儿吗？"

还没等小涵回答，他已经坐到了床边。

"我从你妈妈那里了解到了你的一些情况，我很担心你。"

"我很好，没什么可担心的。"

"小涵啊，其实第一次见到你，我就觉得你很可爱。"他用一种试探的口吻说，"你跟其他这个年纪的孩子都不一样。你虽然总是冷冰冰的，从来不笑，但却有一种独特的美感。"

小涵听到后只觉得想呕吐，她无言以对，只想着让他赶快出去。

"你一直一个人玩，没有一个朋友，一定很孤独吧？"他咧着嘴说。

这时间，他竟然走了过来，一把抓住了小涵的手腕。

"你干什么？！"小涵大喊，她愣住了，没想到他竟会做出这种事。

他一言不发，把小涵拖到了床上，她瘦弱的身躯哪里是他的对手啊。她的手腕感到一股灼热的痛，她又惊又怕，不知道他要干什么。

他像是疯了一样，一把将小涵推倒在床上，用力撕扯她的衣服。她终于反应过来，拼命地反抗，想要推开他。然而，他的力气太大了，小涵根本不是他的对手。小涵用尽了全身的所有力气，抓住他的手使劲地咬。

"小贱人，我叫你不听话！"他甩开被咬出血的手，朝着小涵的脸不停地重重地扇巴掌，不知道扇了多久。他像个发狂了的畜生，彻底癫狂了，对着这副柔弱的身躯拳打脚踢起来。小涵随即不再挣扎，松开了双手，陷入了无意识的状态。

她一度失去了知觉。

在朦朦胧胧中，她感到自己的房间里似乎还有别人，她听到了争吵声，打翻桌子的声音，还听到了摔碎杯子的声音……之后她就什么也不记得了。她只感到疼，全身上下都在疼……随后铺天盖地的倦意涌了上来，她只想睡觉，除了睡觉以外什么也顾不上了……

这种睡眠仿佛一睡就可以睡好几个世纪，难道是要睡一个永远不再苏醒的觉吗？就像沉在湖底的石块，在无边的黑暗中永远不见天日。她的呼吸变得急促，浑身滚烫，想要挣扎却被困在沉沉暗夜中动弹不得。她好像坠下了深不见底的万丈悬崖，又好像葬身于暗流涌动的海底。终于，她看到了一丝光明，姗姗来迟的、薄暮中的微光。穿过浓重的阴影，她看到了一座坟墓，难道是为她而造的坟墓吗……

蔷薇藤攀附在墙上，几根藤蔓缠绕到了窗前，一片绿油油的藤叶被夜里的雨水打落，贴在窗户的玻璃上。清晨时雨停了，新鲜的朝阳在晨曦中缓缓升起，一束温暖的光照在了洁白的床单上，把房间反射得更加明亮了。

小涵睁开睡眼蒙眬的眼皮，像个婴儿一样好奇地观察着眼前的这个世界。费了一会工夫，她才意识到自己是在医院的病房里。她看到病床旁边坐着一个人，靠着坐垫似乎是睡着了。定睛一看，原来是姐姐。她一时间还没有想起之前发生了什么，但她心里念着不想打扰姐姐的睡眠。她的手臂和脸上还觉到痛，她试着踢了一下小腿，姐姐马上就被惊醒了。

"小涵！小涵……"姐姐几乎是哽咽着喊着她的名字，一下子就扑到床边，握住她的手。

"我是在医院吗？妈妈呢？"

"嗯……妈妈守了你一天一夜，我劝她先去休息了。"

"我要死了吗？"小涵用一种天真的口吻问。

"不，你会好好的……我们一家人都会好好的……"姐姐又哭了。

这时候，小涵想起了两天前发生的事，惨烈的画面闪过她的眼前，像重重阴影般挥之不去。她的眼角滑下一行泪珠，流进了嘴角。她想，眼泪咸咸的，味道和海水一样啊。

原来，小涵快要奄奄一息的时候，姐姐回到了家。她一听到屋子里的动静，连包也来不及放下就冲进了小涵的房间。看着妹妹的惨状，她什么也不想，脱下高跟鞋，举着长长的鞋跟朝着那个男人的头上狠狠地砸了上去。他的脑袋流血了，终于停止侵犯，夺门而逃了。姐姐马上把妹妹送到了医院，随后母亲急忙赶到。

到了医院，小涵已经昏迷不醒，心率急剧降低，危在旦夕。她被送进了重症病房，姐姐和母亲看着她被推了进去，心中犹如万箭穿心却毫无办法，只能等待。

此刻，母亲的心理是极端复杂的。当然，她丝毫不怀疑大女儿描述的场面，她也看到了小涵现在的情势危急万分。周先生是个衣冠禽兽，这是一目了然的，他理应受到法律的严惩。然而，小涵姐妹还不知道的是，母亲此刻已经怀孕了。没错，她怀上了和周先生的孩子。平日里满口甜言蜜语、对她温柔体贴的这个男人，居然会做出这种禽兽之事，这是她万万没有想到的。又想到自己竟然已经怀了他的孩子，这对她的打击不亚于多年前听到前夫死讯的那一刻。她后悔没有早点发现他的人面兽心，后悔没有早点从小涵那里发现事情的端倪，后悔最近总是忙于工作疏于照顾女儿，后悔……她心中充满了万般悔恨，却无论如何也改变不了眼前的事实了。

周先生也来到了医院，找到了小涵的母亲和姐姐。他一见到她们就扑腾一下跪了下来，痛哭流涕，拽着妻子的腿使劲地忏悔、道歉。他说，是自己一时糊涂，自己也跟妻子一样爱她的两个女儿。总之，他哭得地动山摇。这种人居然也能流下眼泪，可见不是所有的眼泪都有价值。

他知道妻子已经怀了自己的孩子，便利用这一点发动攻势，哭诉着说就算妻子不考虑夫妻情谊，也要考虑到腹中的孩子，她怎么能忍心让还未出世的孩子遭此大难呢？接着，他又暗暗威胁道，他的房子和资产都在父母名下，如果他进了监狱，小涵母女不会拿到一分钱，他的父母也不会允许她们继续住下去。最后他又摆出一副可怜样子，承诺会承担小涵的所有医疗费，并不惜一切代价给她最好的治疗。

小涵的母亲最终还是心软了，她考虑了很多可能性，却觉得此刻和周先生撕破脸不是最优解。她要求周先生发誓不再骚扰小涵，并承诺给她们母女提供一切经济上的支持。周先生自然是不停地点头答应照办，能用钱解决的问题对他又算是什么问题呢！看起来他总算松了一口气。

正如小涵的姐姐所说，母亲守了她一天一夜，最终因为体力不支，只好先回去休息一阵，她腹中还有一个孩子呢！姐姐一直守护在小涵身边，从未离开过。终于，经过紧张的抢救，小涵的病情趋于稳定，但是，医生说，小涵会有一些后遗症，目前还无法准确评估这次的打击会对她的身体和心理产生什么长远的影响。医生也说，小涵现在最需要的是家人的陪伴和爱，此后也要长期服用药物，避免外力伤害和心理打击。

小涵的母亲决定在别处给女儿找一个房子，并要求周先生预付一笔房租。起初，周先生对此还颇有微词，不过，她把女儿的诊断书扔到了他脸上，坚持说女儿无论如何也不能再和周先生住在一起，需要有一处安静不受打扰的地方疗养。无奈，周先生只得照办。就这样，小涵出院后，母亲带着她和姐姐搬到了新房子里。这是郊区位于河岸边不远处的一幢二层小楼，站在二楼的阳台上可以眺望远处蜿蜒而过的河水。一楼被房东用来做仓库，母亲和小涵住在二楼。这里是镇上居民的自建房，远离市区，周围很安静，母亲认为这里的环境适合小涵养病。

小涵搬到新家以后，卧床休息了半个月，身体终于恢复得差不多了。只是从今以后，她每天都得按时吃药，出门时包里随时要带着药瓶。

有一天，她对着窗户发呆，姐姐走过来问候她。

"我想弹钢琴了。"她平静地说，眼睛一动不动地盯着远方。

"也是，我们已经挺久没有弹琴了。不过这边现在还没有钢琴。我想，我们可以买一架钢琴。"

姐姐朝着小涵目光所视的方向看去，河岸上笼罩着一层朦朦胧胧的薄雾，风声夹杂着流水声隐约可闻。

母亲本来想把周先生房子里的钢琴搬过来，却被小涵的姐姐阻止了。她不想让钢琴这件圣物沾染上肮脏的气息。她已经工作了一段时间，有了一些积蓄，她提出要用自己的钱为妹妹买一架新的钢琴。

钢琴运到家里的那天，花园里的树木和花草上沾满了洁白晶莹的露珠，红枫树紫红色的叶子在阳光下像火焰一般燃烧着，枝叶繁茂的水杉树高高地耸立在墙边，院子里弥漫着紫茉莉的香气。这是一个多么温柔可爱的日子啊！姐妹俩都想起了小时候在家乡的院子里的那几株枫树和遍布花园的繁花。

这是一架小型的三角钢琴，乌黑的漆面在光线照射下微光闪闪。姐姐下了不少功夫，特地挑选了一架手感和音色和她们小时候家里那架琴很接近的钢琴，那个声音她们永远也无法忘记。钢琴放在了客厅里靠窗的位置，小涵的房间就在隔壁。

这次大病初愈后，小涵对钢琴更依赖了，经常一连弹好几个小时，翻来覆去地弹那些早就烂熟于心的经典作品。她也喜欢拉着姐姐两个人四手联弹。得益于她在作曲方面的知识，她可以轻易把几乎所有的乐曲改编为四手联弹的版本。每个周末，她都喜欢拉着姐姐，两个人一起弹那些音乐史上不朽的作品。

姐姐看到妹妹能在音乐里找到安慰，当然很高兴了，于是便顺理成章地成为妹妹的陪练，每天晚上回到家都会听她练琴，两个人经常一起探讨钢琴和作曲方面的问题。无意之中，姐姐把自己的钢琴家梦想寄托在了妹妹身上，指望着妹妹可以在音乐道路上走得比她更远。当然，经历了这么多年所有好的、坏的事情，姐姐已经看开了许多，她的心境变得极为平和，再也不去纠结那些过往记忆中的污点了。因此，她不想给妹妹施加任何压力，只是顺其自然，与妹妹一道享受音乐带来的温柔而深沉的慰藉。姐妹两个人经常在深夜里一起坐在钢琴边，弹着那些不朽的灵魂所书写的动人旋律。这时候，母亲就在隔壁房间静静倾听她们的琴声。对于小涵来说，这段日子是她记忆深处珍藏的一个角落，荡漾着无以言说的温情。

周先生安分了一段时间后，提出要来看望妻子。她起初拒绝了他几次，后来实在不胜其烦，又念在他毕竟是腹中孩子的生父，于是便同意了。

周先生到的时候，给妻子带了一大堆礼物，以示好意。他还给小涵带了许多上好的补品，说是有助于她恢复身体。他笑着跟妻子讨论起将来孩子的起名。他说，不论孩子是儿子还是女儿，他都会很爱他们，当然，如果是个可爱的小公主就更好了。他已经想好了几个名字，征询她的意见。小涵的母亲见他态度很真诚，对未出生的孩子如此热心，不禁心也软了下来。

那一天，如果周先生听了小涵母亲的话，不要上楼，那么大家都会相安无事。只可惜，命中注定这一天不会这样平静地过去。

周先生拿起带给小涵的礼品，犹豫片刻后，还是颤抖着走上了楼梯。他推开门的那一瞬，小涵迎面看到了他，那一刻她记忆里的梦魇复活了，她一下子支持不住瘫坐在地上，不知道该怎么办才好。

小涵的母亲随即出现在门口，她看到这一幕后几乎没有思考，简直是下意识地冲了过去，一把将周先生从楼梯上推了下去。事情仅仅发生在短短的几秒钟之间。那一刻，她的脑子里只有一个念头：拼了自己的命也要保护小涵。

事后，谁也不知道、谁也无法判断周先生上楼的真实目的究竟是什么。他是想看望小涵并给她道歉呢，还是想继续行龌龊之事？没有人知道，也永远不可能再知道了。他跌下楼梯的时候后脑勺撞在了尖锐的楼梯扶手上，流了很多血，几乎是当场就毙命了。他在咽气前颤抖着身子只留下一句话："对不起……对不起……"

小涵的母亲看着眼前的一片血泊，瘫倒在地上，全身哆嗦着说不出话来。她心里一团乱麻，脑子挣扎了半天才意识到：自己杀了人。她懂得一些法律，知道目前并无证据表明周先生想要图谋不轨，就算上一次他伤害了小涵，但在法律上跟这次却是两码事。她也知道周先生是他父母的独子，那对老人家不会善罢甘休。她明白她的行为很可能成立过失犯罪。

她决定去自首。小涵的姐姐听到动静马上冲了过来，拦住母亲，泣不成声地说自己要代替母亲去。母亲听到这话，神情突然变得严厉，几乎是嘶吼着说：

"你这算是什么话？这件事和你没关系。都是我不好，是我看走了眼。都怨我当初为了让生活轻松一点，想找个有钱男人，以为这样就可以让你们过上更好的生活。我太天真了，如果不是当初我被迷惑了双眼，怎么会有今天？一切都是我的错。法律是公正的，我应该去承担一切责任。"

母女两人坐在地上抱头痛哭。小涵在楼上听到了一切，但她没有下来。她突然觉得心头一颤，接着便心如刀绞，连走路都不稳了。她挣扎着，扶着钢琴跌跌撞撞地爬到桌子边，拿起一粒药片吞了下去，有气无力地靠在钢琴上喘着粗气。

临走之前，母亲把大女儿叫到身边，给她安排了一切自己所能想到的事情。母亲嘱咐大女儿照顾好小涵，尤其是特别要注意小涵的身体。她嘱咐大女儿未来遇到心仪的男人一定要擦亮双眼，不要被外表迷惑，更不要被钱财蛊惑了心灵。她还将家里剩下财产的情况和收支用度交代给了大女儿。一切安排妥当后，母亲步履蹒跚走出了家门。她遭此打击，不久腹中的胎儿也不幸流产了。就这样，母亲离开了小涵姐妹，她等待着重获新生的那一天能再次见到两个女儿。

往后的日子里，只有靠小涵的姐姐才能撑起这个支离破碎的家了。姐姐毕业后平静的生活还没过多久，又得独自承担这副家庭的重担了。因为几个月来发生的一系列剧变，小涵很久没去学校，刚刚恢复的身体又恶化了，这使得姐姐很担心，怕她脆弱的身体无法承受更多的刺激。姐姐当下决定索性让小涵休学一阵子，彻底调养好身体再去学校。她想，即便休学一年，小涵上大学时是十九岁，那也算不得晚。

姐姐决定陪小涵去附近散散心。她们搬到这里来以后，每天透过窗可以看到不远处的河流，却还未能到那里去看看呢。

穿过弥漫在河流两岸的薄雾，姐妹俩手拉着手向着河岸边走去。岸边不远处是一大片看不到边的银杏树林，树干很粗，长得有几十米高。扇形的叶子已经变得金黄，纷纷从枝头掉落，携着微风在半空中飞舞着。穿过这片树林，她们来到了岸边。这里地势较低，河岸两边长满了高大挺拔的水杉树。河水的流速很快，奔着远方的天际线而去。

"河水会流到哪里去呢？"小涵问姐姐。

"这条河应该是支流，可能流进江里，但也可能直接流到东海里吧。这里距离海岸线不远。不过最终总归都要流进大海的。江河的最终归宿都是海洋。"

"也许不是呢？江河流进海洋，海水蒸发，又变成雨水落下。也许眼前这条河里的水仍旧是从前流过的那些水呢？可惜人的生命无法像水一样循环，不然我们就能像水一样，看到未来世界的变化。"

"江河的归宿是大海，而大海却不是终点，反而是一个新的循环的起点。这么说，死亡也不是终点，而只是另一种生存形式的开端。"

"这只是生者可怜又可悲的期待，"小涵不认同姐姐的说法，她冷冷地说，"人的最终归宿只有死亡。死亡不是别的什么，只是无尽的虚无，死亡本身就是最终的终点。"

她们沿着河水的流向在岸边走了很久，直到薄暮将近，落日西沉，才折返回去。河边长满了一丛丛茂盛的芦苇，时而有鸭子游上岸来，钻进芦苇丛中，发出清脆的嘎嘎声。冷风袭来，银杏树林里一阵颤动，树尖纷纷像波涛一样朝着一个方向流动，无数金黄的叶子飞散在目之所及的天空中，犹如卷入了金色的旋涡。

母亲离开后，家里的一切都要靠小涵的姐姐了。家里还有母亲留下的一点积蓄，但是如果没有新的收入来源很快也会捉襟见肘。姐姐决定未雨绸缪，换一份收入更高的工作。很快，她找到了一份金融机构的工作，收入和待遇比之前好了很多，然而工作强度和忙碌程度比上一份工作高了不止几倍。这是一份需要长时间加班和频繁出差的工作。

姐姐入职以后一个月，就觉得身体有点吃不消了。她几乎每天晚上凌晨以后才回家，就算偶尔早点回来也要在家里随时待命。每次一出差就是出去一两周甚至更久，每天都在飞机上，每天都在不同的城市间奔波。她觉得自己快支持不住了，一度想过要辞职，但每个月发了工资以后，看到银行账户里多出来的金额，她还是咬咬牙扛下去了，因为现在家里需要钱。此外，她节假日还抽时间做钢琴家教，赚点学费补贴家用。

第一次向生活做出妥协的经历往往是刻骨铭心的。这种妥协标志着你不再是个孩子了，身后不再有人可以为你负责，为你托底。这种妥协往往是极为令人心酸却也无可奈何的。如果不是为了谋生的需要和艰难，谁会心甘情愿每天连续十几个小时甚至通宵达旦地工作呢？你想放弃，想轻松点，想彻底休息一阵子，但你的房租不会延期，生活费不会凭空飞过来，债权人不会免除你的债务。所以，你只能在无数个不眠之夜后，咬着牙继续坚持下去。

小涵的姐姐正属于这种情况。母亲不在了，强烈的危机感立刻支配了她。她告诉自己，不能重蹈当年父亲死后家庭分崩离析的覆辙，不能再让未成年的妹妹面对贫穷带来的危险。她看清了人类生活的本质：生存资源的占有是人活在这个世界上的基本需要，经济方面的独立是一个人追求人格独立和平等的基础。我们都认同法律面前人人平等，但是这种平等只是在法律地位上的平等。只有获取生存资源和经济地位上的平等才能让人与人之间得到真正意义上的平等，唯有如此，一个人才不用仅仅为了钱去向另一个人低头，也唯有如此，一个人才不会因为有钱就可以奴役别人。

小涵的姐姐非常清楚这一点，所以她要拼命地赚钱，赚足够多的钱，这样她才能给自己和妹妹足够的安全感。她不再埋怨工作的繁重，不再理会上司的压迫和同事的刻薄，她只是努力去完成每一天的工作，尽管这些工作远远超出了合理的限度并且对她的身体暗暗造成了不可逆的损害。有些时候，她忙到一连好几周都没有时间和妹妹讲一句话。妹妹自然知道姐姐的辛苦，也了解姐姐的苦心，但姐妹俩的关系竟没有从前那么要好了。

其实，小涵对姐姐一头钻进工作的行为看得比姐姐自己更清楚。她觉得，姐姐看清了经济独立的重要性固然不错，但姐姐却忘了一点：经济独立是为了更好地实现人格独立，人格独立是目的，经济独立是手段。但偏偏很多人，包括小涵的姐姐，却把两者之间的关系颠倒过来了。一开始是为了实现人格独立而去追求经济独立，结果却为了追求经济独立反而丧失了人格独立。当然这不能完全怪她。她所在的公司，冠冕堂皇地提倡加班文化，认为无休止的加班等同于努力奋斗，不加班就是消极怠工，将工作时长与考核晋升挂钩。就算加班是客观需要的，那也得有个限度吧？就算老板们着急赚更多的钱，换更大的房子、更豪华的车子，也得把员工当人看吧？换位思考，谁会忍心逼迫自己的孩子长期熬夜甚至通宵去工作，牺牲健康去换取一点儿收入呢？难道自己的孩子生命诚可贵，别人家的孩子就是贱命一条？小涵目睹姐姐一天天疲于奔命，对人性的自私感到无以复加的失望。

换了新工作以后，小涵的姐姐拿到了可观的年终奖。这对于她们姐妹来说可是一大笔钱。此外，一年以来，她攒下来的工资和教琴赚来的学费也为数不少。短期内她终于可以不用担心经济上的问题了。更令她感到欣慰的是，小涵休学一年后，身心状态恢复得不错，再次回到校园里的小涵非但没有落下功课，反而成绩更优秀了。正当一切都看似好起来时，小涵的姐姐没有料到，长时间的高负荷工作把她的身体健康消耗殆尽了。尽管这是一个长期的过程，但其实她每一次通宵工作后，每一次出差回来后，每一次连续工作二十个小时后都能隐隐感觉到身体潜移默化的变化。然而，为了家庭，为了责任，她选择了默默坚持。

发生悲剧的那一天，她凌晨三点还在办公室加班。为了完成一个项目，客户指定了一个激进的时间表，老板当然表示全力配合客户的计划，这可是关系到客户是否付款的大项目，怎么敢懈怠呢！于是压力来到了员工这里。整整一周时间，小涵的姐姐都是天快亮时才回家的，只睡几个小时便又被客户催命似的电话赶到办公室继续干活。这一天，她到了晚上十一点才吃了晚饭，紧接着又干到深夜。为了缓解疲倦，她站起来去冲一杯咖啡，还没站稳脚跟就身体一晃，突然倒下了。

在旁边一同加班的同事吓坏了，慌忙摇她的头却没有任何反应。一刻钟后，救护车到了，然而她已经没有心跳和脉搏了。同事立刻向老板汇报了这个悲剧，老板的第一反应是："怎么在这个时候掉链子呢？必须马上安排人顶上她的工作，客户的项目万万不可耽搁，几天前发出的账单客户还没付钱呢。"

此刻，小涵还在家里等待姐姐回来。就在几天前，小涵入围了本市一所著名大学的中学生夏令营，即将在暑期去体验大学生活。姐姐原本打算和妹妹在周末小小地庆祝一下。小涵做梦都没有想到，早上与姐姐不经意间的挥手告别竟成了最后的永别。

小涵不愿意对这段回忆讲述太多。这段回忆对于她来说太过于残忍，太过于痛心疾首。这是她终其一生也不忍直视的回忆。

几天后，她参加了姐姐的葬礼。她把姐姐的骨灰埋到了不远处的银杏树林里。时值盛夏，银杏树林一片郁郁葱葱的绿色，姐姐的灵魂仿佛注入了树林，使得这片树林显得愈发生机盎然了。姐姐从小最喜欢亲近大自然，长眠于此，与茫茫林海融合为一体，她的在天之灵可以安息了。

说是葬礼，其实只有小涵一个人。姐姐的老板和上司们没有人来，对他们来说，无非就是死了个员工，顶多赔一笔钱了事，多简单的事啊！她的工作换个人接替就是了，有多少人排着队想进他们的公司都进不了呢！她的死在他们心里引发的震动——如果有的话——可能还不如死了一条宠物狗。姐姐生前为之兢兢业业服务的客户没有人来，他们埋怨项目进度被耽搁，还召开电话会把姐姐的老板痛骂了一顿，在他们看来，姐姐耽误他们赚钱，简直是个罪人。姐姐的同事们没有来，他们高兴还来不及呢！少了一个优秀的竞争对手，他们可以更快地晋升，更快地赚钱了。他们都觉得自己是幸运儿，他们都觉得自己绝不会有这样的下场。姐姐的大学同学倒是有几个人打来了电话，态度很真诚，甚至有人在电话里哭了。

就这样，小涵的姐姐匆匆走完了二十三年的人生旅程。二十三年的生命，对一般人很短，对她却很漫长。在这短暂的生命历程中，这个女孩经历了多少厄运和灾难啊！事已至此，往好的方面想，也许，她终于得到了解脱，终于可以去另一个世界与父亲见面了。

小涵独自一人，跪在姐姐墓地的石板前，跪了很久，跪了一个下午，一直跪到暮色黯淡，落叶飘零。那天她在墓前究竟想了些什么，她没有告诉我，我无从得知。唯一确定的是，从此以后的路，十七岁的她得一个人走了。

第十九章

　　小涵平静地讲述了这一切，然而我早已心如刀割。原来，小涵的姐姐便是夏悦，是我十四岁那年在音乐会上初见的那个弹李斯特《叹息》的少女。

　　原来，那一年我在夏悦家里已经见过小涵了，我想起了那个目光冷淡，从书架上取下《我的一生》的小姑娘。原来，姐妹俩一个名叫夏悦，一个名叫夏涵，妹妹后来跟了母亲的姓才改名为林夏涵……我不知道小涵讲述到哪里后，我才恍然意识到了这一点，听她讲述的过程中，我已然失去了所有的理智和判断力。小涵是夏悦的妹妹这个事实，无异于一道晴天霹雳，从此斩断了我和过去的一切联系。

　　跟随小涵温柔的声音，我眼前重现了那些早已黯淡的往事。我恨自己竟然直到这一天才知道所有真相。就在昨天，我还以为夏悦正在某个音乐学院里追求自己的钢琴家理想。然而此刻，她正躺在冬日冰冷的地下，一个人孤独地沉睡着，即使到了冰消雪融的日子也不会醒来……

　　我回想起来，我初次遇到小涵，正是去年暑期她在大学里参加中学生夏令营的时候……这么说来，那个时候夏悦才离世不久，怪不得那段时间小涵的举止在我看来那样反常。还有后来发生的事……一切都说得通了。我回想起那次生病后在医院里接到小涵的电话，她听到我虚弱的声音后立刻出人意料地赶过来，还说什么担心我危在旦夕的奇怪话语……大概是夏悦的离世给她留下了难以抹去的伤痕，使得她条件反射式地来看望我……

　　我也想起那一年我去夏悦家见她父母，当我在羞愤中离开时，夏悦和她的母亲争吵时所喊的"你不是我的母亲，你没有资格管我"。原来，她这样说并不纯粹出于愤怒，而是因为她和小涵是同父异母的姐妹……

我猛然回想起那年的十二月，同样是一个寒冷的冬日，夏悦给我打来的最后那一通电话。联想到小涵的讲述，难道那天夏悦打给我电话的本意是为了告诉我她家里的变故？难道她是为了向我寻求安慰？而我，只是简单地跟她说了几句不痛不痒的话，心里还怀着对她的不满和怨恨，从此我们便断了联系。天哪，我到底做了什么啊！我错过了什么啊！我的所作所为，和小涵口中那些在夏悦落难时无情无义的人有什么区别？

可怜的夏悦，这些年她经历了多少磨难……她倒下的那一刻，一定还在担心妹妹和母亲吧。想到要离开爱她的人和她所爱的人，那一刻她该有多么绝望……

而我，这些年来对夏悦所经历的一切却一无所知。非但一无所知，长久以来我还对她抱着极深的误解。如果我当初能够在电话上问清楚她发生了什么事，如果我当初能早点去找她，如果我能够想办法和她保持联系……尽管我没有力量解决她的家庭所面临的危机，但我至少可以用朋友的方式安慰她，在精神上陪伴她，使她不要那么孤独无助……然而，这么多年过去了，我什么也没有做。深深的负罪感压在我的心头，以至于我甚至觉得是我造成了这场悲剧。

得知小涵是夏悦的妹妹这一事实无异于五月天里的一声巨雷，带来一场掀翻一切、冲毁一切的暴雨。起初我以为这只是个悲哀的巧合，可我紧接着意识到这根本谈不上是巧合：起初是由于桐，我得知了《叹息》这首曲子，所以才会在后来的音乐会上被夏悦的琴声所吸引；由于夏悦的影响，我走上学琴的道路，学会了《叹息》；后来我之所以遇到小涵，正是因为《叹息》的缘故；此后发生的一切，也都和《叹息》脱不了关系。正是这首《叹息》，把她们姐妹两人和我的人生紧紧联系到了一起。一首曲子不仅决定了我人生的走向，影响了我生活的方方面面，未来还将继续支配我的命运，无论是好是坏。

我不胜惊恐地想道：也许，在我十四岁那年遇到夏悦的那场音乐会上，我如今所面临的一切都已经注定好了，往后的日子里我只是按照一个预先写好的剧本扮演一个提线木偶似的角色。难道这就是所谓的命运吗？

想到这里，我的心里感到一阵刀剜似的疼痛，一股要溶解一切的酸楚从腹部涌了上来，有那么一瞬间，我几乎要晕过去了。

"你怎么了？没事吧？"

　　小涵用手拍了拍我的肩膀，我在模糊的视线中看到了她关切的眼神。这时候反而是她在安慰我了。

　　小涵用手轻轻抚摸着我的头发和额头。她手心里那种温柔的触感，对我具有一种特殊的镇静作用。我把头埋在小涵的肩上，泪水还是没有忍住。

　　短短的一分钟里，我的内心经历了前所未有的挣扎。我要不要告诉小涵我早就认识夏悦呢？我要不要告诉她我和夏悦的往事呢？我并不想刻意对她隐瞒什么，然而此刻，依偎在小涵的怀里，我无法坦然地说出这一切。倘若我在此刻说出我的过去，我无法预料会对小涵已经伤痕累累的心灵造成怎样的冲击，我也无从知晓这会对我和她的关系造成怎样的影响。经过这个夜晚，我隐隐有一种感觉：小涵已经是我生命中无法缺失的一部分了。我无论如何不能够失去她了。我不敢承担哪怕一点儿失去她的风险。

　　"我没事……我只是……感到难过。"

　　我终于还是没有告诉她。我想，在不久后的某一刻，我会向她坦白一切。我知道我的想法中有自我安慰的成分，但在那一刻我别无选择。

　　我们一句话也不说，就这样沉默着一直到了不知道多晚的深夜。再也不用多说一句话，仿佛心有灵犀似的，我们都把彼此当作最深沉的慰藉。在那个寒冬的夜里，我抱着她，好似一个被放逐的旅人在夜晚的荒原上生起一堆火星四溅的篝火。

　　看着小涵躺下后，我才打算回学校。离开之前，我轻轻地亲吻了小涵的额头。她没有说话，也没有睁开眼睛，我听到了她平缓的气息。走在楼梯里，我回想起那个吻——我干裂的嘴唇在无声无息中贴到了她的额头上，一阵电流像划过天际的闪电一样划过皮肤表层，又如一阵飓风咆哮而过，我的身体简直要痉挛起来了。凝固的血液悄然融化，肺腑之间有一股热流涌上心头，流遍我全身的每个角落，俯仰之间带走了我身体里一切肮脏与污秽不堪的东西。

　　回想起夏悦和小涵的经历，我意识到这是两个女孩对命运和残酷现实的战争。这是一场没有硝烟的可怕的战争。这场战争的惨烈程度不亚于人类历史上发生的任何一场战争，因为这种战争是直击人心的。不论是不是我的一厢情愿，从那个晚上开始，我隐隐意识到我对小涵负有某种责任。

　　那天以后，我的生活简直离不开小涵了。我和她见面更为频繁，差不多每天都会见了。我常常送她回家，晚上赶着最后一班轮渡过江回到学校。如果遇上周末，我会去小涵家里，和她一起练琴，陪她读书。很多时候，我们用不着说话，也并不刻意寻找话题，仅仅是她在我身边就使我感到无比安心。

我曾经多次假装是小涵的同学混入她的学校。其实无所谓假装不假装，我只是堂而皇之地和小涵肩并肩步入校园，没有引起任何人的注意。我和小涵在校园里闲逛，从教学楼走到了田径场上，学生来来往往，不时有认识小涵的人用好奇的目光盯着我看。

"有没有怀念中学时代？"小涵问我。

"谈不上怀念，相反，我觉得中学时代的自己很蠢。"这时，除了夏悦，我还想起了萱。

"是不是想起女孩子啦？"小涵转过身来歪着头，双手插在兜里，身体前倾，按捺不住的笑意从嘴角流出。

"什么都瞒不过你。"于是，我给小涵讲述了我中学时的经历，包括我如何被班主任赶出教室，我也告诉了她我和萱的故事。

"那个女孩，"小涵听完后说，"不知道现在在哪里，在做什么呀。"

"的确不知道，高考后我们便断了联系。"

"我们会不会有一天也断了联系？"小涵突然半开玩笑地问。但我能感觉到，她的话音里有某种担忧。

"我想象不到有任何因素可以把我们推开。"我严肃地回答。

"也许只是那些因素还没有凸显出来。"

小涵的语气很冷静，她的话使我想到了夏悦。那一刻，我差点儿忍不住想要坦白我和夏悦的往事了。但终于我还是没能开口。

"你和我这样大摇大摆地走在学校里，不怕你的同学说闲话吗？"我问小涵。

"闲话？"小涵说，"他们爱说什么就说什么，和我有什么关系呢？"

"以我的经验，学生时代很难不在乎老师和同学的目光，当周围的人对你明里暗里指指点点时，那种感觉真叫人受不了。更别提学生之间的流言蜚语，简直可以让你时刻抬不起头来。"

"为了别人的看法而痛苦是最愚蠢的事。"小涵的话里没有一点儿犹疑。

那一天我和小涵在校园里聊了很久。我也讲到了桐的故事。

"听你的讲述,她是一个很有音乐天分的孩子,"小涵说,"太可惜了……倘若她也能有机会学琴就好了。"

小涵偶尔也会来大学里找我。她旁若无人地走进教室,坐到我旁边的座位,就好像也是来上课的大学生一样。她大部分时间在做自己的事,不过有时候也会停下来,拧起眉头,仿佛在思考课上提出的问题。

"你在想什么呢?"我凑到她耳边轻声问。

"听课。"她悄声说。下课后,我看到她的笔记本上记满了一整页笔记,字迹很清秀。我读了她的笔记,她并非机械地记录老师的讲课内容,而是对老师讲述的要点进行总结,并随手写上她的思考和见解。看到这些我不由得感到汗颜。

热带的阳光从赤道一路向北,连奔带跑地朝着北回归线赶来,它所到之处,冰消雪释,大地回暖。不久前春寒还未散尽,几个星期后春天的脚步已经无处不在。清晨时分,天空上飘着几缕淡淡的云。这少许的云折射了阳光,在天空中渲染出一种若即若离的蓝色,像是刚下过雨一样,使我想起了油画里那种朦胧的天色。

在这个南风吹拂的四月天里,我再次踏上了过江的轮渡。江面上的雾早已散尽,站在此岸能够清楚地看到对岸的码头。也许是最近下了几场春雨,江面的水位高涨了不少,江水的流势也比冬日里迅猛了许多。轮船行驶到江心时,水面上现出一个个忽隐忽现的漩涡,似乎有什么东西在水里打转。盯着漩涡,我感觉自己仿佛被卷入了漩涡深处,化为水波碰撞出的泡沫。

我和小涵走到镇子的尽头,沿着一条山坡下的岔路向远处的树林走去。一路上,两边的田野里花丛遍布。一丛丛茂密的香雪球铺在地上,紫花和白花相间,散发出宜人的幽香。石缝中偶尔长出几株紫花地丁,淡紫色的花瓣和不远处的紫罗兰遥相呼应,不仔细看的话极易混淆。

我们继续往树林深处走,直到一股淡淡的水汽蔓延开来,虽然还看不到,想必不远处便是那条河了。沿着小路我们来到一片浓荫蔽日的银杏树林,这里是当地开辟的一块新型生态公墓。虽是墓地,却一点也没有墓地的阴森感,只有数不尽的绿意飘漾到我的心里。

"就是这里了。"小涵看着其中一棵银杏树说。树的枝丫上抽出了点点新绿，葱茏的树叶随风荡漾。

银杏树下，一块石板镶嵌在地里，周围长满了粉色、紫色和白色的长春花，连石板和土壤之间的缝隙里，也钻出了一束束紫色与黄色间生的三色堇，花瓣上挂着亮莹莹的水珠。

小涵跪在石板前，用手轻轻拂去石板上的尘土。她注视着石板，随后闭上眼睛，合着手掌，嘴唇轻轻地翕动着，脸上现出一副虔诚的神情。也许，她在为亡人祈祷，和她的至爱说一些悄悄话。

我弯下身子，久久凝视着石板。石板底下是墓穴，墓穴里是逝去的灵魂。虽是墓穴，却一点儿没有阴森的感觉。一束温暖的阳光透过树叶的缝隙，在石板上投下几个重叠的光晕，墓前萦绕着光明与平和的气息。

我也闭上了眼睛。时间的激流咆哮而来，我眼前出现了许多年前的回忆，按照时间的顺序一幕幕闪现。那些记忆的碎片，奇迹般地自动排列组合，拼凑出一幅幅完整的场景和画面。无论明暗，这些画面中不再有悲伤的气息，只剩下万籁无声的宁静，我的心被这种深沉的宁静所涤荡。身处银杏树林里，站在墓穴前，我有一种感觉：那个历经磨难却不屈的灵魂与自然界的一切都融合了，她变得无处不在了。

几片飘落的银杏树叶随风在半空中摇曳，后来又悠悠地落到了石板上。也许这是她在回应我们的祈祷吧。

我内心默念："安息吧。"

在起身之前，我心里又悄悄说了一句："放心吧，我会照顾好她。"

我趁小涵背对着我，弯下腰摸了摸石板。我摸着石板上的痕迹默默写了一遍那个名字。

我和小涵继续朝着下游的方向走去，河边长着一片郁郁葱葱的水杉林。暮色渐近，气温下降，河岸边的潮气愈发浓重了。河水拍打着岸边的岩石，发出有节奏的撞击声。在姿影挺拔的水杉树下，我们十指相扣，在长久的静默中凝视着远方的树林和山丘，聆听河水的潺潺声，闻着岸边野花的香味。

这一天，在路上，在墓前，在河边，我们始终一句话也没有说。我们不愿破坏这份宁静。我们也用不着说话，因为我们知道彼此的想法，一切尽在不言中。

　　大学的最后一个学期，似乎一转眼毕业就迫在眉睫了。

　　有一天，我练完琴回到公寓，陆扬走过时停下脚步。

　　"又去练琴了吗？"他问我。

　　那天我练琴并不顺利，心情不悦的我嘟哝着随便应付了一句。

　　"还有三个月就要毕业了，你怎么不去找工作呢？反而整天除了练琴就是读小说。连我都觉得你有点不务正业了。"他半开玩笑地说。

　　陆扬并没有什么找工作的压力，他即使不工作，也可以生活得很潇洒。即便如此，他最近也在不停地参加各种面试，每天穿着正装出入学校，大有一副要成为职场精英的架势。

　　与他对比，我倒真显得不务正业了。

　　尽管不愿意承认，我渐渐痛苦地感觉到，近来我有点怀疑练琴的意义了。我受到了周围环境和其他学生的刺激。学校里每天都有各类企业的招聘宣讲会，学院大楼的宣传栏里也贴满了招聘信息。同班同学从年后就开始忙着面试、实习、找工作。我想，既然我并不能走上音乐道路，以音乐为职业，我为何不像他们一样赶快去找实习、找工作呢？一直以来，我对未来感到迷茫，弹琴在某种意义上也是我逃避现实的手段。然而如今，我已经无路可逃。在临近毕业的关头，我不得不考虑毕业后的打算了。

　　最大的压力来自家庭和经济上的压力，而这是我对小涵难以启齿的。由于长时间的酗酒，我父亲的身体终于支持不住了。就在一周前，母亲告诉我，他已经到了必须住院接受治疗的地步。父亲之前为了治病，已经花了不少钱，而住院以后，他的医疗账单每天都在增长，这给母亲造成了巨大的压力，她不得不去找亲戚朋友借钱，不得不忍受那些冷漠和白眼。除了给父亲治病外，我在学校里的花销也越来越多，这迫使我不得不又去学校论坛上发布广告，给几个大学生教琴，以此挣一点额外的收入。

　　母亲打来了电话。我们谈到了父亲的病情，她表示忧心忡忡。此外，她埋怨近期工作压力很大，然而工资却已经很久没什么上涨。

"索性就此退休吧？"我提议。

"你说得轻巧，我不工作怎么行呢，你爸现在的病情还很不稳定，家里的开销很大。"母亲的嗓音听起来苍凉了许多。

"我过几个月就要毕业了，等我工作了希望能赚钱补贴家里。"虽然这样说，其实我很心虚。我还不知道要从事什么职业，对于能不能找到工作也没有信心。

"等你毕业了，能顾好自己就已经很不容易了。"

与母亲打完电话后，我一整个下午都躺在床上，脑袋里充斥着各种各样杂乱的念头。想到几个月后我即将毕业，一阵前所未有的恐惧淹没了我。毕业以后，我就得搬出学校，等到那时，我就得独自一人面对所有生活的未知数。我的理智告诉我应该在毕业前去找一份收入稳定的工作，这样除了可以自给自足，还可以帮母亲减轻经济上的负担。

况且如今，我不仅要为自身考虑，更重要的是考虑小涵。在过去的这些年里，小涵已经遭受了那么多不幸，我不能让她再度陷入危险的境地。一种从未有过的责任感压在我的心头。在我迄今二十二年的人生历程中，"责任"这个词还从未出现过，不料它却以最为意想不到的方式主宰了我的生活。

一开始，抱着急切的心情，我几乎没有什么明确的求职意向，只要见到感觉不错的职位就去投简历。不用说，我屡屡碰壁，投递的简历无一例外地石沉大海。后来总算有了几个面试机会，但最终都无疾而终。我立刻发现，从找工作的角度来看，我的简历简直乏善可陈，在竞争激烈的校园招聘中毫无优势可言。

在陆扬的推荐下，我去面试了一家金融公司，招聘流程相当复杂：先要参加笔试，笔试通过后参加四轮面试，每一轮的面试官的职位分别是经理、副总裁、高级副总裁、董事总经理……一大堆令我感到眼花缭乱的头衔。最后我进入了终面，面试我的人据说是公司的高层之一。

他问了我一些常规问题后，我还没回答完，他突然打断我："关于钢琴，我看你得过几个奖。你会弹什么曲子？"

我列举了几个音乐家的作品，他眼里露出困惑的表情。

"你弹过最近很火的那个曲子吗，叫——名字叫什么来着？"他列举了几个新近在社交媒体上炒得很火的音乐，但其实都是十几年前流行过一阵子的歌，现在只是被社交平台上缺乏创意的"意见领袖"们拿出来炒冷饭罢了。看得出来，他并不喜欢音乐但竭力要装作很懂的样子。我们聊了几句钢琴，很快他便无话可说了。

他接着又问了我一个技术性的问题，我根据我的理解回答了，同时说自己对这方面的内容并不很了解。

"你怎么能如此坦诚呢？"他说，"你以为诚实是美德吗？在我们这里，诚实会给公司和你自己带来风险！"

"那我应该怎么说呢？"我不解地问。

"在我们这里工作，有一个必备技能是你必须永远让别人觉得你很懂，尤其是客户。在客户面前，你永远都不能露怯，也不能承认自己不懂，你要让客户觉得你很专业。"

"那如果我真的不懂呢？"

"在客户面前，即便你真的不懂，你也要装作很懂，让客户觉得你很懂。坦白地说你要能忽悠客户。比方说，客户问的是东，难道你就不能把话题巧妙地扯到西吗？你不能使客户觉得我们不专业。所以说，干我们这行，要学会随机应变。"

他又问我的家庭背景，问我父母是做什么的，有没有什么资源和关系。我只能如实回答。

"要知道，在我们这行，资源和关系比什么都重要。"他此刻倒是变得很坦诚了，"金融行业，说白了就是一个互换资源的行业，人家为什么愿意跟你玩？还不是因为你能给他带来价值！反过来也一样。实话告诉你，我们在招聘的时候倾向于招那些有良好的家世，父母有一定资源、人脉和影响力的人，这样对我们的业务会很有帮助。"

"所以您的意思是，我并不合适？"我直言问他。

"也许有更适合你的地方。"他头一次笑了，但是笑得很轻佻。

走出这家公司所在的写字楼后，我充满了困惑。我不明白，既然他们的目标群体已经如此明确，为何还要大张旗鼓地进行如此冗长的招聘流程，叫我前后参与那么多轮面试，这不是白白浪费彼此的时间吗？

小涵却说："其实不难理解，面试流程也许只是为了掩人耳目，这中间的一切都是可以操作的，最终他们也只会招那些关系户，但在外界看来，他们进行了公正的选拔。"

我不禁对这些所谓的大公司感到失望。连遭打击后，我对接下来的求职和面试也有点心灰意冷了。然而我别无选择，只能硬着头皮继续找下去。

我又收到了一家金融公司的面试邀请。面试我的是公司的一位高管。他看起来四十岁上下，戴着一副金丝边框的眼镜，穿着一身笔挺的藏蓝色西装，一走进会议室就给人一种精英的感觉。他时而低头看看我的简历，时而抬头看着我，眼球骨碌碌地转动，似乎在打量着我。

"你了解我们的业务吗？"他扶了一下眼镜，"我们最近确实很忙，项目很多，需要人手帮忙。你是七月份毕业吗？那距离你毕业还有两个月，你正好可以过来先做两个月实习生。如果实习期间表现良好，我们会在你毕业后正式聘用你。"

听到可以被录用为实习生，我连忙表示感谢。

"对了，你可以明天入职吗？"

于是，我猝不及防地开始了实习。虽说要实习两个月才能确定是否给我正式的录用，但至少比整天投简历、赶场子面试而一无所获要好多了。

办公地点在市中心一幢高大的写字楼里。从学校出发，坐地铁得一个小时。入职当天，我花了半天时间接受入职培训。午饭后我回到工位上，还没来得及认识团队的同事，便被电子邮箱里收到的工作邮件淹没了。我花了一个多小时才费力地看完收到的工作任务，这时，团队的一个经理过来找我，简单寒暄了几句后，又给我布置了一堆任务。我入职的第一天，就被经理要求工作到了凌晨。我一时间有种被铺天盖地的工作压倒的感觉。

一开始，我接触的工作并不难，无非是检索、文件校对等基础性的工作。除了我以外，公司还有大量的实习生。实习生的薪资相比于正式员工少得可怜，却承担了大量的基础性工作，这些工作被称为垃圾工作或者脏活累活，原因是这类工作技术含量很低，极其烦琐和耗费时间，但又不得不做。因此，用低成本的实习生来做这些脏活累活对公司来说是最好不过的选择了。

两个月的实习期内，我每天都在做这种脏活累活。早上一到办公室我便坐在电脑前开始处理一晚上攒下的工作，中午匆匆下楼吃完午饭后，回到办公室便接着干活。有时候，我中午感到疲惫，想要在桌上趴着睡一会儿。结果经理马上叫醒了我：

"给你的任务做完了吗？"

"还没有。"我揉了揉眼睛说。

"还没做完你睡什么？"他的语气突然变得很凶。

"不可以午睡一会吗？我的实习合同里不是写了一个小时的午休时间吗？"我看了看时间，"还没到一个小时呢。"

"休息时间？你看看办公室里除了你还有谁在午睡的？"

我望了望四周，几乎所有人都在对着电脑，噼里啪啦地敲着键盘，的确没有一个人在睡觉的。

"可是，"我还是想再挣扎一下，"我不明白，午睡一刻钟能让我下午的精力更好，工作效率更高。"

"实话告诉你吧，老板们不喜欢看到员工在办公室趴在桌上睡觉。一方面，会影响公司的专业形象，你想想客户如果来公司，看到我们在睡觉会怎么想？"他脸上有种自鸣得意的神情，"另一方面，你还攒着那么一大堆工作，我昨晚发给你的文件你还没有给我，你怎么能安心睡着呢？"

我无言以对，只能去洗手间用凉水洗了把脸，让自己清醒一下。

我走进办公室的时候，放眼望去，每个工位上的人都表情严肃、看上去正在努力工作。那一刻，我觉得屋顶的天花板忽然变得很低很低，室内的空气也变得很浑浊，一种无处不在的压抑感支配了我……

实习的那段时间，我几乎每天都在办公室工作到很晚，凌晨时分才下班也不稀奇。即便如此，每天还是有做不完的工作等着我。每一个正式员工都会给我派活，不论我手头已经积压了多少工作。由于我的目标是在两个月的实习期满后转正，而我是否能留下来取决于上司们对我的评价，所以对于他们合理或者不合理的要求，我没有多少拒绝的空间。

我和小涵见面的频率一下子被迫降低了许多。工作日我几乎不可能见到她，就连周末，我也经常被要求去办公室加班。即使不用去办公室，我也得随时待命，做好随时进入工作状态的准备。

和小涵见面对我来说竟然成了一种奢侈，但我还是想尽一切办法尽可能地去找她，因为见到她已然成为我生活的必需。在周末，我会带着办公电脑去小涵家。倘若临时收到工作，我便在小涵家里处理。她看到我实习的状态，很惊讶，也很心疼。

"没想到这个以往一直带着某种光环的行业，实际上却如此辛苦。"她随即显得疑惑不解了，"按照你现在的工作状态，我不明白，为什么还有那么多人对这个职业趋之若鹜呢？"

"也许是为了挣钱吧，"我叹了一口气，"当然，另一个原因是，今年的毕业生实在太多了，就像一个同事喜欢说的'你不干有的是人干'。况且，不少人还想着熬成管理层呢。"

"但这个过程太辛苦了，对身体也很消耗。"她关切地对我说，"如果实在坚持不下去，就换个别的工作吧。不要太难为自己了。"

我握住她的手，点了点头。她会不会想起了夏悦的遭遇呢？尽管我们谁也没有提起夏悦。我心里突然掠过一阵无名的恐惧：万一我也和夏悦有一样的结局呢？

在公司实习的两个月里，尽管我和小涵见面的次数减少了，我却反而对她更依赖了。每次见到她，我都会和她分享工作中的见闻。她对我工作中的经历和所思所想很感兴趣，愿意长时间地倾听我的埋怨。我无法想象，如果没有她，我要如何才能熬过那两个月。我忍不住感谢她的陪伴。

"我带着消极情绪对你讲这些，你不会觉得烦吗？"我问她。

"一点儿也没有，相反，你所描述的对我来说是新的世界，因为我还没有机会去体会你现在所经历的痛苦。"

"我希望你永远也不要体会。"我苦笑着说。

"很多事情，唯有自己经历了才能懂。"她微笑着注视着我，"如果那一天到来，我也不会逃避。"

尽管实习十分辛苦，我还是努力把负责的各项工作尽量做好，因为我觉得，这是我人生中的第一份工作，第一次面对未知的社会，我不能仅仅因为工作辛苦就想要逃避。不论怎样，这份工作总归是一个观察人性和社会的窗口，在工作中我能遇到形形色色的人，各种各样的以前怎样也想象不到的人。从观察者的视角来看，这份工作倒也并非毫无价值。

两个月里，我披星戴月地实习。即使每天工作时间很长，我依然坚持练琴。周末，我也会抽出时间和小涵一起弹琴。在紧张的实习期间，我更加领略到音乐对我的价值。每当我的手一触碰到琴键，我就会觉得工作中所有的重担都卸下来了，唯有音乐伴我左右。

在实习期还有半个月就要结束时，我去找团队的经理谈话。我问他以及团队成员对我评价如何，是否能够尽快确定给我正式的录用。

"你的表现很好，大家对你的工作很满意！"他听完后爽快地回答。

"谢谢你们的肯定……现在已经六月了，我马上就要毕业，所以我希望我的毕业留用可以尽早确定下来。"

"我一定会向公司大力推荐你。"他斩钉截铁地说，语气不得不令人信服，"对了，你现在手头是不是还有两个项目最近马上要结项？继续努力！"

接下来的两个星期，我一如既往地加班、熬夜，为经理所说的重要项目全力提供支持。其中一个项目进展顺利，按期完成了。在实习期要结束的几天前，我再次去问经理毕业留用的事。

"我正好想去找你呢，"他的语气听上去很是和蔼，"对了，你是不是手头还有一个项目时间表推迟了一周？我们决定把你的实习期再延长一周，让你安心做完这个项目。至于留用的事，你不用担心，管理层已经在讨论了，应该问题不大。"

我很痛快地答应他了。到了这个时间点，我料想我的留用应该不会有什么大问题了。毕竟从开始实习以来，我参与了好几个项目，最近的两个项目我更是付出了许多精力。而且经理既然请我延长实习期，那显然是对我的肯定。

我把这件事告诉了小涵，她听了却隐隐有些担心："既然他们已经对你的表现满意，并且还要求你继续做完手头的项目，为什么还迟迟不肯明确给你答复呢？"

"也许是因为公司的招聘流程？"我宁愿往好的方面去想。

听完小涵的话，我的心头不禁也升起一丝担忧。但我无论如何也无法设想毕业留用这件事会有什么变数。毕竟，关于工作和留用，截至目前我从经理和同事那里得到的都是正向的反馈呀。

在我延长实习期后的那一周，我手头的项目终于顺利完成了。抱着轻松的心态，我再次去找经理，不料他那几天正在出差，不在办公室。于是，我去找公司的人力资源经理。

"你说什么，留用？"她惊讶地问我。

于是我把团队经理给我的承诺告诉了她，没想到她却说："可是我没有收到公司的任何通知，按照流程，我得开始给你办理离职手续了。"

无奈之下，我只能直接打电话给经理，打了好几遍以后终于接通了。

"虽然我大力推荐你，但有别的领导跳出来反对，"他不假思索地回答，连一点停顿都没有，"所以很遗憾……"

"您的意思是？没法留用我了？"我突然间有种气喘不上来的感觉。

"很遗憾……"他的语气变得缓和了，"不过你不用特别担心，凭着你在这里的实习经历，足够你再去找别的公司了。继续努力啊，我的观察不会错，你在这个行业一定大有可为！"说完，他便说自己还有客户会议，急忙挂断了电话。一时间，我只觉得他的话如同一把冰冷的剑，直刺入我的心头。

与经理打完电话后，我在办公室的茶水间里待了很久，几乎陷入了呆滞的状态。我这才回想起来，前几次我问他关于留用的事时，他的语气中总有一种戏剧性的成分，就好像他很想让我相信他。莫非他早就知道无法留用我，所有的说辞都是缓兵之计？莫非这一切只是为了稳住我，让我帮他们做完手头的项目？如果真是这样，那不是无异于诈骗吗？我不禁感到不寒而栗。我不愿意往这个暗黑的角度想，我宁愿说服自己相信他的说法。毕竟，除了他以外，我还和其他几个领导有过合作，他们不喜欢我或者对我有负面评价也是有可能的。这样想会让我更容易接受没有被留用的现实。

回到工位上，我开始收拾东西，明天就是我在公司的最后一天了。这时候，旁边的一个员工问我："你有空帮我做一件事情吗？有个文件需要你处理一下。"还没说完，他已经把文件放到了我的桌上，连看都没有看我。

听到他还要给我派活，我真想把文件甩到他脸上，把他大骂一顿，然后说："你自己去做吧！"

但我转念一想，不录用我的人并不是他，他也只是在完成自己的工作而已，没有必要把气撒到他头上。虽然我明天就要离职了，但毕竟现在还在办公室，还是应该工作到最后一刻，尽了自己的职责。在这种卑微的念头的驱使下，我翻开眼前的文件，并问他有什么具体要求，接着又工作了起来。

那天晚上，我又加班到了凌晨一点钟。这是两个月以来我最感到无意义的一次加班。我不知道自己算是在做什么，也许就只剩最后的"尽责"二字了。我像个行尸走肉一样，机械地做完了最后一项工作，在头昏眼花中跌跌撞撞地离开了依旧灯火通明的办公室。

第二天早上到公司后，另一个团队的一名员工突然走过来，问我中午有没有时间一块吃饭，但我从未和他有过合作。

"我知道稍微远一点有个餐厅，我们去那里吃吧，那边人比较少，安静点。"他向我投来一个意味深长的眼神。

到了餐厅以后，他找了一个最角落的位置，小声对我说："我今天要跟你讲的事情，你绝对不能告诉任何人。不然我就没法在这家公司混了。"他显得神秘兮兮的，又有一丝紧张不安。

"究竟是什么事？"我彻底被他搞糊涂了。

"看来你一直被蒙在鼓里。其实，领导们从一开始就没想着要留用你。或者说，压根就没有留用实习生的名额。"

"什么？经理一直告诉我有留用机会啊！"我几乎是喊出来的。

"嘘！"他看了看四周，连忙做出一个示意我小声的手势，"你不要激动，听我说。"

"快说，快把你知道的一切告诉我。"我从头到脚都在颤抖。

"其实，今年年初公司已经招了一批实习生，而且给了他们中一些人留用机会。他们当中有一大半人最近请假回学校写毕业论文了，而我们项目又很多，很缺人手，这才又招你进来的。"

"你的意思是，找我来只是为了临时顶上？"

"没错，领导们一开始就是这样决定的。"他犹豫了一下又说，"而且，大家都知道这件事。"

"你说的'大家都知道'是什么意思？"

"也就是说，你们团队的经理和同事，都知道你是没有留用机会的。还有那一批已经被留用的实习生，他们也都知道。这样说吧，全公司的人都知道这回事，只有你不知道。"

"不，这不可能，"我回想了一下之前和同事的谈话，"我们团队的人都说我留用没有问题。"

"那当然是装出来的呀，你真傻，被他们出卖了还为他们说话。"他忍不住笑了。

"就算你说的是真的，他们为什么要这样做呢？为什么不早点告诉我呢？这样我可以早点去找别的工作。"

"这就是原因所在呀。如果提前告诉你，你还会踏踏实实帮他们干活吗？他们无非是为了尽可能地多利用你，用得越久越好。你可知道？给你延长实习期是你们团队的经理给领导的建议。"

"什么？他们明知道不会留用我还给我延期？"这一刻我的心狂跳起来，简直要爆裂了。

"这有什么不好理解的，他们就是为了让你帮他们做完手头的项目再走啊。这对他们来说是再也合理不过的选择了。"

"可是这样会耽误我找工作呀！现在已经六月底了，我眼看就要毕业了。"我忍不住用拳头重重砸着桌子。

"他们才不会在乎这个呢。大家想的都是让自己的工作舒服点。至于你的前途，和他们又有什么关系？"

"那么其他实习生呢？"我还是不愿意相信他所说的是真的，"我和其他几个实习生聊过，他们都没有提到这件事，还说很高兴和我做同事。"

"那只是虚伪罢了。他们当然不会告诉你真相，在他们眼里，你是个竞争对手。"

"对手？可是他们已经被留用了啊，为什么还要这样？"我不由得大声问。

"毕竟还没有毕业，还没有签合同，所以还可能有变数，不是吗？尽管你威胁到他们的可能性很低，但他们为了保障自己，难免会产生阴暗的心理。这里的每一个人都是自私的，大家各自都只为自己考虑。难道你还不明白？"

"那你又为什么要告诉我呢？"我质问他。

"唉……因为这些人做得太过分了，连我这个局外人都看不下去了，"他的语气突然变得有点关怀的意味了，"你们团队的人昨天是不是还让你加班到很晚？他明明知道经理已经跟你摊牌了，却还要求你继续加班，继续给他们卖命，一点儿也不考虑你没几天就要毕业，工作还没有着落。我觉得这种做法太过分了。我不忍心看你一直蒙在鼓里。"

"怎么会这样……"我无法接受这个残酷的事实。

"坦白地说，我当年毕业的时候也有过类似的经历。那家公司当时招我进去的时候承诺说实习六个月可以确定是否留用，结果一直给我拖到了一年。我勤勤恳恳、任劳任怨地干了一年后，人家却说因为市场太差没有招聘计划了。我傻傻的，直到最后一刻才明白是怎么回事。你说我是不是比你更惨？"

我没有回答他，陷入了沉思。

"如果我是你，"他看我没有反应，继续说，"我昨天就立马走人了。这帮人简直欺人太甚了。不过我能理解你，坚持到最后一天也好，免得这帮人以后说你坏话，败坏你在这个行业里的声誉。你也知道，做这行声誉很重要。"

回想起两个月来，我抱着想要留用的愿望努力工作，但其实周围所有人都只是在看我的笑话……我是个不折不扣的傻子，不，也许比傻子更愚蠢。我没有吃下去什么饭，因为完全失去了食欲。

分别前，我对他说："谢谢你告诉我真相，这对我很重要。"

"其实我纠结了挺久。"他说，"我知道如果告诉你实情，你必然会很难过，对我自己也有风险。不过我还是决定告诉你，因为不清不楚地离开这里是对你最大的伤害。你要明白，在职场上这类恶心的事情只会多不会少，这次对你来说也是个教训。以后得长个心眼了。"

"你做得对。我宁可知道真相而痛苦，也不愿意愚蠢而不自知地活着。"

他叹了一口气后又自言自语道："唉！这个鬼地方，我迟早也会待不下去的！"

下午我回到办公室后，又有另外两个同事来找我，问我能不能在晚上之前再帮他们一个忙。他们的语气无疑是已经知道我要走了，但他们非但不愿意告诉我真相，还想榨干我的最后一点利用价值。

也许此刻我应该一口回绝，并直接带着收拾好的东西走人。但此刻我内心竟然生出一种残忍——对自己的残忍——的欲望，我想知道他们究竟对我能无耻到什么地步。于是，我说："好的，没问题。"

结果，一个任务完成后，他们又甩来了新的工作。我一直在等待，心里还期待着团队里能有人在最后时刻告诉我真相，给我一点言语上的安慰，哪怕在最后一刻，他们的哪怕一点点真诚对我也是有价值的。然而，整个团队的同事和其他实习生，没有人说更多，没有人愿意告诉我一丁点儿真相。难道他们真的可以心安理得地一直把我欺骗下去吗？

那个星期五的晚上，我在办公室又工作到了深夜。离开办公室之前，我再次回头看了一眼挥洒了两个月汗水的地方，我觉得这里的一切，从地面到天花板，都是那样冰冷，散发出逼人的寒气……我把办公室的门禁卡放到了前台，走出大楼的那一刻，呼吸到夜晚的新鲜空气，我伸了个懒腰，感到前所未有的轻松。

我失望了，然而我也自由了。

第二十章

我还没有毕业，现实就迎面给我以痛击。两个月的努力白费了，一切都得从头再来。我陷入了一蹶不振中，未来一片渺茫。

毕业典礼那天，是七月初一个热浪滚滚的夏日。凌晨时下了一场雨，清晨太阳一升起就痕迹全无了。天空很蓝，没有一阵风，没有一丝云影，蒸腾的热气在地面上缓缓爬行，潮湿中的闷热使人喘不过气来。

大学体育馆里，人潮涌动，欢声笑语不绝于耳。数千名学生按照院系依次坐在体育馆的内场和一侧看台上，来观礼的家长们坐满了另一侧。一年里，难得有几回看到体育馆内几乎挤满了人，毕业典礼便是其中一次。

这一天是星期六，小涵特地来学校陪我参加毕业典礼，我们坐在看台后面的角落里。我远远地看到陆扬正在和同学一个个合影，他咧开嘴唇，脸上焕发出心满意足的笑容，和其他学生不时发出哄笑声。不知为什么，他们的笑声在我听来极为刺耳。

"你躲在后面干什么呢？"陆扬不知何时走近了我，"过来我们一起合影吧！"

我还没回答，他看看小涵，向我抛来一个轻佻的眼神。

"要不你去和同学合影吧。"小涵在我耳边轻声说，"我在这里等你。"

我和陆扬一起拍了几张照片，又和其他几个平日里有来往的同学合了影。尽管心里没有一点儿笑意，我还是逼自己露出生硬的笑容。我这才意识到，即使是我比较熟悉的几个同学，我也已经很久没有见过他们了。两个月的实习期内，我每天早出晚归，几乎没有机会见到同学。

陆扬提出要给我和小涵拍几张合影。拗不过他，我回头去问小涵的意见。

"我不怎么喜欢拍照，"小涵说，"不过，今天对你是个特殊日子。"

于是，陆扬给我和小涵拍了几张照片。他多次提醒我们摆出不同的姿势，也提醒小涵笑得更放开一点。拍完后，又有一堆其他班级的学生把他喊走了。

"他就是我之前跟你说过的，我的那位室友。"看着陆扬走远了，我小声对小涵说。

"我看出来了。"

随着音乐声响起，毕业典礼开始了。说是毕业典礼，其实无非是一堆人上台致辞：校长、教师代表、校友代表、毕业生代表……讲完以后再发几个奖完事。那些致辞和四年前的开学典礼一样，永远是那么单调、乏味，充满了不痛不痒的陈词滥调和缺乏真诚的心灵鸡汤。

在学位授予仪式的间隙，学生们纷纷和老师、同学们合影，还有许多学生争相上台和校长合影。不少毕业生手里捧着花束和父母合影，脸上满是灿烂的笑容。相比之下，我的大学毕业，没有鲜花，没有掌声，没有父母的陪伴。如果没有小涵在身边，我无法想象在这个数千人的盛会上，我会有多么孤独。

体育馆里洋溢着离别和不舍的情绪。有些学生甚至哭了，我相信这些泪水大部分是真诚的。也许对于一些人来说，大学里确实有着他们很宝贵的爱情、友情、回忆吧。然而，对我来说，毕业典礼除了提醒我是时候要卷铺盖走人了，在我的心里并没有触发一丁点的波动。也许，毕业典礼属于那些被录取为名校研究生、找到好工作、对校园生活留下美好回忆的学生，但很可惜并不属于我。

坦诚地说，临近毕业，我反而越来越有一种感觉：我的大学四年是白白浪费掉的，因为我接受了高等教育，拿到了大学文凭，但我依然不知道一个人为了什么活着，靠什么活着，我依然不明白这一生应该怎样度过。

回首这段岁月，唯一的安慰是，我没有放弃音乐，即使在最悲观消极的日子里也坚持练琴，音乐永远是我可以躲避风雨的城堡。正是凭着钢琴和音乐，我才得以遇到小涵，如今我的生活和命运已经和她紧紧地捆绑在一起了。最近我时常有一种感觉：任何力量都无法把我们分开了。

毕业典礼进行到一半，我贴近小涵的侧脸说："想出去走走吗？"

从东海的方向吹来了一阵风，搅动了大地上静滞的空气，给炎热的盛夏带来些许微凉。我和小涵走在林荫大道上，在斑驳的树影下漫无目的地散步。这是贯通学校东西方向中轴线的一条林荫道，笔直而宽阔，两边种满了高大挺拔的梧桐树。树干上一块块树皮脱落，好似年久失修的墙壁。枝叶在顶端密密麻麻地纠缠交织在一起，在阳光的反射下，形成一个幽暗的穹顶，仿佛一条穿越山间的半圆形隧道。

"你最近还有时间练琴吗？"小涵问我。

"前两个月每天很晚才回到学校，几乎没有时间弹琴。"我停下脚步，"现在我倒是自由了，不过毕业这几天各种事情太多了，惹得我心烦意乱。"

"毕业了你想过要住在哪里吗？"小涵问了一个困扰我多日的问题。

"打算和同学在学校附近合租，一方面方便找工作，另外也方便使用学校里的琴房和图书馆。"

"其实……我原本是想说……"她咬了咬嘴唇，似乎很费力地说，"如果你还没有找到合适的房子，也许可以暂时住我那里，毕竟我那边空着一个房间……"说完，她的脸上泛起一抹浅浅的红晕。

那一瞬间，我突然有种想哭的冲动。一个星期以来，我为了在学校附近找房子而焦头烂额。学校勒令所有毕业生在毕业典礼后一天内搬走，然后马上要清理公寓，没有一点儿商量的余地，我不得不抓紧时间每天和同学去周边看房。短短几天内，我见识了狡诈的房产中介、刻薄的房东，还差点儿因为缺乏社会经验被骗。在这个时刻，小涵的话拨动了我心底最为脆弱的那条神经。当我觉得自己被满世界的恶意包围时，她仿佛一团永不熄灭的火焰，在寒夜里驱散我周围的迷雾。

"我很感谢你的好意……不过眼下也许我和同学合租更好，"我偷偷瞥了一眼小涵，我不敢正视她的眼睛，"我们还是和以前一样，晚上我可以送你回家，周末我可以去找你。"

我并非不想住在小涵家里，但我总觉得我还没有做好和她住在一起的准备。此外，我脆弱的自尊心也在作祟：我到现在还没找到工作，短期内还得靠父母的接济，我不想把自己无能的一面暴露在她眼前。

我们来到平台底下的蔷薇园，这是学校里一处僻静的花园，靠着墙的架子上挂满了花藤，一直攀缘到平台顶端。小路两旁山丘状起伏的草地上，有黄花和粉花间开的玫瑰，还有沿着小路边缘绽放的山梅花。花园的小路上时而有几处拱形门洞状的花架，攀缘其上的野蔷薇在微风中摇晃，粉白相间的花朵引得嗡嗡的蜜蜂在周围盘旋。炎热的空气中，蔷薇园里的花朵却没有枯萎的趋势，反而在藤蔓与枝叶间迎着风呼吸盛夏的气息。我和小涵坐在花藤旁的长椅上。

"你真的不考虑试试走音乐道路吗？"小涵问我，"比如，可以先从教琴开始。"

"不是没有想过，不过我总是没有自信可以专门从事音乐，哪怕是教琴。"

"单单就钢琴来说，你已经弹得不错了。"

我没有告诉小涵，因为有她这个榜样作为对比，我的钢琴水平就像是小学生糊弄人的玩意儿。

"不过很奇怪，"我说，"我隐隐有一种感觉，也许将来有一天我会全职去从事音乐，但目前还不是对的时机。"

"你的意思是？"

"你已经知道，我实习了两个月后最终一无所获，而且被那帮人试图欺骗到最后一刻。起初，我生气、愤怒，甚至咬牙切齿地告诉自己再也不要去这种公司工作了。不过，时间过去了，愤怒平息了，回头再看这两个月，我觉得我并非一无所获。"

"你说的收获是指个人能力之类吗？"

"不，对我而言，什么所谓的工作能力都是无意义的，"我注视着小涵的眼睛说，"我指的是，我意识到我需要接触社会，洞察人性，否则我对于世界的认识会仅仅停留在很肤浅的层面上。这两个月期间我所观察到的人性侧面和社会现实比我大学四年了解到的总和还要更多。如果说过去我只是一个学生，对我所处的社会一无所知，那么现在我无异于正在睁开眼睛看待这个世界。一份能够广泛接触外界的工作无疑是观察人性和社会的一个窗口。"

"观察人性和社会当然是好的，"她盯着我说，"不过，你得时刻保持小心和警惕，千万不要在这个过程中与之同化，变成你现在所讨厌的那种人。"

"其实，这些年来，我坚持练琴、学习音乐，最重要的原因当然是对音乐的热爱。但我也不得不承认，在某些时候我把音乐当作了逃避现实的一种方式。这是很危险的，至少对于一个想要从事音乐事业的人是很危险的。我总觉得，如果我有心在未来某一天把音乐当作毕生的事业，我的目的中不应该有任何想要逃避现实的成分，而应该纯粹是为了音乐的美、为了艺术的崇高，就像你所说的，不是吗？在这两种目的之间不存在任何中间地带。而且，即便我有志于音乐，我也不应该将视角仅仅局限在音乐的范围内，我应该在更广阔的天地中去见识更多元、更复杂的社会，我应该去了解这个世界上除了我以外，还活着怎样形形色色的人，还存在着怎样的现实——无论善与恶，无论好的坏的，无论残酷与温柔。"

"我支持你的想法。也许，对于艺术家和一般从事艺术的人来说，对人性和现实的洞察是必不可少的，否则艺术就会失去它最有力的思想性和最深刻的现实性。所以，如果有一天你决定追求音乐道路，我希望音乐对你来说不再是逃避现实的手段，相反，音乐本身就是最深刻的现实。想想那些大师的作品，难道不是他们对现实进行抗争的结果吗？"

"当然，我必须承认，"我苦笑着说，"我说的那些冠冕堂皇的理由，你可以理解为某种意义上的自我安慰。我要去工作的直接原因当然是由于我不得不这样做，不然我就失去了经济来源。"

这时，体育馆的方向传来一阵喧闹声，想来是毕业典礼结束了。我和小涵坐在蔷薇藤下的长椅上，远远地看着三五成群的学生穿过林荫道，他们笑着，闹着，偶尔人群中也传来一阵哭声。

晚上，我在寝室里打包行李时，陆扬推开了门。

"你去哪了？毕业典礼结束后我找了你半天。"他一下子走到了我面前，"又跟那个女孩在一起？你现在陷得很深啊。"

"有什么事吗？"我没好气地问他，我实在不喜欢他那种轻薄的口吻。

"你有兴趣去毕业旅行吗？"

"毕业旅行？和谁去呢？"

"我和一个学妹，哦对了，钢琴社社长也要去。"

"你是说金筱晴？你跟她什么时候这么熟了？"我暗想，已经很久没去参加钢琴社的活动了，也很久没有见过金筱晴了。

"还记得去年我跟你去参加社团招新吧？"他眨了眨眼睛，露出得意的表情，"我后来报名了钢琴社与琴行合作的钢琴课，一来二去就跟她认识了，她也是老师之一呢。还没告诉你，我现在已经会弹《夏天》了。"

"你说你要和学妹去……我记得你的女友是同级生？"

"哈哈，这都什么时候的事了，早就分手了。"他笑出了声，"看来，你一点都不关心我。这半年你就像失踪了似的，整天也不回寝室。钻在温柔乡里出不来了是吧？"

"你别取笑我了！你换女友的速度太快，我都搞不清楚了。"

"哪有的事！不过这个学妹还只是学妹而已，我们还没有确定关系。"

我做出一个无奈的手势说："原来如此。"

"这个学妹比较矜持，我喊她去一起毕业旅行是为了和她培养感情。"

"原来你是为了这个？所以叫我去帮你掩人耳目？"

"话别说得这么难听嘛，毕竟毕业了，去旅行也是个仪式性的纪念。你的工作是不是还没定下来？正好出去放松下心情也好。"

"那么，你想去哪里呢？"我暗自想，如果要去比较远的地方，路上的花销又是一大笔钱。

"计划是自驾游，开我家的车子，时间大概两个星期。"

"我现在无法给你答复，我得回头问——"

"当然，"他打断了我，"你尽量说服她也一起去吧。"

晚上躺在被窝里，我思考着陆扬的提议。如果是两个星期的旅行，从时间上倒并不耽误什么，尽管我还在投简历，可是暂时还没收到什么面试通知。最近由于论文答辩、毕业、找房子等各种琐事，我已经身心俱疲，倘若出去休息一阵子，也不失为一个好的选择。唯一的问题是，小涵会不会同意去呢？如果她不去的话，我也没什么兴趣去了。在最近这个艰难的时刻，我无法设想没有她的生活，哪怕是两个星期也不行。

第二天是搬离学校的最后期限了。我一早起床后，打包好最后一箱行李。面对堆成小山一样的箱子，我怎么也不明白为什么我会有这么多东西。和我一起合租的同学是我在钢琴社认识的，他上班的公司距离学校不远。

我们找的房子距离学校大概步行十分钟的距离。房子所在的小区很老旧，但胜在租金便宜且交通便利，小区外不远就是地铁站。搬家折腾了一整天，等我安顿下来时，已经是晚上八点钟了。我全身腰酸背痛，腿脚发麻，只想瘫躺在床上。

小涵发消息问我搬家的进展如何，我给她回了电话。

"搬家师傅刚刚把所有行李搬过来，"我说，"箱子还堆在地上，腿都快累断了，我明天再整理吧。"

"你的东西不少嘛。"

"我感觉平时并没有买什么东西，结果四年下来居然攒了一大堆。"

"我能理解，就像我们那次搬家——"她突然不说话了。

我明白小涵是想起来那些惨痛的经历了。我们一时间陷入了沉默。

"对了，有件事想听听你的想法，"我连忙转移话题，"还记得陆扬吧？他昨天问我要不要一起去毕业旅行，还说要我带上你。我还没有答应他。"我告诉了小涵陆扬所说的旅行计划。

"你怎么想呢？"小涵问我。

"最近的一系列事情使我感到精疲力竭。也许出去散散心也有好处。你现在正好也在放暑假，如果有空的话，也可以出去走走？"

不知道为什么，此刻我心里突然生出一种奇怪的念头：我倒是希望她说不去，这样我就可以心安理得地拒绝陆扬。

"如果你很想去，我可以陪你一起去。"

听到小涵愿意去，我的心里并没有期待中的那种惊喜。相反，我反而有点失落，不知道为什么，我隐隐有一种说不清的、不祥的预感。

出发去毕业旅行的前一天，心神不宁的我来到了夏悦的墓前。银杏树林里浓荫蔽日，几只飞鸟在斑斓的树影间鸣唱，蜜蜂在花丛中嗡嗡地叫，静谧的气息浸染在林间的空气中。不远处长满了一大片玫红金鸡菊。虽说是玫红，但其实花瓣呈渐变色，靠近花心的位置是玫红色的，花瓣边缘是粉红色的。我回想起来，小涵曾在花园里对我说过，这种菊花还被唤作"天堂之门"。神奇的是，放眼望去，没有任何两片花瓣上的色彩和渐变细节是相同的。我心想：每一片花瓣本身都是一件独一无二的艺术品。

在花丛中流连一会儿后，我站在墓碑前，被笼罩在树林里的这片和平宁静的气息压倒了。不知道过去了多久，我还站在树下一动不动。

远处传来一阵踩踏落叶发出的声音，打断了我的沉思。我回头一看，是小涵的身影。她看到我，似乎并不觉得意外，表情依旧很平静。我们没有说话，两个人在石碑前静静地站着。

小涵手里捧着一束水粉色的五星花，大概是过来的路上在花圃里摘的。她走到旁边的菊花丛中，小心翼翼地各折下一枝金黄色和玫红色的菊花，把它们一并插在五星花束中。她半蹲下，用手拂去雨水溅在石碑上的泥土，把花束轻轻地摆在上面。

回去的路上，我对小涵说："真巧啊，你也来了。"

"每个月我都会来，通常是在星期六下午。"

"看来并不是巧合了。"

第二天，我和小涵到了陆扬指定的地点和其他人会合。陆扬开来了一辆大块头的越野车。他带来的学妹是一个打扮得很"潮流"的女孩，背着一个小挎包，头戴遮阳帽。她朝我们挥挥手，笑得那样无所顾忌，看上去是个性格开朗的女孩。

半年来我头一次见到金筱晴，她没有什么变化，无论是动作还是话音都很活泼。

"你怎么今年不来参加钢琴社的活动了？"金筱晴见到我后，用故作责怪的语气说，"还有社员提到你呢。"

"毕业学期，"我说，"一大堆事情忙得焦头烂额，实在顾不上社团了。不像你，永远有无穷的精力。"

她看到小涵后，先是猛地一怔，随后脸上露出惊讶的表情："你——不是上次救火的那位吗？"

小涵对她微笑着点了点头。于是，我们回忆起了去年那场比赛上和傅辰斗琴的事。听金筱晴说，傅辰又拿了几个钢琴比赛的大奖，举办了几场独奏音乐会，在本地音乐界引起了不小的反响，俨然一副要成为职业钢琴家的样子。

我们在路上聊起了各人毕业后的去向。金筱晴被国外的一所名校录取，即将在一个多月后前往大洋彼岸攻读博士学位。

"大学里我做出了许多尝试，"她说，"最终发现我还是适合做一个学者。以后我想去大学里任教，成为一个教授。"

至于陆扬，他进入了父亲开的公司工作，一副要成为接班人的架势。大家调侃着叫他陆总，他自己也喜欢我们这样叫他。

"我父母给我买了一套距离公司不远的房子，"他说，"毕业了，我再也不想和父母一起住了。"

我不由得想：那一个有钢琴比赛大奖，有演奏家的未来；这一个有名校博士学位，有教授的前程；另一个有父亲的公司，有市中心的大房子；只有我的生活还是一成不变。幸好此刻我身边还有小涵的陪伴，使我不至于觉得自己一无是处。

可是，一种奇怪的想法在我心里升起，我反而感到更加不安了：万一有一天，小涵也会走向属于她的未来，而那个未来中没有我的角色呢？想到这里，我不敢再想下去了，我无法接受那个残酷的可能性，仅仅是一种可能性。

随着我们驶上高速公路，车窗外的风景越来越快地后退，不久整个城市不见了，路两边是一望无际的田野。我们一路向南，穿过一条条隧道和桥梁，所经之处有平原，有丘陵，也有山地。陆扬声称要一直开到南方温暖的海边，尽管我对此表示怀疑。我们特地选择走国道而非高速公路，因为在许多地方，国道所经过的地界风景更为秀丽，我们也可以随时停下来欣赏美景。

我印象深刻的是，有一天我们经过了一段一百多公里长的山路，盘旋在几座大山之间，海拔忽高忽低，全程几乎都是陡峭的弯道。很多时候，路的一侧是山，另一侧则是万丈悬崖，路况极其凶险。即使是自诩为高手的陆扬，也不得不减速谨慎驾驶。然而，那几座山间的风景对我们却是很大的奖赏：漫山遍野都是郁郁葱葱的树木，往往在山的这一侧全都是枫树和枫叶，从下个隧道出来却满眼都是青翠的竹林了。河水从桥梁底下呼啸着流过，蜿蜒如带的溪流在山间淙淙作响，传来轻快的回音。下过雨之后的暮色时分，雾气从山谷里徐徐升起，山间的天空中隐隐约约地挂着一道彩虹。身处这宛若幻境的山林间，我的灵和肉一起飞向了远方。

当然也会有累的时候。有一夜，我没有睡好，第二天清晨又早起赶路，我忍不住在车上昏昏欲睡，最终进入了梦乡。经过一段颠簸路段时，我被剧烈的晃动摇醒了，这才发现我靠在小涵的肩膀上。路上下起了大雨，车窗上水流如注，玻璃内侧蒙上了一层水汽。我只穿了一件短袖，感到冷气逼了上来，缩紧了身体，小涵见状把她的衣服披在我身上，于是我便又接着睡了。

旅途中的一个傍晚，太阳已经沉沉欲坠了，日光很暗淡，我们来到一个山谷里。这附近只有一个旅馆，位于山谷的高处，可以俯视云雾缭绕的山谷深处。不远处还有一个小村子。天色已暗，经过一整天的奔波大家都累了，于是我们决定晚上住在山上的旅馆里。

旅馆由十来幢小别墅组成。我们来到旅馆时，正好有一幢三层的小楼空着。办理完入住后，大家一下子松懈下来，拖着疲惫的身子，只想回房间休息。

"开灯吧。"推开门后，陆扬沿着客厅的墙壁走去，他按了好几下开关，然而一盏灯都没有亮。

"奇怪，难道是这个开关坏掉了？"他看到我站在楼梯口，"一宸，你试试楼上的开关吧。"

我爬上楼梯到了二楼。这时我惊奇地发现，二楼的落地窗边摆放着一架三角钢琴，窗外有一个延伸出去的露台。房间里很暗，只有窗户那边透进来一点儿晚霞的余晖，借着那道半明半暗的光，我看到钢琴的键盘盖子是打开的，白键和黑键差不多要消融在一起了。

"楼上灯可以打开吗？"陆扬在楼梯下面问我。

我这才反应过来，按了按墙上的开关，可是我也失败了。陆扬拨通了酒店前台的电话，对方说：

"抱歉，刚才也有其他客人来电。最近这一带在进行电力检修，偶尔会停电。我们安排工作人员过来先给你们点上蜡烛吧？"

大家听到是停电，都觉得很惊讶。停电对于我们来说似乎是很遥远的事情了。当年我还小的时候，家里总是经常停电或者停水，所以那个年代火柴和蜡烛还是每个家庭的必需品。我记得当时我家附近有一个火柴厂，只不过随着电力供应技术的发展，不久就被时代淘汰了。

几分钟后，一个工作人员带来了几支蜡烛和一盒火柴。他在一楼的客厅和两个房间里各点了一支蜡烛，随后我们跟着他上了楼。到了二楼，金筱晴自告奋勇地说："我来试试点蜡烛吧。"

她把蜡烛立到桌子上，从火柴盒里抽出火柴。她划了好几下，火柴头刚露出一丝火苗就熄灭了。她又点了一根新的火柴，才把蜡烛点燃。不料，火苗只维持了一两秒又熄灭了。

陆扬的学妹俏皮地说："不好意思，是我不小心吹了一口气。"

天色已经完全黑了，房间里简直伸手不见五指。黑暗中传来金筱晴的声音："不要紧，我再点一次吧！"

蜡烛终于点亮了，火苗还很微小，只能在周围洒下极微弱的一圈红光。这时候，房间里回响起了轻柔的钢琴声。我们朝着琴声的方向看去，一个暗影坐在钢琴前，像个幽灵一样，双手在键盘上缓慢地动着。尽管她隐藏在黑暗中，我看不清她的脸，但我马上就知道是小涵，我当然认得她的琴声。她侧身对着我们，正在弹李斯特的《叹息》。一时间，大家都停在原地，没有人说话，也没有人走动，好像生怕发出噪声打扰了这悠扬的琴声。

小涵弹到了《叹息》中最为悲伤的那段旋律。这时，蜡烛的火苗蹿高烧起来了，焰心发出咝咝的灰烬一样的声音，仿佛在诉说些什么。火焰在房间的角落里投上了一道阴影，这影子随着火苗的跳动游移不定。

时隔多年后，小涵在昏暗的烛光中弹琴的情景依然清晰地镌刻在我的眼前。我永远也忘不了那一刻。那一幕画面，对我意味着太多东西。我无法控制自己的情绪，视线不知道什么时候模糊了，温热的液体随着钢琴里奔流而出的琶音，无声无息地流进了我的嘴角。

听着绵延不绝的琴声，我似乎觉得李斯特复活了，他此刻就寄生在我面前的这个女孩身上。我偷偷看了几步外的其他人：陆扬的脸上现出一种极为少见的认真表情；金筱晴靠着墙壁，一只手扶在柜子上，侧着耳朵静听；陆扬的学妹则站在小涵斜背后的方向，探出脖子试图看清楚她的手势。在无言的静谧中，小涵的双手停下来了，钢琴的余音还萦绕在房间里不绝于耳。我连忙擦干了脸颊，料想没有人看到躲在角落里的我。

琴声平息良久后，大家仿佛从深沉的乐思中幡然醒来，这才记起还要上楼放行李。我注意到，送蜡烛的工作人员也站在楼梯口，全程没有动过。

我们约好在二楼的活动室集合，一起下楼去旅馆的餐厅吃饭。下楼的时候，电力恢复了，房间里瞬间变得灯火通明。吹灭蜡烛的时候，陆扬不舍地说："我反倒觉得点蜡烛更有一种独特的美感呢，尤其是在烛光里弹琴，多浪漫的场面！"

连续一个星期，我们每天都在不同的地方过夜，每个人或多或少都感到疲怠。大家一致同意，在山上的旅馆里多待一晚，稍作休整再出发。第二天，我们驱车向着山谷深处进发，一路上都是千回百转的溪流。草木遮挡的山间，隐藏着一条几公里长的峡谷，溪涧在峡谷里傍着垂直在两侧的岩壁奔流，发出震耳欲聋的巨响。我们租了一个皮划艇，从峡谷的上游开始漂流。没想到几公里长的漂流河道上，足足有十几个大下坡和上百米的落差，在每一个下坡的滑道上，皮划艇几乎是垂直落下去，一瞬间所有人都钻入水中，我不小心还呛了一口水。每次下坠过程中，尖叫声此起彼伏。我们花了足足两个小时才到达漂流的终点，这时，天边已经染上了绯红的晚霞。

结束漂流后，大家都有点累了，我们本打算回旅馆休息，当地人却告诉我们，附近的山上有篝火晚会。

"篝火晚会？"金筱晴听到后，眼里放出兴奋的光芒，"要不要去看看？人家不是说了嘛，那里也可以吃晚饭。"

行驶在蜿蜒曲折的山路上，车内进入了一种明暗变幻不停的循环状态，时而被跨越山头的霞光所照亮，时而又坠入山谷的幽暗中。光线的明暗变化在小涵的侧脸上形成一种奇特的效果。绚烂的霞影映在她脸上时，她侧脸的轮廓显得分外鲜明，我似乎能看清她面颊和鼻尖上的每一处细节，连平时不怎么注意到的瑕疵也清晰显露出来了，但这瑕疵反而使得她显得更富有朝气了。当光线隐去时，她的侧脸消融在一片阴影中，和周围的景物虚化在一起而变得透明了。这时她好似一个从天而降的幽灵，但没有丝毫恐怖的气息，反而带来了宁静与遐思。就这样，随着霞光的出现和消失，她的形象也不停地变幻，我看着她，恍惚中仿佛陷入了时间无穷尽的循环。

我们来到山顶一个开阔的平地上，举目望去尽是随晚风摇曳的苍茫林海。山坡并不陡，有一条平缓的小路通向山谷，路两旁长着挺拔的云杉。晚霞已经烧尽了，只留下一点儿残留的夕晖在天际徘徊着久久不愿离去。

山顶上的夜空里，满天璀璨的繁星密密麻麻地挤在一起，宛如一条银色的带子。我恍惚了片刻才意识到，这是银河。长期生活在城市的灯光下，我已经记不起上次看到银河是在何时何地了。在这个远离城市、远离繁华、远离喧嚣的野外的山顶上，繁星围拱的银河横贯在夜空中，穿过无垠的天际延伸到没有尽头的尽头，仿佛蓝幽幽的夜幕上缀满了无数个亮莹莹的宝石。

我们挑了一处空地，在一个现成的火坑上，学着人家架起一堆木柴，点燃了中间的火绒。起初，火苗很小，我们担心它被风吹灭，用衣物遮挡住风吹来的方向。很快，火焰熊熊燃烧了起来，鲜红的烈焰平地蹿起，迸发出纷飞夺目的火星。周围的空气不再冷了，温暖的气息扑腾到我的脸上。面对这堆跳动的火舌，每个人都激动得说不出话来。

"你说，"我看着火焰中喷射而出的火星，对小涵说，"银河像不像一把火星被撒到了荡漾着水波的河里，然而火星却没有熄灭，反而嵌在水珠里，随着水流发出时隐时现的火光？"

"更像是把无数火星撒到了大海里。"

围着烧得正旺的篝火，五个人席地而坐，享受着这份惬意和温暖。晚饭后，我们聊着天，谈天说地起来。

"那边是室女座吗？"金筱晴指着夜空里的一个角落。

"是的，旁边是北斗七星。"小涵沿着她所指的方向望了望。

"你们还能找到星星的位置啊？"陆扬嚷嚷起来，"我一个都对不上号。"说完，大家都笑了。

"室女座位于室女座超星系团，"金筱晴说，"室女座超星系团有约一百个星系群，其直径是银河系直径的一千倍。也就是说，银河系只是室女座超星系团小小的一隅。"

"银河系竟然这么小？"陆扬惊讶地问。

"小？你想想，银河系的直径是十万光年，也就是以光速飞行，从一端到另一端需要十万年。你还觉得小吗？"金筱晴比画了个手势，"地球所在的太阳系只是银河系一个小小的角落而已。室女座超星系团之外有更大的超星系团，然而这些庞大的超星系团和可观测宇宙相比只不过相当于一粒尘埃，宇宙中有无数个这样的超星系团。此外，在可观测宇宙之外，还有我们观测不到的宇宙呢。"

"这个数量级的大小已经远远超过人类的认知限度和想象范围了。"陆扬摆了摆手，露出无奈的表情。

"然而人类现在连离开太阳系都做不到。"金筱晴说，"我有时会想，面对这样巨大的时间和空间尺度，人类真的有可能在太阳要熄灭之前进行星际旅行，在另一个星系重建家园吗？恐怕很难。"

"太阳会熄灭？"陆扬好奇地问。

"万物皆有寿命，太阳作为一颗黄矮星，寿命大约是一百亿年。目前太阳已经四十六亿岁了。也就是说，在大约五十亿年以后，太阳内部的氢元素会燃烧殆尽，那时候太阳也就会熄灭了。"

"五十亿年对人类来说和永恒没有什么区别了吧，按照人类的科技发展速度，如此漫长的时间内难道不能移居到一个新的星球或者进行星际旅行吗？"

"你的这种结论建立在人类的科技发展始终保持线性。但真的如此吗？"金筱晴说，"就当前的理论框架而言，至少有两个致命的限制。首先是光速的限制，任何速度都无法超越光速，所以除非真的有像虫洞那样的时空桥梁，否则人类很难进行星际旅行。其次是能源的限制，以现在的能源类型来说，就算用尽地球所能产生的所有能量，要把人类仅仅是送出太阳系也不可能。所以，只能寄希望于物理学的革命性变革。"

"这个我知道，"陆扬马上说，"是类似于大统一理论对吧？相对论和量子力学，四种基本作用力的统一。"

"但也有一种可能，"我插嘴说，"物理定律，包括那些我们尚未发现的定律，可能在根本上限制了人类进行星际探索的可能。就像一些科幻小说里所写的，人类的科技可能有一个上限。如果这是真的，那么未来便毫无希望了。"

"可能在有能力进行星际旅行之前，人类自己就灭绝了，"金筱晴说，"刚才说的都是从宇宙尺度出发，距离我们过于遥远。其实，人类目前面临的危机反而更为紧迫。在这漫长的岁月里，光是地球上的自然灾难恐怕人类都熬不过去。比如上一个冰河期才过去一万多年而已。当然，悲观的看法是，人类面临的最紧迫的生存危机不在于未来，而在于当下。想想看，无休止的战争和冲突、核武器、军备竞赛、气候变化。可惜的是，面对无论长远的还是紧迫的生存危机，人类非但不团结一致去应对挑战，反而短视地热衷于自相残杀。"

"你们不觉得聊这些话题，会有一种人生很没有意义的感觉吗？"陆扬的学妹突然插话说，"如果人类创造的一切文明注定都会消失，那我们现在所为之努力的一切都有什么用呢？我们现在活着又有什么意义呢？"

"所以说，不要想那么多，"陆扬冲着学妹眨眨眼睛，"人生就是要及时行乐，别想那些有意义无意义的宏大命题，快活地过好这一生就足够。未来的人类要灭绝，跟你我又有什么关系呢？"

"就是因为太多人都是你这种想法，所以人类才没有未来。"金筱晴不由得被陆扬的说法逗笑了。

"我唯一感到遗憾的，"我说，"是人类在历史上创造过的、现在正在创造着的、将来还要创造的艺术，无论是文学、音乐、戏剧、美术还是其他艺术形式，想到这些伟大的艺术品迟早有一天要化为灰烬，就好像从来没有在世上存在过，我就感到很难接受。"

我看了看小涵，她虽然没有加入我们的话题，可是满脸都是沉思的神情。

大家都陷入了沉默，眼前的火焰似乎也变得黯淡了。篝火的火势减弱了，大概是木柴快烧尽了。山顶的晚风渗透进来，一阵冷意从胸口贯穿到脚底。

"你和我再去捡点木头吧。"陆扬拍了拍我的肩膀。

我和陆扬带回来了一大堆木柴，足够烧几个钟头了。添加完木柴后，火势比先前更大了，火苗倏地蹿到半空中，金筱晴的脸在对面看起来被火焰扭曲了。大家伸出手在火边烤了烤手，暖意又回到了身上。

"好啦，聊点开心的话题吧，我们是来度假的，不是来探讨科学和哲学问题的。"陆扬提议说。

"聊聊你们学琴的经历吧。"看大家没有反应，陆扬继续说，"我发现在场的五个人里有三个会弹钢琴，当然我除外啦，毕竟我只是初学者。我对你们最初是怎么开始学琴的感到很好奇。我自己学了半年了，但觉得练琴实在是太枯燥乏味了。你们究竟是怎么坚持下来的？"

这时在场的所有人不约而同地抬起了头。大家一时间被他的提议吸引，都打起了精神。陆扬见状显得很得意，似乎这就是他想要的效果。

听到陆扬的提议，我心里猛地震动了一下，像是被什么重物敲打了似的。说起我的学琴经历，无疑少不了夏悦的角色。可是我要怎么在这个场合跟小涵提起夏悦呢？我还没有做好向她坦白的心理准备，尽管这注定是非坦白不可的。

金筱晴讲完她的学琴经历以后，她和陆扬一致把目光转向了我。我明白他们想让我来讲述，可是我能说些什么呢？我曾想要不要杜撰一个经历搪塞过去，但在小涵面前，我无法再次容忍自己对她不诚实。我只能小心翼翼地讲述那些早已风干在空气中的往事。

"十四岁那年，出于一个偶然的机会，我去听了一场音乐会。在音乐会上，我初次见到了她。她演奏了一首钢琴曲名叫《叹息》，是李斯特的曲子……"

在讲述的过程中，我没有提及夏悦的名字，也隐去了一些重要事实。我担心倘若涉及更多细节，很可能会被小涵识破。我脸上火辣辣的，感到很惭愧，为自己的不真诚而不停地谴责自己。我暗自下定决心，这次旅行结束后，必须找机会告诉小涵真相了，不能再有任何隐瞒，否则我的良心会不得安宁。

我讲完以后，偷偷瞥了一眼小涵的侧脸，只见她双手伸到火堆旁，仿佛感觉到冷似的。她的表情没有变化，但是眉梢间多了一缕阴影。我不确定那道阴影是不是火苗的跳动所造成的，但我的心愈发感到惴惴不安了。

大家等待着小涵来讲自己的故事，她却骤然起身："时候不早了，我们回去吧。我累了。"说完，她头也不回地打开车门，靠在后排座椅上，闭上了眼睛。

一切发生得很突然，我们还没反应过来，小涵已经上车了。看来，她是不愿意分享自己的经历了。可是为什么呢？也许她只是不愿意回忆那些早年的经历，但也有另一种可能，难道她从我的讲述中察觉出了什么吗？莫非她已经猜到我讲到的那个女孩是夏悦？脑袋里夹杂着各种乱七八糟的猜想，我一路上心神不宁。小涵坐在我身边，全程没有说一句话。

第二十一章

　　回到旅馆后，上楼前小涵走到我跟前小声说："等会在二楼见。"

　　看着她走上楼梯的背影，我不由得紧张了起来。她要对我说什么呢？

　　十分钟后，我来到二楼。小涵正坐在钢琴前，一动不动。房间里没有开灯，只有微弱的星光从窗外洒到室内，隐约勾勒出她的身形。她披肩的长发在微光下泛着星星点点的银灰色，她的侧脸逆着光，隐藏在朦朦胧胧的夜雾暗流里。

　　我站在钢琴前，小涵没有说话，手一触碰到琴键便开始弹《叹息》。奇怪的是，这一回她的琴声给我的感觉很不一样。触键和音色有细腻的变化，不少细节上的处理也不尽相同。起初，我以为这是由感情的波动造成的，抑或者是刻意为之。听着听着，一个可怕的想法在我心里渐渐升起：她是在模仿夏悦弹这首曲子的方式。八度的力度，和弦的色彩明暗，还有那一串华彩段的处理……都与夏悦当年所弹的《叹息》相差无几。

　　小涵弹完了最后一个音符，我早已大汗淋漓。她抬起头注视着我，一点儿也不想避开我的目光："认得我弹的曲子吗？"

　　她的语气并不冷漠，甚至还带着一点儿温情。我的心里却已经滴水成冰。

　　我最担心的事情还是发生了。

　　"对不起……"我低声说，几乎是在呻吟了。

　　"告诉我真相，全部的真相。"琴键上的光反射到她的脸上，这时我能看清一点她的侧脸了。

　　沉默了片刻后，我终于一口气把我的过去——我和夏悦的往事，一字不落地讲给小涵听。我告诉她，我和夏悦是如何认识的，她如何指导我练琴，我们如何一起爬上山顶的平台，我又如何去她家里做客。我讲到了那些记忆里的美好瞬间，也讲到了那些惨痛的经历。我也提到了当年我和夏悦所打的最后一通电话。说完了以后，我胸中有种久违的酣畅淋漓的感觉，背负着谎言和秘密生活真是太过于沉重了。

"所以，那天傍晚在阁楼里和姐姐弹琴的人是你？"她听完后问我。

"是啊，在你十岁那年我就见过你了。当时，你推开阁楼的门，要从书架上拿两本书，书名我还记得，一本是《我的一生》，另一本是《人性的枷锁》。"

"在我们家里出事后，姐姐曾联系过你，你为什么对她不管不顾呢？难道真是巧合？"小涵的口气里满是质问。

"我很讨厌这样说，但这件事确实是个悲剧性的巧合……在你父母禁止我见她后，我已经很久没有见过她了。她打来那通电话时，我们只是简单聊了几句，我不知道还能说什么，于是我们就挂了电话。她在电话上没有告诉我你们的遭遇，我自始至终不知道你们家所发生的事，这些年我一直以为她在另一个城市生活，直到前不久你告诉我后，我才知道发生了什么……"

"就算你说的是真的，这么多年，难道你就没有想过要联系她吗？"

"你们家搬走得太突然，我发觉的时候房子里已经空无一人了。我没有她的联系方式，原来的电话已经打不通了……"

"我问你，你要实话告诉我，"小涵顿了一下，用严肃的目光凝视着我，"你爱过姐姐吗？"

我沉思了片刻后说："遇到夏悦时，当时的我在心理上还远远不够成熟，对于这种复杂的感情还没有任何经验。我只是很享受和她在一起的时间。我对她的感情很难称得上是爱情，毋宁说是一种友情，但比一般的友情要更认真、更严肃，对我产生的影响也更深远。不过，可以肯定的是，我们之间的关系无论称之为什么，都是不沾染任何杂质的。"

"那现在呢？"她犹豫了一下，"你对她究竟抱着怎样的感情？我第一次带你去姐姐的墓前，你临走的时候偷偷摸了石碑上她的名字，你以为我没看到吗？我当时就感到奇怪……现在一切终于真相大白了……"

"那一年，我和她有过一段短暂的友情，但一股不可阻挡的力量把我们分开了。我只能说，我对你姐姐的友情停留在我的十四岁了。在那之后，在我当时的认知里，我们过着互不干扰的生活，她的人生已经和我无关了。在过去，她就像是我记忆里的一个旧友，虽然不会再见面，但有一些温情的画面铭记在我心里。后来，知道了她的遭遇，我感到的只是无限的同情。我很自责，倘若我当初能够早点知道你们家的变故就好了。"

"好一个'她的人生和你无关'！你知道她这些年经历了什么？"小涵几乎是喊出来的。

"我能想象到那种艰难，为此我也十分痛苦……我很抱歉没有能做更多……我很难过，在这些年我没有帮到她……是我的错，我不想找借口，也不想推脱责任……"

"责任？听起来好像你对她有什么权利似的。"

小涵冷笑了一声。那是一种我从未听她发出过的冷笑，听得我毛骨悚然。

"我自然对她没有一点儿权利，但她对我有着不同寻常的意义，是在她的引导和鼓励下，我才踏上学习钢琴的旅程。没有她，就没有今天的我。"

"而你就是这样对待她的。"

我无话可说，于是沉默了。她也沉默了片刻。

"你是什么时候知道我和姐姐的关系的？"她突然问。

"那天晚上，你给我讲了你的过去，我这才意识到原来你是夏悦的妹妹。我并非想要刻意对你隐瞒，但那个时刻，在那种情景下，我不知道如何对你讲出这些事，我也不敢告诉你。"

"后来为什么不告诉我呢？已经过去半年了。"

"因为我……我很留恋和你在一起的时间。我心里一直想要告诉你，但我明白一旦告诉你真相，可能对我们之间的关系有毁灭性的打击……我无时无刻不想告诉你一切，但我的内心一直在挣扎……但是，请你相信，直到今晚，我还想过，要在这次旅行结束后告诉你真相。"

"所以你只是为了自己？"小涵的声音猛烈地颤抖着，"只是为了满足你的一己私欲，你就不愿意告诉我真相？我像个傻瓜一样，无条件地信任你，没想到你对我只有欺骗。"

"不，我绝不是为了什么私欲，我也绝不想欺骗你，我只是……我只是怕失去你……因为我——"

她马上打断了我："你不配说出那个字。"

我无言以对。

接下来是无声无息的静默。我们就这样在静默中度过了不知道多久。也许过去了一分钟，也许过去了半小时，也许过去了整整一个世纪……几分钟的光阴简直比生离死别还要漫长……

"你从未拥有过我。"

她一字一字地说出了这句话，每个字都有着千斤般的重量。

我一整夜翻来覆去没有睡着。半夜里，有人上下楼梯的脚步声更是使我心烦意乱。破晓时，我起身来到二楼的露台上，眺望远处的天际。日光渐浓的那一边，迅速移动的云层中正在酝酿着朝霞，开始在天边染上点点橙彩。天空的另外一侧却是幽幽的深蓝色，晨星还没有消失，闪烁着微弱的光芒。在我眼里，整个天穹像是即将拉开一场戏剧的幕布，只不过我不知道这出戏究竟是喜剧还是悲剧。

早上我们准备出发时，小涵却不见了踪影。她的房间里空无一人，行李也都不见了。我找遍了整个小楼，也没有见到她。我跑到旅馆的前台，问人家有没有见到一个女孩拖着行李箱离开。

"是穿深灰色裙子的女孩吗？"工作人员说，"大概五点钟，她过来问我们怎么去镇上，之后她乘坐六点半的早班车离开了。"

我明白了，小涵不愿意和我们继续旅行了，她自己先走了。我该怎么办呢？我已经彻底丧失了旅行的心情，只想去找她。但是她会去哪呢？我迫使自己平复了心情，查询了路线。如果小涵要回去，最近的路线是先去附近的一座城市，再坐火车回去。要去附近的城市，需要先去镇上，再坐客运班车过去，所以她才要去镇上。

我看看时间，已经过去好几个小时了，小涵可能已经在去往邻近城市的路上了。我只好求助陆扬："我可以请求你帮个忙吗？你可以先送我去火车站吗？之后我会坐火车，你们可以继续旅行。"

陆扬和其他人虽然不知道我和小涵之间究竟发生了什么，但他们明白这件事对我非同小可。陆扬马上同意送我过去，并且叮嘱金筱晴和学妹在旅馆休息，等他回来。说完我们便马上出发了。

为了赶时间，我们全程走了高速公路，在当天下午到了火车站。匆忙同陆扬道别后，我一路小跑进了车站，在候车厅里到处搜寻小涵的身影。我希望她还没有乘上返程的列车。我的打算是，如果到了晚上还没有等到她，就坐火车直接回去，紧接着去她家里找她。

我焦急不安地在人群中寻找，却像大海捞针一样始终一无所获。两个小时后，我依然没有看到小涵。难道她已经在回去的列车上了吗？我时而坐下，时而又站起来四处张望，在焦急之余进入了一种恍惚的状态。

时间一分一秒地过去，焦虑、后悔、不安……无数纷繁杂乱的情绪一齐压倒了我。就在我几近陷入绝望之际，蓦然间一个熟悉的身影从远处一闪而过，是小涵。我立刻站起来，顺着那个影子的方向飞奔过去。在离检票口还有几步的距离，我追上了她，冲到她面前。她显然没有预料到我会出现在这里，惊讶得全身怔住，僵僵地站在原地。

检票口前排起了长队，我们在队伍里随着人流往前挪动。

"你来做什么？"小涵盯着我，表情严肃。

"你为什么一句话不说就要走呢？"我说，"我担心你，我陪你一起回去吧？我们可以买晚上的票。"

"别说什么'我们'，我要去哪还需要你的同意吗？"

"可是……照顾好你是我对夏悦的承诺……是我在她墓前的承诺。"

"承诺？真可笑，你管这个叫作对姐姐的承诺？"她双手哆嗦着，"你简直要再次推翻我对你的认知了。"

"有一些误会我需要向你澄清。"

"一切都已经很清楚了。"

小涵已经到了检票口，我还是不愿意放弃，我试图去轻轻抓住她的手，没想到刚一碰到就被她使劲甩开了。

"你要纠缠到什么时候？"她的眼神带着一种凶狠的意味，那是我从未领略过的冷酷。

后面的人见我们堵在检票口，发出了不满的嚷嚷声。检票员也催促我们不要挡道。我无力地望着小涵拿出车票，头也不回地走进了检票口。我只能站在闸机口外边，望着小涵的背影渐渐虚化为一个黑点，直至消失在视野中。

入夜后，我坐上返程的列车。尽管铺天盖地的疲惫感压在身上，我却满脑子只想着从昨晚到现在所发生的一切。一个个破碎的画面从我眼前掠过，我却怎么也无法抓住它们。我无法静下心来，又给小涵打了电话。她却只冷漠地说了一句话。

"一切到此结束吧。"

那句话仿佛一支寒冰做的箭不偏不倚地直刺到我的心底。

小涵仿佛一夜之间从人间蒸发了。我连续几天去她家里，却只看到房门紧闭，敲门没有应答，到了晚上房间里也没有亮起灯光。我给她打了好多通电话也无人接听。

小涵的邻居是一个中年女子，我向她打听小涵的去向。根据她的说法，几天前的一个深夜里，小涵家所在的小楼里传出过一些动静。我又问她是否记得是在哪一天。

"让我想想……应该是在上个星期五。"她说。

那不就是我和小涵在火车站分别的那天吗？这么说来，当天晚上她到家后，很快便又离开了。她去哪儿了呢？她能去哪里呢？她是为了避开我才离开的吗？

我想起她对我说的最后一句话。我不胜悲哀地想到，也许我们之间的关系已经在那个惨淡的夜里结束了。

往后的一段日子简直无法描述。没有了小涵，我的生活仿佛被海浪打翻了的小船，坠入无边的黑暗之中。整整两个星期，我什么人也不见，什么事也不做，过得像行尸走肉一样。虚无，彻头彻尾的虚无压倒了我，生命的本源都被虚无抽干了。只有在深夜里，我迈着跌跌撞撞的步伐来到琴房，翻来覆去地弹那些和我心境差不多的曲子，才能让我感到一点儿仅存的安慰。

我的合租室友见我每天昼夜颠倒，白天不是在睡觉就是在发呆，也不去工作，很是担心，问我发生了什么事，而我竟然毫无缘由地和他大吵一架，还对他说什么"你以为你有工作很了不起啊"之类的蠢话。此后的几天，他回来后马上把自己锁进房间，避免见到我。我很痛心，想去道歉，他却没有给我机会。没过多久，他竟然在夜里悄悄搬走了。我觉得自己一无是处，更加低落消沉了。

那段时间，我的整个生活仿佛被某种巨大、骇人、不可阻挡的机器抽干了，只剩下一具干瘪的躯壳。就连音乐，对我也变成了虚无缥缈的空气。小涵离开后，我不知道音乐这种东西有什么必要存在，对谁必要。如果不是因为我家里发生的一桩变故，我恐怕要永远沉沦下去了。

一个阴沉的夜里，我接到母亲打来的电话。她的话音断断续续，不住地颤抖着。

"你爸……他……"她几乎是带着哭腔在说了。

"我爸到底怎么了？"我急切地问她。

"情况很危险……你能回来看他吗？我怕……"她一个字也说不下去了。

挂完电话后，我立即买了最早航班的机票，匆忙收拾了行李，叫了出租车去机场。在路上，我回想起上次见到父亲是在春节，当时他的面容很憔悴，体重也下降了不少。离家前，我和他因为毕业后的选择问题大吵了一架，闹得不欢而散。

想起母亲在电话里所说的，我越发感到恐惧：父亲前些年也生过大病，但最终都有惊无险，难道这次他真的迈不过这个坎了吗？万一……那个可怕的想法在我脑中一闪而过，尽管只是转瞬即逝的念头，却使我惊恐万分……我无法再想下去了，不然我担心自己再也熬不到第二天的天明了。

飞到省会城市后，我又乘坐客运班车到了家里所在的那座城。我直接去了父亲所在的医院，母亲在那里等我。我到医院时，已是日落时分了。

医院里的情景从未让我感到如此凄凉。走在一片昏暗的过道里，我仿佛与弥漫着药味的空气一齐凝固了。站在病房外面，我本能地感到了恐惧，竟然不敢走进去了，我怕看到可怕的情景。母亲颤颤巍巍地走到我跟前，用手摸了摸我的脸，拥抱了我。她的头发比半年前花白了不少，脸色也憔悴了许多。

终于我跟着母亲走了进去，看到了躺在病床上的父亲。他的眼皮紧闭着，鼻孔里插着输氧管，呼吸似乎很费劲。他原本花白的头发掉光了，面部浮肿，脸颊上的肌肉似乎随着呼吸抽搐，身形消瘦了许多。看到他这副可怜的样子，我忍不住哭了。

天色暗淡下来，但黑夜还没有完全降临。落日的余晖照射进来，使得洁白的床单上现出金色的光点，地板上发出了一种异样的反光。屋顶的灯亮着，但病房里浓重的阴影却挥之不散。宁静的暮色此刻显得尤为惨淡，宁静中甚至有一种死寂的感觉了。

母亲对我诉说了这半年以来父亲病情的变化。原来，春节后，父亲因为腹部疼痛去医院检查，竟然查出了癌症晚期。起初，经过手术治疗，短期内他有了一些恢复，但两个月前，出现了癌细胞快速转移的迹象，用尽了化疗和放疗的手段，却还是无法抑制住病情。最终，几乎已经没有更多的治疗手段，只能听天由命。近一个星期以来，他夜间疼痛难忍，整夜呻吟不止，难以进食，只能给他喂一些流食。知道父亲时日无多了，母亲这才打电话叫我回来见他最后一面。

"可是，为什么不早点告诉我呢？"我气愤地质问母亲，"半年了，我一直被蒙在鼓里！"

"你距离那么远，而且面临毕业，你要写毕业论文，还要找工作……"母亲哽咽着说，"是你爸叫我不要告诉你，他一直说自己没事，不要影响你的事……"

我望着父亲渐渐枯萎的脸，想起了无数往事：我和父亲一向话不投机。从小到大，他从不赞成我的各种决定，有时候甚至是激烈反对。当年我想要学钢琴，他坚决反对；高中时我退出理科重点班转学文科，他极力阻挠；就在这一年的春节，由于我毕业后的道路选择，我跟他吵得面红耳赤。十几年来，我从未觉得他真正理解过我，正如我也从未理解过他。

我想起他的一生：做了一辈子的职员，在领导面前唯唯诺诺，从来不敢说不，却逃不掉中年失业的结局；赚取着微薄的收入，唯一的爱好是喝酒解闷，年轻的时候由于酗酒还有家暴的行径；最大的心愿是想要我找一份稳定的"铁饭碗"工作，因为在他狭小的眼界里，这世上没有什么更好的工作了。多么平庸、惨淡的一生啊！我越来越觉得，他的一生都是给浪费掉的，因为他从来没有一分一秒是为自己而活的。在他的世界里，从没"自我"两个字，只有向一切现成的、合理或者不合理的规则与现象臣服，并且把它们维护得更好、更稳固。

然而无论如何，父亲终究是个好人。他一生老实谨慎，没有做过越界的事。他的一生虽然平淡无奇，却没有做过什么昧良心的事。尽管在一切问题上与我针锋相对，他却依然默默地给予我经济上的支持。我很遗憾我和他从未有过，也不可能有精神层面的交流和共鸣，但我心里明白他对我的那种父爱是毋庸置疑的。

第二天早上，天还没亮，守在病床边的我突然听到呜咽的呻吟声。我在昏睡中猛地惊醒，发现父亲竟然醒来了，他的手指无力地试图去抓被单，他的嘴角抽搐着，似乎想说些什么。我急忙叫母亲过来，我们围在父亲身旁，试图和他说话，唤醒他的意识。

"爸爸，爸爸，你能听到吗？是我……"我把嘴唇贴近他的耳边，小声说道。

"这么说，一切要结束了吗……"他有气无力地说。

"不会的，爸爸……"

"对不起，对不起……"他的眼皮拼命地挣扎，却无力睁开眼睛。

"我就在你身边……"我紧紧握住他的手。他的手是那样冰凉，没有一丝温度。

"别看不起我……我是个没用的人……"他用着仅剩的一点儿力气抓住了我的手指，"我很抱歉……我本应该……"

"不会的，不会的……我没有……"我哭出了声。

"原谅我……别恨我……别恨我……"一行泪珠从他的眼角流出，划过他的脸颊，一直抵达他的嘴角。

最后这句话已经虚弱到难以听清了。说罢，他陷入了昏迷中。我连忙跑出门外，大声喊："医生！医生！"

医生进行了最后的抢救，最后看着仪器上变化的指标，无奈地摇了摇头。我和母亲明白，父亲不会再睁开眼睛了。

在最后关头，他抓紧我的手，死死地没有放开。可是一瞬间，我就感到他的手没有力气了。我反过来抓紧他的手，呼唤着他，他却没有任何反应了。在东方微露的曙光中，父亲停止了心跳。

看着瘫倒在病床上的这个冻僵了似的躯体，无限的悲凉笼罩了我。守在病床旁边，我多么希望他能突然睁开眼睛，和我再说几句话啊。事实上，我和父亲从未有过坦率的、推心置腹的那种交谈。在我少年时，我因为惧怕他而不敢对他吐露真实想法；在我成年后，我又因为与他观念不合而放弃了和他做深层次沟通的努力。在他而言，他的那一套家长式作风也使他无法屈尊以平等的姿态来和我沟通。

我想起他醒来的那一刻挣扎着说出的话——

"别看不起我……"

一股惊悚的电流一瞬间击穿了我的脊梁。这难道是父亲临终前对无可避免的死亡的最后抗争吗？在生命的最后时刻，他想的是让我不要看不起他，这么说他也在回顾他的一生吗？他如何看待自己的一生呢？他是因为觉得自己虚度了一生，所以在被死神带走时发出无力的呐喊吗？斯人已去，我再也无法探知他内心深处最隐秘的秘密了。

多少年来，死亡的气息再次萦绕在我心头。我想到了桐——那个向我伸出瘦弱的手却不幸夭折的女孩。那些久远的记忆也像潘多拉的魔盒一样被打开了。我不胜惊恐地想到，不论是年少的桐还是年过半百的父亲，他们有一个共同点：他们都是无声无息地离开了这个世界，没有留下一点儿痕迹，就好像他们从未来过一样。他们存在过，但他们也没有存在过。他们来过这世上，可是谁能证明呢？有什么证据呢？他们留下了什么？他们的一生留给世界的痕迹还远远不如一颗石子投入大海所泛起的涟漪。

太阳照常升起了。远方的云霞染上了异彩纷呈的颜色，放出万道金光。街道上人来人往，市声喧闹。恋人们牵着手散步，时而停下脚步亲吻彼此。父母们推着婴儿车，不时抱起闹腾的孩子说着喃喃的话语。步履匆匆的男男女女在大楼里进进出出。这世界没有丝毫变化。这世界也变得面目全非了。

父亲葬在了乡下老家的墓园里，我的祖父和祖母也长眠在这里。父亲下葬的那一天，是个阴沉的雨天。我撑着伞，和母亲在墓前站了很久。我不知道母亲在想什么，父亲过世后我和她没有提到过任何关于父亲的话题。不过，那一刻我在想：我迟早也要和父亲一样躺在这冰冷的墓穴中，也许不会很久。我以为我对死亡已经有了相当的了解，然而直到那一天，我才第一次洞见到自己的死亡。

事实上，我根本没有资格去指责父亲。也许我会和父亲一样，平庸地过完这一生，也许比他更平庸。在雨中，在墓前，在我的心里，那个沉寂已久的问题又复活了：人活着是为了什么呢？人生的目的和意义是什么呢？怎么样才算是过好了这一生呢？

我有一种感觉，我必须找到问题的答案，否则我将一生无法找到内心的宁静，直到坟墓里我也将不得安息。可是，我该去哪里寻求答案呢？我能做些什么呢？我应该朝哪个方向前进呢？我不知道。

第二十二章

父亲离去后，母亲由于伤心过度也生病了。我手忙脚乱地照顾了她半个月，她才恢复过来。不过，我看得出来，她已经不是以前的她了。她的眼眸里，某些东西熄灭了。

我每天都会想到小涵，想到我们一起弹琴的那些日子，想到我们的破裂，想到她的出走，但我已经无法像几个星期前那样自暴自弃，在忧郁中度日了。严峻的生存问题摆在我面前：父亲不在了，只有母亲的一点儿收入维持家里的支出，而为父亲治病使得家里欠下一堆债务，眼看就要陷入入不敷出的境地。我自己也即将面临经济危机，连支付下个月的房租都成了问题。对于已经毕业的我来说，任凭我有多少伤感、多少痛苦，我也不能继续消沉在萎靡不振的情绪中了。当前的头等大事是尽快找一份工作，缓解母亲的压力，也使自己渡过当下的难关。

母亲的身体恢复得差不多以后，我立即返回沿海城市，第二天就开始找工作。不久，我收到了一家公司的面试邀请。

我走进一个小会议室时，公司的一位高管正坐在小圆桌旁边等我。他看到我后，站起身来伸出右手。我一开始没有反应过来，随后才意识到他是要跟我握手。我已经有一些面试经验，但遇到面试官主动要跟我握手还是头一次。他看起来只有四十岁不到的样子，身量不高，体格也不强壮，但举手投足间有种不凡的风度。

"请坐吧。"他直直地盯着我的眼睛。"我已经看过你的简历了，关于你自己，你还有什么想要分享给我的吗？"

这种提问方式倒是头一回听到。我感觉不那么紧张了。于是，我又做了一次简单的自我介绍，把简历上的内容大体重复了一遍。

"你最喜欢哪个作曲家？"他问。

在面试中听到这个问题令我感到很意外。我犹豫片刻后回答说："我更喜欢浪漫派作曲家的作品，比如李斯特、瓦格纳。"

听到他也喜欢音乐，我们又聊了一些关于音乐的话题。我对眼前的这位面试官心生一种莫名的好感。

"那么，你为什么到现在还在找工作呢？"他话锋一转，"毕业前为什么没有找到？"

我告诉了他在一家公司实习了两个月却实际上等同于被诈骗的事。

"这样吗？"他说，"有点儿遗憾。"

什么？仅仅是"有点儿遗憾"吗？难道他不觉得这是很卑鄙的行为吗？我马上认识到，虽然他和那个欺骗我的经理在不同的公司，但相对于我，他们终究属于同一个行业、同一个群体，代表着相同的利益。他们考虑问题的出发点也许并没有什么实质的不同。这时候，我又觉得刚才对他产生好感是件很愚蠢的事。

"你还面试过别的公司吗？"

"面试过一家，但和那里的人聊得不是很愉快。"

"为什么不愉快呢？"他似乎对我的面试经历很感兴趣。

"也许他并不喜欢我吧。"

"你要知道，"他坐起了身子，双臂撑在桌面上，手指交叉，"在我们这里工作，很重要的一点是，你得尽可能让周围的所有人喜欢你，尤其是客户。你得学会和所有类型的人都能高效地合作。"

"那如果人家就是不喜欢我呢？这世上有许多无缘无故的憎恨。往往是，当你见到一个人，你还没有跟他说一句话，他就已经开始厌恶你了。如果遇到这种情况，又能怎么样呢？"

"那就设身处地为对方考虑，使他意识到你可以帮助到他，说得好听点就是你可以给他带来价值。"他笑了笑接着说，"职场和谈恋爱、交朋友可不一样，只要你能给别人带来价值，你们之间就不可能有真正的矛盾。明白我的意思了吧？我们的客户都是国内外知名的金融机构，只要你能把他们服务好了，他们就会喜欢你。"他又给我列举了一堆大公司的名字，他似乎对能够有这些客户感到很骄傲。

我的感觉是，他好像是在说需要无原则地去取悦客户。尽管对此并不认同，我还是忍住了想要反驳他的冲动。毕竟，我需要这份工作，惹毛他显然不是个明智的决定。

"你最早什么时候可以入职？"他问我。

"随时可以。"

我以为他只是随便问问，没想到他竟然说："欢迎你加入我们团队，这几天相关手续办理完你就可以入职了。我们这里的工作很有挑战性，客户资源很多，贯彻弹性工作制。而且，我们提供有市场竞争力的薪酬。"

他站起来，又要同我握手。他在离开办公室前又对我说："我儿子也在学钢琴，但是他不肯好好练琴，什么时候你来指导指导他？"

几天后，初秋的一个早晨，我穿着正装，乘坐地铁来到位于江畔的金融城。一座座高楼大厦在这里拔地而起，玻璃幕墙在阳光下反射出亮丽夺目的光辉。一条条隧道和一座座桥梁上，川流不息的车辆朝对向驶去。一路上全都是步履匆匆去上班的职员。走出地铁站的那一刻，我立刻感觉到这里的节奏很快，就好像时间的流速变快了好几倍。

公司的办公室位于其中的一幢高楼里。我原以为预留的时间很充足，不料等电梯就花了十分钟，因为等待上楼的人实在太多了。我挤进去后，电梯里差不多没有一点儿多余的落脚点了，人们挨肩擦背地站着，汗味和香水味混合后的奇怪味道令我作呕。好不容易走出电梯，我一看时间，距离指定的时间只剩一分钟了。我立刻拔腿就跑，总算赶着准点到了办公室。

入职后的几天，我陆陆续续认识了团队里的其他同事。我也见到了陈经理——那位面试我的高管。他告诉我，之所以要招我进来是由于公司开拓了新的业务，获得了不少新的客户，急需人手。他也说要我做好未来一段时间可能会很忙的心理准备。

"我们这里对于新人是不区分具体工作领域的，"他说，"也就是说，各个部门和团队如果有需求，你都可以去帮助他们。"

毕业后的第一份工作毫无惊喜。作为公司里最低一级的员工，我承担了公司里最基础、最繁杂也最容易出错的工作。我不得不长时间进行高强度的工作，不得不装模作样地应对那些要求苛刻、情绪多变的客户，不得不忍着心里的怒火和那些吹毛求疵的上司和同事合作。不过，无论怎样，我的工作终于还是稳定了下来。我通过了两个月的试用期，正式成为一个分析师。

我的大部分时间都不得不献给工作。每天早上被好几个闹钟奋力叫醒后，我挣扎着起床，出门踏上去市中心的地铁。到了办公室以后，我立即开始紧张地处理一天的工作。中午，大多数时候我喜欢一个人去办公楼地下二层的食堂里吃饭，偶尔我也会和同事去旁边的商场里吃顿好点的。

午饭后我通常都会很困，但我却无法午睡哪怕一会儿，因为趴在桌上午睡会被上司们视为不够努力。尽管我觉得这种想法荒谬绝伦，却无可奈何，只好去洗手间里洗一把冷水脸来迫使自己清醒。下午和晚上是工作的黄金时间，因为客户的要求往往在这个时候才开始发给我们。

晚上我要么点外卖，要么到楼下的小食堂吃饭。每当我孤身一人走进拥挤的食堂，我的孤独感总在这个时候达到了顶峰。在那里我会见到许多同样独自一人来吃饭的人，有疲惫不堪的房产中介、沮丧着脸的保险推销员、落魄潦倒的公司职员。不知道为什么，在这个时候我总觉得我能够感受到他们的内心的那份孤独，它们与我的孤独大概没有什么不同。

吃过晚饭后，有时候我会忙里偷闲在办公楼下面的商场里顺路逛逛。附近有许多购物中心，沿着街边走过去，满目是数不清的装修华丽的店铺。透过一层层晶莹剔透的玻璃，橱窗里琳琅满目的商品在格栅灯下闪闪发光。我路过一家家奢侈品店，珠宝、首饰、香水、化妆品被精心布置在水晶搁板上。我在橱窗外随便看了一眼，一个小手包的价格就顶得上我半年的工资了。即便如此，店里依然人满为患，顾客从门口一直排到了店外，队伍里都是衣着鲜亮的俊男靓女。

沿街排列整齐的路灯，马路上川流不息的车灯，商场和酒吧橱窗的彩灯，江上渡轮的船灯，各种灯光交相辉映，目之所及尽是火树银花般的绚丽。人流和车流层次分明地倒映在沿街大楼的玻璃幕墙上，绽放出谜一样的流光溢彩。整座城市仿佛白天在酣睡，到了夜色迷离时才醒了过来。

走在街上，永远不乏身材姣好、妆容精致的女孩们从我对面走来。我被她们的青春与活力所吸引，而这正是我在日复一日的工作中所逐渐丧失的。看到来来往往的年轻男女们在酒吧、夜店、咖啡馆里进进出出，我会忍不住幻想在这温柔的暗夜里他们会发生点什么浪漫故事。见识到这座城市的夜生活后，我觉得它有一种神秘的美丽。

然而，无论这夜里即将发生多少浪漫奇遇和冒险之事，它们都注定与我无关。我的手机响了，又收到了客户发来的电子邮件和上司们的指示。我只能加快脚步回到办公室，坐在工位前继续处理工作。

我很少在晚上十点前离开办公室，如果有，那对我来说无异于中奖。大部分时候，我回到家已经差不多到了午夜。倘若碰到项目节奏紧张的时候，工作时长就会变得完全不可控，通宵工作也有可能。深夜，当我拖着沉重的身躯走出大楼，除了长时间工作带来的疲惫感外，我还为这种完全丧失个人时间的生活感到迷茫和不安。

我似乎永远也没有结束手头工作的那一刻。当我在做一件事情的时候，已经有好几件事情在列队等待我处理。当我好不容易完成一个工作任务，马上又来了好多项任务。在这里，工作永远是多线程的，每个人，从高管到初级员工，都必须同时处理好几个项目。我入职后才几天，就发现团队里的所有人精神都高度紧张，每一天都有数不清的工作雪花般飞来。

如果说工作本身任务繁重也就罢了，至少自己可以调整节奏，尽量提高效率。然而，最可怕的不是永远做不完的工作，而是这些工作通常都十分着急。问题不在于工作本身，而在于工作方式和客户。

在这家公司里，固然工作任务重、时间紧，然而许多上司糟糕的工作节奏和恶劣的情绪管理使得这一情况更加恶化。我所在的团队有一个高管，她的工作节奏完全没有规律，简直叫人无所适从。有时候，她白天仿佛是消失了，却会在深夜里打电话让我紧急处理一件事。后来我才知道，她喜欢把所有事情拖到晚上，所以每天都熬到很晚，然而白天她却经常借故不来办公室。这就迫使我们只能配合她的时间。更要命的是，她的情绪反复无常，往往上一秒还露着笑脸，下一秒就像灭绝师太一样。团队里的人都很怕她。不过在老板眼里，她是一个努力工作的榜样，毕竟她每天晚上都熬到深夜呢！然而她却教其他人苦不堪言。

我入职后不久的一天中午，由于事情很多来不及下楼，我点了外卖，在办公室的茶水间吃午饭。我离开工位才十分钟，这位女高管便气冲冲地走进来，对我大喊：

"我发给你的邮件你没看到吗？"

"是刚刚发的吗？"我心想在离开工位前并没有看到她的邮件。

"发给你很久了！有个文件，你现在马上去处理，我等着审阅呢。"她没好气地说。

"抱歉，"我指着吃了一半的盒饭，"我正在吃饭，吃完马上去处理。"

"你有没有听我讲话？"她的近乎歇斯底里使得茶水间的其他人都为之侧目，使我感到十分难为情，"我叫你现在，马上，去处理。听懂了没有？"

一种被羞辱的情绪蔓延在我心里，我忍不住反击："我只需要五分钟就能吃完饭，如果真有那么紧张的话，你就应该早点告诉我，而不是这个时候让我停下来去做。"

说完，我没有理睬她，继续吃饭。只听她哐啷一声摔门而去。

五分钟后，我吃完午饭回到工位上，检查了电子邮件，才发现她的邮件是我离开工位后才发出来的，距离现在也不过一刻钟。我又看了邮件的内容，完全不是什么着急的事，我不明白她为什么非得让我立刻去处理。我很快处理完了反馈给她，最终她过了好几天才把文件发给客户。这更加证明了这件事根本不着急，远没有到需要我紧急停止吃饭马上去处理的地步。

经过这件事，我本以为我和她的关系算是完了。没想到她装作无事发生，依然我行我素。

我入职的第一天，陈经理就强调，每一个客户对公司都极端重要。道理很简单：客户是甲方，我们是乙方，客户给我们付钱，是我们的衣食父母。这家公司的客户要么是急于上市或者获得融资的企业，要么是那些急于从资本市场交易中获取丰厚佣金或者回报的投资公司，他们无一例外地都很着急，对项目的时间表催得很紧，恨不得今天启动项目，明天就完成项目。一方面是由于市场瞬息万变，不抓紧时间推进项目就可能错过所谓的好时机，另一方面当然是他们要把项目完成后才能拿到佣金，他们的员工才能获得丰厚的奖金。因此，他们快速推进项目的动力不可谓不足。

无论是什么类型的客户，都有一个共同点：他们总是火烧火燎般地着急，每天总是催命一样地催我们干活。他们会在任何时间来找我们，无论白天或者晚上，无论工作日或者周末。或者说，对于我们来说，其实是没有什么周末与节假日的。在任何时候，一旦收到客户的问题或者工作要求，我们就必须马上进入工作状态，尽快回复客户的要求。

客户从来不会考虑我们的时间和节奏，他们想起什么事情就会找我们，而且每次都要求我们马上回复或者至少尽快回复。公司的管理层把客户的任何合理或者不合理的要求称为"专业的高要求"，也许在他们看来，客户的要求没有什么合理不合理，客户的要求永远是伟大、光荣、正确的。毕竟，客户要给公司的账单付钱。但在我看来，这些客户只不过把我们当成了磨坊里的牛马，以为自己付了钱，便买断了我们的所有时间。

在这样的背景下，这家公司从上到下对于客户的需求极为敏感，快速响应客户的需求是对员工的基本要求。我经常遇到这样的情形：客户在晚上发来一个文件，要求我第二天早上返回修订稿，这意味着我只能连夜修改文件；客户在临下班的时候突然提出晚上要开电话会讨论，于是我只能马上做准备并在晚上开会一直到深夜；周末不论我在何地，不论在商场里，公园里，还是在路上，客户发来一个文件并要求我在两小时内反馈。这时，我只能马上找一个咖啡馆开始处理。这就导致我无论何时何地都必须带着工作电脑，因为我永远无法预料哪一刻会收到工作任务。

这种工作模式造成的结果是：我们必须每周七天，每天二十四小时随时待命。没有任何可以推脱掉工作的借口，即便是生病了，很多同事也在家里、在病床上坚持工作。除了工作量和客户的因素，另一个原因是，这家公司为了提高单个员工的效益和产出，为了削减成本赚更多的钱，永远把员工的数量控制在一个远远少于工作量的范围内。这就导致在这家公司里，永远都是缺人的，除非到了不招新人项目就没法做的程度，管理层是不会去招聘的。这种经常性的人力匮乏是刻意为之，目的是控制所谓的人力成本，为老板和股东们赚取更高额的利润。从高管到实习生，公司里的每一个人都服务于这个最高目的。

工作量大、工作强度高、客户要求急、人力资源匮乏，这些因素已经使员工承受了重压，可是，员工们之间严重的内耗使得情况变得更糟糕了。"表演式工作"便是其中最典型的一个现象。在项目上，我遇到过另一个合作方的同事，每次总是在大半夜来找我们，给我们发出的文件提出意见，要求我们修改。负责的经理马上回复他说："我们马上处理。"于是我们便要折腾到半夜才修改完文件。起初我不明白，白天明明有大把的时间，难道他就不能早点来找我们吗？后来我才知道，他并非忙到了晚上才有空，只是为了在领导面前表现自己工作努力，非得等到晚上才发出来文件不可。

这类情况在这家公司里太常见了。在实质性工作已经很多的情况下，到处还充斥着"表演式工作"。某个人明明已经做完了一件事，却非要等到凌晨时分再发给下一个需要处理的人，导致另一个人需要熬夜工作；客户为了自己不加班，故意把早就可以发给我们的工作拖到晚上下班后才发出来，导致我们需要晚上加班加点地干；项目上的另一家公司，每次总是把需要我们处理的工作在星期五临下班前发出来，导致我们只能周末加班……无论在公司内部，公司与公司之间，还是公司与客户之间，都广泛存在着这种"表演式工作"。这一现象极大地拖累了整体的工作效率，导致了许多本没有必要的加班。

每个人都被这种现象所累，但每个人都对别人这样做，因为如果你不这样做，就会有更多工作落到你头上。在这家公司里，奉行着一种扭曲了的"能者多劳"的价值观，你工作做得越快，指派给你的工作就越多，你也就越是忙得不可开交，最终不是生病就是被迫辞职。因此，在这里有一种生存之道：在不影响工作进度的前提下尽可能地拖延，尽可能地进行"表演式工作"，这样就不至于使得无底洞一样的工作把自己逼疯。

我渐渐感到，这不是某一个人或者某几个人的问题，而是整个公司管理上的系统性问题。人为控制的人力匮乏，不合理的考评机制，野蛮的晋升竞争，使得每个人都陷在这个怪圈里出不去了。我和几个大学同学有过交流，他们的感受和我出奇地一致。这么说来，"表演式工作"不是某一个公司的问题，也许，这是一个普遍存在的现象，只是在不同的地方表现方式和严重程度不一样罢了。

然而，不论是实质性的工作还是表演式的工作，无法否认的是，它们都要求占用员工所有的时间。时间，这才是根本问题所在。在这家公司，员工根本没有属于自己的时间。即时通信工具的大行其道使情况变得更糟了。无论是客户还是上司发来的消息，哪怕耽误一刻钟才回复也会被视为响应不积极。好多同事为了推进项目进度或者响应客户的要求，不得不通宵工作，甚至只能睡在办公室里，第二天早上接着干活。我也被迫熬了好多个夜，作为公司里层级最低的分析师，我没有任何主动权和选择权，只能被动地接受上司一切合理或者不合理的要求。对我来说，还远远谈不上有什么"表演式工作"，因为单单是实质性的工作，就已经使得我每天疲于奔命了。

我入职第一天参加培训时，领导就强调了公司的十大业务原则，其中第一条是："客户利益永远至上。"从那天起，"客户利益至上"这种论断就频繁出现在我耳边。这种唯客户论的论调使我极为反感。我几乎是听到这项原则的下一秒就想：客户的利益真的"永远"至上吗？倘若客户的利益与他人的利益、与我们应该捍卫的那些原则、与我们内心所珍视的那些感情冲突了又该当如何呢？

事实上，在这家公司，从来没有人去质疑客户的要求是否合理，就算觉得不合理，也不敢直接提出来，非得用一种谄媚的方式，保护客户脆弱的自尊心。有一些人在客户面前像一只服服帖帖的狗，一句忤逆的话也不敢说，一个劲地吹捧客户，生怕客户去向老板告状，砸了自己的饭碗。他们在客户面前谈笑风生，不停地捧客户的臭脚，说着连自己都不信的鬼话，却自以为很擅长社交，自以为很游刃有余，自以为客户对他们评价很高，还说这样才能体现专业性，真是滑天下之大稽！

无论是"客户利益至上"，还是"客户就是一切"，原因只有一个——客户会付钱给我们。其实，这家公司里的一切工作无非都是基于这个逻辑，既简单又清楚，可是我的上司们非得找一大堆理由，说什么是为了操守啦，为了职责啦，为了价值观啦，就是绝口不提钱的事情。公司的十大业务原则里，剩下的九条都在讲什么奉献啦，公益啦，公平啦，正直啦。在我看来，十条原则里只有第一条真正适用于这家公司。在每年的年会上，管理层都会做年终总结，倘若在马路上随便叫一个人来听听他们的总结，他一定会以为我们是搞社会公益的组织呢。

最终，我意识到：面试时陈经理所说的"工作很有挑战性"，是指工作强度超乎想象，每天熬夜工作，永远没有充足的睡眠；"客户资源多"是指有许多性格、脾气迥异，但无一例外对我们十分刻薄、要求很不合理的客户；"有市场竞争力的薪酬"是指用两个人的工资招聘一个员工，让他干本应三四个甚至五六个员工来承担的工作；而所谓的弹性工作制就更为可笑了，是指工作时间不局限于法定工作时间，一年三百六十五天，一天二十四小时，随时准备进入工作状态，随时满足客户的一切合理或不合理的要求。

令我感到万分奇怪的是，在偌大的公司里，在上百个员工里，居然没有一个人觉得这些现象是不合理的，也没有一个人觉得目前这种工作模式和状态是不健康的。相反，每个人都仿佛觉得工作本该如此，生活本该如此。还有一些同事，他们从一开始就树立了要成为管理层的志愿，因此他们可不觉得公司里有什么不合理的地方。

我们团队里有一个眉清目秀的姑娘，和我同一年毕业。我佩服她的一点是，无论前一天加班到多晚，第二天早上她总是打扮得光彩照人出现在办公室。她平时很喜欢谈论公司里高管的职位，总是有意无意地提到诸如"副总裁""高级副总裁""董事""合伙人"之类令人眼花缭乱的头衔。从她的言谈举止中，我感受到了她对于这些职位的向往，以及她对这些职位所代表的权威的敬畏。

有一次我们聊到了为什么要干这一行。她毫不犹豫地说，她想要有朝一日成为公司的高管。

"为什么一定要成为高管呢？"我问。

"怎么说呢……举个例子吧，最近老是有北方来的沙尘暴，空气质量很差，每天上下班的路上我都觉得呼吸困难，戴了防尘口罩也不顶用。"

"这和成为高管有什么关系呢？"

"我听说，我们公司的高管都住在附近的高档复式公寓里，距离办公室只需步行几分钟，你知道这里的房价有多贵吗？他们来公司有专门的司机接送，而且车里安装了空气净化器。等他们到了公司后，办公室里又有进口的空气净化系统。也就是说，无论何时何地，外边的雾霾对他们没有一点儿影响。只有成为高管才能过上这种生活。"说着，她的眼里闪着光，脸上流露出向往的神情。

"你所说的这种生活，实质上是要有钱才行。"我说，"当然我们的高管确实都很有钱。"

"所以啊，如果能成为他们，我就再也不用忍受冬季的雾霾天了。"

"可是，我觉得人们应该想办法去改善环境，减轻或者解决雾霾问题，这就使得所有人都能够呼吸到新鲜空气，而不是想着成为有钱人然后花钱来逃避这些问题。"

"改善环境？"她忍不住笑了起来，"你的思路真奇怪。"

"如果人人只想着成为人上人，过上你说的那种生活，把自己和群众割裂开来，那么我们面临的所有危机只会更加恶化。"

"可是，我们多少年来的努力不就是为了改善自己的生活吗？"她一听到群众这个词，便表现出被惊吓到的表情。说完，她便埋头继续工作了。尽管她脸上涂着厚厚的脂粉，却还是无法遮盖因为长期熬夜工作而日渐憔悴的皮肤。

说到这里，我想起了大学时在经济学院的课堂上，教授们所讲述的经济学的价值追求、学生们对各种现实问题的踊跃讨论，还有我们在每一篇论文和报告里所描述的那些关于未来的愿景和蓝图。那时候我可没有想到，几年后我会在一家倡导"客户利益至上"的公司，为了客户能否在金融市场赚到钱而殚精竭虑、夜不能寐。我也没有想到，有朝一日我周围的同事——这些毕业于名校的高才生，只在乎升职和加薪，对除此以外的一切东西都没有兴趣。

在管理层眼里，我绝对算不上工作努力。在我能够掌控自己工作节奏的前提下，我不会为了表现自己努力而故意熬到很晚，也绝不会为了取悦客户做无谓的表演。一个前辈语重心长地对我说："你虽然能力不错，可是在管理层眼里你不是一个努力的人，这不利于你的晋升。"

"如果你们觉得这叫作不努力，"我说，"那么也许我们用的是两部不同的词典。"

在工作中，我总是不卑不亢。面对客户，我从来不会刻意去捧他们的臭脚。我希望以我的专业能力获得人家的信任，而不是靠吃饭、喝酒和吹牛。

一开始，我面临过一些困难。我多次被客户投诉，投诉的内容无非是我态度不好啦，情商低啦，不肯配合他们啦，潜台词其实是：我不愿意心甘情愿地做他们的奴隶。但实际上，我没有不尊重任何一个客户，我只是把他们当作与我完全平等的人罢了。也许对有些人来说，平等对待他们就等于是对他们的侮辱。

我的同事为我感到担忧，甚至说我可能会丢了工作。我并非不知道这种风险，然而我无论如何也无法卑躬屈膝地在客户面前俯首帖耳。管理层在收到客户投诉后的确找我谈过几次话，但我不为所动，无非是在方式方法上做一些调整。自始至终，我尽量去拒绝客户不合理的要求。我渐渐意识到，这个世界上，存在着两种自由，一种是选择的自由，另一种是拒绝的自由。在某些时候，拒绝的自由比选择的自由更加难得，也更能体现自由的价值。

渐渐地，客户不再投诉我了，他们似乎习惯了我的风格。于是我发现了这些人软弱的一面：他们一开始是很凶的，如果你有一点儿露怯，那么他们就会更使劲地欺负你。但如果你不为所动，始终以平等的姿态对待他们，遇到不合理的要求马上予以反击，他们终究会意识到你不是个好欺负的人。简单说，这些人都是一些欺软怕硬的人，他们的凶狠只在于表面。

以前和陆扬谈起工作，我曾振振有词地说，一份工作不应该仅仅作为谋生的手段，还应当从中获得自我价值。然而如今的情形无异于在我脸上狠狠地扇了一巴掌。现在回想起来，我真为自己当时的天真感到可笑。我觉得自己陷在泥沼里出不来了。

无论如何，收到第一个月工资的那天，我还是兴奋了好一阵子。尽管我在大学里曾经通过教琴赚到过一些学费，但这次是我的第一份全职工作所挣来的收入，意味着我可以挣钱养活自己了。我既感到高兴，又感到酸楚：高兴是因为通过自己的劳动赚到了钱，酸楚则是想到自己为了挣这份工资出卖了自己一个月里几乎所有的时间，而今后还要继续出卖下去。

攒了两个月的工资后，几乎没有怎么犹豫，我马上给自己买了一架二手钢琴。此外，我终于来得及支付即将到期的房租。在买完钢琴、付完房租、扣除下一个月的预计开支后，竟然还剩下一笔钱。我把这笔钱转给了母亲，希望能够缓解一些她的压力。然而，母亲第二天又把这笔钱转给了我。她打来电话说：

"你给我钱做什么？你现在能赚钱养活自己了，我很高兴，但你自己的花销已经很多了，我不能收你的钱。"

钢琴搬到家里的那天，我一直弹琴弹到了深夜，即使第二天还攒着一堆工作要做。我一口气弹了几首贝多芬的奏鸣曲，久久沉浸在音乐所带来的慰藉中。

两个月暗无天日的工作后，我终于酣畅淋漓地享有了完全属于我的几个小时。我有一种愈发强烈的感觉：只有在弹琴的时候，只有在音乐中，我才像个人一样地活着，我才能获得一个人应该有的尊严。

每个夜里，当我一遍又一遍练习那些触及心灵的音乐时，我越来越能体会到其中蕴藏的深刻情感了。经常出现这样的情形：弹到某一个乐句或者某一个段落，甚至只是某一个音符，我会觉得作曲家写到这里的时候，抱着和我相仿的情绪。我会想，他们是不是也曾迫于生计而不得不暂时向现实低头，他们会不会也曾不得不说一些违心的话，他们是否也曾在许多个长夜里感慨人生的艰难。但是，音乐本身证明，他们即使曾经妥协过，那也只是暂时的。在精神的层面，他们从未妥协过，否则他们不可能写出流传后世的伟大作品：作品是铁面无私的证据。

从那天起，我无论多晚回到家，都会坚持练一会儿琴。我是多久没有好好练琴了啊！当初在学校的时候，我每天有大把时间练琴，那时候我可没有领略到练琴有多么难得。我也回想起和小涵一起弹琴的那些日子，我这才意识到那段时间对我有多么可贵，说是我人生中的黄金岁月也恰如其分。如今，生活的重担压在我身上，每天淹没在烦琐的工作中，生活于我已经毫无乐趣可言。

那段时间，我觉得我的人生从未如此暗淡过。我仿佛掉进了一个永远等不到天明的漫漫长夜。然而，无尽的漆黑之中到底也有一些闪光的瞬间。音乐，不离不弃、始终陪伴在我左右的音乐，如同斜挂苍穹的星辰，无数次点亮了一个个沉沉暗夜。

第二十三章

新年后的一天，陈经理来找我。他对我嘘寒问暖了一番，问我最近工作忙不忙。我心想：我忙不忙难道你没有看到吗？随后他用神秘兮兮的语气说："今晚带你去个好地方，记得带上名片，穿得正式点。"

下午五点多，他和另一位女上司叫我停下手头的工作，跟随他们下楼。听到不用干活了，我当然喜闻乐见。到了楼下，一辆进口商务车在等待我们，这是公司为陈经理配备的专车。在路上，我忍不住问他要去哪里。

"你终于问我了，"他用开玩笑的口气说，"我还纳闷你怎么一直不好奇呢。"

原来，我之前参与的一个项目前一天成功完成，客户公司这天晚上要在一个五星级酒店举行庆功晚宴。这个项目涉及十几家不同机构的合作，我们公司负责的工作则只靠那位女上司和我两个人完成，但实际上我认为再加两个人都不够，因此整个过程极其痛苦。就在前两个星期，我为这个项目熬了几个通宵。

酒店的入口有着拱形的门洞和矗立在两侧的花岗岩石柱。沿着入口走进去，一眼便看到了酒店所在的大楼，是一座巴洛克风格的建筑，据说已有近百年历史。大楼正对着江边，外立面用珍贵的石材重新翻新过，窗户里的灯光透过彩绘玻璃窗照到墙壁上，显得华丽而不失优雅。酒店里面更是极尽奢华，天花板上的水晶吊灯，地毯上的拼花图案，装饰精美的回廊和包厢，金碧辉煌的宴会大厅……一股纸醉金迷的气息呼之欲出。

酒店的大堂里竖立着一个两米高的签到板，上面写着答谢会、庆功晚宴之类的字样。陈经理拿起签字笔，潇洒地签下名字，还叫我也签一个。随后我们循着人流来到举办晚宴的宴会厅，大厅门口摆放着十几个花篮，上面写着赠送花篮的各个公司的名称，其中我看到了我所在公司的名字。大厅的顶部是一个大跨度的弧形屋顶，吊顶最高处足足有十几米高，上面镶嵌着一圈环形天窗，透过玻璃可以看到夜空。大厅里有几十张圆形餐桌，许多客人已经入座。

一步入大厅，我马上惊讶于陈经理的人脉之广泛。我感觉他几乎认识场内至少一半的人。他沿着每张桌子，和不同的人打招呼、握手、拥抱，他跟他们说话的语气就好像他们是昨天才见过的老朋友一样。如果遇到不认识的人，他照样热情地招呼人家，迅速从口袋里掏出名片递给对方，而且他总能马上找到话题，或者说他不需要找话题，对他来说与陌生人聊天是水到渠成的事。最后他和对方互留了联系方式，嘴里说着什么"希望有机会为您服务""期待下次合作"，并且再次握手，那副神情就好像他们已经情同手足了。

有不少人主动走过来想要认识我，他们向我问好，递给我名片，我只好手足无措地也递给对方名片，不知所云地跟他们聊几句。一个打扮得极为时髦的女孩大步走到我跟前，她的连衣裙在灯光下闪闪发亮，高跟鞋的细长鞋跟使得她轻盈的身段显得高挑动人。她大方地告诉我她的名字，对我投以妩媚的微笑，同时把手伸到我面前。

我犹豫了几秒钟才明白她是要跟我握手，于是急忙伸出僵硬的手臂。女孩在一家证券公司工作，她也参与了这个项目。

"我记得好多次收到过你的电子邮件。"她眨了眨眼睛说。

"原来是你啊！"我想起来那个和我多次对接工作但素未谋面的人，"你把我折磨得不轻啊。"

她愣了一下，似乎没有料到我会这样说，随后我们尴尬地笑了。

陈经理和我坐下了以后，他小声对我说："看到我和他们聊天了吧？其实很多人我也是第一次见，但这就是我们来这里的价值所在。这是个认识潜在客户、拓展人脉的好机会。我们的很多生意都是靠人脉和关系才能拿到的，今天在场的这些人里，很多都有能力给我生意。我看到你刚才也跟其他人聊天了，这是个很好的开端，以后你要多培养社交方面的技能，这对你未来的职业生涯很重要。"

大厅里的人差不多坐满后，晚宴正式开始了。客户公司的董事长上台致辞，感谢了一大群人，包括股东、投资人、员工、专业机构。他虽然嘴里讲着感谢的话，但没有一个字不透露出一种居高临下的意味，这就使得他的感谢听起来像是一种故作姿态，没有半点儿真诚。当然，在这个场合，是否真诚并不重要，甚至无足轻重，在场的人对此也毫不在意。通过这个项目，客户公司获得了资金，参与项目的各个公司、专业机构赚到了钱，这才是唯一重要的。他说完每一段话，场内都会爆发出一阵热烈的掌声就是最好的证明。

接下来又有几个专业机构的代表致辞，首先是一个机构的高管。他全程都在说什么"为项目的成功保驾护航"啦，"履行了对于资本市场的坚定承诺"啦，"追求最高的专业素养和敬业精神"啦，听得我昏昏欲睡，最后我只听到了几个零星的词儿，比如"奉献精神""社会责任""价值观"等。

这些话在我听来，只是彻头彻尾的谎言。做项目期间，我每天和这些机构的人打交道，他们唯一关心的只是项目的佣金和自己的奖金而已，他们是我见过的所有人里最精明的一群人，不挣钱的生意他们是绝对不会做的。我感觉这一切冠冕堂皇的话背后，其实只有一个字：钱。我不得不问自己：他究竟是怎么想得出这些谎言的？他又是怎么如此坦然地、面不改色地说出这些谎言的呢？倘若他坦诚地说"通过这个项目赚到了很多钱，我们很开心"，那我倒是要佩服他了。在场内的所有人看来，他毫无疑问是个成功人士。原来所谓的成功，便是建立在这样的虚伪之上吗？

接下来致辞的几个人，没有说什么有新意的话，他们所说的和那位高管所说的没有什么本质区别，无非只是换了另一套华丽的说辞。他们好像都对自己的致辞十分满意，而且认为在场的其他人对他们的致辞更满意。他们所说的话虽然虚伪透顶，但他们讲完话向听众示意时，脸上流露出的那种骄傲甚至是自恋的神情却是无比真诚的。

好不容易听完了这些成功人士的致辞，总算是可以吃饭了。服务员一道一道地上菜，几乎都是我不认识的菜。我瞥了一眼菜单，上面写的价格令我目瞪口呆。我问陈经理："这个晚宴要花很多钱吧？我是说，这个酒店，这个菜单，这样阔气的排场，还有这么多客人。"

"这点钱算什么，"他不屑地说，"和客户通过这个项目拿到的钱相比，简直连九牛一毛都算不上。"

不知道为什么，想到仅仅这一桌饭菜的花费比自己一个月的工资还要多，我总觉得心里不是滋味。又想到这家公司的股票在上市首日就跌破了发行价，无数股民为之买单，而公司的股东和管理层赚得盆满钵满，我心里就更不是滋味了。

晚宴进入后半段，每张桌子上堆满了酒瓶，有白酒、葡萄酒，还有威士忌、白兰地等各类洋酒，无一例外都是名贵的品牌，其中不少据说是几十年的珍藏。所有的酒瓶都被打开了，只被人们喝了一两口就被撤换掉，服务员紧接着又开了新的酒瓶。客户公司的一掷千金令我瞠目结舌。

陈经理带我去见刚才在台上致辞的几个人，按照他的话说，他们是"市场上呼风唤雨的人"。见到他们后，陈经理挨个向他们敬酒，并且一个劲地吹捧他们，说什么多亏了他们的有力领导和大力支持才使得项目顺利完成啦，与他们合作是多大的荣幸啦。紧接着他和他们又谈论了未来合作更多项目的可能性。我明白，陈经理此刻实际上是在谈生意拉项目。他向他们介绍了我，没想到那个机构的高管指着桌上的一杯白酒对我说："年轻人，来，喝了这杯酒。"

我并不想在这个场合喝酒，又考虑到晚上还有可能回办公室加班，于是便推辞了。

"不喝酒？年轻人啊，干这行你怎么能不喝酒呢？"他的脸颊微红，看起来已经有微醺的醉意了。

我并不是滴酒不沾，但听到他的口气，我心里有一种类似于反抗的情绪驱使我说："我确实不会喝酒。"

"不会喝也得喝，你今天非得干了这杯酒不可，"他好像有点被我的话激怒了，"刚才我还在说有几个项目考虑跟你们合作呢。你如果不喝，我就得重新考虑了。"

这时，陈经理对我使了个眼色，暗示我不要再坚持。无奈之下，我只好喝了一杯，浓烈的白酒使得我的喉咙火辣辣的，我心里感到很屈辱。喝完以后，那位高管拍了拍我的肩膀说："你现在算得上是我的朋友了。"他那种得意的神情，仿佛在说能够成为他的朋友是一种至高无上的荣耀。

晚宴结束后，我只想马上离开，但被陈经理拦住了。

"急什么？精彩的还在后面。"他说，"还有派对呢。"

人群移步来到酒店楼下的一大片草坪上，这里搭起了一个舞台，上面有个乐队，正在演唱当下流行的歌曲。草地上有一个吧台，几个调酒师正在忙着给客人调酒，吧台周围摆放着一张张桌椅。

"现在该你自己去社交了，不用跟着我了。"陈经理扬起了嘴角，"尽可能地多认识朋友！你会发现做这一行的乐趣。"

晚宴的结束只不过是个开始，草地上的派对才是这个夜晚的焦点。客人们或是来回走动去认识别人，或是三五成群举杯聊天。年轻的服务生们跑来跑去忙得不可开交，他们高举着一个个装满酒杯的托盘，把一杯杯鸡尾酒和香槟送到客人手中。桌子上很快堆起了小山一样的酒瓶，酒杯的碰撞声不绝于耳。舞台上的乐队卖力地演唱着，灯光在酒水里映出色彩绚丽的动态图案。尽管天气很冷，夜晚的气温很低，但一些身材丰满、自信满满的女士仍旧穿着性感暴露的衣服，在人群之中游刃有余地穿梭着，时而上台跳一跳搔首弄姿的舞蹈，时而又和一群衣冠楚楚的男士聚在一起热情地交谈。她们似乎很享受博得男人们的关注，成为人群的中心。

热闹的人群中，我听到人们聊的无非是"投资""融资""交易"之类的话题，显然他们把这个派对当作了一个获取新客户或者商机的绝佳场合，不惜一切努力要利用好这个机会。他们的说辞惊人地一致：先是递上名片，不紧不慢地恭维对方几句，说什么仰慕已久，然后便聊到了潜在的合作机会，最后留下联系方式，说些期待合作之类的话。一个聊完后，紧接着马上又去跟下一个人聊，说不定转眼间就忘了上一个人的名字呢！他们必须抓紧时间，在这个晚上认识尽可能多的人，用他们的话说，要建立尽可能多的关系和人脉。

在这如火如荼的派对中，我却感到无所适从，就好像无意中掉进了一个不属于我的世界。我点了一杯鸡尾酒，一个人坐在角落的阴影里。没有人和我说话，也没有人注意到我，但这正是我想要的。觥筹交错的酒桌，眼花缭乱的舞台，喋喋不休的人群，炫目震耳的音乐，眼前的这些人似乎都很享受这灯红酒绿的快乐。难道他们每一个人都真的乐在其中吗？为什么我一点儿也不觉得享受呢？难道只有我是个异类吗？

但其实并不只有我。我注意到，在人群的边缘处，在树下的阴影里，也零星有几个形单影只的人，他们似乎和我一样显得不合群。其中有一个年轻人，他独自走在草地的边缘处，望着远处的江面，嘴唇一开一合，似乎在自言自语说着什么，要么就是在哼唱着什么歌。

我不自觉地朝着他的方向走去，眺望月光朦胧的江心，呼吸着江面上吹来的新鲜空气。走近了我才听出来他嘴里哼着小曲。他一听到脚步声便转过身来，与我隔着几步之遥的距离对视了。

我问他是否也是来参加晚宴的，他点了点头，于是我们便聊了起来。原来，他是一个会计师，他所在的会计师事务所为这个项目提供了审计服务。他毕业已经四五年了，至今仍然是个普通的审计员。他提到事务所里竞争很激烈，虽然他已经很努力，但要更上一层成为经理却还很遥远。

"就算升了经理，距离成为合伙人还遥遥无期呢。"他说。

"非得成为合伙人不可吗？"我问。

"在这个高度竞争的行业，不进则退，不往上走就会被淘汰呀。"

"非得做会计师不可吗？也许这份工作不适合你呢？"

他用难以置信的眼神瞧了瞧我："工作久了，你会发现，什么适合不适合的并不重要，关键是能混口饭吃。"

"恕我直言，"我压低了声音，"也许你会生气，但我觉得你不像是那种适合成为合伙人的人。"

"你的意思是？为什么我不适合呢？"他并没有表现出不快，反而被我的话提起了兴致。

"怎么说呢，"我指了指不远处喧闹的吧台和干杯交谈的人群，"适合成为合伙人的那种人正在那里社交呢。"

他忍不住笑了，反过来问我："那么你的意思是，你也不适合成为合伙人咯？"

我告诉他晚上我的所见所闻，以及陈经理如何如鱼得水地游走于人群中拓展人脉。

"说实话，我并不想成为他那样的人，"我说，"而且我知道自己不可能成为那样的人。做一个八面玲珑、巧舌如簧的人，见人说人话，见鬼说鬼话，对他好像很容易，但我做不到。"

"我明白，你是拉不下面子，放不下所谓的自尊是吧？其实，你换个角度想，只要能赚到钱，就算跪着又如何呢？你想要站着赚钱，那你就得承担这样做的后果。"

"不是面子或者自尊的问题，很多时候我也觉得自尊心很愚蠢，"我说，"问题在于这与我的本性是相悖的，我天生不会为了取悦别人而故意说一些与事实相悖的话或者去做我不愿意做的事。"

"说得好听点，你这叫清高；说得不好听点，叫迂腐。"他小声冷笑了一声，似乎在嘲讽我。

"我不明白，为什么人们不能把彼此当作有着平等人格的主体呢？难道这样就挣不了钱吗？为什么一些人非得去降低人格讨好另一些人才行？为什么另一些人非得期待别人对自己卑躬屈膝？"

"这是人类历史和社会的运行规律。"他不以为然地说。

"你所谓的规律，只是描述了事实，但它不代表这个世界应该是这样的。"

"那又怎么样呢？难道你觉得你能改变这个世界？那你也太自大了。存在便是合理。"

"存在即合理？"我愤愤地说，"这是我听过最愚蠢的话。如果所有人都默认现存的一切事实都是合理的，那么社会也就不会进步了。"

"就算认识到不合理又能怎样呢？比如说你说的那位陈经理，他是你的上司，你如果不去取悦他，反而得罪了他，他随时可以开除你，而你无力反抗，不是吗？因为他在你们公司是管理层，掌握着更多的资源和权力。说白了，权力本身也是由于可以支配资源才有意义的。所以你看这就是问题所在，如果人们占有的资源是不平等的，那么永远也不会有真正意义上的平等。"

"然而社会需要进步，今天没有条件解决的问题理应在明天得到解决，也完全可能在明天得到解决。我们可绝不能轻描淡写地说一句'存在即合理'，就此放弃一切努力。"

"好啦，不要这么激动，你说的这些现象，是社会资源还不够充分导致的结果，等到未来社会生产力提高了，这些问题自然会迎刃而解。"

"真的吗？"我说，"是的，未来社会的生产力可能会大幅提高，我对人类的科技进步也有信心。但这不意味着当代人可以心安理得地等待那个理想中的未来时代而现在一事不做。未来人有未来人的问题，当代人有当代人的问题，对于我们所面临的问题，我们可不能把责任推卸给遥远的未来，不然就只是无所作为、纵容现状的借口罢了。再说，我们这个时代面临的问题难道仅仅在于生产力的落后和资源的匮乏吗？就算未来有一天，人类掌握了无穷无尽的资源，也不当然意味着所有人都会享有那些资源。资源的生产当然重要，但资源的分配同样重要。万一到时候有人会为了一己私利人为地控制资源的分配，以维持一种不公平的状态呢？未来人不见得比古代人和现代人高尚多少。如果你说未来人类的人性会有一百八十度的逆转，我对此表示怀疑。"

他没有理睬我的话，接着说："你说你不会取悦别人，但这是可以学会的。不就是说好听的话，捧臭脚，点头哈腰吗？有什么难的？是条狗都会！"

"但我真的学不会。"

"那你还怎么干这一行？"他说，"你得把甲方，也就是那些客户伺候舒服了才能有业务。"

"你说得没错，所以我很失望。以前我对职场抱有许多不切实际的幻想，以为自己可以运用所学去做一些有价值的事情。结果毕业进了这家公司才发现，周围的人只在乎怎么赚钱，赚更多的钱，对于此外的一切事情他们漠不关心。"

"人总要经历一个幻灭的过程。"他叹了一口气，"我倒是不像你想了那么多，不过工作以后，学生时代的认知也遭受了极大的冲击。"

"你有没有想过寻求改变？比如说，离开这个行业，或者换份工作。"

"当然想过，但离开舒适区是很难的。我虽然对现状不满，可是却习惯了现状，目前这份工作虽然辛苦，但我至少应付得过来。如果要去干别的，我反而会觉得风险太大。"

"那么你能从现在的工作中找到意义吗？或者说某种价值。"

"意义？"他被我的话逗乐了，"我的工作，说白了就是帮助那些企业粉饰他们的财务报表，——当然是以合法的方式——其中涉及的手段之复杂超乎一般人的想象，然后这些企业拿着我们的工作成果去跟公众和投资者说，'看呀，我们是一家有前途的好公司，快来投资我们吧！'"

我忍不住笑了："你的坦诚使我不知道该说什么才好了。"

"你别笑，我说的只是事实，也许事实比我说的更可怕。"他说，"所以你说，我能从这份工作中找到什么意义和价值？我甚至不敢想这个问题，因为本质上我无异于是诈骗的帮凶。"

"你这样说的话，"我说，"其实我们也一样。只要企业愿意付钱，我们就会帮它们出具鬼话连篇的报告，明明知道企业有各种各样的问题，但还要美化这些问题，给企业披上一层漂亮的外衣。公众根本不知道，这些外表光鲜亮丽的企业背后藏着多少污垢！等到东窗事发，一朝这些企业的真面目暴露在阳光下，那时候后果也无可挽回了。"

"但如果你不这样做，你就拿不到项目，赚不到钱，而且就算你不做也无济于事，因为还有一大堆人排着队想做，所以你什么都改变不了。"

我们又聊了许多关于工作的话题，我能感觉到，他也是一个干着从中找不到任何意义的工作而苦苦挣扎的人。

舞台那边的音乐声更响了，同时传来节奏感很强的歌声，看来派对又掀起了一轮高潮。这时，那个证券公司的女孩举着一杯鸡尾酒朝我们走过来，她的步伐不稳，显然已经有点儿醉意了。

"你们俩在这里商量什么机密呢？"她摇了摇手里的酒杯，"怎么不过来和大家一起喝酒呢？"

我和会计师跟着女孩走到了一条长桌前坐下来，有七八个俊男靓女正在热火朝天地聊着。坐在这里，眺望远处被月光照亮的江面，吹着习习晚风，真是好不惬意，唯一的遗憾是周围的喧闹声打破了应有的宁静。

我和会计师加入后，这个小群体开启了新一轮的话题。

"谈谈你们的大学生活吧。"一个男士提议。

其他人听到这个问题好像正中下怀，于是大家纷纷借机炫耀起自己的学校，唯独没有人真正分享大学时代的回忆。不过，他们的学历背景还是出乎我的意料。有个在外资对冲基金工作了一年的年轻分析师，从中学起就在国外读书，本科毕业后又去读了知名的商学院。他喜欢中英文夹杂着说话，一句话里难得不见到几个英文单词的。

另一个女士是投资公司的投资经理。她本科毕业于国内最好的大学，研究生毕业于国外的顶级名校。她用调侃的语气说："别人问我毕业于哪个学校，我都不知道该怎么回答，都是我的母校呀！"

听到她的名字，我莫名觉得耳熟，似乎很久之前在哪里听过。我悄悄在手机上搜索了她的名字，原来多年前，她被国外名校的一个知名奖学金项目录取，再加上媒体炒作，当年在学生和家长里着实火了一阵子，还接受了媒体的采访。我看到那篇报道里，当记者问及她的未来理想时，她表示："希望学有所成，回国后报效国家，为中国的发展做出自己的贡献。"

别人问起她的工作经历，她自豪地说："我毕业后去世界银行实习，期满后在世界银行集团旗下的国际金融公司做分析师，不到两年就成为高级顾问。后来我加了伦敦的一家投资公司，我也是在那里认识了我现在的先生，他是一家外资基金公司的董事。我们现在安家在巴黎。"

我继续看当年关于她的报道，里面还有她当时的照片，和现在相比真是大相径庭。当年她是一个衣着朴素、一脸稚气、眼神清澈的小姑娘，现在却是一个全身上下都是奢侈品牌，手指上戴着一颗闪闪发光的大钻戒，张口闭口"投资""回报率"的中年女人。

"你之前在国际组织工作，后来为什么转做投资了呢？"有人问。

"之所以投身投资行业，是因为我觉得个人的事业要和时代的脉搏结合起来，近些年来，资本市场在市场资源的配置中起到越来越重要的作用，我希望能够通过投资创造社会价值。"

不知道为什么，听她说话总让我想起多年前在学校时，那些优秀学生在国旗下堂而皇之的发言。我告诉自己，也许不应该这样想，万一，她所说的话里有几个字的确是出于真心呢？

当他们问到我时，我只好不无尴尬地说自己只有本科学历，目前在某某公司工作，说了一句就无话可说了。

"你们公司我听过，"那个对冲基金的分析师说，"我们 department（部门）有一个 managing director（董事总经理）就是从你们公司跳过来的，好好干，以后我可以 refer（推荐）你来我们公司！"

也许他以为我会很开心，也许他期待我会说一通感谢他的说辞，也许他以为我会抱紧他这个求之不得的大腿，但我只是朝他礼貌地微笑。看到我并没有什么反应，他不禁大为气恼，给了我一个凶狠的眼神，转过脸和另一个女孩说起了悄悄话。说实话，我简直忍受不了他那种神经质的说话方式了，然而我还是压住了心底的愤怒。

听着这些有着金光闪闪的学历和工作的精英津津乐道地分享自己精彩的人

生经历，我不由得觉得自己和他们宛若两个世界的人。如果不是因为这份工作，如果不是因为今晚来参加项目的庆功晚宴，我绝无可能跟这些精英坐在一起喝酒聊天。我想起陈经理所说的话，难道他说的"干这一行的乐趣"，是指与这些社会精英称兄道弟、把酒言欢吗？然而，我非但没有感受到一点儿乐趣，反而觉得每一分钟都很煎熬。

服务生端来了一大盘香槟，证券公司的女孩提议大家干一杯，对冲基金分析师不情愿地举起了酒杯，斜视了我一眼，没有碰我的酒杯。

大家聊着聊着谈到了房子的话题。

"我不理解人们为什么热衷于买房，"分析师说，"为什么非得把自己绑死在一个地方呢？我就喜欢体验不同的酒店，不喜欢回家。"

证券公司的女孩凑到我耳边悄悄说："他家里很有钱，有好几套豪宅，他的父母也给他早已置办好了市中心的房子。他很受女孩们的欢迎，换女友的速度很快。"

另一个去年才毕业的女孩说："我的想法恰恰相反，我觉得房子是一种投资品。我父母给我买的第一套房子是大平层，第二套房子是花园洋房，最近我又劝他们买了一套别墅，看现在的行情，我建议你们赶紧入手。"

她问我住在哪里，我告诉她在大学附近。

"那里也是不错的地段啊，价格不便宜吧。你是多少钱入手的？"

我只能告诉她，我还在租房。我心想，我每个月工资的将近一半要付掉房租，即使是购房首付款，对于我也是个天文数字。

"这……"她好像感到很意外似的，"建议你还是尽快买房，怎么能不买房呢？真是不可思议。租房多没有安全感呀。寄人篱下的感觉多可怜呀……"

她的后半句话小声了许多，似乎怕我听到。

"我觉得无论是买房还是租房，"我说，"本质上只是一个居住的地方，无非稳定与否的区别罢了。谁会不愿意有个固定的家呢？问题是不是所有人都能负担得起，不是吗？"

"那就是能力问题了，"分析师的眼神里充满了傲慢，"为什么大家都负担得起，唯独你不能呢？你是不是要反思一下自己哪里出了问题？"

"我反思？"那一刻，我压不住胸中的怒火了，"你应该反思你为什么会说出这样的话，有这样的认知。什么名校啊，商学院啊，我看你接受的教育都喂给狗了。"

"浑蛋！son of a ×！（英语为脏话辱骂）"他破口大骂起来，抓起酒杯朝我扔了过来，几乎迎面打到我的脸上。我连忙一个躲闪，酒杯撞到椅子上碎了一地。

其他人都没有料到瞬息之间我和分析师会撕破脸到这般田地，大家愣了几秒钟后，旁边的一个女孩急忙拦住了他。见状我知道自己无法再待下去了，便起身一言不发地走开，只想马上离开这个是非之地。

会计师追了上来，拽住我说："兄弟，你怎么回事？为什么要跟他吵？有必要吗？多不体面啊！"

"你跟我谈体面？你不觉得他很过分吗？"

"不瞒你说，我现在也是在租房，为此还跟谈了三年的女友吹了，因为她父母要求结婚必须买房而我做不到。我家里不仅帮不上一点忙，还有一个正在读书的弟弟需要我帮忙支付学费。所以你看，我能不知道他很过分吗？但是他那样含着金汤匙出生的人是不可能理解我们这类人的。你不可能改变他的认知，你又何必跟他吵呢？万一你得罪了他，他以后给你难堪呢？"

"那就让他来吧，"我狠狠地说，"我看他能把我怎么样。"

"你这是气话，绝对不理智。你想呀，我们这个圈子很小的，你今晚跟他吵，他明天就可能到处抹黑你，用不了几天，搞不好整个行业都要封杀你了。"

"他真有这么大能量？"我问，"难道人们都是非不分了吗？"

"据说他家里很有背景，而且他在顶级的外资公司工作，也许你们的老板还想和他套近乎拉到这个客户呢！在背景和利益面前，你告诉我，谁在乎所谓的是非？"

"即使所有人都不在乎，但是我在乎。"

"你的自尊心和骄傲迟早会害了你。"

"第一，这不是自尊心的问题，更谈不上什么骄傲；第二，你顾好自己吧，我知道我在做什么，用不着你来教训。"我对会计师也感到火大了。

于是我和会计师也决裂了。他愤然离去，而我甚至还不知道他的名字。有那么一刻，我心里有个念头：也许我本可以和他成为朋友，尽管他的许多想法我并不认同。想到这里，我有点后悔那样跟他说话了，然而事情已经无可挽回。我呼吸了一口凉气，冬夜里的寒意掠过我的全身。

走出酒店时，我迎面见到了那位逼我喝酒的高管，他正朝着门口的一辆豪华轿车走去，司机为他打开了门，车里坐着两个浓妆艳抹、衣着性感的女郎。他的眼睛盯着我，我犹豫片刻后，觉得为了陈经理的项目，还是跟他打个招呼吧。于是，我对他问好，说了句再见。不料他竟问我："你是哪位？"

我心想，"朋友"这个词对于他来说，大概还不如路上的一粒沙子吧。于是，我没有再理睬他，径直朝着大门外边走开了，只听到后面传来一阵骂骂咧咧的声音：

"神经病！"

回去的路上，我回想起整个晚上，回想起奢华的酒店，铺张的晚宴，热闹的派对，骄傲的精英，还有那些乐在其中的男男女女，只觉得一种悲哀浸透了我的内心。我从头到尾捋了一遍，还是无法说服自己融入这种看似光鲜亮丽的生活。想起会计师的话，我生平第一次对自己产生了深深的怀疑：难道我真的错了吗？难道我真的误解了这个世界的运行法则吗？

第二天到了公司，我不仅要处理前一晚因为参加晚宴而积压下来的工作，新的任务也雪花般飞来。不料到了下午，陈经理出现在我面前，他眉头紧皱，一脸严肃的表情，甚至有点凶狠了。

"你来我办公室一趟。"他冷冰冰地说。

我第一反应是感到困惑，随后隐隐觉得可能和前一晚的事有关。

"你昨晚怎么回事？"我一进来陈经理就说，"人家说你跟客户吵架了。"

"客户？"我大为不解，"我的确和一个对冲基金的分析师有点不愉快，但我记得他所在的公司并不是我们的客户吧？"

"你说的那个分析师，是我们一个重要客户的儿子！你说他算不算我们的客户？"我从未听到过陈经理对我这样凶过。

"那么，您了解我们因何而吵吗？"

"你们为什么吵我不关心，也并不重要，"他说，"重要的是，你把他惹毛了，他老爸中午给我打电话，说你昨晚出言不逊，侮辱他儿子，跟我讨一个说法，还质疑了公司的专业性。"

"我侮辱他？"我几乎是马上喊出来，"明明是他先侮辱我的！"

"就算你说的是事实，但是你忘了你的身份了吗？在那个场合，你代表的是公司，你怎么能够如此任性呢？客户难免会说一些我们不喜欢听的话，但是你不应该对他们说的话吹毛求疵，就算你不喜欢，只要顺着他们的意思应付几句就好了，这难道很难吗？"

他接着说："和客户保持良好的关系，是我们这行最基本的生存之道。没有客户，公司的业务也就成了无源之水，难道你还不懂吗？"

"我明白，您的意思不过是有奶便是娘罢了。"

"放肆！"他提高了嗓门，"谁教你这样跟我讲话的？我现在丝毫不怀疑你侮辱人家的事实了。"

"难道说真话在您看来是侮辱？我不明白。"

"幼稚！哪有什么绝对的真话假话，你要学会看场合说话，在什么场合说什么样的话。这是干我们这行最基本的素质。"他说，"不论如何，你现在必须去跟他道个歉。"

"我给他道歉？"我简直感到匪夷所思，"我不觉得我有任何道歉的必要，相反，我认为他应该对我道歉才对。"

"我说的话你一句都没听进去吗？"他大声喊，"他给你道歉？你在做什么梦？他的父亲是我们的客户，难道你想让我丢掉这个客户？那么责任谁来承担呢？公司的损失你来负责吗？你承担得起这个后果吗？"

"没错，他是客户，但难道他就可以颠倒黑白罔顾事实吗？"我的嗓门不知不觉也提高了，"难道因为他给你付钱，你就可以容忍他为所欲为？"

"你这样执迷不悟，我跟你没有什么好说的了，"他狠狠瞪了我一眼，"最晚今天结束前你要跟人家道歉，而且是真诚的道歉。否则——"

"否则如何呢？"

"那我就不得不请你走人了。你的所作所为已经严重违反了公司的规章制度，也严重背离了我们的职业道德和伦理。公司完全有理由开除你。"

听到他说什么职业道德，我内心感到翻江倒海般的恶心。所谓的职业道德对这家公司来说，不过是为了攀附金主而找的冠冕堂皇的借口罢了。好像遵守了职业道德，他们就可以心安理得地弃人类社会的一般道德原则于不顾了。

见我沉默了片刻，陈经理缓和了语气说："你入职以来，工作很努力，能力也很强，这是管理层有目共睹的。但是，你的问题在于不懂得放下身段。当然我明白年轻人都要经历这样一个过程，所以你这次犯错我完全可以理解。现在只要你去向客户的儿子道个歉，一切问题就迎刃而解了。"

一直以来，相比于其他上司，我对陈经理抱有更多好感。一方面是因为他面试了我，招纳我加入他的团队，另一方面是因为他平时对我的工作保持着某种关切，这使得他在我心里类似于一个老师的角色。不过此刻，我彻底明白了，在他的客户面前，在公司的利润面前，在现实的利益考量面前，我根本不值一提，也许连一枚棋子也算不上。

"不用劳烦您请我走，我自己有腿。"我冷冷地说。

"我真是看走眼了你！"他对我大喊。

我已经心灰意冷了，再也无法在这里待下去了。我回到工位上收拾了东西，在周围同事惊讶的目光中一声不响地离开了办公室。陈经理的办公室里传来一声叹息——

"自以为是的蠢货！无可救药！"

我的第一份工作只干了不到半年。有人说我是主动辞职的，也有人说我是被开除的。我无所谓他们怎么说，因为对我来说，都是一回事，我无法在这家公司继续工作下去了。

离职的第二天，我一觉睡到了中午。我头一回领略到睡眠的美好，我是有多久没有睡到自然醒了啊！然而醒来后，我不得不面对沉重的现实：我没有工作了，也就意味着丧失了收入来源。

接下来的一个星期，我没有找工作，每天除了睡觉便是练琴。但是我终究不可能一直过这样的生活。尽管有十万个不情愿，我还是不得不打起精神去找工作，却迟迟没有收到面试邀请。有好几家公司，只是打电话问了我的情况后便没有下文了。我不由得记起了会计师的话，难道那个浑蛋真的到处抹黑我，使得我被整个行业封杀吗？说实话，我倒希望这是真的，这样我就可以断了混迹这个行业的念想，心安理得地干别的事情了，尽管我也不知道自己还能干什么。

这次我没有那么幸运了，付房租的期限马上要到了，我手里的现金流已经枯竭。我想过去问母亲要钱，但一想到她要辛苦工作偿还为父亲治病欠下的债务，又想到丢掉工作的事会打击到她，我便没有勇气打电话给她了。房租截止日的前一天，我打电话给房东，请求他宽限几天，他却马上大发雷霆——

"一天也不行！骗子！无赖！你明天就给我滚出去！"

被劈头盖脸地骂了一顿后，我咬了咬牙，拨通了陆扬的电话，尽管在那次毕业旅行后我就没怎么联系过他了。

电话接通后，他听到是我，显得很意外，问了我的近况。

"我最近……遇到了一些困难，"我感到很难堪，说得断断续续，"你可以借我一笔钱吗？我还在找工作，等我发工资了马上还你……"

"你怎么回事？为什么需要钱？先说清楚。"他困惑地问。

于是，我告诉了他最近工作的情况，以及我是如何从公司离职的。

"唉，你就是太固执了，"他说，"职场上不比在学校。在学校里你不喜欢一个人，大可以避开他，但职场上不是这个逻辑。就算你一万个不喜欢，你难道能避开你的客户、你的领导、你的同事吗？"

他尽管数落了我一番，但还是痛快地答应借钱给我。第二天早上，我赶在最后期限告诉房东我可以支付房租了，没想到他竟宣称要涨房租，而且涨幅不小。

"可是，合同还没有到期，合同期内的房租已经固定了。"

听到我这样说，他马上改口说由于我已经违约，他要单方面取消合同。

"可是，合同上约定的付款期限是今天，更不用说合同是约定了宽限期的。只要我在付款日期届满的三天内付清房租就不算违约。"我对他读了租赁合同里的条款。

"是吗？"他半信半疑地说，"我没有看合同，我也不需要看，总之你今天就得搬出去，否则我就要报警了。你听清楚了没？"

"按照合同条款我并没有违约，就算你报警，人家也不会支持你。"我接着说，"你的主张没有法律依据。"

"你跟我谈法律？"他先是哈哈大笑，接着狠狠地说，"我明确告诉你，你必须今天搬出去，否则我就亲自上门清场，你听到了没？你如果不服气，尽可以去法院告我，我看谁耗得过谁，但在这之前你得先搬出去。我已经找到下一个愿意支付更高租金的租客了。"

面对这样一个无赖，和他纠缠再多也没有意义，我说："搬就搬吧，我也不想在你这里住了。"

"穷鬼！"他不屑地说，"连房租都付不起！我有十几套房子，你打十辈子工也赚不来！"

我花了一整天打包行李，直到傍晚才理好东西。房东晚上果然过来了。

"你怎么还没有搬走？"

"你总得给我一点找房子的时间吧？"

"那是你的问题，与我无关。今晚十二点前，我会再来一次，如果你的东西还在房子里，就别怪我不客气了。"说完，他摔门离开了。

我只能打电话给搬家师傅，问他是否可以先把我的行李寄放在他们的仓库里，我明天找到房子后再搬过去。师傅一开始并不情愿，说："我们的标准服务里没有这项内容，需要加隔夜费、保管费和二次搬运费。"他提出了一个两倍于原价的价格，我咬咬牙同意了。没想到，他上楼看到钢琴以后，说钢琴属于大件，还需要加价。事已至此，我没有办法，只能同意。我唯一能做的是请求他搬运过程中要对钢琴特别当心。一顿折腾下来，我搬家的总费用是预算的好几倍，这就导致我从陆扬那里借来的钱扣除搬家费后，很可能无法覆盖新房子的房租。

搬家师傅把行李用货车拉走后，我一个人走在车水马龙的大街上，看着来来往往的人们把两旁的人行道挤得水泄不通。路边的广场上有一个夜间集市，摆着许多个摊位，有小吃美食、文创用品、图书，以及各类精致的小饰品。集市边上还有乐队在现场表演。一路走过，少男少女们的欢笑声响彻夜空，恋人们牵着手在摊位前徘徊，三三两两的人群唱起了时下流行的歌……

我走到一个摊位前，桌上摆着几面镜子，照出对面小吃摊上的烟火。某一刹那，我无意中望到了镜中的自己。什么，那个人竟然是我吗？乱作一团的头发，满脸的胡楂，憔悴的面容，初老的眼纹……那个人真的是我吗？他真的是半年前和小涵一起弹李斯特《叹息》的那个人吗？我不敢再看了，失魂落魄地逃了出去，逃到没有人的角落里，逃到暗淡的夜色里，直到喘不过气了才停下来。

这一晚，我萌生了再去小涵家看看的念头，于是想都没想就搭乘最后一班轮渡去了江对岸。

到小涵家楼下时，我震惊地看到，房间里竟然亮起了灯光！难道是小涵回来了吗？我已经一个多月没来过了，她的确有可能在这段时间回来了。

我磕磕绊绊地爬上了楼梯，在门外面站了十分钟之久。我想，见到她以后，我能说些什么呢？她会说些什么呢？她是否还会像以前一样对待我呢？我又想到此刻的我面容邋遢，衣衫不整，面临着失业、无家可归和渺茫的未来。想到这里，我犹豫了，甚至不敢去敲门了。然而，半年来我无时无刻不在等待这一天，我又怎么能在这一刻退缩呢？我鼓起勇气，颤抖着手臂敲了门。

门打开了。一个陌生的男人穿着居家服站在我面前。我先是条件反射式地吓了一跳，随后心里嘀咕：难道小涵和别的男人住在一起吗？但我马上否定了这个念头。

"请问你是？"一脸倦容的男人问我。

"不好意思打扰了……请问……林夏涵在吗？她之前住在这里的……"我支支吾吾地问，心里万分害怕听到什么残忍的回答。

"这里没有什么叫林夏涵的人，"他想了想说，"等一下……你说的是上一个住在这里的租客吗？我们最近刚搬进来，是从房东手里直接租过来的。"

这时，一个二十多岁的女子走了过来，手搭在男人身上，看起来他们是一对年轻的夫妻。我用眼角的余光瞥了一眼室内，小涵的书柜、钢琴都不见了，换成了我不认识的家具。

走在昏暗的楼梯上，我意识到小涵是悄无声息地搬走了，也许她最近才搬走，也许更早。联想起我曾经好几次去她的学校门口等待，却始终没有见到她的身影，我明白她是从我的生活里消失了，也许是永远消失了。我期待已久的重逢场景不会再有了。我像是失了神一样，无目的地在路上瞎走，最终来到了夏悦安息着的那片树林。

枯黄的树叶伴着风声在夜空中飘扬，遍地覆盖着一层厚厚的落叶，脚踩在上面发出嘎吱嘎吱的声响。我蹲在石碑前，把覆盖在石碑上的树叶轻轻拨开，露出凿在石碑上的名字。夜色很暗，月亮隐没在云海里，没有一点儿光。一阵冷风刮过去，树林深处袭来浪潮般的涌动，我却没有感到丝毫诡异的气氛，反而被一片宁静的气息淹没了……

这一夜，我是个无家可归的流浪者。尽管有陆扬借给我的钱，但想到明天还得去找房子，而兜里剩下的钱对于付房租已经捉襟见肘，我就没有勇气去住旅馆了。此外我也不觉得我有什么权利要求舒适，相反我宁愿惩罚自己。我在附近的公园里找了一个长椅，打算在此度过一夜。

十二月的夜里，无孔不入的寒气从领口、袖口还有裤腿口钻进来，我全身被冻得起了一层鸡皮疙瘩。我裹着大衣躺在长椅上，数着天上疏疏落落的几颗晚星，脑海里响起了李斯特改编自瓦格纳歌剧的那首《晚星》。在虚幻的音乐声中，我回想起和小涵在一起的那些时光。我想念她，然而我已经失去了她……不，不能说是失去，就像她所说的，我从未拥有过她……

此刻，我才确定无疑地意识到，我是爱着她的……

你究竟在哪里呀？

半夜里，一阵冰冷的刺痛感惊醒了我，有什么湿乎乎的东西落到我的脸上。我睁开困倦的眼睛，只见漫天的雪花簌簌飘落。

我想要起来看看，却发现腿脚变得僵硬，费了一番力气才恢复过来。我蹒跚着走在公园里，雪花在路灯的照射下，好似水晶似的粉末随风飘扬。很快，杉树的枝丫上，灌木的叶子上，路边的长椅上，目之所及都披上了一层晶莹的鹅绒。

我想起这附近有一座小山，居然生出了去山上看雪中日出的念头。于是，在黑沉沉的夜里，我像个疯子一样，挥舞手指打着拍子，哼着《晚星》的调子往山上走去。当我爬上山头时，差不多已经凌晨五点半了，虽然夜依然黑得深沉，但我知道黑夜已然将尽了。山顶上的寒风吹得更凛冽，我的手指几乎冻僵了。

终于，东方的天际线附近，黑暗有所松动，几乎是在一刹那间，一道红色曲线从夜空里迸发出来，紧紧趴在地平线上。差不多在几分钟内，半边天空的黑暗便彻底瓦解了，红色的曲线拉伸，延长，晕染为金色，地平线变成了一道金光闪闪的弧线。顺着这道金边往上看去，玫瑰色的霞光从天边袭来，其中又隐隐透出一抹幽幽的蓝色。远方浓重的云雾之下便是东海，我想象着此时此刻海面上是怎样一幅景象。

从山上俯瞰，街头巷尾被大雪覆盖了，积雪反射了朝霞的颜色，整座城市染上了淡淡的玫瑰色。随着太阳的升起和云雾的游离，朝霞在不同的方位又化为橙红色、青紫色、湖蓝色……千变万化的色彩蔚为壮观。

下山之前，天色已经亮了大半，孤独的晨星不舍地发出暗淡的光。我再次看了一眼东方的朝霞，心想，如果可以用音乐描绘出眼前的这幅景象该有多好呀！这幅壮丽的图景，哪怕为它谱写一首交响曲也不为过。自然之美无意中使我意识到了作曲的威力。

经过一整天的奔波，我最终在郊区靠近渡口的地方找了一个一居室的房子，虽然远离市中心，空间又狭小，但是房租便宜，房东也挺和蔼，最重要的是我可以一个人住，不用和人合租，这无疑可以带来很大的便利。晚上，搬家师傅把我的行李搬进房子，我请他们把钢琴挪到了窗边。

那一晚，我发烧了，在床上无力地躺了一夜。可是，第二天，我不得不忍着头痛从被窝里爬起来，开始投简历、找工作。穿越半个城市，陆陆续续参加了十几场面试后，我终于获得了一家公司的录用，定在一个星期后入职。

在窗口照进的寒光下，我弹琴弹了很久。想到那一晚在雪夜里的颠沛流离，此刻我在温暖的屋子里，指尖流出美妙的音乐，我感到我已经很幸福了……我回想起小涵曾对我说过，生命中能有音乐陪伴已经是上天的馈赠了。

我想，也许我不该要求更多……

第二十四章

又一次新年的钟声响起，万家灯火点亮了城市的夜空。我坐在钢琴边，在昏黄的夜灯下又重读了一遍小涵去年夏天寄来的信。从信里的时间来看，她写完信一年以后才寄给我。

她在旅行途中突然出走的几天后写了第一封信：

七月二十九日

请原谅我的不辞而别。你和姐姐之间发生的事，无论已经过去了多久，都无法真正在我的心里平息。

那一年，姐姐只有十六岁。她在最绝望的时刻给你打了电话，而你却说了几句不痛不痒的话，一点儿也没有过问她所面临的危机。难道你就不能追问她发生了什么事吗？就算按照你的说法，你自始至终不知道我们家的变故，但你明明已经察觉到了一些不正常的迹象，为什么还要当作无事发生呢？难道你不能去找她，当面问清楚发生了什么事吗？

你是受了姐姐的启发才开始学钢琴的。我承认你对音乐有一定的领悟力，但最初也是由于姐姐的引导你才得以走进音乐的天地。如果没有姐姐，你恐怕到现在还不认得五线谱，这一点你会承认吧？姐姐甚至给你弹了李斯特《叹息》的另外一个版本的结尾。你可知道这个结尾是我告诉她的？当时，怀着一种孩子的天真，我认为这个结尾只属于我……我请求她不要弹给别人听，然而她还是弹给你听了。你可知道这意味着什么？

姐姐曾带你到家里。在我的记忆里，她虽然朋友很多，但极少带男孩到家里。因此，那一天当我推开阁楼的门看到你时，我心里满是惊讶。你可知道，姐姐带你到家里，教你弹琴，代表了对你多大的信任？你却没有从中领略到这份信任，反而辜负了这份信任。

固然，你和姐姐只是朋友关系，但这不意味着你们之间发生的事对于我无所触动。想到你曾经和姐姐携手同行，我至今仍然感到难以置信。我想起和你在大学琴房里的相遇，想起听完音乐会的那个晚上，想起后来所发生的一切……我竟然一直都不知道你曾和姐姐有这样的过去，直到现在我还无法接受这个事实。更有甚者，在我怀着极大的信任告诉我的过去后，你竟然没有告诉我真相，反而隐瞒了重要事实……我被你一直蒙在鼓里……你让我觉得自己是个彻头彻尾的傻瓜。

如果说，那一晚之前，你并不知道我和姐姐的关系，但是那一晚之后，你在知道真相后，为何还要若无其事地继续与我交往呢？你的演技真是高超，我不得不佩服。如果你一开始就告诉我真相，我也不会和你有后来的事，这样对我们都好。我一直以为，我们在音乐上分享的情绪是独一无二的，我却不知道多年以前姐姐对你也扮演了相同的角色……想到这些，我不明白你究竟是抱着怎样的心态与我交往。难道我只是姐姐的可怜的替代品吗？而且是一个可有可无的替代品……

你口口声声说，你原本打算在旅行结束后告诉我真相。就算你说的是真的，也不会使我们的关系有任何改变。难道你以为你告诉了我，我就会坦然接受这个事实吗？在你和姐姐经历了过去的一切以后，难道你以为我还能视若无睹地和你交往吗？你未免也想得太简单了。

请你摸着自己的良心认真回答我这个问题：你究竟是不是为了自私丑恶的占有欲才对我隐瞒了真相？如果不是，难道你真的爱过我吗……

不论你的答案是什么，我都无所谓了。我不会再见到你，也不可能听到你的回答了。你和姐姐过去发生的事，你对她面临危机时的冷漠态度，以及你在知道真相后对我的故意隐瞒，都使我无法原谅你。我也无法原谅自己，因为我无法想象我会与这样一个不负责任、不真诚、充满谎言和欺骗的人交往了那么久。

你是不是想要找我？请你千万不要这样做，这只会徒劳无益。我已经下定决心离开，从你的世界里消失。我已经上路了，随便买了一张去外地的火车票。去哪里是无所谓的，只要离你越远越好。即使是在家里，周围的一切也不停地提醒我想起你……

经历这一切后，我无法面对你，无法和你说话，即便只是想到你都使我坐立不安……

这封信也许永远不会寄出。但此时此刻我必须写这封信，因为我不得不写。也许这封信不是为你而写，而是为了埋葬我的过去而写。从今天起，我必须从我的人生中割掉关于你的所有记忆……我必须这样做……

八月三日

我有一种感觉：短期内我难以恢复正常生活了。不过，我也不知道所谓的正常生活究竟是什么内涵，其中包括了哪些生活的细节。也许，从一般人的眼光来看，我从未有过正常生活吧。

很小的时候，我就与周围的小孩格格不入。她们喜欢绒毛玩具，喜欢甜食，喜欢漂亮的发卡，她们整天心心念念的都是些无聊的事情，比如父母的偏爱、节日礼物、周末野营计划。从那时起，我就对这些东西一无所感。

随着时间的推移，我对越来越多的事情提不起兴趣。在学校里我从未有过什么朋友。偶尔会有一些男孩女孩向我主动示好，但每当他们从我口中听到他们觉得奇怪的话，他们立刻就会被我吓跑。然而，我的话里有什么可怕的成分呢？我只不过提到命运、死亡和未来而已。

中学时有一个男生曾约我去琴房弹琴。我问他："我是一个不大正常的人，你真的不怕吗？"他先是摸不着头脑，随后笑着声称他偏偏喜欢不正常的人。我把那些年幼时写的遗书拿给他看，结果他看到第二篇就看不下去了，这时候他不说什么喜欢不正常的人了，反而说我的心理有问题。然而，我的遗书里有什么可怕的东西呢？我自己并没有觉得。我只是想象当自己处在死者的地位时，会关切什么、想知道什么、想要做什么而已。

我的处境越来越孤独，我也就越来越难以理解为什么人们不愿意花哪怕一分钟的时间去思考那些真正重要的问题。我周围的所有人，有时候他们像是只知道诉诸感官欲望的动物，唯一关心的是今天吃什么，明天吃什么，要穿好看的衣服，要买精美的珠宝，要住宽敞的房子。有时候他们又好像只是个机器，每天按部就班地重复着相同的毫无意义的事情，他们甚至不能算是一台完整的机器，充其量只是机器里的一颗随时可以替换的螺丝钉。

他们带我看过医生。没错，他们一直认为我病了。我想，或许不是我病了，而是他们病了，或者是这个世界病了，难道没有这种可能性吗？

的确，我很少感到过快乐，不过这并非由于他们所说的抑郁症，而仅仅是因为那些通常令人感到快乐的东西，对我却没有同样的效果。从小到大，人们之所以说我有抑郁症，往往是因为他们发现我在思考关于生存、死亡和人生意义的问题。他们知道我在想这些，就不由分说地判定我有抑郁症。好吧，如果这算是有抑郁症，那么就让我得抑郁症吧。

直到那一次，我四肢抽搐，丧失了意识。那一刻我以为我要死了，但我没有过于害怕，因为我对死亡并不陌生，死亡的暗影曾在许多个夜晚造访过我。我的视线渐渐模糊，就这样，我以为我要去另一个世界了。过了不知道多久……感觉像是过了一个世纪，破晓后的第一缕阳光缓缓射进病房，雪白的被单就像雪地一样将光线反射到我脸上。揉揉眼眶，在蒙眬中我睁开双眼，才意识到我活下来了。

从那以后，我每天都要按时吃药，我随身也要带着药，以免外出忘记服药。长期服药不仅使我感到厌倦，周围的人知道我的病情后，更加对我敬而远之。

唯一陪伴我的是音乐。尽管我从小就表现出对很多东西没有兴趣，但音乐是个例外。我还记得那一天，——也许是改写我命运的一天——我上楼的时候听到姐姐在弹一首钢琴曲，你已经知道是李斯特的《叹息》。这首曲子无法简单地用"好听"来形容，它仿佛是来自另一个世界的声音，和那天之前我听到过的任何声音都不一样……优雅的旋律中蕴藏着一缕无法平息的哀愁，甜美的曲调中有的是安抚人心的温柔。

循着琴声，我走到姐姐身边，静静地听她弹完，并请求她再弹一遍。她弹完第二遍后，我又想再听一遍……就这样，仿佛我头一次听到姐姐弹钢琴似的，一夜之间我迷上了钢琴。那种感觉，就像是一刹那间的火花，却照亮了我整个灰暗的生活。那天，我竟不明白为什么在过去的年月里我对音乐没有产生过这样特别的感觉。

无论如何，那一天以后，我的人生有了一点光亮。往后的岁月里，我从未有一天离开音乐。

遇到你是一场意外，但又不完全是个意外。倘若我没有在琴房里弹《叹息》，你就不会注意到我，我们也就不会遇见了。然而，对我来说，弹奏《叹息》却是我的日常，我每天练琴前都会弹一遍。这么想来，当我跨入大学的琴房，我和你的遇见几乎就注定不可避免了。

那天在琴房外边的走廊里，我推开门便看到了你站在外面。你问我是否在弹《叹息》，着实吓了我一跳。我不知道该怎么回答你，下意识地摇了摇头。也许有一刻我想回答说是，但我又怕你会有新的问题，这样我们就会继续交谈下去……而我本能地排斥这种可能，我不知道这会导向什么样的结果。其实我走出琴房只是为了去洗手间，但不知为何，你问过我之后，我竟然不敢再回琴房了，甚至连乐谱都不敢回去取了。

第二天晚上，我去琴房想拿回那本乐谱，不料它却不见了。我并不感到惊讶，毕竟在琴房里放了一整天，谁拿走都有可能。那一刻我很难过，因为那是姐姐的乐谱，承载着无数关于我们的回忆。

没有找到乐谱，我还是弹起了《叹息》，毕竟每一个音符我早已牢记在心。我弹的过程中，隐隐听到琴房的门被推开了。那个声音很小，掩盖在琴声里，但依然没有逃过我的耳朵。我没有理会，直到弹完了整首曲子才回头去看，没想到又是你。原来是你捡到了那本乐谱，并且又被我的琴声吸引过来了。那一刻，我很困惑，不知道连续两天在琴房里以这种方式遇到你意味着什么。

我在想：这是一个怎样的人呢？他好像对《叹息》念念不忘，难道这首曲子对他也有什么特殊的意义吗？我心里难免对你有些许好奇，但这点儿好奇心还是被我孤独的本能抑制住了。

你邀请我去参加大学钢琴社的现场招新活动，我犹豫了很久。虽然我们并未真正认识，也没有留下联系方式，就算我不去，你也联系不到我。然而，不知为什么，正是想到"你联系不到我"这个事实，又想到夏令营马上就要结束，我竟然感到有点儿不安。直到社团招新的那天中午，我还在纠结要不要去见你。最终我还是去了，而听到你在现场所弹的《叹息》着实使我吃了一惊。你所弹的《叹息》的结尾并不是通常所听到的常规结尾，而是另一个极为罕见的结尾。我很喜欢这个结尾，小时候还天真地认为它只属于我，连姐姐都不可以随便弹……不仅如此，你在乐曲中间加上了一个华彩段，这是李斯特为献给学生而创作的，极少在主流的演奏中听到。

你能想象我听你弹完这首曲子后的震惊。但我还是克制住了和你深究这件事的想法，因为我内心始终有一种担忧：我怕与你走得太近，怕看到什么恐怖的事情。对于当时的我来说，这完全是没有逻辑、没有缘由、发自本能的一种倾向，只是没有想到我最初的担忧竟然最终成为现实……真是命运开的玩笑。

我没有想到，那个音乐会阴暗的角落里的身影竟然是你。于是我们认识了，因为已经到了不得不认识的地步。那段时间，你还不知道我的高中生身份，我为此感到内心不安。一直以来你都以为我是你的大学同学，尽管我没有主动去促成你的这一认知，但我也没有去纠正这一点，这难道不是一种消极的隐瞒吗？然而，倘若要与你继续来往，我就非得告诉你事实，以真实的面目站在你面前不可。我不确定要以何种方式告诉你，而且老是想着也许我们不会再见面了，因而也就没有什么解释的必要。

去年的中秋节假期前，你问我要不要去弹琴散散心，还说觉得我有心事。尽管我对你说了冷漠的话，但你的话还是引起了我内心的波动。我在想，难道你真的能察觉到并且在乎我的心思吗？还是说这只是你接近女孩的手段呢？总之，我意识到这是一个让你不至于继续误会下去的机会。我要如何告诉你呢？那天是假期开始前的最后一天，下午学校提前放学，于是我便约你在校门前见面。我还记得，当我出其不意地站在你面前，告诉你我是高中生时，你脸上那副呆若木鸡的表情，还有你颤抖着的话音。坦白地说，那一刻我觉得有点好玩，而这种情绪对我来说是极少见的。也许，在和你的交谈和来往中，我也在发生着某种转变……

后来事态的发展逐渐偏离了我预想的轨道，甚至超出了我所能掌控的范围。你在我的生活里出现的频率越来越高，直到最后发展到无可挽回的地步。我常常想，如果不要认识你，如果我们的关系仅仅停留在音乐会的时间内，那该有多好啊！我早有预感，和你关系的越来越近会带来某种毁灭性的结局，但无论如何我也没有想到它会以这样一种最为残忍的方式降临。

回顾了和你相识的过程后，我不得不得出一个结论：是你的出现，改变了我的孤独处境。在你走进我的生活之前，没有人了解我，也没有人愿意了解我。尽管你谈不上了解我，但我能感觉到，你想要了解我，而这对我就已经很难得了。长期以来，我并不在乎自己是否孤独，对我而言，孤独只是一个描述一种客观状态的词语，并不能揭示一个人内心的状态。也许在别人看来我是孤独的，但我自己却并不因为这种孤独的处境而难过，我甚至享受一个人不被打扰的清净。你的出现，永久地打破了我内心的平衡，我再也回不去从前那种独自一人可以怡然自得的境界了。

有一个时期内，我常常感到不解：为什么我可以和你"正常地"交往呢？从小到大，在许多人看来，我是一个不正常的人，因此我也很难和别人有正常的交流、建立正常的关系。当然，这里所谓的正常与否只是基于人们一般的看法，我自身并不认同他们对于正常和不正常的定义，不过，姑且在这里使用这个字眼吧！所以，当我意识到我竟然可以和你一起弹琴、谈论音乐、聊各种话题（我却很难和别人建立这样的关系），我除了惊讶，也不禁暗暗问自己：你是否在某些方面与我有相似之处呢？不然我就无法解释为什么我们的性格和想法是那样不同，而我们之间的交谈是那样自然而然、无拘无束、无所顾虑。

然而，由于那些显而易见的原因，我终究无法再见到你，也无法与你保持联系了。这封信是我写给你的最后一封信，也是对往事最后的追忆。尽管你不会看到这封信，我写信的时候还是在想：如果你看到会怎么想呢？遗憾的是，我永远也不会知道了。

八月五日

说好是最后一封信，我却忍不住又动笔了。不过，写出前两封信后，像是对一个可以推心置腹的人倾诉似的，我倒觉得心里郁结的苦闷稀释了一些。我打算把你当作一个假想的倾诉对象来写这封信了。纵然这些信不会寄出，我还是打算写下去了。

我回到了出生的那座城。我去的第一个地方是我小时候的家。从墙外看过去，那幢房子看似并没有什么大的变化，但实际上一切都变了。窗帘的颜色换成了紫色，二楼的露台上搭起了遮阳棚。门外的那棵枫树不见了，也许是新主人嫌它遮挡阳光而砍掉了。那一刻，我觉得我的人生仿佛也被砍掉了一半。为此我难过了一整天。

我去了父亲的墓前。他孤独地沉睡在城外一个冷清的墓园里。当初父亲的事业做得越来越好，家族里的亲戚们都争相来巴结他，还冒出来了许多八竿子都打不着的远房亲戚。他们有求于他，父亲是一个性情随和的人，满足了他们的大部分请求。当时，家族里的长辈们都说父亲是家族的骄傲，逢年过节的时候数不清的亲戚朋友都会带着礼品上门拜年。父亲每次回到乡下老家，无论亲戚还是邻居都会热情迎接我们一家人。父亲很喜欢这种被众星捧月般拥戴的感觉，但我总觉得这些亲戚朋友实际上没有他们表面上那样友好，在他们的假面之下，也许暗藏着不可告人的动机。

等到父亲出事以后，他们一下子露出了真面目：所有人迫不及待地想要撇清和父亲的关系，好像从来没有认识过他一样。往日受了父亲恩惠和帮助的那些亲戚朋友，没有一个人对母亲和我们施以援手。最过分的是，他们竟然不允许把父亲葬在家族的墓地里。他们散布了恶毒的言论，说父亲有罪，不配和祖辈安息在一起。无奈之下，母亲只能把父亲葬在城外的公墓，他已经在这里孤独地度过了许多年。

我在父亲墓前放下一束花，心里默默地为他祈祷，希望他的亡灵能够得到安息。尽管父亲生前犯了一些错误，但他仍不失为一个好人。对于姐姐和我来说，他永远是个好父亲。在我的记忆中，父亲曾多少次为了工作上的事烦恼，可他从未把任何负面的情绪带给姐姐和我。在我们面前，他脸上永远挂着和蔼、友善的笑容，那是一种使我在哪怕最无助的时刻也能感受到安全感的笑容。

那些在父亲得势时追捧他，在他失势后踩踏他的人，无疑是虚伪的。

说起虚伪，我从小就对人们的虚伪有一种特殊的洞察力，连我自己都感到奇怪。

我读小学的时候，有一天班里举行一个主题班会。一个同学洋洋洒洒地讲了一刻钟，大谈什么同情心与奉献，说什么要对不幸的人抱有同情态度，唯有奉献精神才能使一个人幸福。他讲完后，其他同学都纷纷表示赞同，并且当着老师的面表明决心，不约而同地表示要做一个有同情心和奉献精神的人，现场的气氛一度极为温馨感人。轮到我发表感想时，我对他说："实际上你并不这么想，对吧？你很容易嫉妒别人，别人的不幸反而会让你很开心呢！你也很自私，为了自己的幸福你会毫不犹豫地牺牲掉别人的幸福。"

我说完后，教室里一片寂静，演讲的同学目瞪口呆，羞红了脸，支支吾吾地还没憋出几个字，便哇的一声哭起来了。他当然什么都说不出来，因为他并非一个有同情心和奉献精神的人，我知道这一点，其他人也知道。当时令我百思不得其解的是，为什么这样一个刻薄而自私的人可以大言不惭地在众人面前说出那样冠冕堂皇的话而毫不脸红，更加奇怪的是大家明明知道他并非那样的人，却还表现得像是被他的话感染了。这么说来，难道那个教室里所有人都是虚伪的吗？

大概从那个时候起，我对于人与人之间的虚伪言行便越来越敏感。有一段时间，我觉得虚伪是完全不可接受的。我不明白生而为人，为什么要掩藏自己真实的想法，为什么要以假面目示人，为什么要表里不一，当面一套、背后一套。换作是我，我才不愿意听那些好听但并非出于真心实意的话呢，我反倒希望人家直接说出对我的不满、怨念、痛恨，让我早点知道他讨厌我，这样我反而会尊重他，因为一个真实、真诚的人无论如何都是值得尊重的。我们也可以彼此早点划清界限，这样难道不是对大家更好吗？我不明白为什么有些人心里对我恨得要命，表面上却还要一个劲地来接近我，讨好我。他们究竟为何要如此呢？

不仅如此，我还喜欢毫不客气地指出虚伪之人的虚伪言行。有一个同学来借我的课程笔记，她当着几个人的面对我说："这次我参考一下你的笔记，下次你也可以看我的笔记。"她的眼睛直勾勾地盯着我，向我投来期待的目光。"不，你不会。"我说，"下次如果我问你借笔记，你会说借给别人了，或者忘带了。总之，你会找个借口敷衍我，因为你从未想要借给别人笔记。"可能是我的回应戳中了她的内心，她的脸色瞬间变得铁青，眼神里有羞耻，有慌乱，也有愤怒。总之我看出来她被我激怒了。她什么话也没说，愤愤地走开了。后来，我从别人那里知道，她果然老是借同学的笔记，却将自己的笔记视若珍宝，从不肯与人分享。

如果问我是如何看出来他们真实的想法，我只能说是通过他们的眼神。人的眼神对于我总是有一种极大的冲击力。从眼神里，我似乎可以看到一个人的全部秘密。当然，眼神是可以伪装的，不少人也具备这种能力。但我总觉得，伪装的眼神迟早总会露出蛛丝马迹，不可能永远天衣无缝。

很快，我便被同学们孤立了，他们声称我精神有问题，将我看出他们的假面目诋毁为妄想症。他们都怕与我接近，因为怕自己的假面被揭穿，怕自己真实的内心被我一股脑撕扯到桌面上。因而，对于当时的我来说，在相当长的一段时间里，我没有任何可以说得上话的朋友。

后来，随着年龄和阅历的增长，我对于世间的种种疾苦有了更多的了解，对于人性复杂的侧面有了更深刻的理解。我渐渐明白，世人的虚伪也许并非都是罪不可赦的。我也不再去随意揭露虚伪，因为我发现有一些人的虚伪里包含着某些令人同情的成分。事实上，有两种虚伪：一种仅限于自己的生活，并不会伤害他人；另一种是为了谋求私利或者实施阴谋的虚伪，这种虚伪几乎从一开始就注定要伤害别人。

对于一些人来说，他们痛恨别人的虚伪，自己却不得不也在一定程度上虚伪，因为虚伪是他们用以保护自身的最后一道可怜的屏障。他们太没有安全感了，他们难以掌控自己的生活，他们的生活很大程度上依赖于他人，比如领导、上司、客户。他们不得不迎合这些人，不得不说违心话，做违心事，但目的可能只是为了保住一份领着微薄薪水的工作，或者为了偿还明天即将到期的债务。生活的不易和现实的残酷使他们不得不伪装自己。

不过，另一种人的虚伪则是彻头彻尾的无耻的虚伪。这些人的虚伪远远超过了个人生活的界限，对他人造成了不可挽回的伤害。虚伪对于他们来说是一种谋取私利、损害他人的工具。他们热爱虚伪，以虚伪为生。他们从不肯以真面貌示人，因为虚伪的诱惑力太大了，只有戴着虚伪的假面他们才能呼吸。久而久之，他们竟然真诚地相信那副假面才是真正的自我了。他们用虚伪的面目欺骗他人，辜负朋友的信任，玩弄所爱之人的感情。到最后，他们获得了本不该属于自己的利益，脚下却踩着一个个伤痕累累的心灵。

我也渐渐意识到，有些时候，虚伪与真诚可以在同一个人身上共存。这没有什么好奇怪的，人性是复杂的，同一个人的内心里，可以同时发现高尚与卑鄙、柔情与冷酷、友爱与仇恨。这些看似冲突的性格，可以彼此并行不悖。

我不再一看到虚伪的言行就马上义愤填膺，而是宁愿多一些同情，多一些理解，多一些等待。我不会轻易地去评判别人，也不会抓住对方的一个孤立的行为就马上对他这个人下什么结论。因为我明白了，每个人都有不为人知的经历，不是每个人的人生旅程都是一帆风顺的，也不是每个人一出生就能享有另一些人所享有的那些优越条件。生活在这样一个不平衡、利益关系的纠葛极为复杂的世界上，要保持一以贯之的纯粹的真诚，不是一件容易的事。我告诉自己，对他人不能太苛刻，要多一点耐心。

对世人的虚伪认识越深刻，真诚之人对我就显得愈发难能可贵。我希望对人家真诚，也希望人家真诚待我，然而就是这个小小的渴求，竟也成为奢望。我能够分辨出虚伪之人的假面，但我却很少在人群中感知到那些真诚的心灵。与其说我的人生是为自己而活，不如说我的人生是在苦苦寻找真诚的心灵。如果不是因为感应到了真诚的心灵，并与之产生了某种意义上的联系，我的心就会像远离太阳的冥王星一样冰冷而荒凉。

音乐对我有着完全不一样的意义。在音乐面前，没有虚伪的容身之地。就拿弹钢琴来说吧，一个人弹得好不好，自己心里清楚，如果他对自己有什么误解，听一下那些大师的演奏就知道了。一个人绝对没法在演奏这件事上欺骗自己。作曲也是一样的道理。一个人写出一首曲子，如果他抱着真诚的态度去创作，写出的音乐反映了他心中所想，那么这首曲子就具有一定的感染力。因为是作者真心实意写出的，他在音符中自然会注入心灵的力量。相反，倘若一个人心中并没有某种感情和思想，而他非得在作曲时假装自己拥有某种感情和思想，还试图在音乐中体现这种虚假的感情，那他绝对无法创作出震撼人心的作品。音乐是心灵的一面镜子，而且是铁面无私的镜子。

这些天，我想了很多。我并不怪你在姐姐的事上欺骗了我。换位思考，倘若我处在你的位置上，我不确定我是否能做出不同的选择。在这个意义上，我宁愿相信你在这件事上的虚伪不是那种想要伤害别人的虚伪。正如我所说的，真诚和虚伪是可以在一个人身上共存的。如果你读到这里（当然你不会读到了），也许你会问我，你是真诚多一点还是虚伪多一点呢？但你永远也不会知道我的想法了。

八月十二日

我离开了出生的那座城。当汽车飞驰在高速公路上，街镇距离我愈来愈遥远时，我隐隐有一种感觉：我可能再也不会回到这里了。

我踏上了旅程，打算去自己很早就想去却一直没去过的地方。坐着火车向着北国的纵深处进发，一路上绿油油的田野上开满了一片片的油菜花，恍如金色的波涛翻滚在无边无际的海面上。

到了高原上以后，视野里出现了峰峦迭起的山脉。尽管是夏天，山脉的上半部分却覆盖着皑皑白雪，在阳光下显得银光闪烁。山腰上被雪覆盖的地方生长出一大片针叶林，和稍低处的树林连成一片，分不清界限在哪里。火车从山谷里穿过时，山间蓝莹莹的湖泊里映照出雪山的身姿，形成镜湖的效果。

我来到雪山脚下的一个小镇。这里海拔很高，气温很低，在小镇的任何地方，一抬头就能望见巍峨挺拔的雪山。小镇以温泉而著称，我住在一家温泉旅馆，房间里有一个方形的温泉浴池，大小足够容纳两个人全身泡在里面。泡在温热的池子里，静静地看着雪山，此刻我的耳边回响起《叹息》的旋律，我陷入了迷惘的状态……

小镇附近有几条去往雪山深处的徒步路线，我跟着一个徒步队伍走了其中一条比较容易的路线，往返三个小时，路况对新手比较友好。尽管如此，我还是费了一番力气才翻越重重障碍勉强走到了终点。站在山间的树林里，一阵寒风从山林深处卷起，松柏的树冠像水浪一样起伏，那一瞬沉睡中的整个山林仿佛苏醒了、复活了。周围万籁俱寂，只听见雪滴滴答答地从树枝的层层缝隙之间掉落，寥廓的山林间传来遥远的回响。尽管很冷，我被这一派肃穆寂静的气氛感染了，我不敢大声说话，不敢发出声音，甚至连呼吸声也嫌太吵。不知道为什么，也许是眼前的这一幕雪山和树林挑动了我最为敏感的神经，我胸中突然间全是新生的音乐在流淌，我恨不得身边有一架钢琴，使我能够马上弹奏出潜伏在心中的汩汩音流。

返程的路上，我一直在脑海里循环着那些音乐。我不敢想别的事情，因为我怕音乐会消失。回到旅馆后，我连衣服都没换，第一件事就是坐在桌前，把一路上汹涌在我心里的音乐记录下来。整整两个小时，我就像是失了智似的，什么也顾不上了，只管在五线谱上写啊写。那种感觉就像是，我身体里埋了个定时炸弹，如果不把它清除我就会被炸得粉身碎骨。直到写完的那一刻，天地对我仿佛换了颜色，我爆裂的血管终于平息下来了。我明白，是音乐使我得到了释放。

看着眼前满满的几页谱子，把它们在心里唱出来，我明白刚才我感受到的这阵冲动叫作灵感。奇怪的是，此前我从未产生过这种整个灵魂突然被攫住的灵感。我当然知道灵感是怎么一回事，过去许多年来，我在练琴的时候，脑子里经常会无意间进射出一束火花，使我明白某一首曲子应该如何去弹、某一个段落应该如何处理。但是像这次一样感应到属于自己的、新的音乐，在我人生中还是第一次。

你已经知道，我很早就尝试过作曲，也曾写过几首小曲子，但那些曲子在我心里远远称不上是真正的音乐。我曾经有一段时间沉迷于作曲，但无论我怎么努力，我写出来的音乐要么是那些烂俗的曲调，要么是大师作品片段的拙劣模仿。这使我意识到作曲没有那么容易，要写出清新脱俗的音乐也许需要上天的启示。但这次完全不一样，我直觉上感应到了簇新的音乐，而且这音乐写出来了以后回头再看一遍，我发现其中竟然有种悲伤的情调，颇为动人。是的，被自己所写的音乐所感动，这在我是头一次。这究竟是为什么呢？我想了很久也思考不出个所以然。

无论如何，那一天以后，我感觉我的人生渐渐地发生着什么变化。当我走在小镇的街道上，头顶上茂密的杉树轻轻拂动，当我身处山林之中，聆听山间的回响，当我在夜间望着星空，看着银河悬挂在夜幕上，这一切对我来说都变成了音乐。无论是刮风下雨，流光逝去，星辰起落，大自然的一切都可以幻化为音乐流淌在我的心里。一夜之间，我觉得世界上音乐无处不在，有那些有形的音乐，更多是那些无形的音乐，而无形的音乐也许比有形的音乐更深邃，因为无形的音乐象征着无限。凡是我所到之处，我的所见所闻，所思所想，都以音乐的形式在我的心中回响。

写完那首曲子的后面几天，我简直无法正常生活。一连好几夜我无法入睡，无数个纷繁杂乱的乐思在我的胸中横冲直撞，每一个都要求我马上把它固定为一首完整的乐曲，每一个也都在阻挠其他乐思的流出。我往往顺着一个乐思写下了一段，却马上又被另一个乐思打断……尽管有这样多的乐思，我却反而一首完整的曲子也写不完了，因为我无法用逻辑和理性控制乐思。我明白，我正处于体内某种控制灵感的机制被激活的关头，如果我不能够掌控自己，我很可能会被失控的音乐逼疯。

为此，我在寒夜里跑出去，在雪地上一待就是几个小时，回去以后又马上泡在温泉池里取暖。极端的冷热交替使得我感冒了，额头烧得滚烫。我吃了药，躺在旅馆的床上，看着窗外的雪山，渐渐地我的脑子终于平静下来了。那些乐思安静下来了。我睡了一个深沉的觉，我终于可以好好休息一阵了。

我连续睡了几夜，体温降下去了，身体也恢复了元气。醒来以后眼前的世界似乎染上了一层不同的色彩。此刻，我依然觉得心里流淌着音乐，但它们不再无拘无束地肆意宣泄，而是注入了我的灵魂，与我融为了一体。回想起这几天，我感觉我就像是经历了某种炼狱。

灵感是一回事，理性又是另一回事。灵感所感应到的音乐，终究还是得靠理性去完成。我马上发现了自己在作曲理论和技术上的匮乏。我心中不乏许多要求被表达出来的音乐，但我一拿起笔，便觉得自己无法写出我理想的那种境界。灵感在我眼前发出宝石般的光芒，我却没有足够的能力去呈现出它最耀眼的一面。

你说，我是不是应该去专门学习作曲呢？如果可能，真想听听你的意见啊。

今晚是一个晴朗的夜，我打算跟着镇上的人去山顶看星夜。就此搁笔。

八月十五日

离开了雪山里的小镇，我打算去海边待几天。前往南海方向的列车上，我睡了一觉，醒来后却发现还要半天才能到，我怎么也睡不着了，于是翻开了李斯特的几本传记，重读他的人生历程。

李斯特的人生经历可谓有史以来所有音乐大师里最为传奇的[①]。1811年，一颗拖着长尾的大彗星从天际划过。长达半年的时间里，人们可以用肉眼看到大彗星。那一年，拿破仑一世正处于权力的巅峰，他几乎征服了整个欧洲，当时他正在筹划征服俄罗斯帝国的战争，他把这颗大彗星当作他将要赢得这场战争的预言，然而，他不知道的是，大彗星预示的并不是战争，而是李斯特的诞生。当大彗星在地球上看上去最耀眼的时候，李斯特降生在一个小村庄。他的父亲在一个贵族的牧场担任管家，相比于莫扎特、肖邦、门德尔松等出身优越的音乐家来说，李斯特出身于底层，这也影响了他未来的音乐和创作。

十二岁时，李斯特得到了贝多芬的亲吻。十五岁时，他举行了第一次欧洲巡回演出，他在慕尼黑、巴黎、伦敦等地举行了音乐会，全部获得了成功，人们惊叹于这个钢琴神童精湛的技艺和在钢琴前掌控一切的气势。尽管如此，李斯特却陷入了迷茫中，他的性格也越来越忧郁。他隐隐觉得，艺术家肩负着一种使命，但似乎在观众眼里，钢琴演奏家只是为了取悦众人。他想起了见到贝多芬的那天，一个在他眼里最伟大的艺术家竟然被困在无声无息的世界中乃至于要悲惨而孤独地死去。他觉得，人们之所以争相来听他的音乐会，不是为了追求思想和艺术，只是为了获得感官上的愉悦。艺术家们自身也不见得有多好，他发现许多艺术家缺乏信仰和真诚。

---

① 关于李斯特生平的描述，参见李斯特学者艾伦·沃克（Alan Walker）所著三卷本《李斯特传》（*Franz Liszt*），康奈尔大学出版社（Cornell University Press）1993 年版。

然而，李斯特对艺术抱着宗教式的虔诚，他说自己不想成为一条"会演奏钢琴的狗"。在迷茫之下，他甚至提出想加入教会。父亲被吓坏了，对他说："你属于艺术，而不属于教会。"那一阵子，李斯特开始沉迷于作曲，十二首《超技练习曲》的最初版本就是在那个时期所创作的。父亲写给车尔尼的信中写道："除了作曲，他不知道别的激情，只有作曲能带给他快乐。"

关于李斯特的一生，实在有太多精彩的故事，我多想与你分享呀！但在这封信里我连我想分享给你的千分之一都无法写下来。我想了想，还是给你讲讲李斯特的爱情经历吧。世人对他的爱情有不少误解。读了他的浪漫史后，我唯有无限的感慨和遗憾。

李斯特的父亲死后，十六岁的他和母亲居住在巴黎一处简陋的房子中。为了承担家庭的重任，他只好去给人家教琴。由于他早已声名远播，巴黎的贵族们纷纷找上门来请求他给他们的子女教钢琴。他的学生里有个叫卡罗琳·圣-克里科的十七岁女孩，她的父亲圣-克里科伯爵是法国国王查理十世①的贸易部长，地位显赫。起初，卡罗琳的母亲伯爵夫人请李斯特到府邸谈话，她提出想让李斯特给女儿教琴。正在这时，卡罗琳走了进来，她身材修长，有着褐色的长发和忧郁的紫色眼睛。于是，两个天真的少男少女便认识了。

李斯特定期给卡罗琳上课，他们除了弹琴，还聊到了文学和戏剧，每次上课都要拖很久。李斯特总是忘记下课时间，而卡罗琳对此则毫不在意。有一次，卡罗琳捧着一本诗集，给李斯特读了一首诗。凝视着眼前这个女孩浅紫色的眼睛，李斯特听到了另一种音乐，比他指尖弹奏出的音乐更加动人。他在夜深人静时翻开了这本书，读到了一首温柔的诗，少女在一旁用铅笔做了注解。

难道不是为了他，卡罗琳才为这些诗句写下注解吗？李斯特觉得这是卡罗琳在表达爱意。第二天早上，他满怀激动地朝卡罗琳家里跑去，在塞

---

① 查理十世（1757—1836），法国波旁王朝第二次复辟后的第二任国王，路易十六的弟弟。1830年法国七月革命爆发后，他被迫逊位，流亡英国。

纳河的桥上，巴黎圣母院的钟楼在云雾缭绕中若隐若现。但他没有什么合理的理由在这个时候见卡罗琳，他在窗户外边徘徊了很久，希望卡罗琳会打开窗户，但希望落空了，他怏怏离去，一整天都在忧郁中度过。

卡罗琳的母亲伯爵夫人得了病，身体很不好，但她仍旧敏锐地感觉到女儿和李斯特之间在萌生着爱情，而且愈演愈烈。她有时候会来听钢琴课，听着两个年轻人的交谈，她追忆起了自己的少女时代。她总是静悄悄地倾听，绝对不会去打扰他们。她被李斯特的艺术家性格和气质所吸引，因此她默许两个年轻人继续交往。渐渐地，她觉得女儿和李斯特之间的爱情是那样美好、连自己都感到羡慕。躺在病榻上，她对丈夫说："如果她爱他，让她幸福。"伯爵冷漠地摇了摇头，把妻子的话只当作一个濒死的女人的糊涂话。他可没有妻子那样开明的观念，他可是国王查理十世的大臣呀！他的女儿怎么能嫁给一个身份低微的钢琴老师呢？这对他来说是不可想象的。

几个星期内，伯爵夫人的病情恶化，猝然离世。李斯特到府上来上课时，得知伯爵夫人前一天已经离世，他隐隐有种预感：他自己的幸福也随之而去。卡罗琳注意到了他眼角的泪痕，两个人紧紧抱在一起亲吻。葬礼结束后，李斯特再次见到了卡罗琳，两个人都痛苦地哭了。为了料理伯爵夫人的后事，钢琴课暂停了。但李斯特仍旧每天去找卡罗琳。钢琴课虽然停了，但这次轮到卡罗琳给李斯特上课了。两人不厌其烦地谈论文学和诗歌，一起阅读但丁和维克多·雨果的著作，在文学中他们互相倾诉对彼此的爱慕。他们的谈话经常持续到深夜。他们又开始弹琴，有时候整夜整夜地弹那些或温柔或安慰的曲子。

一开始，伯爵由于忙于公务，并不知道女儿和李斯特天天见面。有一次，李斯特待到午夜时分才离开卡罗琳家，这时候大门已经上锁了。他只好呼叫门卫来开门。单纯的李斯特还没有被成年人世界的行为方式所改变，他没有贿赂这个门卫，因此门卫第二天就把李斯特夜间来见卡罗琳的事告诉了伯爵。

几天后，李斯特再次来找卡罗琳，他带来了一枚戒指，上面用拉丁文刻着一行字：在期待中如愿以偿。然而，此时伯爵已经在等待他。他宣称女儿的钢琴课就此终止，说了一席残酷的话，把李斯特赶了出去。李斯特听到后，他作为艺术家敏感脆弱的神经被挑动了，他毫不迟疑地走出去，没有回头，也没有说一句话。当时的他还没有意识到，这场失败的恋情将在他的心里刻下一生无法抚平的伤痕。

由于与爱人的分离，卡罗琳病了一阵子，她甚至一度决心去修道院终了此生。但她最终还是妥协了，接受了父亲给她安排的婚姻，嫁给了另一位内阁部长的儿子，他在法国南部拥有大片的地产。在漫长的婚姻岁月里，卡罗琳从未感到过快乐，她把失败的婚姻当作一场人生的苦修来看待。

李斯特从未忘记卡罗琳。十几年后，当他在法国和西班牙举办音乐会时，他经过了卡罗琳生活的城市并且与她重逢。他们追忆了他们的爱情悲剧以及对彼此造成的痛苦。后来，李斯特在他的遗嘱中也没有忘记卡罗琳，要把一枚戒指留给她。这也许就是他和卡罗琳分手的那天带着的那枚戒指。由于卡罗琳先于李斯特离世，她从未得知李斯特对她的这份深情。

几年后，二十一岁的李斯特遇到了改变他人生历程的女人：玛丽·达古伯爵夫人。如果你要理解李斯特和玛丽的爱情，那么你就不能不了解玛丽的背景和过去。

玛丽是贝斯曼家族的后裔，这是德意志帝国最富有、最有权势的银行业巨头。玛丽从小生活在祖母对整个家族的威权掌控中，她对祖母又憎又恨，因而一种强烈的反抗意识在少女的心中滋长。她永远也忘不了在九月那个温暖的星期日下午，当时她还是个小女孩，正和表姐在花园里散步，这时不料有客人来到家里。母亲把她叫进屋里，一位和蔼慈祥的老人抚摸着她金色的头发，向她说了几句问候的话。这位老人便是诗人歌德。后来玛丽成了歌德的狂热崇拜者，直到今天她的墓碑上还刻着歌德的头像。

玛丽长大了，她出落得美丽优雅，一头金发披散在肩上，就像一阵金色的雨。这时候她的婚姻问题也就提上了日程。天生丽质和万贯家财使她不乏追求者。不过，玛丽在感情上害羞而矜持，正如作家乔治·桑后来对她的描述："像蜡烛一样直，像圣饼一样白。"她的追求者觉得她很冷漠。经历了一些感情上的波折后，家族的利益相关方为她挑选了夏尔·达古伯爵。达古伯爵比玛丽大十五岁，他来自法国最古老的家族之一。玛丽很快发现达古伯爵是一个十分和蔼的人。他向玛丽求婚，并且郑重承诺："如果今后你为此后悔，我愿意随时还你自由。"

不久他们举行了婚礼，婚约由国王查理十世以及王储和王妃亲自见证。他们有了两个孩子，然而他们的感情却走上了下坡路。婚后一年，他们爆发了激烈的争吵，三年后冲突加剧，导致了他们的永久性分居。这就是二十八岁的玛丽邂逅二十一岁的李斯特时的状况：她的婚姻很紧张，她的青春期经历了许多挫折，她很神经质，容易陷入抑郁而无法自拔。她曾坦言，自从结婚以后，她没有一天是在快乐中度过的。

一天下午，巴黎的一个侯爵夫人举办沙龙，她召集了一个女声合唱团来表演一首曲子。二十八岁的玛丽被邀请了，因为她有着甜美的女中音。李斯特也被邀请了。在沙龙上，玛丽迟到了，然而李斯特到得更晚。关于他们初次见面的这一幕，玛丽在回忆录中写道——

"侯爵夫人正在讲话，这时门被打开了，一个奇妙的幻影出现在我眼前。我之所以用'幻影'这个词，是因为他是我见过最独特的人，我找不到其他词语来形容他在我心里唤起的感觉。他的脸色苍白，海绿色的大眼睛闪闪发光，就像阳光下的波浪。他的表情带着痛苦的痕迹。他的举动犹疑不决，似乎心神不宁地在房间里滑行，就像一个幽灵，而它必须回到黑暗的时刻即将来临。"

侯爵夫人上前把李斯特介绍给在场的其他客人，随后李斯特坐在玛丽对面，他们开始交谈，就像他们已经认识了很久似的。对于李斯特给她的第一印象，玛丽写道："他闪烁的眼神、手势、微笑，时而深邃，时而甜美，时而尖酸刻薄，似乎想激起我的反感或亲近。"这时，钢琴被打开了，烛台也被点亮了。在侯爵夫人的请求下，李斯特走到钢琴前，周围环绕着合唱团，玛丽也走到了女中音的位置。

表演结束后，玛丽对李斯特的伴奏表示了赞赏。当天晚上，玛丽怎么都睡不好，第二天她写信给李斯特，邀请他来拜访她。她把信撕掉了三次才写好，体现了她内心的挣扎。在信中玛丽特别强调，她现在享受完全的独居生活，因而他们的见面并没有任何阻碍。李斯特没有回信，但他仍然出现了。当玛丽见到李斯特的那一瞬，她再次感应到了他那魔法般的吸引力。

　　他们的话题十分严肃，谈话中没有任何庸俗的东西。他们谈到了人类的命运，人类的悲哀和困惑，灵魂与上帝。正如玛丽所写："我们的亲密关系中，没有任何两性之间那种习以为常的献媚或者献殷勤的成分。在我们之间，存在着一种既年轻又严肃，既深刻又天真的东西。"

　　乔治·桑劝李斯特说："可以追求快乐，但不要陷入爱情。"然而玛丽和李斯特很快无可救药地爱上了对方。他们开始在李斯特的小公寓里秘密约会。为了避免被发现，他们精心安排，通过中间人给对方写信。玛丽并不在乎上流社会那些虚伪的体面和道德，通过与李斯特的关系，她想要对过往的生活和她所处的社会发起反抗。李斯特对她而言，不仅仅是个情人，更是一个精神上的解放者。

　　有趣的是，在玛丽遇到李斯特之前，她曾经去拜访一个名气很大的女预言家。这个类似于巫婆的预言家在她那黑暗沉闷的小屋里曾经接待过沙皇亚历山大一世和在滑铁卢击败拿破仑的威灵顿公爵。玛丽请求预言家预测她的未来，预言家说："两三年之内，你的命运将会彻底改变。今天看起来不可能的将会成为现实。你将会彻底改变生活方式，你甚至会改变你的名字，而你的新名字将会名扬整个欧洲。你会爱上一个轰动世界的男人，他的名字将会引发一阵旋风。"神奇的是，这个预言在所有重要方面都成为现实。

　　玛丽和李斯特短暂分开了几个月，他们都在思考着这段关系的未来。玛丽是否有勇气离开她的家庭，将她的命运与李斯特捆绑起来仍然是不确定的。这时发生了一件大事：玛丽六岁的女儿得了重病，最终死去了。这对玛丽造成严重的打击，她悲痛欲绝，情绪低落。一连几个星期，她不知道时间是怎样过去的。在最绝望的时刻，她收到了李斯特的信，李斯特说他打算离开法国，表达了他想要见她最后一面的愿望。再次见面时，两人的爱情一发不可收，玛丽感到再也无法离开李斯特了。他们无法保持这样的关系继续待在巴黎，因此两人计划私奔到瑞士。

　　玛丽先到了瑞士，李斯特随后抵达。传言很快传遍了巴黎，有人说玛丽拐走了李斯特，也有人说是玛丽跟着李斯特跑了。不过，当这个消息传到达古伯爵耳中时，他遵守了六年前的承诺，还玛丽以自由。这对情侣决定将日内瓦作为他们的定居之地。这座位于阿尔卑斯山下的城市十分宁静，能够使他们远离巴黎的喧嚣。他们经常外出远足，有一次来到美丽的瓦伦施塔特湖，李斯特在这里写下了名为《瓦伦施塔特湖畔》的曲子，收录在他的《旅行岁月》钢琴曲集的第一集《瑞士》中。玛丽在回忆录中写道："我们在瓦伦施塔特湖畔流连忘返。李斯特以湖上的波涛和桨声为基调，为我谱写了一曲忧伤的和声。我听到这首曲子从来没有不流泪的。"

在日内瓦城，他们沉浸在音乐和文学的世界里。玛丽有志于成为一个作家，她在制定一个文学创作计划。夜晚，当李斯特在弹奏钢琴时，整个街区的居民都聚集在窗下聆听。玛丽凝视着自己的英雄，她为这种离群索居的生活感到骄傲。在她看来，能够和一个高尚的灵魂一起分享，即便是孤独的生活也有了一份独特的魅力。相比之下，她以前所处的那个缺乏感情和思想的社交圈子是多么贫瘠！

这一时期，李斯特进入了创作的一个高峰期。他的《旅行岁月》便是从这个时期开始创作的，也有人把它叫作《巡礼之年》。他还写了一篇题为《论艺术家的状况》的文章，为艺术家尚未被承认的权利大声疾呼。他要把那些平庸的音乐从人们的耳边剔除出去，代之以莫扎特、贝多芬，以及他的朋友柏辽兹、肖邦等人的作品。他承担了一种伸张正义者的角色，为了提高艺术家的地位、捍卫艺术的尊严而奔走。

在这个与世隔绝的隐居地，玛丽成为李斯特灵感的指引者。李斯特笔下诞生了源源不断的杰作，玛丽知道他的天才和她的付出都将会展现在世人面前，她追随的不是一个平庸的钢琴演奏者，而是一位天才，这位天才无与伦比的艺术终有一天会证明她的选择是正确的。不久，玛丽诞下了李斯特的大女儿布兰迪，第一次做父亲的李斯特激动万分。祈祷的晚钟荡漾在平静的湖面上，他为女儿的幸福而祷告，写下了《日内瓦的钟声》，并将这首曲子献给初生的女儿。

读到这里，我在想：如果两个人就这样一直生活下去该有多好呀！可惜世上的一切都会变化，他们的爱情也不例外。

随着时间的流逝，他们之间的矛盾和冲突也越来越凸显。玛丽想要自己——而且唯有自己——成为李斯特的指路明灯，成为他的灵感源泉。然而，李斯特不可能按照她设想的方式去爱她。玛丽的爱是自私的，站在她个人的角度当然可以理解，但她没有意识到，李斯特作为一个罕见的天才，藏身在他体内的那个艺术家要求他施展出所有的才华，他需要去演奏，去创作，去和同时代的其他音乐家来往，去汲取最前沿的思想，去成为他注定要成为的艺术大师。不论李斯特爱玛丽的理由是什么，他的爱情不可能使他放弃他的艺术，这便是从一开始就隐藏在两人感情漩涡之下的一块暗礁。玛丽希望这个男人能够只属于她一个人，她没有意识到李斯特注定要属于全人类。她对李斯特的创造性活动并不感兴趣，相反，她抱怨李斯特作为音乐家的职业使他不得不经常离开她。在几年之间，从柏林到圣彼得堡，从布拉格到君士坦丁堡（今伊斯坦布尔），李斯特的音乐会足迹遍布整个欧洲，这在玛丽看来竟毫无价值。在他们朝夕相处期间，李斯特创作了许多音乐史上的杰作，但玛丽却很少提到这些作品。玛丽不能认同李斯特在艺术上的追求，这是他们冲突的根源。

还有其他一些单独看来并不起眼，但却在漫长的岁月里逐渐消耗着两个人的感情的矛盾。比如，玛丽在和李斯特争吵的时候总是喜欢强调他的出身低微。她当着李斯特的面抨击他说："在你法国人的外衣下面，人们仍然能看到匈牙利农民的影子。"李斯特生于匈牙利的一个小村庄，他的祖辈是农民。因此李斯特的出身无法和贵族出身的玛丽相提并论。但我觉得，玛丽心里未必真的瞧不起李斯特，否则她又怎么会抛弃一切和他私奔，并且和他经历了十年的悲欢离合后才最终分手呢？她多半只是一时的气话，李斯特虽然对此不以为意，但时间久了这种刻薄的话终究会伤害到两人的感情。

十年后，他们的爱情终于落幕了。他们在一起的岁月里，有太多令人印象深刻的场面了。我只给你讲其中一件事。玛丽将乔治·桑介绍给了肖邦，一天晚上，肖邦邀请乔治·桑到他的公寓参加聚会，李斯特和玛丽也在场。正是在这一时期，肖邦和乔治·桑的爱情也开始滋长了。当晚，李斯特和肖邦四手联弹了一首奏鸣曲，玛丽和乔治·桑在一旁静听。想象一下那一晚的场景，那是多么令人神往呀！

我很想知道，读到这里你是什么感受呢？你是否也像我一样感慨于这段恋情的无疾而终呢？不论如何，李斯特和玛丽在这段恋情中都成为更好的人。爱情激发了李斯特的灵感，他的创作源源不断，玛丽也实现了她的作家理想，她所写的《1848 年革命史》至今仍被视为对欧洲 1848 年革命的最佳描述之一。

也许李斯特自己都没有想到，与玛丽的爱情只不过是他人生中的一个注脚，他最终遇到了和他相伴一生的知己：卡罗琳·维特根斯坦公主。

不知不觉，我已经写到凌晨三点半了。关于李斯特的爱情故事，今晚我就讲到这里吧。我在下一封信里会接着讲。

八月十七日

我打算在南海边待几天。几天之间，跨越几千公里，从内地的雪山小镇到热带的海边，一路上沿途的地貌和风光真是变化万千。我没有去那些游客众多的热门景点，而是来到了一个并不怎么出名的小村子，海边有着一望无际的白色沙滩。这里有一片玻璃海，清澈见底，即使浪花卷起，海面也如同一块晶莹剔透的玻璃，水下的贝壳和石子都逃不过你的眼睛。

下午，人们在海滩上游泳、冲浪，接近傍晚的时候，人群和欢笑声散去，海边安静下来，只听见海浪拍击沙滩的声音。我住的旅馆正对着海滩，朝海面望过去有两座遥相呼应的灯塔，一座是绿色的，一座是红色的，在渐浓的暮色中发出一闪一闪的亮光。

我喜欢在傍晚时分站在阳台上看海上的日落。苍茫的海平面上，白日西沉，夕晖穿过玫瑰色的云彩，在海面上洒下星星点点的金色斑点，随着海浪的翻滚，在大海上下起了一场流星雨。夜色渐深，天边的云霞幻化为湖蓝色，给海面渲染上一层淡淡的幽辉。我就这样一动不动，看着最后一丝日光消逝在暮色中。

这是一个没有星星的夜晚，我到海滩上漫步了一会儿，大海上的潮涨潮落敲打着我的心头。回到屋里，我继续给你讲斯特的爱情故事吧。

和玛丽的感情破裂后，李斯特继续踏上旅程，连续在几十个城市举行了数百场音乐会，足迹遍布整个欧洲大陆。这样的行程对于今天的演奏家来说也是极为辛苦的，别忘了他所处的那个时代并没有现代交通，铁路还没有出现，而他的行程又是那样紧凑，连他自己都承认经常处于崩溃的边缘。即使如此，他仍旧挤出时间来作曲，《匈牙利狂想曲》正是从那个时期开始创作的。在漫长的旅程中，他萌生了从音乐会舞台上退休而专注于作曲的想法。然而，直到他遇到卡罗琳·维特根斯坦公主后，他的这一计划才付诸实施。

卡罗琳公主是一个波兰领主的独生女儿，拥有幅员辽阔的领地。她十一岁时，父母感情破裂分居了，她由父亲抚养。父亲对她实行放养式的管教，因此她在无拘无束中成长。父亲是一个书迷，他通过整夜泡在书房里读书而忘记婚姻上的烦恼。卡罗琳经常加入父亲，和他一起读书。卡罗琳喜欢和父亲辩论，他们经常在父亲的书房里讨论到深夜。因此，卡罗琳渐渐被人们称为"蓝袜子"，这个词在当时意指受过良好教育、知识渊博的女性。

卡罗琳十七岁时，尼古拉斯·维特根斯坦向她求婚。尼古拉斯求婚了三次，都被卡罗琳坚决拒绝了。卡罗琳的父亲很清楚尼古拉斯想要结婚的对象实际上是卡罗琳家的财富，但他觉得固执的女儿可能再也遇不到更合适的人。他甚至为此打了女儿一巴掌。在父亲的逼迫下，卡罗琳不得不妥协。她和丈夫生下一个女儿，然而他们的婚姻很快失败了，两人同意永久性分居，女儿跟着卡罗琳生活。卡罗琳的父亲知道自己应该为女儿的不幸负责，几年后，他在台阶上突发疾病死去。父亲死后，卡罗琳继承了家族的十四块领地，成为乌克兰最富有的女人之一。尼古拉斯是个花花公子，挥霍成性，虽然和卡罗琳分居，但他仍然觊觎她的财富。这并不奇怪，从一开始维特根斯坦家族的目的就是卡罗琳家的财富。这为日后李斯特和卡罗琳的爱情悲剧埋下了伏笔。

卡罗琳公主即将二十八岁。为了管理家族生意，她来到乌克兰的基辅参加一系列会议。会议在基辅的交易大厅举行，她偶然听说就在几天前，有一个名叫李斯特的钢琴大师在交易大厅举行了音乐会，在城里造成了轰动。抱着好奇心，她参加了接下来李斯特在基辅大学举办的两场音乐会。由于音乐会的收入全部用于慈善，因此卡罗琳在音乐会结束后匿名留了一百卢布，这在当时是一笔巨款。李斯特听说后，坚持要亲自感谢这位慷慨的捐款者，因此他们便认识了。

卡罗琳公主第一次见到李斯特时，她就被他深深吸引了。这个男人英俊潇洒，成熟稳重，然而在这一切之上，是一个神奇的艺术大师。卡罗琳一生中从未见过这样的人。在那一刻，她预感到自己的解放时刻即将来临。对于李斯特而言，他察觉到了潜藏在卡罗琳平淡表情下被压抑了多年的渴望。卡罗琳邀请他去自己距基辅城一百多公里的庄园沃隆尼斯做客。李斯特正是在那里写出了一套名为《沃隆尼斯拾趣》的钢琴曲集，其中的第三首是令听者为之动容的悲歌《哀叹曲》。李斯特给卡罗琳弹奏了一些引人深思的片段，这就是几年后完成的《但丁交响曲》。卡罗琳那阵子则忙于研究黑格尔的哲学。两个人都不知道这一时期将是他们人生中最重要的转折点。

在他们相遇后不久，卡罗琳给李斯特的信中写道："我觉得我已经认识了你一辈子。当我在基辅第一次见到你，我感觉就好像见到了一个分隔多年却仍旧很熟悉的老朋友。"

卡罗琳公主是那种注定一生只会爱一次的女人。这种女人罕见，但在这世上的确存在。当这种女人没有遇到自己的命中注定时，她会渐渐枯萎，在孤独中死去。然而，一朝她遇到了那个使她整个心灵燃烧起来的人，她就会忘我地、不计结果地去爱，世人可以不理解她的爱情，但永远也无法玷污她的爱情。当李斯特走进她人生的那一刻，她知道自己的命运已经降临。卡罗琳公主从此爱上了李斯特，并把对他的爱带到了坟墓里。

结束在俄罗斯的巡回演出后，李斯特打算结束旅行演出的生活，定居在德国魏玛。魏玛被称为"歌德和席勒的城市"，因为诗人歌德和席勒都曾定居于此。李斯特认为在这里他可以心无旁骛地从事创作。

卡罗琳公主为李斯特做出了巨大的牺牲。在李斯特返回魏玛后，她未雨绸缪，前往基辅售卖了自己的一些地产，和母亲告别。令她最痛苦的是当她回到父亲的老宅，打开门口的封印走进去时，屋里的一切都还是父亲去世那天的模样。她来到父亲的书房，看到他的论文还放在桌面上，椅子被挪开了一点儿，就好像他刚刚才出去了似的。当把这些地产的地契交到别人手中时，卡罗琳哭了，因为这好像是对祖先的背叛。

当时，欧洲 1848 年革命的狂潮袭来，法国爆发了二月革命，以路易·菲力浦[①]为国王的奥尔良王朝被推翻。二月革命引发的风暴席卷了整个欧洲，战争一触即发。赶在沙皇关闭边境的命令抵达前线之前，卡罗琳机智地越过了边境，和李斯特团聚。对卡罗琳这样忠诚的人来说，她并不担心不能追随李斯特到达艺术的巅峰，而是害怕不能和这个祖辈是农民的男人一起回到他出生的小村庄。如果李斯特因为出身卑微而在卡罗琳公主面前觉得自卑，这会使卡罗琳感到痛苦万分。因此，在返回魏玛之前，卡罗琳要求李斯特带她去他的出生地，并且去了他出生的小屋。这趟旅途使得两颗心更紧密地联系在一起。

来到魏玛后，他们居住在城外一处叫作阿尔滕堡的宅子里，这里僻静、宽敞，给李斯特提供了理想的创作环境。从此卡罗琳公主成了阿尔滕堡的女主人，在接下来的十年里，他们一直生活在这里。

定居魏玛后，两人面前的头等大事便是结婚。卡罗琳的计划很明确：先请求沙皇批准她的婚姻无效，然后她将和李斯特结婚，两人一起定居在魏玛。卡罗琳认为，她和尼古拉斯·维特根斯坦的婚姻是受胁迫才成立的，因而自始无效，也就是说，这段婚姻从一开始就不成立。

起初，李斯特对此很有信心，他觉得只需沙皇承认卡罗琳的婚姻无效她就会获得再婚的自由。但随着时间流逝，这件事情变得复杂起来。尼古拉斯及维特根斯坦家族在暗中百般阻挠卡罗琳与李斯特结婚。所以这时候便出现了荒唐的一幕：卡罗琳公主因为无法得到沙皇的批准而无法解除婚约，相反，尼古拉斯自己却合法地再婚了。

十年间，卡罗琳从未放弃过寻求宣告婚姻无效的努力。她的案子多次提交给圣彼得堡的法庭，反复上诉和再审，却由于前夫家族的阻挠而受挫，被裁定败诉。此后，卡罗琳又多次申诉，终于，在李斯特和卡罗琳移居魏玛的十二年后，从圣彼得堡传来一个振奋人心的好消息：卡罗琳的申请得

---

① 路易·菲力浦一世（1773—1850），法国奥尔良王朝唯一的君主，1830 年法国七月革命后被资产阶级自由派推上王位，在 1848 年的二月革命中退位。

到了批准。李斯特和卡罗琳终于等来了这振奋人心的一天。然而，卡罗琳再一次受挫：德国当地不肯承认俄国的裁定。于是卡罗琳决定前往罗马，亲自将她的案子提交到梵蒂冈。

一开始，卡罗琳以为只需要几个星期她就能回来。没想到，她这一去竟然和李斯特分别了十六个月之久，直到李斯特离开魏玛，来到罗马和她团聚。卡罗琳此生再也没有回到那个她和李斯特生活了十二年的家。

卡罗琳万分没有想到，千方百计编织阴谋阻止她和李斯特结婚的人，除了维特根斯坦家族外，竟然还有自己的女婿康斯坦丁。事实上，后者更加隐蔽，对她来说也更加危险。这是为何呢？一切都是因为利益。如果按照现状，卡罗琳的女儿会继承卡罗琳家族的财富，但倘若卡罗琳和李斯特结婚，他们很可能还会生下孩子，这个孩子就可能会继承原本属于卡罗琳女儿的财富，这是康斯坦丁绝对不愿意承担的风险。在这样黑暗的想法下，康斯坦丁——卡罗琳的女婿，竟然变成了卡罗琳最危险的敌人。说到这里真是令人唏嘘啊，卡罗琳的财富使她的前夫变成了她的敌人，而此刻，同样的财富又使得她的女婿变成了敌人。

由于维特根斯坦家族和康斯坦丁家族的联手阻挠，卡罗琳宣告婚姻无效的案件又被搁置了。然而，卡罗琳公主没有那么容易屈服。她开始多方奔走，为自己争取到了一些支持者，其中包括在梵蒂冈位高权重的几位人物。经过不懈的努力，几经反复以后，卡罗琳宣告婚姻无效的请求终于被梵蒂冈批准。

卡罗琳公主激动万分，她在给李斯特的信中写道："一场胜利，一场完全的胜利……任何人，任何地方，在任何情况下，都没有理由再反对我结婚。"没错，卡罗琳和李斯特结婚的所有的法律障碍已经扫清。

如果在这个时候，两个人马上去远离罗马的地方，哪怕找一个小镇或者小村子缔结婚约，他们都能够成为夫妻，后面的悲剧就能避免。但是他们没有这样做，随着时间的流逝，他们的敌人正在策划一场新的阴谋。

得到宣告婚姻无效的裁定后，卡罗琳开始筹划她和李斯特的婚礼。也许是为了向她的敌人宣示她的胜利，她决定在罗马的大教堂举行婚礼，向世人宣告她的婚姻——在她看来是她的第一次婚姻。李斯特随后到了罗马，分隔一年多以后，两人终于团聚。大教堂里摆满了鲜花，早晨六点，将举行卡罗琳公主和作曲家李斯特的婚礼。可是，在举行婚礼的前夜，教皇却临时撤销了举行婚礼的批准。不用说，依然是前夫和女婿的诡计，他们无论如何也不能容忍卡罗琳和李斯特结婚。

这对李斯特和卡罗琳是个巨大的打击。十多年来，和李斯特结婚的希望支持着卡罗琳公主，而如今，多年的努力和希望付之东流了。她意识到，前夫和女婿的两个家族绝不会轻易放过她。带着一种宿命观，她想要以一种自我牺牲来完善她的爱情。一夜之间她便一蹶不振了，丧失了继续战斗的勇气。我们不能对卡罗琳要求更多，十五年来她已经做出了足够的努力，如果依然无法和李斯特结婚，在她看来这可能也是一种命运。

李斯特也正在经历精神上的危机。他神经衰弱，心灰意冷，一切都使他感到厌烦。尽管他被人们视为艺术大师，早就声名远扬，他却无法与自己早已决心相伴一生的爱人结婚。他创作了许多主题为死亡的音乐，揭示了他心中的痛苦。这一时期他写下了遗嘱，其中写道——

"过去十二年来，我最美好的想法和行为都要归功于她，我无比希望能用妻子这个甜蜜的名字来称呼她，但是人类的恶毒和最可悲的诡计至今阻止了我的愿望……写下她的名字时，我无法抑制自己的颤抖。我所有的欢乐都来自她，我所有的痛苦都在她那里得到了安抚。她与我的存在、我的作品、我的忧虑、我的事业息息相关，她用她的建议帮助我，用她的鼓励支持我，用她的热情和难以想象的关心、期待、睿智而温柔的话语、巧妙而坚持不懈的努力使我重新振作起来；不仅如此，她经常忘却自己，放弃天性中任何合理的要求，为了分担我的重负，她把我的重负视为她的财富和唯一的奢侈。

"我曾梦想拥有无穷无尽的才华，用崇高的和声歌颂这个崇高的灵魂，但我没能做到。我只能结结巴巴地唱出几个随风而逝的音符。不过，如果我的音乐作品能够流传下去（过去十年我一直以矢志不渝的热情创作音乐），大部分应当归功于卡罗琳和她的心灵启示。作为一个艺术家，我恳求她原谅我的作品中的不足，以及我的美好愿望夹杂着如此之多的败笔和令人沮丧的不和谐。她知道，我一生中最痛心疾首的事，就是觉得自己配不上她，无法将自己提升到她的精神和美德的圣洁之地。"

结婚的希望破灭后，他们再也无法恢复原来的生活了。卡罗琳公主从此隐居在罗马。李斯特在罗马的住所距离卡罗琳的公寓不远，从此，罗马多了两颗自由的心，一颗献给了音乐，一颗献给了哲学。李斯特夜以继日地创作音乐，卡罗琳开始她庞大的写作计划。李斯特常常去看望卡罗琳，他会给她弹奏他新创作的曲子。

天命之年的李斯特以为自己已经走到了人生的终点，但其实他艺术最成熟的时期才刚刚开始呢。此后的二十多年里，他每年不辞辛劳地往返于罗马、魏玛、布达佩斯三地之间，免费培养了数百名音乐家，这些学生遍布欧洲和美洲，其中许多人在下一个世纪仍然活跃在各个国家的音乐界。在李斯特的激励和影响下，布达佩斯成立了一所皇家音乐学院，聘请李斯特担任首位校长。这所音乐学院就是今天的李斯特音乐学院。如果说有史以来的音乐家里只有一个人称得上"桃李满天下"，那么这个人无疑只能是李斯特。

李斯特晚年的创作依然活跃，这一时期的作品具有深刻的哲理性，最重要的是对未来音乐做了大胆的探索。李斯特曾对卡罗琳说，他作为音乐家的唯一目标是"把一根长矛尽可能地投向未来的广阔疆域"。李斯特的音乐在当时没有得到世人的广泛认可，甚至受到了难以想象的恶意攻击，但他相信自己的作品被普遍接受的时刻终将来临。这并不奇怪，真正伟大的事业往往并不能马上被人们认识到，因为它远远超前于同时代人的认知。人们意识到它的伟大，往往需要数百年甚至更久。

李斯特每年把三分之一的时间留在罗马，这自然是为了见到卡罗琳。他不在罗马的时候，他们之间会密集地通信。这对恋人之间的关系变成了柏拉图式的爱情。岁月流逝，年华淡去，他们互相陪伴彼此走到了人生的终点。在李斯特人生的最后几年里，每次和卡罗琳告别，两人都觉得或许这是最后的诀别了。李斯特对卡罗琳说："尽管我有美好的愿望，但我对任何事情已经没有兴趣了。"卡罗琳比李斯特要坚强，她试图恢复李斯特的信心，提醒李斯特注意身体。

李斯特病故后，卡罗琳随即一病不起。她闭门不出，不见任何人，继续写完了她的著作。几个月后，她追随李斯特的脚步也离开了人世。她去世的时候，头轻轻低垂，脸上的表情十分安详和镇静。在她的墓碑上，刻着一句话："永恒是我的希望。"

无论已经读过多少遍，每次重温卡罗琳公主和李斯特的爱情故事，我都会感到一种难以抑制的悲哀。一连好几天，我心情低落，连觉也睡不好。除了对这对恋人的遗憾、惋惜、同情外，我对那些阻挠他们的人感到愤怒和憎恶。人性何以丑恶到这种地步，使得他们为了一己私利要无情地把别人纯洁的爱情踩在脚下！我始终觉得，卡罗琳公主和李斯特在他们的爱情中反抗的不只是阻挠他们的那些顽固分子，他们反抗的其实是当时整个欧洲的封建专制制度。他们失败了，因为他们难以对抗这样强大的敌人，因而没有实现缔结婚姻的愿望，但他们也成功了，因为他们的反抗属于反抗封建专制制度整个历史进程的一分子。

听我讲完李斯特的爱情故事，你有什么想法呢？真想听听你的心得啊！可惜你再也看不到我讲的故事了。

两百年后回头再看，这些在当时引发剧痛、造成不可愈合的伤痕的往事都随风而逝了。对于现代人来说，李斯特的音乐、他留给后世的不朽作品才是唯一重要的。这就像李白在《江上吟》里所写的——

屈平辞赋悬日月，楚王台榭空山丘。
兴酣落笔摇五岳，诗成笑傲凌沧洲。
功名富贵若长在，汉水亦应西北流。

没错，任凭什么功名富贵都只是过眼云烟，那些阻挠李斯特和卡罗琳结婚、曾经不可一世的贵族，他们高贵的身份和富可敌国的财富如今又在哪里呢？时代过去了，唯有李斯特的音乐永存。卡罗琳公主也因为她崇高的爱情在音乐史上永远留下了自己的名字。所以，尽管我为他们的爱情悲剧感到痛苦，但当我在钢琴前弹奏李斯特的音乐，弹出那一曲《叹息》时，我觉得我的痛苦减轻了，因为我相信李斯特和卡罗琳在艺术中已经得到了最深沉的慰藉。

关于李斯特的人生经历，我已经重温了不知道多少遍。一直以来，李斯特的故事对我有某种激励效果。每当我陷入消沉或者极度抑郁的情绪，我就会重读他的故事。想想看啊，这样一个空前绝后的艺术大师，在他的一生中都会遇到那么多难以承受的挫败，忍受那样深重的痛苦和煎熬，我们又有什么值得抱怨的呢？不论未来多么暗淡，重温李斯特的故事总会点燃我心底的一团火焰。

八月十九日

我花了很多时间给你写李斯特的爱情故事，写完以后我又想：有什么必要呢？反正你也看不到了。即便你能看到，给你讲这些又有什么意义呢？你不见得会感兴趣。但终究我还是写了下来。我惊奇地发现，尽管李斯特的故事我曾经读过很多次，但自己写下这个故事依然使我获得了许多新的视角，也注意到了此前忽略掉的不少细节。

在海边的这些天里，我每天早上会去海滩上散步，看着太阳从海平面上升起。在朝霞与晚霞的更替中，我回顾了过去这些年来的经历，只觉得人生是个无解的、可笑的误会。自从我父亲死去的那一刻起，我的生活便陷入了动荡不安中，后来发生一系列事件后，只剩下我一个人。目前，母亲还不知道姐姐已经离世，倘若有一天她知道了，不敢想象她会受到怎样的打击啊。

很多时候，痛苦压倒了我。我什么也做不了，什么也意识不到，只觉得我自身的存在就是一个悲剧。有时候我会觉得，也许死是唯一的解脱。在很小的时候，我就产生过悲观厌世的想法，觉得人生毫无意义。后来发生的事情使我对世上的人和事更加失望，不过，对这个世界我并非没有一点儿留恋。

我还有想弹的钢琴曲没有弹……我有一个想法，想要弹完李斯特全部的钢琴作品。是不是个疯狂的念头？毕竟，他的作品是那样众多，而难度又是那样艰深。不过，有一位名叫莱斯利①的钢琴家的确录制过《李斯特钢琴独奏全集》，这么说来，这个愿望并非遥不可及。世人对李斯特的了解太少了，大部分人，包括钢琴系的学生，都只是在翻来覆去地弹他的几首最热门的曲子，可是他的作品远远不止人们所熟知的那些，其他作品里所包含的思想与哲理远超人们的想象。我记得有一个音乐评论家曾说过，李斯特在音乐史上辉煌地位的完整故事，仍有待继续讲下去。这就是说，直到今天，人们对他的作品仍然没有完整的认识，还处于学习和研究的过程中。

此外，我的心里还埋藏着尚未表达出来的音乐。在雪山小镇那惊心动魄的几夜过后，我愈来愈感到心中流淌着源源不断的音乐。我的内心越是感到痛苦，我的表达欲望也就越发强烈。我渐渐意识到，音乐对我来说是一种表达方式，一种思想的宣泄途径。在我十八岁以前，通过弹钢琴可以实现这个目的，但如今，仅仅是弹琴本身已经不够了。我需要作曲，需要拿起笔写下那些汹涌在我胸中的音符。

也许在这些事情完成以前，我还得暂且苟活在这个世上吧。

我独自一人的旅途已经接近尾声，和你告别的时刻也到了。我知道，信总有写完的一天，那时候我也就要在心里与你正式分手了。三个星期的旅途里，我一直在抗拒着这一天的来临，然而最终我还是不得不面对。

在返程的路上，一个想法始终在我脑中徘徊：如果能够回到我们初次见面的那天，一切重新来过，是不是剧情会改写，是不是会有不同的结局呢？

返程的列车上，我写了这最后一封信。我不想与你再有任何纠葛，因此，尽管我写了这些信，我却终究无法寄出。也许，等到想起你不再给我徒增痛苦的那天，我就可以坦然地寄出这些信了。

最后，千万不要试图来找我。让我平静地消失在你的生活里吧，这是我最后的心愿。

---

① 莱斯利（1948—），澳大利亚钢琴家和作曲家。他是迄今为止唯一一位录制了李斯特全部钢琴独奏作品的钢琴家，并以此著称。

一年以来，我重读了好几遍小涵的信。每当我在空虚的生活中找不到精神的依靠时，我就会读她的信，每一回都有新的体会和发现。她那清秀的字迹，仿佛在无声地告诉我：在平庸的人生之外，依然有一些纯粹而崇高的东西可以赋予人生以价值。

第二十五章

后来，我升任经理，做了团队的负责人。公司领导看重我，参加各种会议都会带上我，我和他一起与客户洽谈业务。至少在表面上，公司的人都尊敬我，每个人和我说话时都用"您"称呼我。那些新入职的员工总是带着敬畏的眼神看我，在电梯里遇到我时都会主动向我礼貌地问好。

我渐渐意识到，这份工作带给我某种中产生活的承诺。随着事业的上升和薪资的增长，在可预见的未来，我会在这座城市置业，结婚生子，成为一个大多数人眼中过着体面和稳定生活的人。可是，不知道为什么，我总觉得与其说我过的是自己的人生，倒不如说我过的是别人的人生。日复一日，在这种许诺了中产生活的人生里，我倒不大认得自己了。经常有这样的情形：当我说出某一句话时，无论是在工作还是社交场合，我都会在下一刻感觉说出这句话的人并不是真正的我。那个我的本体，一开始跟随在肉体的影子后面，不久便藏匿在暗处愈来愈难以辨认了。我有一种预感：那个始终躲在阴影里的本体，正在一天天急速衰老，迟早有一天会死去，比这副肉体死得更早。尽管我本能地感到恐惧，我对此却束手无策。

我认识了新的朋友，其中有几个热衷于参加各种社交聚会，他们时而也会邀请我一起去。在这些以交友为目的的聚会上，我认识了不少自诩为精英的人。他们大多有着相似的背景：良好的家庭出身、令人羡慕的教育经历、金光闪闪的头衔和工作。尽管他们的性格各异，但他们有个相同点：无条件的自信。和他们讨论各种话题，我从未占过上风，每次总是被对方说得哑口无言。这倒不是说对方的逻辑和理由使我信服，而是他们那不容置疑的口气压倒了我。无论他们对所谈论的话题是否了解，了解多少，他们总是以绝对的自信肯定或者否定一切，自我批判与反思对他们来说比登天还难。即便遇到我熟悉的话题，我小心翼翼地指出他们的错误，他们却依然对事实不屑一顾，只愿意相信自己一贯所相信的。我总是惊讶于他们永远自以为正确的态度，难道这就是成年人的特征吗？

我在朋友组织的一个聚会上认识了颖。她是一个中学老师，比我小一岁。她的坦诚给我留下了深刻的印象。每当谈到她并不了解的话题，她会大方地说"我不懂欸"，而不是像其他人那样对自己不懂的话题非得侃侃而谈。

那段时间，我由于在麻木的生活中找不到意义而倍感寂寞，她也因为上一段恋情的伤痛而急于走出阴影，于是我和她一拍即合。

"你的工作是不是经常参加各种会议、谈判、和大人物见面？"她好奇地问，"就像电视剧里演的那样。"

听了她的描述，我明白了，她对证券分析师的工作有着天真的幻想，以为我是那种指点江山、挥斥方遒的金融精英，在会场上和人家谈笑风生、慷慨陈词，瞬息之间就能完成标的上亿的大项目。

"所谓的会议啊，谈判啊，"我苦笑着说，"其实就是咬文嚼字，对着那些无足轻重的细枝末节改来改去。所谓的和大人物见面，只是为了尽可能地讨好他们，求他们把项目交给我们来做，求他们多给点佣金和奖金，可能不是你想象的那样。"

"这样啊……"她听到后有点失望，"我之前也见过一些干你们这行的人，头一次听到像你这样自嘲的。"

"自嘲？我说的只是事实而已。"

和颖的关系进展之迅速着实令我自己都感到吃惊，我们很快恋爱了。

起初，与颖在一起带给了我久违的幸福感，这是一种仿佛要溶化我的五脏六腑的幸福感。我们一起看电影，一起去探寻好吃的餐厅，一起看莫奈①的画展。她的陪伴缓解了我的孤独感，也使我暂时忘却那些始终萦绕在我心头的苦闷。

然而，我却无法说服自己敞开心扉，百分之百地去拥抱这份幸福。这份幸

---

① 莫奈（1840—1926），法国印象派画家。

福对我来说有一种不真实感，好似空中楼阁一般摇摇欲坠。

我问自己，她对我而言是正确的人吗？和她认识的第一个晚上，我同她只是聊了聊天，我们就亲吻了。但是，我对她又了解多少呢？她的认知和观念，以至于她对于这个世界的看法，我都一无所知，也没有兴趣去了解。尽管如此，每次抚摸着颖富有弹性的肌肤，触碰到她深沉的鼻息，我却又像中毒一样难以自拔。

也许这些都不重要。也许，到了谈婚论嫁的年纪，人们对恋人的期待也变得更为现实，不再有许多浪漫的幻想。也许，多年来的工作和生活中我积压了太多的怨言却无人可以倾诉，而颖很乐意听我分享，她在那段时间成为我的倾诉对象。每天下班回到家后，我会给她讲述工作中发生的无论好的还是坏的事情，她的安慰可以平息我的怒火，那段时期我把她当作了心理上的避风港。有时候我常常想，照这样下去，我会和她结婚生子，从此过上平凡但安稳的家庭生活。

天不遂人愿，我们之间还是出现了分歧。颖是一个极需要陪伴的人。她和我一样，在很长的一段时期内都饱尝孤独，区别在于，我习惯了独处，而她却无法与孤独和解。我不知道她过去经历了什么，这一点她总是讳莫如深，不愿与我多谈。不过，她对于安全感的缺乏是我从未领略过的。一朝得到了一点儿温情，她便紧紧地抓住不放，丝毫也不敢松懈，生怕一不注意这份温情就会离她而去。

颖在感情中极度缺乏安全感，由此带来的无所不在的支配欲，我从一开始就领略到了。不过，我们刚在一起的那段时间，对于双方都属于热恋期，因此大大小小的问题都被表面的激情所掩盖了。

颖对我演奏的音乐并不怎么热衷。在她眼里，钢琴是一个用来炫耀的东西，也只有当有别人在场的时候，弹琴才是有意义的。在公共场所或者她的朋友面前，倘若我能精彩地弹一首曲子，她的脸上会露出自豪的笑容。然而，倘若我在家里长时间地练琴，她对此却难以理解。

"你为什么每天都得弹琴呢？"她走到钢琴边问我。

"因为我弹得还不够好呀，只有每天练琴才能提高。"

"一天都不能停吗？"

"一天都不行。"

"为什么呢？"她脸上写满了问号，"钢琴又不是你的职业，你这样每天练琴是图什么呢？"

"一个人之所以要弹琴，只是因为他非弹不可。音乐对他来说就像吃饭、睡觉一样，是一种自然的需求。只不过音乐既是生理上的需求，更是心理上的需求。"

"可是，在一般人眼里你已经弹得很好了，你又不是专业演奏者。"

"弹钢琴是自己的事，与别人无关啊，"我说，"我自己知道我弹得还不够好，所以我想要提高水平。"

"你再努力练琴有什么用呢？你又不是钢琴家。你现在整天练琴不是徒劳地浪费时间吗？"

"浪费时间？不，弹琴才能使我觉得一天不完全是被浪费的。"

"你这是什么意思？"她把头扭过去，显得很不快，"除了钢琴，那么我呢？难道和我在一起不能使你觉得一天不是被浪费的吗？"

"我不是那个意思……你当然带给我很多意义。我之所以那样说，是相对于工作而言。"

"你对我都没有这样的激情。"

"这明明是两码事呀。"

"那你说，你爱不爱我？"

我脊背猛地一抖，挺胸坐直，因为我觉得这个问题需要严肃对待。

"当然。"我盯着她的眼睛，她的目光中有一丝挑衅的意味。

"爱到什么地步呢？"

"一个人尽其所能可以爱的程度。"

"那你愿意为爱人做什么呢？"

"尽我所能可以做到的事。"

"那如果我让你去做不道德的事，或者违法犯罪的事呢？"

"我不明白，"我说，"什么时候两个人要靠不道德和违法犯罪才能证明对彼此的爱呢？况且，如果你让我去犯罪，那么你就是教唆犯，同样也是犯罪。我想象不到，什么样的爱情需要两个人一起去犯罪。"

"说了这么多，你的意思就是不会为我去做坏事。"

"问题在于，爱不意味着要为爱的人去做坏事，两者并无关联。"

"那么，你愿意为我放弃弹钢琴吗？"她眼睛里闪过一丝狡黠的神情，"这个总可以了吧？这既不违法，也无所谓道德不道德。"

"放弃弹琴固然不涉及道德与法律，但是在我的心灵的意义上却是不正确的。我无法为了爱情而不弹琴，就像我无法为了爱情去犯罪。或者说，不弹琴对我自身来说是一种犯罪。"

"所以你是不愿意为爱做出牺牲了？"

"在我看来这不叫牺牲，为了盲目的爱去盲目牺牲是不负责任。"

"什么责任？哪里来的责任？"

"对自己的责任。比如弹琴对我来说，就是我对自己的责任。"

"对自己的责任？这只是自私的另一种说法吧？"

"这些年来，我学习音乐和钢琴，坚持练琴，因为弹琴对我而言是一种具有使命感的事情，我的生活不能没有音乐。我不认为这是什么自私，因为我弹琴和我爱你并不冲突。"

"怎么不冲突呢？你对钢琴的爱更多一点，对我的爱就会更少一点，因为一个人的爱总是有限的，就像你的时间也是有限的，不是吗？"

"你以为爱是一块蛋糕，切掉一半就只剩下一半了吗？恰恰相反，剩下的一半受到激发会变得更具有生命力，反而会生长出比原来一整块更多的爱。爱不是一个机械的物体，爱是生命，生命是无时无刻不在向着天空生长的，只要你给它足够的雨水和阳光，一小点的爱就可以长满一整个世界。"

"那么什么是爱的雨水和阳光呢？"

"也许是互相的包容、理解、付出和牺牲。"

"那就回到原来的问题了，你为什么不肯为我做这些呢？"说到这里，颖瞪直了眼睛。

"首先，我认为包容你，理解你，为你付出，为你牺牲，这些与我弹琴并不冲突。其次，爱的包容、理解、付出和牺牲应该是相互的。"

"那要是我就想让你为我付出，为我牺牲呢？"

"那就是片面的付出和牺牲，我认为那不叫爱，反而叫作自私。"

"那怎么不叫爱呢？你的付出和牺牲会让我更爱你呀！"

"我实在不能理解为爱去付出、牺牲为什么就一定得放弃弹琴。难道爱就是要毁掉一方，或者让双方毁灭，如此才能称之为爱吗？"

接下来是一阵令人不安的沉默。我们经常进行这样无意义的争吵，但谁也说服不了谁。

颖对我投入许多时间用来练琴总是表示不满。她的想法我可以理解，毕竟我不是以钢琴为职业，我有自己的工作，现在又需要陪伴女友，以一般人的眼光来看，我确实没有必要一门心思扑在钢琴上。可是，如果没有音乐，我的人生就会一片晦暗。然而，不论我怎么解释，她始终无法明白音乐对我的意义。

关于我未来的职业规划，我们也有着不同的想法。颖听到我说不打算长期干这个行业后很生气。

"我最初是因为你的工作才对你另眼相看的，你现在跟我说你不打算干这行？那你想干什么？"

"我还在考虑，我只是想要寻求某种改变。"

"你现在的工资水平已经算是不错了，"她说，"如果你去干别的，你确定能赚得比现在多？"

"不是钱的问题。在这份工作中我找不到自身存在的意义，就像你所说，我现在是为了多攒一点钱才坚持的，但我知道我不可能永远干下去，因为我做的工作违背了我的本性。"

"又是什么本性！我不明白好端端的、体面的工作怎么就违背你的本性了。就算你不为自己着想，你有没有考虑过我呢？如果你不干了，如果你以后赚不到钱，我又怎么能和你结婚呢？你难道不想和我永远在一起吗？如果你要和我结婚，你就必须有一份体面且高收入的工作。我想要住市区的大房子，最好是独栋别墅，带花园的那种。家里要请几个阿姨来做饭和保洁，这样我们就不用劳心费神了。我想要环游世界，走遍世界上每一个角落。可是，这一切没有钱怎么行啊？在我看来，你不仅应该继续工作，还应当努力升职，早日成为高管，成为合伙人，只有这样我们才能过上理想生活。"

坦白地说，听到她提到结婚，提到永远在一起，我是很感动的。听到她所描述的那种生活，虽然不切实际但我也不想给她泼冷水。不过，听她说了几次以后，我还是忍不住想要反驳了。

"我们真的需要过那样的生活吗？房子不大，只要住得舒服就已经足够。家里虽小，但可以自食其力地照顾好自己的生活。我也想去看看这个世界，不过这跟成为高管、合伙人又有什么关系呢？说起以后的生活，只要每天可以弹弹琴，两个人一起读读书，听听音乐会，欣赏朝霞和晚霞，在雨中漫步，去森林公园游玩，这样的生活难道不是已经很幸福了吗？这样的生活甚至都不需要花很多钱，不是吗？"

"你所说的只是一种浪漫的幻想，一点儿也不切实际，"她冷冰冰地说，"况且那是你想要的生活，不是我想要的。我不明白，作为一个男人，难道你就没有上进心吗？"

"你所谓的上进心，难道只能是升职加薪吗？"

"你的年龄不小了，"她说，"不要再折腾了，也许你有自己的想法，但那种风险不是我能承受的。一个人在学生时代当然可以有很多幻想，但进入社会后就得面对现实。你的当务之急，是要获得稳定的收入和稳固的社会地位，唯有如此你才能在这个暗流涌动的时代立足，唯有如此你才能承担起家庭的责任。你现在好好工作，按部就班地发展，你的未来就是确定的，这样才会给我安全感。如果你今天想干这个，明天想干那个，永远安定不下来，我怎么能和你在一起生活啊？"

那个时期，我对社交聚会上遇到的那帮虚伪、自以为是的精英感到厌烦，我很清楚地知道在这帮人里我不可能找到任何朋友。有意无意中，我认识了一些体力劳动者，其中有一个快递员，他经常给我送货上门或者取件，一来二去我们便认识了。他是一个很健谈的人，我喜欢和他聊天，饶有兴趣地了解他的工作和生活。和他的交流为我打开了一扇新的窗口。但颖在得知我和他的来往以后十分不满。

她气冲冲地质问我："你怎么能和这种人来往？"

"这种人是哪种人？你觉得我应该和什么人交往？"

"当然是你工作中遇到的客户和同行啊，你工作中不是经常接触大公司的高层、金融界和法律界的专业人士吗？只有和这些高素质、有社会地位的人多来往，才会对你的事业有帮助。"

"为什么我不可以与那个快递员朋友来往呢？我不明白。"

"这些人都是体力劳动者，和民工没有什么区别，你和他们交往有什么用呢？"

"民工怎么了？他们靠体力劳动挣钱，每一分钱都是靠自己的劳动挣来的，没有什么见不得人的地方。你以为我是靠脑力劳动吗？虽然我是坐办公室的，但其实我的工作大部分时候并不需要什么脑力劳动，那只是一种机械的重复性劳动。每天早上一到办公室，我坐在几个显示屏面前，关注那些指数啊，操盘买卖股票啊，撰写研究报告啊，你以为这些工作很高端吗？实际上我只是客户用来赚钱的工具而已。那些看似晦涩难懂的文件啊，报告啊，估值模型啊，无非是在模板上抄一抄改一改，那些谈判和会议，无非是在一些不痛不痒的问题上吹毛求疵。我的工作量虽然很大，但其中九成以上都是无意义的，我并不认为我的工作比那个快递员创造的价值更多。无休止的加班，属于自己的时间只有极少的一点儿，这些你再清楚不过了。我不认为我是个脑力劳动者，真正的脑力劳动者是那些从事创造性活动的人，也就是艺术家和科学家。"

说到这里，我给颖讲了自己最近经历的一件事。

那是几个月前的某个晚上，我为了一件紧急的工作在办公室加班，到了晚上十点后才有时间吃饭。我下楼去拿外卖的时候已经十一点了，我没有觉得这一天对我会有什么不同，毕竟这样的生活我已经习以为常了。当我从外卖员手中接过外卖时，我恍惚迷离的眼神甚至没有仔细看他。这时一个关切的声音对我说：

"小伙子工作到这么晚啊？太辛苦了，要注意身体啊。"

我这才把眼睛聚焦到外卖员的脸上，他不到四十岁，骑着电瓶车，头戴头盔，脸上的肤色很黝黑，相比之下脖子上的肤色倒是浅一些。他的皮肤由于常年的风吹日晒显得粗糙而干裂。

那一刻，我有种想哭的冲动。不知道为什么，他无意中所说的一句话深深地触动了我。我又联想到，自从大学毕业以来，在工作中我从未听到有人对我说过这样的话，人们都把熬夜加班当作理所当然，以至于我听到外卖员的话竟有一种强烈的不真实感。

那天晚上，尽管吃完饭后我要继续加班，直到凌晨才回去，但这个晚上没有以往那么难熬了。一个陌生人的关心，使我在一个奉行丛林法则的环境里感受到了难得的一点儿温情。

"所以你说，"讲完以后我问颖，"你口中的那些自私自利的精英什么时候会关心一个打工人的感受？在我看来，那个外卖员比他们不知道善良多少倍！而他在我眼中的形象也不比那些所谓的银行家和投资家矮小。"

"我明白你当时所感受到的那份同情，"颖板着脸对着我，"人在脆弱的时候听到这种话会感动是很正常的。但问题是，你的工作创造的价值远远高过他们。我认同体力劳动者的价值，他们的辛勤工作极大地便利了现代人的生活，但问题是，不是每一种职业都有相同的价值。"

"价值？我不觉得我的工作有什么价值。我还不如体力劳动者呢，至少那些体力劳动者是真的在为社会创造价值，而我呢？整天说什么维护客户的利益啦，助力客户实现战略目标啦，其实要么是欺骗客户的鬼话，要么是对贪婪的客户助纣为虐。我的工作没有任何创造性，我只是每天对着一行行冰冷的指数和股价，搜肠刮肚地写一堆没有用的报告，日复一日地生产文字和数据垃圾。我看不出来我的工作对于人类和社会的进步有什么有利的影响，说不定反而是有害呢。说什么职业成就感啦，自豪感啦，都不过是自欺欺人的鬼话罢了。大部分人干这份工作只是因为赚钱多罢了，却非得装出一副大义凛然的样子。这不是很可笑吗？"

"好啦好啦！你不要再提什么创造性了，"她不耐烦地说，"你说起这些真的很蠢，这世上的大部分工作本身就是无意义的，难道每个人都要去从事创造性的工作，这怎么可能呢？在我看来，一份好的工作只有两个维度：第一能带来稳定的收入，而且有增长的预期；第二是体面，受人尊敬，有一定的社会地位。你现在的工作已经符合这两点了，所以你还不满足什么呢？你再这样胡思乱想下去，连这份工作都迟早要丢掉！"

关于工作的问题，我和颖已经有过多次争吵。此前我最终都会服软，可是这次我却不想一味地妥协了。

"你所谓的好工作，"我说，"只不过是社会发展过程中一种暂时的扭曲状态，你却把它当作了一种绝对。你所谓的社会地位，只不过是权力和金钱带来的特权。受过良好教育的人甘为老板、合伙人的利益出卖自己。恰恰是这些人，却转身将自己与其他劳动者划清界限，瞧不起其他劳动者，但其实他们中的大部分反而来自劳动者的家庭呢。这不是很可笑吗？"

"不论你怎么说，我只能劝你要爱惜自己的身份，不要作践自己，不要自甘堕落。"她冷漠的口气里有种恨铁不成钢的怨念。

"身份？你说说我有什么身份？在我看来，我现在所从事的工作反而是在作践自己呢。所以你告诉我，我有什么理由瞧不起这些体力劳动者？我不明白我怎么就作践自己了。这些体力劳动者不比那些整天干着机械、无聊又毫无意义的工作的白领差。相反，他们往往更真实，待人更真诚。从我读大学时起，周围就有人告诉我，在大机构工作如何有面子，现在我只觉得可笑。我认为，体力劳动者对社会的贡献远大于那些所谓的金融精英。"

尽管我和颖常常陷入这样没有结论的争吵，但我们起初并未因此而陷入感情危机。理念是一回事，行为是另一回事。尽管我在工作中找不到价值，但毕竟已经习惯了这份工作，再加上现实的因素，因此维持麻木的状态是很容易的。

三年多过去了，我每天都说着同样的话、做着同样的事、与同样的人来往、朝同样的归宿一天天接近。我难得见到以前的同学，即使见到了，我们之间的话题也无非是工作、房子、股市。没有人想谈别的话题，也没有人关心除此之外的任何事情。

每天早上走在办公大楼里，满眼望去全都是脚步匆匆的职员。男士们打着领带，西装革履，双手插在兜里和旁边的人谈笑风生。女士们妆容精致，衣着靓丽，高跟鞋踩在地板上发出清脆的回响。上下楼时电梯里挤满了人，吃饭时餐厅里挤满了人，即便是深夜里也有数不清的刚下班的人在等待出租车。听说有十万人在金融城工作。可是，我不明白所有这十万人究竟为了什么而活、靠什么而活，我也不明白他们所说的、所做的、所热衷或者厌恶的一切究竟能给这个世界带来什么变化。

我感觉我的人生像是一班地铁，在固定的轨道上沿着预设的路线行驶，从始发站到终点站，中途的每一站都清清楚楚，明明白白，绝不会出任何差错。这样一种按部就班、高度秩序化的生活在有的人眼里意味着稳定和安全感，但在我看来，生活已经丧失了任何新的可能性和念想。我虽然活着，但其实已经死了，因为如果我按照现在这种模式生活下去，二十年后、三十年后的我和现在没有任何本质的区别。

如果不是因为一个突发事件，也许我会按照既定的道路有条不紊地走下去，也许我会和颖结婚，有我们的孩子，最终成为一个平庸的父亲。

公司新进的年轻助理里有一个人很快引起了我的注意。我们叫他小谢，他大学四年的成绩很优秀，曾公费去国外名校做交换生。他的兴趣很广泛，擅长打篮球，喜欢弹吉他，唱歌很好听。我记得在公司的某次聚会上，他饱含深情地自弹自唱了一支动人的歌，也是从那个时候起，我对他有了特别的关注。

工作以后，我很少见到像小谢这样对人对事都极其认真的人。我问他的问题，他绝不会含糊其词，一定是研究透彻后才会给我回复。他起草或者审阅过的文件，极少见到低级错误，无论内容还是格式都准确无误。同事聚会时用一些玩笑话来调侃他，他每次却会当真，现出严肃的表情，思考后才郑重其事地回答。尽管有时候他难免给人一种大煞风景的感觉，但我总觉得，像他这样的人不是太多，而是太少了。

他工作很努力，努力到我觉得过分的程度。他经常连续好几天晚上十点后还在办公室。有一次我问他："你是有什么事情非得熬到这个点吗？"

"我手头的事都做完了，我在看一些业务方面的学习资料。"他说。

"你以为我会说你很努力吗？"我不快地说，"如果没有什么非得现在做不可的事，你应该赶快回去休息。"

"但是，你还在……"看到他半信半疑的样子，我都忍不住想笑了。

"没错，我还在这里，因为我手头还有件紧急的事，老板明早就要，我不得不做完再走，并不是我想要熬这么晚。"

"我觉得自己刚入职应该更努力一些……"

"你已经很努力了，过度劳累会毁掉你，懂吗？"我大声说，"身体是第一位的，现在，你马上回去睡觉。"

没想到我无意中说的话居然成为事实。小谢因为过分努力，反而吃了不少亏。他的工作效率很高，别人一整天才能做完的事，他总是半天就完成了，而且质量很高。一方面，他的效率越高，工作做得越快，人家给他的活反而越多，因为工作永远没有尽头；另一方面，他也引起了其他人对他的嫉恨，因为这样就有了明显的对比，人家觉得他在刻意表现，使得他在公司里人缘反而很差。最终，他不仅没有因为工作效率高而减少工作时间，反而被迫熬更晚的夜，加更多的班；他不仅没有得到上司们的赞赏，反而经常成为抱怨的对象，因为人家把他的高效率和高质量当成了理所应当，因此但凡他有一次多花了一点儿时间或者犯了一点儿小错误，人家就会觉得他偷懒或者不够认真。相比之下，那些习惯于浑水摸鱼的人却反而能够安安稳稳地混日子。

他为此很苦恼，来找我诉苦："为什么我越努力，大家对我的要求越高？好像他们永远也不会满足似的。"

"问题恰恰在于努力本身。你要懂得在自己所能掌握的范围内规划工作，控制工作的节奏，不然迟早你会把自己累死，而别人还觉得你不够努力。"

"可是，工作都很着急，大家都说要我尽快……"

"尽快是多快？"我说，"是一个小时呢，还是一个下午，还是一整天？你在收到任何工作时，都得问清楚最后时限，不要自己一个劲地往前冲。比如说，人家让你一天内做完的事，你为什么非得要赶着半天就做完呢？你做完以后，难道剩下的半天就可以休息了吗？当然不会，你会收到更多的工作，你会更忙，所以你也更容易出错，因为你是个人而不是机器，即使是机器，也有出故障的时候呢。一旦出错大家反而会觉得你不够认真。所以，你干吗非得做那么快呢？"

"但是我不是一个喜欢拖延的人。"他说，"如果有未完成的工作，我就有种悬而不决的感觉，心里总是不踏实。"

"这不叫拖延，只要你在规定的时限内完成工作，怎么能叫拖延呢？"我说，"你对自己有更高的要求，这当然是好事，但是你要知道，这里不比在学校，在这样一个想要榨干你所有时间的地方，你这种做法是不可持续的，迟早会把自己逼疯。你要懂得细水长流的道理。"

当然，我说得轻巧，但对于这个年轻的助理来说却很难做到。他无法掌控自己的时间，总是被周围的上司们推着往前走。他也想调整自己的节奏，然而却很难。在工作中平衡各方的需求、管理客户和上司的期待是需要一些智慧和技巧的，但这个在学校里总是考试名列前茅、总是比别人更优秀的人，始终不懂得平衡工作与自我。

他还有一个要命的缺陷：为人太过于坦诚。诚实当然是一种美德，但这不意味着我们要对所有人无条件地坦白我们的内心。他待人没有一点儿防备的心理，把什么事都掏心窝子告诉人家，以为人家也会同样真诚地对待他。他没有想到，他跟人家倾诉后，第二天他所说的话就被添油加醋，以完全不同的面貌传到大家的耳朵里。

如果是在别的地方，他的坦诚顶多被认为是单纯。但在这样一个办公室政治盛行、管理层之间斗争激烈的地方，他的坦诚不免被别有用心的人利用。

这家公司的管理层并不是铁板一块。几个合伙人各自为营，员工们也有意无意地站队，这体现为不同部门之间的拉帮结派。我无意参与这种劳心费神的角逐，试图在工作中做到某种平衡，然而却很难。最终我还是被人家划分为"某某合伙人的人"。

当时，公司里有两位合伙人正在为公司董事会的一个名额而明争暗斗。他们表面上很和气，暗地里却在拼命收集对对方不利的事实，拉拢别的高层和员工，想要压对方一头。

在这种情况下，明智的做法是，不理会管理层之间的斗争，只着眼于工作本身。起初，一切相安无事。

有一天，小谢由于连续一个月为了其中一个合伙人的紧急项目超负荷加班，身体实在吃不消，急性病发作，便请了一天病假去医院看病。第二天回到办公室后，虚弱又疲惫的他在茶水间对其他几个助理倾诉了一番，话语里提到对这位合伙人的评价，说他"催得很急""要求很高"，自己"压力很大"。事后他告诉我时，在我看来，这些都是再正常不过的评价了，我身边的同事，哪个不是这样觉得呢？

然而，不知道为什么，他说的话传到了这位合伙人的耳朵里，而且变了一套说辞，变成什么"催命狂魔""要求变态""不堪忍受"。说实话，即便小谢原本就是这样说的，那又怎么样呢？我不觉得这样的话与事实有多少距离。但是这位合伙人就没有这点儿胸襟和气度，他不仅不肯一笑置之，反而认为小谢是在公司里败坏自己的名声，在为竞争者站队，也许是受到竞争者的指使。盛怒之下，他把小谢叫进办公室大骂了一顿。小谢受此打击后，大病了一场，但一个星期后他马上又来上班了，即使病还没有痊愈。

最终，这样一个努力工作、待人真诚的人，竟然得罪了公司里的一大半人。没有人感激他的努力工作，因为努力工作在这里是理所应当的，而且无论你怎样努力人家永远都嫌不够；没有人欣赏他的真诚，因为在这个尔虞我诈、一切向金钱看齐的地方，没有人相信有真诚这两个字，你的真诚反而会被视为虚伪，你所说的真诚的话最终都会被扭曲，反过来变成攻击你的武器。

在公司的年度考核中，大多数合伙人和上司给了小谢最差的评价，他被评为"不合格"，按照公司的末位淘汰机制，他无情地被辞退了。听到这个消息，我诧异之外极为愤怒。我当即去找那位合伙人。

"为什么要辞退小谢？"我问他，"他是整个团队工作最负责的人。"

"工作负责？"他提高嗓门，发出一声讪笑，"那你告诉我，为什么很多人对他不满，他还喜欢说合伙人的坏话，这个我可太了解了。还有很多关于他的投诉。"

"这不是真的，事实恰恰与您说的相反。"我毫不犹豫地说。

"那就奇怪了。"他顿了顿，盯着我的眼睛说，"为什么别人都觉得他有问题，而你对他评价这么高呢？还是说，他所说的那些话其实代表了你的想法？"

我没有料到他竟会这样说。压制住心底的愤怒，我头也不回地走了出去。

如果说合伙人的态度并不出乎我的意料，——毕竟他们之所以能成为合伙人靠的就是那种冷酷的作风——但公司里其他人近似于无情的冷漠却使我寒透了心。

小谢离职的前一天，他还没有办理完离职手续，他的名字就在所有的项目通讯录和工作项目组中被删除了，另一个助理接替了他的工作，大家若无其事地继续推进项目，就好像什么事也没有发生过。他的工位立即被清理，贴在走廊墙上的有他入镜的照片也被撕下来扔进垃圾桶，他的最后一丝痕迹被处理干净，就好像办公室里从没有存在过这个人一样。

经过一番调查我才知道，原来小谢被辞退是针对我的一个阴谋。当时，部门里空出了一个领导职位，两个团队的负责人都有希望得到提拔，一个是我，另一个是我的同事。两个团队的业绩不相上下，因此我和那位同事的关系无形之中变得紧张起来。事实上，我对于晋升领导职位并没有什么野心，宁愿抱着顺其自然的态度。然而那位同事却不这么想。他显然把我当成了敌人，尽管维持着表面上的友好，私底下却拼命地在管理层面前表现自己，处处都要显得比我高明，试图确保自己得到这个希冀已久的职位。

由于我对小谢很看重，他常常跟我做事，长此以往在公司的人眼里他就彻头彻尾地变成了我的人，尽管他入职才一年，只是个初级员工。那位同事为了升任部门领导，想方设法地要压我一头，或者按照他私下的说法，要"给沈一宸个教训尝尝"。

由于我直接对合伙人汇报工作，他难以在管理层那里直接抹黑我，便把目光移向了小谢。那位同事散布了不少关于小谢的谣言，抹黑小谢，包括故意同时给他许多工作，料想他不会拒绝。果不其然，小谢由于接手了太多超出合理限度的工作，为了赶进度犯了错误，而这点错误马上被那位同事拿着放大镜大肆宣扬，成了给小谢差评的理由。小谢生病后所说的那些抱怨话，也被那位同事添油加醋后以面目全非的样子传播到了管理层的耳朵里。

我在年度评价中头一次没有拿到好评。管理层认为，我对于团队成员的管理松懈，应当对小谢的辞退负主要责任。合伙人们还批评我放纵抹黑管理层的言行。他们就差直接说小谢是在我的授意下才说出了那些抹黑的话。

这样一来，我不仅丧失了晋升的可能，还被管理层要求做出检讨。那位同事如愿成了部门领导，他假惺惺地对我说："你以后得擦亮眼睛了，不要被底下的人蒙蔽双眼。"

听到这般无耻的言论，我简直打人的心思都有了。我真想破口大骂："无耻的狗东西！"后来我怎么都想不通我竟没有那样做。

我和小谢都成了办公室里争权夺利的牺牲品。我自己固然生气，但我更为小谢的遭遇感到痛心。我对他说："这对你来说未必不是好事，这个地方无法承认你的价值，失去你是他们的损失。"

我告诉他，不必过于纠结这件事，甚至没必要感到难过，应该开心才对。我也跟他分享了我在上一家公司离职的事。

"我现在之所以还苟且在这里，"我继续安慰他说，"是因为我需要生存，需要赚钱，需要帮我母亲偿还给父亲治病欠下的债务。但我知道我不属于这里，我迟早也会离开。"

最后我说："我和你一样，无非只是离开得早和晚的区别罢了。"

他全程没有说一句话，眼睛里残存的一点儿光亮也熄灭了。

那阵子，我实在无法释怀。我不明白，为什么同事之间不能真诚相待、通力合作，一起推进公司的事业，而是非得互相算计、把别人踩在脚下才行。我莫名有一种感觉：这个世界尽管很荒诞，但我仍然可以选择做一些什么。

于是我把这件事的来龙去脉写了下来，发表到了社交平台上。我的本意是反思职场存在的一些问题，抒发自己对于这件事的感想，让更多的年轻人从中吸取教训。然而，我没有料到，即便我在文章中隐去了公司和当事人的名字，这篇文章仍然被公司里那些暗中向我放冷箭的人抓住不放，在他们看来这是一个难得的可以扳倒我的机会。

那篇文章发表后不久的一天早上，公司的管理层要求我马上去会议室。我推开会议室的门时，发现里面坐着五六个高管，都是公司的合伙人。他们表情严肃地看着我，那副凶狠的神情仿佛要把我的眼珠子挖出来不可。

"你写的是什么东西？简直是污蔑和诽谤！"那位大骂过小谢的合伙人首先向我发难，"公司可以去告你诽谤罪！"

"诽谤？"我冷静地说，"可是我隐去了所有关于公司和当事人的信息。我所描述的，只是一个单纯的事件，在很多公司都可能发生。况且，我写的都是事实，我不认为陈述事实算得上是诽谤。"

"你以为人家是傻子？"合伙人气冲冲地说，"你那篇文章已经被几家主流媒体转载，下面的评论里有不少人在讨论我们公司。"

"你写的文章已经对公司的声誉造成了极大的损害，你必须负责。"另一个年长的合伙人说，"你必须删掉那篇文章，写一个声明，承认发布了不实信息。"

"不实信息？"我说，"请你们摸着自己的良心问问，文章里哪一句是虚假的？公司的声誉不是我损害的，要说有什么人损害公司名誉，那也是另有其人。"

"混账东西！"年长的合伙人站起来对我挥舞拳头，用手指着我，"你有什么资格跟我这样说话？你给我滚出去！"

"鉴于你的做法，管理层完全可以辞退你。"另一个合伙人说，口吻里有威胁的语气。

不知道哪里来的一股热流涌上我的心头。毕业几年来，我以为我早已在一天天循规蹈矩的工作中丢掉了性格中那些尖锐的成分，不料此刻面对眼前这帮人的步步紧逼，它们却抽出了最锐利的刀锋。

"辞退？你以为你这样说能吓得了我？不用烦劳你，我自己会辞职！你们想要抹杀真相，可是真相永远是真相。"

"年轻人，你以为你这样做很勇敢是吗？"他似乎被我激怒了，站起来说，"事实是，不会有人相信你说的话，而你也将被整个行业封杀。"

"封杀？"我用嘲讽的语气说，"你的意思是，你可以只手遮天，使得整个行业以后不再招聘我？"

"千万不要低估我们各位合伙人的能力，我们在这个行业里根基深厚，人脉广泛，我们绝对有这个能力。你不要因为一时的自大而自毁前程。"他回答我的时候，满脸写着骄傲两个字。

"很抱歉，"我说，"我不认为你有那个能力，我相信这个世界上还是有明眼人的。就算你有，你说的那种后果我已经考虑到了，那么我告诉你：我一点儿也不在乎。"

看我不为所动，他们互相使了个眼色，于是当初面试我的那位合伙人的目光变得友好了一点，用缓和的语气对我说：

"一宸啊，当初是我招你进来的，你也为我的项目帮了很多忙，我一直想感谢你。你这样做对大家都不好，对你自己更没有好处，你又何苦坚持呢？你做到经理也不容易，千万不要因为一时糊涂耽误了大好前程。"

他那副假惺惺的故作姿态令我感到恶心，我马上说："因为那些小人的中伤和阴谋，管理层不仅辞退小谢，还要求我做检讨。你一句话也没有说。我不明白，那一刻你怎么没有想到我的前程呢？"

"你这次的做法确实错了，"他又急忙转移话题说，"你不仅违反了你作为员工对公司的保密义务，而且在公司明确要求的情况下还去散播不实信息。"

"我的同事不明不白地被辞退了，我必须向公众披露事实以正视听。想要散布不实信息的是你们，而不是我。你口口声声说什么保密、公司的要求，又假惺惺地装作为我着想，这一切只叫我觉得可笑。"

"如果你继续执迷不悟，那我们只能法庭上见了。"

"悉听尊便。"

说完，我便大步走了出去。我感觉会议室里充满了污浊的空气，我一秒钟也无法再待下去了。

第二十六章

　　回顾大学毕业后的经历，我固然在职场上遇到了不少挫折，也有过许多沮丧时刻，但工作对我而言并非毫无价值。最重要的是，我通过劳动挣到了自己的面包，靠双手改变了家里的经济状况。几年来，我帮助母亲还清了家里的债务，她终于可以考虑退休了，这使我总算松了一口气。不过，我对自己投身多年的这个行业却越来越感到陌生。当然，我有一些朋友和同事，他们在这个圈子里如鱼得水，说真的，我很羡慕他们。但遗憾的是，我却始终无法像他们一样在证券分析师的工作中找到我自身存在的意义。

　　我再次失业了。我并不感到意外，失业是我早就预料到的，无非是或早或晚的问题罢了。不过，我没有想到的是，在得知我辞职后，颖马上提出了分手。

　　"我没办法和你继续下去了，"她叹了一口气说，"你无拘无束、自由散漫的性格终究会害了你。我对我们的未来没有信心。我们不要浪费时间了。"

　　奇怪的是，我一点儿也没有挽留。也许她期待着我说一些挽留的话，也许没有，我不知道，但我很痛快地答应了她。于是，没有争吵，没有谩骂，没有互相指责，我们和平分手了。其实，从我和颖认识的那一天起，我就隐隐感觉到我们之间有着某种难以弥合的差别，也许她也意识到了。只不过在那个特定的时间，我们都对现状不满，我们在深夜里都倍感寂寞，我们都想要得到一点儿温情和陪伴，因而两个人很自然地走到了一起。如今，时候到了，我们也很自然地分手了。所以现在说什么"不是对的人"之类的话毫无意义，因为假设再来一次，我们还是会选择在一起。

　　我对颖从我的生活中离开并非无动于衷。和她分手的当天晚上，我感到很不习惯，难以抵挡的空虚感压倒了我。我翻来覆去睡不着觉，爬起来走到阳台上，推开窗眺望远处的街市。即使到了深夜，目之所及也并非一片黑暗，零星的窗户里仍然透出点点灯光。他们为什么也没睡呢？也许和我一样是为了什么而失眠的人吧。路上不时有车辆经过的声音，划破了寂静的夜。回到房间内，我开始弹琴，翻来覆去地弹那些我早已烂熟于心的曲子，直到天边露出一点儿光后才疲惫不堪地瘫倒在床上。

和上一次失业不同的是，这次我反而没有那么焦虑了。一方面固然是几年来我手头多少攒下一些积蓄，不至于流落街头，另一方面也是因为我对职业有了更深层次的认识，对人与人之间的各种关系也看得更为清楚了。虽然我一时还没有想好下一步要做什么，但我隐隐预感到未来的方向就在不远处。

过去几年，我一直坚持练琴，尽管这意味着牺牲了原本就捉襟见肘的睡眠。不仅如此，我还开始学习作曲。小涵的十八岁生日那天，我送给她我亲手写的一首小曲，那是我人生中第一次尝试作曲，但只能算是一次极其初始的尝试。

这些年来，我逼自己挤出时间系统地学习了乐理，还有和声学啦，对位法啦，复调啦，总之一个作曲家需要懂得的一切理论知识我都有兴趣。周末我也会抽时间去音乐学院旁听作曲相关的讲座。也许是由于有钢琴的功底，我对作曲理论学习得还算顺利，尝试创作了几首钢琴小曲。随着学习的深入，我越来越多地感觉到心中不时会流淌着音乐的片段，它们急切地呼唤我用一种完整而确定的音乐形式将它们表达出来。

学习作曲反过来也促进了我的钢琴演奏。大师们的作品都可以成为学习作曲的绝佳典范，通过学习作曲我更加深刻地理解了乐曲本身。渐渐地，我在弹每一首乐曲时，每一个乐句、每一个和弦在我眼里都是有其逻辑的。听起来很感性的音乐，其根基也是建立在严密的理论体系之上，这就使得音乐在某些方面具有数学的特征。我越发觉得音乐是一种语言，可以像文字一样表达思想和情感，它的语法便是乐理和作曲理论。也许这就是为什么伟大的音乐和伟大的文学作品一样，都能够历经时间的过滤沉淀下来，成为艺术品，即使是不同时代、不同背景的听者和读者，也能从中体会到相似的情感。

失业以后，我决心给自己放一个长假。我终于可以全身心地投入到练琴和作曲上了。

连续几个月时间，整个冬天，我常常闭门不出，除了睡觉的时间几乎全部用来练琴和学习作曲。我的作息完全颠倒过来了，往往练琴练到后半夜，入睡时天色已亮，接着一觉睡到下午，醒来后继续练琴、作曲……周而复始。晚上是我思维最活跃的时间。夜深人静时，不论是练琴还是作曲，我都能保持绝对的专注，灵感的闪电也往往在那个时候划破思想的夜空。

那个时期我的生活简直毫无规律，然而我却一点也不觉得累，反而感到无比充实，因为我知道我在做我应该做的事，我没有浪费光阴。

回想起过去几年，我差不多完全丧失了自由，每天疲于奔命，所做的一切工作都是为了推进项目、满足客户的要求、听从上司的安排，从头到尾没有一件事是为自己而做的。我几乎所有的时间都在为别人而活，难得有一分钟是为自己而活的。如今，尽管我失业了，我却可以在短期内彻底为自己而活。从这个意义上来说，以前的工作也并非毫无价值，它剥夺了我的自由，反而让我更加参透了自由的价值。我比任何人都清楚这段完全可以自己支配的时间在我迄今为止的生命中是多么可贵。每一天，我都告诉自己，这样的自由并不是无限期的，度过一天便少一天，于是我只能抱着好景不长的忧虑，拼命练琴，拼命学习作曲，只求在我不得不再次向现实妥协前尽可能地提高自己的水平。

竭尽全力，这是我对自己的寄语。时间一天天过去，我愈来愈感到这四个简单的字很难做到。有时候，我会莫名其妙地无法弹好一首本应很熟练的曲子。有时候，我会连续好几天灵感仿佛消失得一干二净，连一段像样的音乐也写不出来。我坚持去写，结果写出来的只是一堆连我自己都感到无聊的庸俗玩意儿。这些时候我难免会沮丧，痛惜自己糟蹋了光阴，想着明天要重新开始，然而明天反而可能更糟。最终，我只能告诉自己，至少我朝着前进的方向，只要不要走退路，只要避免原地踏步，一天过得就是有意义的。也许这只是一种自我安慰，但如果我不去这样想，我就无法熬过那些灵感枯竭、心底的光明一下子全部熄灭的时刻。

很快又到了春节。我回家见到了母亲，她问我工作的情况，我这才告诉她我辞职了。她问我接下来做何打算，我只能支支吾吾地说还没有考虑好。她虽然比父亲更为开明，但却和父亲一样，总认为我应该找一份稳定的工作。对他们这一代人来说，有稳定的工作，买房子，结婚生子，这便是人生的全部意义。

"你现在没有工作怎么行呢？"母亲面露担心的表情，"即使你攒了点钱，不工作也很快会坐吃山空啊。"

她说的倒是事实。自从我没有收入来源以后，眼看银行卡上的余额每一天都在减少。

"对了，你现在和女朋友怎么样了？你之前说的那个女孩……"她用试探性的目光看着我，"后来你再也没有提起过她。"

我只能告诉她，我已经和颖分手了。

"你得赶紧找到工作，找个合适的对象结婚，你的年龄已经不小了。"

母亲又重复了一遍她的叮嘱。我很清楚，倘若继续说下去，必然会引发一场激烈的争吵，这是我不愿意看到的。因此，我把她的话只是当作耳旁风，一句话也没有回应。

春节后，我来到大学校园，沿着那条林荫大道走了几个来回。我去了学校琴房，目之所及的一切都唤醒了我尘封的记忆。我来到角落里的那个琴房，里面还是原来的模样，钢琴上面蒙上了一层灰尘。我轻轻摁下一个琴键，那种熟悉的音色提醒我回想起与小涵的初次相遇。

我已经差不多四年没有见过小涵了。然而，她脸上的细节依然清晰地出现在我眼前，从我们的相遇，相识，再到后来的离别，这期间的所有画面我都感觉好像仅仅发生在昨日。她现在在哪里呢？她在做什么呢？尽管时间过去了，我对她的感觉却好像没有变化。相比之下，我大学里认识的不少同学，现在我连他们的名字都记不清了，更别提他们那早已模糊的面容了。这难道不是很神奇吗？

我坐到钢琴前，在犹疑不定中弹了一遍《叹息》。弹奏的过程中，我幻想着小涵正在附近，也许就在这间大楼里，她听到我的琴声后会循着琴声找过来……然而，一曲终了，我接着又反复弹了好几遍，最终却没有任何人出现在琴房。弹完琴以后，我原本落寞的心更加惆怅了。

我在路边看到了一个钢琴比赛的宣传海报。我心想，为何不去参加比赛试试呢？在大学的时候，我曾参加过几个比赛。毕业以后，尽管工作很忙，我从未放弃过练琴。时间隔了这么久，我自认为钢琴水平是在提高的，为何不通过参加比赛检验一下自己的实力呢？况且，这个比赛的前三名是有奖金的，虽然不多，但对于失业的我来说也是一笔不小的数额。

　　报名比赛以后，我的生活突然间有了一个明确而紧迫的目标。按照比赛的要求，我分别准备了几首不同类型和体裁的乐曲，每天翻来覆去地练习，直到每一个音符、每一个乐句、每一个表情术语都融入了我的骨髓。

　　比赛分为三轮，在预选赛中，我弹了肖邦的《C 小调练习曲》。这首曲子又被称为《大海练习曲》，因为双手大跨度的琶音像海浪一样在键盘上翻腾，乐思汹涌有如大海上的惊涛骇浪。

　　预选赛持续了好几天。我去的那天，周围的其他参赛选手大多是学生模样，还有好几个看起来十岁出头的孩子，几乎没有像我这样已经工作了的人。看到这些满脸稚气的学生和孩子，以及陪伴在一旁为他们加油打气的父母，我既感到羡慕，又对自己的落魄感到惭愧。

　　在第二轮中，我弹了李斯特的超技练习曲《马捷帕》。当初，在那次和傅辰对阵的比赛上，小涵便是弹了这首曲子迫使傅辰放弃了斗琴，那一幕情景我至今记忆犹新。自那以后，《马捷帕》激昂的旋律便深深地印在了我的脑子里。后来，连续一个月的努力后，我终于也弹下来了《马捷帕》，并且把它作为每天练琴前的热身曲目。这首曲子有一种神奇的功效，只需弹一遍，它就能完全打开我的五指，接下来再练别的曲子就会感到容易很多。我一口气流畅地弹完这首曲子后，台下的不少观众发出了惊讶的呼声，评委们也纷纷交头接耳。果不其然，我顺利进入了决赛。

　　决赛要求弹奏一首完整的钢琴奏鸣曲。我在贝多芬的《悲怆奏鸣曲》和《暴风雨奏鸣曲》之间一度犹豫不决。其实，如果是出于得奖的目的，更稳妥的选择是弹我掌握得更加熟练的《悲怆奏鸣曲》。不过，恰恰由于不久前才练好了《暴风雨奏鸣曲》，这段时间我对它有一种特殊的偏好。

　　《暴风雨奏鸣曲》背后的一些故事也引发了我的兴趣。据说，作曲家的秘书辛德勒曾问他这首奏鸣曲的内容是什么，作曲家回答："请去读莎士比亚的《暴风雨》吧！"为此，我还去读了莎士比亚的这部剧作。也许，两者之间最紧密的联系在于相似的创作背景。贝多芬创作《暴风雨奏鸣曲》时，正被绝望的耳疾折磨，那一年他面临严重的精神危机，甚至还写下了遗书，一度想要结束生命。最终是艺术挽救了他，因为他的心里还流淌着未完成的音乐，在创作的使命完成之前，他不能离开这个世界。相比之下，莎士比亚的《暴风雨》则是作者的最后一部戏剧作品，其中表达了一种宽恕和谅解的思想，也许这是他对世界最后的独白，某种意义上也可以理解为是他的遗书。

当初，小涵曾引导我开始读文学作品，是她向我揭示了音乐与文学之间的神秘联系。从此以后，我对于音乐中的文学象征一直有着特别的关注。《暴风雨奏鸣曲》提供了一个契机，让我思考作曲家究竟是如何将莎士比亚的戏剧与他的音乐联系起来的。最终，我决定在决赛上演奏《暴风雨奏鸣曲》。

决赛那天，在弹第一乐章时，由于从未在公开场合弹过这首曲子，我难免感到紧张，甚至上台前手心直冒冷汗。不过，弹到第二乐章后，我的手指随着乐思的展开逐渐温热起来。来到第三乐章，我全身的血液随着富于激情和动感的音乐沸腾起来了，作曲家独白式的心灵宣泄感染了我，以至于我在弹到结尾部分时差点儿用力过猛，所幸我及时把自己从失控的边缘拉了回来。

最终，我获得了比赛的第二名，第一名是一个十九岁的大学生。这个成绩对我来说已经不错了，毕竟我已经好几年没有参加过比赛，况且对于钢琴比赛来说，我的年龄已经比较大了，能够和这些富有活力的年轻选手同台竞技我已经很知足了。

比赛结束后，我正准备离场，一个中年男子朝我走过来，热情地跟我打了招呼，递给我一张名片。他名叫方小宇，是某个琴行的经理，这场比赛便是他所在的琴行赞助举办的。他全程观看了比赛，对我弹的曲目很了解。

"我认为你的演奏并不在第一名之下。"他左手托着下巴，做出一个思索的表情，"评委之所以选他可能是考虑到他的年龄更有优势。"

"谢谢你的认可，"我说，"不过得第一名的选手技术很高超，如果一直坚持弹下去，前途不可限量啊。"

"你说'坚持'，这恰恰就是问题所在。我在琴行做了十几年，见过很多有天分的孩子，他们最终都没能在音乐道路上坚持下去。"

"这是为什么呢？"

"钢琴演奏这个领域竞争异常激烈，而且随着中国学钢琴的孩子越来越多，以后的竞争只会更加白热化，但这只是一方面的原因。更重要的是，许多学生之所以学琴，更多的是迫于家长的要求，而不是对音乐发自内心的热爱。"

"对于儿童来说，"我说，"家长或者老师的引导也无可厚非吧，毕竟那些天生就对音乐极为敏感的天才只是极少数。"

"引导固然没错，但许多家长都抱着过于功利的态度，希望孩子考级、在比赛中获奖、成为父母的骄傲，逼他们实现这些目标，而忽略了他们能否从音乐学习中获得乐趣，能否把音乐当作终生的朋友。"

"我觉得音乐首先必须成为精神的一种需要，如果只是为了考级、比赛而学音乐，那的确是很悲哀的事。"我看了看舞台上的钢琴。

"是啊，这样一来，孩子们即便有一点天分，也马上会被繁重的练习和功利的目标压得喘不过气来。最终，他们即使不痛恨音乐，也不会想在音乐道路上走下去。因为他们为音乐付出的所有努力只是为了完成任务，这就和学校里无休止的作业一样招人厌烦。"

"不过，"我说，"学习音乐，尤其是钢琴，长年累月烦琐的练习是避免不了的。最天才的钢琴家也必须忍受日复一日孤独的练习。"

"你说得没错，要在艺术上精进是很难的，非得有坚强的毅力不可。如果学生能感受到音乐的美，为这种美吸引着，那么即使再烦琐的练习，他也会坚持去做，因为他知道这是通向艺术的必经之路，而且音乐的美是对他们源源不断的奖赏。"他停顿了一下说，"问题是，许多学生压根儿没有感受到音乐的美，或者说还没来得及感受，就已经被外在的压力毁掉了。"

方小宇邀请我去他所在的琴行看看，我欣然同意。琴行位于城市的腹地，不远处坐落着音乐厅，周围环绕着许多高档商场和住宅。琴行所在的这条街上，有美术馆、艺术馆、博物馆，艺术氛围相当浓厚。

一走进琴行，我立刻被大厅里各种品牌的钢琴吸引了。琴行占据了两层楼的空间，一楼是乐器展示厅，二楼有七八间琴房，还有一个小演奏厅。

走到一架音乐会三角钢琴旁，我停下脚步。看到这架钢琴标价上百万，我问他："我可以弹一下这台琴吗？"

"当然。"方小宇为我打开了键盘上的盖子。

我弹了几个片段，低音区厚重而不沉闷，中音区明亮而细腻，歌唱性很强，高音区清脆而透亮，无论是音色还是手感都不同凡响。我不由得想，如果能在这样的钢琴上练琴，那是何等的享受啊！

"我们昨天刚刚为一个客户上门安装了这台琴。因为是进口琴，他订货后等了几个月才到。"

"买这种钢琴的一般是什么客户呢？"我不禁感到好奇。

"音乐学院和专业人士为主，但也有一些有钱人买来给孩子练琴或者装饰客厅的。昨天去送货的那个客户啊，家里的小孩打算学琴。"

"什么？"我惊讶地说，"只是打算学琴，就要用这么贵这么顶级的钢琴啊？居然还有用来装饰客厅的？"

"是啊，那个客户来店里，连琴都没试，只说要买这里最贵的琴。他和妻子并不会弹琴，但想让小孩学琴。"

我沉默了几秒钟。方小宇的话在我的心里引发了不小的震动。这种音乐会三角钢琴，我也只是在听音乐会或者比赛的场合才能有幸见到，能够亲手弹奏的机会更是少之又少。想到那个要学琴的小孩一开始就能弹这种钢琴，我除了惊讶更感到羡慕。

"能在这种钢琴上练琴是很多人的梦想吧，"我说，"不过，拿它来装饰客厅实在是浪费了，它应该被放在音乐厅和琴房里，用来演奏李斯特和贝多芬的钢琴协奏曲。这就像把一头猛兽一辈子困在牢笼里。"

"我明白你的意思，"方小宇摸了摸钢琴说，"真正需要这架钢琴的人负担不起它，拥有这架钢琴的人又并不真正需要它，对吧？"

我告诉方小宇我的工作经历，他听到后显得很震惊："什么？真是没想到啊。在我认识的所有琴弹得好的人里，你的经历是最独特的。"说完，我和他都笑了。

"那你以后打算做什么呢？"他继续问我，"有没有考虑过从事音乐方面的职业呢？比如做钢琴老师？"

"我现在也很纠结。做钢琴老师倒不是没有想过，大学时代我曾给学校的几个大学生教过琴，不过他们都只是弹着玩玩。我总觉得自己不是科班出身，如果做专职的老师会不会不够资格？我担心会误人子弟啊。"说完，我不好意思地笑了。

"你说钢琴专业？"他眼睛忽然睁得很大，"钢琴专业的学生就一定弹得好吗？这要打上一个大大的问号。我见过许多音乐学院钢琴系的，弹得并不比非专业的人好多少，相反，非专业出身的演奏者里也有比钢琴专业的学生弹得更好的。而且，如果钢琴专业出身的人才能做钢琴老师，那么全国的钢琴老师至少要减少一半。难道剩下的那些学生就不配学琴了吗？"

"但是学生们，尤其是家长，难道不会更倾向于找科班出身的老师吗？"

"同等条件下也许是的，"他说，"但是如果你比钢琴专业的学生弹得更好呢？如果你更擅长教学呢？如果你教的学生弹得更好呢？别忘了，家长们关注的是老师能够让自己的孩子弹得越来越好，而不是只图一个虚名。对学生而言，他们希望老师能够减轻他们学琴的痛苦，引导他们领略音乐之美。"

"你的意思是，我的水平足够去教琴了？"我用怀疑的语气问他。

"我听了你在三轮比赛中弹的曲子，即使从专业的角度来看，你弹得也足够好了。尤其是那首李斯特的超技练习曲，我很少见到有人把和弦大跳之间的双音弹得那么快速而清晰，也很少见到有人在弹那段八度进行时身体的动作幅度很小但弹出的效果却很辉煌。你的功底绝对已经到位了。"

听了他的评价，我却感到很不好意思，那种感觉简直好像是他在批评我。也许是由于我在以前的工作中听过太多或刻意讨好、或逢场作戏的无脑吹捧，所以我对人家的夸赞一向保持着警惕，因为我总觉得这种溢美之词里隐藏着什么危险的成分。

"但是，那也不代表我可以做一个好老师，对吗？"我说，"你说过，教学的水平也很重要。"

"教学水平不是学出来的，而是教出来的，你有了这样的演奏水平，还怕教不好吗？"他咧着嘴笑了，"我敢保证，你给学生弹一首《马捷帕》，他们立马拜倒在你脚下。"

"你说得太夸张了。"

"如果你有兴趣，可以来我们这里做钢琴老师。好处是，你不用担心找学生的问题，琴行负责招生，你只需负责给学生上课就行。我们的学生覆盖了各个年龄段，从儿童到成年人都有。"

我承认，听了方小宇的话，我的确感到心动。不过，我一直对做钢琴老师心存芥蒂。其中最主要的原因，或许是由于小涵……没错，是因为她。在我心里，小涵的钢琴演奏水平比我高出百倍，我在她面前弹琴简直就像是小学生在老师面前翻开做得一塌糊涂的作业。我至今还清楚地记得她在听我弹琴后提出的那些真知灼见。有这样一个榜样在面前，我又怎么能泰然自若地说，我已经够资格去教别人了呢？

尽管我获得了一笔奖金，足以应付几个月的开销，但之前的积蓄眼看要消耗殆尽，我必须找到新的收入来源。做原来的工作是不可能了，但要彻底投身音乐行业，我对具体做什么又下不了决心。做钢琴老师当然是一个选项，但我总觉得还没有做好准备。此外，我也担心把音乐作为职业会毁了我对音乐的热爱。毕竟，我听很多人说过，将兴趣变为职业会毁掉兴趣。固然，音乐之于我远不止兴趣那么简单，但我依然为这种论断感到惶恐。思虑再三，我打算先试试看。

不久，我去了一家五星级酒店的酒吧做钢琴师，每天从下午五点工作到凌晨一点，职责是演奏钢琴曲或者为驻场歌手伴奏。酒吧名叫天空吧，位于酒店的顶楼，带有一个延伸出去的巨大露台，站在露台上可以俯瞰蜿蜒流过的江水和江对岸繁华的街市。到了傍晚时分，阳光渐渐消散在天际线上，整座城市逐渐被灯光点亮，远方楼顶的塔尖在柔和的暮色中闪烁。

每当这个时候，我坐在钢琴前开始弹琴。我很快发现，我并不能随心所欲地弹自己想弹的曲子，而是有不少限制。例如，我不能弹过于"吵闹"的曲子，也不能弹那些听起来"不好听"的曲子。酒店提供了一份乐谱，上面都是通俗的流行曲，因为一般的大众，尤其是天空吧里的客人，更喜欢听这类曲子。这对我无疑是个很大的限制。不过，我索性弹那些旋律优美而安静的乐曲，例如门德尔松的《无词歌》，舒曼的《童年情景》，肖邦的若干夜曲和前奏曲，李斯特的六首《安慰曲》和三首夜曲《爱之梦》，我也从贝多芬的钢琴奏鸣曲和协奏曲中挑选出一些旋律柔和的片段。这就使得我可以在满足酒店要求的前提下弹自己想弹的曲子。

当然也有许多不能凭着自己的喜好弹琴的时候。有一些客人会点名想听某首曲子，我不得不弹给他们听。每个星期会有两个晚上有驻场歌手现场演唱，这时候我也需要为他们伴奏。我最期待的时刻是凌晨十二点后，天空吧里的气氛达到了高潮，客人们聊得正起劲，他们正需要音乐声来掩盖他们的骚动、不安、尴尬，以及其他各种情绪，这时候我反而可以更自由地弹琴。

有一天晚上，几个身穿短裙、打扮得颇为性感时尚的女孩结伴来到天空吧，坐在钢琴对面的座位上，点了几杯鸡尾酒。其中一个穿着吊带衫，脸上化了浓妆的女孩走到我跟前，声称自己也会弹琴。她用一种带有挑逗意味的口气问我能否让她弹一首。我站起来把琴凳让给了她。

她坐在琴凳上，手放在琴键上，神色显得有点儿紧张。她又调整了坐姿，双手拽了拽裙边，接着便弹起了《土耳其进行曲》。她弹的并不是莫扎特的原作，而是一个更加简化了的版本。不过，她弹起琴来的模样显得很严肃，手指虽然僵硬，节奏却控制得不错。她的嘴唇上涂了鲜亮的唇彩，在室内动态的灯光下焕发出柔和的光彩。这个时候，我有一种感觉：她和开始弹琴前的那个女孩并不是同一个人。

弹完以后，她的表情立即又恢复了原来那种故作妩媚的姿态，用刻意撒娇的口音说："以前学过一阵子，很久没弹过琴啦。"她接着又用得意的眼神朝同伴的方向看了看，其他女孩见状纷纷为她鼓掌。

她问我能否为她弹一首曲子。

"你想听什么呢？"我问她。

"是不是有一首叫《晚星》的钢琴曲？我在电影里听过。"

"是瓦格纳的《晚星》吗？这是他的歌剧《汤豪瑟》里的一首咏叹调。"

我弹出一句旋律给她听，她听到后连忙点头："没错，是这首！"

于是我继续弹下去，高音区的琶音缓缓流出，仿佛寒星在夜空中闪烁，而娓娓道来的半音化旋律优雅、高洁，如同银河在夜幕上缓缓流淌。几个色彩暗淡的和弦碰撞出神秘的音色，银河好似哗啦一声倾泻到心坎上。

我弹完了以后，女孩站在一旁，眼睛盯着琴键，似乎还没有从音乐中醒过来。她随后天真地笑了，这是那个晚上她唯一流露出的发自本心的笑容，她的眼睛里似乎燃起了某种跳跃不定的火焰。她礼貌地对我说了声谢谢，接着便回到座位上与同伴一起喝酒了。当她拿起酒杯和其他女孩聊天时，她眼中的那团火焰只维持了一分钟便熄灭了。

自那天以后，女孩隔三岔五便会来天空吧。有时候她和朋友一起过来，有时候她自己一个人来，点一杯酒，静静地待上一个小时。她不时会要求我弹一首她喜欢的曲子，不过我们从未谈论过音乐之外的话题，我自始至终也不知道她的名字。

时常会有一些客人请我弹他们想听的曲子，通常我也乐于为他们演奏。有一个二十多岁的年轻人曾找到我，说他想在天空吧的露台上向女友求婚，问我能否在那个关键时刻弹一首浪漫的钢琴曲。

"我很喜欢瓦格纳的《婚礼进行曲》，我觉得没有什么曲子更适合这种时候。你是不是可以弹这首呢？"

"你确定吗？"我说，"在求婚时弹《婚礼进行曲》？万一你求婚失败呢……"

他没有想到我会如此直率，愣了一愣，随即风趣地说："放心，失败的概率只有百分之一不到。"

那是个暮色苍茫的黄昏，西边灰蒙蒙的天际染上了橘红色，目之所及，阳光穿越彩色的云霞，给一片片屋顶上洒下奇异的光辉。街市上朝向落日的窗户反射了夕晖，射出万道金光。

就在这时，年轻人从女友的背后走来，捧着满天星包围着的花束，朝她慢慢走去。他向我这边施了一个眼色。于是，我开始弹瓦格纳的《婚礼进行曲》，这首曲子改编自瓦格纳的歌剧《罗恩格林》中的《婚礼大合唱》。一边是庄严、圣洁而又甜美的曲调，一边是黄昏柔美的暮色，清新的空气从露台上流到室内，荡漾起一股爱与和平的气息。

然而，也有我感到厌烦的时候。有一些客人要求我弹那些泛滥在社交网络上的口水歌，这使我难以接受。当然，流行音乐里不乏真诚又富有才华的创作，表达了作者的某种情绪，甚至有一些歌曲能够引发人们相当深刻的思考，但那些乐思平庸、歌词烂俗的歌曲显然不在此列。

最叫我受不了的，是那些来天空吧打卡或者探店的所谓网络红人。他们所到之处，总是带来喧嚣和躁动。他们举起手机对着粉丝们直播，自以为是地说着各种无聊的桥段和粗俗的笑话，一个劲地想要吸引人们的眼球。

一个自称是音乐达人的人曾来过天空吧。我正在弹琴，他把直播镜头对准我，问我在弹什么曲子。我没有理睬他，弹完了一曲才说："《少女的祈祷》。"

"哦哦，我知道这首歌！"他嘟囔着提到一首流行歌曲，"怪不得我听起来很熟悉呢！"

"抱歉，我弹的是巴达捷夫斯卡①的作品。"显然，他把这首经典的钢琴曲与一首流行歌曲混淆了，尽管二者在任何方面都没有联系。

"你能再说一遍吗？我没听清楚，你刚才说的是人的名字吗？"

我又重复了一遍，他眼里满是困惑，显然，他并不知道这个作曲家。但他马上对着他的观众，做出极其自信的神气，说："这位钢琴师说了，我说得没错！兄弟们点个关注，你们还想听什么，在评论区留言，我叫他来给你们弹！"

他接着又要求我弹一首最近在网络上炒得很火的歌。这首歌我在街上听过，简单而平庸的旋律，无病呻吟、简直令人作呕的歌词，既没有什么思想，也没有真诚的感情，只是为了迎合那些最为恶俗的喜好，属于所谓的洗脑神曲那一类的歌。

"我弹不了。"我绝不会弹这种为了侮辱音乐而写的玩意儿。

"怎么就弹不了呢？你不会弹吗？不会吧，我都会弹。"

"那么你来吧。"我站起来，走到露台上透透气。

音乐达人兴奋地弹了起来，他磕磕巴巴地弹了一段，节奏几乎乱掉了，弹出的声音干巴巴的，既没有力度的强弱变化，也没有细腻和有层次感的触键，就好像是个机器人在砸键盘。只听了几句我就明白他只是入门水平。他弹了没多久，天空吧里的客人们都纷纷朝他看，面露不快的神色。酒吧经理催我赶快接手钢琴，免得惹恼了客人。

不过，在他弹琴的时候，他的粉丝们不停地给他打赏，评论里全都是赞美之词，说他是"钢琴王子""钢琴大师"。相反，很多人都在指责我。有人问："那个钢琴师连这首歌都不会弹？在酒吧做钢琴师这么简单吗？那我也可以！"有人义正词严地捍卫自己的偶像："那个钢琴师算是个什么东西？你叫他弹是给他面子，他竟然不识抬举？"还有人威胁说："告诉那个钢琴师，我明日上门教他如何做人。"

据说他在各大社交平台上有数百万粉丝，以"年轻一代的音乐意见领袖"自居。他所推荐的歌曲都是那一类无病呻吟的靡靡之音。我想，如果这一代的年轻人真的都是这般品位，那么音乐便没有未来了。幸运的是，我们还有不少

---

① 巴达捷夫斯卡（1834—1861），波兰作曲家。

像小涵这样把音乐视为生命的年轻人，因而我心里一度熄灭的灰烬又复燃了。

有趣的是，接下来的几天，并没有什么人上门来教我做人，反而所有的客人都会安静地听我弹琴。这件事使我体会到，一个人在虚拟世界里可以变得多么疯狂而不理性。我进一步想，我周围的这些客人，他们大多数都表现得很有礼貌，对音乐也表现出了相当的兴趣和尊重，然而，他们在网络上是否也跟那些骂我的人一样不理性呢？他们是否也会说出那些粗俗、充满恶意的话语呢？想到这里我不禁感到毛骨悚然。

整个夏天，我每天晚上在天空吧弹五六个小时的琴，曲目既有旋律优美的古典作品，也包括许多现当代流行的通俗乐曲。对于每一首曲子，我都力求弹出其中所蕴含的思想和感情，而不问作者的背景和作品的类型。

有一阵子我对所谓的新世纪音乐产生了浓厚的兴趣。这一类音乐没有那么强烈的节奏，和声简单，但旋律优美、空灵，通常有一定的主题和描绘的情境，可以引发听者广泛的联想。我在天空吧弹了不少新世纪音乐风格的钢琴曲，这类乐曲很适合咖啡厅和酒吧。有几个新世纪音乐的作曲家令我印象深刻，比如乔治·温斯顿[①]的音乐一度令我着迷，他对四季、花田、雨雪等自然景象的音乐描绘堪称生动。

晚上回到家通常已经是凌晨两点，睡前我会写一会儿曲子或者读读书。这个时期除了练琴和作曲外，我也逐渐恢复了读书的习惯。

大学的最后一年，小涵曾给我列了一个书单，可惜那些书读完后，由于工作太忙，我很久都没有时间读书。既然现在有了可以自己支配的时间，我又想起了小涵所说的"在文学中经验第二人生"。尽管如今没有了小涵的指导，我顺着她的思路，抽时间读一些文学史上的名著、中国古典文学和现当代的一些作品。

我逐渐发现，读书的过程中，我的脑子里会时不时地迸射出灵感的火花，往往会有这样的念头产生："这个故事、这种意境很美，它带给我的感觉是我心里想要写的那种音乐所应该带给人们的感觉。"

我写了一些小曲子，并且悄悄地将它们夹杂在天空吧的演奏曲目里。当我

---

① 乔治·温斯顿（1949—2023），美国钢琴家、作曲家。

弹到自己写的曲子时，没有客人能感觉到异常，即便是那些声称自己懂音乐，并且以挑剔的眼光审视我的客人也不例外，对此我颇为感到振奋。这无疑增强了我的信心，甚至使我觉得要写出音乐大师的那种作品并非遥不可及。

然而悲观的时候更多。我往往会面临没有东西可写的困境，或者写出来的音乐自己弹一遍后只觉得平庸——无可救药的、令人绝望的平庸。不过我还是坚持写，无论写出来的音乐是否有价值。对我来说，作曲最重要的意义不在于最终写出的作品，而在于创造本身。在作曲的过程中，我知道我在进行创造，因而我才能真实地感觉到自己活着。

过去那种庸庸碌碌的生活对我来说已经成为遥远的恐怖回忆。那是一种毫无创造性的生活，每天为了挣钱出卖自己的灵魂和时间，最终生命熄灭了，却没有留下一点儿光明，甚至一生中连片刻的微光都未曾闪烁过。

在世人眼中，也许我是一个失败者，——没有稳定的、高收入的工作，挣不到钱，买不起房子——在他们眼里我的人生毫无希望。然而，我不在乎别人怎么看我，只要我还能继续弹琴，继续作曲，继续创造，我就能活下去。也许我这辈子永远不可能取得世俗意义上的成功，——我压根儿就没有朝那个方向走——但是那又怎么样呢？如果我能够在艺术中找到内心的平静和满足，世人的说法和评价对我又有什么意义呢？一切只应当从自己的本心出发。

第二十七章

夏天过去了，从海边吹来了微凉的风。初秋时节，天空总是那么高，那么湛蓝，没有一点儿云彩。这段时间我总会提早一刻钟到达天空吧，在露台上眺望远方的山丘，俯瞰日落前的城市。我一边弹琴，一边望着落日徐徐西沉，等待夜幕降临。随着时间和天气的变化，每一天总有不同的风景，引发我无穷的想象。

在天空吧我认识了一个独立音乐人，他名叫唐桥，大学毕业后辗转于各个酒吧做驻唱歌手，后来开设了一家音乐工作室。

"你的音乐工作室做什么呀？"我问他。

"录音，编曲，制作音乐专辑，此外给一些歌手写歌。"

"实不相瞒，我在这里也会弹一些自己写的钢琴曲，不过没有人注意到过。"

唐桥的目标是成为一个原创歌手，所以他写了许多原创歌曲。不过到目前为止，他只能寄希望于有名歌手会演唱他写的歌。他点了几杯酒，我们聊起了音乐的话题。

"我有个疑问，"他问我，"我也听过不少世界经典名曲，但其中有一些曲子，我并不觉得好听啊，这是怎么回事呢？我不知道是我鉴赏能力的问题还是人们的音乐审美发生了变化。"

"首先，许多你所说的经典音乐是很好听的，带给人们听觉上的冲击一点儿也不少于当代的通俗音乐。其次，当你在说音乐'好听'时，你指的是什么呢？你的意思是，唯有好听才能算好的音乐吗？"

"怎么，音乐还可以不好听吗？"他饶有兴趣地问，"我的认知里，能给人们带来听觉上的愉悦性是音乐必需的特征。"

"那是因为你把音乐只当作了娱乐，作为一种娱乐，它当然应该悦耳动听，而且不应该有难度，一般人不用专门学习音乐就能够体会到它的悦耳。"

"难道音乐不应该是这样的吗？"他的语气里增添了更多疑问。

"音乐不是一种娱乐，而是一种艺术。"我说，"作为艺术，它可以带给人们美的享受，但凭什么你觉得每个人一听到音乐，就能明白无误地认识到寄身于音乐中的美呢？我记得毛姆①曾写到，画家把美创造出来，但不是所有人都能辨认出美，要想认识美，你就必须重复画家所经历的那种惊心动魄的冒险。他说的是画家，但其实音乐也一样，那些伟大的音乐家经历了多少灵魂的痛苦折磨才创作出美妙的音乐，在音乐里他们注入了自己对于人生的思考和对这个世界的理解。想要领略到这些音乐里的美，就必须具有一定的知识和想象力，而这些恰恰是需要学习和训练的。所以，作为艺术的音乐，如果一个人觉得不好听，那么有一种原因是，他的知识和经验还不够，这里的知识当然包括很多方面，本质上是一个人对于人生和世界的认识、思考。"

"再者，"我继续说，"音乐也是一种语言。如果你老是把音乐当成娱乐去理解，那么你觉得某些经典音乐不好听也就不奇怪了。举个例子，李斯特创作《浮士德交响曲》，是想用音乐的形式对歌德的《浮士德》进行再创作。李斯特从歌德的作品中选取了三个主人公，描绘了浮士德的激情、孤独、苦恼，少女格蕾琴的纯真、善良，以及魔鬼靡非斯特否定一切的形象。李斯特试图用音乐来描述三个主人公的不同性格。听这首交响曲，仿佛是用音乐的语言读了一遍《浮士德》。那么我问你，像这样的音乐，难道是为了取悦听众的耳朵吗？当然不是，从一开始它就是为了表现戏剧性的情节，表达作曲家的哲学思考。用音乐描绘高尚和堕落、圣洁和罪恶的对比，必然会有巨大的反差，它所包含的音响世界极为广阔，既有浪漫和温柔，也有不安和焦虑。所以，只要你读过《浮士德》并且理解了这个故事，那么当你听到《浮士德交响曲》你就绝不会觉得它不好听。相反，你会领略到这首交响曲的妙处，作曲家用音乐表达了深刻的哲思。比方说，《浮士德交响曲》第三乐章结尾的《神秘的合唱》，以《浮

---

① 毛姆（1874—1965），英国作家，代表作有《月亮和六便士》《人性的枷锁》。

士德》结尾的诗作为歌词，当你听到男高音和男声合唱团在交响乐团的伴奏下唱出那圣洁的歌声时，有谁会不为之感到震撼？李斯特的另一首《但丁交响曲》也是一样的道理。"

"就算是你说的那样，"唐桥说，"但对于很多人来说，他们之所以听音乐只是为了放松，不是吗？工作和生活已经很辛苦了，难道你还要求他们为了听懂一首曲子去学习、阅读、提高自己？这显然是不现实的，没有人会这样做。"

"不要那么快下结论，一定有人会那样去做，因为一定有人会体会到音乐的美，而且想要把这份美理解得更深刻，有朝一日他也可能会自己创造出音乐之美。所以你看，这就是我对音乐的理解。我承认音乐对于很多人有娱乐的价值，而且这种价值对于人们很有必要。我平常也经常听那些轻松的流行歌曲和通俗钢琴曲，它们也能使我放松，我一点儿也不否认它们存在的必要性。不过，倘若把音乐当成彻头彻尾的艺术，那么对于音乐的认知就得全盘改写了。"

"对了，我最近看到对于严肃音乐和通俗音乐的划分，想听听你的看法，"唐桥问我，"我不明白，为什么非得把音乐划分为'严肃'和'通俗'。这好像是在暗示，音乐也有高下之分。"

"一般认为，严肃音乐的作曲家是为了表达思想、表现社会生活而创作音乐的，这类音乐追求艺术性和思想性，而不是为了迎合市场的喜好，要求创作者和欣赏者都必须具备一定的文化和音乐素养。"

"难道通俗音乐就没有艺术性和思想性了吗？"唐桥不服气地问。

"作者创作通俗音乐的首要目的是盈利，所以它往往追求听觉上的悦耳，迎合市场的喜好，以便更容易被大众接受，思想性和艺术性不是其首要目标。这就是为什么它也被称为商品音乐。"

"我承认现代的流行音乐确实存在你说的那种商品化特征，而且过于商业化了，但即便是通俗音乐，从根本上来说也是音乐，那么艺术性是必不可少的。如果说流行音乐不是艺术，那也太荒唐了。"

"我并没有说流行音乐不是艺术——"

"我倒觉得，"他打断了我，"所谓的严肃音乐或者艺术音乐，只是某些音乐圈子为了自抬身价造出来的说法，处处透露着一种莫名的优越感，无非为了标榜自己是阳春白雪，别人是下里巴人罢了。"

"无论如何，作为艺术的音乐和作为娱乐的音乐，两者之间的区分是永远存在的，尽管有时候并不那么泾渭分明。创作艺术音乐，作曲家必须具备深厚的理论功底，最好还得精通至少一门乐器，此外还要求他对我们所处的世界有着足够的了解，唯有如此才能创作出那些内涵丰富、思想深刻的音乐。至于你说的严肃音乐和通俗音乐，在我看来，划分的意义在于彰显对音乐创作迥然不同的两种态度，是为了表现深刻的思想、情感和广阔的社会生活，探索音乐更多的可能性，还是仅仅为了娱乐大众和获取商业利益？这里的核心问题是音乐创作的目的和动机。"

"你说的'探索音乐的可能性'究竟是什么意思？"

"音乐从古到今是在不停地变化发展的。就拿近几个世纪来说，音乐经历了中世纪音乐、巴洛克音乐、古典主义、浪漫主义、现代主义的发展历程，对吧？每一代的音乐家都在探索音乐的前进方向。比如，贝多芬是古典时期的代表，但他也开创了浪漫主义音乐的先声，再比如李斯特，虽然是浪漫主义的代表，他的音乐却为未来一个世纪的音乐指引了道路。和一般的作曲家不同，他们都是音乐史上的开拓性人物。进入二十世纪后，发生了无调性革命，出现了现代主义、后现代主义等多元化潮流，那么，现在摆在我们面前的问题是：音乐未来会走向何处呢？除了现在我们所听到的所有类型的音乐，未来音乐在表现情感和思想的深度上、在表现社会生活的广度上、在创作技法上还有多少拓展的空间？"

"你说到音乐创作的动机，动机有那么重要吗？"他说，"动机是一回事，但作品又是另一回事。只要能写出好的音乐，动机如何又有什么关系呢？"

"往往是动机决定了音乐的内涵，你想想啊，过去的那些大师，他们是把音乐当作自己的生命而写作的，他们作曲绝不是为了迎合一般大众的猎奇心理。这也就是为什么他们的作品可以经过几百年仍旧有强烈的生命力。"

"说到这个，"他叹了一口气说，"这也正是我感到痛心的。"

"痛心什么呢？"

"我想做原创音乐，但是现在这个行业里，人人都只顾着赚钱。你说音乐要追求艺术性和思想性，这些我都明白，但问题是，能够在市场上火起来的都是那些内容空洞、感情贫瘠的歌曲，要么就是更无脑的口水歌……要坚持以艺术为导向的创作太难了。"

"为什么一定要火呢？如果能坚持自己的创作理念，即使作品不温不火，你从创作中应该已经能够得到满足了。"

"你这是在说笑话，"他笑着摇了摇头，"当你看到那些远不如你的人写出一些被炒得很火的垃圾歌曲，得到大批粉丝狂热的追捧，赚得盆满钵满，你为了追求艺术所写的歌却反而无人问津，难道你真的还能保持冷静吗？"

"但是你说的这种歌曲完全没有艺术性，更谈不上什么思想，它们从被写出来开始就只有一个目的而已：赚钱。就像你刚才所说的，即便是通俗音乐，也不能丧失对艺术性的追求，否则就会变成那种口水歌，这样的音乐流传得很快，但被人们遗忘得更快。你要相信时间的力量。"

我和唐桥要分别的时候，他问我："你有兴趣加入我的工作室吗？我们现在有一个乐队，除了我以外还有一个吉他手，一个贝斯手和一个鼓手，如果你能加入我们就有键盘手了。我们可以一起创作歌曲，一起排练和演出，说不定哪天会一鸣惊人呢。"

"可是，我现在需要一份稳定的工作。"

"不全职也行，你可以继续在这里做钢琴师，每个星期我们只需要排练一两次，到了需要演出的时候排练会多一点。"

也许是因为在天空吧做钢琴师使我接触到了许多新类型的音乐，那一阵子我正处在对各种不同类型的音乐都很感兴趣的时期，对于摇滚乐队也不例外。而且如唐桥所说，多年来我都是在自己弹琴，没有体验过作为乐队的一员，因此他的提议对我的确有点儿吸引力。最终，我决定试一试。

唐桥的乐队名叫第六病室，我联想起来，小涵曾经推荐我读的契诃夫作品里有一篇小说也叫《第六病室》。

"为什么要用这个名字？难道你喜欢读契诃夫吗？"我问他。

"契诃夫？"他说，"我印象中他是个作家？事实上我没有读过契诃夫的任何小说。这个名字是我前女友起的。"

"看来你前女友读过契诃夫。"

我第一次去参加排练时，唐桥用吉他给我弹唱了他所写的几首歌。这些歌大多数流于平庸，副歌是公式化的旋律，给人一种想要拼命地讨好听众的感觉。歌词也很糟糕，满篇说着爱的字眼，非但不能使听者感受到一点儿爱意，反而觉得这种爱很苍白廉价。不过，其中有一首歌，确实给人灵光一闪的感觉，散发出几分才气，在音乐的气质上和其他几首歌曲迥然不同。

"这一首你是因何而写呢？"我问他。

"你也觉得这首不错吗？"他兴奋地说，"某个晚上我睡不着觉，想随便弹弹吉他，结果就写出来了这首歌。"

"我更喜欢你失眠的时候写的这首歌。"

"哈哈，我也是，确实很奇怪，当我目的很明确地想要写歌时，我写出来的音乐只叫自己听了生气，然而当我并不打算写歌时，偶然写出来的东西竟然更好。不过……"

说到这里，他眼里的光彩黯淡了，整个面容也苍白无色了。

"不过什么？"我好奇地问。

"我觉得这首歌表达出了我的心之所想，我把它拿给几个有名的歌手，结果人家都不愿意唱。反倒是另外几首我自认为很普通的歌，却被他们拿去唱了。你说是不是很可笑？"

"你说的那些歌手，难道他们听不出来其中的区别吗？"

"倒不是听不出来，他们也承认这首歌更好，但他们很清楚自己的听众和粉丝想听的是什么，也就是那些无须动什么脑筋的口水歌。所以我才跟你说呀，在这个娱乐至死的年代，追求艺术的作品往往容易被埋没。"

唐桥告诉我，乐队打算下个月参加一场在滨江公园举办的音乐节，届时会有许多乐队登台表演，他想趁这个机会提高乐队知名度。因此，他十分重视这次演出。

随着音乐节的临近，乐队的排练越来越密集。由于我下午五点还要去天空吧弹琴，因此每次排练到了下午四点就得提前离开。其他乐队成员通常会继续排练到晚上。唐桥问我能否请几次假，专心进行排练。

"可是，当初我说过，我在不影响工作的前提下才参加乐队。"

"我知道，可是……这次演出对我们真的很重要……我需要你的支持，我们必须保证零失误。"

拗不过他，我只能答应在演出前一周请几次假来全程参加排练。

演出日期一天天逼近，唐桥却越来越焦虑不安。排练的时候他总是吹毛求疵地挑剔队员们的问题，与我也发生了一些争执。他时而觉得钢琴应该发挥更大的作用，时而又抱怨钢琴的声音太响，只应该作为背景伴奏的一部分而存在，令我无所适从。

在曲目的选择上，队员们的争议更大了。因为在音乐节上只能唱三首歌，需要在乐队的原创曲目中选择。在这些歌曲中，有一些是唐桥写的，另一些则是其他队员写的，每个人都希望在音乐节上表演自己写的歌曲。矛盾的焦点在于，唐桥想要全部三首曲目都选择自己写的歌，这引起了其他队员的不满。平心而论，我听了其他队员写的歌，其中有几首也颇为动人。

演出迫在眉睫，大家却无法就歌曲的选择达成一致，甚至一度陷入无意义的争吵。"你的意见呢？"唐桥问我，紧接着他又对队员们说，"他的钢琴弹得很好，以他的音乐品位必然能挑出最适合演出的歌。"说完，大家都盯着我，等待听到我的看法。

我马上明白，唐桥这个时候提到什么"音乐品位"，看似在捧我，实则是想让我支持他，选择他写的歌罢了。尽管我跟其他队员没什么私交，但我无法为了满足唐桥的愿望而面对音乐说谎。

我思考了片刻，告诉队员们，我认为哪几首歌曲在音乐性上更好，更能够打动听众，其中既包括唐桥写的歌，也有其他队员写的歌。听了我的意见，唐桥狠狠地瞪了我一眼，好像在说："你背叛了我！"然而，我只是说出我对音乐真正的感受而已。

最终，大家同意在音乐节上唱两首唐桥写的歌，另一首是吉他手写的歌。接下来唐桥又面临一个问题：他无法决定选择哪两首歌。我建议他选择那首他在失眠时写的、听起来明显更真诚的歌，但他却不赞成。

"这是流行音乐节！"他说，"现场会有很多摇滚乐队，他们会唱能够点燃现场气氛的快节奏歌曲，我们不能输在气氛上。"

"如果像你所说的，其他乐队会演唱很吵的快歌，那么如果你突然唱一首旋律优美、感情饱满的歌曲，难道观众不会觉得耳目一新吗？"

"你不要把那些观众想得多有音乐品位，来参加这种流行音乐节的，都是追求刺激的小年轻，他们只想享受那种躁动、迷幻、不安的气氛，你说的什么音乐性啊，艺术性啊，根本没人在乎。"

"也许你说的是真的，"我说，"然而观众也不是傻子，对于那些能打动人的音乐，难道他们真的愿意自我免疫吗？"

为了追求所谓的现场效果，唐桥还是坚持两首都选择快节奏的劲爆歌曲。我对此感到很遗憾，毕竟我在他的抒情歌曲里听到了真情流露的坦白。由此，我真切地感受到了他心里对于音乐的矛盾态度。

到了演出的前两天，唐桥又陷入了患得患失的状态，他一会儿觉得自己曲目选择有问题，一会儿又担心演出会搞砸。他不停地抱怨队员们没有按照他的要求来演奏，导致大家在演出前的一晚竟然不欢而散。

第二天的演出中，唐桥演唱的两首歌曲在一众同质化严重的摇滚乐中显得毫无特色，听完以后甚至很难和其他乐队的演唱明确区分，都是差不多的节奏、差不多的调调，甚至连歌词也显得毫无新意。更要命的是，他唱到高音居然破音了，这在排练中从未出现过。台下的观众立刻发出了此起彼伏的嘘声，导致他唱到后面节奏都快乱掉了。最终，反而是吉他手写的那首歌得到了观众的欢呼，挽回了一些局面，不至于使第六病室颜面扫地。

演出结束后队员们回到了后台，大家情绪都很差。这时，唐桥不顾大家已经很沮丧的心情，反而一个劲地指责队员们。他说吉他手"完全没有意识到自己的角色"，说贝斯手"不知道自己在干什么"，又说鼓手"打出的节奏乱掉了"，还说我"钢琴声喧宾夺主"。他几乎指责了所有人，唯独没有意识到他自己的问题。在旁观者看来，队员们的表现并没有什么特别值得指摘之处，反而他作为主唱，却犯了一系列低级错误，以至于整个乐队的节奏都崩塌了。也许是因为他太在乎这次演出，也许是因为他过于紧张，总之，这次演出显然失败了。

也许，这次演出在他违背自己的本心选择曲目的那一刻就已经注定要失败了。

队员们陷入了更加激烈而无意义的争吵，最后鼓手甩手便走了，出门前头也不回地说："你们自己玩吧！"其他队员也纷纷离去。直到这时，我才意识到这个貌合神离的乐队内部早就滋长着某种分离的倾向了。

唐桥一个人坐在台阶上，低垂着头，双手胡乱抓着头发，一副魂不守舍的模样。我试图跟他说几句话，他却头也不抬地说："你走吧。"

我明白，第六病室很可能会解散，而我和唐桥之间的友谊——如果一个多月的相识能够留下一些称得上友谊的东西——也就此收场。

后面几天，我心绪很差，连天空吧都不想去，向酒店又请了几天假。酒店仍旧打来了电话，问我怎么回事。我推说是生病了，不料经理却说："如果你身体不舒服就好好休息吧，我们这边有一个新的钢琴师可以接替你。"

听到后，我非但没有失落，反而有种莫名的轻松感。最近我已经对天空吧的工作感到厌倦了。每天长达八个小时，我没法按照自己的喜好去弹琴，我自己的练琴计划也滞后了不少。这下我可以练自己想弹的曲子了，但问题也随之而来：我需要一份新的工作。

我的财务情况没有好转，反而有恶化的趋势。在天空吧做钢琴师的薪水并不高，各方面的开支却越来越多：听音乐会，购买书籍资料，报名作曲课，还有各种杂七杂八的开销……我算了一下，现金流只够维持几个月的生活。

这时，我想起了方小宇，那个不久前我认识的琴行经理。我按照名片上的号码给他打了电话，问他们是否还有招聘钢琴老师的需求。

"是你啊！"他听到是我，显得有点惊讶，"坦率地说，我们的钢琴老师已经足够了。"

"这样啊……那不好意思打扰了。"我感到失望，准备挂掉电话。

"等等！"他连忙说，"我们的确不缺钢琴老师，不过……也许我可以建议琴行再多招一位老师。给我一点时间，我去沟通。"

两天后，方小宇打电话说，琴行同意招聘我作为钢琴老师。听到这个消息，我更多的是感到忐忑。不过，事已至此，我只能硬着头皮去教了。

我在琴行的第一个学生是个十岁出头的男孩，身体很瘦弱，仿佛风一吹就要倒下似的。他已经学了三年琴，他的母亲陪他一起听课。见到我后，他显得很紧张，母亲叫他向我问好，他却涨红了脸，半天才说出来几个零碎的字眼。第一次教小孩子，我原本是很紧张的，可是看到男孩比我更紧张，我的不安反而消散了一些。

男孩的母亲告诉我，他之前跟着另一个老师上课，但效果不是很好。他始终对钢琴没有什么热情，而且声称不喜欢那个老师，所以不想学了。母亲没有办法，只得给他换老师。我不由得心想：这孩子表面上羞羞答答的，没想到在家里还挺专横，由此看来，他也不见得会对我满意。

我问他母亲："他有什么别的兴趣吗？"

"他喜欢画画，也在上画画的兴趣班。"

于是我问男孩："你最近学了什么曲子？"

他打开乐谱，指着里面一首名叫《雪橇》的曲子。我说："你弹一遍给我听听吧。"

他弹的时候，显得有点儿漫不经心。我仔细听了他的弹奏，观察了他手指的动作，发现有很多问题。但如果直接把问题一个个给他指出来，不见得有什么好的效果，反而可能激发他的逆反心理。于是，我给他示范性地弹了一遍。

弹完后，我问他："这首曲子叫《雪橇》，为什么呢？"

他犹豫了一会儿说："描述了冬天滑雪橇的景象？"

"这就对了，"我说，"想象这个场景：寒冷的冬天，晚上下了一场大雪，在月光下雪后的大地一片白茫茫。这个时候，两个小孩从家里跑出来，滑着雪橇在雪地上追逐。他们一边滑雪橇，一边哼着欢快的歌。想象到这个画面了吗？"

他点点头。接着我把整首乐曲分解开来又弹了一遍。每弹一段我就问他这一段在描绘什么情景，他竟然说得越来越多，最终用语言描述了一个极为生动的画面。

"如果要你把这幅画面用画笔画出来，你可以做到吗？"我问他。

"我可以用彩色铅笔或者油画棒画出来。"他显得有点骄傲。

"所以你看，对于在冬夜滑雪橇这个情景，你既可以用文字描述出来，也可以用画笔在纸上画出来，同样，你也可以用音乐把它描绘出来。我们现在就是在用钢琴弹出这幅画面，对不对？"

他这会儿显得有点儿兴趣了。于是我趁热打铁："当你在用文字描写这个画面的时候，你得选择恰当的词语，再写出完整的句子，还得使你的描述生动、形象。当你用画笔去作画的时候，你得注意线条、色彩、整体与局部的关系，对吧？那么你在弹琴的时候，应该注意什么？"

"速度……强弱？"他犹豫地说。

"对了，要看清楚速度和力度术语，按照规定的速度，弹出强弱的变化。比如，这里是渐强，你刚才弹出来没有？尤其要注意表情术语，比如这首曲子开头写了'Vivace'，是什么意思？"

"活泼地？"他脱口而出。

"没错，乐曲描述的是滑雪橇的欢乐场景，你想滑雪橇是不是很活泼的场面？那么你得弹出这种活泼的感觉。你刚才弹的时候，有没有弹出活泼的感觉？"

"没有……"他突然脸红了。

"那么怎么能弹出活泼的感觉呢？"我说，"注意看，乐曲里的乐句并不是连奏的，而是有很多跳音对吧？你得把这些跳音弹出来，记得这里是断奏，要干脆、果断，不要拖泥带水。"

接下来，我给男孩一个个分析了乐曲里的要点，我始终要求他想象滑雪橇的画面，把音乐与想象的画面联系起来。

"所以你看，"我说，"音乐和文字、绘画一样，可以描绘相同的场景，而且音乐比文字和绘画更有想象空间。事实上，音乐可以描绘的事物不止于此，你以后还会弹到很多好听的音乐，它们可以讲述复杂的故事、描绘或明或暗的画面，或者表达内心的情感挣扎。你始终要记得，你的手指弹出的不只是音乐本身，还有故事、画面和情感。当你在弹琴的时候，无论弹任何乐曲，你的脑子里都应该要有相应的画面。想象力对于音乐的诠释是不可或缺的，一定要充分发挥你的想象力。"

一个小时的课程很快就过去了。在我的讲解下，男孩似乎越来越有热情。接下来的几节课上，男孩弹得越来越好，而且会主动给我分享他对于乐曲的理解。

"您的教学方法真是令人耳目一新，"男孩的母亲私下对我说，"我此前从未听任何老师像您这样讲课。目前来看，上课的效果很好，这孩子以前很抗拒练琴，现在竟然会自己在家主动练琴了。您讲课时所说的对我这个做家长的也很有启发。"

最初几次钢琴课的顺利完成，以及家长和学生的良好反馈给了我很大的鼓舞。方小宇对我说："家长很满意，接下来你可以教更多的学生了。"

我的学生里既有小孩子，也有中学生、大学生和成年人。尽管我对于他们的教学方法不尽相同，但我都坚持引导学生培养对于音乐的想象力，引导他们理解音乐要表达什么、能表达什么。我不希望学生把弹钢琴仅仅当作一种肌肉运动，只能弹出一堆没有灵魂的音符，我希望他们把音乐当作一种语言，而且是一种极有说服力和感染力的语言，通过这种语言他们可以与不同时代的音乐家们对话，感受他们的情绪，理解他们的人生。通过学习钢琴，他们可以掌握这种有力的语言，从而可以凭借音乐表达自我。

我在琴行的工作相当自由。尽管是琴行给我安排学生，但我也有一定的自主性，可以选择是否接受。我对于所教的学生人数也可以控制在我觉得合适的范围内，不至于为了上课而失去过多个人时间。我每周有四天会去琴行上课，其他三天我完全可以不受打扰地自由支配。在琴行等待学生上课的间隙里，我可以练琴，与其他老师切磋琴技，这反而使得我的练琴效率提高了。

没有课的时候，除了练琴，写写曲子，我也会出去走走。天气好的日子里，我喜欢去远郊的森林公园游玩，或者花两个小时去海边散散心。无论是森林公园里的绿意盎然和水流花谢，还是海面上的风起潮涌和浪恬波静，都会给予我无穷的灵感。每次远足完回去，我都会感觉到有一股新生的力量注入了我的体内。

在教课之余，我仍然坚持学习作曲，尽管我觉得自己写出来的曲子无论在形式上还是内容上仍然很稚嫩。有时候，我会有幸领略到被灵感击中的快感，可以在很短的时间内写完一首自认为不错的曲子。但大多数时间我没有这么幸运，我常常为了酝酿一个乐思、写下一个乐句而苦恼不已。有时候难免会想要放弃。

我常常想，要弹好大师们的作品已经很难了，为什么还要费尽心思自己去作曲呢？为什么非得折磨自己不可呢？我写出来的东西真的会有价值吗？更多的可能是一文不值。然而，我终究无法不去作曲，因为就像弹琴一样，音乐对我而言是表达我内心的途径，也许是唯一的途径。我相信，通过音乐可以表达出穷尽世上的所有文字也无法表达的思想和情感。

不久我又有了几个新的学生，其中有一个已经将近四十岁的工程师引起了我的注意。他第一次来上课时，听到他是个工程师，我感到很惊讶。不过，我没有问他为什么想要学琴，因为按照我的经验，成年人对于学钢琴这件事总是感到难为情和不安。难为情是因为看到很多几岁的小孩弹得比自己好太多，未免会心生沮丧，不安则是由于学钢琴毕竟是一笔不小的投入，他们生怕花的钱打了水漂。

我给他上了几节课，尽管他没有任何音乐基础，对钢琴的了解只限于听过的一些流行钢琴曲，但他对于学琴的那份热情和执着给我留下了深刻的印象。

上过几次课后，我和工程师之间建立了一定的信任。这时我忍不住问他为什么要学琴。他先是脸色变得乌青，大口喘气，显得很激动的样子。沉默片刻后，他饱含深情地说：

"其实我从小就喜欢音乐，可惜没有条件学。家里的人不仅不懂音乐，而且认为音乐无用。中学的时候，我曾向父母提出想学钢琴，被他们臭骂了一顿，说我不认真学习，尽想着不务正业，我也就没有再坚持。到了大学，学校里有很多音乐社团，我想加入社团，和那些同样喜欢音乐的同学成为朋友，我也想找个老师学钢琴。可是我的辅导员和同学都告诉我，就业形势很严峻，找工作的竞争很激烈，要有研究生学历才行，而要考上研究生必须得有个好成绩。我周围的同学也都想方设法地获得好成绩。于是我不得不放弃了学钢琴，也没有加入社团，而是把大学四年的时间都放在了学习上。

"我考上了研究生，在导师的实验室里帮他做项目，忙于做实验和发论文，其间一点儿也不敢松懈。毕业那年，我为了找工作挤破了脑袋，终于找到了一份人人艳羡的工作，拿到了不错的薪水，成为亲戚朋友眼中的模范儿子。我心底关于音乐的那个梦想还没有熄灭，学钢琴的愿望一直埋在我心里，然而，工作后我马上又面临买房和成家的压力。在大城市里买房太难了，但如果想结婚又必须买房，否则女孩们都不会正眼看你。我的薪水虽然还算不错，相对于房价依然是杯水车薪。父母卖掉了老家的一套房子，又跟亲朋好友四处借钱，才为我凑足了首付款。

"好不容易在这个城市安顿下来，我结婚了，又有了小孩。在别人眼里我也许是所谓的人生赢家，但其实我比谁都知道，我的内心一片空虚。这个时候我的音乐梦想又复活了，学钢琴的愿望又在一个个不眠之夜里敲打着我的心。

我以为生活平静下来了，开始盘算着要学钢琴，却没想到更糟的还在后面。我和妻子的工资在扣掉每个月的房贷和家里的支出后所剩无几，还得操心小孩的教育，要让他上最好的学校，要给他报名各种补习班，不能让他输在起跑线上，这一切都在向我伸手要钱。于是，为了升职加薪，我不得不加倍努力工作，希望能赚更多钱缓解家里的压力。可是，我竟然被公司裁员了。令我难以接受的是，这并非因为我的业务能力不行，而是因为我的年龄已经超过三十五岁了。公司之所以裁掉我，是为了节省成本，去招聘那些刚毕业的年轻人。就业市场上有着很严重的年龄歧视，好像你一到中年就没用了似的。我找了几个月的工作，最终只找到了一家待遇平平的公司，整天还要提心吊胆生怕丢掉工作。

"我的妻子骂我没用，说当初瞎了眼才和我在一起，说我会毁掉这个家庭和我们的孩子。我跟她吵得天翻地覆，我们从来没有吵得这样凶、这样绝望。我感到受了天大的委屈。从小到大，我一直那么努力，牺牲了我所有的兴趣和爱好，只为追求所谓的优秀。我怎么也想不通，我究竟做错了什么，以至于沦落到这一步？我又想到，现在小孩还小，得操心他读书，以后还得操心他读大学、找工作，等他能够独立生活了，我也已经老了。回顾过去的三十多年，我一直在按照别人的意愿生活，我没有一次自己做决定，没有一次追随过自己的内心，没有一次不是为外界而妥协的。不论我是否情愿，永远有我不得不做的事情，永远有所谓的责任和义务，永远有人告诉我应该这样做、不应该那样做，唯独从来没有人在乎我自己想要什么。从来没有人把我当个人看待，在他们眼里我只是一个彻头彻尾的工具。我这一生是个可悲的笑话，因为我从未有一刻为自己而活过。

"我面临着心理上的巨大危机，我预感到，如果这个危机不解除，后果对我将会是毁灭性的，我不知道会干出什么疯狂的事。我心里很清楚，我唯一的救命稻草便是音乐。我必须得学钢琴了，这是最后的机会。如果我现在不学，我这一辈子就再也不会有机会学了，而我也将永远带着这个遗憾躺到坟墓里去。所以无论如何我都得学钢琴，不论我会面临多大的阻力。当我告诉妻子我要去学钢琴后，她说我疯了，指责我没有责任心，弃家庭于不顾。我反驳说，学钢琴并不和家庭责任冲突，难道我学了钢琴就不能工作，不能照顾妻儿了吗？我并不是想成为专业人士，我也很明白我这辈子是没有希望以音乐为职业了，我只是想学一件我从年少起就朝思暮想的乐器而已，就这么简单。然而，此前无休止的争吵已经消耗掉了我们仅存的一点理解能力，她依旧对我不依不饶，还说我是下流的孬种，癞蛤蟆想吃天鹅肉，什么难听的话都说尽了。她威胁说如果我不放弃学钢琴的荒唐念头，就要和我离婚，她逼我非得做出一个选择不可。但这次她低估了我的决心。第二天我就去上钢琴课了，那天正是你给我第一次上课。

"没过几天，她请的律师给我发来了一份分割财产的离婚协议。我看到以后哈哈大笑，我告诉她，你想怎么分就怎么分吧，我一点儿也不在乎。什么房子、车子、财产，我都不在乎了，什么工作、升职、加薪，我都觉得索然无味了，我现在唯一在乎的是音乐，是学钢琴，因为这是我穷尽一生的梦想。可是过去的三十多年里，一次又一次，每当我心里燃起这个愿望，它就会被一股不可抗拒的力量冷漠地踩灭。我不明白人生为什么可以如此残忍，连这个最卑微的愿望都不肯放过，非得把它撕烂、摔得粉碎不可。我马上要到不惑之年了，我的人生也很快会走到尽头，我不能带着遗憾到地下。我想，在我的一生中，我总要有一次——哪怕只有一次——为自己而活吧？这个愿望不过分吧？唯有如此，我才能在那个最后时刻，坦然地说我没有白来这个世界一遭。"

听完他的讲述，我翻开乐谱，指着他刚学会的一首小曲说："愿你在音乐中找到内心的平静。我们开始上课吧。"

他的手指很僵硬，手指的动作也很笨拙，但他听我讲解时的那种专注，不亚于我教的任何学生。我告诉他对于他这个年龄的人来说，倘若要练好基本功，非得有持之以恒的耐心去下苦功夫不可。他坦然地笑了："你放心吧，我什么都缺，唯独不缺耐心。"

从第一堂课上认识五线谱，到练习正确的手部动作，再到后来逐渐能弹出简单的小曲，他的进步虽然艰难却真实地发生着。他每个周末来上一次课，看得出来，他在上课前会把我布置的任务不折不扣地完成，而不像其他一些学生，虽然年纪小、有天赋，却总是喜欢偷懒。

我第一次见到他的时候，他的眼睛凹陷，脸颊上的肉似乎要塌陷了，没有一点儿生气。长久以来，生活和家庭的重担在他脸上刻上了一道道深沟似的皱纹，不到四十岁的年纪却已经有点行将就木的意味。然而，自从开始上钢琴课以后，他眼睛里却逐渐点亮了某种光彩，而且这道光彩还有愈来愈亮的趋势。看着他练琴时那股认真劲儿，我明白他是把音乐当作了人生的一个避风港，唯有在这里他才能够找到生活中久已失去的平衡。

他学了半年以后，竟然能弹下来好几首完整的乐曲，而且弹得相当动听。琴行每隔几个月就会举行的学生音乐会又要到了，我对他说："你可以在学生音乐会上弹一首。"

"我？音乐会？真的可以吗？"他听到后面露惊讶之色。

"那首小步舞曲，你已经弹得很好了，在音乐会上演奏也可以锻炼你。"

"可是，我才学了半年……"他半信半疑地说。

"你如果能像平时一样把这首曲子高质量地完成，没有人会料到你只学了半年。"

接下来的两个星期，他练琴练得更刻苦了。每次上课时，我发现他不仅按照要求完成我布置的练习，而且自己私下还练了更多。音乐会那天，他特地穿了一身笔挺的黑色西装，还打了领结，整个人的气质面目一新了。最终，他在学生音乐会上顺利完成了演奏，得到了现场其他学生的热烈鼓掌。他回到座位后，我在不远处注意到他旁边坐着一位女士。

音乐会结束以后，他带着那位女士找到了我。

"沈老师，给您介绍一下，这位……是我的妻子。"他略带羞涩地对我说。

"是什么时候的事？没有听你说过——"我想到半年前他和妻子闹离婚的事。难道半年之间，他离婚，又和另一个女人结婚了吗？

听到我的话，眼前的这位女士眼里满是疑虑和困惑。沉默了几秒钟后，工程师像是才反应过来似的，笑着对我说："不是您想象的那样，她就是我之前给您提到过的我的妻子。"

"你们……"我更加摸不着头脑了。

"我开始上钢琴课的时候，"工程师对妻子说，"跟沈老师说了我们的事，都怪我后来没有讲清楚。"

他转过头来又对我说："我们还在一起。"

"那真是太好了！"我恍然大悟，"我很高兴听到这个消息。可是你们是怎么——抱歉，也许不应该问。"

工程师正打算回答我，不料他的妻子却先开了口——

"一开始听到他说要学钢琴，我简直气炸了。您想啊，他是快四十的人了，不久前刚失业，好不容易找到一份工作，待遇却远不如以前。两个人有房贷要还，还有家里和孩子的各种花销，钱花得像流水一般，永远都不够。您说，这种情况下我能不生气吗？看到他把我的话当成耳旁风，依然不管不顾地去学钢琴，我便觉得这段婚姻没有什么指望了，动了离婚的心思，还跟他大吵了好几架。

"此后，他每天下班回来后就躲在书房里，不是在弹琴就是趴在桌上写着什么东西。起初，他弹出的声音在我听来都是噪音，我便暗暗冷笑：这算是哪门子音乐？他可真是痴心妄想！不过不经意间，事情渐渐地起了变化。一天天过去了，他弹出的东西竟然越来越好听，越来越称得上是音乐了。我本来以为他坚持不了多久，没想到他半年来没有一天不坚持练琴的。至于他在书房里写的东西，一开始我以为他在写关于离婚的文件，没想到其实他是在五线谱上画音符、识谱、做乐理练习。这一切使我不得不重新评估他对音乐的态度。

"我不知道他是怎么跟您描述我的。也许您觉得我是个庸俗、势利、除了物质以外无所追求的女人，但我想要跟您说，倘若您处在我的位置上，您也许会理解我。我当然知道理想是怎么一回事，谁年轻的时候没有过理想呢？当我还是少女的时候，我梦想成为一名歌唱家，或者至少是一名歌手。我一直喜欢唱歌，这个爱好保持到了今天。然而，现实的残酷、人生的艰难很快熄灭了我的理想，我终究成为一个整日为了生计奔波、为了家庭和孩子而疲惫不堪的女人。也许因为我没有天赋，也许因为我不像别人那么幸运，也许因为上天没有眷顾我，我终究与少女时的梦想背道而驰了。但是，您说，我又能怎么样呢？理想破灭了，可生活还是得继续，不是吗？作为一个妻子和一个母亲，我又有多少选择的余地呢？的确，我曾反对我先生学钢琴，因为我怕他的一意孤行会毁了这个家。

"当我听到他弹得越来越好，能够完整地弹出一首好听的曲子时，我明白他不是在开玩笑，他对音乐是动真格了。尽管我对他仍旧很生气，可是听到他弹出的音乐，我无可避免地对他产生了一点敬意。弹琴时的他，和平时的他完全不同，或者说是换了一个人也并无不妥。我渐渐有这样一种感觉：对于这个和我相处多年、和我有共同的孩子的男人，我头一回感到他对我是如此陌生，有那么一瞬，我觉得我从未真正了解过他。他究竟是怎样的一个人呢？

"几个月来，我们处于冷战状态。我并没有撤回离婚的要求，但我也没有更进一步的动作。直到几天前，他来找我，说他的钢琴老师要他在学生音乐会上表演一首曲子，问我能不能来参加。一开始我故意表现得很冷漠，但我的内心的确有所松动了。我不禁感到好奇，这个在家里沉默寡言、每天默默练几个小时钢琴的男人，在音乐会的舞台上会是怎样的一个人呢？刚才看完他的演出，我想我明白了。我之所以觉得不够了解他，他之所以使我觉得陌生，是因为我对他的认知里少了一块重要的拼图：音乐。音乐是他灵魂里一直要求有，却始终没有的东西，没有音乐他就不是一个完整的人。当初，他从名校毕业，有令人羡慕的工作，有爱他的妻儿，在别人眼里他多么幸福啊，可是他却一点儿也不开心，总是一副惘然若失的样子。现在我明白了，他多年以来的苦苦挣扎正是在寻找音乐这块失去的人生拼图。"

她说完的时候，嗓音不由得有些沙哑了。工程师轻轻抓住她的手臂，目光里流露出感激，也有一种深切的同情。

"你说你喜欢唱歌，"我说，"你现在还唱吗？"

她说了一支十几年前流行过的经典老歌。于是，我坐到钢琴前，弹出一个音，对她说："这个调你可以唱吗？"

跟随着我的伴奏，她开始唱那支动人的歌。她的女中音的歌声醇厚、圆润、轻盈，每个字都给人一种温暖的感觉。工程师睁大了眼睛，用惊讶的目光看着自己的妻子，好像他也从来没有真正认识过眼前这个和自己相伴了十几年的女人。随后他闭上眼睛，静静地享受夜晚甜蜜的歌声。

"你很快就能为她伴奏了。"她唱完了以后，我对工程师说。

她和他四目相顾，眼里已然没有了怨恨的阴影，只留下音乐点燃的火花。

第二十八章

一天早上，我给学生上完课后，方小宇推开琴房的门，一脸神秘兮兮的样子。

"有空聊聊关于音乐会的事吗？"

他所说的音乐会，是琴行为了扩大影响力而举办的一场面向社会公众的钢琴演奏会。按照琴行的安排，我要和其他几位老师在音乐会上演奏。音乐会的时间定在五月中旬。

"你曾经的钢琴老师里，有没有比较厉害的人物？"

"这和音乐会有什么关系吗？"我反问他。

"我们在写音乐会的宣传材料，要对每个老师的背景进行介绍，其中就包括了学琴的背景。其他几位老师都是从音乐学院毕业的，他们跟知名的钢琴家或者教授上过课，所以我们就会写他们曾师从某某钢琴家或者教授学习。所以想问问你有没有类似的背景。"

"很遗憾，"我说，"你知道，我除了初学的时候上过一阵子钢琴课，后来基本是自己弹的，当然这个过程中有许多人曾给我指导和建议，但我并没有跟什么有名的老师学过琴。"

"这……"他面露难色。

"这个很重要吗？"

"之前我们对学生和家长介绍你时，主要强调你曾获得过几个钢琴比赛的奖项。但这次的音乐会是面向公众的公开音乐会，所以琴行希望能把老师们的履历写得更漂亮一点。"

"但我确实没有。"我做出一个苦笑的表情。

"或者干脆打开某个音乐学院钢琴系的网站，在教师名单里随便挑个顺眼的名字，然后就写你曾跟他学琴。"他说完后笑出了声。

"你是认真的吗？那怎么行呢？这不是欺骗吗？"我说，"而且，万一被发现……"

"公众不可能知道他给谁教过琴，不是吗？除非他自己站出来说你不是他的学生。可是他又怎么能肯定呢？这些老师一生教过无数个学生，难道他们能记得每个人的名字？所以，被发现的概率很小。"

"那也不能凭空捏造啊。"我对方小宇的提议感到哭笑不得。

"那么，你好好想想，有没有听过什么老师讲课或者讲座、大师班之类的，这也可以算作你曾跟他学过琴啊。"

我突然回想起大学的最后一年，我和小涵在音乐学院遇到的那位康教授。当时，我在一旁听了他对小涵的指导。但这个经历显然不足以让我声称曾跟随他学过琴，更不用说声称他是我的老师了。

但方小宇却不以为然。他说："按照你的描述，你当面听了他对钢琴演奏的指导，那么从广义上来看，说你是他的学生也并无不妥。有许多人仅仅因为听过某个钢琴家的大师班就自称为某某钢琴家的学生呢，你为什么不行呢？可以理解为一种谦虚的说法。想必那个教授即便知道了，也会理解的。"

"可是，这样不好吧？"我还是觉得他的提议很荒唐。

不过，方小宇还是坚持在我的履历里加上一句话说我曾师从那位康教授学习。他说，琴行很看重这次音乐会的效果，老师们的演奏固然是一方面，但他们的背景也要尽可能地美化，因为家长们在考虑是否选择琴行时，一定程度上也是取决于老师的背景。

"我不明白，"我说，"难道我的教学效果不是最好的证明吗？只要我能让我的学生弹得越来越好，家长自然会知道我的水平。"

"你的教学效果很好，"他说，"这个我们都知道，但是那些潜在的学生家长并不知道。在这个时代，酒香也怕巷子深啊！大多数人既没有耐心，也没有能力去鉴别你的教学水平，他们对你的第一印象是基于你的演奏和你的背景。你的演奏固然对他们是很有说服力的，但与此同时，尽可能地把你的履历写得漂亮，这无论对琴行还是对你自己，都是很有好处的。"

最终，我同意了方小宇的提议，但心里总觉得忐忑不安。我很清楚地知道，我并不是那位康教授的学生，也谈不上跟他学过钢琴。不过，琴行的态度很坚决，又考虑到我需要这次音乐会的机会来向未来的学生和家长们展示自己，所以我便对琴行的做法睁一只眼闭一只眼了。

琴行在各个媒体平台上发布了音乐会的广告。其中我的介绍里有一句话赫然在目："曾师从音乐学院康教授学习。"看到这句广告语时，我正独自一人在琴房里，但我仍然感到脸上发烫。此外，音乐会的海报和每位老师的简介也被贴到琴行楼下的宣传栏上。

五月的一个下午，距离音乐会还有一天。我照例来到琴行给学生上课。下了地铁以后，我走在街上，路两边的梧桐树高大挺拔，树干上大块脱落的树皮和迎风摇晃的树叶在光线的折射下，显得斑驳不定。上课途中，琴行的前台小姑娘敲了敲琴房的门，打断了学生的演奏。

"有什么事非得现在说吗？我还有半个小时就上完课了。"我对于她打断上课的节奏极为不满。

"抱歉沈老师，有一位先生正在外面等您，他说无论如何要见你一面，而且是很着急的事。"

"告诉他，我现在正在上课，不可能停下来见他，哪怕是天大的事。"我冷冷地说，"如果他真有什么要紧的事，不妨在外边等等。"

我猜大概又是什么想要我帮忙推销钢琴的销售代表，或者是想要挖我过去的其他琴行的人。最近几个月以来，总是有这些人来找我，令我不胜其烦。

给学生上完课后，我没有马上出去，而是打开乐谱，打算练习音乐会上要演奏的曲目。弹了没几分钟，门又被推开了，我以为又是前台小姑娘，头也不回地说："他还没走吗？"

我听到一声咳嗽，是一个男人的声音。我转身一看，一个老人站在我面前，用严肃的眼神看着我。也许说他是老人并不准确，他虽然有不少白发，可是并不显得苍老，反而脸色红润，腰板挺直，双目炯炯有神。他的身量很高，肩膀很宽，一副硬朗的样子，好像他只是个头发染了色的中年男人。我猜他最多只有五十岁。

我被面前这个男人由内到外散发出的那种精气神感染了。我和他对视了几秒钟，却没有认出来他究竟是谁。

"我要为突然造访向你道歉，"他说，"我也很抱歉打扰你上课。但我不得不来找你。"

他的声音洪亮，不急不缓，仿佛钟声一般。

我回忆起了这个声音。顺着他的声音，我眼前渐渐浮现起一幅画面：五年前的那个十一月，我和小涵在音乐学院的教学楼里闲逛，偶然遇到一位教授在给学生讲授拉威尔的《海上孤舟》。小涵还给他弹了李斯特的《叹息》。没错，眼前这个"老人"便是音乐学院的康教授，那位我宣称是我的老师的人。

面对着他，我半天一句话也说不出来。

我绝对没有料到他会以这样一种方式出现在我面前。我感到满脸通红，简直是汗颜无地了。

"对不起……"我终于吞吞吐吐地说出几个字，"我错了……我不应该说我是您的学生……请您原谅。"

"年轻人，请坐在钢琴前。"他像是没听到我说的话似的。

我像是被闪电击中了一样，完全失去了任何独立思考的能力，只能按照他的要求呆呆地坐在钢琴前。

"弹吧，弹你要在明天音乐会上演奏的曲目。"他平静地说。

于是我开始弹贝多芬的《热情奏鸣曲》，接着是李斯特的《B小调奏鸣曲》，最后是门德尔松的艺术歌曲《乘着歌声的翅膀》的钢琴改编版。我弹完每一首以后，他都会指出我的问题，并且给我示范正确的弹奏方式。令我惊讶的是，他只需要看一眼乐谱就能完整地弹出乐曲里的任何一个段落。他在示范完以后，又要求我把那些有问题的段落反复弹奏，直到弹到他满意为止。

我不得不承认，他的意见都是真知灼见。我原本自认为对《B小调奏鸣曲》已经掌握得足够熟练，没想到也被他指出来好几处错误，而这些都是我在练习中没有意识到的细节问题。对于不同段落里触键的方式，乐曲色彩层次的处理，他也给了相应的意见。整整一个小时，我就像个小学生一样，小心翼翼地按照他的要求不断改进自己的演奏，紧张得浑身血管仿佛要爆裂似的。

"这就是你明天要演奏的所有曲目吗？"他问。

"还有一首钢琴协奏曲……"我手心里直冒冷汗。

"哪一首？"他饶有兴趣地问。

"贝多芬《皇帝协奏曲》，双钢琴版本。"

"这里有双钢琴吗？"

"有……在楼上。"我战战兢兢地说。

我如履薄冰地走在他前面，带他上楼。那十几级台阶我仿佛走了好几个日夜，仿佛永远也没有尽头似的……

到了二楼的演奏厅里，两架三角钢琴相对摆放着。他径直走过去，坐到靠窗的钢琴前，对我说："来吧。"

难道他要与我合奏《皇帝协奏曲》吗？我坐在靠门口的钢琴前，满脸茫然无措的样子。我的大脑一片空白，我怕那些音符已经被我忘得一干二净了。

"你来弹主奏钢琴。"他朝我点了点头，我明白他是要开始弹了。

他弹下一声强有力的和弦，我弹出一串快速而明亮的琶音。随着第一个主题的奏出，我们开始合奏《皇帝协奏曲》。历史上有许多作曲家为贝多芬的《皇帝协奏曲》改编过双钢琴版本，其中李斯特的改编最好地反映了原曲的技巧特征和精神面貌。

弹到我最为喜爱的第二乐章时，这首单纯烂漫、朴实无华的抒情曲使得房间里的空气似乎也变得纯洁了。寓于音符里的宁静、虔诚和庄严的气息，使得我的心仿佛步入了一个超然世外的境地。柔情似水的曲调唤醒了我心底的许多记忆……我想起五年前，我和小涵曾在音乐会上听钢琴家演奏过这首钢琴协奏曲。她如今在哪里呢？她是否也会弹这首曲子呢？我开始幻想，倘若此刻坐在对面钢琴前和我一起合奏《皇帝协奏曲》的人是小涵……

进入第三乐章的回旋曲后，音乐的风格为之一变，热情奔放的旋律从指尖肆意流出，骤雨般的音符倾泻而出，一瞬间"大珠小珠落玉盘"。两架钢琴之间发生了激烈的碰撞，它们仿佛不是在合奏，而是在对峙。我和对面这个男人像追逐竞跑似的，交替弹奏出华丽而洒脱的主题，最后以雷霆万钧之势，用一段雷鸣般的和弦把音乐的热潮澎湃推向巅峰。

当我们同时停在最后一个音符上时，我脸上的汗珠滴落到了键盘上，手心也湿透了。两个人似乎都久久沉浸在音乐的潮水中不愿苏醒。这时，我耳边响起了一阵热烈的掌声。我抬头一看，不知道什么时候，演奏厅里已经进来了许多学生、家长、老师和琴行的员工，也许他们是被《皇帝协奏曲》所吸引。

我站起来，走到康教授旁边，心情复杂，激动得说不出话来。他尽管神情自若，脸上却也遮掩不住音乐泛起的红潮。

他凑到我耳边低声对我说——

"从现在开始，你可以对别人说你是我的学生了。"

第二天早上，天色早早放亮了。朝阳尚未完全升起时，淡薄的光线照射在隔夜的露水上，散射出晶莹的光。海边的方向吹来一阵风，郁积多日的热气散去了一些，空气中顿时有了凉爽的感觉。

音乐会上，数百名观众挤满了音乐厅。主持人在介绍我时，说我是"音乐学院钢琴系知名教授的学生"。这时候我可没有以前的那种心虚了。想起前一天的经历，我心里唯有庆幸和感激。

我的演奏相当顺利。有了前一天康教授对我的指导，我干净利落地弹完了三首独奏曲。我和另一位老师合作演奏的《皇帝协奏曲》也比我想象中更加流畅。这是我第一次在音乐会上公开演奏完整的钢琴协奏曲，对我而言有着里程碑式的意义。这次演出结束以后，我不免时而会想象，倘若有一天，我和交响乐团来合奏钢琴协奏曲，那又会是怎样的一幅图景呢？

几天后，我特地去音乐学院拜访了康教授，对他的宽容和厚爱表示了感谢。

"您是怎么知道我声称是您的学生这件事呢？"我忍不住问他，"其实，这个主意最初是琴行那边提出的，我不应该同意才对，我现在很后悔……"

原来事情是这样的：音乐学院有一个学生也在我所在的琴行教琴，因为他是兼职，每周只有周末才来给学生上课，所以我很少见到过他。他从琴行发布的音乐会宣传里看到我的简介后，告诉了他在钢琴系的另一个同学，而这位同学正好是康教授的学生。几天前上课时，这个学生偶然间提到说琴行有个老师也是康教授的学生，要在音乐会上演奏李斯特的《B小调奏鸣曲》。康教授听到这首曲子后来了兴趣，他看了我的名字，怎么也想不起来曾经教过我。不过，他也无法完全否定这件事，毕竟他从教三十年来，给许多学生上过课，所以倘若我真的曾是他的学生而他忘记了，倒也并不奇怪。于是，他便决定来找我一探究竟。

"原来是这样。"我不禁感慨世事的奇妙。

"你不用怎么谢我，"他看着我说，"我去找你的本意既不是兴师问罪，也不是想要帮助你。我只是对你要弹《B 小调奏鸣曲》感到好奇，你知道，这是十九世纪最重要的音乐作品。一开始听到你马上坦白，我的确有点儿生气，不过听到你弹的音乐，我觉得你弹得不错，最重要的是能看出来你对音乐的那股子热情。即使在音乐学院的学生里，热情也是相当稀缺的。于是，也许是作为老师的天性使然，我忍不住要纠正你的错误。"

"我很惭愧，我的行为是欺骗……对待音乐应当真诚。"

"事情已经过去了，就不用再自责了，"他的语气极为平易近人，"对了，你现在是什么打算呢？继续在琴行做老师？"

"目前来看，也没有更好的选择了，"我说，"我挺享受教琴，时间相对比较灵活，而且在教学中也可以提高自己的水平。此外……我也自学了一点儿作曲，自己平时会写写小曲子。"

"作曲？"他仿佛很意外似的，"可以给我看看你写的作品吗？"

我从包里抽出一沓乐谱递给他："这是我的手稿。"

他翻开谱子，认真地读了好几页，途中时而会说："这里倒是有点意思""这个动机不错""这里的和声写得不够充实……"听到他自言自语的评价，我感到坐立不安。

看完了以后，他说："你写的曲子尽管形式上并不复杂，但还是有一些不错的乐思，看得出来是下了功夫的。既然你对演奏和作曲都如此热衷，你没有想过考音乐学院吗？"

"考音乐学院？"我惊讶地说，"我已经快二十七岁了……这个时候再去考音乐学院恐怕有点力不从心了。"

"如果要向着职业演奏家的路径发展，你还有许多需要提高的地方。"

"职业演奏家？"我不知不觉提高了声调，"您也太看得起我了，我觉得我没有希望往演奏家的方向发展了。"说到这里，我想起了小涵。在我眼里，她才是真正有能力成为演奏家的人。

"一个人对自己有客观的认知当然是很难得的，但任何事情都有两面性，客观的认知也可能成为阻挡你进步的障碍，这个道理你可懂？"

"您的意思是？"

"对自己有准确的认知，有两个层面的含义：一是对你现在的水平有客观的认知，这个是容易做到的，另一层面是对你将来的潜力有客观的认知，这个则是很难做到的。有时候，我们觉得很有潜力的学生最后变得很平庸，而有一些我们觉得资质没那么突出的反而一鸣惊人。在艺术的领域，这样的情况并不奇怪，因为艺术既需要刻苦的练习，也需要灵感的火花。对于艺术创作尤其是作曲来说，灵感有时候甚至可以占决定性的地位。你永远也不知道在什么时候灵感就会降临。即使是最好的老师，在判断学生的潜质上也不可能从不失手。"

"所以，"他微笑着继续说，"可取的态度是，一方面，对自己现状有客观的认识，这就使你不至于骄傲自满，另一方面，对你未来的潜力抱开放和乐观的态度，最好有一些愿景和目标，这样就可以使你在艺术的道路上走得更远。"

"您提到了灵感，"我说，"我觉得灵感恰恰是我最缺乏的。在作曲的过程中我经常感到灵感的枯竭。我常常怀疑自己可能没有音乐方面的天分。"

"人们往往以为灵感是天赋的，我承认灵感有天赋的成分，但其实灵感和一个人的经历、思想、认知是分不开的。即使是两个天分完全相同的人，仅仅因为他们人生经历和思想观念的差异，他们产生的灵感也会迥然不同。所以啊，我常常跟学生讲，你们不能只是闷头学习理论，也不能一个劲地只是练琴，一定要走出去，在广阔的天地里，去爱，去恨，去尽可能地经历更多样的人生。贫瘠的人生产生不了伟大的艺术，艺术一定要植根于精神的肥沃土壤中。"

"那么，"我问，"为了获得更多的灵感，我可以做些什么努力呢？"

"首先，继续坚持练琴和作曲，提高你理论和技巧上的水平，这是最基本的要求。道理很简单，灵感虽然难得，可是单凭灵感不可能支撑起整部作品。灵感是一种启示，它给你揭示的是最精华、最耀眼的思想，而在受到灵感的启示后，你依然需要通过你的理性和逻辑去完成整部作品。只有你坚持不懈地演奏、写作，灵感来的时候你才能抓住它，并且有能力把火花似的一闪的灵感转变为一部结构完整的作品。其次，你要多思考，多与人交流，这不仅包括与你的同行探讨艺术，还包括与其他形形色色的人来往，加深你对整个社会的了解。真正的艺术家绝不会闭门造车，他们一定要了解身边的人生百态和社会面貌，并且用他们的作品去反映所处的时代。这就像我所说的，你要去经历人生——

真正的人生。"

康教授问我是否有时间给一个孩子教琴。那孩子的父亲通过朋友找到了康教授，希望他能给孩子介绍一个可靠的钢琴老师。

"时间倒是有，不过，人家既然找了您，是不是想要找个好点的老师？"

"你这话说的，"他笑着说，"你的意思是你不够好吗？我问过了，那孩子水平不高，你教他绰绰有余了。"

几天后，那个"孩子"来上课了。我大为吃惊：站在我面前的是一个二十岁出头的姑娘，眉清目秀，长发飘拂，全身上下焕发出青春的活力和光彩。

"你是颜小书吧？"我跟她确认了名字，免得她找错了人。

她慵懒地点点头。

"我一直以为你是个男孩呢……"

"怎么，你不教女孩吗？"

我尴尬地笑了笑，她却只是朝着钢琴看。

于是我们开始上课。我问她之前学过多少。

"弹过车尔尼的快速练习曲，"她脑袋一偏，想了想说，"还弹过肖邦的几首夜曲和圆舞曲。"

"你弹一首肖邦夜曲给我听吧。"

她把手放在琴键上，我马上注意到她的指甲很长，尤其是大拇指和食指。她才弹出第一个音，我就打断了她："抱歉打断你，但你得先把指甲剪掉。"

"必须剪掉吗？"她看着自己的手指，一脸不舍的样子。

"必须，而且还得剪得干干净净。否则你无法有正确的触键。"

她又看了看我，脸上露出乞求的表情，其中有一种撒娇的意味。

"你什么时候剪掉我们就开始上课。"我转过身，翻开一本乐谱。

"好嘛……我剪就是了。"她从包里掏出指甲钳，在剪掉指甲前又伸开双手，依依不舍地欣赏了一番。

她坐直了身子，脚踩在踏板上，开始弹肖邦的《降 E 大调夜曲》。前几句倒是弹得不错，乐句很连贯，左手的和弦也很整齐，力度控制得也不错。不过，她弹到装饰音和跳音时明显力不从心，重音也完全没有体现出来。弹到一半后，她停了下来。

"后面的我不会弹了。"她的口吻里没有一点儿不好意思，反而有种理直气壮的意味，好像这是什么值得骄傲的事似的。

我指出了她弹奏中的几个问题，并且在她断掉的地方接着弹了下去。

"你最近也练过这首曲子吗？"她问。

"没有啊，很久以前弹过的。"

"你究竟是怎么记住乐谱的？"她转过脸看着我，"我弹过了老是会忘。"

"因为你练得太少，练多了一方面手指会有肌肉记忆，再者你的脑海里也会像复印一样印下来乐谱呀。"

"但是我真的不行，练多少遍都记不住。"

"那么你需要更多练习。"

"你是音乐学院毕业的吗？我爸爸说你是康教授的学生。"

这个女孩子有一种天赋，那就是能够在无意中把上课变成聊天，而且是以一种自然的、令人很难察觉到的方式。在谈话中我了解到，她在国外读了大学，学的是哲学，前一年刚刚毕业回国。

"哲学？具体是读什么呢？"

"外国哲学，整天读那些晦涩难懂的哲学著作，柏拉图、亚里士多德、卢梭、康德、萨特、罗尔斯……从古至今的哲学家都读到了。"

"罗尔斯？是写《正义论》的那个罗尔斯吗？'无知之幕'？"

"没错！怎么，你也学过哲学？"

"没有……只是大学时上过一门哲学史的课，后来读过几本哲学方面的书，比如康德的《道德形而上学原理》。"

"真的吗？"她眼里掠过惊喜的神色，"我的学位论文题目是《论罗尔斯正义论的康德式阐释》。想起写论文的那段时间，真是太痛苦了。整天待在图书馆，查阅了一大堆资料，花了几个月才写完初稿。不过，我的论文被评为了优秀论文。"

"有机会我可以拜读一下你的大作。"

"拜读？你在取笑我吧？只是一个学位论文而已，如果你真的有兴趣我可以带一份给你。"

"对了，"我问她，"你不用工作吗？今天是工作日。"

"我不着急工作呀。我父母也没有急着要我工作。他们支持我多体验体验生活，再慢慢寻找自己感兴趣的方向。"

"真羡慕不用工作的人。"我苦笑着说，"比如我，就不得不工作。"

"其实无事可做也很烦闷的好吧！"

"那为什么会想要学琴呢？"

"我虽然四岁就开始学琴了，曾经考了钢琴十级。但上了中学以后就没有碰过琴了，水平退化得厉害。最近我听了几场音乐会，特别是有一位来自海外的钢琴家弹了拉赫玛尼诺夫《第三钢琴协奏曲》。结尾的八度弹得真是精彩啊！所以我又想学琴了。"

"希望你这次能坚持下去。"我说，"我们继续上课吧。"

然而一提到上课，她的兴致却不比聊天多。我帮她纠正指法啦，手型啦，触键啦，可能因为刚才的聊天建立了信任感，她倒是挺配合，也在尽量按照我的要求做。

下课时，我给她布置了下次课的作业：肖邦《降 B 小调夜曲》。

"又要弹夜曲啊？"她看着谱子，脸上露出嫌弃的表情。

"怎么？这首夜曲很好听的，难度也不大，但是要弹出来细腻的层次也不容易。你现在去弹正好适合。"

"能不能来点有活力的？肖邦夜曲太柔和了，我喜欢有激情的音乐。我什么时候可以弹李斯特啊？"她指着钢琴上的一本李斯特的《旅行岁月》。

"李斯特？你先练好基本功再说吧。"

我送她出去的时候，她很大方地对我抛了一个眼色，意思是感谢我的指导。看着她连蹦带跳下楼的身影，我不由得想：真是一个活力满满的小姑娘啊。

一个星期后，又到了颜小书该上课的那天。早上我一到琴房，接到了她打来的电话。

"沈老师，我今天身体不舒服……"她的声音很低沉。

"你是要请假吗？没问题啊。上次给你布置的作业练得怎么样了？"

"我在想，你有没有可能……到我家里来上课呢？"我仿佛看见她抿了一下嘴，"因为我不想错过这次课。曲子我也练得差不多了。"

"这……"听到后，我心里马上犯起了嘀咕。

其实我并不喜欢去学生家里上课。去学生家里往往会见到其家长，这就免不了要问好寒暄一番，我对此一贯感到厌烦。至今只有一个学生需要我上门授课，他是一个读初中的男孩，父母对我都很友善。

"你就行行好嘛，我真的不想错过上课。我很难长期坚持一件事，如果缺了这次课，搞不好我就想放弃学琴了……"她的语气几乎是在恳求了。

听她说什么放弃学琴，好像挑动了我敏感的神经。我马上说："放弃？才上了一次课你就说放弃？"

"那么你来好不好呀……"

"好吧，真拿你没办法。"我叹了一口气。

"哇！太感谢老师大人了！"她的声音马上变得有光彩了，"那么今天下午五点可以吗？"

下午，我循着颜小书给的地址来到位于市中心的一个住宅小区。拐过一个两边栽满了梧桐树的小径后，眼前出现了一片郁郁葱葱的小树林，入口就掩映在树林中。步入小区后，我看到宽阔平整的路两边是一排排风格各异但同样精致的别墅。小区中心有一个人工湖，湖水清澈而透明，别墅围绕着人工湖呈放射状排列。小区的绿化率很高，每家每户之间都有一道茂密的树篱分隔。这个别墅区与外面的闹市区只不过隔了短短一条街的距离，没想到里面竟别有洞天。

走到颜小书家门口，我忐忑地按了门铃。几秒后门就被打开了，站在我面前的是一位打扮得体、神采奕奕的女士，想必她便是颜小书的母亲了。

"是沈老师对吧？快请进，麻烦你了。"她帮我关上了门，又问我要喝咖啡还是茶，礼数很周全，弄得我都有点不好意思了。

"小书这孩子，昨晚出去玩到太晚才回来，早上喊身体不舒服，一直窝在卧室里。我去叫她。"

不料楼上却传来一阵清脆的声音："请沈老师上来吧。"

我跟着颜小书的母亲朝楼梯走去。我不由得暗自打量起颜小书的家。从一进门起，我就惊讶于玄关的宽敞，而巨大的客厅更是令我瞠目。挑高六七米的客厅，临河的一侧是贯通到天花板的落地窗，放眼望去河水淙淙流过。考究的装修和精心布置的家具都令人印象深刻。客厅另一端连接着餐厅，毫不夸张地说，只是餐厅的面积就和我住的房子一样大了。走上楼梯时，只见两侧的墙上挂着几幅印象派风格的风景油画。来到二楼，除了几个卧室外，还有第二个客厅，两边都是落地窗，推拉门外面是贯通式的景观阳台，与卧室相连。双面采光使得室内极为明亮。靠角落的位置摆放着一架七尺长的三角钢琴，天花板上的枝形吊灯发出柔和的光，反射到钢琴的漆面和大理石地板上。

"等会就在这里上课。那我先不打扰了。"颜小书的母亲带我到二楼的客厅后便下楼了。看颜小书还没有过来，我便坐在钢琴前弹她上课要弹的曲子，同时也是暗示她：快开始上课吧。

结果又等了十分钟。我弹完两首曲子后，她才耷拉着脑袋慢悠悠地走过来。见到我以后，她好似才睡醒似的揉了揉眼睛。她穿着一身睡裙，脸也没洗，像是刚从被窝里爬起来。

"你身体怎么样了？"我问。

"其实我没事……"

"你不是说身体不舒服吗？"

"嗯……我只是昨晚回来太晚，早上实在起不来，所以……"她对我投来一个求饶的表情，"所以请你到家里来，你不会生气吧？"

看着她天真的眼神，我想生气也生气不起来。我无奈地说："我们上课吧。"

上完课以后已经晚上六点半了，颜小书的母亲问我是否能留下来和他们家一起吃晚饭。我马上推辞了，因为我一贯很讨厌参与这种家庭聚会，我已经能够想象到颜小书的父母在饭桌上又会对我问东问西，而我只能不无尴尬地应付。我原本以为她只是客套一下，不想她却热情地一再挽留我。颜小书也说："吃完晚饭再走吧，正好爸爸也在，他也想认识认识你。"见此情景，我不得不留下来了。

"你先弹弹琴，稍等一下我，"颜小书说，"我去换衣服。"

等她过来找我时，换了一身得体的连衣裙，却仍不失居家的风格。她打理了一下，之前乱蓬蓬的头发变得平整而顺滑了。我跟着她下楼来到餐厅，一个中年男人已经坐在了餐桌前，看来他应该就是颜小书的父亲了。

"是沈老师吧？"他站起来和我握手。他的身材高大魁梧，我得仰视他才行。他简单问了我的情况，又问了康教授的近况，我们便入座了。我远远地看到颜小书家请的阿姨在厨房里忙活着，颜小书的母亲自己也烧了一道拿手菜，不久餐桌上摆满了丰盛的菜肴，看起来很是鲜美。

吃饭的过程中，颜小书的父亲讲起了自己早年的经历。他的父母是教师，他本人大学毕业后出国深造，后来入职国外的一家科技公司，还在当地认识了现在的妻子。他本来以为要扎根在国外时，国内经济开始腾飞，他很有商人的嗅觉，意识到国内有更多的机会，于是带着在国外赚到的第一桶金，和妻子一起回国创业。他所料果然不差：他成立了一家工程公司，在国内如火如荼的基建事业中赚得盆满钵满。据他说，近几年的生意不如以前好做了，但由于公司已经在当地根基深厚，而且他本人又有相当深厚的人脉关系，所以不愁拿不到项目。

"我们那个时代遍地都是机会，"他说，"百业待兴，只要你能想到，就能发现赚钱的机会。"

"您描述得真是令人神往，"我说，"现在可没有这种好事了，所有的行业，只要你能想到的，都已经人满为患。竞争太激烈了，大多数行业都是一片红海。"

"一代人有一代人面临的问题，我们当年的问题是物资匮乏。你们现在物质条件比我们那个时候好多了。"

"您说得没错，物质和财富是很大程度上丰富了，可是人们在思想层面却停滞不前甚至有倒退的危险。"

我们聊到了颜小书的大学毕业论文，进而聊到了罗尔斯的《正义论》。

"我最近也读了罗尔斯的书，"颜小书的父亲扶了扶眼镜说，"关于他的两个正义原则，我有一些不同的想法。他的第二个正义原则说，社会和经济的不平等只有在符合社会最不利者的最大利益下，才是可以接受的，也就是所谓的差别原则。此外，在公平的机会平等的条件下，使所有的职务和地位向所有人开放，也就是所谓的机会平等原则。我总觉得他的想法过于天真了。凭什么社会正义要以社会最不利者为出发点呢？而且事实上不可能实现真正的机会平等。企业家的作用被他完全忽视了，正因为有了企业家，才能做大蛋糕，不是吗？"

"我倒是认为，机会平等是永远值得追求的。"我说，"而且机会平等不能只是形式和程序上的平等，而应该是实质上的平等，这意味着每个人不仅应该有同等的机会去参与竞争，更重要的是应该有平等的条件和资源去培养自己的天分和才能，使每个人的潜能得到最大程度的开发。否则一个社会就会缺乏流动性。"

"我正好最近在考虑这个问题，"他盯着我说，"比方说，我的父母当时为我创造了一个远超许多同龄人的条件，使得我能够在那个时代出国读书，并且赚到第一桶金。我回国后创业，企业虽然做得不大，但也积累了一点财产，那么等我的女儿继承了我和我父辈创造的这一切以后，难道你们要指责我女儿不劳而获吗？难道你所说的再分配，就要去剥夺我女儿合法继承的财产？恕我对这个论断无法认同。"

这时候，他瞥了一眼女儿，颜小书显然也对这个问题产生了兴趣，她侧着脸看我，似乎在等待我回答。我不得不想：真是个老狐狸啊，把自己的女儿推出来做靶子，使我很难不顾及颜小书的面子。不过我略作思考后还是说：

"假设一个富裕家庭获得的财产完全合法，那么对这个家庭来说，在现有的法律和制度框架内，当然有权利支配自己的合法财产，这一点是毋庸置疑的。不过，这并非意味着这个家庭对那些社会不利阶层或者说弱势群体不负有义务。"

"那我就更不明白了，既然我获得的财产是完全合法的，那我凭什么还对别人负有义务呢？你好像是说，我应该拿着自己的合法财产去帮助别人。我当然乐意去帮助人，但我不认为这是我的义务，它顶多是一种善举，而且必须建立在完全自愿的基础上。"

"您是否承认，每个人都有权利按照自身的先天条件和志向去最大程度地发展自身，实现自身的自我价值呢？"我没有直接回答他，而是抛出一个问题。

"这是当然，每个人都有这样的权利。"

"那您觉得每个人在发展自身、实现自我价值的过程中，他们享受的机会和条件是否应该一样呢？"

"理想情况下是的。"他说，"但实际上，不可能每个人都有同等的条件和机会。因为每个人先天的特质和后天的经历都是不同的。"

"这就对了，您也说了，实际上每个人享有的机会和条件都不可能相同，但问题是我们又承认每个人都有最大限度发展自身的权利。那么这里不是出现矛盾了吗？您承认一种权利，却又说不可能有同等的条件和机会去实现这种权利。"

"拥有一种权利，难道一定意味着每个人得有同等的机会和条件去实现权利吗？"

"这是权利的应有之义。"我说，"一种权利，之所以能够成为权利，是因为它是每个人平等地享有的。平等是权利最核心的质素，如果一种权利不是平等享有的，那么它就成了特权，而谈不上是权利。你给了人们一种权利，却不给他们平等实现权利的条件，这还能叫权利吗？既然人们平等地享有发展自身的权利，那么社会就应当创造条件使每个人都能以同等的机会和条件去实现这种权利。举个例子，有两个孩子，一个很有音乐天分，那么社会应当创造条件使他能够充分培养自己的天分，不必因为家庭条件或者物质财富的匮乏而使他无法接受好的音乐教育，否则一个天才的陨落不只是他个人的不幸，也是整个社会的不幸。另一个孩子虽然没有天分，但喜欢音乐，那么社会同样应该创造条件使他能够培养自己的兴趣，这是因为一方面，每个人都有发展自己兴趣的权利，另一方面，兴趣之中可能孕育着未来的伟大创造。核心是：我们必须让每个人都有同等的机会和条件去追求他想要追求的可能性，这是一个永远值得追求的目标。无论对于个人还是社会，这都是有百利而无一害的。"

"那么按你说的，这和我对别人负有义务又有什么关系呢？"

"一方面，每个人拥有发展自身、实现自我价值的平等权利；而另一方面，现实中实现这种权利的条件又是不平衡的。您想呀，在一个既定的时间点，社会上所有的机会和条件的总量是不是固定的？其中富裕家庭占有的机会和条件要比一般大众更多，那么整个富裕家庭整体就对处于不利地位的同胞或者弱势群体负有一种帮助的义务。因为每个人都有平等地享有发展自我的机会和条件的权利。举个例子，提倡社会捐赠、公益慈善，鼓励企业家回报社会，不就是在体现这一点吗？所以，一切出发点在于权利。"

他放下筷子，举起茶杯说："你这个说法倒是有点意思。之前人家提到为什么企业家应该回报社会，说的都是什么'你赚到的钱不全是靠自己的努力，运气和机遇也占了很大的成分'，好像我必须完全靠自己的努力才配拥有我的财富，但问题是不可能有任何一个行为有绝对的自主性，对吗？无论你做任何事，总要面临外在因素和运气的成分。比如我今天出门，会不会下雨也是凭运气的事。难道拥有好运气也是一件要被谴责的事吗？真是匪夷所思。不过，你所说的是另外一套逻辑了。因为每个人有发展自身的权利，这种权利应当被平等地满足，所以在既定的时间点那些占有更多社会资源的人就应该对处于不利地位的同胞负有义务，因为社会资源总量就只有这么一点儿，你是这个意思吗？"

这时，颜小书的母亲对丈夫说："好啦好啦，不要在饭桌上一直讨论这些严肃的话题了，你怎么老是改不了这个毛病？人家沈老师来上课已经够辛苦了，你还不让人家好好吃个饭。"

接下来我们又聊到了许多不同的话题，有职业选择问题啦，子女教育问题啦，基本是围绕着颜小书展开。颜小书的母亲也加入了话题，像所有的父母一样，他们很关切女儿的未来。

"她回国后，简直是一天一个想法，今天说想开公司啦，明天又说要去大学里，后天又变了一个想法。"母亲看了看女儿。

"想法很多，但都是三分钟热情。"颜小书自嘲地说。

"不过我倒是不着急，"父亲说，"她才二十三岁，刚毕业，着什么急呢？与其随便进入一个行业，不如先观察一阵子，多体验不同的事物，这样才能做出明智的选择，不是吗？"

"二十三岁已经不小了！"颜小书嘟囔着说。

"在我们那个年代是不小了，可是时代不一样了。她母亲竟然还着急她的婚恋，你说有什么可急呢？婚姻可不是儿戏，急不得，她的男朋友一定要通过我的审查。我可不能把父辈攒下的财富让一个不可靠的人染指。"

说到这里，父亲问颜小书："你应该现在还没有恋爱吧？有的话可得早点告诉我，我帮你把把关。"

"哪有的事！"颜小书大声说，"你们不知道现在找对象有多难！"

"你不是天天出去社交吗？"母亲瞅了瞅她，"那么多朋友里，没有你中意的？"

"他们作为玩伴是可以，但是恋爱嘛……我觉得他们既肤浅又无聊。"

"无聊？那你还每天乐此不疲地往外跑。"母亲瞪了她一眼。

"那是因为我的生活更无聊，我总不能一个人闷在家里一天天老去吧，那多可惜。"

听到这里，大家不由得都笑了。于是，在欢快的气氛里，我吃完了晚饭，和他们一家人道了别。出门前，颜小书凑过来小声对我说：

"我觉得你说的有道理，我就喜欢看爸爸被你驳得哑口无言。"

不料到了下一次课她又叫我去家里上课。她打电话给我说："我每个星期三晚上都会很晚才回来……所以星期四早上没法上课……"

"你出去干吗呢？"

"和朋友聚会……去聚餐啊，然后去参加化装舞会或者在酒吧喝酒。"

"那我们可以改个日子上课。"我冷冷地说。

"不行，我其他日子都有安排了……"她用恳求的语气说，"你就行行好，以后来家里给我上课吧。我妈妈也说你琴弹得很好！我们上课的时候她也在楼下听呢。"

"这……"

"我可以让他们多付一倍学费给你，这样总行了吧？"

"不是钱的问题，"我像是被触犯到似的，心里十分不爽，"行吧，以后我会上门给你上课。但请不要提什么学费的事了。"

"我就知道你最好了！"隔着电话，我也能听到她的兴奋。

于是，我每周要抽出一个下午去给颜小书上课，不得不说这打乱了我原有的时间安排，因为往常这个时间我通常会去音乐学院里旁听讲座。不过，我觉得和这个女孩相处倒是颇为令人愉悦。她热情奔放的性格，对周围的人很有感染力，你的想法也会不知不觉被她带跑。给这样一个有个性的学生上课，也不失为一种乐趣。

她和许多女孩子一样，喜欢在社交媒体上晒图、发视频，分享自己的生活。她让我去关注她的账号，我点进她的主页一看，她竟然已经有几十万个粉丝。我看到了许多她的自拍、和朋友的合照，还有精心剪辑的视频，主题包括角色扮演、酒吧现场演出、演唱会、探店、国外旅行，以及看各种艺术展览。她几乎每天都要发动态，每一天的生活都显得丰富多彩。她很享受被粉丝们追捧的感觉，在她发的图片和视频下面总是有上百条评论，而她会选择一些认真地回复。她很在意这些评论里或友好或恶意的意见，因为她很重视自己在社交媒体上的形象。

我无意中看到她最近发的一段视频是在上钢琴课时录的，里面还出现了我的侧脸，她给视频配的文字描述是："终于下定决心重拾钢琴了，老师说我弹得不错！"

我问她："你是什么时候录的视频？我居然没发现。"

"把你放到镜头里，你不会介意吧？"

"这倒还好，不过，你每做一件事都得发图片或者视频吗？会不会很浪费时间呢？"

"习惯了就还好啊，我只是想记录生活。"

"我看你是很享受被别人关注吧。"

"有什么不对吗？又不是我求他们关注的，他们想关注我也没办法呀。"说完，她摆摆手，做出一个无奈的表情。

她很有想法，喜欢上课时挑战我的说法。我说这里应该弹得柔缓一点，温柔一点，她却非要弹得活泼响亮，最后原本凄美的境界竟被她弹出了欢乐的感觉。

"难道这样不好听吗？"她弹完后一脸真诚地问我。

"可是，这并非作曲家的本意。"

"是谁刚刚才说过，作曲家的本意往往很难明白无误地界定？"

这个思维活跃的女孩子，很擅长利用对方话里的漏洞去攻击对方。我只好无奈地摇了摇头："你弹得很好听，我承认了。那么你能不能试试另一种弹法？比较一下？"

她这才按照谱面上的标记去弹。没想到她竟也能弹出曲子原本的那种境界。看来她不是做不到，而是不想做。

"这样弹软绵绵的，一点都不好玩！"她不乐意地说。

音乐对她来说，只是一个有趣的玩意儿，就像孩童眼里的某个玩具一样，一会儿爱不释手，一会儿又可以弃之不顾。不过我想，这样也好，对于一般人来说，能从音乐中体会到乐趣就已经很好了，为什么非得把音乐变得那么折磨、那么充满怨言呢？并不是每个人都要成为、都能成为音乐家。生活中能有音乐相伴就已经很幸运了，作为老师，要去守护这种幸运，而不是用什么"必须""禁止"去毁灭它。倘若有什么真的不可接受的地方，也应该去引导而非粗暴地干涉。

想到这里，我微笑着对她说："那就按照你喜欢的方式弹吧，我觉得也不错。"

"你真的这样想吗？"她眼里闪烁着坦诚和感激的光芒。

第二十九章

　　一个温暖的夜里，我在琴行上完课后，到一楼的大厅里试弹一架前一天才运来的钢琴。这是一个著名品牌最新推出的型号，具有自动演奏功能。我关心的是它的手感和音色，因而我在这架琴上弹了一曲《叹息》。

　　我弹完了以后，手指落在最后一个音上才抬起头。这时，我面前站着一个身段丰满、面容姣好的女人。她看起来有三十岁了，脸上浓妆艳抹，细看之下有不少瑕疵，但仍不失为姿态动人。倒退十年，她一定是个鲜活的美人。

　　我对她的出现感到惊讶，问她有什么事。她犹豫了一下，眼睛不安地朝四周看了看，这时我看到她的脸色略显苍白，带有一点儿病容，有点佳人迟暮的意味。

　　"你刚才弹的是什么曲子呢？"她用小心翼翼的口气问我。

　　我看了看她的手，指甲很长，手指也不像是会弹琴的样子。

　　"李斯特的一首曲子，名字叫《叹息》，你知道吗？"

　　"曲子是头一次听到，不过我知道李斯特，是不是一个很有名的音乐家？"

　　"没错，他写了三首音乐会练习曲，这是其中的第三首——"我马上意识到自己没有必要对一个路人说太多，于是便打住了。

　　"那个……这里可以学琴吗？"

　　"可以啊。这里有钢琴课。有很多成人在这里学呢。"

　　"那么你是老师？"她的眼神越发显得不安了，令我颇为困惑，"你们怎么收费啊，一节课多少钱。"

　　我大概跟她说了个数字，她却像是另有所思地说："没有钱可以上钢琴课吗？"

看到我困惑的表情，她挺起胸脯说："我……可以用别的方式付给你学费。"说完后，她故作羞涩地露出整齐洁白的牙齿，对着我笑了。

"这一点也不好笑。"我冷冷地说，"我先告辞了。"

半个小时后，我收拾好东西下楼准备回去了。不料，那个女人还在门口徘徊。她这下换了一副表情，做出委屈的样子，颇有几分楚楚可怜。她神经兮兮地看看我，又看看钢琴，一副六神无主的样子，嘴里默默念叨着什么奇怪的话，但并不是对我说话，而是好似对着什么不存在的人说话，又像是对着空气自言自语。

"你还想要做什么？"我没好气地问。

"对不起……我在想……你能不能再弹一遍刚才那首曲子呢？"

"我得回去了，还要赶地铁呢。"

"求求你了……只弹一遍可以吗？"

看到她苦苦哀求的神色，我说："那我再弹一遍吧。"

我弹的时候，她静静地站在一边，目光有点慌乱，一会儿看着屋顶，一会儿又看着地面，但其中流露出的都是同样不安的神色。随着音乐的进行，这份不安中增添了一丝痛苦，等音乐发展到高潮，她眼里的痛苦已经占据了主导地位。

弹完了以后，我把手在琴键上轻放了片刻。只见女人眼里闪烁着晶莹的泪珠。我感到很惊讶，问她："你到底怎么回事啊？"

"不好意思……我想起了一些事，"她用手背抹掉眼泪，"这首曲子太美了，当然你弹得也很好……我很感动。"

虽然我不知道这个女人发生了什么事，但那一刻我唯一可以肯定的是：她的泪水绝非伪装，而是类似于某种真情流露。至于引发这真情的是音乐，还是往事的回忆，我就不得而知了。

"我可以跟您讲讲我的故事吗？"她红着眼眶对我说。

"这……你不会……"我面露疑色。

"请您放心，我再也不会对您说无礼的话了。我只是现在真的很需要发泄一下，不然我会疯的。我必须向您澄清，您不能把我想成那种女人，但这只有您了解我的过去才行。"她指了指琴行对面的一个咖啡店，"如果您愿意为我花一点儿时间，我可以请您喝杯咖啡。"

我看了看咖啡店，里面客人很多，我料想在这里她应该不会有什么越轨的举动，再加上我对她的种种反常感到好奇，于是便答应了。

在咖啡店外的露天座位坐下后，她给我点了一杯拿铁，从兜里掏出一支香烟和打火机，问我："您不介意我抽烟吧？"

她竟讲出了她一生的故事。

"我生于西南一个偏远的山区，几十公里外就是国境线。我父母都是土生土长的农民，家里还有一个弟弟，世代靠务农为生，生活水平在村里垫底。我从小在学校就被同学嘲笑家里穷，但我又有什么错呢？我的出身不是我能选择的，不是吗？作为长女，我不仅要帮家里干农活，还得照顾弟弟。那个年代，由于消息闭塞，观念落后，我们那里的学生很少有考上大学的，连读高中的也只有一半人，其他人都是早早去念职校或者打工了。我虽然考上了镇上的高中，也很努力地读书，但奈何我不是读书的料，再加上家里穷一直使我在同学里抬不起头来，严重影响了我的心智，最后我高考落榜了。

"其他同学可以花钱去读的大学，我们家却是怎么都承担不起的。因此我只能另谋他路。我去县城里先后打了几份工，这才体会到工作的辛酸。一年多以后，邻村一个小伙子的父亲竟然上门来提亲。随着我年龄的增长，我的长相越来越好看，邻近的男孩子们都对我趋之若鹜，这个小伙子也不例外。他们家的条件在附近一带相当好，他的母亲一开始看不上我们家，但当她见了我以后，对我的长相极为满意，还说什么'女人长得漂亮对下一代好'。于是，在双方父母的撮合下，我在满二十岁后便和这个男人草草结婚了。当时的我并不想结婚，但我没有考上大学，家里条件又差，待在家里只会成为家里的负担，还不如早点嫁个好人家，能安稳地过一辈子也算是福分了。

"然而婚后生活并非我想象的那样美好，毋宁说是相反。由于我的原生家庭条件很差，婆婆始终认为我们两家门不当户不对，总是有意无意地说我是高攀他们家，生活里从来少不了冷嘲热讽。而那个男人是一个只会对母亲言听计从的人，从没有什么主见，遇到问题只想逃避，非但不帮助我，还要和婆婆一起欺负我。有一次，我实在受不了，和婆婆大吵一架后回了娘家，我的父母却不肯收留我，他们觉得我这样做很丢人，会使得他们在邻里抬不起头来。于是，我又不得不灰溜溜地回去，继续忍受婆婆鄙夷的目光。那个男人对我出走这件事感到羞愤交加，他随便找了个理由和我吵架，甚至还对我动手。我很想逃离这里，但我不知道还能去哪。连我的父母都不愿意要我，我成了一个无家可归的人。

"婚后两年，我还没有怀上孩子，这使得婆婆十分气恼。她成天盼着抱孙子，但我却迟迟无法怀孕。起初我以为是我的问题，结果去医院做了检查后，发现是那个男人的问题，是他无法使我怀孕。回到家以后，他却没有勇气面对现实，不敢告诉婆婆真相，反而把责任推到我身上。那段日子我和婆婆又吵了好几架，终于有一次我忍无可忍，对她破口大骂，告诉她问题全出在她儿子身上。这下她可受不了了，说我污蔑、诋毁，还要把我赶出家门。我正求之不得呢，于是我和那个男人离婚了。我终于获得了久违的自由，但我也再次面临人生的分水岭。

"弟弟的学习成绩很不错，很有希望考上大学，他是全家人的希望所在。我和弟弟一直感情不错。离婚后我对父母说，我要去大城市打工赚钱，为即将上大学的弟弟赚学费。在离家之前，我发誓一定要赚钱，赚很多很多钱，为父母修建一座新房子，改变他们一辈子被人看不起的状态，也为自己争口气。二十二岁的我，虽然经历了家庭生活的折磨，但一颗少女渴望生活的心还没有泯灭。然而当我来到南方的一座大城市后，现实很快无情地打了我的脸。我做了许多工作，什么餐厅服务员啊，商场导购啊，美甲师啊，但没有一份工作能够长久干下去。我又到一家网吧工作，这里有许多小混混，整日和他们混在一起，我很快交了一个男朋友，他跟我有类似的经历，因此我们一见如故。有一段时间，我以为找到了真爱，整天爱得死去活来。直到有一天，他说有个更挣钱的地方，问我要不要去。

"他所说的地方，是位于闹市区的一家歌舞厅，喜欢招聘像我这样漂亮的女孩子。我去了以后才发现，那里的客人总是喜欢对我动手动脚。我干了两天就不想干了，不料我告诉男朋友以后，他却劝我坚持坚持，因为干这个可以赚钱。我当时很生气，质问他是否还爱我，如果爱我，为什么可以忍受我去干这个。他却把我的质问并不放在心上。我很失望，和他吵了一架后便分手了。后来我又换了几个男友，但没有一个可以长久的，他们无一例外都只是想得到我的身体，得手后便连几句温情的话都懒得说了。我渐渐想明白了，像我这样出身的人，是不会有男人真心对我的，爱情也许从我一出生就已经远离我了。

"对爱情的希望破灭以后，我便只想赚钱了。我没有高学历，又没有什么技能，只能干那些最辛苦的工作。最多的时候我同时打了三份工，每天只能睡几个小时。虽然很辛苦，但我总算是攒下了一些钱。就在这时，家里传来了好消息：弟弟考上了省会城市的一所大学，而且还是不错的学校。这下家里为他的学费和生活费发了愁。我已经在外打工一年多了，父母问我能不能帮帮忙。我把打工攒下的钱都转给了父母，他们总算是松了一口气，弟弟也顺利上了大学。

"当我以为一切都走上正轨时，不料家里又发生了一桩不幸：母亲病倒了。多年来的辛勤劳作压垮了她的身子，她突发疾病，需要做手术，而且不是一般的小手术，需要一大笔钱。父亲找遍了亲戚邻居也没有借到几个钱，因为他们都怕我们家还不起。母亲的病情危重，弟弟正在读书又指望不上，看着自己干瘪的钱包，我又想到了之前那家歌舞厅，那里的收入还算可以。于是我咬了咬牙，又回到了那里工作。不过我有我的原则，那就是只做普通的服务生，不给客人提供陪酒服务。

"母亲的情势危急，我不得不向歌舞厅里的其他女孩借钱。一个女孩告诉我，可以在网络上贷款，我就像抓到救命稻草一样，在好几个网贷平台上贷了款，解了燃眉之急，母亲的手术很顺利，病情总算稳定下来了。贷款容易还款难，网贷的利息高得吓人，我必须尽快还款，否则利息就会滚雪球一样越滚越大。但以我的工资，要还钱不是一朝一夕的事。后来，我接二连三地接到催收电话，甚至还有几个彪形大汉找上门来，我被吓得不轻，像个无头苍蝇一样问同事该怎么办。她暗示我有个挣钱的好路子：给客人陪酒，和他们一起灌酒，忍受他们的搂搂抱抱和各种亲狎的举动，借机问他们要小费，运气好的话几个晚上就能赚一个月的工资。

"虽然我对其他女孩的这种行为早已有所了解，可是听到后我还是感到无法接受。一直以来，我接受的教育都告诉我一个人应该靠自己的劳动赚钱，然而这些教育却没有告诉我：当正直的劳动赚不到钱时，那又该如何呢？最终，走投无路之时，我迈出了那艰难的第一步：一个客人提出了要求，我咬咬牙同意了，他很有钱，而且很大方，我和他谈了一个好价钱……在我过去二十多年的人生里，我从未想过有一天我需要通过这种方式来挣钱。但我只能告诉自己，我别无选择。迈出第一步后，后面的一切就水到渠成了，我很快成为一个老手，而且一度还成为歌舞厅里炙手可热的女孩。欠下的网贷几个月就还清了，我渐渐地也不再感到羞耻，仿佛这样赚钱很自然似的。现在想起来真是可怕，我觉得原因在于环境：当周围的人都觉得这样没有什么不对时，你还能坚持自己的判断吗？

"就这样，时间过得很快，几年过去了，有一天，我不无惊讶地发现，自己的眼角出现了鱼尾一样的细纹。这对我可是个重大打击：在这之前，我对自己的样貌是很自信的，但这个皱纹提醒了我，我也会慢慢老去，风华不再。再者，每天熬夜喝酒、唱歌，直到早上才睡觉的作息也在日渐磨蚀着我的身体。想到这里，我就不得不为未来感到担忧了，现在的这种生活，终究不是长久之计，等我容颜不再了，我又该何以为继呢？有一段时间，我在社交软件上认识了一个男人，和他聊得很投入。他对我很关心，也能够理解我的许多烦恼。一开始我没有告诉他我过去的事，他很快要求与我见面。我对他也很好奇，于是我们便约在一个餐厅吃饭。见面以后，我才知道他是一个剧团的经理，他问我做什么工作，我只说随便打打工，正在找新的工作。

"这下他来了兴致，问我愿不愿意去他们剧团工作，还夸我长得好看，声音好听，说我可以从小配角做起，以后说不定还能担纲主角。我不得不承认，我对他所说的感到很动心。其实我从小喜欢文艺方面的东西，包括话剧啦，表演啦，只不过受制于家庭条件，我不可能有接触这些文艺的机会，更别提去学习了。于是我辞掉了在歌舞厅的工作，来到了他所在的剧团，从最不起眼的配角演起。每一天我都刻苦学习，不是在排练，就是在背台词或者观摩别人的演出。不久，我便演了更为重要的角色。我对剧团经理感激不尽，是他把我从水深火热中拯救出来，使我能够在心灰意冷之后还有机会追求少女时的梦想。渐渐地，我觉得我爱上了他，有一段时间，我甚至在想：如果我们可以结婚……这是我几年前对爱情失望以后再一次心里燃起了爱情的火焰。但是，因为我不堪的过去，我不敢对他说出我的爱情，我只想努力演戏，成为更好的演员，使自己能够配得上他。

　　"不久，剧团里接了一部戏，里面有两个女主角，我忐忑地问经理我能不能出演其中一个女主角，颠覆性的一幕发生了，这个我早已爱上的男人，竟然说：'你想演女主角是吗？我觉得你的能力达到了，不过你看你来剧院这么久了，没有我的帮助你不会有今天，这个你懂吧？那你是不是要对我有所表示呢……然后我可以考虑是否让你做女主角。'你能想象我听到这句话后的感受吗？简直像五雷轰顶一样。倘若他对我说'我喜欢你'，或者他一句话都不说，直接来抱我，吻我，我马上会对他以身相许——我早就做好这个准备了。但是，当他说出这样一席话，把我的爱情当作一种赤裸裸的交易时，我反而感到恶心，他在我心里的形象骤然崩塌了。那一秒，我不爱他了，甚至厌恶他，觉得他和我在歌舞厅见到的那些客人并没有什么本质上的不同。

　　"我忍不住把他大骂了一通，我至今也想不通我为什么会那样激动，我完全可以不理会他，继续演我的配角，不是吗？也许是我爱着他，所以那一刻我实在无法忍受自己看走了眼，爱上了一个不该爱的人。那次过后，他对我记恨了，不仅不帮助我了，还使劲给我难堪。有一天他找到我，声称做了详尽的调查，已经了解了我的过去，还威胁我说如果我不顺从他，他就要把我的事情广而告之，让我在这个圈子里再也抬不起头来。我问他知道了什么，他说：'你陪酒的时候干了什么自己心里清楚。'这下我算是彻底被他拿捏住了，我不可能跟他翻脸，剧团演员这份工作对我已经有了不同的意义，它对我不只是一份工作，更是一项事业。如果跟他撕破脸，离开剧团后，我又能去哪里呢？去其他剧团吗？如果真像他所说的那样，他要把我的伤疤揭开，那还会有别的剧团愿意接纳我吗？

　　"无奈之下，我束手无策只能就范。更令我感到屈辱的不只是顺从他这件事本身。在和他度过那一夜时，我以一种受难般的心态已经做好了被他蹂躏的准备。但出乎我意料的是，我竟然感受到了肉体的欢愉，那是一种心灵怎么也无法遏制的欢愉。我心里告诉自己应该厌恶他，我的身体却被他的爱抚弄得神魂颠倒。一夜过后，躺在他怀里，我对自己感到绝望，我觉得自己本质上已经成了一个荡妇，再也无药可救了。那天以后，我便成了他的情妇，但绝不能说是女朋友，尽管他仍然单身。他从来没有把我当女朋友看待，他只有在需要发泄欲望时才会想到我。不过，他没有食言，他的确给了我女主角的机会，而我在爱恨交织中也把那个角色演得入木三分。就这样，我有了越来越多演女主角的机会，起初是由于他的帮助，后来却是靠我的实力了。受尽了屈辱，我终于成为剧团里一个举足轻重的演员。有其他一些剧团也对我抛出了橄榄枝。

"渐渐地他对我感到厌恶了，他又有了新欢，是剧团里新进的一个小姑娘，我能想象他给那个小姑娘许下了怎样美好的允诺。无论如何，这对我反而是好事，他终于不需要我了，而我也能自由了。就在昨天——是的，昨天——他同意我辞职了。我一个星期后即将加入另一家剧团。做了那么久他的奴隶，我终于可以重获新生了。

"我要请求您的原谅。刚才我经过琴房外面，被您的琴声吸引了。隔着玻璃，我看到您弹得很投入，手指在琴键上飞舞得很优雅，这才想要进来的。我头一次听到您弹这首曲子，一下子就被深深吸引了，如歌的旋律让我想起了我不堪的过去，还有那些惨痛的经历。那一瞬间我有种感觉：这首钢琴曲讲述了我的过去，同时也启示了我的未来，让我觉得我的余生还是有一些希望的。我也不明白我是发了什么神经跟您说出那种话……"

女演员讲完以后，看了一下手表说："时间不早了，我占用您这么多时间真是太抱歉了。也许我是压抑太久了，这么多年来，我没有对任何人讲过我的事，现在讲出来，我竟然感到前所未有的轻松。那我们就此告别吧。您以后会开音乐会吗？有的话我一定要来看。"

看着女演员走远了，我心里感慨万千。我常常抱怨自己命途多舛，抱怨自己没有这个，没有那个，但比起世上许多不幸的灵魂而言，我已经相当幸运了。比如说，尽管我父母都不懂音乐，但我在十四岁阴差阳错地学了钢琴，一路磕磕绊绊，最终也走上了音乐的道路。现在我能通过自己热爱的音乐谋生，这何尝不是一种幸运呢？即使我无法在音乐的道路上再往前一步，那又怎么样呢？人生在世，能够过上自己所设想生活的十分之一就已经足够幸运了。最重要的是，由于音乐，我遇到了小涵。尽管她最终离我而去，可是她在我的人生中留下了不可磨灭的痕迹。我可以断言，是她改写了我的人生，为我的人生注入了几道仅有的但足够照亮我一生的光明。如果没有她，我的人生将在一片阴暗与寒冷中不见天日。

第二天又到了给颜小书上课的日子。我到她家的时候，她竟然还没有起床，我足足等了半个小时她才慢条斯理地走过来，上下眼皮还在打架。

"你怎么回事？"我有点生气了，"知道我等了多久吗？"

"你干吗呀？"她睁大了眼睛，"干吗那么凶啊？！我昨晚凌晨四点才回来的，睡到现在也没多久啊。"

"我不管你几点睡的，你在和我约好上课的时间还在睡觉，这合适吗？"我并不打算缓和口气，"你一点儿都不觉得你错了吗？"

"好好好，那我跟你道歉，对不起，你满意了吗？"她那鄙夷的口吻实在令人恼火。

我想起了前一晚那个女演员的经历，再想到颜小书的所作所为，不由得义愤填膺。

"你可知道，有多少人为了生活、为了理想，还在苦苦挣扎，而你，生下来就拥有了许多人一辈子也不敢想象的优越条件，却每天这样浪费生命？"

"浪费生命？我哪里浪费生命了？"她涨红了脸，"昨晚我是去和朋友聚会，我的朋友对我很重要，你是不是没有朋友？整天抱着你的钢琴，只知道弹琴弹琴弹琴，弹琴对你来说是为了生存，对我却只是一种消遣，懂吗？我睡觉怎么了？我要有充足的睡眠才能心情愉悦，难道这也有错了？"

还没等我回答，她接着大声说："别跟我说什么别人在挣扎啦，我有优越的条件之类的蠢话了。怎么，我生在一个条件好的家庭反倒是我的过错啦？我为我的父母感到自豪，也为我的家庭自豪，我没有什么可反思的。我现在所拥有的一切都是我应得的，别跟我说什么权利啊，义务啊，都是狗屁！世界就是这样，难道你还想自己改变这个世界吗？我奉劝你早点接受现实吧，不要再说那些愚蠢的废话了。"

"如果你是这样想的，那我无话可说了。"我拼命压住了心里差点儿就要爆发的怒火，"你找别的老师吧，我教不了你了。"

说完，我收起了乐谱，看都不看她一眼，径直走下楼了。

"这就是你的态度？被我说得无话可说就想撂担子了？"她追到楼梯上大声喊。

"随便你怎么想吧！反正我不干了。"

"我的学费是预付了的！"

"全部退给你，我一分钱也不要了。"

狠狠地关上门以后，我隐约听见颜小书的母亲在问女儿发生了什么。我马上加快脚步离开了，随便她怎么污蔑我吧，反正我与她再也没有关系了。走在路上，一阵风吹过，枫树的叶子凌乱地飞舞着。在这个温暖的夏末，我却觉得心里有如一场霜冻降临。

接下来几天，我的心情很糟糕，给其他学生上课时不知不觉也严厉了许多。有一个学生问我是否遇到了什么麻烦时，我才意识到不应该把自己恶劣的心绪带到课堂上。于是我对他说："对不起。让我们重新过一遍刚才弹的段落吧。"

一个星期后，到了原定给颜小书上课的日子，我起床后还下意识地想着要去上课，结果转念一想：我已经不用去了。这下我可感到高兴了，一整个下午可以自由支配了。我去了郊野公园，在大片的森林里游荡，尽情呼吸山野里新鲜的空气。回去的路上，我觉得自己的身心整个儿被自然涤荡干净了，我不再感到苦恼了，当天晚上我就重新开始练琴和作曲了。

过了半个月，出乎我的意料，颜小书打来了电话。

"你最近还好吗？"她的语气很柔和，和上次我们闹翻时相比像是换了一个人。

"没什么好事，也没什么坏事，一切照旧。"我心想，她又来找我干吗呢？真不知道她葫芦里卖的什么药。

"上次的事……是我不对，"她说，"我不应该上课迟到，也不应该那么激动。"

"没关系啊，我已经忘了那回事了。"我轻描淡写地说。

"那么……你能继续给我上课吗？"她的语气里有一种小心翼翼的试探，"我去找你上课也行。"

"你可以找其他老师呀。"

"我的确找了，但是那个老师上课太无聊了，一板一眼的，我实在提不起兴趣。"

"可是我已经有别的安排了。"

这时候，她竟然在电话里哭起来了，哭声很令人动容。

"你哭什么呀？"我说，"有事情就好好说。"

"你不给我上课的话，"她边哭边说，"我只能放弃钢琴了……你不知道我最近承受了什么！"

"怎么，难道你也有苦恼吗？"我用调侃的口气说。

"你别取笑我了，答应我，来给我上课，行不？我有好多话想跟你说。"她的声音中有一种坦诚。

"如果我不想来呢？"

"那我可能会对自己……做出一些不好的事情。"她用威胁的口气说，"到时候你可别后悔。"

听到这里，我猛地脊梁一凉，脑海里出现了不祥的画面。

"喂，我说，你可别做傻事。"

"反正你也不会在乎我。"说完，她便冷冷地挂断了电话。

两天后的一个晚上，我已经睡下了，不料她又打来了电话。

"你还是不打算……给我上课吗。"她嘟嘟囔囔地说着，声音断断续续的，周围的背景音很吵。

"你怎么了？你在哪里呢？"

"我喝醉了……你要是不来找我，我明天……不知道在哪了。"她说话时很费力气，似乎真的是醉了。

"你在哪？"

她挂电话后给我发来了一个地址，于是我从被窝里爬起来，迅速穿上衣服，到楼下打了一辆出租车。

深夜里的公路一路畅通，二十多分钟我就到了她发给我的地点。我找到她的时候，她正蹲在一家夜店外面的路边呕吐，旁边有几个男人正在不怀好意地盯着她。

"你怎么喝成这样子了？"我弯腰下去看着她，"以后不可以这样喝了。"

"你真的来啦。"她抬起头，嘴角还残留着碎渣，涂得裙子上都沾上了脏东西。

"我送你回去吧。"我蹲下扶她起来，又打了一辆车。

"你为什么……拉我……上车啊，"她拍着我的肩膀说，"你想对我……

干什么呀？"

司机师傅听到后，回头用怪异的眼神看了看我，我急忙解释道："这位是我朋友，她喝醉了，我只是想送她回家。"

接着我又对颜小书没好气地说："送你回家！"紧接着我帮她擦去了嘴角和裙子上的脏东西。

"你说我是你……朋友啊？"她靠在我的肩膀上说，"那为什么不理我……不给我上课……"

"我给你上课行了吧？"我无奈地说，"你别说了，休息会吧。"

我把她轻轻推开，不料过了几分钟她又靠在了我肩膀上。我不知道她睡着了没，但我们没有再说话。

到了以后，我又扶她下了车，一直扶她走到家门口。她打开门以后，我问她："你自己可以回去的吧？上楼小心点。"

"你可以……扶我上去吗？"

我轻轻扶她上了楼，家里很安静，她的父母想必已经睡了。

走到楼梯中间时，她停下来问我："我现在是不是……很丑？"

楼梯间只开了昏黄的夜灯，她的脸藏在半明半暗的阴影中，反而遮住了她脸上的瑕疵，再加上她喝醉酒的眼睛很难聚焦，呈现出一种迷离的神色，因而她的整个脸庞比平时增添了几分天真的神气。

"没有的事。"我继续扶她上楼。她指了指她的卧室，我走到门口时停下来了。

"你怎么……不走啦。"

"我不应该随便进你的房间。"

"好啦……你扶我躺下吧。"

她躺下以后，闭上眼睛马上便睡着了。她的呼吸很平缓，睡容显得很安心。我悄悄走下楼，安静地关上门，打了一辆车回去了。等我到家以后，我已经被折腾得精疲力竭，钻进被窝马上就睡着了。

于是，几天后我又去了颜小书家给她上课。我到的时候她已经梳洗好坐在钢琴前了，一脸温顺的样子，眼睛里散发出丝绒般柔和的光彩，我怎么也没法把眼前这个乖巧的女孩和几天前喝醉酒的那个女孩联系起来。她的眼皮有点儿虚肿，显然刚起床不久，脸上没有什么妆，但却有一种清新自然的美感。

"这次如此准时啊，"我说，"对大小姐来说真是不容易！"

"好啦，别再调侃我了。我是真的很在意上钢琴课。"

"你那天晚上怎么回事？怎么可以喝那么多呢？很危险的知道吗？"

"我有分寸的，平时不会喝那么多，只是那天……"她停顿了一下，"好啦，事情已经过去了，就不要再提了。"

"那么上课吧，上次叫你弹的那首舒伯特的《小夜曲》练好了没？"

在开头一串跳音过后，她弹出了一个三连音，于是甜美静谧的旋律回荡在室内。这次她倒不由着自己的性子弹了，反而严格按照乐谱上的记号，弹出了那种抒情而优美的情调。

"舒伯特在人生的最后一年写了许多艺术歌曲，但是都没有出版。他死后的第二年，出版商在整理他的遗作时发现了这些歌曲，认为属于作曲家的旷世绝笔，于是从中选出十四首歌曲，以《天鹅之歌》的标题结集出版。这些歌曲的歌词用的是当时几位诗人的诗作，包括海涅。这首《小夜曲》就是其中的第四首。"

听我讲完后，颜小书问："为什么要取名叫《天鹅之歌》呢？"

"据说，天鹅在临死前会发出一生中最凄美的叫声，用天鹅之歌来比喻舒伯特最后的绝笔，是不是很形象？也许作曲家和天鹅一样，都预感到自己的时间不多了，因此要在最后时刻唱出最美的歌声。当然，天鹅临死前的叫声我没有听到过。"

"太残忍了！"她摇了摇头，脸上掠过一丝痛苦，"这种声音，我宁愿一辈子也不要听到……"

我指出她犯的错误后，她重新又弹了一遍。前半段弹得很好，比第一次有了明显的改善，可是，弹到一半的时候，她却一反常态，不仅节奏有点乱掉了，左手的和弦也老是碰错音。我不由得注视着她。

她越弹节奏越乱，终于不得不停了下来。

"怎么回事？"我说，"前面不是弹得挺好吗？"

她坐在钢琴前，抬起头望着我，眼里流露出不安的神色："上次和你吵架的事我很抱歉，希望得到你的原谅。"

"原来是因为这个啊，没什么需要原谅的，我觉得你没错啊——站在你的角度是没错的。反倒是我，说一些不着边际的话惹人厌烦。"

"不不不，你并不烦，"她急忙说，"事实上，除了你再也没有人跟我说那些话了。"

说完以后，她不停地叹气，双手时而放在琴键上，时而又放在腿上，一副无所适从的样子。

"你究竟怎么了？"我说，"你显得很不正常。"

"不正常？不正常就对了……我的确不正常。"

我坐在她旁边的椅子上说："难道你有什么烦恼吗？"

"你是不是以为我的生活很多姿多彩，一点儿烦恼也没有？"

"从表面上看，是的。"

"说得好……从表面上看是的。"她拽了一下裙子，"其实啊，你不知道我有多少痛苦。"

"痛苦？那我就不懂了。"我做出一个苦笑的表情。

"我出去和朋友参加没完没了的派对，社交聚会，认识新的朋友，你以为我很充实吗？其实我每天晚上开完派对后凌晨回到家里，总是把刚刚喝的酒又吐出来，一番痛苦的挣扎后躺到床上。在安静的夜里，我总是睡不着觉，无法描述的孤独和空虚会压在我身上……比孤独更可怕的，是空虚……是的，万丈深渊一样的空虚。每个不眠之夜里我都会问自己，每一天这样度过有什么意义？我觉得我做的事情毫无意义，我的人生一片空虚。我一点也不快乐！一点也不幸福！你说得没错，我简直是在虚度生命。"

"社交竟带给你这样的痛苦吗？我以为你很享受。"

"没错，我喜欢打扮得花枝招展地去参加朋友的派对，我也会请朋友来自己家玩。我给那些男孩子抛媚眼，故意露出自己的大腿，这倒不是说我对他们有意思——他们大多数在我看来都很蠢，除了家里有钱一无是处——而是我喜欢看他们为我倾倒的神情，这对于一个二十岁出头的小姑娘来说，不过分吧？我在派对上喝酒，唱歌，跳来跳去，拼命地狂欢，好像明天末日就要降临似的。但是每次派对结束后，我都感到空虚，我会觉得自己一无是处，简直是个只会享乐的废物。"

"你竟然会觉得生活空虚吗？"我说，"可是你在社交媒体上分享的生活……"

"社交媒体上的那个我是我想要别人认识的我，远非真正的我。我去高级餐厅吃饭，去奢侈品商店购物，可是有什么用？这种事只要有钱谁都可以。我拿着父母的钱去高档场所消费，发在社交媒体上，然后一大群粉丝都说厉害啦，羡慕啦，这样我就能感到一点儿可怜的自尊。我去玩角色扮演，穿上那些奇装异服，幻想着自己成为动漫里的角色。我以为我很有活力，很漂亮，可是却只能吸引来怪异或者下流猥亵的目光。我去酒吧看乐队演唱，和朋友喝得醉醺醺的，告诉自己说'今朝有酒今朝醉，这就是青春'，其实我知道这些是多么愚蠢的谎言！我去喝酒只是为了掩盖自己的空虚，因为在那个场合，很多年轻人聚在一起，无所顾忌地唱啊跳啊，给我一种感觉，好像这就是年轻人应该做的事。其实我的内心比谁都清楚，我真正想做的事不是这个！没错，我还会去博物馆、艺术馆看展览，可是那并非出自我对艺术的兴趣，而是为了拍一堆照片发在社交媒体上，让我的朋友和粉丝们以为我是个文艺青年，再次收获他们艳羡的目光。所以你看，我做的事情里有一件事是我真心想做的吗？"

"你知道你给我的感觉是什么吗？"我说，"你拥有了一切可以获得幸福的条件，现在却跟我抱怨说自己很苦恼，生活很空虚。我都不知道是该同情你还是……"

"你当然要同情我！"

"那么，不考虑别人的看法，你自己究竟想做什么呢？"

"这就是问题所在——我不知道自己想做什么，也许我根本没有什么想做的事。可是我又受不了一事不做。所以我就跟着朋友，去做他们喜欢做的事。"

"那你总有什么感兴趣，或者有热情的事情吧。"

"兴趣？热情？这些东西在我身上已经绝迹很久了。我曾经兴趣很广泛，除了钢琴，我还学过小提琴、古筝。除了音乐，我还学过冲浪，有一阵子我热衷于滑雪，我也打过网球，学过画油画，但从来没有一件事情能持久地吸引我的注意力。我经常会对一件事突然感兴趣，也会很快失去兴趣。有几天我偶然听了一个歌手的歌，我对他着了迷，当天把他的所有歌听了个遍，以为我要爱死他了，可是过了几天我就觉得他没什么意思了；我看了一部电影，感动得稀里哗啦，觉得从中学到了很多道理，可是第二天我就把它忘得一干二净。所以啊，无论是什么事情，我总是玩一阵子就觉得索然无味，然后马上去尝试新的东西。到了最后，我觉得自己一无所爱。"

"也许你太浮躁了，"我说，"我的建议是，你可以暂时放下那些使你烦躁的活动，去读读书，平静一下心情，同时仔细考虑考虑，自己想成为什么样的人，有哪些理想想要实现。"

"理想？这个词对我更是陌生了。"她不由得笑了，"你觉得我还有什么理想需要去实现？赚钱吗？我父母已经赚够了我这辈子都花不完的钱。环游世界吗？我每年都会出国旅行，已经去过了世界上许多个角落。凡是用钱能买到的东西，大部分我都能够得到。我实在想不到我还能有什么理想。"

"你说的这些都是物质上的享受。那么艺术呢？科学呢？你在精神层面就没有什么理想吗？凭你的条件，你完全可以去从事任何你想做的事而不用考虑风险，你不想成为一个艺术家吗？或者去做科学研究。"

"可是，要做好你说的这些事，不仅要有天分，还得付出努力，不是吗？但我的问题在于我无法静下心来去做一件事，我不想做太费力气的事，也就是我无法去努力。"

"依我看来，"我说，"想要避免生活的空虚感，你必须找到自己认为有价值并且能从中获得自我价值感的事情。当你在做一件能感到自我价值感的事情时，你就不会轻易放弃，因为你总能从中得到正向的反馈。"

"我明白你的意思……所以我时常在想，我生在这样一个家庭，是我的幸运，同时也是我的不幸。我的不幸在于，我没有什么动力去持之以恒地做一件事，因为我既不用看别人的脸色行事，也无须为了谋生去做不喜欢做的事，但问题在于我反而没有什么喜欢做的事了。因为要我放弃一件事情太容易了、成本也太低了。"

"既然你觉得现在的生活和家庭束缚了你，你有没有想过离开父母、离开朋友一段时间，比如去另一个城市独立生活一阵子，不依赖于父母的钱，自己体验挣钱的感觉呢？我敢打赌，等你体会到谋生的艰难后，就不会对现在的生活有什么怨言了。"

"你说的我当然都考虑过，"她皱起了眉头，"可是，我虽然对现状很不满，但我终究无法跳出现在的生活，离开我的家人、朋友，以及我现在的圈子。"

"为什么呢？我不明白。"

"坦白地说，因为我已经习惯我所拥有的物质享受了。精美的化妆品，好看的裙子，名贵的鞋子和包，温暖的大房子，酷酷的跑车……这一切都需要钱，都需要家里的支持。我也离不开我现在的社交生活，因为我害怕独处，我需要陪伴，只有在人群中显得光鲜亮丽，成为大家瞩目的人，我才觉得自己摆脱了孤独。我不敢设想没有这些东西的生活——你笑什么？你不要觉得我庸俗，我当然知道这种生活没有什么可值得骄傲的，但是我离开它们就没法活下去。你知道吗？每当我感到空虚的时候，我就和朋友去聚会，去参加派对，去购物，去买奢侈品，去花钱，因为这让我觉得我还活着。当然第二天我又会感到这一切毫无意义……我的生活仿佛陷入了一个无解的死循环。然而无论如何，我没有勇气开始一种完全不同的生活。"

"那么也许你可以谈恋爱？在爱情中可以寄托许多东西。"

"恋爱？"她大声喊道，仿佛我触动了她哪根敏感的神经，"恋爱更是无聊透顶！你以为我没有恋爱经历吗？我交过几个男朋友，他们每个人的身高、样貌、性格都不相同，但谈恋爱的方式都是一样的无聊！在一起的时候无非就是亲吻啦，抚摸身体啦，一起去酒店啦……好像除了这些就没有别的事可做了！精神上的交流是从来都没有的，就算有也是装模作样地为了骗我开心。不过后来我想了想，他们其实和我一样空虚，所以才把过剩的精力释放在女孩身上。但对我来说，无非只是想在对方身上得到一点儿求之不得的温情罢了……"

"对了，温情！"她继续说，"我一点儿温情也得不到……没有一个人理解我，没有一个人关心我，没有一个人爱我。就连我的父母，也从来不懂我的心思，他们只觉得给我提供了自认为最好的环境和条件就足够了。他们送我出国读书，等我毕业回来，就觉得已经尽到了父母的责任，万事大吉了。他们可曾知道我在每一个不眠之夜所陷入的空虚？我周围的那些朋友，虽然我的生活离不开他们，但我知道他们没有一个人真心对我，倘若有一天我没钱了，他们一定会马上离开我，因为他们会觉得我不配做他们的朋友。是的，我完全清楚这一点。所以你看，我只是想得到人家的一点儿真诚和发自真心的爱，这难道是什么过分的愿望吗？但我偏偏就是得不到。所以你说的什么恋爱啊，都是披着爱情外衣的欲望罢了，只是骗小孩子的把戏。"

我不由得对眼前这个女孩的直率和坦荡感到佩服。我说："万万想不到，在你活泼欢快的外表下竟有这样的苦闷。"

"你会同情我的对吗？"她用乞求的眼神看着我，"得到同情对我来说太难了！每当我对我的朋友提起这些，他们要不觉得我在炫耀，要不然就觉得我无病呻吟。你能理解我的烦恼，对吧？"

"我只能说，你所说的烦恼，在你的角度都是成立的，并非什么无病呻吟。"

"那我真是感激不尽，这个世界上最稀缺的就是了解你的人。"

"谈不上什么了解，"我说，"但是，苦恼是一方面，如何解决你的苦恼又是另一个问题。"

"我觉得我可能陷入了一个死结，永远也解决不了。"

"不要这么悲观。把你的注意力转移到别的事情上，比如音乐，不是很好的寄托吗？你可以好好练琴，在音乐中，在大师的作品中寻求安慰。"

"没错，我重新学琴也是为了给生活寻找一个新的支点，但真的会管用吗？"

"我不敢保证有没有用，"我凝视着她的眼睛，"但有一件事我极其确定：当你弹得足够好、足够多的时候，你一定会在过往音乐家的作品里找到你的情绪——所有的情绪。"

"当真？难道他们也有过和我一样的苦恼？"

"你以为你现在的烦恼也好，痛苦也罢，都是你第一次才体验到的吗？"我说，"如果你这样想，那你也太自大了。你能体会到的所有感情，好的坏的，正面的负面的，那些音乐大师早就体验过了，也许体验得更深刻。音乐是一面镜子，你在里面可以看到自己的喜怒哀乐。"

"听你这样说，我学琴的动力倒是更足了。"她翻了几页乐谱，"让我在音乐里看看这些人都有过什么样的心思吧！"

于是，她又弹了一遍舒伯特的《小夜曲》，这次弹得流畅、婉转、庄严。音乐和窗外的暮色融为一体，在室内投下蓝幽幽的闪光。

第三十章

秋天，有一位知名的钢琴家要在音乐学院里开设为期两个月的大师课。康教授建议我去参加。

"大师课？"我感到很惊讶，"我可以去参加吗？"

"你可以去旁听。这位钢琴家刚刚结束在欧洲的巡演，学院邀请他来讲授大师课是个难得的学习机会。"

午后时分，一场骤雨倾盆而降，爆豆似的雨点密密匝匝地鞭打着地面，仿佛要席卷一切，冲洗一切。我冒着雨来到音乐学院，还未走进校门，就听到沿街的楼里传出一阵阵或激昂或悠扬的琴声，隔着窗能看到学生在琴房里练琴。

大师课在一座古典风格的小楼里举行，当我推开拱形的大门走进去时，大厅里的景象令我眼前一亮。高大宽阔的拱形窗户边上，相对摆放着两架音乐会三角钢琴。天花板上的枝形吊灯放出暖色灯光，在大理石地板上反射出柔和的光彩。二十来个学生呈扇形围绕钢琴坐着。我在角落里找了一个侧对着钢琴键盘的座位，听周围的学生谈论关于钢琴家的一些奇闻趣事。

据他们说，钢琴家十七岁时参加一个国际钢琴比赛，获得了第二名，从此一路披荆斩棘，斩获了几个国际比赛的大奖。但奇怪的是，十九岁那年，他却在一场即将奠定他演奏家生涯的重要比赛的决赛上突发意外状况，不得不临场退赛。他销声匿迹了十多年后，去国外的音乐学院读书，随后在众人惊异的目光下又重返乐坛，在四十岁的年纪开始了演奏家的生涯。他的复出引发了轰动，他的音乐会往往一票难求。

然而，他当初为何退赛，决赛场上究竟发生了什么，他在消失的那些年里又经历了什么，大家对此众说纷纭，莫衷一是。钢琴家自己对此也守口如瓶，就连他最亲密的学生也不知道。倘若别人问起他，他只会微笑着回答："都是过去的事了。"

约莫十分钟后，钢琴家走进了大厅，他向大家脱帽致意后迅速走到钢琴边，对着窗外的枫树望了望。等他转过身来时，我才看清了他的模样。他的身躯很壮实，腰背间充满了力量感。他的头发乌黑，有几根白头发，尽管脸上的皱纹并不多，却有一种历经世事的沧桑之感。他穿了一身黑色，这使得他站在黑色抛光的钢琴边，更增添了一份庄重的情调。

"请各位把你们带来的谱子放到钢琴上。我会随机叫你们来弹。"钢琴家的声音坚韧而有磁性，听上去极有说服力。

学生们迟疑了片刻，似乎都没有料到大师课会以这种方式进行。随后大家纷纷站起来，一个个走过去把乐谱放到钢琴上，很快乐谱就堆成了小山。这时，大厅的门发出咯吱咯吱的声音，一个女孩推开门走了进来，她穿着一袭轻飘飘的浅色长裙，露出圆润而有光泽的小腿。

我回过头一看，整个人惊得全身怔住，险些从椅子上摔了下来。我无论如何也不敢相信自己的眼睛：眼前这个女孩是林夏涵。那一瞬，我只觉得天旋地转，冷汗淋漓。

我力图说服自己是看错了，然而我怎么也无法欺骗自己的眼睛。尽管我已经五年没有见过小涵了，但我一眼就认出了她，因为我认得那双眼睛。五年过去了，她的脸上淡去了少女那种青葱的稚嫩，增加了一丝女性的温雅和妩媚，但在她浓密的睫毛下面，眼睛依旧澄澈，恍如一池秋水在透明的阳光下随风微漾。她的眼眸深处发出一些模糊的闪光，仿佛冬夜里隐藏在云影背后的点点寒星。她眼角的那颗雨滴状的黑痣对我来说更是一个标志性的特征，使我无法否认眼前的这个女孩就是她。

一刹那间，所有往日的回忆如同潮汐般在我的心头汹涌咆哮。琴房里的初遇，音乐会上的邂逅，冬夜里的倾诉，还有她在烛光里弹奏的《叹息》……无数个画面雪花般地飞奔到我的脑子里，似乎要把我砸晕了，我非得铆足了全身的气力才能维持住自己不至于倒下。

如果眼前这个女孩真的是她——我内心对于这个事实还不敢相信——我又该如何面对她呢？五年前，我们曾朝夕相处，但是由于命运的无常，我和她分开了。我以为是永远地分开了。我收到了她的信，明白她的决心坚如磐石，坦然接受了她离开我的事实。后来，我辗转成为一个钢琴教师。我以为我已经坦然接受了没有她的生活，我以为我的人生翻开了新的一页，可是，就在一切已经平息了以后，她却骤然闯进了我的生活，此刻像一个幽灵般出现在我面前。

女孩走进门后，把她的琴谱也放在了钢琴上，随后她坐到了和我相对的另一个角落。这时，一个念头在我心里萌生了：我突然有种想要溜出去的冲动。我担心在这里待下去，她也迟早会认出来我。到了那时，我究竟该如何面对她呢？我不可能假装没有看到她，也不可能假装无事发生，一走了之。

然而，我不得不承认，我对她的好奇心支配了我。无数的疑问丛生在我心里：她为什么会来参加钢琴家的大师课呢？难道她在这所音乐学院读书吗？这么说她后来考上了这所音乐学院？或者她和我一样，也只是过来旁听的？在我们分开后的这些年里，她经历了什么呢？按照时间来算，这一年她应该大学已经毕业了吧？这些疑问使得我不甘心就此离开。我安慰自己说，再等等吧，毕竟已经五年了，也许我对她来说与路人无异，最多只能算曾经认识的一个普通朋友……也就是说，也许根本不存在我该如何面对她这个问题……

时间到了，钢琴家开始讲课了。我竭力使自己把注意力转移到他身上。

"接下来的两个月，我会每个星期给大家授课。我希望你们像今天一样，每次上课前把你们要弹的曲目放在钢琴上。"

他翻了翻堆在钢琴上的乐谱，从中抽出一本，盯着我们说："肖邦《第四叙事曲》。请这位同学上台吧。"

不料，台下同时站起来了两个学生，一个身材强壮，一个比较瘦弱，他们看着彼此面面相觑，其他人见状哄然大笑。我偷偷瞥了一眼小涵，只见她极为专注地看着钢琴家，表情没有一点儿变化，丝毫没有受到现场欢笑气氛的影响。我不由得想，她是一概如此的。

"好吧，看来我们有两位同学都想弹这一首，"钢琴家说，"不着急，你们一个一个来弹，正好让我们听听对比。"

上台的学生坐在一架钢琴前开始弹，钢琴家坐在另一架钢琴前，双手托着腮帮倾听。学生还没弹完，就被钢琴家打断了。

"你以为我在乎你的八度与和弦弹得多快吗？"他语气严厉地说，"我希望听到的是悲愤的激情和狂风骤雨般的情绪爆发！"

学生脸上满是惭愧，大家不由得为他捏了一把汗。钢琴家说："你听我弹一遍吧。"

随着静谧而富有歌唱性的旋律缓缓流出，一幕人生的大戏仿佛揭开了帷幕，整个大厅都沉浸在了温柔而甜美的意境中。乐曲逐渐被推向了高潮，钢琴家灵巧的手指在琴键上奔来跑去，似乎永远不知疲倦。一连串密集的和弦如雷鸣般崩裂而出，但不时又陷入诡异的平静。最后，整首乐曲淹没在巨浪般的和弦与琶音中，如同一阵旋风般结束了。

钢琴家弹完以后，学生们热烈地鼓掌，这时他将乐曲分解为几个段落一一讲解。不过，我没有怎么听进去他的话，因为我的注意力都集中在小涵身上了。我控制不住自己想要看她，又怕引起她的注意，因而只好假装歪着头思考钢琴家提出的问题，但其实是在偷偷朝她的方向瞥视。

小涵的神情依然很专注，她的手指做出了弹琴的手势。她是在比画肖邦的乐曲吗？她会不会也要上去弹一首呢？如果是，她会弹哪首曲子呢？

接下来又有几个学生上台弹奏，钢琴家一一予以点评并且示范演奏。两个小时一眨眼就过去了，钢琴家却没有要下课的意思。他继续翻了翻剩下的一沓乐谱，忽然睁大了眼睛，停顿片刻后，一字一字地念道："《唐璜的回忆》。"钢琴家说完后，大家纷纷交头接耳起来。

《唐璜的回忆》是李斯特所作的歌剧幻想曲，主题来源于莫扎特的歌剧《唐璜》。这首乐曲的技术难度极高，被认为是有史以来最难的钢琴曲之一。正如布索尼[①] 所评论的："《唐璜的回忆》作为钢琴艺术的最高峰，几乎具有象征意义。"这首曲子对演奏者提出了大量艰深的技术要求，斯克里亚宾[②] 在练习这首曲子时因过度疲劳弄伤了右手，为了纪念他受伤的手，他写下了他的《第一钢琴奏鸣曲》中的《葬礼进行曲》。

谁会弹这样一首难度极大的曲子呢？大家纷纷回头四处张望。这时，小涵站起身来，在所有人的注视下朝着钢琴走去。

---

① 布索尼（1866—1924），意大利钢琴家、作曲家。

② 斯克里亚宾（1871—1915），俄罗斯钢琴家、作曲家。

"我没看错吧？"钢琴家显得很吃惊，"是个女孩？弹《唐璜的回忆》？"

小涵对钢琴家含蓄地一笑，钢琴家又说："我从未见过女孩弹这首曲子，无论如何，我们先来听听看吧。"

第一个音一弹出来，一切疑问就平息了：眼前这个女孩是小涵无疑。我认得她手指弹出的不同凡响的音质，也认得她弹琴时的动作和表情。一般人弹琴，能够在琴键上弹出基本的几种强弱层次已属不易，小涵的手指仿佛有种魔性，从最微弱的、几乎无声的音量到最响亮的、震耳欲聋的音响，她可以弹出无数个层次的强弱。除了力度的层次变化，她对于音色的把控更是无比细腻。即便是相同的力度，她通过不同的触键方式，神奇地创造出完全不同的音色。就这样，变化无穷的力度和音色使得她弹出来的不是干巴巴的、整齐划一的音符，而是闪烁着奇光异彩的音流，好似夏夜里流光溢彩的银河。

听她弹《唐璜的回忆》，十几分钟的曲子非但一点都不会令人觉得无聊，反而让人只嫌时间过得太快。一句句琶音在她指尖像是一股急速刮过的风，我还没有反应过来它就已经消失在遥远的地方。八度与和弦弹得极有灵性，在每一个音符外边仿佛包上了一层跳动着星辉的外衣。我有一种感觉：她指尖流出的不是琶音，不是和弦，而是满天的繁星。

当她弹到乐曲后半部分的《香槟之歌》时，轻快明亮的旋律一瞬间使得整个大厅的色彩变得明亮起来。这段《香槟之歌》在歌剧的原作中由四个声部组成，李斯特几乎保持了歌剧的原貌，两只手需要在钢琴上弹出四个声部。小涵仿佛有四只手在分别演奏似的，每个音都独立地发出声音，每个音的强弱和音色都不尽相同，合在一起又形成了辉煌的共鸣效果，堪比交响乐团的演奏。

她停在最后一个音上，钢琴抛光的乌黑漆面上倒映出她的手指。我一眼就认出来了那双手，那是一双多么灵巧、独立、充满力量的手啊！

琴声停息了，音乐却没有消失，依然回旋在大厅里，荡漾在听者心头。

"你对某些段落和细节的处理和主流的做法并不相同，而且我认为你弹的方式并非作曲家的本意。"钢琴家一脸严峻的样子盯着小涵，甚至有些面目狰狞了。

接下来陷入了长达一分钟的沉默。女孩看着眼前的乐谱，时而又转过侧脸看看窗外的枫树。雨水把几片发红的枫叶打到了窗户上，叶子的纹理似乎要印在玻璃上了。

学生里发出了此起彼伏的交谈声，大家似乎都在为小涵担心，紧张的气氛在大厅里陡然而生。平心而论，小涵的演奏从技术上来说无懈可击。在情感上也恰如其分地表达出了乐曲描绘的氛围。至于说什么作曲家的原意，这就是个见仁见智的问题了。除非作曲家明确有过要求，否则谁能铁板钉钉地说某一种演奏方式就是他的原意呢？钢琴家在尊重乐谱上的各种表情记号的基础上，融入自己的个性和人生经历，按照自己对乐曲的理解进行演绎，这正是钢琴演奏的原创性所在。我听过很多钢琴家演奏的《唐璜的回忆》，但没有任何两个版本的处理是一样的，它们无一例外都带有演奏家鲜明的个人风格。

"也许那不是作曲家的本意，"沉默片刻后，钢琴家扶着钢琴说，"但就这样弹下去吧。也许这样反而更好。"

钢琴家说完以后，学生之间发出了一阵欢呼声，大家似乎都为他的评价感到鼓舞，悬着的心也终于落地了。钢琴家对小涵投去了友好的目光，小涵对他报之以浅浅的微笑。他紧接着又分析了乐曲的几个要点，进行了示范演奏。他弹的风格明显与小涵不同，但营造的意境同样令人神往。这使我更加确信，对于一首乐曲来说，"正确的"演奏方式绝不只有一种。如果要求每首乐曲只有唯一的正确演奏方式，那无异于否认了钢琴演奏的创造性。

小涵站起来，转身朝座位走去。就在这时，我猝不及防地和她目光对视了。

我避闪不及，与她的眼睛直接相触。这时候，我想要再躲开却已经太晚了。她黑褐色的眼眸如同星系中心超大质量的黑洞，仿佛要把周围的一切物质都吞噬掉，我的目光也无法逃离这深不可测的旋涡。那一刻，我仿佛失去了时间和空间，陷入了虚空中。

后来重温起这一刻时，我回想到，她的眼神里有惊讶、困惑、不安，但更多的是疑虑。难道她也认出我了吗？

她的脚步几乎停了下来。钢琴家好奇地看着她，似乎马上要问她是否还有什么问题，这时她仿佛才缓过神来，目光投向地面，加快脚步回到座位上。

钢琴家宣布下课后，学生们纷纷走出大厅。我站在角落里，假装收拾背包，用眼睛的余光瞥向小涵。我心里万般纠结：要不要走过去跟她打个招呼呢？

当初，小涵离开后，我没有一天不想着见到她的。后来，收到了她寄来的信，我以为我们就此形同陌路了。没想到五年后，在钢琴家的大师课上，我再次遇到了她。但这一刻，她活生生地站在我面前，我却没有勇气去找她说话了。五年以来发生了许多事，我发生了许多改变，也许她亦是如此。我有一种感觉：如今的我，连自称是她"过去的朋友"的权利也丧失殆尽了。

由于逆光的缘故，她的侧脸投上了一道阴影，却反而使她的脸颊显得更立体而饱满了。长长的睫毛随着眼皮的一张一合而来回跳动，鼻子的弧线随着呼吸的节奏微微起伏，棱角分明的嘴唇在半明半暗的光影下变得透明了。但不知道为什么，我总觉得，在这张熟悉又陌生的脸上，似乎有一种痛苦隐藏在其中，想方设法地要把自己伪装起来，不肯昭示于人。

她走到大厅门口的遮阳棚下，雨水顺着遮阳棚的弧线滴落下来，发出清脆的回响。我也走到门口，这时我站在她身后，距离她只有一步之遥。我想说点什么，却只觉无从说起。我心里乱作一团，充斥着各种担忧：万一她已经不认识我了呢？如果她不想再和我有什么纠葛，哪怕只是说句话呢？如果她说出一些残忍的话呢？想到她写的那些信，我更没有勇气往前挪动一步了。

雨水骤然停歇，淡蓝色的天幕从破裂的云层中露出，仿佛在一刹那间，空气中连一缕雨丝都不见了。拨云见日的天空流露出爽朗的笑容，地面上的积水片刻间蒸发得干干净净，就像没有下过雨似的。

小涵没有回头，她逐渐远去，消失在花园的拐角处。我站在原地动也不动，在千丝万缕的惆怅中待了很久才离开。

接下来的一个星期，我无法专心去做任何事。给学生上课时我总是走神，以至于学生问我："沈老师你没事吧？"我也没有耐心练琴，作曲更是毫无心思。

我反反复复地问自己：在钢琴家的大师课上遇到小涵，究竟意味着什么呢？我不知道小涵现在对我是什么态度，我甚至不能百分百地肯定她也认出了我。但对我而言，我怎么都想不明白，我对她抱有的究竟是什么态度。在我心里，有两种截然对立的情绪：一方面我渴望接近她，了解她这些年来的境况；另一方面我又对接近她这个想法感到排斥，因为我对事态的发展感到一种本能的恐惧。

我决心不去参加下一次大师课，这样就可以避免再见到小涵。然而，第二天我就把自己的决心推翻了，第三天，我又再次下了决心……经历内心的反复挣扎后，最终我还是去了，因为我不得不去。

然而这次她却没有来。整整三个小时的大师课，我一个字、一个音符都没有听进去。我觉得自己的心仿佛被一个饥饿的野兽吞噬、啃食得干干净净了。

直到此刻，我才意识到，一个星期以来，我其实是靠着再次见到小涵的念想活着。这个念想一断，我整个人便像抽掉桥柱的大桥一样轰然倒塌了。我原以为我躲避着她就可以继续原来的生活，事实却是没有了她我就无法继续生活。再次遇到她以后，我生活里的一切都被改写了。

想到我有可能再也见不到她，这个念头令我简直无法忍受。就像是失了智似的，我不顾一切地想要找到她。下课以后，我鼓起勇气走向钢琴家，问他是否知道上次课上弹《唐璜的回忆》的女孩。

"你问我那个女孩？"他略显失望，可能本以为我要请教他演奏上的问题，"你去问助教吧。"

于是我又去找了助教。他警惕地盯着我："你问她干什么呢？学生名单不可以随便给你看的。"

"那个女孩叫林夏涵"，我向他解释说："我没有恶意，我们好几年没见了，我只是想知道她是不是音乐学院的学生。"

助教犹豫片刻后，还是帮我看了学生名册："你说的这位同学，是学院作曲系的研究生。我只能告诉你这么多了。"

作曲系？小涵怎么就成了作曲系的学生呢？对于她考上这所音乐学院，我一点都不奇怪，这是她应得的。不过，她读的不是钢琴系而是作曲系，这实在是出人意料。她完全具备成为一个钢琴演奏家所需的一切潜质，但她竟然选择学习作曲。我回想起来，她钢琴弹得那么好，却从不热衷展示自己的琴技，也从未参加过任何钢琴比赛。我又想起她在五年前寄给我的信里也表达了作曲的意愿。这么说来，她早就有心转向作曲了吗？

知道她是作曲系的学生后，事情就变得容易了许多。打听到当天晚上在教学楼有一堂作曲系的选修课后，我马上决定去碰碰运气。

距离上课还有十分钟的时候，我来到教室的后门。这是一个半圆形的阶梯教室，里面密密麻麻地足足坐了上百人，看来除了作曲系的学生，还有其他专业的学生来上这门课。我的目光在教室里搜寻了一圈，没有看到小涵的身影。也许她还没有来，也许她并没有上这门课，也许她早一步看到了我而选择躲避我，也许……各种复杂的情绪猬集在我的心里，有焦虑，有烦恼，有不安，有缺乏信心的自我怀疑，也有因为那些陈年往事而产生的羞愧心理。

上课的钟声响起，可是我还没有看到小涵。我想，她大概不会出现了，也许我该回去了。就在我打算离开时，一个熟悉的身影不知何时出现在我眼前。她好似一个幽灵，不是走过来的，而是从某个看不见的角落滑行而来。

我呆呆地看着她，一句话也说不出来。最近我每天都在设想见到她的情景，没想到当她站在我面前时，我竟有种强烈的不真实感。在过来的路上，我心里设想了见到她后想要问的一百个问题，结果此刻我连一个都记不起来了，只是一言不发。

结果还是她先开口："这么说我是认错人了。"

她做出一个要转身的动作，我急忙问："真的是你吗？"我的嗓子剧烈地战栗着。

"你不认得我了吗？"她的声音温柔、醇厚，仿佛一阵微风吹漾过花田，从远方带来馥郁的香草味。

"当然认得……"我颤颤巍巍地说，"只是不敢相信这一切是真实的。"

"怎么？见到我很意外吗？你在教室外边鬼鬼祟祟地干什么？"

"五年了……我以为再也见不到你了。"

"五年……这么久了吗……"她说，"上次大师课上，我可是一眼就认出你了。"

"第二次课你怎么没有来呢？"

"这……"她一副欲言又止的样子。

"对不起，上次我应该跟你打招呼的……"

"我也没有给你打招呼呀，"她说，"好啦，我们到楼下走走吧。"

"你不上课了吗？"我看了一眼教室，教授已经开始讲课，除了最后一排，教室里几乎座无虚席。这时，我才注意到她穿着连帽衫和百褶裙，全身上下给我一种既天真又严肃的感觉。

晚风挟着瑟瑟的凉意袭来，我和小涵沿着林荫道一路走过去。在这个夜凉如水的秋夜，没有月亮，仅有的一点儿星光也黯淡了，没有路灯的地方像墨水一样黑，那是一种仿佛要压到头顶、吞噬一切的黑暗。

我们来到音乐学院里的一家咖啡店。小涵进门的时候几个同学向她打了招呼，结果他们就坐在我们隔壁桌。这使我感觉很气恼，因为有她的同学在场，我没法和她一吐为快。于是，五年没见的我们，只是说了一些不痛不痒的寒暄的废话，我觉得大好的时间都被糟蹋了。

"我们不能找个安静的地方谈谈吗？"我忍不住问。

"你想谈什么？这里难道不好吗？"

"你为什么会读作曲系呢？"短暂的沉默后，我问小涵，"我一直以为你会读钢琴系。"

"钢琴弹得再多，也只是在解读已经存在的音乐，"小涵说，"演奏音乐和创造音乐是两码事。"

"但我觉得，钢琴演奏也需要有原创性的成分，比方说，你在大师课上弹《唐璜的回忆》，不就是一个再创作的过程吗？你弹得跟我听过的都不一样。"

"我明白你的意思，"她说，"演奏大师的作品当然需要创造性，但演奏音乐，无论如何有新意，你弹出来的总归是别人所写的语言。但我越来越觉得自己想要表达一些什么。尽管我在那些经典作品里找到了无数个自己的思想碎片，但我终究无法用别人的语言把自己的思想拼凑成一幅完整的图画。也就是说，只是弹现成的音乐不足以实现表达自我的目的。"

"你想表达什么呢？"

"对于这个世界的看法。"

"那么你的看法是什么呢？"

她不禁莞尔一笑："几句话怎么能说清楚呢？留给音乐表达吧。"

"不瞒你说，其实我后来也学了一点儿作曲，不过基本靠自学。"

"真的吗？不过我也不奇怪，你写给我的那首曲子……"她的嗓音突然变低沉了，像是想到了什么似的，"从那时你就在作曲了。"

"那个谈不上是作曲，"我感到很羞愧，"只是随便写写罢了。"

"原来你只是随便写写啊……"

"不，"我急忙澄清，"我的意思是，从作曲的角度来说，我那首曲子只能算小学生写的作业，但作为一份礼物，它是我认真准备的。"

"我明白，不用这么严肃啦。"

她看了看时间说："第一节课快下课了，这个老师喜欢在课间点名，我得回教室了。"

"那你之后还有空吗……"我没想到她这么快就要走了，"我可以去找你吗？"

"周末你到这里来找我吧。"她很爽快地给了我一个地址。

与小涵分别后，我回想起我见到她的画面和我们的谈话，它们和我想象中的情景完全不同。我们的谈话既没有小说里久别重逢时的那种浪漫情愫，也没有我所担忧的那种紧张气氛，反而，整个场面极为平静，仿佛我们只是像老朋友一样在闲聊。不过，我想问她的问题一个也没问，我仍然不知道她过去这些年的经历。尽管我见到了她，但我心里的所有疑惑都还没有得到解答。

过去的事似乎并没有给她留下太多阴影，至少目前来看是这样。我对她在离开我以后能够正常生活感到庆幸，但另一方面，我也对她表现出的平静感到一丝失望。她似乎对我的出现并不觉得意外，惊喜就更谈不上了，这种平静在我看来便意味着冷漠。我问自己，为什么我会对她的冷漠心有不甘呢？五年过去了，现在的我又有什么权利要求她对我有超过普通朋友的态度呢？

不过，她同意我去找她，会不会代表着她也想跟我好好聊聊呢？更重要的是，她现在对我抱着什么样的态度呢？

迫不及待地等到了周末，我忐忑不安地去了小涵给我的地址。这是音乐学院附近的一座公寓楼，位于一个颇为老旧的小区内，但是小区里绿化做得很好，每一幢楼之间长满了茂密的树木和花草。走进小涵所在的那幢楼时，我不禁被旁边的一片水杉树林吸引了。背靠着贯通城市南北的高架桥，水杉长得高大挺拔，浓荫蔽日的枝叶间有一种遒劲的力量。

走进楼道，我隐约听到了小涵的琴声。我轻轻敲了一下门，琴声戛然而止。

"你来啦？进来吧。"

小涵穿着居家风格的衣裙，小腿上细嫩的肌肤显得光滑动人。她卸去妆容的脸上依然温润，但几乎看不到血色，多了一丝苍白。我直觉地感到，和十八岁时相比，她多了几分憔悴，但这种憔悴与岁月在人脸上刻下的那种痕迹毫无关联，而是那种属于少女的、惹人怜爱的憔悴。

在小涵的身后，靠着窗摆放着一架三角钢琴。钢琴的谱架上放着一沓纸，还有几支铅笔，看来她正在写曲子。整个房子并不大，但风格很简约，布置得井井有条。

"这些年你还好吗？快告诉我后来发生了什么。"

我仔细聆听着小涵的讲述，连一个字都不想落下。

原来，那天在火车站和我分开后，小涵当晚就到了家，匆忙收拾行李后，第二天一早便又出发了。她回到出生的那座城，去了父亲的墓前。之后又踏上一个人的旅途，去了内陆的雪山小镇和南海之滨的海滩。那段时间，她对于我和夏悦之间以及我和她之间发生的事始终无法释怀，因此她只有一个念头，那就是走得远远的，既可以躲避我的寻找，又能一个人冷静地考虑她所面临的一切。她去了许多地方，从内陆到海边，从北国到南方，看了不少风景，自然的壮美有奇迹般的治疗功效，使她不再消沉于和我分手带来的痛苦中。当然，这不意味着她不再痛苦，只是她意识到应该向前走了。

"那些信呢？"我说，"为什么隔了那么久才寄给我？"

"在路上，我越发觉得我必须和你分手，但我的思绪又极其混乱，因此我用写信的方式来说服自己应当永远离开你。每到一个地方我会写一封信，一路上我写了好多封信。我一直在犹豫要不要把这些信寄给你，但又想，既然已经决定分手，把信寄给你除了平添痛苦，又有什么用呢？于是这些信一直未能寄出，甚至有好几次我想要烧了它。直到一年后，我终于下定决心把那些信一起寄给你，时间过去了，那些往事不再对我施加梦魇般的影响。"

"你是什么时候决定要考作曲系的呢？"我问，"我至今还对你选择作曲系感到意外。"

"说到这个，也有你的因素呢。"

"我？"我一头雾水，嗓门也不自觉地变大了。

"如果不是你当时欺骗了我，如果不是我在旅途中的出走，如果不是我们的决裂，我的神经未必会受到那样充分的刺激，我心里那根隐藏于暗处的作曲的琴弦也可能就不会被拨动了。"

想起那些记忆里不堪回首的画面，我不知道该说什么，脸颊变得滚烫，一时间不敢直视小涵的眼睛。

"暑期结束回到学校后，"小涵继续说，"还有不到一年就要高中毕业，我不得不开始考虑未来的道路。我考虑过要不要考音乐学院的钢琴系，但当我弹过的乐曲愈来愈多，我便对钢琴演奏的功能和作用有了更多的思考。演奏音乐大师的曲目，阐释音乐的内涵，带给听众美的享受，这当然是很有价值的一件事。不过，经过在雪山小镇里那惊心动魄的几夜以后，我内心总有一种冲动：像那些大师一样去创造音乐。对于作曲家来说，能够通过音乐来描绘自己心中的愿景，表达自己的思想，那是多么奇妙的事啊！"

小涵告诉我，之前她的母亲和姐姐攒下来的钱已经不多了，在大学期间，她一直在兼职做钢琴和作曲老师，赚取学费补贴日常开销，她借此早早实现了收支平衡。

"我很佩服你，"我说，"我直到大学毕业后不久，还需要家里的经济援助。"

小涵的眼里突然间掠过一抹忧郁的神色。我立刻意识到，自从夏悦离世后，这么多年来小涵都是一个人生活，她没有家人可以帮忙，就连唯一在世的母亲至今也还在狱中。我的话无疑戳到了她的痛处。

"对不起……"我向她道歉。

"没什么，真的。"她脸上露出了淡淡的笑容，其中有一种坚韧。

"对了，你的母亲……"我犹豫了很久后还是决定问了。

"她马上就能回家了。"小涵显得很担心的样子，"预计在十二月。"

"你们终于可以团聚了。"

"我每隔一段时间都会去探望她，最近一年以来，她苍老的速度比以前更快了，整个人的精神状态也很不好，总是抱怨失眠，睡不好觉。上次我去看她时，她的脸色很难看。这也许部分是因为姐姐吧。"

"因为……她？"我费了很大的力气，却还是不敢说出那个名字。

"嗯，我至今还没有告诉她姐姐的事……"一阵痛苦的神色在小涵脸上一闪而过，"她问我为什么姐姐不来看她，我没有办法坦诚地告诉她真相，只是说姐姐太忙……我觉得真相对她来说太残忍了。但也许她已经预感到了什么，不然她不会变成这样。"

　　说到这里，我仿佛控制不住自己似的，伸出两只手，分别握住了小涵的手。她的手比我想象的冰冷许多。她静静地看着我，目光温柔而深沉，脸上有一种严肃、带点忧愁，而又令人倾倒的神情。片刻后，她将手抽出去了，这使我感到有点沮丧。

　　"那么在大学里呢？快告诉我你在大学里的事。"我急不可耐地问。

　　上大学以后，小涵的生活起初很简单。她很少参加学院和班级的活动，总是喜欢一个人埋头练琴和作曲。尽管读了作曲系并且有志于成为作曲家，小涵对钢琴却一点儿也没有放松。

　　"1875 年，"小涵说，"在李斯特的推动下，在布达佩斯成立了皇家音乐学院，该学院在他逝世后改名为李斯特音乐学院。当时，李斯特对学生的课程有一个要求，那就是钢琴系的学生必须同时学习作曲，而作曲系的学生必须同时学习钢琴。在李斯特眼里，一个作曲家弹不好钢琴是无法设想的，他认为，把作曲和演奏区分对两者都是有害的，因为音乐对他来说是作曲和演奏的结合，而音乐本身是不可分割的。你也看到了，他那个时代的作曲家几乎也都是钢琴家。我对他的这一观点深以为然，这也就是为什么我在进入作曲系以后仍然每天坚持练琴。"

　　随着掌握越来越多的作曲理论，小涵开始了创作。但她的创作理念和学院里的老师却发生了冲突。小涵认为，音乐的创作始终应该是自由的，不论是几百年前的理论，还是现当代新的理论，只要能够满足作曲家自我表达的目的，都应该可以拿来使用。但一些所谓的学院派作曲家却一味地追求在音乐理论上的创新，觉得使用人家已经用过的作曲技法是原地踏步，是丢人的事，他们声称作曲系的学生需要面向未来，探索音响世界新的可能性，创作"未来音乐"。

　　创作"未来音乐"固然不错，探索音乐发展的可能性也很有必要，但在小涵眼里，音乐本质上是为了表达思想和情感。几百年前的音乐和现代音乐在作曲理论和技法上固然相去甚远，但它们完全可能表达了同样的情思。为什么不能承认作曲的多元化，允许一些学生去探索未来音乐，允许另一些学生去单纯地表达自我，即使是使用人家已经用过的形式呢？然而，音乐学院的一些老师就没有这样的豁然大度。他们一看到学生的作品里使用了那些在他们看来老掉牙的和声和曲式，听都不听就判断这首作品没有什么价值。

　　小涵的作品里并非没有创新。她的作品里也有许多灵光一闪的瞬间，只不过她从不刻意追求创新。对她来说，创新是手段，而不是目的。创新即使作为手段，也只是手段之一，而非唯一的手段。她的目的是尽可能地表达自己的思想和内心感受，至于表达的形式和技巧，她完全根据自己在表达内心时的需求而定。在一些时候，她觉得那些传统的形式更适合表达自己的情绪，在另一些时候，她觉得有必要开掘新的可能性，因为现有的音乐语言已经无法满足她的需要。在同一首曲子里，她也可能会将不同时代的音乐特征结合起来。对她而言，作曲没有什么固定的理论和形式，一切以作曲家内心的需求为中心，从这个意义上来说，她的创作是完全自由的。

　　这就导致：在那些十分激进的先锋派作曲家眼里，她的音乐显得过于保守，但在那些坚持传统的作曲家眼里，她的音乐又显得过于激进。大学期间，她出版了一部钢琴曲集，却没有引起任何专业人士的关注。

　　在老师那里得不到认可，小涵并没有灰心，把作品寄给一些有名的作曲家和音乐人，希望能在他们里找到知音。然而，不少人一听她只是个作曲系的本科生，还没听她的作品就已经下了判断：不会有什么价值。而那些认真听了她的作品，直觉上感应到作者的天才的人，却又不敢公开承认这是好的作品，因为没有经过权威的认可，他们怎么敢去妄下论断说一个默默无闻的学生所写的音乐是有价值的呢？这些怯懦的可怜人，一辈子最怕自己下判断，他们宁愿跟在权威后面，心甘情愿地做权威的应声虫，唯有这样他们才能感到安全。还有一些更有恶意的评论称，她所写的音乐不伦不类、不符合现代的潮流。

　　总之，经过一番努力以后，小涵发现了音乐家之间的冷漠：每个人都不肯承认别人的作品是有价值的，每个人都觉得自己的作品才是传世之作。年轻而没有背景的作曲家所面临的困难超乎她的想象。

　　经历了一番挣扎后，对于自己的音乐，小涵不再想着去得到别人的认可。她只求写出心中所想，而不问有没有人愿意认可。音乐对她的意义是迥然不同的：音乐不是用来炫耀的物品，不是赚钱的手段，也不是标榜自己的工具，而是她精神的寄托和心灵的港湾。她在音乐的艺术中能找到人生的所有意义，这对她来说已经足够。至于能不能得到世人认可，对她而言已经无关紧要了。

　　"还记得《B小调奏鸣曲》吗？"我盯着她的眼睛说，"这部作品在柏林首演时，引得现场发出一片不屑的嘘声，所有保守派评论家群起而攻之，说它根本算不得是音乐。如此伟大的作品，起点却如此低迷，这难道不是很不可思议吗？再想想他的协奏曲和交响诗，当时遭到了多少污蔑和诋毁？你很了解李斯特，这些事你再也清楚不过了。所以你告诉我，那些所谓的评论家和音乐人，他们的判断有多大价值？即便是那些过往的大师，看待新作品时也绝不可能从不走眼。"

"所以，"我继续说，"低迷的起点是伟大作品的常态。倘若一部作品一写出来就受到追捧，那么你反而应该警惕了。新作品——我是说那些几百年后回头看在艺术史上有开拓性的新作品——一出世不被理解是常有的事，因为新生命发出的光芒太刺眼了，人们必须适应这光芒，先缓缓睁开眼睛，之后才谈得上去判断作品的价值。"

"这些都不重要啦，"小涵嘴角浮现出一抹浅浅的微笑，"唯一重要的是，我希望能写出我心中流淌的音乐。对于作曲家来说，能在自己所写的音乐中得到平静和满足，这就已经很难得了，不是吗？"

我尤为庆幸的是，小涵在大学里没有像过去那样孤独。她写的音乐尽管没有引起关注，却打动了身边的几个同学，他们从她的音乐里感受到了相同的情绪，从而和小涵成为朋友。那些即使对小涵的音乐不屑一顾的学生，也不得不承认小涵的待人真诚和她对艺术的虔诚态度。就这样，尽管小涵一如既往地并不热衷于社交活动，她在学院里反倒得到了大家的尊重和友好相待。毕业后，她继续在作曲系读研究生，继续探索那些隐藏在二十四个大小调中的秘密。

我静静地听小涵讲完了过去五年的经历。她对人生没有一点儿抱怨，也没有流露出一点儿对现状的不满。只是她在平静地讲述过往的生活时，不由自主地透露出一种淡淡的惆怅。从她温和的话音里，我听到了一种坚定不移却带点儿感伤的理想主义。

不知道为什么，那一瞬间，一种难以抑制的伤感情绪压倒了我。看着眼前这个姑娘脸上那温柔的微笑，我不由得悲哀地想到，她已经不需要我了。她有她的艺术，她的艺术使得她自身的存在就是一个完整而自在的世界。

第三十一章

"讲讲你的故事吧。"小涵沉默片刻后对我说。

于是我从和她分别的那天讲起，讲到我如何在她出走以后去寻找她，如何疲于奔命地找工作，如何被恶意涨价的房东赶走，如何在雪夜里露宿野外，如何认识了颖并最终和她分手，如何失业后辗转于酒吧和乐队，又如何成为一个钢琴教师。我也提到了过往的生活里我所感到的令人不安、窒息，甚至是绝望的迷茫……总之，我把我五年来的所见所闻一五一十、毫无保留地告诉了小涵，我希望我的讲述能够填补她记忆里对于我的真空期。

她不时会提问，对我谈及的许多事情的细节很感兴趣，有一些甚至我自己当时都没有留意到。就这样，没有指责，没有抱怨，没有愤怒，我们只是心平气和地聊着，在一片和平的气息中了解了彼此过去的经历。

我讲完了以后，小涵用一种颇有悲天悯人意味的眼神看着我。我们都没有说话，只是默默地注视着对方，仿佛这是一种无言的安慰。

"去弹会儿琴吧？"小涵指着钢琴说。

"你的钢琴看起来很不错！"我走到三角钢琴旁，手轻抚着键盘表面。

"是我从一个二手钢琴批发商那里买的，比市场价便宜很多。最难得的是它的状态依然很好。你要弹弹吗？"

"我想听你弹。"我说，"可以听你弹你写的音乐吗？"

"这……有点难为情呢。我之前写的那些曲子还很稚嫩，等我写出更好的作品再弹给你听可好？"

午后的阳光透过半拉着的纱帘，照射在钢琴乌黑发亮的表面上。黑键上反射出令人捉摸不定的亮光，仿佛夜空里的点点繁星。白键上泛着若隐若现的光晕，使我想起太阳跳出天际线时，风浪在雾蒙蒙的海面上卷起的涟漪。

小涵坐在钢琴前，双手在琴键上弹出如歌般的旋律，是那首《叹息》。乐曲开头海浪般翻滚的琶音一出现，我不由得咬住下唇，下巴不住地颤抖。等到主题从小涵的指尖流出，我感到呼吸困难，肺里的空气像是被抽干了似的。

我坐在一旁，静静地聆听，心里陡然升起一种不可名状的感慨：能够在这个时间，这个地点，再次听眼前这个女孩弹《叹息》，是一件多么神奇的事啊……这一刻对我黯淡已久的人生来说，是多么难得……我抱着没有希望的希望等了太久……

眼前的这个女孩，和我当初认识的那个十八岁女孩没有丝毫区别。或者说，此刻在我面前的女孩，就是那个在冬日黄昏里弹琴的十八岁女孩。眼神、手指的动作、身体的摆动都一模一样，连嘴角的翕动都别无二致。

我想起了那个寒星稀疏的冬夜，想起了她的情绪失控，想起了她倒在我怀里的无助。我想起了那个触电般的吻，想起了涌上心头的那股热流，想起了那一晚的彻夜长谈。

我没有忽略掉小涵弹出的任何一个音符，即使是藏在最隐蔽角落里的音符。它们合起来，仿佛在向我讲述千万个故事，讲述我的人生、小涵的人生、无数人的人生。每一个音符早已融入了我的血液，此刻它们仿佛随着小涵的手指动作从我的血管里喷涌而出了。

又是那个特别版本的结尾。晚钟般的和弦庄严地前进，久久回响在室内，在屋顶和地板上投射出微亮的闪光。

我仿佛身体不受控制似的站起来，做出一个想要坐在琴凳上的动作。小涵并没有站起来，只是往左边移了移，为我挪出空间，她想的和我一样。

"还记得我们曾为这首曲子改编过四手联弹吗？"我问她。

她点了点头，眼角泛出明澈的水波。

"现在回头看，我觉得我们当初的改编有很多可以改进的地方。"我歪着头看着她，"你觉得呢？"

不需要讨论过多的细节，她弹出的正是我心中所想，我弹出的和她步调一致，我们之间的默契简直无懈可击。这次，我们没有简单地分别弹伴奏和旋律，而是各自负责两个独立的声部，弹出了复调音乐的效果。这只是我灵光一闪的想法，小涵却完全明白我的意思，我没想到从我们的指尖流出的音乐是这样唯美……

我们继续弹下去，仿佛唱着一支永远不知疲惫、没有尽头的歌……

时间静止了……

后来我曾无数次回想起这一幕。我始终也记不起来，琴声究竟是什么时候停息的。我只知道，当我意识到琴声停下来的时候，我和小涵已经紧紧抱在了一起。

我在钢琴的镜面里真真切切地看到，小涵像个婴儿一样倒在我怀里，一只手紧紧抓住我的肩膀，用力的样子仿佛怕我逃走似的。感受着她体温的微热，我仿佛回到了那个冬夜里，疏疏落落的寒星发出清冷的光，我的心里却有一阵夏风席卷而来。

小涵斜躺在我的怀里，伸出手摸了摸我的脸颊，又摸了摸我的眼角。

"你的脸变粗糙了，没有以前那种光滑的感觉了。"她凝视着我的眼睛，"胡楂怎么没有剃干净呢？眼角也有细纹了，虽然要靠近才能看到。"

听到这里，我竟然忍不住哭了。成年以后，我极少哭过，我以为我早已丧失了哭的能力。然而此刻，我的确哭了，哭得稀里哗啦。五年来郁结于胸中的委屈、无助、心酸，一齐从体内倾泻而出。自从我毕业那年与小涵分开后，我再也没有感受到过半点儿温情。往前追溯，在遇到小涵之前，我的人生中也只拥有过极少的一点儿温情。人生的教训使我认识到，一个人想要得到温情，哪怕只是微乎其微的一点儿，也是极为难得的。温情……我以为我的心早就麻木了，冷却了，但此刻抱着小涵，一团死火又在我心中复燃了。

小涵帮我擦去了眼角的泪珠。这时，我又想起了那些心痛的往事，强烈的负罪感涌上心头。

"我很抱歉……过去的那些事。"我在她耳边轻声说。

小涵听到后猛地推开了我，神情变得很严肃。

"不用再提那些事了……都已经过去了。"她板着脸说，"我不想再纠结于往事了。让我们面向未来吧。"

那天晚上，我和小涵一边弹琴，一边讲述往事，不知不觉就到了午夜。她始终刻意和我保持了距离，再也没有和我有过肢体接触。不知道为什么，我总觉得内心有种难以抑制的失落。

"时候不早了，你该回去了。"小涵对我说。

我站起来去穿外套，但心底有一个声音在喊："我不想走！"

然而我不得不走，我没有权利继续待在这里。

"别忘了你说的，把我们刚才的四手联弹写到谱子上。"

"我写好了就过来带给你，可好？"

小涵点了点头。她关上门后，我走在伸手不见五指的楼道里，却觉得夜色并没有那么漆黑，反倒在黑暗中看出一点光明来了。

回去后，我马上在钢琴前开始写《叹息》的四手联弹谱，一直写到破晓时分。睡了几个小时后，我起来又接着写，终于赶在日落前写完了。我迫不及待地带着手稿去找小涵。

"你这么快就写完了？"小涵见到我后显得很惊讶。

"一整夜没睡。"我笑着说。

"你的黑眼圈又加重了。"

我们坐在钢琴前，开始弹我写的谱子，小涵一边弹一边提出许多修改建议，用铅笔在谱子上做出标记。修改完以后，我们一起又弹了一遍，我顿时觉得她的修改犹如神来之笔，使得整首曲子焕发出新的光彩。

钢琴的谱架上还放着一些乐谱的手稿，我问小涵："这是你自己写的曲子吗？"

小涵仿佛这才注意到，急忙把手稿收了起来，生怕我看到似的。

"怎么？我不可以看吗？"

"未完成的作品是绝不能给别人看的。"她郑重其事地说，"否则灵感就会消失。"

看着她满月般光洁的脸上现出严肃而真挚的表情，我的心也飞向了远方：她写的音乐听起来是什么样的呢？她越是不让我看，我反而更加好奇了。

"那我什么时候可以听呢？"

"等我写完了以后。"

"你什么时候能写完呢？"

"你干吗那么着急呢？"她撅起了嘴，眼神里有点害羞。

"因为我想了解你对世界的看法，还有……"

"你还想了解什么呢？"

我用手比画了心脏的位置。

她不由得捂着嘴笑了："有一首小曲子快收尾了。我答应你，写完了就弹给你听。这样可好？"

"一言为定。"

那天晚上，我要去给一个学生上钢琴课，只好早早离开。临走前我问她："我可以再来看你吗？"

她微笑着点了点头，那是一种我早就熟悉的笑容，满载着全世界的温存，仿佛可以抚平世上的一切苦难和悲伤。

接下来的几天，我每天都想去看小涵，又担心过于频繁的见面会引得她厌烦。终于我忍不住给她打了电话，问她我能否去看她。

"今天吗？不行……我心情很糟糕，精神低落，只想一个人静静，你不要来了……"

"没什么事吧？需要帮忙吗？"

"不要紧……没什么事，是我停了两天药……现在已经吃好药了。"

联想到她的身体状况，我很担忧，却没有一点儿办法。

直到几天后，我终于收到了她的通知，说我可以去找她了。

她带着一脸倦容为我开门，脸色苍白，一点儿血色也没有，嘴唇也因为干燥而失去光泽了。

"你还好吗？"我着急地问，"我很担心你。"

"我没事了。看来，我还是没办法停药啊。"她看着我，努力做出一个微笑的表情，但我在她的眼里看到了难以掩饰的疲惫。

"你昨晚睡得好吗？最近睡眠怎么样呢？"

"一夜没睡……"

"为什么呢？"

"在写曲子，昨晚突然有了灵感。"

"那也不能通宵呀？你需要睡眠。"

"你上次不也整夜没睡吗？"她不服气地问。

"我跟你不一样，你要注意身体——"

"是是是，"她打断了我，"我确实和你不一样，我是个病人。"

说着，小涵的眼眶泛起了绯红，她转身坐在钢琴前，双肘撑在键盘上，背对着我啜泣起来。我很少见到小涵哭泣，她的反应吓了我一跳。

"我不是那个意思，"我慌忙解释说，"在我眼里你不是什么病人，你只是身体不舒服而已。所以睡眠很重要，睡眠充足你才能去作曲、弹琴，不是吗？"

然而这种时刻说什么都没用。我坐在她身边，做出一个搂抱她的动作，她先是挣扎了几下，想要远离我，但我没有放弃，最终她反而彻底瘫倒在我怀里了。我没有说一句话，只是紧紧地抱住她，帮她擦去眼角的泪痕。

那段时间，我尤为担心的是，小涵动不动就会提到生存、死亡、生活的意义。尽管我也会思考这些问题，但在小涵而言，这些命题却与她的精神和心理状况更紧密地联系在一起。我很快发现，她的情绪变化不定，往往前一天还很正常，后一天就消极悲观，仿佛生活里的一切乐趣都被浇灭了。

几天后，小涵约我在音乐学院的琴房里见面。我推开门，只见她正坐在钢琴前，键盘上摆着一本五线谱。

"你在写曲子吗？"我看到她正在五线谱本上奋笔疾书。

"请先坐一会儿吧，"她头也没回，"有一段音乐正在我的脑子里狂奔，我需要一点时间。"

我坐在钢琴边的椅子上，随手翻了翻手边的一本书，是用外文写的，从内容来看大概是和声学方面的书。

起初，小涵的表情很平静，手中的铅笔从容地摆动，一行行音符像魔术一般从笔尖出现。过了一会儿，她书写的速度明显加快，她的气息也急促起来，好似胸中的音乐迫不及待地想要一吐为快。可是渐渐地，我注意到了她的反常之处。她的脸上涌起一阵潮红，身子逐渐压得很低，有那么一刻鼻尖几乎要接触到纸了，这是我从未见过的情况。更奇怪的是，她动笔的速度越来越快，快到我几乎看不清她在写什么。

我不由得站起来，走到她跟前。这时候，眼前所见令我惊慌不已：五线谱上的曲子只写到了一半，从某一刻开始，她只是用笔反复在纸上涂抹出一条条凌乱的横线，把几页纸都划破了。她大口喘着粗气，手臂不住地颤抖，眼睛直勾勾地盯着铅笔，仿佛陷入了一种癫狂的状态。

"小涵，你怎么了？"

我抓住她的手腕，迫使她停下来。她的呼吸依然急促，沉重的喘息声令人揪心。我随即轻拍她的后背和肩膀，不料她一把拿起五线谱本，把先前写下的几页乐谱撕得粉碎，一齐扔到地上。

"小涵，小涵……"

我不知道该如何是好，只能用虚弱的声音呼喊着她的名字。这时，小涵趴在钢琴上大哭起来，那哭声中有种我从未领略过的恐怖。

也许小涵心里积蓄着太多的音乐想要表达，也许她一时间难以控制自己的灵感，也许喷涌而出的音乐触碰到了她内心最深处的柔软之地，也许她的精神状态不足以支持她在短时间内高强度的创作……不论是什么原因，那一刻我只能尝试抱着她，轻轻抚摸她的额头，给她一点儿仅有的安慰。

我送小涵回家，一路上她的身体不停地颤抖，我紧紧抓住她的双手，却只感到一种冻结一切的冰凉。

回到家后，她总算平息下来了。

"我累了，想去睡会儿了。"

"那我不打扰你了，我改天再来吧？"

"你有别的事吗？"她一脸犹豫的样子，"如果没有……你能再待一会吗？"

小涵躺下后，我踮着脚尖走出卧室，看到小涵的书桌上放着一本《我的一生》，我随手拿过来坐在椅子上读了起来。我原以为这本书是自传之类，没想到它是契诃夫的中短篇小说选集，其中有一篇小说题为《我的一生》。我想起来了，这便是小涵十岁那年我从书架上帮她取下的那本书。那个午后，秋日里蔷薇色的阳光穿过窗纱，颤悠悠地徘徊在室内，在地板上投下一道柔和的光影。小涵在卧室里入睡了，我在客厅里读书，周围一点儿声音也没有。

读了几篇小说以后，不知不觉我垂下头睡着了。不知道过了多久，卧室那边隐隐传来咯吱的响声。我抬起头，神志依然不清醒，在半醒半睡中，我看到小涵站在房间门口，她的亚麻色裙子在光线下有种温暖而慵懒的感觉。我的目光自下而上转移，只见她睡眼蒙眬的脸上恢复了一些光泽。

"我睡了多久了？"她用手掠了掠头发。

"差不多四个小时，现在已经五点半了。"我看了看窗外，光线已经黯淡下来，暮色临近了。

"你一直在读书吗？"她走过来，一把拿起我放在旁边的书，"契诃夫？他的小说里我最喜欢《我的一生》。"

"我刚刚读了，是讲一个建筑师的儿子和父亲决裂，放弃体面的工作去做体力劳动的故事吗？我读完了，但是我没看懂作者究竟想表达什么。"

"你才看了一遍，"她挑了挑眉毛，"这篇小说表达了许多思想，但我觉得最核心的是，主人公认为每个人都应该一律平等地为了生存而斗争，而不是多数人供养少数人。所以他通过从事体力劳动去践行他的观念。主人公的妻子玛霞给我留下了深刻印象，但很遗憾他们的爱情最终还是破裂了。"

"看来我应该多读几遍。"

"对了，我昨晚写好的曲子，放在钢琴上，你现在可以看了。"

我走到钢琴前，拿起了一沓乐谱，是小涵的手稿，上面的字迹清丽而工整。乐曲的标题位置写着"组曲第七首"，这么看来小涵计划创作一套组曲，而它只是其中一首。

我看到乐谱的第一页就马上被吸引住了，光是看音符的走向就能感觉到音乐源源不绝的流动。

"要不要听听看？"小涵坐在钢琴前，一切都显得很正常。

"你真的可以吗？"想起几个小时前她那副无法控制自己的模样，我不由得感到担忧。

"放心吧，我没事了。也许是因为昨晚一夜没睡……为了给你写这首曲子。"

我心里除了后悔没有别的情绪：倘若不是因为我多次向小涵表示想听她的作品，她也就不至于熬夜作曲了。那一刻，我一句话也说不出来。

小涵先是弹出一段节奏平缓的和弦，随后弹出一段快速跑动的琶音，力度从弱到强，速度由快到慢，再恢复快速，极具层次感和张力。紧接着第一次出现了主题，是一段行板，幽静的旋律中有一种天朗气清的境界。随后出现了几次主题的变形，每一次构思都相当精妙，尤其是当主题以六度音和八度音穿插奏出时，那种音响的共鸣有如六月里的一阵热带风暴，紧紧抓住了我的心。

最后，音乐归于平静，她弹出一段缓慢进行的和弦，空灵的音响有如山谷里的回响，一切又变得静谧而甜美。

"听这首曲子时，你想到了什么？"小涵歪过头问我，"我很好奇。"

"曲子开头呈现给我的是一幅安静的画面，接着这种安静被某种骤然到来的东西打破了，就像是一场雨落在江面上或者一阵风吹过树林。主题旋律悠扬得像一支歌，好似一个少女时而低吟，时而高歌。主题的几次变形加深了乐曲的纵深感，使得音乐的意境更加清明高远。那段左右手交替弹出的旋律，无疑是全曲的高潮。最后的那段柔板又回归了平静，结尾营造出安静和谐的感觉，呼应了开头，就好似雨过天晴，或者树林里恢复了平静。"

我说完以后，小涵的眼里发出了莫名的闪光。

"我的感受不一定准确，"我说。

"对音乐的感受就像读一本书一样，没有什么绝对的答案，每个人都有自己的体会呀。"

"那么你写这首曲子是想要表达什么呢？"

小涵没有回答我，她指了指窗外。我沿着她所指的方向看去，只见不远处那片茂密的水杉树林背对着夕阳，树尖随风摇晃，不时跳跃出一星半点的闪光，仿佛被橘红色的霞光点燃了。树影拉得很长，时而静止，时而又用力摇晃几下。

这么说来，我描述的画面和小涵作曲时想到的差不多。我激动地问她："你有没有想过给它取一个标题呢？"

"你有什么建议吗？"

"比如《树影》？"我感觉自己脸红了，"还是你来取名吧。"

"我觉得这个名字不错呀，就叫这个名字吧。"她朝我露出了神秘的笑容，"以及……这首曲子是送给你的礼物。"

"礼物？送给我？"我简直不敢相信自己的耳朵。

我这才想起来，几天后是我的生日。大学毕业以后，我没有怎么过生日，相反，我对生日产生了强烈的厌恶感。看到人们乐此不疲地庆祝生日，我感到很可笑。生日有什么好庆祝的？庆祝你距离那个无可避免的归宿又近了一步吗？

不过，这一刻，面对着小涵，我却丝毫不觉得生日面目可憎了。我想起了小涵十八岁生日那天，想起了那个寒冷的星夜。

小涵把乐谱的手稿递给了我，我颤抖着手指接过，呼吸一瞬间变得异常急促。我感觉我久已迟钝的神经由于与小涵重逢又变得敏感了。

"这首曲子只为你一个人而写，我不会再给别人看。"

"可是……这样优美的音乐只有我一个人能听到未免也太可惜了。"

"怎么，你不想要吗？"小涵伸出手，用调侃的口气说，"那么你还给我也可以，我明天就去弹给老师和同学们听。"

我下意识地双手护住乐谱："那可不行，它已经是我的了。"

那个傍晚，暮色渐浓时，我看着窗外逐渐淡去的晚霞和幽暗下来的水杉树林，又弹了一遍《树影》。如果说我在听小涵弹的时候觉得这首曲子很美，那么我自己弹的时候更加体会到了它的妙处。小涵的作曲水平无疑已经到了我无法企及的高度，更可贵的是，她在音乐里倾注了自己对于自然的观察以及由之产生的情感，这就使得整首曲子有着一种震撼人心的力量。

我常常去看望小涵或者去音乐学院里找她，但她对我始终保持着若即若离的态度。我尝试牵她的手，但她每次都会一言不发地把手轻轻抽出来。有一次，我做出一个想要亲吻她的动作，却被她马上躲闪了。

一时间，我竟不知道如何界定我和小涵之间的关系了。是恋人吗？显然不是。是朋友吗？显然不是一般的朋友。我这个人总有一种想让事情确定的倾向，悬而未决对我来说是最难忍受的。我有种感觉：我和小涵的关系正处在一个悬崖上，要么攀爬到平缓的安全地带，要么坠落到谷底，砸个粉身碎骨，中间地带是不存在的。

我们再也没有提起过关于夏悦的事，似乎那些往事在我们之间不再施加什么影响了。小涵对过去的事真的已经释然了吗？我不知道。小涵现在对我究竟抱着怎样的感情呢？她还爱我吗？如果她曾爱过我的话。倘若她爱我，为什么又不肯重新接受我呢？也许时间已经改变了太多，但只要想到她可能不再爱我，我还是会感到剜心般的疼痛贯穿全身。

我们之间唯一的肢体接触只剩下了拥抱。她似乎并不排斥我的拥抱，尤其是在她情绪低落的时候。这些时刻，她不会拒绝我的拥抱，她喜欢缩在我的怀里，和我聊一些漫无边际的话题，仿佛从中能得到一点儿安慰。

我终于忍不住问她："我们……"

"嗯？你说什么？"她在我怀里抬起头，眼睛里透出温柔的光芒。

"我是说……"看到她的目光我又畏缩了。很难想象我和小涵曾经有过那样亲密无间的温存，此刻我面对着她像是面对初次相识的女孩一样羞涩。

但我还是逼自己说："我们不能在一起吗？"

"在一起？我们不是已经在一起了吗？"

"难道你不明白我的心意吗？"

"那你是什么意思呢？"

"我说的是……"我感到额头上冒汗了，"唉，你不愿我们互相属于彼此吗？我是说那种排他性的属于……"

"我觉得现在这样就已经很好了。"

她的语气很平静，甚至有点儿淡漠。我的话似乎并未在她心里掀起一点儿波澜。

我突然间不知道哪儿来的勇气。我控制不住地向她倾诉我的爱情，我提到两个人的温暖的家，提到关于音乐和艺术的共同理想，提到在遥远的未来等待我们的未知数。

"我很感谢你对我的坦白，"她坐了起来，正对着我说，"但是你所提出的那些设想可能并没有你想象的那样美好。其中隐藏的危险更是难以预料。"

"危险？有什么危险？"

"共同生活对所有的恋人都是最凶险的考验。看看那些活生生的例子就知道了。多少爱情，即使是那些伟大的爱情，也在日复一日的琐碎生活中消磨殆尽，到最后两个曾经相爱的人不爱了。这还是幸运的结局，更多的是形同陌路，甚至反目成仇。"

"可是那是别人的爱情，不是我们的。"

"爱情的悲剧是人性造成的，对谁都一样。"

"你之所以这样说是因为你不爱我了。我相信你是爱过我的。"

"爱不爱的，有什么关系呢？这只是一个词而已。人们整天把那些虚伪做作的情感都称为爱情，反而是对爱情的亵渎。"

"但我对你是真诚的。"

"正因为你是真诚的，所以我更不想伤害到你。"

"伤害我？你从未伤害过我，相反，是我伤害了你。"我感觉自己眼泪都冒上来了。

"那就让我们不要再互相伤害吧。"

一阵悲哀笼罩了我，她的话在我听来多么冷酷无情啊！可能是察觉到了我的心思，她又用温柔的语气说：

"你理解的爱情只能是一种形式吗？而且非得是最不符合人性的一种吗？我们现在这样难道你还觉得不够吗？"

"过去的那些事，我很抱歉……都是我的错。"

"过去的事就不要再提了。你以为我还在乎吗？"她大声喊道，"现在说什么对错还有意义？有更重要的事情需要去做。"

沉默了片刻后，她用一种无限悲凉的口吻说："我担心我的时间已经不多了。"

听到这里，我心里像是有一扇窗破碎了，玻璃碴子肆意地划着，划得我血肉模糊。我恍然意识到，一直以来，小涵承受了多少重负啊！这些年来，所有的痛苦，她都是自己一个人默默承担，我又为她分担过多少呢？如果说迄今为止，我在她的人生中发挥过一点儿影响，大多也是负面作用。我又有什么权利要求她呢？

"对不起……"我抱住了她，"我不应该说这些的。只是再次遇到你，我就已经用尽我一辈子的好运气了。我不应该奢求更多。"

"有点耐心，"她轻轻地摸了摸我的头，肌肤的触感真切而温暖，"也许我的想法也会改变。一切都还有希望，不是吗？"

"嗯……你也不要说丧气的话，一切都会好起来的。你说的重要的事，是指作曲吗？"

小涵点了点头，她靠着我的肩膀，目光又重归于温柔。

那天以后，我不再和小涵提到爱情，但我觉得我已经身处爱情之中了。我有一种感觉：我的爱情从五年前的那个冬夜就开始了，在很长的时间里尽管被阴影遮蔽，却从未消逝。

第三十二章

整个秋天，我每天都会去看望小涵。除了一起弹琴，我们也时常出去散步。那些日子，我们常常挽着手走在落叶飘零的街上，谈契诃夫，谈李斯特，谈艺术与科学，谈遥远的未来。

在小涵家里，我偶尔会碰到她的几个钢琴学生。其中有一个学生引起了我的注意。他是一个十三岁的小男孩，小涵并不收他学费，我对此感到好奇。

"这是个可怜的孩子。"小涵的眼神里渗透出一丝忧郁，"他曾经有一个美满的家庭，父母虽然并不富裕，但从小引导他学习音乐，他从四岁起就开始学钢琴了。不幸的是，他的母亲在他七岁时意外离世，父亲又在他九岁时一走了之，下落不明，只留下他的外婆一个人照顾他。这个家庭接连遭受打击后，生活变得异常艰难，可怜的老人家甚至需要捡废品来养活孙儿。不用说，钢琴课也停了，因为负担不起学费。"

一个偶然的机会，小涵遇到了小男孩，发现他的乐感很好，很有天分，虽然只有十岁出头，琴已经弹得很不错。知道了他的家庭变故后，小涵觉得不能埋没他的天分，于是主动提出免费教他弹琴。他已经跟着小涵学了一年，进步很快。

"你觉得他有天分，看来这个男孩确实不简单。"

"可能是由于家庭变故的原因吧，他的心理承受了他这个年纪难以想象的重压，这在他弹琴时显得淋漓尽致。这种感觉我比谁都懂。你知道他把肖邦弹得多悲伤吗？他在我面前故作正常，但一听他弹琴我就知道他在想什么了。这个孩子内心很抑郁，很阴暗，弹琴对他来说是在疗伤。"

听了小男孩的故事，我和小涵由此聊到了教育的话题。

"自从教琴以来，"小涵说，"我的一个感受是，我们的教育，尤其是艺术教育，还远远不够。"

"你说的不够，是说学校里应该有更多的艺术教育吗？"

"就以音乐来说吧，我亲眼见到，由于各种原因，许多有天分的孩子却得不到好的音乐教育，最终他们的天分只能被浪费掉。同理，不仅仅是艺术，在各个学科和领域，都存在着天分无法得到发掘和充分培养的现象。你想想看，有多少天才和潜能被白白地浪费掉了！我常常想，倘若每个人的天分都能够被适当地引导和培养，社会的进步不知道要加速多少倍，整个人类的文明不知道能增添多少艺术和科学的结晶。"

"你这个说法倒是和一些潮流的说法不同，"我笑了笑说，"一些人以为，现代的教育不是太少，而是太多了。"

"太多？"小涵惊讶地问，"这是什么逻辑？"

"你看，现在大学在扩招，无论是本科生还是研究生的数量都在增长。十几年前，考上大学还很稀罕，现在连博士都不稀奇了。这不就意味着学历在不停地贬值吗？当一个博士毕业后也面临找工作的困境时，人们难免就要问，教育是否太多了。"

"那是因为他们把教育当作了一种工具，而不是提高国民素质的途径。"小涵说，"我的想法恰恰相反，我期待有一天，全体国民都可以接受高等教育。教育不是太多，而是太少了。真正完善的教育，其核心是能够使每个人最大限度地发掘和培养自己的天分和兴趣。从这个角度来说，高等教育还远远不够呢。挖掘天分和培养兴趣应该从启蒙和基础教育开始。"

"全体国民都上大学？"我笑着说，"那岂不是学历要完全没有价值了？"

"你这种说法是基于把教育当作一种可以带来收益的资源，但实际上教育的目的不是为了把人们划分为三六九等，而是为了培养更好的国民。只要你从发掘个人的天分、培养好的国民这个角度出发，你就不会得出学历没有价值的结论了。当然，学历本身只是一种形式，教育的实质才是最重要的。"

"可是现实是，即便全体国民都能接受高等教育，社会也提供不了足够的、和他们的受教育水平相适应的就业岗位。不是吗？"

"是的，你说得没错。"小涵抿了抿嘴唇，"所以当我提到全体国民应当接受高等教育时，我没有说这应该是现状，相反，它是未来应该努力的方向。我期待着有一天，科学和社会进步会使得所有人能够摆脱单纯为了生存所进行的斗争，这样人们就能够接受社会所能给予的最好的教育，每个人都能发掘和培养自身的天分，而不是仅仅为了谋生去学习和工作。这当然是一个长远的目标，它的实现要以科学和文明的进步为基础。但我认为这个目标是永远值得去追求的。在我们这个时代，我说所有人应该接受同等的、最优质的教育，大家觉得不可思议，但说不定几百年以后，这就会成为理所当然的事呢。"

这一天以后，我对那个十三岁的小男孩有了特别的关注。有一次，他到小涵家来上课，我正好来看望小涵，于是便和他在楼道里狭路相逢了。他个子不高，穿着旧旧的衣服，显得有点儿邋遢。可是他的目光却极为敏锐，见到我以后脸上马上现出警觉的神情。

"你来上钢琴课吗？"我问他。

他没有回答我，只是冷冷地点了点头。进门以后，我抱了小涵，和她有说有笑，把小男孩甩在脑后。不料，我猛然一个回头，却看到他正在用凶狠的眼神看着我，目光里有一种不服气。后来我又见了他几次，每次我都觉得他对我的态度很不友好。

我对小涵说："这个男孩有点心高气傲，他似乎对我有意见。"

"对你有意见？"小涵被我逗乐了，"怎么可能呢？他和你无冤无仇的。你是不是太敏感了？和一个小孩子较劲。"

"每次我在你家见到他，他都表现得很奇怪，就像是有点儿嫉妒我。"

"嫉妒你什么呢？"

"嫉妒我可以抱你。"我做了一个拥抱的姿势。

"你是不是想太多了？"小涵忍不住笑出了声，"他嫉妒你这个干什么呀。"

我甩了甩手说："反正我觉得他不喜欢我。"

有一阵子，我正忙着准备一个全国性的钢琴比赛。方小宇说，如果我能在这个比赛上拿奖，对我的职业生涯会很有好处，会有更多人想要跟我学琴而且愿意支付更高的学费。

"你是说，"我问他，"如果得了奖，我的收入会有大的提升？"

"那是当然。获奖以后你的名气变大了，除了有更优质的生源、收更高的学费外，琴行也会有更高的奖金给你。"

那段时间，我除了和小涵见面、给学生上课外，其他所有的时间都用来准备比赛。当我想着要去参加比赛后，弹琴对我来说顿时丧失了一大半乐趣，我感觉精神上平添了繁重的负担。和小涵在一起的时候，我总是无意中长吁短叹，表现出对比赛的担忧。我问她能否指导我练习参赛曲目。

"你先回答我一个问题，你为什么弹钢琴呢？"她停下脚步问我。

"因为我喜欢音乐。"我有点摸不着头脑，"为什么这样问呢？"

"你喜欢音乐，是喜欢音乐这门艺术呢，还是喜欢音乐给你带来的好处呢？比如你能通过教琴赚钱。"

"当然是喜欢音乐这门艺术。"我不假思索地回答。

"所以，你是出于艺术本身的美去弹琴，而不是为了其他外在的因素，例如别人的赞赏、认可和由此带来的荣誉和利益，对吧？"

"这是自然。人们的认可当然对一个演奏者有很大的鼓舞，音乐作为谋生的手段也是人之常情，但如果说一个人是为了荣誉和赚钱才去弹琴，那就很荒唐了。"

"那么同理，如果你抱着与高手交流、提高琴技的目的去参加比赛，你本质上是为着对音乐的爱，因为你想要在艺术的道路上走得更远。但如果你是为了赚钱，为了名气，那么你就已经偏离了艺术本身。你想想看，这两种动机之间是不是有质的区别。"

"我明白你的意思，但是动机真的有那么重要吗？"一种想要反驳她的欲望涌上我的胸口，"动机偏离一下又怎么样呢？这世上大部分人不都是以成败论英雄吗？重要的是事情的结果。不论你的动机多么单纯，多么高尚，如果最终一事无成，谁又会在意你是什么动机呢？那些动机再坏的野心家，不论采取什么恶劣的手段，只要他们取得了成功，人们也会视他们为榜样；他们所说的话，哪怕再荒谬，也会被大众看作金玉良言。你只要看看周围的人就知道了，世道向来如此。"

"世道向来如此难道就意味着世道向来是对的吗？"她凝视着我的眼睛，

"没错，做一次正确的事很难，一直做正确的事更难，但如果是错误的事，哪怕被人们重复了一千次、一万次，也不会变成正确的事，相反会造成更大的错误。固然，这个世界并不完美，有很多事情远远没有达到应有的状态，甚至每一天还在上演着不少悲剧，但这不意味着这些错误的事就会成为正确的事。一件事实际上是这样的，不意味着它应当是这样的。在实然与应然之间，永远存在着一条界线。体现在比赛这件事上，你应该抱着艺术——为了钢琴的艺术——的动机，而非守着自己那点儿自私狭隘的利益反而丢掉了你所爱的艺术。"

"即使像你所说的，我应该怀着单纯的动机，只是从艺术本身出发去看待与钢琴有关的事，包括去参加比赛。但我不明白的是，动机属于一个人内心的范畴，如果我不说出来，也不从外在明显地表现出来，那么谁又会知道我的动机呢？一个人难道不是思想自由的吗？即使心里有再邪恶的想法，只要不表露于行为，谁又有理由指责我呢？"

"苍天在上，别人也许不知道，但你的心永远知道。别人知道与否，不会改变动机的性质。"她做了一个手势，用手指指着自己的胸口。

"那又怎么样，我不在乎！世上不知有多少人心里想的是一套，嘴上说的和做的又是另一套，难道你想把他们都纠正过来？你觉得有一丝可能吗？"

"行为与想法不一致叫作虚伪。很多时候，一个内心邪恶而外表正直的人所造成的危害反而比一个内心与外表同样邪恶的人更严重。这也就是为什么人们常说，伪君子比真小人更可怕。所以你看，动机对于判断一件事的价值有多重要。如果我们不去考虑动机，那么也就无从区分真诚与虚伪了。因为真诚和虚伪的人可能在外在的行为上做了同样的事情，但他们却可能有着完全相反的动机。"

"所以你的意思是，倘若我怀着赢得比赛、提高名气和收入的目的，我的动机就是错误的？"说到这里，我有点气恼，我觉得小涵未免有些小题大做了。这件事情有必要上升到这个层面吗？

"至少是不可取的。"她顿了顿说，"对于艺术家来说，这一点尤为重要。艺术家去进行艺术创作，不应当是为了外在的功利性目的，诸如获得财富、地位、名誉，而应该发自内心地热爱艺术，想要用艺术这种形式来表达思想，引导人们和社会向着正确的方向前进。对你来说，如果你抱着胜负欲和现实利益的考量，说明你弹琴还没有纯粹地为了音乐本身，而是被现实的欲望胁迫了。也就是说，你的动机不单纯。这会决定你在艺术上能否走得更远。"

"动机，动机，又是动机！"我几乎是喊出来的，"动机真的有那么重要吗？艺术家也要去挣自己的面包，艺术可不是空中楼阁，不是每个向往艺术的人都幸运地生在富贵人家。我理解并认同你所说的对艺术的纯粹动机，但现实是，大多数从事艺术的人都必须赚钱糊口、养家、维持生计。如果按照你的说法去指责他们对艺术的动机不够纯粹，岂不是强人所难吗？这难道不是对他们的一种不公正？"

"况且，"我没等小涵回答便继续说，"我不是艺术家，我只是一个喜爱音乐的普通人，凭什么我要以艺术家的标准来要求自己呢？难道我就不能只是单纯地享受钢琴带给我的慰藉吗？当我弹出一首美妙的曲子时，周围的人会称赞我，羡慕我，给我鼓掌，我会觉得很快乐。对，你可以说，这只是满足了虚荣心，但是，大家不都是这样的吗？难道这世上真的有人花费很多时间和精力去做一件事，只是为了追求这件事本身的意义，而不考虑这件事会带给他的现实的利益？真的有如此天真的人吗？"

"首先，没错，你确实还不是艺术家。"小涵听我说完，轻轻耸了耸肩膀，"然而如果你觉得艺术家和一般弹琴的人在音乐上的标准会有所不同，那么你错了。无论是艺术家还是钢琴学生，在弹一首钢琴曲时，音乐上的要求是一样的。例如，对于一首钢琴曲，弹出它在音乐上的神韵，不会对艺术家有一套标准，对钢琴学生有另一套标准。只要你坐在钢琴前，开始弹一首乐曲，公正无私的音乐之神就会在冥冥之中注视着你，无情地审视你所弹出的声音。如果你降低要求，沾沾自喜，自以为已经弹得很好，那么也只能是自欺欺人的把戏罢了。而且，这种自我欺骗不会持久，不久现实就会提醒你，你距离演绎出真正的音乐还有很远的距离。你刚才口口声声说现实，其实，一个学习艺术的人意识到自己在艺术方面的无能，这才是最真实最残酷的现实。

"一个想要在艺术道路上走得更长远的人，必然从一开始就要以艺术家的高标准来要求自己。一个人是因为以高标准要求自己才可能成为艺术家，而不是成为艺术家才有了高标准，因果关系可不能倒置。如果你只是把音乐当作一种娱乐，那确实没有必要以艺术家的标准来要求自己。但是，这不能阻止别人用艺术家的标准来审视你的演奏。也许很多人出于各种目的，故意说一些好听的、让你自我感觉良好的话，然而这并不能改变你演奏的水平。最终，你会意识到自己真实的水平。如果你能觉得心安理得，那也无可厚非。

"至于从事艺术的动机，我很遗憾，你竟然把真诚当作天真。什么时候真诚竟然在人们的眼里堕落至此了？我承认，大多数人都抱着各种各样并不纯粹的动机，也确实如你所说，许多艺术家为了生计所迫而不得不一定程度上向现实做出妥协。但是区别在于，真正的艺术家，无论面临多么残酷的现实，他们始终会在内心保有一片艺术的净土。生活的艰难不会使他们放弃对艺术的追求或者做出辱没艺术尊严的事。在艺术上，他们都是有原则和底线的。这个原则和底线来源于对艺术的真诚态度。这是因为，在艺术上容不得有半点虚假和不真诚。如果你对艺术的态度是伪装出来的，那么你不可能探求到艺术的真谛。艺术和真理一样，有自身内在的规律。人们也许可以抹杀艺术，就像他们在历史上曾无数次抹杀真理一样，但他们只能抹杀得了一时，最终，艺术和真理都会在时间的洪流里显现出它们本来的模样。原因很简单，艺术就是艺术，真理就是真理，有时候也许会被黑夜和乌云遮蔽，但它们只凭自身的力量，终究可以在阴影笼罩的大地上投下点点星光。"

小涵的一席话掷地有声，我感觉有很多话想说，却无从开口。我想反驳她，却一个字也说不出来。我们就这样坐着不动，相视无言，几分钟过去了。最终，我还是想为自己的动机做一点辩护。

"我何尝不想成为你说的那种人，对艺术有着纯粹的执着啊。"我轻叹了一口气，"但是现实是，我没有成为艺术家的天分，也从来没有好的学习条件和环境。你知道，我十四岁才开始学琴。我的父辈里没有一个懂音乐的，从小我接受的音乐教育只限于音乐课上那么一点儿可怜的东西。如果事情自然地发展下去，我不会与音乐产生更多的联系，也不会想要学钢琴。

"后来，你知道我是如何接触到了钢琴，又是怎么爱上了音乐。我家人东拼西凑借钱给我买了一架二手钢琴，我至今还记得钢琴运到我家的那天我有多么幸福！我也曾没日没夜地练琴。但后来我慢慢意识到，一切为时已晚，我错过了学琴的最佳时间。更要命的是，我家的条件也请不起好的钢琴老师，没法接受好的音乐教育。我自知此生大概率不会在钢琴上搞出什么名堂了。你以为我认识不到自己的现状吗？你说得没错，认识到自己在艺术上的无能是最残酷的现实，我当然比谁都清楚自己面临的现实，而这恰恰是最令我痛苦的。

"有些事情，一出生就已经确定了，就算再怎么努力也无济于事。还记得那个傅辰吗？我昨天在路上看到了他要举办音乐会的海报，这对他来说是很自然的。他生在音乐世家，从小就接受最好的音乐教育，而那时我连钢琴的琴键都没有摸过。我出生的环境不仅限制了我的想象力，也限制了我人生的大部分可能性。在十四岁偶然接触钢琴后，我开始学琴，练琴，努力想要追赶上落下的那些年月和差距。如你所见，虽然我取得了一点儿进步，但距离追求音乐的艺术，还差得远呢。倘若我也能有傅辰的那些优越条件，谁能说二十多年后的今天我会不如他呢？"

被别人揭开伤疤是一回事，自己揭开自己的伤疤又是另一回事。说到最后，我感觉胸口像是堵住了什么东西似的，闷得难受，腹部也隐隐作痛。

小涵的眼神里少了一点严肃，多了一些温柔。我不再躲避她锐利的目光：既然我已经把自己最不堪直视的一面毫无保留地展示给了她，我还有什么可逃避的呢？

"这个世界从一开始就是错配的。"小涵凝视着我的眼睛说，"以音乐来说：有些人天生很有一颗感知音乐的心，能够轻易体会到音乐里蕴藏的丰富情绪，但是他却没有演奏乐器的才能；有些人弹得一手好琴，唱起歌来却五音不全。在所有这些错配中，才能和资源的错配尤为显著。有些人很有天分，却不幸地生在一个不好的环境中，不仅得不到艺术的熏陶，也难以承担艺术教育的成本；相反，一些资质平庸的人，却占据了大量的资源而无所创造。因为才能与资源的错配，多少天分和才华被白白浪费掉了，多少本可以创造更大价值的资源被糟蹋了！你看，这就是命运的不确定性。爱因斯坦曾说，'上帝不会掷骰子'，他认为这个世界不是任意和随机的，没有一件事情是无缘无故地发生的。但事实是，很多事情就是毫无缘由地发生了，而且不可阻挡地影响了个人的命运。"

"按照你这么说，对于这种不确定性，我们终究是毫无办法了？"

"在社会的层面，应当尽可能地促进更优质、更公平的教育，这不仅仅意味着每个人有学可上，更要使每个人都能有足够的条件和资源去充分发展自己的天分。以这个标准来看，我们还有很长的路要走。这就是为什么我说，教育不是太多了，而是太少了。"

"那么在个人的层面呢？"我追问。

"对于我们自身而言，只能改变不能接受的，接受不能改变的。"

"要是我不能接受的同时是我无法改变的呢？"

"那就与自己和解，坦然面对一切，相信上天自有安排。"

小涵的脸上有一种我从未见过的虔诚。她的眼眸里流露出的平静，像是一剂药效猛烈的镇静剂，使我躁动的心迅速冷却下来。

"重要的是，"小涵用温柔的眼神看着我，"你现在可以弹奏那些音乐大师的作品，你已经从音乐中得到了安慰和寄托，这不是已经足够了吗？至于你说的从小和别人产生的那些差距，尽管是事实，却并不影响你对音乐的热爱啊。况且，这种差距也完全可能缩小，最终甚至消除。你只需要竭尽全力追求你的艺术，其他的只需交给时间和命运。"

"竭尽全力……"我低头说，"是啊，能做到竭尽全力已经很不容易了。也许我不应该要求更多。"

天色渐渐黯淡下来了。落日西沉处的那片天空，布满了隆隆的阴云，那边的天际线一片浑浊，既看不到太阳，也不见日光。相反，另一半的天空却云消雾散，露出湛蓝的底色，仿佛要和那片阴云分庭抗礼似的。在阴云和蓝天的交界处，云层变得淡薄，夕晖透了过来，呈现出一片玫瑰色的霞光。

"我觉得还是有必要解释我为什么如此想要赢得比赛。"我说，"你说的胜负欲啊，现实利益啊当然是一方面，但除此之外我更想借此证明，自己在音乐上的资质并不比那些从小学琴的人差。我总想着，如果我能拥有像他们那样优越的条件，我一定会更加努力地练琴，把成为音乐大师作为人生目标，而不是像很多人一样，把音乐当作一种华丽的奢侈品去肆意卖弄。你说我自欺欺人也好，对音乐不真诚也罢，但是我只是想要得到一星半点的自我安慰罢了。"

"你怎么知道，倘若你真的拥有了那些优越条件，你就会更努力呢？你怎么能确定，当你处在那个位置时，不会像你说的那种人一样呢？"

"因为我知道，我对音乐的感情是真的。"我几乎是一个字一个字地说出来的。

"如果你对音乐的感情是真的，"小涵转过身，望着一角未被树叶遮挡住的天空，"那么无论你的境遇如何，你都应当只追求艺术本身。无论是艺术家，还是一般从事艺术职业的人，唯有在艺术中才能得到最深沉的慰藉。你应该从艺术中得到安慰，而不是从虚荣心和现实利益的满足中求安慰。我同意你说的，把艺术当作一件高级玩物或者彰显自己身份的工具，是对艺术的亵渎。这就像爱一个人，在爱他之前，你首先得尊重他，理解他，否则不可能有任何爱的可能。爱一门艺术也是同样的道理，去掉所有那些玩世不恭和逢场作戏的态度，才有可能接近艺术的本质。当然，人性是有弱点的，我们不能要求每个人对人对事时时刻刻保持一种纯粹的态度，我们甚至也不能期待这一点。但就像我说的，实际上是怎么一回事与应当是怎么一回事之间，永远是有个区分的。即使我们无法克服自身的弱点，我们也不能把实然当作应然，把既成事实当作理所应当。"

"其实，"我咬了咬牙说，"我之所以会想要去参加比赛，还有一个原因是我对我们的未来感到担忧……我指的不是我和你的关系，而是我们未来的生活保障。所以我觉得如果能获几个奖，有更大的名气，能够多攒一些钱，这样就会使你更有安全感。我之所以一开始没有这样说，是因为我总觉得难以启齿，好像我对你有什么权利和义务似的。我担心你不喜欢听这种话。"

小涵听到后走到我面前，伸出手摸摸我的额头，她的目光正对着我，仿佛要直刺入我的心底。

"傻瓜，"她说，"我明白你的意思，我很感激你会这样为我考虑。但对我来说，安全感的来源不是物质保障，而是艺术。不要以为我是站着说话不腰疼。我也在教琴，我也有自己的学生，我也通过音乐谋生而且完全能凭此养活自己。难道你以为我在说风凉话吗？对我来说，教琴的收入虽然不多，但已经能够满足我的生活所需。我不需要那些奢侈的享受，你看我每天都弹琴、作曲，我在艺术中已经得到了我想要的一切。"

我以为我对小涵已经足够了解，但这一天我惊奇地意识到我对她的了解还不及我想象的一半。她和我见过的所有从事音乐和艺术的人都不一样，因为她无论对人生还是对艺术都很虔诚。

我转过身紧紧抓住小涵的手说："我错了，我不应该为了那些功利性的目的忘记了艺术本身。我不应该误解你，请原谅我吧。事实上，我现在一点儿也不想参加那个比赛了。"

那天傍晚，小涵弹着琴，我手上捧着书，望着窗外飒飒作响的树林。我们时而停下来说说话，但既不谈音乐，也不谈艺术，只是说些与彼此毫不相干的废话。忽而我们会毫无预兆地停止交谈，陷入长长的静默，我在这种静默中体会到一种安静而甜美的气息。

几天后又到了钢琴家上大师课的日子。最近雨下个不停，到了这一天气温骤降，寒风挟持着边缘发黄的梧桐树叶，从海边的方向袭来。我蜷缩着手脚快步走进大厅，只见小涵已经坐在后排的座位上。她看到我后，朝我招手，把隔壁座位上的背包放到了地上。

我很自然地坐在她旁边。这时，钢琴家推开门走了进来。

"你知道这位钢琴家的故事吗？"小涵低声问我。

"我只听其他人说，他十九岁时在一场重要的国际比赛上突然退赛了。原本他是夺冠的热门。"

"他销声匿迹了十几年，似乎没有人知道他究竟发生了什么，真是奇怪。"

钢琴家清了清嗓子，对学生们说："各位，这次我们改变一下形式。你们如果有谁想要弹，可以直接上台，这一回选择权交给你们。"

"你想要弹什么吗？"我问小涵。

"这次不弹了，你呢？"

"我最近练了一首新曲子，想要让大师指点指点。"

"哪一首啊？"小涵显得很好奇。

"等会如果我能上去弹，你就知道了。"

"这么神秘啊！"

有几个学生自告奋勇上台，分别演奏了拉威尔的《悼念公主的帕凡舞曲》和拉赫玛尼诺夫的《G小调前奏曲》。这次钢琴家似乎心情很好，他并没有事先问学生要弹什么曲子，只是静静地倾听。他也没有在任何一个学生的演奏中途打断他们，而是耐心地听每个人弹完后予以点评和示范。他的点评也少了之前的苛刻，多了几分宽容和鼓励。

"还有哪位想要给大家演奏的？"他问。

大厅里有几个学生举了手，其中包括我。

"你来吧。"钢琴家指着我的方向。我倏地站起来，再次用眼神跟他确认他指的是我。

"好运！"我站起身后，小涵对我小声说。

我坐在钢琴前，弹出一段主题旋律，接着弹出一段有爆发力的八度音。

"这是……李斯特的《第一钢琴协奏曲》……"

钢琴家突然支支吾吾地自言自语，我瞥了他一眼，他的神色显得很恐慌，喉咙微微颤抖着，声音低沉以至于听起来沙哑。

"停下来！谁叫你弹这个的？！"他忽地用力拍了一下钢琴，对着我大喊，在我听来简直是怒吼了。

琴声戛然而止，我双手悬在半空中，呆若木鸡地看着他。我不知道他为何如此震怒，是因为我弹得太烂了吗？然而并不是每个学生都能像小涵弹得那样完美……

全场的学生都惊呆了，没有一个人敢说话，大厅里连喘气的声音都听得清楚。所有人都愣住了，不知道发生了什么，也不知道接下来将要发生什么。

我站起来，退到钢琴一旁，不知道该说些什么。我沮丧的样子就像一条全身湿透的落水狗。钢琴家板着脸，两颊涨得通红，对我怒目而视。

漫长的沉默后，他终于说："下一个人上来弹吧。"

然而这一刻，没人再敢主动举手了，大家都瑟缩在座位上，生怕自己也受到如此待遇。我回到座位后，小涵立刻握住我的手，想要给我一些安慰。她没有说话，一脸同情地望着我，显然她对整件事也感到困惑。

看到没人举手，钢琴家大为气恼，他随机点了几个学生上去，并且动不动就打断他们的演奏，语气很恶劣，与其说是指导，不如说是在严厉谴责了。

下课后，我只想赶紧离开教室，不料钢琴家朝我走过来，这时他的脸色缓和了，似乎恢复了一些理智。

"可以请你留步吗？"钢琴家说，"我有些话想对你说。"

其他学生陆陆续续都离开了，只留下我和小涵。我和小涵看着对方，谁也不明白究竟是怎么一回事。

　　钢琴家在钢琴边上踱步了几个来回，脸上满是不安的痕迹。他好几次走到钢琴前，像是要坐下，但又立刻转身走到另一边。经过了一阵痛苦的挣扎后，他坐到钢琴前，双手放在腿上，沉思了片刻，一句话也没说。我站在一旁，对他的奇怪行为感到百思不得其解。

　　他的双手在琴键上方不停地做出握拳，松开，又握拳的动作，好像他难以下定决心去触碰琴键。就这样纠结了好一会儿后，他终于弹出了声音：李斯特《第一钢琴协奏曲》的主题旋律。弹了一小段以后，他停下来望着我，目光中有一些惨淡的阴影。

　　"对不起……"他低沉着脸，战栗着身子说，"我的本意并非如此……"

　　我呆呆地站在原地，躲避他审视的目光。我怎么都想不通究竟发生了什么。

　　"我很抱歉，这首协奏曲引发了一些久远的回忆。"

　　后来，他颤抖着身子讲出了那些多年来一直不敢回想的陈年旧事。

第三十三章

　　"我并非生于音乐世家。我的父亲曾经在学校里学过一点儿钢琴，他偶尔会去为一个业余合唱团伴奏。我四岁时，父亲带我去参加合唱团的排练，现场有一架钢琴。当他在钢琴上弹出一段旋律时，我竟然能马上哼出来这段旋律，而且分毫不差。他弹琴的同时，我的手指会随着音乐打出节奏。父亲马上意识到我是个潜在的音乐天才。一生郁郁不得志的父亲像是看到了一根能够改变命运的稻草，他决心要抓住这根稻草。就像他后来所说的："我要把一生赌在儿子身上。'那一天回家以后，他马上教我识谱。不久，他给我请了当地最好的钢琴老师。

　　"事实证明父亲的判断一点也没错。我进步神速，十岁时就能流畅地弹出贝多芬的奏鸣曲，十二岁时在城里举行了第一场钢琴独奏音乐会，演奏曲目里包含李斯特的音乐会练习曲。随着我越来越显露出天才，父亲对我的要求也越来越严格，乃至于变得异常苛刻了。在我上钢琴课时，父亲总是坐在一边旁听，记下老师的要求和意见，回去以后听我练琴，与我一道一个个去解决这些问题。父亲不仅要求我长时间、高负荷地练琴，而且逼我去弹那些显然超出我水平的高难度乐曲。父亲从不觉得他在揠苗助长，他一心想要培养我成为国际知名的钢琴家，为了尽可能让我把所有的时间用来练琴，他不让我去学校里读书，而是和母亲在家里教我读书识字。

　　"如果让我现在回顾儿童时期的我，我只能发出一声叹息："可怜的孩子！'在自己的天才被发掘后，我从此便丧失了生活中的欢乐。可以说，我不只没有童年，也没有青少年……所有的时间都用来练琴了。在父亲看来，我是多么幸福啊！能够拥有世上大多数人所不能拥有的天赋，是多么幸运而自豪的事！父亲总是教育我说，倘若不能把我的天赋发挥到最大限度，那就无异于是对自己的谋杀，他把这叫作'天才的责任'。年幼的我自然把父亲的话奉若神明，那是我一点也不敢质疑和忤逆的。最要命的是，父亲不准我读那些与音乐无关的闲书，我没有读过什么文学，也不知道世界历史，总之，我的生活只有钢琴、钢琴、钢琴。母亲多次对我表示同情，也曾一度想要劝父亲不要对我如此严厉。但他却愤怒地对母亲说：'难道你想毁掉一个未来的大艺术家吗？'我的母亲是一个相当软弱的人，她在父亲的威权面前没有什么讨价还价的余地。

"我到了十几岁的时候，父亲见我已经掌握了相当数量的曲目，便开始给我报名去参加钢琴比赛。一开始我参加了一个全省的比赛，轻松获得了第一名。第一次获奖的我比父亲还要激动，那时我万万想不到人生的噩梦才刚刚开始。从此我的比赛旅程便一发不可收。我先是参加了几个国内的钢琴比赛，都获得了第一名的好成绩，之后父亲便把目光瞄准了国际大赛。我十七岁时，参加了一个国际比赛，一举获得了第二名。父亲对此却极不满意，他认为我没有获得第一名就算是失败。

"为此，父亲更加严厉地要求我练琴，还粗暴地干涉我的曲目选择，要求我在比赛中弹那些技巧要求极高、效果辉煌的曲子，其中就包括李斯特的《第一钢琴协奏曲》。当时的我虽然已经学了十几年钢琴，但我对音乐的理解还只停留在表面，因此我不觉得这首协奏曲有什么特殊的魅力。但一向是乖孩子的我无法违抗父亲的意志，于是我拼命地练熟了这首曲子，并且在下一次比赛上演奏。终于，我获得了某个国际比赛的第一名，实现了父亲多年来的夙愿。

"然而，父亲对我的希望却不止于此。父亲的想法是，我必须连续夺得几个国际大赛的第一名，然后以天才钢琴家的光环走上职业演奏家的道路，与各国最知名的指挥家和交响乐团合作，满世界地演出，并且与世界上最知名的唱片公司录制可以成为未来钢琴家范本的唱片，从而青史留名。为了实现这个宏大的愿景，父亲对我逼得更紧了。不过，即将二十岁的我，心里不知不觉正在酝酿着一场革命。

"多年以来，我总是遵从父亲的命令。父亲要我往东，我绝不会往西。我不是不敢往西，而是想都不会这样想。父亲那暴君式的、不容抗拒的意志，使他永远相信自己是对的，他从来不肯承认自己有半点错误。不知道从什么时候开始，我心里对父亲的尊崇开始动摇了。我心里忍不住想：为什么我必须永远听他的话呢？仅仅因为他是我的父亲吗？难道他是我的父亲这个事实就能决定他所说的和所做的一切都是对的吗？如果我不听他的话，那又怎么样呢？独立的意识植根于人的天性，我决心不再成为父亲的附庸，不再按照父亲的愿望去过自己短暂的一生。

"我内心的动摇不仅源于对父亲权威的质疑，更在于对音乐本身的质疑。十几年来，音乐对我来说只是每天必须完成的枯燥练习。当然，我在练琴的过程中的确感受到过音乐的美，只是我还来不及细细品味，这种美的意境就被父亲的专制和无休无止的烦琐练习打碎了。我对音乐以外的事物一窍不通：既不懂如何照顾自己的生活，也不懂除了音乐外的其他艺术和科学，更不懂同龄人之间的情情爱爱，这就导致我将近二十年来不曾真正拥有过属于自己的人生。

"我的艺术到了一个瓶颈期：技术固然无可挑剔，但我很难发掘音乐中深刻的思想和感情。我弹出来的只是一堆无懈可击的音符，而不是动人肺腑的音乐。这是自然的结果，倘若一个人没有独立思考过，没有对所处的世界有过自己的探索，没有切身体会过那些复杂的人类感情，即便他是个天才，又怎么能感受和表现出音乐中蕴含的思想和情感呢？尽管在别人看来我的技术是一流的，但我自己比谁都清楚我的思想是多么空洞无物。

"我的第一个反抗：我恋爱了。女孩是交响乐团里的第二小提琴手，我们在一场演出的彩排上认识。当时，在排练完以后，她主动走过来和我握手，说很喜欢我的钢琴演奏。我听到后很惊讶，脸立刻涨得通红。在那天之前，我和女孩的交谈屈指可数，在女孩面前我总是显得木讷寡言，也从来没有女孩主动靠近我，因此眼前的这个女孩在我眼里就成了最特别的一个。那天以后，我们每天都会见面，我很快便坠入了爱河。我们在一起的时候，总是谈论音乐，因为我不知道和女孩在一起还可以谈什么。我喜欢弹琴给她听，正是那时我第一次感受到贝多芬的奏鸣曲里蕴含着那样火热的激情，肖邦的叙事曲里藏着那样细腻的感情，李斯特的交响诗里有那样深刻的哲思。我人生中头一次听到真正的音乐，不是为了炫耀技巧、无病呻吟的音乐，而是情到深处、有感而发的音乐。

"父亲不用怎么费心思就察觉到了我的反常：我练琴的时候总是心不在焉，

喜欢弹一些在他听来乱七八糟的乐曲，而不去认真准备比赛的曲目。他打探到我的恋情后，气得不行，把我叫过来劈头盖脸地骂了一顿。父亲愤愤地说：'为了你的成功，我二十年如一日地付出，抛弃了自己的生活，只为成就你的未来。而你呢？你看看你现在在干些什么？比赛马上就要开始，你却在谈情说爱。再说，那个女孩哪里好了？一个第二小提琴手？你真是瞎了眼睛，你注定要成为一个大艺术家，她根本配不上你！'紧接着，父亲马上对我严加管教，禁止我自己外出，只要我出门便跟着我。在父亲的阻拦下，我的初恋还没有开始便草草结束了。

"面对父亲的专横，我简直气得要命。我想要举起凳子砸了钢琴，因为这件乐器在我眼里已经失去了仅剩的一点儿价值，几天前那些在我心里引发无限联想的音乐也顿时黯然失色了。我声称自己不再练琴，我果然这样做了。接下来的一段时间，我找来许多书，整日窝在家里读书，但就是不再练琴。我读的书里有小说，有诗歌，有地理，有历史，也有科普读物。

"我原本打算随便读读，没想到马上发现了一个新世界：我从来没有读过什么书，这些年来，我错过了多少人类智慧的结晶啊！我马上感受到了自己知识上的匮乏。比方说，我早先竟然不知道仙女座星系是距离银河系最近的大星系，不知道遗传物质有双螺旋结构，也不知道核反应有重核的裂变与轻核的聚变这两种方式。我隐隐感到，这些知识虽然与音乐没有直接关系，但它们代表了人类对未知的探索，正如艺术家在音乐上的探索和进取，是一个健全的人所应该了解的。一个艺术家首先要成为一个健全的人，然后才能成为一个健全的艺术家。成为一个艺术家绝不意味着眼里除了艺术没有别的东西了。

"可惜，父亲连读书这点儿自由都不肯给予我。他看到我疏于练琴，整日沉溺在读书里，失望之余又极为愤怒。在他眼里，我不仅把他的好心当成了驴肝肺，还要亲手毁掉他为我规划的那个美好的未来。对他来说这就是赤裸裸的背叛！他厉声斥责我没有认真练琴，命令我立刻扔掉手中的书本去练琴，但我却不以为然，继续捧着书读。父亲怒不可遏地跨着大步跑到我跟前，一把夺走我手中的书，当着我的面把那本《宇宙起源》撕得粉碎。

"'你给我快去练琴！否则就滚出这个家！'我至今还忘不了他大声咆哮时可怕的表情。他对我怒目而视，面色先是憋得红通通的，随后又变成死尸一般的青色。他咬牙切齿地握紧了拳头，手背上青筋暴起，我感觉下一秒他就要打我了。不知道为什么，他那种征服者的姿态反而更加激起了我的反抗情绪，于是我站起来迎面对着他，发出了我有生以来的第一次呐喊：'我偏不练！我凭什么永远要听你的！'我刚说完，他就大手一挥，在我脸上扇了两个耳光，随后雨点般的拳头落在我身上。母亲急忙跑来想要阻止他，但她太弱小了，根本拦不住父亲高大厚实的身躯。父亲继续打我，我没有任何招架之力，只能用手抱着自己的身体任由他拳打脚踢。母亲去敲了邻居家的门，几个邻居随后冲进家里，他们合力才把父亲与我隔开。

"我流着鼻血趴在地上，目瞪口呆地看着眼前狂暴的父亲，想起来小时候的画面。那时候，父亲也总是一脸严肃地站在我面前，督促我练琴。如果我不专心或者弹错了，他就会马上厉声呵斥我。我可悲地想到，如今我即将二十岁了，早已成为法律上的成年人，父亲却还把我当作他的私有财产一样对待。也许在他心目中，我永远不是一个有独立人格的人，过去不是，现在不是，将来也不会是。

"我曾想过要离家出走，可是我能去哪呢？我没有任何独立生存的技能，除了弹琴，我什么也不会。也许我可以去当钢琴老师，但我连出门应该往哪里走都不知道。二十年来，我的一切衣食住行都是父母包办的，我不会烧饭，不会洗衣服，就连到超市去买东西我都不敢一个人去。我的生活里只有弹琴两个字，没有其他。离开了父母，我就无法生存，这是我的悲剧。既然无法摆脱父亲的控制，那就如他所愿吧。我屈服了，屈服于父亲的淫威了，因为我不知道我还有什么出路。

"我开始疯狂练琴，每天从早到晚练个不停。我把李斯特的《第一钢琴协奏曲》翻来覆去弹了不知道多少遍，到最后我可以随便转个调依然流畅地弹下来。此外，我还练了贝多芬、柴可夫斯基和拉赫玛尼诺夫的钢琴协奏曲，全部都是最难的协奏曲——对，没错，我只弹最难的协奏曲，因为我要预备参加各种比赛，和最好的交响乐团合作。父亲看到我性情大变，起初很高兴，但他很快发现，我除了练琴以外，从此再也不跟他说一句话。我至今也不知道他是否为此而感到过遗憾，但我相信他并不在乎这个。只要我能够按照他的要求去练琴，去不停地赢得比赛，朝着他设定的目标前进，他就心满意足了。

　　"十九岁那年，我参加了一个重量级的国际钢琴比赛。这个比赛几年才举行一次，如果能夺得大奖，就能开启演奏家的生涯，和全球顶级的乐团合作演出，成为乐坛上炙手可热的明星。父亲从来没有如此重视一场比赛，他带我去拜访音乐学院里最知名的教授，求他们给我指导。他也变本加厉地要求我练琴。那段时间，我没日没夜地练琴，仿佛要把自己漫长的一生在短短的几个星期内消耗殆尽。到了比赛前夕，我心里只有一个愿望：比赛赶快结束吧，我马上要不堪重负了。

　　"我顺利通过了前两轮比赛闯进了决赛。在决赛上我演奏的曲目是李斯特《第一钢琴协奏曲》。当父亲信心满满以为我即将夺得决赛的冠军时，我竟然在弹到一半时戛然而止了。我不得不停下来——弹着弹着，我的心脏剧烈地跳动，脉搏雪崩似的加快，有一种压倒一切的力量攫住了我的全身，我无法控制自己的手，也无法控制自己的身体，我就像得了癫痫的病人一样手舞足蹈，不知所措。我的样子极其可怕，吓到了现场的所有人。我立刻被送往了医院，在路上我昏过去了，或者说是睡着了。在连续经历了十几个不眠之夜后，在精神高度紧绷了几百个小时后，我终于可以好好睡一觉了。

　　"我在医院躺了一个星期，医生的诊断是，我在未来很长一段时间内再也不能进行剧烈的身体动作了。这意味着我无法再长时间地弹琴，尤其是那些高强度的乐曲。不知道为什么，听到这个消息，我非但一点儿不难过，反而感到前所未有的轻松。十几年了，我终于不用在每天急行军似的练琴中度过了。我的音乐生涯毁掉了，但我的人生复活了。那一刻我才明白，多年以来，我很少享受到音乐带来的快乐，我也很少感受到音乐的美，音乐反而像是一个紧紧跟随我、企图毁掉我的幽灵。这一回让它毁掉我吧，毁得干干净净更好。

　　"我的父亲自然对此伤心欲绝。当我在医院醒来时，他不愿意来看我，显然我比赛惨遭滑铁卢给他带来的痛苦远多于他对我身体的担忧。回国以后，我们父子俩不再说话，甚至不再见面。在身体恢复后我搬出去住了，租了一间房子。父亲坚持要母亲和我一起住，说他想要一个人清净。没过几年他就因病去世了。我参加了他的葬礼，那是我时隔几年头一次见到他——见到他僵硬的躯体。奇怪的是，在他的葬礼上，我没有感觉到一点儿悲伤，我只是为这个老人悲剧的一生感到遗憾。他一生费尽心思想要儿子成为大艺术家，结果却什么都没有得到，最终在天命之年就一个人孤零零地死去。一生努力，一生挣扎，一生痛苦，最终却是一场空梦，还有比这更残酷的人生吗？

"那次比赛失利后，一时间周围的人马上对我恶语相向：有人说我是一个夭折的天才，有人说我之前徒有虚名，还有人说早就预料到了我的失败。但恰恰是这些人，在过去的几年里不停地吹捧我，我的神童和天才的名声正是他们所赋予的，这难道不是很可笑吗？我一连好多年没有碰过钢琴。钢琴在我眼里变成了一个猛兽似的庞然大物，我觉得一旦靠近它我就会变得不幸。但我终究没有放弃音乐，我在不弹钢琴、不参加比赛以后，音乐换了一种面貌出现在我眼前。在过去，钢琴对我是优先于音乐的，后来音乐反倒优先于钢琴了。我逐渐静下心来去听那些大师的作品，从中体会到了深邃而抚慰人心的力量。这些音乐在我最艰难的时期给了我不知道多少安慰。

"我的身体完全恢复后，母亲鼓励我重新弹琴，但我无论如何也不敢再碰钢琴。我在家里休养了好几年。其间我什么也没做，只是整日读书，听音乐，时而陪母亲出去散散步，去公园里踏青，认识不同的朋友，试图弥补那些失去的青春。一晃四五年时间过去了，我已经不再年轻。眼看母亲越发苍老，将近而立之年的我不能再待在家里无所事事了。我终于下定决心去教琴赚取一些收入，这也就意味着我必须得再次弹琴了。我至今还记得我重新坐在钢琴前的那一天。当时，外面下着大雨，空气很潮湿，室内有股闷热之气。我望了望楼下被雨滴打落在地上的树叶，颤抖着把手放在琴键上，按下了肖邦《雨滴前奏曲》的第一个音。奇怪的是，虽然几年没有弹琴，琴键的触感对我却是那样熟悉，那样真实，以至于我有种前一天才刚刚练过琴的感觉。

"再也没有人可以干涉我要弹什么，再也没有人可以对我指指点点。这种可以自己决定弹什么曲子的感觉实在是棒极了。那一天，我一连弹了五六个钟头，一点儿也不觉得累。过去弹过的那些曲子苏醒了，并且以全新的面目呈现在我面前。我每弹一首曲子，都会有这样一种感觉：它以前不是这样的！它怎么变成这副模样了呢？原因其实很简单，在过去，我从未为自己而弹过琴，我弹琴只是为了满足父亲病态的希望，正因为如此，我也从未真正理解过自己弹出的音乐。我只弹出了音符，没有弹出音乐，这正是症结所在。如今，我心头对于钢琴的封印解除了，我可以纯粹为自己而演奏了，音乐也就像泉水一样源源不断地流动出来了。

"在母亲的鼓励下，我去欧洲的一个音乐学院读书，在那里跟随一个知名的钢琴家学习。在这几年里，我继续过着与世隔绝的生活，没有参加过任何钢琴比赛，也没有举办过学院范围外的演奏会，因为我不想承担任何多余的压力，只想单纯地享受音乐带给我的安慰。毕业前夕，作为毕业旅行的一部分，我去瞻仰了维也纳中央公墓的音乐家墓地，贝多芬、莫扎特、舒伯特、勃拉姆斯等音乐大师都长眠于此。我也去了巴黎的拉雪兹神父公墓，肖邦就葬在那里。最后，尽管犹豫了很久，我还是决定绕道拜罗伊特去瞻仰李斯特墓。

"我对李斯特的态度是很复杂的。从很小的时候起，父亲就逼我弹李斯特。然而，早年我教育的缺失、视野的局限、阅历的匮乏，还有父亲的高压，都使得我既没有意愿，也没有能力去理解李斯特的音乐。那时的我只觉得他写的钢琴曲总是那么难，带给我不知道多少折磨。毫不夸张地说，李斯特是我的心魔。每次听到这个名字我就会全身一颤。我父亲当年极为推崇李斯特，老是说什么李斯特是钢琴之王啦，代表了钢琴艺术的巅峰啦。纵观我父亲的一生，他犯过许多错误，但这句话他的确没有说错。在音乐学院里，在老师的指导下，我重新学习了李斯特，没有比赛和演出的压力，我终于能够沉下心来去了解他的作品。我逐渐意识到，他的作品里蕴含着足以撼动整个世界的激情。想当年，他的诗意、想象力和创造性使得整个欧洲都为之战栗。在他的音乐里，人们既能看到浪漫主义音乐最成熟的形式，也可以瞥见印象主义音乐和无调性音乐的先声。他不仅是一个时代的高峰，更是推开了通向未来的大门。

"那是一个晴朗的夏日午后，没有云，没有潮湿的空气，只有一丝风影在树林间掠过。我来到一个白砖黑瓦、形似小教堂的建筑，尖尖的屋顶掩映在郁郁葱葱的树木之间，周围的地面上长满了灌木和花丛。拱形的门洞上用德语写着一句话，意为"我知道我的救赎者还活着"。门口有一道栅栏，里面是一块大理石墓碑。隔着栅栏，我无法摸到墓碑，但李斯特的名字清晰可见。周围十分安静，时而有一两个人走过来，放下一束刚摘下的洁白的花。站在墓碑前，我被一片庄严肃穆的气氛感染了，我想起了那些曾经折磨过我的音乐，这时候它们反而笼罩上一层神圣的光环了。在树林中晃动的阴影中，一对新人在家人的陪伴下走了过来。英俊的新郎和美丽的新娘走在前面，两个小女孩跟在新娘后面，为新娘托着婚纱的裙摆。他们在墓碑前放下了几束花，做出祷告的动作，之后到附近的草地上举行婚礼。虽说是墓地，但我一点儿也没有阴森的感觉，反而心里充满了爱与和平的气息。

"回国后不久，我渐渐恢复了演奏生涯，这时我已经三十多岁了，距离我从公众的视野里消失已有十多年之久。一开始，无论是专业人士还是公众，都对我的复出抱着怀疑态度。许多评论家和音乐人疯狂地诋毁我，说我早就江郎才尽，弹出的根本称不上是音乐。后来，随着我举办的音乐会越来越多，引起越来越热烈的反响，在我退赛后的十几年里把我骂得体无完肤的那帮人这时候马上换了一副嘴脸：他们又开始吹捧我了。说什么我之所以退隐是为了十年磨一剑啦，说我是在闭关修炼琴技啦，还有人说我是为情所困终于解脱啦，总之说得玄之又玄。我对此一点儿也不奇怪，这些评论家或者所谓意见领袖就是靠欺骗公众为生的，为了钱他们什么话都能说。他们自命为有原则和独立的判断，但实际上他们今天有一套原则，明天却大可以换另一套原则，只因为潮水的流向有转变的趋势。利害关系一变，他们的原则也就随之而变了。他们从来便是如此的。

"尽管我成为一个职业演奏家，有一首曲子我却从来都不敢碰，那就是李斯特的《第一钢琴协奏曲》。这首协奏曲是我的噩梦，倒不是因为它的难度，而是因为我永远无法忘记十九岁那年在比赛中弹到一半后不得不停下来的情景。那次精神崩溃对我打击太大了，从此我不敢听也不敢弹这首协奏曲，我怕那个年少时的梦魇又对我纠缠不休。二十年来，只要听到别人弹这首曲子我都会马上躲开或者捂住耳朵。在我心里，这首曲子有标志性的意义，它代表了我灰暗的、不堪回首的过去。这就是为什么我听到你弹它会情绪失控。"

钢琴家以缓慢而饱含深情的语调讲完自己前半生的故事，他的额头上已经大汗淋漓，想必他在讲述的过程中经历了一番痛苦的挣扎。听完他的讲述，我只觉得震撼，一句话也说不出来。与其说他讲述的是自己的经历，不如说这是一段内心的独白，只不过是痛彻心扉的独白。

漫长的沉默过后，小涵对钢琴家说："但是您刚才还是弹了。"

"我犹豫了很久……"钢琴家颤抖着嗓子说，"但当我弹出来以后，我突然有种感觉：二十多年的执念都是白费力气。"

钢琴家坐到钢琴前，又弹了协奏曲的几个段落。

"原来我一点也没忘记，"他一边弹，一边兴奋地说，"二十多年了，每一个音符我都还记得！它在我的身体里封印太久了……"

他脸上的不安逐渐淡去了，代之以一片激动的潮红："归根结底，它只是音乐本身而已，与我的悲剧又有什么关系呢？我的悲剧是人造成的，而不是音乐。时隔这么久，再次听到自己弹出这激昂的旋律，我反倒对没有早点在音乐会上演奏它感到遗憾。多么有英雄气概的协奏曲！多么流光溢彩的音乐！多么鼓舞人心的力量！十九岁的我怎么就一点儿都没有体会到它的美呢？真是怪事一桩！"

"也就是说，"我说，"您会把这首协奏曲加入您的音乐会曲目中？"

"我想是的。"钢琴家流露出欣慰的微笑，于是我便知道他已经从往日的阴霾中走出来了。

那天以后，钢琴家在每次大师课上总要讲一首李斯特的曲子，似乎他积压了二十多年的热情需要在很短的时间内释放。在此之前，他可是很少主动提到李斯特的。学生们对我那次弹李斯特的协奏曲引得钢琴家勃然大怒的情景仍然记忆犹新，因此大家对他短时间内的急速转变都感到困惑不已。

在一次课上，有一个学生在发言时提到"李斯特的钢琴作品都很炫技"，她只是随口一说，但钢琴家听到后立刻现出严肃的神情。

"'都很炫技'？"钢琴家说，"这位同学，我不知道你是如何得出这个结论的，但我必须纠正你。李斯特一生活了七十多岁，相比于其他同时代的音乐家，他的创作生涯极为漫长，当你在谈论李斯特的作品时，首先问清楚自己：你在说他哪个时期的创作？诚然，他早期的一些作品聚焦于技术，但这些作品极大地拓展了钢琴技巧的广度和深度，人们第一次知道原来钢琴这件乐器可以被这样演奏，它的气势足以压倒整个交响乐团。从历史的眼光看，这些作品的价值不可低估。在李斯特之前，钢琴的技巧是不完整的，如果不是不存在的话。至于他中晚期的大量作品，那才是他作品里的精华，具有深刻的哲理性，值得你们去好好研究。

"此外，我必须声明：我很反感用'炫技'这个词来形容音乐。当我们在谈李斯特时，我们在谈论什么？李斯特不仅精通所有的钢琴技巧，而且把技巧融为一体成为自己的第二天性，所有的技术难题对他来说都轻而易举。在你们眼里，他是在炫技，但对他自己来说，这就是稀松平常、再普通不过的东西而已。有一位评论家曾说，对于李斯特，要么不可能，要么很容易。李斯特自己曾说过，技巧应源于精神而非源于机械训练，这就是说，技巧和音乐性绝不是割裂的，它们都是为精神，也就是思想服务的。事实上，大多数批评李斯特的人都配不上他的音乐，因为这些人的技术根本达不到完美演绎他的音乐的地步。他们不愿意承认自己能力不足，反而借着艺术的名义去攻击李斯特。这是很符合人性的：李斯特轻易做到了他们苦苦练习也做不到的事，于是他们就要拼命去贬低李斯特的价值，因为他们很难接受自己平庸的现实。多么卑鄙，多么懦弱，多么可怜啊！

"但是同学们，在艺术面前必须真诚。高超的技巧对于音乐的诠释来说是必不可少的。圣－桑[①]曾说：'在艺术中，克服困难本身就是一种美。'你们想要追求艺术的最高境界，却连技术难题都克服不了，纵使你心中有美好的情感和闪光的灵感，那又有什么用？你有能力表现出你的所思所想吗？你表现的形式能够得上完美吗？你们一定要记住，在艺术上，哪怕是最天才的灵感也必须靠过硬的技巧来实现，技术上的缺陷会影响你们对艺术的理解和诠释。永远不要觉得自己的水平已经足够好。有一位学者曾说：'想要演奏李斯特钢琴作品的音乐家们应该忘却所有的平凡。'这就是说，你们必须得对自己提出更高的要求，突破钢琴演奏的极限，唯有如此你们才能弹好李斯特。所以，同学们，不要随便评价一个艺术大师'炫技'，因为那只能说明你的火候还远远不够。"

大师课下课后，小涵通常会多留下一阵子，向钢琴家请教问题或者请他指导演奏。我也会在旁边聆听或者参与讨论。那些在午后和小涵一起与钢琴家探讨音乐的画面，在多年后依然生动地出现在我眼前。

有一次，钢琴家问小涵有没有弹过舒伯特的作品。小涵想了想说："以前弹过《流浪者幻想曲》。"

"你可以弹一遍吗？"钢琴家问。

可能是隔了较长的时间，小涵弹得比原曲高了半个音。令我目瞪口呆的是，

---

① 圣－桑（1835—1921），法国作曲家。

虽然高了半个音，她却流畅地弹了下来，几乎没有遇到一点儿困难。她弹出第一个音时，钢琴家的神色一变，显然他也听出来了，不过他没有作声，等待小涵弹完了全曲。

"天哪，我弹错了，我弹高了半个音！"小涵回过神后大惊失色地喊道，"太不幸了。"

钢琴家眼里露出温柔的笑意："无数人想要犯这样的错误而求之不得呢。你说这是不幸，那么千千万万的人都想要这样的不幸。"

还有一次，小涵和我分别弹了一首曲子，小涵弹的是李斯特的《艾斯特庄园的泉水》。

"听你弹奏时，我眼前出现了光影下的喷泉，"小涵弹完后，钢琴家流露出赞许的目光，"琶音行云流水，震音干净利落，音乐的层次感很强。"

我弹的是德彪西的《雨中花园》。钢琴家一听到，脸上马上露出一副忍俊不禁的样子，令我感到极为不解。我弹完以后，他饶有兴致地问道："你们俩是商量好的吗？"

我不明白他在说什么，下意识地看了看小涵。

"你们不觉得两首曲子在风格上很类似吗？"钢琴家说，"德彪西是印象主义音乐的代表，李斯特虽是浪漫主义音乐的代表，但他晚期的一些作品揭示了二十世纪许多音乐潮流的到来，其中就包括印象主义音乐。就拿《艾斯特庄园的泉水》来说吧，明显有印象主义风格的痕迹。"

"听起来确实有类似的感觉，"我说，"真神奇啊，没想到李斯特还有听起来像印象派的曲子。"

"所以有人说，天才的作曲家是时光旅行者，他窃取了后代作曲家的音乐。李斯特无疑是一个音乐上的时光旅行者。在弹这首曲子时，既要有浪漫主义的抒情，又要有印象主义的朦胧感，要有那种若隐若现的感觉。"

"您可以弹一下《艾斯特庄园的泉水》吗？"小涵问钢琴家。

钢琴家一边弹一边说："弹这首曲子时，想象一个画家正坐在庄园的泉水边作画，在这里你代替了画家的角色，用音乐来作画，而且可以比画家画得更好，因为绘画一旦完成，画面就固定不变了，但音乐却可以表现出流动与变化。你要通过音符的流动描绘出泉水的淙淙作响，甚至表现出泉水的清冽甘美。一定要发掘音乐的色彩。"

"李斯特和印象主义音乐的关系是偶然的吗？"我问钢琴家。

"你这个问题问得很好，是一个值得在学术上深入探讨的问题，"钢琴家说，"我的答案是：绝非偶然。"

看到我困惑的表情，钢琴家不由得笑了，他解释说："事实上，年轻的德彪西曾多次拜访晚年的李斯特，在一次会面中，李斯特还给这位晚辈演奏了《在泉水边》。后来德彪西成了印象主义音乐的大师，我们很难否认李斯特及其晚期作品对德彪西的影响。"

钢琴家不用怎么费力就发现了小涵在钢琴上的天赋。他得知小涵在音乐学院读作曲系后说："你确定你想成为作曲家吗？你完全具有成为演奏家的潜质。这么说吧，只要你去参加几个重量级的比赛，拿一两个奖回来，你就可以开始演奏家的生涯了。你的水平绝对没问题。"

"我还是想要致力于作曲，"小涵说，"我总觉得内心有许多想法想要表达，对我来说，音乐是最好的表达途径。"

"当然，钢琴弹得好对于作曲是大有帮助的，只不过太可惜了你这棵演奏家苗子！"钢琴家几乎是在扼腕叹息了。

"我要提醒你，"钢琴家继续说，"你成为一个钢琴演奏家是水到渠成的，但要成为一个作曲家，可就没有那么容易了。暂且不说你写出来的作品是否有价值，就算有价值，世人能不能认识到它的价值，这要打上一个大大的问号。历史已经给了很多例子，许多作曲家的作品在当时都得不到认可，在他们过世后人们才意识到他们在音乐史上的地位。除了这些幸运儿以外，大多数作曲家的作品都湮没在尘埃中了。成为一个作曲家便意味着要忍受孤独和误解，很可能终其一生你也得不到世人的承认。这一点你明白吧？"

小涵默默地点了点头。她没有说话，一脸沉重的神色，似乎在思考钢琴家所说的话。

"当然，我还是要说，如果你真的对作曲有热情，那么就放手去做吧。说到底，什么世人的理解呀，承认呀，都不过是过眼云烟罢了。就拿我自己来说吧，我满世界地开音乐会，所到之处观众无不被我的演奏吸引，人们都说我是大师，但我自己很清楚，再过十几年，等我不再活跃在音乐会的舞台上时，人们就不会再关注我，等我老了，人们就会淡忘我，等到我入土以后，我很快就会被这个世界彻底遗忘。当然，我会留下一些唱片和录音，但后人会不会愿意听我也不知道了。但我还是要演奏，因为音乐是我生存的必要条件。你也一样，我们都是为了音乐的美、为了艺术的崇高而去从事音乐的，所以，不要问你能否得到世人的认可，只问你能否全力以赴追求你的艺术。在追求艺术的过程中，给你带来自我价值感的是艺术本身，而非艺术带来的结果。至于作品的命运，想再多也无济于事，也许你的作品会昙花一现，没有人听也没有人演奏，很快被人们彻底遗忘。但也许你也会写出划时代的杰作，几百年以后音乐史上还刻着你不朽的名字。谁知道呢？"

十二月到了，两个月的大师课很快就要结束了。最后一次课上，钢琴家和小涵用双钢琴合奏了李斯特《第一钢琴协奏曲》。

那是我听过的对这首协奏曲最好的演绎，甚至比钢琴与交响乐团的合奏更令我印象深刻。两架钢琴，一架弹出号角般嘹亮的主题，另一架紧接着奏出急风暴雨般的八度，随后是一段明亮而辉煌的和弦庄严地出现，从一开始就紧紧抓住了听者的心。旋律时而激昂有力，有如史诗般壮丽，时而婉转悠扬，像一支甜润的情歌，时而又哀婉动人，令人心碎。但即使是在最悲伤的乐句里，也有一种哀而不伤的气质。听这首协奏曲，仿佛一场火山爆发，又仿佛一场春雨落地，音乐的层次和色彩的明暗对比达到了极致。

钢琴家和小涵演奏的全程，我绷紧了心弦，呼吸时都不敢大声喘气，只怕惊扰到音乐所营造出的那个想象中才有的梦境。

下课时，钢琴家宣布大师课就此结束，学生们纷纷站起来鼓掌，直到钢琴家多次招手示意后掌声才平息下来。

在离开之前，钢琴家走到小涵和我跟前，凝视着我说："时间过得真快，是吧？我要谢谢你。"

"谢我？"我有点不好意思了，看了看地面。

"如果不是你，我就不可能打败心魔。"钢琴家注视着我，目光中有友善，也有鼓励，"以前我总觉得我的音乐会保留曲目中缺少了什么，现在我明白了，缺少的是李斯特。没有他的音乐，我的演奏生涯是不完整的。所以我的确应该谢谢你。"

"也许你注定不能避开他，"我说，"没有我，迟早有一天你也会演奏他的作品。"

"说得好，是啊，有些事情是命中注定的。"他抬起头朝远处望了望，"这么说我也算是完成了父亲的夙愿，只不过是在他离世二十多年后。"

钢琴家转向小涵说："小姑娘，你还是决定要从事作曲吗？尽管我觉得你放弃演奏家的生涯很可惜，但一旦你决定了，就尽情去做吧。我期待着有一天能在音乐会上演奏你的音乐。"

我们分别前，钢琴家说了最后一句话："记住，享受音乐和艺术的美。这是唯一重要的。"

第三十四章

钢琴家的大师课结束后，我和小涵谈到了中国音乐。

"自从学钢琴以来，我一直有一个困惑，"我说，"我们所学习、演奏的曲子，大多数都是外国作曲家的作品。中国作曲家的作品当然有，但数量较少，影响也较弱。这固然是因为我们起步较晚，但我总觉得，中国音乐应该在全人类的音乐艺术中扮演更重要的角色。"

"你还记得《诗经》吗？"小涵问我。

"《诗经》？我只记得一句'蒹葭苍苍，白露为霜。所谓伊人，在水一方'，怎么，这和中国音乐有什么关系吗？"

"中国古代的音乐创作曾经是很繁荣的，比如早在周朝的《诗经》，其中的十五国风便是当时北方和中部的民歌。再比如战国时期的曾侯乙编钟，六十五件编钟竟然能够演奏出七声音阶的乐曲，同时敲击可以奏出和声，这难道不是很不可思议吗？还记得白居易的《琵琶行》吗？其中的那个琵琶女，她的技艺多么精湛，而她弹出的曲调又是多么优美。和当代人一样，古代人也用音乐来寄托情思。在几千年的历史中，这样的例子数不胜数。也就是说，中国古代曾诞生过许多音乐，然而大多数都遗失在历史长河中了。其实我们现在所接触的西方音乐，绝大多数从十七、十八世纪才开始快速发展，至今也不过几百年。从长远的角度来看，这只是音乐史上的一个历史阶段而已。"

"我们现在看到的都是过去，"我说，"那么未来呢？什么时候中国音乐可以在世界音乐里占有一席之地，甚至成为世界音乐的引导者？"

"未来也许就孕育在过去里。对于历史，中国音乐家不应当拘泥于某一个传统或者学派的创作理念和技法，凡是目前人类音乐史上的文明成果，都可以成为创作的源泉。面向未来，中国音乐家应当植根于这片广阔的土地，面向全世界，创作出能够体现全人类共同感情的音乐。当然，这些音乐中，也应该有一些作品能够体现我们整个民族的精神特质。所以，我认同你所说的中国音乐应该在全人类的音乐中有更重要的作用，而且我相信有朝一日一定会实现，但这需要所有中国音乐家和群众的共同努力，没错，群众也许更重要。音乐家的培养不是一朝一夕的，音乐家水平的提高有赖于群众音乐素养的提高，只有这样我们才能有更多的儿童和青少年学习音乐，最重要的是要让那些有天分的孩子从小得到良好的培养，最终使他们的天才开花结果。归根结底，中国音乐的未来掌握在中国音乐家的手中。重要的是，我们要有足够的耐心。中国音乐面临的挑战和竞争远远比其他形式的艺术要多得多。"

"你的最后一句话是什么意思？"我问，"为什么中国音乐会面临更多挑战呢？"

"你想想啊，就拿文学来说吧，每个国家和民族都有其语言和文字，每个作家都用本民族的语言文字来创作。不同语言文字的文学作品固然可以从思想性、艺术性等方面来进行比较，但语言文字上的差异使得它们能够始终保持其独特性和完整性，因为文学作品里所体现的某种语言的美和精妙之处是永远也无法被另一种语言代替的。也就是说，仅仅因为文学作品是用某一种语言书写的，它自身相比于其他语言的作品就已经具备了不可替代性。那么音乐呢？音乐则完全不同。音乐以声音呈现，是全人类——不，是所有生灵共同的语言。不论是什么国家和民族的音乐家，他们创作的音乐完全可以在同一个维度、以同一个标准进行比较。你明白这意味着什么吧？意味着中国的音乐家要直面全世界音乐家的挑战，与他们同台竞争，无论是作曲、演奏、指挥，还是音乐理论，这是音乐家无可逃避的宿命。这也就是为什么有人认为音乐是最高形式的艺术。在极端的情况下，倘若一个民族的音乐萎靡了，那么其他民族的音乐自然会取代它成为本民族的精神食粮，因为民众对于音乐的需求是无可回避的。这种情形在历史上不是经常发生吗？所以，中国音乐家们应当意识到这种挑战，进而意识到他们肩负的责任是多么重大。所以我说，最重要的在于教育，中国音乐的未来取决于未来的中国音乐家。"

"我还有一个疑问，"我说，"就拿李斯特作为例子吧，他的十九首狂想曲，每个学钢琴的学生都无法避开。这些狂想曲不就是李斯特根据匈牙利民族旋律所创作的吗？原本是简单朴素的民歌，却被他写成了音乐史上的经典。既然中国也有如此多的民族旋律，难道我们就不能有《中国狂想曲》之类的作品吗？"

"没错，你说的这一点倒是提醒了我，民间流传着的民歌和曲调，我们可以称之为民族旋律，这些民族旋律是一座巨大的宝库，倘若以它们为动机和素材，创作出各种题材的音乐也是完全可能的。但要点在于，民族音乐不仅仅是旋律，只有通过高超的作曲技巧进行再创作，把它们用高度艺术化的形式呈现出来，才能使它们在世界音乐文献里占据一席之地。这就是李斯特的作品那么独特的原因。你所说的完全有可能，中国音乐家们应该去做这项工作，也许百年以后，中国音乐家的作品会成为全世界所有钢琴演奏者的必弹曲目呢。"

凛冬降临，一场大雪过后，大地白茫茫的一片。天空中总是翻滚着灰色的云，晦暗而浓厚，仿佛在酝酿着另一场雪。北风挟着海上潮湿的气息咆哮而来，所到之处落叶漫天飞扬。

我已经一个星期没有见过小涵了。她最近忙着照顾母亲，这个可怜的女人终于与女儿重逢了。小涵去接母亲的那天，我提出要陪她一起去，却被她拒绝了。与母亲重逢对于小涵来说当然是期待已久的事，毕竟母亲是她在世上唯一的亲人。但对我来说，我总有一种奇怪的感觉：小涵的母亲像是挡在了我们中间，就像当年她挡在我和夏悦之间一样……想到这里我不由得打了个寒战。

见不到小涵的日子里，我除了去给学生上课外哪儿也不去，整日待在家里练琴。又过了几天，我给小涵打电话，她没有接。我给她发信息，问她母亲是否一切都好，她只回复了我一句："我在医院。"

医院？小涵为什么在医院呢？难道是她生病了吗？或者是她的母亲生病了吗？想到这里，我愈发感到不安，马上又给小涵打了个电话。这一回电话接通了。

"你没事吧？"我问，"为什么在医院啊？"

"我母亲病了。"她说起话来有气无力，显然是没有休息好。

"她怎么样？要紧吗？"

"你最近忙吗？"她没有回答我。

"最近在准备一场音乐会。"

"这么说你是很忙了……"

"你是否需要——"

"唉，先不说了，我要照顾她了。"说完，她便挂断了电话。

这一天下午天空又变得阴沉，城市的高楼隐没在低沉的云雾里。到了傍晚时分，风势减弱，雪花簌簌地飘扬下来。我待在屋子里，饭也吃不下去，琴也弹不下去，什么都做不了，陷入深深的焦虑中。

我的直觉告诉我，小涵需要我的陪伴，尽管她一个字也没说。然而，她为什么不说呢？她是怕打扰到我吗？还是说她听到我在准备音乐会后觉得我没有空陪她呢？又或者……她担心我和她母亲之间会出现尴尬的场面吗？小涵很清楚当年她的母亲与我和夏悦之间发生的事。

我越想越焦虑，越是理不清头绪。最后，我决定去医院找小涵。我想，见到她后，倘若她仍然不愿意我陪伴她，那我可以马上走，但是我不想承担她需要我而我不在场的风险。

雪天的暮色阴沉、苍凉，没有日落，没有霞光。一路上，我听到积雪压断树枝发出的咯吱声。街上的孩童在雪中追逐嬉戏，吵闹声令我不胜其烦。在地铁上，挤在密密麻麻的人群中，我感到一种喘不过气来的压抑。走出地铁站后，天空压得很低，仿佛要塌陷下来。

到了医院以后，我给小涵打了电话。

"抱歉……我到了……"我小声说。

"到了？到哪了？你来找我了？"

"嗯……"我颤抖着喉咙。我不由得想：如果小涵并不想我出现在这里呢？

沉默了几秒钟后，小涵终于说："你过来吧。"

外面下着大雪，在乌云密布的天空下，医院的大楼里显得更加阴森可怖了。我在病房门口停下脚步，透过门上的玻璃窗看到小涵正坐在对面。她看到我以后便推开门走了出来。

"你……"她似乎没有料到我会来医院找她，绷紧了下巴，脸上流露出一种我无法准确解读的复杂神情。我猜她大概是生气了，她没有允许我来找她，是我自作主张。

"对不起，我只是想——"

"谢谢你能来。"小涵的眼眸里终于亮起了一道光彩，其中我看到了一种不露声色的喜悦。

"她现在怎么样了？"

小涵摇了摇头，目光移向病房。透过门口，我看到一个头发灰白的女人衰弱无力地躺在病床上，双颊深陷下去，鼻梁似乎要塌了，脸色苍白得如同一张白纸。她的鼻子上插着管子，旁边的机器发出可怕的嗒嗒声。

当初，我在夏悦家见到这个女人的时候，她是多么端庄得体、风姿绰约啊！十几年过去了，她竟未老先衰，模样变得这般惨淡。眼前的这一幕使我唏嘘不已。

原来，小涵的母亲在狱中身体一直不大好，为此小涵向她隐瞒了夏悦已经离世的消息。六年来，她靠着能够再次和女儿们团聚这个念想才撑了下来。她出狱以后，这件事自然就瞒不下去了。她知道夏悦的悲剧以后，一时间支持不住竟然晕倒了。小涵马上送她到医院，医生进行了抢救，但她的病势十分凶险，一直处于昏迷中，而她的身体状况也支持不了许多激进的治疗方案。就在这一天，她的状况到了最糟的地步。医生说，她能不能熬过去，就看这两天了。

"我应该早点来的。"我紧紧握住小涵的手。她的手指很冰凉。

"你也有自己的事情要忙……"她踌躇片刻后说，"而且起初我也担心母亲见到你会受到刺激……毕竟你们曾经发生过那样不愉快的事，尽管已经过去很久了。"

"我对她没有半点怨言，"我说，"她醒来了我可以马上离开。"

"现在已经无所谓了，她醒不醒得来也很难说。"

我联系了当年在大学的钢琴社里认识的一个医学生，他现在是某个三甲医院的主任医师。我告诉他小涵母亲的症状和医生的诊断，问他有没有什么别的办法。他的回复却令人绝望。

"按照你说的情况，现阶段没有更好的办法了。"他叹了一口气，"只能维持现有的治疗，寄希望于她的免疫系统能够支持她熬过去。如果她能醒过来，就说明转危为安了。"

那一晚，我和小涵轮流在病人榻前守候。我劝小涵多休息一会，她却无论如何也无法入睡。看着她日渐憔悴的脸庞，我心疼到了极点，却又无可奈何。

漫长的夜里，雪花在窗外肆意乱舞，伴着北风飞旋成团。午夜时分，我注意到小涵手里拿着一沓纸，她奋笔疾书，以我难以想象的速度写出一行行音符。她走出病房的时候，我问她在写什么曲子。

"《葬礼》。"她苦笑着说，嘴角笼罩着暗影。

"不要太悲观……她会醒来的。"

"你以为我是在为谁而写？不，我是写给我自己。"

"我不允许你这样说。"我一说完这句话，便觉得涨红了脸，因为这样说显得好像我对她拥有什么权利似的。

"为什么不能说？"

"你会活得好好的，所以你为什么非得说那种话呢？"

"你觉得晦气吗？每个人都有那一天，有什么不能说的？"

"你的人生还很长，你还有很多音乐要写，等到了那一天——很久以后的那一天，再写《葬礼》不迟。"

"到了那一天就太晚了，我得早做准备啊。而且，世事无常，谁知道呢——"

"我不喜欢听你这样说！"我着急地喊出了声，随后马上又压低了声音，"抱歉……我不应该激动。"

"答应我，"她抓住我的手，嘴唇凑到我的耳边，"如果……我是说如果，我比你先离开这个世界，我希望和姐姐葬在一起。那一天，你一定要弹一遍《葬礼》给我听。"

我一时间无语凝噎。小涵说的那种可能性，我是无论如何也不敢设想的。她活生生地站在我面前，却谈到什么葬礼，实在是太令人压抑了。

"我反倒希望我在你之前离开这世界。也许，到了那一天，你可以为我弹这首曲子。我一定会很想听。好不好？"我抱了抱她，轻轻拍着她的后背。

雪势变得更大了，雪花纷纷扑向窗户，狠狠撞击玻璃后散为粉末，随后又被风带到暗沉沉的夜里。

夜不知道过去了多久……一夜犹如一世纪……

那几天，我推掉了所有学生的课，哪里都没有去，只是在医院里陪着小涵。在这个艰难的时刻，我深知她需要我的陪伴。我也愈发担心，如果结果不利，小涵将会如何面对这一切。

又一夜，由于过于疲倦，我靠在椅子上打盹。突然，我被病房里监护仪发出的警报声惊醒了。小涵听到后马上进来，随后医生赶了过来。病人的嘴角在抽搐，她的面目在惨白的灯光下显得十分可怖。我虽然不懂那些仪器，但也能看到各项指标都在急剧变化。

那是情势危急的一夜。医生们在病房里足足待了几个小时。我和小涵守在病房外面，一步都不敢离开。小涵一句话也说不出来，只是紧紧握住我的手。那段时间我的大脑一片空白，简直一无所思、一无所想了。

医生推开门的时候，小涵躲在我后面不敢看病房的方向。她想要躲避那残忍的画面。

没想到医生说："病情稳定了，病人可以自主呼吸了，不久应该会醒过来。"

小涵又惊又喜，简直不敢相信医生的话，她再次向医生确认是否意味着母亲脱离危险了，医生点点头说："她很坚强，总算是挺过来了。"这时，小涵转过身，和我一起隔着玻璃窗往里面看，只见病人的脸上依旧虚弱，呼吸却恢复了平静。她的嘴角时而抽动一下，手指也不时会弯曲。

几天以来，抱着没有希望的希望，小涵几乎已经要接受悲剧的结局了。然而这一夜，小涵的母亲居然得救了。我相信是因为这位母亲在昏迷中感知到了女儿的祈祷和守候，她才能够以顽强的意志撑过最凶险的时刻。

我们守在病人床边，小涵由于多日缺乏睡眠而苍白的脸上焕发出新的光彩。小涵握着母亲的手，小声跟她说了些什么话，随后又吻了吻她的手背。像是想要回应似的，病人的嘴角也微微翕动了几下。

突然间，小涵一把抓紧我的手说："我需要呼吸新鲜空气，一刻也不能等了。你能陪我下去走走吗？"

我们来到电梯口，电梯的轿厢还在底层。

"我们走楼梯吧！"她拉起我的手往楼梯的方向走，下楼的时候几乎是连奔带跑了。

"小心点，别摔倒！"我刻意放缓脚步，这才使得她不至于跑得太快。

到了楼下，不知道什么时候雪已经停了。这一夜我们都没有顾得上看窗外。目之所及，尽是一片白茫茫，脚踩在雪上踏出了一个个深深的脚印。积压了多日的阴云散去了，夜空中几颗寥落的晚星瑟缩着身子，颤抖着发出清冷的光。雪后的空气凛冽而清新，有一种混合了月桂和紫丁香的奇特香味。

"你看，星星也在发抖呢，"小涵望着夜幕，"天真是冷啊。"

小涵挽着我的胳膊，我们紧紧贴在一起，互相取暖。走了一阵子后，我们不约而同地停下脚步相对而立。她伸出双手，紧紧握住我的双手，眼睛里跳跃着比雪还要纯白的光。

"沈一宸！"她喊了我的名字。

"林夏涵！"下一秒我也喊了她的名字。

我不知道我们的嘴唇是怎样接触到一起的，我只记得那是一个多么悠长、多么湿润、多么温暖的吻啊。站在雪地上，我却仿佛身处五月的田野上，周围都是葱茏的灌木和绚丽的花园。小涵的吻——多年以后我仍然记忆犹新——那样热烈、深沉、有力，仿佛她要把一生中所有的吻都在短短的几分钟内消耗殆尽。如果可以，我想把这个吻镌刻在我的嘴唇上，直到永远。

我们一动不动地抱着，那是我们抱得最紧的一次，我仿佛把一生中所有的力气都使上了。那一刻，我觉得这个世界上再也不会有任何人、任何事能够把我们分开了。

当我睁开眼睛时，小涵还闭着眼睛，她脸上的红晕被冷空气浸染得更加绚烂了。我就这样一边体味她的吻，一边看着她的脸，直到她忽然睁开了眼睛。

"你一直睁着眼睛吗？"她做出惊吓般的表情，"坏人！"

我们反而抱得更紧了。

我们在雪地里继续走着，好像永远也不知道累似的。小涵兴致盎然地给我讲述她关于作曲的计划。她已经写了不少钢琴曲，此外她想写一部钢琴协奏曲，以及交响诗、艺术歌曲……

"我可以听吗？"我说，"我相信有一天，你写的音乐会在许多音乐厅里被演奏，它们会安抚这个世界上所有迷惘、痛苦的灵魂。"

"可是那不是我想要的。"

"怎么，"我不禁提高了嗓门，"还有人写音乐不是为了给别人听吗？"

"我实在搞不懂，作曲为什么就一定要给别人听。在我看来，作曲是一种自我表达。世上只有一种真正的作曲，那就是为自己而作曲。"

"为什么呢？难道不是所有的音乐家都希望自己创作的音乐能够尽可能地被人们听到吗？"

"你怎么能肯定是所有呢？"她笑着问我，露出浅浅的酒窝，"也许有一些并不想。"

"那我不明白了，如果不想音乐被人们听到，那为什么还要去作曲呢？这就像是有一个人写了一部小说，却并不想被人阅读一样荒唐。"

"荒唐？哪里荒唐了？是的，有许多人，作曲是为了给别人听，得到人们的认可，但这不代表所有人作曲只是为了这个目的。"

"那么你作曲的目的是什么呢？"

"我只想创作出我认为美的音乐，在音乐中表达我的思想。"

"难道就不能创作出美的音乐，同时得到人们的喜欢吗？为自己而作曲和有听众并不冲突啊。"

"我说的是在动机上纯粹地为自己而作曲。创作者很容易被大众的偏好所绑架。如果大众喜欢听那些烂俗的曲调，他们就会想方设法地去迎合大众。大众呢，喜欢待在自己的舒适区里，只乐意凭借音乐满足感官的欲望，他们无论如何也不愿意去费力地踏上艺术的阶梯。所以你看，创作者天然地想要迎合听众的喜好。当然，这是可以理解的，毕竟大多数人只是把音乐作为一种职业，他们和其他人一样，也需要赚钱、消费、满足个人的欲望，所以他们希望自己写的音乐能够卖座。然而我认为，作为艺术家，应当引导大众有更高趣味的审美，因为这些更高级的艺术能够调动人们更高级的能力，使人们成为更好、更健全的人。艺术家绝不应该破罐子破摔，不停地喂给大众那些只能满足感官快乐的食粮。这样的人在我看来绝不能算是艺术家。"

"你真的不希望自己的作品受欢迎吗？"

"受欢迎的作品不等于好的作品。"小涵沉思了片刻说，"为自己而作曲，就是要写出完全表达自己思想的作品，而不是为了迎合除自己外的任何人。你说为自己而作曲和有听众并不冲突，这当然是可能的，但我唯一的目的在于表达自身，至于别人是否会听，是否喜欢听，这不是我所考虑的。"

"当然，这样做是有代价的，"她继续说，"作曲家可能很少会被人理解，在极端的情形下，甚至没有人能理解作曲家。不过，这些对我都不是问题，因为我作曲不为赢得听众，也不求被人理解。我只是想要表达自己。我现在也没有出版作品的想法，因为一旦沾染上这种想法，你就必须去考虑出版商和听众的意见，不是吗？"

"这么说我可能会是唯一的听众了。那我很荣幸。"

"不要抱太大期望，说不定你会觉得索然无味呢。"

"你写的曲子是什么样的主题呢？"

"我只能说你给了我不少灵感。"

"我？"我惊讶地说，"我的人生太贫瘠了，你说我给了你灵感，我很难想象，因为我从来没有成为过人群的中心。"

"主人公未必都是站在人群中心的人。站在角落里的人也可以有自己的故事，甚至更真实。"她看着我，眼神里透露出一丝怀疑，"你觉得自己的人生很贫瘠？包括现在？"

"我要加上一个前提——除去你的部分。"我盯着小涵的眼睛，"如果没有你，那我的人生会贫瘠得可怕。"

"我对你真的这么重要吗？"她莞尔一笑，挑了挑眉毛。

"我已经无法设想没有你的人生了。"

万籁俱寂的雪夜里，我聆听着小涵关于未来生活的设想，她的声音像一支嘹亮的歌久久回荡在夜空中。

第二天，小涵的母亲终于醒过来了。我本来想先行离开的，小涵却建议我留下来。她觉得那些往事过去太久了，早就不值一提了，不应该对现在的人和事还施加不合理的影响。小涵和母亲单独相处了差不过一个钟头，我听不清楚她们说了什么，但听得出来有哭声，也有笑声。

小涵推开门说："你要不要进来？"

我忐忑地走进了病房，蓦然想起那一年去夏悦家和她的父母一起吃饭的情景，那画面至今还栩栩如生地出现在我眼前。

见到小涵母亲的那一刻，我们都沉默了一阵子。我本来想向她问好以示关心，却一句话也说不出来。眼前的这个女人，年龄虽然只有四十多岁，但两鬓的头发已经斑白，满脸都是老态，实在叫人怜惜。

"我还记得那天你来家里的情景……"她靠在病床上，声音低缓地说，"时间过得真快啊，转眼多少年过去了？得有十多年了吧。"

我微笑着向她点头，表示我也记得那天。

"当初的事，你不要怨恨我……"她似乎很艰难地说，"在你看来我当时的做法可能很荒谬……"

"丝毫不会的，站在您当时的位置，您并没有做错什么。如果要说荒谬，荒谬的也不是您，是这个世界。"

"没想到你后来又遇到了夏涵……她已经跟我讲了你们之间的事了。一切都是天意啊。我很高兴你们经历了这一切以后还能走到一起。我就算死了也会为你们祝福的。"

"请您不要说这么悲观的话，您一定很快会好起来的。"

"只是可怜了夏悦……"

她提起夏悦后忽然情绪失控，不能自已。小涵抱着了她，轻轻抚摸她的手。这时病房里增添了一份哀悼的气息。我明白我们三个人都在各自为夏悦的命运感到悲哀。

"都是命中注定的事……我们谁也没法改变。"

小涵的母亲最后这样说。经历了家庭的破散、女儿的离世、牢狱之灾，以及刚刚到鬼门关走了一遭以后，这个不幸的女人似乎对人生抱着一种深深的宿命观了。

晚上，小涵的母亲入睡后，辛苦了一个星期的小涵终于可以回家好好休息了。我们一起走出了医院。街道上依然覆盖着厚厚的雪，只不过由前一天的松软湿润变得更为坚实了。这是一个晴朗的夜，没有一点儿云，气温比下雪时更低，冷风飕飕地直往脖子里灌。小涵把一只手揣在我的兜里，两个人紧紧握住手，想为彼此带来一点儿温暖。

这一晚，夜幕上的星星多得令人难以置信。我很少见到这样繁星满天的夜晚，也许一场大雪把聚积在城市上空的污秽一扫而空，星空的本来面目才得以示人。

"你有没有觉得，"小涵说，"昨晚只有几颗疏疏落落的寒星，给人一种冷寂的感觉？今晚星河璀璨，却不会觉得冷，反而感到满天星河释放出温柔的光芒了。"

"也许星星和人一样，也需要人陪，要聚在一起才有温度。"

到了小涵家里，温暖的气息立刻迎面扑来。小涵坐在钢琴前开始弹一首我从未听过的曲子。前半段的曲调很舒缓，其中蕴藏着一种无法言说的忧伤。后半段是一段行板，音乐的风格为之一变，色彩明亮了起来，但依然不减其纯洁的气息。最后音乐停在一串渐进的和弦上，留下一种戛然而止却意犹未尽的感觉。

"这是什么曲子？"我问。

"是李斯特的曲子，"小涵的嘴角掠过一抹微笑，"没想到吧？"

"李斯特？"我惊讶地说，"你知道听你弹的时候我在想什么吗？我觉得这是一首悠长的歌，是一个少女在讲述自己的心事。我确实没想到竟然是李斯特写的。"

"这首曲子原名叫'Complainte'，意思是悲歌，它也被称为《哀叹曲》。你想不想听听它的故事？"

"我想起来了，在你当初寄给我的那些信里，提到过这首曲子。原来你所说的故事便是指这个吗？快告诉我是什么故事。"

"作为欧洲巡演的一站，李斯特来到乌克兰的基辅。抵达基辅的第一天，他散步来到交易大厅试琴，他即将在这里举办在基辅的第一场钢琴独奏会。彩排结束后，他途经一个农贸市场，这里有许多农民在叫卖商品。这一天天气很冷，地上的雪很厚，李斯特穿着大衣，戴着高帽，他的穿着在市场里显得格格不入。这时候李斯特注意到墙边有一个头发灰白的老人在弹班杜拉琴，这是乌克兰的一种民族乐器，此前他从未见过这种乐器。老人旁边站着他的孙女，是一个头发乌黑的美丽姑娘。姑娘在老人的伴奏下，唱着一首悲伤的歌曲。李斯特突然发现，姑娘的眼睛是瞎的，但她的歌声使得路过的人纷纷注目。

"盲人姑娘唱的那首歌的歌词是这样的：'风在怒吼，树在摇晃，我多么难过呀，可我却不能流泪。'姑娘唱完以后，旁边的人纷纷在老人的帽子里投入一些零钱。李斯特身上没有当地的货币，只有银行票据，因此他急忙赶回交易大厅去换钱。等他回到市场后，老人和那姑娘已经离去了。他四下打听他们的去向，却被人家告知他们已经回家乡了。这一天以后，李斯特对那个盲人姑娘的形象以及她所唱的歌念念不忘。整整两个小时，他走在第聂伯河冰冻的岸边回想姑娘所唱的歌曲。几天后，他在基辅的第一场独奏会上即兴演奏了这首曲子。后来的事你已经知道了，卡罗琳公主邀请李斯特去自己的庄园做客，他正是在那里写下了悲歌《哀叹曲》。"

小涵讲完了以后，我沉浸在自己想象的画面中，过了一会儿才抽离出来。

"不知道为什么，"我说，"你讲到的那个盲人姑娘使我很触动，我的眼前仿佛看到了弹着琴的老人和唱着悲歌的姑娘。我还想，盲人姑娘后来怎么样了呢？有没有人爱她呢？在那个年代，一个盲人的生活应该很不容易吧……想到这里我未免有些感伤。但转念一想，虽然李斯特没有追上那个盲人姑娘，但她唱的音乐却被李斯特谱写成了一首优美的曲子，在我看来，那个盲人姑娘随着李斯特的音乐也成为不朽了。所以，这个故事尽管令我感到难过，但其中还是有安慰人心的成分。"

小涵拉开了客厅的窗帘，密密麻麻挤在一起的星群把淡淡的星光投射在钢琴上。她转过身来对着我："你看，星河多么灿烂呀。对了，我想起有一首曲子，一直想弹给你听。"

"莫非是关于星星的？"

"听了你就知道了。"

小涵在高音区弹出几个色彩明亮的和弦，伴之以一串横跨两个八度的琶音，一下子就勾勒出了星星的形象。听到第一个乐句，我马上想：果然和星星有关。

小涵接着弹出一段缓慢而柔和的旋律，引起我注意的是，旋律音藏在一串串琶音里若隐若现。随后，旋律换到了左手来弹奏，右手则弹出快速而清脆的震音作为背景。这不就是在模拟星辰的闪烁吗？我不由得对这里的震音有种惊为天人的感觉。随着几个唯美的和弦，小涵弹出了一段半音化的旋律，色彩极为丰富，有一种非同寻常的美感，其中又暗藏着难以掩盖的哀伤。听到这里，我才听出来小涵弹的是瓦格纳的《晚星》。这段音乐的和声不拘一格，听来令人耳目一新，它让我觉得满天的星斗仿佛一瞬间有了生命，迈着轻盈的步履在浩瀚的宇宙里漫游。最后，主旋律又以八度音再现，中间毫无预兆地出现一句八度进行，堪称绝妙，将星河的流动推向了高潮。

音乐停止在几个极微弱的和弦上后，小涵的手在琴键上又停留了数秒。我望了一眼窗外，黑沉沉的天穹上，繁星的光芒似乎更耀眼了，仿佛海水里漾起了无穷无尽的小火花，在浪尖迎风跳动。这些光芒里有一种无可言说的纯净，又深邃，又难以捉摸，我几乎不敢正视星空了。

"你弹到一半时，我才听出来是《晚星》。"我说，"你弹得跟我听过的所有版本都不一样。"

"李斯特把许多歌剧音乐改编成了钢琴独奏曲，瓦格纳的歌剧也不例外，我刚才弹的就是李斯特改编的《晚星》。"

"原来是李斯特的改编曲？怪不得如此特别。你弹出第一句后我就被紧紧抓住了，整首曲子没有一句是被浪费掉的，半音化的和声真是太美妙了。说来惭愧，我只知道这是瓦格纳的音乐，其他一无所知。这部歌剧讲的是什么呢？为什么会有《晚星》这首歌呢？"

"简单地讲，汤豪瑟是一个游吟歌手，他与城堡主人的侄女伊丽莎白相爱，但被爱神维纳斯引诱，离开城堡去找维纳斯。一年后他又感到厌倦，回到城堡，参加了歌手比赛。比赛规定必须唱爱的赞歌，汤豪瑟竟然唱出自己与维纳斯的私情，被罚跟随朝觐者前往罗马乞求教皇赦免。教皇却说，除非他手中的手杖发芽，否则不会赦免他。汤豪瑟走后，可怜的伊丽莎白思念成疾，竟然病逝了。他回去的途中，遇到伊丽莎白的棺木，悲痛万分，也倒在她身边死去。这时汤豪瑟的手杖上长出了新芽嫩叶，说明他的罪得到了赦免。汤豪瑟的朋友沃尔夫伦暗恋伊丽莎白，在歌剧的第三幕中，他独自徘徊在夜幕下的山谷中，弹着七弦琴唱出这首《晚星》，祈求星辰保佑病入膏肓的伊丽莎白。"

"所以这是一个关于灵魂与肉体、罪恶与救赎的故事。"我说，"听了你说的故事，再联想到你弹出的音乐，真是令人感慨啊。"

"你可以去听听男中音独唱的版本，别有一番风味。"

"你弹的李斯特改编曲，有乐谱吗？"

"怎么，你想弹弹吗？"小涵从钢琴上的一沓乐谱里抽出一本。

当我自己弹出这旋律时，我对这首歌的美感受得更加淋漓尽致了。李斯特在改编这首歌时，对于原曲中的旋律音，没有增减一个音符，也没有改变其节奏，然而，他通过高超的钢琴和作曲技巧，在维持歌曲原貌的前提下，增加了丰富的织体和音型，重新写出了一首适合于钢琴独奏的乐曲。当我弹出这首曲子时，我听到了男中音那醇厚而有磁性的歌声，钢琴竟然可以弹出这种效果，不可谓不神奇。这时我想起了几年前的那个冬夜，我像个流浪者一样躺在公园的长椅上，看着天上的寒星，耳边回响着《晚星》的旋律。

"你想不想看看《晚星》的歌词？"

于是，在钢琴深沉、柔和的伴奏下，小涵坐在我身边低声读出《晚星》。

> 死一般寂静，暮色笼罩大地
> 山谷都披上黑色的外衣
> 渴望向高处飞翔的灵魂
> 在穿越黑夜时也会恐惧
> 你闪耀吧，啊，最可爱的星宿
> 柔和的光从远方天空射出
> 可爱的光束，划破了黑夜
> 向你指出如何走出深谷
> 可爱的温柔晚星
> 我总是喜欢问候你
> 永不背叛的这颗心
> 她经过时向她致礼
> 她脱离尘世的苦难
> 就成为圣洁的天使

小涵的声音柔和、饱满，我听到她深沉的气息，听到她喉咙的颤抖和鼻腔里的共鸣。就连气流的激烈碰撞，我也听得一清二楚。她的声音里寄存着那些过往的温柔和诗意，仿佛初夏的一阵暖风，带着花草的香气钻到我的心里。

她读完后，我忍不住握紧了她的手。

"你的声音是世上最美妙的声音。"

"真的吗？比钢琴还好听？"

“我确信，比钢琴还好听。”

不知不觉到了午夜。我对小涵说：“我该回去了。”

“你不想留下来吗？”她似乎是在开玩笑，但她腼腆的笑容里有一种带有稚气的真诚。

“……我没有这个权利。”我颤抖着拽了拽自己的衣服，咽喉深处感到一丝疼痛。

“如果我说你有呢？”

那个静谧的星夜里，小涵靠在我的肩膀上，我真切地感受到她深沉的鼻息。我有一种感觉：我们无论在梦境还是现实里都合二为一了。

小涵的母亲出院后，她却怎么都不愿意和女儿住在一起。她对小涵的说法是，她不愿意打扰小涵的学业和创作。但我总觉得，她会不会也是顾虑到我和小涵的关系呢？无论如何，我没有跟小涵提到这一点。

不久便到了新年。元旦前夜，江畔的广场上要举行盛大的新年倒计时活动。我和小涵一起来到江边，街上车水马龙，热闹非凡。我见到小涵时，她一身深色的大衣，衬衣外边套了一件毛衣，露出笔挺的衬衣领子，下半身是百褶裙和黑色的打底袜，修饰出她小腿上平滑的曲线。我见到她的时候，她问我是否喜欢她这身穿搭。

“当然，看起来很学院风。”

“什么意思啊？”她噘了噘嘴，“人家本来就是学生好嘛！”

“大学毕业已经一年啦。”

“你真讨厌！”

我们路过江边的一个角落时，几棵枫香树上缀满了彩灯，每个彩灯的末端绑着两条红丝带，在风中飘扬。这是一个新年许愿活动，可以把自己的愿望写在纸条上塞进彩灯里，等到零点到来时，这些彩灯就会被放到旁边的江水里随波漂流，寓意为新年许愿祈福。

“你说，我们给对方写祝福怎么样？”小涵指着树上的彩灯说。

“好主意。”

“我们订个规矩，”小涵说，“各自写完祝福后再交换，然后把对方写的祝福放进彩灯，但不可以打开看。你觉得呢？"

于是，我们各自写下了祝福。我反复写了好几遍，扔掉了好几张纸条，最后写下的是：愿你幸福，愿你写出心中的音乐，愿你在音乐中获得自由。写完了以后，我把纸条折叠起来，却发现小涵早已写完了。

"你写得好快呀。"

"难道你是临时才想的吗？"她欣然一笑，"因为我一直在祝福你，并不需要等到今天才去想。"

我们交换纸条后，我走到一棵树下，她走到了另一棵树下。把纸条放进彩灯前的那一刹那，我突然有种强烈的冲动想要知道小涵写了什么样的祝福。我偷偷朝她瞥了一眼，她背对着我。我抓住机会打开纸条，只用了一秒钟，我看到她写的是——

愿你在艺术中得到自由。

我来不及多想，马上把纸条放进了彩灯。等我走到她跟前时，我故意问她："所以你到底写了什么呀？"

"不是说好了不告诉对方吗？

"我想告诉你的是……其实我看了你的纸条。我思前想后，还是觉得应该向你坦白。"

"什么？你怎么可以这样？你真是个坏人！"她脸上露出失望的表情，但似乎有一点刻意的成分。

"对不起，我只是真的很想知道你的祝福。"

"好啦，"她摸了摸我的头，眼眸里闪过一丝狡黠的光芒，"其实我也看了你的纸条。"

"什么？"我惊讶地说，"那你还说我啊！"

"只是想逗逗你嘛。"

"我们写的竟然很相似呢。"

"不过，我不是很喜欢你的祝福……"小涵面露犹疑的神色。

"真的吗？"我说，"是哪里有问题呢？"

"你写了'愿你幸福'。"

"有什么问题吗？"我摸不着头脑了。

"你所说的幸福究竟指的是什么呢？"

"幸福一般来说是指生活愉快，包含了物质上的充足和精神上的愉悦。"

"物质上的充足？多少才算是充足？欲望可是无止境的呀。精神上的愉悦？靠什么愉悦？靠充足的物质吗？"她凝视着我，"而且，为什么人一定得幸福呢？使一个人活得幸福，不等于使一个人活得好。一个人自以为很幸福，但实际上他却可能活得毫无意义、毫无价值，对吗？难道你把这个也叫作幸福？"

"你说得没错，所谓的幸福和生命的价值与意义并没有关联。不过，我写祝福时没有想这么多，我只是在一般的意义上使用'幸福'这个词。"

"我听过这样一句话：'做一个不幸福的苏格拉底，好过做一头幸福的猪。'苏格拉底为了追求真理被判处了死刑，从世人的眼光来看，他无疑是不幸福的。做一头猪是很幸福的，因为只要吃好、喝好，满足了感官欲望就足够了，它从来不知道世上还有真理这种东西。那么你的意思是，希望我成为幸福的猪咯？"

"绝无此意，"我说，"我明白你的意思了。幸福这个词具有误导性，因为幸福并不能告诉我们应该去做什么、不应该去做什么，不能告诉我们什么是对的、什么是错的，也不能告诉我们什么有价值、什么没有价值。幸福这个词本身不存在任何可以指导行为的原则。对于大多数人来说，幸福无非意味着物质上的满足和享乐而已，这和做一头快乐的猪又有什么区别呢？"

我顿了一下接着说："我想起来了，你曾给我讲过，你从小就反感那些以'从此过上幸福生活'为结局的童话故事……我应该早点想到的！"

当我正在为此感到沮丧时，小涵抓紧了我的手说：

"傻瓜，不要不开心，你不是还写了'在音乐中获得自由'吗？我很喜欢你的祝福。"

"这一点我们倒是出奇地一致。"我说。

"我很好奇，你怎样理解这句话呢？"

"人生而自由，却无处不在枷锁之中。每个人的一生，有意识或者无意识，都在寻找打破枷锁的途径。在我看来，艺术是打破枷锁的方式——如果不是唯一的方式。在艺术中，一个人可以，而且必将得到真正的自由。艺术是我的信仰和宗教，这是我的信念。"

我干裂的嘴唇上留下了一个温暖的唇印。

在半明半暗的灯光下，我和小涵握紧对方的手。

我们看着彼此的眼睛，足足有十秒钟。

我们在喧闹的街市上走过去，随着零点临近，街上的人流越来越密集。不一会儿，路上便挤得水泄不通，人与人之间摩肩擦背，简直连一根针都插不进去了。街道两旁的商店里也挤满了男女老少，门口贴着"大减价""促销"之类的标语。我们路过一个新年集市，面前摆了十几个摊位，每个摊位上都在售卖各类小饰品、工艺品和小吃。我们在一个摊位前驻足，这时，有人在背后拍了我一下。

"怎么是你？"一个熟悉的声音说。

"你也来跨年啦？"我回头一看，原来是颜小书。她和几个朋友也在逛街。

我小声告诉小涵，眼前这个姑娘是我的一个学生。颜小书看到小涵的手插在我的衣服口袋里，挑了一下眉毛说："怪不得你上次钢琴课说有事来不了，我还以为你有什么要紧事呢，原来是——"

"别瞎说，我是真的有事耽搁了。"

"好啦，在信了在信了。"她瞪了我一眼说，"不打扰你们啦。"说完，她和朋友们走过去了，不料走了几步后她转过身来隔着人群给我竖了一个中指。

"这个小姑娘挺好玩啊。"小涵看着我说。

"别提了，是我见过最难伺候的学生。"于是，我把之前和颜小书发生的事告诉了小涵。小涵听到后不禁被逗笑了。

距离零点还有十分钟时，广场上的人流量达到了最高峰。人们争先恐后地往江边靠栏杆的方向挤，因为在那里有最好的观景视角。我和小涵先是被人群裹挟着往前走，后来我瞅准时机，拉着她从人群的缝隙中钻过去，到了一个栏杆边上。这样我们就可以扶着栏杆直面江景了。

"五……四……三……二……一"，成百上千人一起大声倒数，喊到一的那一刻，人群中爆发出无数声"新年快乐"，于是整个江边都被祝福声覆盖了。

沿江一幢幢大楼的玻璃幕墙上播放着祝福语，璀璨的灯光照在游弋于江心的游船上，在江面上铺洒下一道飞腾的彩虹。随着一声巨响，数道金光飞箭一般蹿到半空中，璀璨的烟花于夜幕中绽放。远处的江面上出现了一片星星点点的亮光，仔细一看，原来是许愿的彩灯随着江水的流向缓缓漂去。

"看到那些彩灯了吗？"小涵说，"无数个心愿随着彩灯流向了大海，大海象征着无限。我最近正好看到一句话说，音乐是所有艺术中最接近无限的艺术，或者说音乐唯一的表现主题就是无限。"

"这句话该如何理解呢？"我问她。

"尼采[①]说过，音乐象征一个超越所有现象的领域，音乐最深邃的意义，是任何语言的雄辩和辞令都并不能使我们接近哪怕一步的。也就是说，当语言或者文字无法表达时，音乐之声就会自然响起。"

"这一点我很有体会，"我说，"这样的例子太多了。比方说，我如果要去读其他语言的文学，除非我懂外语，否则我只能读翻译，然而翻译总是无法体现出原文的神韵。但如果是音乐，就不存在翻译的问题了。不论是哪个民族的音乐，我们听到后都会体会到类似的情感。对于音乐来说，不存在语言不通的问题。比如说那首《晚星》吧，不懂外语并不影响我感受到它的美。"

零点后，聚集在广场上的人群逐渐向各个方向散去。我和小涵沿着江边走去，路过一个圆形的下沉式广场，中间有一架钢琴。

"你想不想去弹弹？"我提议说。

"你是不是不论走到哪，"小涵用调侃的语气说，"只要遇到钢琴，总想弹一弹。"

"今天是新年夜，弹一首欢快的吧。李斯特的第六首狂想曲怎么样？"

我一开始弹，路过的人便纷纷转过身来看。等我弹到后面那段活泼可爱的八度时，一些路人停下了脚步。我弹完了以后，旁边响起了一阵稀稀拉拉的掌声。

"该你弹了。"我把钢琴让给了小涵。

"你把人们吸引过来，然后让我弹？"小涵噘着嘴说，"你真是个坏人！"

---

① 尼采（1844—1900），德国哲学家。

不过，她还是坐在钢琴前，开始弹《晚星》。我站在人群中，抬头望了望星空，夜幕上点缀着几颗疏疏朗朗的星，闪着蓝幽幽的、不可捉摸的星光。

她弹了一段以后，一个女孩和一个男孩从人群中走过来，女孩稍显成熟，男孩略带稚嫩，看起来像是姐弟，但也有可能是恋人。女孩手里提着一个盒子，男孩身后也背着一个盒子，看形状似乎是一把吉他，但又比我平常见到的吉他大一些。他们俩走到小涵跟前，小涵停了下来，用好奇的眼神看着他们。那个女孩弯腰凑到小涵耳边说了几句话，小涵回答了几句，于是他们三个人说着话，嘴角流露出会意的笑容。我很好奇他们在说什么，这时小涵朝我看了一眼，对我眨了眨眼。正当我想走过去看个究竟时，不料女孩打开了手中的盒子，里面是一把小提琴，男孩也打开了他的盒子，里面不是吉他，是一把大提琴！

难道他们三人要合奏吗？我还没反应过来，小涵的指尖已经传来清脆透亮的钢琴声——《晚星》的前奏。随后女孩拉起了小提琴，回应着钢琴弹出的琶音。紧接着，男孩坐在台阶上拉起了大提琴，深沉的琴声仿佛男中音一样，唱出了如诗如歌的旋律。他们三个人的演奏配合得天衣无缝：钢琴的伴奏轻柔缥缈，时而像若隐若现的雾气弥漫在空中，时而又像星星跳动出的点点闪光；小提琴的间奏点缀其间，仿佛一阵阵风拂过树梢；大提琴奏出主旋律时，好似雾霭散去，星光洒向大地，树林间覆盖满了温柔的光辉。

演奏到一半时，驻足静听的路人越来越多，把钢琴围得严严实实的。人群里有老人，有小孩，有手挽着手的恋人，有三五成群的少年，有外国人，有穿着工装的人，也有西装革履的人。音乐对所有人都是一视同仁的，这一刻，纯洁的音乐把不同年龄、背景、职业、民族的人们联合在了一起。这一刻，没有男人与女人，没有健康的人与病人，没有幸运的人和不幸的人，只有热爱音乐的人。听到整首歌里最令我感动的一段时，我不由得暗想：这些擦肩而过的路人，愿你们也在艺术中得到自由。

三人演奏完以后，人们忽然毫不吝啬自己的掌声了，人群中爆发出了一阵热烈的鼓掌，还有人吹起了口哨。我走到小涵跟前说："你们的演奏真是令人耳目一新，没想到这首歌还能以钢琴三重奏的方式呈现出来。"

"确实有一个三重奏版本，"小涵望着收起琴盒的男女，"不过我也没想到会遇到他们俩。"

　　小涵与拉提琴的女孩、男孩告别后，我望着他们走去的背影，不料却在缓缓散去的人群里看到了颜小书。她和我目光对视了片刻后走了过来。

　　"你刚才弹的是什么曲子呀？"她对小涵说，"琴声真有穿透力，我远远地就被吸引过来了。"

　　她又转过脸对我说："喂，我说，你怎么一动不动啊？你不是应该给我介绍一下这位姐姐吗？"

　　"姐姐？"我被她逗乐了，"其实你们俩的年龄差得不多。"

　　"真的啊？"她故作惊讶地说，"你们是怎么认识的？不会是你的学生吧？"

　　我无奈地摇了摇头，这时小涵及时为我解围，她告诉了颜小书自己的名字，问她最近在跟我学什么曲子。于是两个女孩在路上聊了起来，我在一旁跟着。

　　"我朋友家里要举办一个新年派对，你们要不要一起去？"颜小书问我们。

　　"新年派对？"我说，"今晚吗？已经快一点钟了。"

　　我看了看小涵，想知道她的意见。小涵对我说："要不你去吧，我打算回去休息了。"

　　"那我也不去了，"我说，"今晚已经逛得很累了。"

　　"和我一起去吧，"颜小书用哀求的语气说，"我刚才为了过来找你们，已经和我的朋友们走散了，等会如果我一个人过去多孤独呀……到了以后，你们玩一会可以早点离开。"

　　小涵见状点了点头，于是颜小书带着我们到了附近的一个地下停车场里，我们上了她的车，引擎的轰鸣声犹如野兽的咆哮。

　　颜小书的朋友家也是一幢带花园的独栋别墅。我们到楼下的时候，只见花园的围墙和树木上缀满了亮晶晶的小彩灯，入口处贴着庆祝新年的贴纸，一派节日的气氛。一进门，里面就传出来欢快的嬉笑声。穿过门廊后，只见宽敞的客厅里有十来个打扮得时尚华丽的男女，大多是二十岁左右模样的年轻人。他们两三成群，有的在吧台边喝酒，有的在打桌球，有的举着话筒唱歌，有的坐在沙发上聊天。见到颜小书进来，很多人给她打招呼，还有几个人走过来，好奇地看着我和小涵。颜小书大方地给朋友们介绍了小涵和我。有几个人听到我是颜小书的钢琴老师后，饶有兴致地问我关于钢琴的问题。

"他们真有活力啊，不是吗？"我对小涵说。

"餐厅里准备了夜宵。"颜小书带我们到了餐厅，几张大桌子上摆满了各种中西式的菜肴，还有令人眼花缭乱的蛋糕、甜点、冰淇淋。

"要不要吃点？到现在应该饿了吧？"颜小书问小涵。

"不用了，我没有胃口。"小涵的脸上似乎有一点苍白。

不一会儿，大家都来到了客厅里，随着一个女孩唱出一首欢快的歌曲，现场的气氛瞬间被点燃了，人们纷纷举着酒杯干杯，跟着音乐的节奏跳了起来。音响的音量被调高了许多，音乐声盖住了说话声，得大声说话才能让对方听见。

"我去一下洗手间。"小涵凑到我耳边说，她的眼里有一丝憔悴。

"你没事吧？你看起来有点不太舒服。"

"没事，放心吧。"

过了一刻钟小涵还没有回来，我不禁感到坐立不安。我顺着洗手间的方向走去，只见门半掩着，我朝里面瞥了一眼，不想却看到小涵靠着墙角坐在地上，脸色惨白，捂着胸口，表情很痛苦。

"小涵，你怎么了？"我急忙冲进去，蹲在她身边，"要紧吗？"

她大口喘着粗气，像是呼吸困难似的，眼睛里一片灰蒙蒙，平日的光彩已经熄灭了。我紧紧握住她的手，不料她的手竟然冰凉得像是一个冰窟窿。我呼唤着她的名字，她的嘴唇轻轻翕动，像是要说什么，却又说不出来。我凑到她嘴边，反复听了几遍才听到她是在说"药"。

我朝四周搜寻了一番，发现摔在地上的药瓶，我捡起来问她："是这个吗？"她费力地点了一下头，于是我马上连奔带跑地出去倒了一杯水，在十几秒内跑了回来，让她把药服了下去。

小涵的眼里流露出浅浅的，但充满温情的微笑，随后她闭上了眼睛，眼眶里有一滴泪从眼角流下。看到她闭上眼睛的那一刻，我被吓了个半死：那一刻，我以为我洞见了死亡。这时，颜小书出现在洗手间门口，她说了几句话，我一个字都没听进去，我只是朝她拼命地大喊："快叫救护车！快叫救护车！"

不料这时，一只手抓住了我的手，是小涵的手。她睁开了眼睛，眼眸里的光虽然微弱，却又亮起来了。我一刻都没有放松她的手，她的手心渐渐温暖了起来。几分钟后，她的面色不那么惨白了，恢复了一点儿血色。

"谢谢你。"小涵用微弱的声音说。这时，我才真切地感受到她还活生生地坐在我面前。

"送你去医院吧？"我说。

"去医院也没用，吃了药就好了。"她轻声说，"都怪我，出门前没吃药，本打算睡前再吃的，我以为晚一些会没事的……"

我把小涵揽入怀里，让她靠在我胸口休息。这时我才注意到颜小书也蹲在地上一言不发，脸上满是慌张的神色，她似乎也被吓得不轻。

又过了十分钟，小涵对我说："我们回去吧。好不好？"

我忍住泪水点了点头。然而，在回去的车上，在黑暗中我还是悄无声息地哭了。

我守候在小涵身边，看着她安然入睡。那一夜，我做了一个梦。

我大概是在一个花园里。时值仲夏，空气中弥漫着泥土湿热的气息。我抬起头，紫红色和淡绿色相间的枫叶遮挡了视线，光线穿过树叶间的层层空隙，微弱无力地洒在我的手臂上。我意识到，自己坐在一棵红枫树下。

这里是哪儿？我从何而来？我为什么会在这里？一大团疑问塞满了我的脑子，我却无论如何也想不出个所以然，只能茫然若失地看着眼前的景象，试图找出一些线索。

斑驳的树影下，隐隐约约有一个女孩朝我走过来。我丝毫没有注意到她是什么时候步入花园的，她好像变戏法似的凭空出现了。

"盛夏快到了，红枫的叶子也开始变成绿色了。"她看着枫树说。

我没有回答，也无从回答，因为我似乎是第一次见到眼前的这个女孩。我在记忆里搜寻了一番，依然不能确定我是否认识她，以及如果认识，她叫什么名字。

"跟我走吧。"她见我没有回音，便转过脸来，对我伸出手臂。我只记得她的手心嫩极了，触感像婴儿的肌肤一样。

看起来我并没有选择的余地，女孩一把拽起我的手。她没有再说什么，只是拉着我的手往花园外走。

一会儿工夫，她拉着我走进了一间屋子。准确来说是一间琴房。靠着玻璃窗有一架钢琴，键盘的盖子打开着，谱架上放着一本琴谱。看起来好像有人刚刚弹过。

"弹吧。"女孩手指着钢琴的方向。

"弹钢琴？"我感到大为不解。我在想，眼前这个乌黑发亮的庞然大物大概叫作钢琴。

她点点头，脸上露出等待的表情。

我跟跟跄跄地走到钢琴前，试探性地坐下，看着谱架上的乐谱，有一种似曾相识的感觉，却怎么也想不起来是什么曲子。也罢，弹下便知。于是我双手放在琴键上，开始弹了起来。

我弹完了第一页，接着弹第二页时，突然脊背发凉，冒出了一身冷汗，仿佛一阵闪电穿过厚重的云层击中了我。我顿时停了下来，怎么也弹不下去了。

女孩坐到琴凳的一边，眼神里满是失望，说："为什么要停下来？接着弹下去呀。"

"是那首曲子……"我颤抖着说，"你是？"

"我是夏悦啊。"

"夏悦？真的是你吗？"

"你怎么不弹呀？"她的双唇倏地变为滚烫的火红色，露出牙齿，面目变得狰狞起来，"快弹，否则等待你的会是万劫不复的死亡。"

说罢，女孩不见了。她悄无声息地出现，又悄无声息地消失了。

阳光骤然散尽，电闪雷鸣，窗外升起浓浓雨幕。凌厉的黑色雨水把花园里搅得天翻地覆，树叶枯萎，花瓣凋零。原本绿意盎然的花园瞬间变成了阴森可怖的地狱。

我惊醒了过来。额头上出了冷汗，手心里也湿湿的。原来我陷入了梦境。与其说是梦境，倒不如说是个噩梦。梦里的那个女孩，真的是夏悦吗？我实在想不起来她的样子，或者说我根本就没在梦中看清她的样子。我只记得，她消失前的那一刻变得无比可怖。

我已经很久没有想到过夏悦了。为什么会梦见她呢？梦中的她为什么要说那种话呢？这个梦究竟意味着什么呢？

我轻轻地走到小涵的卧室门口，听到她平缓而有规律的呼吸声。我翻来覆去，直到窗帘上透出一丝微光才又睡了过去。

第三十五章

　　新年过后，小涵把所有的精力都放在了作曲上。除了去学校上课外，其他时间她待在家里，在钢琴前一坐就是好几个小时。

　　早晨的时间她都用来练琴，历史上不同时期、不同作曲家、不同风格的作品都会涉及。正如她所说的，一方面是为了保持手感，另一方面是为了从过往的那些思想里汲取作曲的灵感。午休片刻后，从下午到晚上她会专心作曲。对她来说，下午是思维和逻辑最严密的时候，晚上则是灵感迸发得最密集的时候。

　　自从新年夜发生那桩意外以后，我对小涵的身体极为担忧，每天都会去看望她，雷打不动。有时候，我晚上会留在她那里，取决于她的情绪和精神状态。她心绪很好而创作动力很足的时候，我会识趣地早早离开，因为我知道对于一个艺术家来说，必须有足够的、不受打扰的创作空间。小涵曾说过，独处对于艺术创作是必不可少的，这一点我深以为然，一个耐不了寂寞的人很难创作出好的艺术作品，如果不是不可能的话。

　　相反，如果她有大的精神波动，或者陷入自我怀疑和消极悲观的情绪，我会留下来陪伴她。这种时候，她几乎一个音符都写不了，我只能把她抱在怀里，轻轻抚摸她的头发和后背。每当靠在我怀里，她呼吸会平静下来，心率也趋于稳定，这时候，我会弹琴给她听，或者两个人一起弹琴。渐渐地，她的脸上恢复了血色，手指也温热起来。

　　我时而会带她去听音乐会。她对所有类型的音乐都有兴趣：钢琴、小提琴、竖琴的独奏会，歌剧、交响乐、室内乐，古典、通俗、电影配乐。当然，她最喜欢的还是演奏李斯特作品的音乐会。小涵生日那天，一个海外的交响乐团来访问演出，演奏了《浮士德交响曲》。我和小涵坐在音乐厅的角落里，在长达一个小时的演奏里全神贯注地聆听。第二乐章中那段格蕾琴的主题给我留下了深刻印象，田园诗般的旋律久久萦绕在我耳边。乐团演奏到第三乐章结尾《神秘的合唱》时，男高音和男声合唱团那庄严、空灵、圣洁的歌声令我沉沦在音乐中无法自拔。李斯特用《浮士德》最后结尾的那首诗作为合唱的歌词。

> 万象皆俄顷，
>
> 无非是映影；
>
> 事凡不充分，
>
> 至此始发生；
>
> 事凡无可名，
>
> 至此始果行；
>
> 永恒的女性，
>
> 引我们飞升。

当男声合唱团唱出"永恒的女性，引我们飞升"时，我的心灵仿佛在音乐中得到了净化。永恒的爱宽恕一切、救赎一切，这是贯穿《浮士德》的精神所在。浮士德由于格蕾琴的爱而得到了救赎，我不由得暗想，小涵在我的人生中不也扮演了格蕾琴的角色吗？然而，小涵不仅是救赎者，更是创造者。我总有一种预感：有一天她的音乐会创造一个自在而完满的世界，抚慰不同时空里那些伤痕累累的心灵。

三月，冰消雪融的土地上散发出青草和泥土的气息，枝头的嫩叶随风荡漾出一片淡淡的绿雾，江水的流速不仅更快了，水流声也更轻巧了。我对小涵说：

"天气暖和了，我们不要闷在屋里了，出去走走吧？"

"我也这样想。去森林公园吧？可以培养想象力。"

我们常常去郊野徒步。城市周边的森林公园和郊野公园几乎都去遍了。漫步在葱葱茏茏的绿意中，小涵总是兴奋得像个孩子，每当路过一片树林和一丛花草，她都会告诉我树木花草的名字啦，生长习性啦，何时开花啦，好像永远也不嫌累似的。

有时候我们也会花上两个小时的车程去海边。东海边有一座跨海大桥，通向一个港区，在那里的码头乘坐轮渡，可以到达东海上远离陆地的一个小岛。我们通常一早出发，沿途的农田、河流、湖泊都令我们目不暇接。经过跨海大桥时，大桥两边排列着一座座白色的风车，在海风的呼啸下缓缓转动。

上岛时往往已经到了午后。岛上有一座百米高的小山，我们沿着台阶攀缘到山顶的平台上，极目远眺，海平面和天际线交会在一起，分不清彼此的界限。

"你有没有发现，我们每次来的时候，海水的颜色都不一样？"小涵指着远处的海面说。

我和小涵至少在岛上看到过海水的四种颜色。晴空万里的午后，阳光反射了天空的颜色，海面抹上了一层清新盎然的浅蓝色，海的色彩像极了风景画里的天色。到了日暮时分，天边云霞燃烧，血红色的霞光映在海面上，目光所及是一片跳跃的火焰。突然间起风了，翻滚的浪尖碎裂为星星点点的红色光斑。阴云密布的日子里，海水变得忧郁，被染成了无生气的灰色，浑浊不堪。暴雨天，苍穹暗无天日，海浪无情地鞭打着岸边的磐石，海面罩上了一层厚重的黑色雨幕。这是一种令人望而生畏的黑色，在表层的风急浪高之下，底下潜伏着未知的暗流涌动。

在风起潮涌的海边，我和小涵对着一望无际的大海，静静地等待日落。对我而言，等待日落比日落本身更让我流连，握着小涵的手，看着玫瑰色的霞光映照在海面上，我会觉得人生依然有所期待。

与自然的亲近总是给予小涵许多灵感。每次晚上回去后，她会迫不及待地在钢琴上弹出一些我从未听到过的极有灵性的旋律，一边弹一边写在谱子上。往往只需要一两天，她就写完了整首曲子，随后弹给我听。在她的音乐中，我听到了绿波翻滚的树林，斜挂苍穹的星河，还有深邃神秘的大海。

小涵越来越痴迷于用音乐描绘自然。她说："对于艺术家来说，长春花和枫香树，湖泊和田野，海浪和星辰，这些都是描述无限和永恒的机会。从古到今，人们都在追求无限和永恒，殊不知无限和永恒就在每个人身边。"

我对她的一句话印象深刻："用音乐描述大自然的多彩和壮丽，是每个音乐家应尽的义务。"

不知道从哪一刻起，我才恍然意识到一个事实：在过去，小涵总是把她积极的一面留给我，而把负面、消极、灰暗的情绪只留给自己。我认识她这么多年，却对她脆弱的那一面一无所知……我真是个蠢货。唯一的安慰是，现在还为时不晚。我欣喜地看到，小涵的状况在逐渐好转。她的情绪仍然会波动，但很少出现以往那种极端情形。她仍然会偶尔提到死亡，但其中的含义少了几分阴郁的意味。相比之下，她更喜欢与我谈论那些在遥远的未来等待人们的未知数。我明白，她是把自己的全部思想和生活都寄托在作曲上了。唯有作曲，唯有音乐，唯有创造，才能使她摆脱精神上那些躲在角落里对她虎视眈眈的阴影。

她以前所未有的激情投入创作，作曲的速度越来越快。她一个晚上就可以写完一首结构复杂的曲子，音乐如流水一般从她的笔尖喷涌而出。同时，她把大部分精力放在钢琴协奏曲的写作上。按照小涵的计划，这是一首四乐章的协奏曲，但每个乐章必须不间断地演奏。她每天都会花一半时间来构思和写作这首协奏曲，虽然我还没有机会窥得协奏曲的全貌，但平时无意中听到的片段就已经足够使我对它感到神往了。

初春时节，小涵终于完成了她的协奏曲，她给它起名《流光协奏曲》。她把一本厚厚的总谱拿给我看，我一翻开就震惊了。协奏曲以降 D 大调开始，但后续的转调极为频繁，仅仅第一乐章就经历了六次转调。纵观全曲，并没有明确的调性，大调和小调之间的转换灵动而自然，速度和节奏的变化极为自由，密密麻麻的音符如同浩荡不息的江河，主奏钢琴和交响乐团的合奏朝着那个神秘的音响世界奔流而去。小涵在钢琴上为了我弹奏了每个乐章的主题，从头到尾我动都没有动，我怕脚步声会打破那个清馨幽远的境界。我的身体本能地被小涵的音乐固定了。

这首协奏曲有多重维度的立意。小涵没有遵循传统上协奏曲的体例，而是赋予每个乐章多姿多彩的变化。第一次听小涵弹，我的感觉是四个乐章分别描绘了四季的变换，在音乐中可以听到春风、夏夜、秋雨、冬雪等自然的元素。但听第二遍的时候，我感到没有那么简单。隐藏在音乐中的似乎是人一生中经历的四个阶段：儿童，青年，中年，老年。第一乐章的单纯和欢快，第二乐章的迷茫和挣扎，再到第三乐章的怀疑和放弃，最后到第四乐章的落寞和虚无，这不就是人一生的写照吗？

但这首协奏曲远远不止于此。当我后来自己弹了这首曲子后，我又意识到四个乐章的主题其实分别是生命、抗争、放弃、再抗争。在结尾部分，戏剧性的冲突和强烈的对比将音乐推向了高潮，意味着最终的抗争通向了自由王国。但在音符戛然而止后，音乐却并没有结束，它向听者抛出了一个问题：回顾一生，我们应当怎样活着？这一生应当怎样度过？人类的未来将归于何处？任何一个听完它的人都不得不问自己这些问题，因为如果这个问题不解决，协奏曲就不会有真正结束的一刻。协奏曲结束了，但困扰人心的问题才刚刚开始。也许这正是小涵为其取名《流光协奏曲》的原因。

我无法想象倘若这首协奏曲被钢琴与交响乐团演奏出来，会是怎样震撼人心的音效和场景。小涵写完整首协奏曲后，又马不停蹄地为协奏曲写了双钢琴版本。完成的那一天，她迫不及待地问我："你可以与我一起合奏吗？"

协奏曲中包含了惊人的技巧，我花了一个多星期才把相当于交响乐团角色的伴奏钢琴部分练得勉强能够弹下来。小涵带我去了音乐学院，我们在一间有两架钢琴的琴房里开始弹这首协奏曲，她弹主奏钢琴，我来弹伴奏钢琴。一开始，我弹得有点儿吃力，节奏甚至都乱掉了，没有和小涵配合得很好。在她的指导下，我逐渐跟上了她的节奏，于是我们弹得渐入佳境。

我越来越感受到了这首协奏曲的妙处。主奏钢琴与乐队并没有主次之分，同一个主题往往先由钢琴奏出，随后在恰当的位置由乐队以主题变形的方式再现。无论是钢琴还是乐队奏出主题时，对方都没有屈居伴奏的位置，而是始终处于互相竞争、互相比较的态势。由于整首协奏曲描绘了一个不屈的灵魂抗争的过程，其中包含了年轻与衰老、悲伤和欢乐、理想和现实、彷徨和豁然等许多强烈的对比，于是小涵使用大量的不和谐音来制造戏剧性的冲突和对比。这些不和谐音单独来听是不和谐的，但置于整个乐段和章节内却又是和谐的，表现了极大的音乐张力。同时，小涵还写作了大量半音化的旋律，和声的色彩丰富多变，无论是钢琴还是乐队奏出都极尽柔美，富有幻想和忧郁的气质。

伴随着音乐的此起彼伏，我仿佛在半个小时内看尽了自己的一生：孤独、自卑的童年，不安、迷茫的青年，理想破灭、对现实妥协的中年，抱着对往日遗迹的留恋、在不平中愤愤死去的老年。尽管我还称得上年轻，但我仿佛已经在音乐中预见到我的未来。在孤独中降生，在孤独中死去，这难道就是我可悲的一生吗？但音乐不止于此。我在流水般倾泻的音符里听到了人生的其他可能性，它告诉我人生也可以不那么凄凉，不那么空虚，不那么无意义，人生也可以换一种方式度过。音乐没有告诉我答案就戛然而止了，似乎在说我得自己去寻找答案。然而有那么一刹那，我有一种感觉：答案就藏身于音乐中。

那是六月里一个温暖的日子，日出前下了点小雨，蓝幽幽的天空中只飘着几缕淡淡的云。太阳的清辉普照大地，草地上散发出清凉潮润的气息，一切都显得明净而清新。一大早站在阳台上呼吸新鲜空气时，在我眼里那只是极平常的一天。

我不会想到，那一天对我的一生将是决定性的。

前一晚我留在了小涵家里。一整夜，她紧紧抱住我，入睡后非但没有松手，反而抱得更用力了。天色刚刚放亮时，我的耳边传来一阵琴声，那曲调的色彩起初是明亮的，后来却变得暗淡，仿佛一幅褪了色的油画。半醒半睡中我以为这是梦里的琴声，惊醒后才发觉是小涵正在弹她即兴创作的曲子。

"这首曲子的基调是明朗的，性格却是忧郁的，"我揉了揉眼睛，轻轻走到钢琴边上，"就像是一幅底色明亮的油画，却给它泼上了一抹灰蒙蒙的颜料。"

"我做了噩梦……"小涵看着琴键，目光里有一种犹疑和不安的成分。

"什么样的梦呢？"

"你消失了，消失得无影无踪……"她的手不受控制地落到键盘上，室内回响起几个刺耳的不和谐音。

"只是梦而已，我怎么会消失呢？"我坐到她身边，"我们来一起练琴吧。"

那天，小涵约了下午四点钟在学校见一位教授，她打算把最近写的一些作品带给他看看。在此之前，她还要给那个十三岁的小男孩上钢琴课。我担心她太累，问她是否能推迟小男孩的钢琴课，她却说："不要紧，他最近进步很快，我得听听他是否按照我的要求去练了。"

小男孩推开虚掩的门进来时，小涵正在给我弹她新写的曲子，我挨着她坐在琴凳上。小男孩看到这一幕时，在门口停了片刻，远远地咳嗽了一声。小涵知道是他来了便问："上一节课给你布置的曲子练得怎么样了？"

小男孩没有回答，只是朝小涵看了一眼，之后又用那种冷淡甚至带点儿敌意的目光盯着我。他上下打量着我，这时我才发觉自己还穿着睡衣。我对小涵说："你先上课吧，我回去了。"

"今晚过来可好？我六点半回来。"

在隔壁房间，我听到小涵很有耐心地给小男孩讲解乐曲的技术要点，并且多次示范演奏。小男孩的领悟能力倒是不错，在小涵的指导下，他把柴可夫斯基的《六月船歌》弹得相当动听。

出门之前，我没有打扰小涵上课，只是对她做了一个再见的手势。她微笑着对我眨了眨眼睛，流露出每每令我感到治愈的温情。

晚上六点半我到小涵家时，敲门却无人应答。我拿出小涵给我的钥匙打开了门，室内没有开灯，小涵也不在家。我心想她大概还没有回来，于是打开客厅的灯，一边弹琴一边等待。

钢琴上放了一些小涵写的曲子，我翻了翻，其中有几首名为《中国狂想曲》的曲子引起了我的注意。我想起我曾和小涵谈到过关于《中国狂想曲》的话题，当时我只是随便说说，这么说她真的去写了吗？

我试着弹了弹其中的一首，乐曲从一开头就紧紧抓住了我的心。写作技法很独特，其中既有传统的影子，也有大胆的现代风格，其中一段旋律颇有中国的民族特色。最重要的是，一切听起来都很自然，即便是不和谐音的运用，在整体的角度听来都恰如其分。我忍不住弹了好几遍，速度逐渐加快，这时我才看清了它的真面目：速度达到小涵规定的速度时，整首乐曲听起来便令人耳目一新了。乐曲中涉及许多高难度的钢琴技巧，创造出了令人印象深刻的音响效果。取名为《中国狂想曲》真是当之无愧了。

不知不觉我弹了一个小时，小涵却还没有回来。我给她打了电话，她没有接。我不由得有些担心，毕竟我们说好了六点半见面。但小涵最近状态不错，情绪也很稳定，我想想又觉得并没有什么好担心的。于是，我继续弹着她写的乐曲，沉浸在她创造的音画世界里。

又过了半个小时，她还是没有回来。我弹不下去了，心里一团乱麻。我再次给她打电话，她还是没有接听。这时我感到焦虑不安了，于是走进卧室，在小涵的桌上找到了作曲系的通讯录。我知道小涵去学校拜访的那位教授的名字，拨通了对方的电话。

"你问林夏涵？"他说，"没错，她的确约了我的时间，可是她下午没有来。"

"没有来？"我感到很惊讶，"可是她说好要去见您的。她有没有给您打电话呢？"

"她确实没有来，也没有告诉我要改约。我等了她半个小时也没有见到她。她没事吧？"

挂断电话后，我感到心慌意乱。如果小涵没有按照原计划去学校见教授，那么她去了哪里呢？电话也打不通，真是令人担心啊。我在客厅里走来走去，却想不到任何可以联系到她的办法。我又想到，我最后见到小涵时，她正在给那个小男孩上课，他会不会知道一些什么？可是我并不知道小男孩家的地址和电话，我只知道他也住在附近的一个小区。

慌乱之下，我在小涵的桌子上乱翻了一通，找到了一个名为"钢琴教学笔记"的笔记本。我翻开一看，原来小涵会详细记录每个学生的学琴进度和每节课的教学内容，我惊喜地在其中找到了小男孩的资料，他名叫欧楚寒。看到他家里的电话号码，我马上打了过去。

"您是？"接电话的是一位老人，想必是小男孩的外婆了。

"请问欧楚寒是您的外孙吧？我有要紧的事要问他。"

"你找他干什么呢？你是谁？"老人很警觉，明显对我并不信任。

"他在跟着林老师学琴，您知道吧？"我着急地说，"我是林老师的家人，我现在联系不到她，今天欧楚寒来林老师家上课，所以我想问他是否知道林老师去哪了。"

"林老师我当然知道，可是孩子现在还没有回来……"

听到老人的回答，我心里顿时凉了一截。也就是说，小涵和小男孩都不见了，而小男孩是最后与小涵在一起的人，这也太巧了吧？小涵为什么不接电话呢？她的手机并没有关机。如果说她故意不接我的电话，那我实在想不出任何这样做的理由。至于小男孩，我回想起来，下午他进门以后，表情很奇怪，尤其看我的时候，一副冷漠而生气的样子。难道他会对小涵做出什么不利的事吗？虽然他只有十三岁，这种可能性也并非没有。想到这里，我不由得额头冒出一大把冷汗。我又问了老人家的地址，并请求老人在孙儿回家后立刻回给我电话。

此刻我一点儿办法也没有。我想到了报警，但毕竟才晚上八点多，在别人看来，只是一个成年人下午出门，晚上还没回家而已，算不得什么大事，也很难说明是失踪了。但我很清楚并非如此，我了解小涵，她绝对不会故意爽约，更不会一连不接我的好几个电话。她一定是遇到什么问题或者麻烦了。难道她突然发病了吗？但中午我亲眼看她吃了药，而且最近她的情况很稳定，我实在难以想象这种可能性。

我从客厅走到卧室，又从卧室走到客厅，心里一刻也平静不下来。我想到了无数种可能性，我想她会不会遇到了什么意外，我甚至想到了她是不是被绑架了……我越想越怕，就在我陷入绝望之际，我的手机铃声响了。

是小涵打来的电话！我看到来电显示后，激动得把手机都掉在了地上。

然而对方却不是小涵。一个陌生的声音问："你是林夏涵的家人吗？"

"是的，"我紧张万分，喉咙不住地颤抖，"她现在在哪？你是谁？"

"林夏涵现在正在医院抢救，你快过来吧。"

"抢救？"我一时间蒙了，"她究竟怎么了？"

对方的语气似乎很匆忙，他没有多说，只告诉了我医院的地址。

我来不及多想，立刻下楼打了一辆出租车前往医院。路程并不远，但一路都在堵车，每个路口几乎都要等红灯。我在车上万分焦急，心脏狂跳不止。小涵为什么会在医院呢？医生说她正在抢救，她发生了什么呢？难道是她受到什么刺激而发病了吗？我回想起上次陪小涵去医院，医生曾叮嘱说，她要避免心理上的刺激。想到这里，我无比后悔和自责，我本应该陪她去学校见教授的。如果我陪她去，她也就不会到这一步了……我觉得心头火烧火燎的，仿佛有十只猫爪在拼命地抓挠。

到了医院后，我跳下车直奔急诊大楼。护士问了我几个问题后，带我上了楼。护士说，小涵下午被车撞倒在地，被路人发现打了急救电话才送到了医院。由于伤得很重，现在情形危急，医生正在抢救。

车祸？根据护士的说法，事发地点并不在小涵去学校的路上，而是在相反的方向。小涵家出门就是地铁站，她怎么会在那个地方发生车祸呢？当我问护士更多情形时，她表示也不是很了解。这使我更想不通是怎么一回事了。

"先等医生抢救吧，之后你可以问医生具体情况。"

我内心又把当天发生的一切捋了一遍，却还是想不通小涵为什么会去那里。一点儿办法也没有，我只好在病房外焦急地等候。我想到了最残酷的结果……然而我却不敢想下去了。我实在无法想象这个结果，我也不知道自己该如何接受这个结果。我不敢去想，然而那些漆黑阴暗的画面却总是在我眼前游荡，无论如何也驱之不去。我感觉脑袋快要爆裂了。

大概十点钟，病房的门终于打开了。透过门缝我看到小涵躺在病床上，眼睛紧闭，鼻子和嘴巴上插满了管子。走出来了几个医生，我立刻跑上去，对为首的一个医生说我是小涵的家人。

"病人的情况不容乐观。"医生的嗓音充满了疲惫。

医生说出这两句话的几秒钟里，我的心情仿佛过山车一样跌宕起伏。原来，小涵被撞后伤及脏器，并且由于没有第一时间送到医院，出血过多，情况十分危险。经过抢救，虽然暂时不至于有生命危险，但后续病情的发展仍然凶险。目前，她仍然在昏迷中。

"那个司机呢？他现在在哪？"我问。

"汽车失控翻到了路边的沟渠里，他也受了重伤，正在昏迷中呢。"

接下来医生讲述的事情令我感到更困惑了。据他说，小涵在被送往医院的路上已经陷入了半昏迷状态，但她嘴里一直念叨着一句话："是我自己的责任，与别人无关……是我自己的责任，与别人无关……"

"根据目前的情况，可能是自寻短见。"

"自寻短见？"我惊讶得全身怔住，险些跌倒，"不可能！绝不可能！"

"是病人自己说是她自己的责任，与别人无关。"医生说，"也许是她想要轻生，所以才故意横穿车流密集的马路。"

"不可能，绝对不可能！"我下意识地喊道，"她不可能在那种地方，用这种方式……"

"你冷静一点，她有抑郁症史对吧？这就印证了轻生的可能性很高。"

"那是因为你不了解她。她没有轻生的可能性。没错，她有时候心情会消沉，但她从没有真正对生活失去期待。今天我和她分别的时候，她还一切正常。你说，她怎么可能轻生呢？"

"许多抑郁症患者的症状是间歇性的，需要用药物去控制。今天正常不代表明天也正常。心理和情绪上的突然转变并不奇怪，这个道理你懂吧？"医生的话在我听来冷漠到了极点。

尽管我无论如何都不愿意相信小涵是自己故意走向了车流，但我痛苦地意识到并不能完全排除医生所说的可能性，毕竟我不在现场。但是为什么呢？小涵有什么理由这样做呢？她还有一大堆作曲的计划，截至这一天，一切都还在有条不紊地进展中。前一天她还兴奋地告诉我说又写完了一首钢琴曲。此外她还有母亲，她还有我……她怎么忍心抛下我呢？她才二十四岁啊……她正在读作曲系的研究生，以我对她的了解，她一定会成为一个杰出的作曲家。她究竟受到了什么刺激以至于出此下策呢？

我还是无法说服自己小涵有轻生的念头。我又去问了另一个把小涵送到医院的急诊科医生，请求他告诉我更多细节，包括有没有发现什么不同寻常之处。

"不过有一点是有点儿奇怪。"医生表情严肃地凝视着我。

"是什么呢？"我像是抓住了救命稻草一样着急地问。

"我们把病人抬上救护车后，她反复强调说是她自己的责任，与别人无关。当然她有可能是想说撞她的司机并没有责任，但我总觉得她那种强调有点奇怪，不像是一个轻生的人所说的话。当然，这只是我的个人感受，并不能代表什么。"

医生还告诉我，小涵被送到医院时，身上没有证件，也没有手机，准确地说什么东西都没有，因此医生们无法联系到她的家属。直到晚上八点钟左右，有一个人把小涵的手机送到了医院的服务台，并且告诉护士"是林夏涵的手机"，说完此人便马上离开了。正因为如此，医生在拿到小涵的手机后看到我打来了好几通电话，这才马上给我回了电话。

把当天的经过和医生所讲述的事情串联到一起后，我的第一个感觉是：如果医生说的是真的，那么小涵的受伤就绝不是自寻短见。

有几个方面的事实引起了我的注意。首先，就像医生所说的，她在半昏迷状态为什么要不停地强调"是自己的责任，与别人无关"呢？在生命垂危的关头，她想的不是别的，而是强调是自己的责任，这种强调听上去太刻意了，也太反常了，不符合一般人在这种情况下的反应。她给我的感觉是，她好像想要掩盖什么。

其次是小涵出事的地点。那条路距离小涵家有两公里远，位于一个城中村里，和小涵去学校的方向截然相反。小涵明明和教授约了要在音乐学院见面，为什么她会去那种地方呢？此外，那个把小涵的手机送到医院的人也很奇怪，我不相信他只是偶然捡到，他很可能和小涵的受伤有联系，甚至是他造成小涵受伤也有可能。但是，为什么呢？倘若小涵是受害者，她为什么要掩盖真相呢？我百思不得其解。

当我理清线索后，结合医生的话，我觉得有充分的理由可以认为小涵的受伤不是她故意为之，也不是简单的意外。

"她被车撞倒的时候，有没有目击者？"我问医生。

"目击者是一个老人和一个孩子，他们守在病人旁边，直到我们赶到现场。"

"什么？"我不由得全身为之一颤，"那个老人和孩子是什么关系？难道老人是孩子的外婆？"

这时我才恍然意识到，在小涵受伤前后的整个链条里，我漏掉了重要的一环：小男孩。医生所说的那个孩子和老人很可能就是小男孩和他的外婆。这么说来，小男孩很可能是最后见到小涵的人。我脑子里马上浮现出一大堆问题：在我离开小涵家以后，小男孩和小涵之间是否发生了什么？他是否察觉到小涵有任何异常？他是不是和小涵一起出门的？这不是没有可能。小涵为什么没有直接去学校？小涵发生意外的时候，小男孩在干什么？他是否在路上看到了什么？如果小男孩是医生所说的目击者，他的外婆在电话里为什么装作一无所知呢？这一切都太蹊跷了。

既然小涵现在仍然在昏迷中，我坐在这里等待也无济于事，我觉得弄清楚小涵受伤的真相是我此刻唯一能做的事。抱着这些问题，我立刻出发去小男孩家。

半个小时后，我来到城中村里一个十分老旧的小区，居民楼低矮且拥挤，给人一种紧迫的压抑感。敲门后，是小男孩的外婆开的门，推开门的那一瞬间，我看到小男孩坐在餐桌前，手里拿着筷子，但并没有在吃饭，而是目光呆滞地看着我，眼里满是惊恐的神色。

"孩子刚刚才回来……我正想打电话告诉你呢……"老人支支吾吾地说。

"我想跟他聊一下。"我对老人说。

"跟他谈？他能跟你谈什么？他只有十三岁啊！"老人显得很不情愿。

我四下里望了望，果然如同小涵所说，小男孩家的情况十分困难，他的外婆为了省钱租了城中村里最小最便宜的房子，家里简直可以用家徒四壁来形容：几步就走得到头的小屋内局促而阴暗，挂在屋顶的白炽灯泡裸露在外头，非但没有给室内带来多少光明，反而增添了一份压抑。没有什么多余的家具，只有破旧的沙发和桌椅，桌上的电视机还是十几年前的老款式。

我朝卧室的方向看了一眼，裸露的水泥地面上只有一张简单的木架床和一套小桌椅，似乎是小男孩用来写作业的。阳台上堆满了饮料瓶、啤酒瓶等各种废品。我想起来小涵说过，小男孩从小没了母亲，父亲又抛下孩子出走，唯有外婆和孙儿两人相依为命，外婆靠收废品来维持生计。我终于明白小涵为什么坚持给他上钢琴课并且不收他一分钱的学费了：这是一个有天分却没有得到命运眷顾的可怜孩子。

小男孩的神色引起了我的注意。他下午到小涵家来上课的时候，还摆出一副冷漠和不屑一顾的样子，这会儿却显得心神不定。我走到他跟前，问他下午是不是和小涵一起离开的，最后见到小涵是在什么地方。

"我不知道。"小男孩避免与我眼神对视，低下头吃饭，但其实他只是用手做出了吃饭的动作。

"林老师发生意外的时候，你在不在现场？你有没有看到她？"我厉声问他，他却只是不住地摇头。

我朝卧室的方向走过去，小男孩马上站起来跟在我后面。我回头看了一眼他，他马上假装在看别的地方。然而，他的演技很拙劣，我一眼就看出他不对劲了。于是我直接走进了卧室，没想到他扑了过来，大声喊："你不可以进来！不可以进来！"

小男孩的外婆也追到卧室门口问我："你究竟想要干什么呢？"

我没有理睬她，仔细搜寻了一遍卧室，在床底下隐约看到了一个包，形状很像是小涵的包。我立刻趴到地上，想要把包拿出来。小男孩见状身体僵住了，脸上现出惊恐万分的神情。

我把包拿了出来，是小涵的包。我打开包一看，她的一沓乐谱还在里面。

我无法抑制的愤怒终于爆发了，我一把抓住小男孩的衣领对着他大吼："为什么会在你这里？你对她做了什么？"

小男孩哇的一声哭了，哭得撕心裂肺。老人蹲下抱住了他，对我说："有什么事慢慢说！你这样会吓到他的。"

我意识到愤怒和威胁并不能使小男孩配合我，于是我松开手，蹲下去对他说："还记得林老师对你的好吗？她给你上课，没有收学费，难道她对你不好吗？她现在正在医院里躺着，生命垂危。如果你知道发生了什么，请告诉我，我需要知道真相。"

老人帮小男孩擦去脸上的泪水后，小男孩抱住外婆说："外婆，应该怎么办呀……"

难道他的外婆也与小涵受伤有关联？我听到后气得要死，尽管老人家生病了，佝偻着身子的样子很可怜，我还是挥舞着拳头冲着她大喊："究竟是怎么回事？现在，立刻，马上告诉我，否则别怪我不客气。"

这时候，老人的脸上呈现出一种惊恐莫名的神色，她捶胸顿足地哭了起来，随后哽咽着对小男孩说："说吧，说吧……"

小男孩全身颤抖着，他的外婆也无力地坐在地上，两个人一起说出了事情的经过。

下午我离开小涵家后，小涵继续给小男孩上完了课。小男孩没有马上离开，而是在门口等待她。小涵说："你想跟我一起走啊？"于是他们一起出门了。下楼梯的时候，小男孩提到自己的外婆生病了，小涵听到后很是担心，她看了看时间，距离去学校见教授还来得及，因此她说："我去你家看看你外婆吧。"小男孩听到后很开心，于是小涵便来到了小男孩家，问候了他的外婆。

小涵走下楼以后，小男孩依然跟着小涵。小涵说："你回去吧，我要去学校了。"小男孩跑到她面前问："你是不是不喜欢我了？"小涵笑着问他为什么会这样问。于是男孩列举了最近他来上课时见到我的次数，并且指出今天来上课时见到我穿着睡衣，这说明我昨晚睡在小涵家了。

在这个十三岁的男孩眼里，小涵的行为是赤裸裸的背叛。因此他质问小涵是否不喜欢他了，他想要小涵给他一个说法。小涵没有把男孩的质问当回事，她以为这只是男孩开的一个玩笑罢了。没想到男孩却很坚持，以至于和小涵吵了起来。小涵这时也被男孩惹毛了，说自己得去学校见老师了，于是掉头就走。不料男孩却觉得自己根本没有被认真对待，他像是被激怒了一般，跑上去抓住小涵的手，用力推搡她的身体，嘴里还振振有词地说着那些幼稚的话。

小涵这下真的生气了，她冲着小男孩大喊说："没错，我是和他在一起了，那又怎么样呢？因为我爱他。"

这句话像一把锋利的剑，不偏不倚地直刺进小男孩的心房。那一瞬，绝望、痛苦、愤恨、嫉妒……种种酸楚的情绪猬集在他的心里，他歇斯底里地惨叫了一声，那声音中除了恐怖没有别的成分。紧接着他不顾一切地朝马路冲过去。

小涵被小男孩的反应吓坏了，她追着他到了马路中间，这时悲剧发生了。小男孩只顾闷头往前冲，眼看他就要被一辆高速行驶的汽车撞到，小涵几乎没有片刻的迟疑，冲上去一把抱住了他，将他推了出去，然而她自己却躲闪不及被汽车撞倒了……

汽车当即失控一头撞向了路边，冲破护栏翻到了沟渠里，现场一片狼藉。男孩蹲下看了看小涵，喊了几声林老师，却只见小涵喘着气一句话也说不出来。他见状吓了个半死，他隐约意识到是自己造成了这一切。既害怕又痛苦，他拔腿就跑，不一会儿回到了家里。他的外婆拖着病体走出卧室，看到他惊魂未定的表情，问他发生了什么事。小男孩身体哆嗦了很久才颤抖着说出了几个零零碎碎的词语，不过外婆还是听出来是小涵出事了。

外婆跟着小男孩来到路边，见到了躺在地上奄奄一息的小涵。外婆正要打急救电话，这时小涵用微弱的声音说："不是孩子的错……不要提孩子的事，我就说我是自己想不开……"

小涵被送到医院后，小男孩把包和手机留在了家里，根据他的说法，留下包是为了防止别人捡走，他虽然并不清楚包里的乐谱是小涵无数个日日夜夜的心血，但也知道这东西对于小涵很重要。至于带走手机，他声称是为了通知我，但他又不敢打给我电话，所以思前想后，又把手机送到了医院，拜托医院大楼里的一个人送到了护士那里。

原来，小涵对小男孩的照顾和体贴使得这个从未得到过母爱的孩子得到了一点儿求之不得的温情，这种温情在小涵看来只是比其他学生稍微多一点儿关怀，对男孩来说却是整个世界。在小男孩眼里，小涵在某种程度上扮演了母亲的角色，填补了他内心对母爱的渴望。或许小男孩自己也没有意识到，他对小涵的感情其实也有了一点儿爱情的成分，尽管只是极少的一点儿，尽管他对于爱情只有一个模糊的概念。当他频频看到我出现在小涵家里，并且和她有亲密的举动时，他难过得无以复加。但这时他还天真地以为小涵最喜欢的是他，直到他看到我穿着睡衣出现在小涵家里……他已经知道男女之间的一些事。压垮他的最后一根稻草是他听到小涵说爱我，他无法接受从亲爱的林老师口中得知这个惨痛的事实。最终，爱、恨、嫉妒、愤怒……这些复杂的感情纠缠在一起，使他一时间丧失了理智。

听到事情的真相后，我一瞬间感觉腿瘫软了，全身无力了，一下子坐在了地上。男孩在旁边哭，我却什么都看不见了，什么都听不见了，我摸着小涵的乐谱，心头如刀割一般疼痛。

我早该知道的……我早就看出来小男孩每次见到我时有些不大正常，可我以为那只是儿童常见的乖戾……我未曾想到，他对小涵所抱的稚嫩的情感会无意中造成这样一桩悲剧……这么说来，小涵所发生的意外并不是纯粹的意外，而是因为我忽略了一个明显的反常迹象……这无疑是我的责任……如果她有什么不测，我永远也原谅不了自己……

看到我的反应，老人吓坏了，她给我倒了一杯水，使劲摇我肩膀。小涵躺在病床上的情景突然出现在我眼前。此刻我只有一个想法，那就是去医院陪她，等待她醒来。

然而，我在痛苦中隐约意识到，还有一个问题没有解释：如果小男孩和他的外婆所描述的是真的，在小涵受伤后，为何拖了一段时间以后她才被送到医院呢？如果当时她能够马上被送到医院，情况一定比现在要好。我继续追问，用威胁的口气对小男孩的外婆说："不要对我有任何隐瞒。"

听了我的话，老人竟然扑通一声跪下了："对不起……是我的错……孩子回来告诉我林老师出事后，我当即吓呆了……我知道我应该马上去现场，但那一刻我满脑子只想着是孩子造成了悲剧……这孩子已经那样不幸，又发生这种事，我害怕他这一辈子就此毁了……无数个恐怖的念头支配了我，我腿软了，跌倒在地，心里一片混沌，身子也动弹不得，我挣扎了好一阵子才勉强站起来去找林老师……我不是故意的，是我太软弱了，也太没用了……"

"我给你打电话时，你为什么要骗我呢？"我忍不住大声咆哮，那音量连我自己的鼓膜都难以承受，"你明明知道林老师已经在医院里了，却不肯告诉我真相，还骗我说孩子没有回家。甚至刚才我找上了门，你还想要瞒着我。发生了这一切后，你居然可以假装无事发生，这究竟是为什么？为什么？"

"我不敢说，我怕毁了这孩子，这不是他的错啊……"

"不是他的错？"我站起来，握紧拳头对着老人，"不是他的错？那你告诉我是谁的错？难道是林老师的错？林老师对你孙儿那么关心，今天又特地来看你，甚至她在受伤了以后想的不是自己，而是你的孙儿，你竟然从头到尾只想着你的孙儿？你为她担忧过一分一毫吗？你还是个人吗？该死的人是你！"

老人抓着我的裤腿说："我是个老人家，没读过书，一辈子唯一的指望就是家人……我的女儿死了，孩子他爸也也不知死活，我现在只有这个孩子，他是我生活里唯一的意义，也是我还苟活在世上的唯一理由……你说得没错，我是该死，如果没有这孩子，我可以随时毫无怨言地去死，可是孩子还小啊，如果没有我，他该怎么办呢？我怕毁了这孩子，他还小，他真的不是故意的……老天爷啊，我上辈子造了什么孽，你要这样惩罚我……"老人和小男孩哭作一团。

我猛然有种扑上去给老人几个巴掌的冲动，但看到她蜡黄的皮肤，满脸深沟似的皱纹，凹陷的眼窝，我终究还是没能下得了手。

像是从麻木状态中突然清醒似的，我拿起小涵的包，径直往门口走去。男孩的外婆追上来对我哭诉着说："对不起，他不是故意的，不是故意的……"

我一把甩开了她，此时此刻，我什么也顾不上了，我心里只有一个念头，那就是见到小涵。

回到医院后，已经是午夜了。医生告诉我，小涵仍未醒来。这时候，我又面临一个问题：要不要把小涵的情况告诉她的母亲。小涵的母亲去年年底大病初愈，当时她之所以病倒就是因为听到夏悦离世的消息。如今小涵又面临生命危险，如果我告诉她，指不定她会有什么样的反应，后果无法预料。如果我不告诉她……我觉得我没有这个权利，况且她迟早还是会知道的。我陷入了两难境地。一番纠结以后，我还是决定告诉她真相。小涵命悬一线，倘若发生最坏的结果，我不能剥夺母亲见到女儿最后一面的权利。

半个小时后，小涵的母亲到医院了。我见到她的时候，她跌跌撞撞地朝我走过来，一脸憔悴，皮肤由于过于惊恐变成了铁青色。她一见到我就问："你说的是真的吗……是真的吗？"我握紧她的手，一句话也说不出来。这时，她已经哭成了泪人。我扶她坐下，她像个孩子一样，把头埋在我的臂弯里哭起来。我只能轻拍她的肩膀，不停地说："她一定会平安的……一定会的……"

我和小涵的母亲坐在病房外彻夜等待。漫长的夜……无止境的夜……我无数次告诉自己，小涵一定会醒过来，一定会好起来的，但我无法克制自己不去想那最坏的结局。

倘若小涵不在了，我的世界会变成什么样呢？我的人生还有什么可期待的呢？我早就无法设想没有她的生活。我想起那个寒星点点的雪夜，我以为我们再也不会分开。关于我们的未来，我设想了一千种可能，唯独没有此刻呈现在我眼前的这种可能。我又一次觉得死亡——不是别人的死亡，而是我自身的死亡——距离我如此之近。我悲哀地想到，如果没有了小涵，我活着便也失去任何意义了。

是的，每个人都要死的，或早或晚，这是我们共同的、无可避免的归宿。对我来说，死便死了，生来贱命一条，死了即便葬身荒野也不足为惜。但我无法接受的是，小涵这样一个天才会在二十四岁的年纪面临这样的结局。哪怕只是再给她十年，——仅仅十年——她都可以成为我们这个时代最好的音乐家，这一点是毋庸置疑的。我把手举到胸口不停地祈祷……我祈求上苍多给小涵一点时间，哪怕是用我的一生去交换……

一夜无眠。东方透露出一点微亮时，我眼里却只有黯淡的、依然浓重的夜。半睡半醒中，我听到匆忙的脚步声传了过来。我骤然惊醒，看到医生朝我走过来。我和小涵的母亲马上向医生走去。

"她醒了，病情暂时稳定了。真是不幸中的万幸。"

"您是说她已经平安了吗？"听到医生的话，我的心反而愈发颤抖起来，我怕我听错了。

"她说要见一宸，是你吧？"医生拍了拍我的肩膀说。

"我可以去见她吗？"我再次向医生确认。

医生点了点头："不要太久，她很虚弱，承受不了说太多话。"

小涵的母亲也想一起进去，被医生拦住了："请你稍等一下。"

走进病房时，我整个身子都颤抖着，脊椎战栗不止，腿脚仿佛不听使唤似的。我慢慢挪到病床前，生怕走路的声音惊扰到了小涵。她的眼皮费力地抖动着，眼睛却只能睁开一半，鼻子上依旧插着管子。她看到我的时候，眼里闪着泪花，手指轻轻动了一下。

"是你吗？"她的声音极其微弱，说话很费力。我得把耳朵凑到她嘴边才能听清楚。

"是我……"我轻轻触碰她的手指，眼眶里温热的液体来回打转。她的手冰冷得早已失去了所有过往的温度。

"你哭什么……不要哭。"她虽然这样说着，但她自己的泪已经流到了嘴角。

"那些乐谱在吗？"她问我。

"我找到了，都在，你不用担心。"

"看来我是没机会写完了……"

"不，不会的！"我终于忍不住哭出了声。

"你能……答应我的请求吗？"

"我一定尽我所能。"我不由得握紧了她的手。

"如果我不在了……"

"不会的，医生说你的病情已经稳定了……绝不会的……"

"我是说如果……"

我无助地点了点头。

"如果我不在了，你能把我所有的手稿烧掉吗？不论是乐谱还是文字……另外，你能别找那个孩子的麻烦吗？不是他的错……"

听到小涵的请求，我感到无比惊讶，特别是第一个请求。烧掉所有手稿？烧掉那些呕心沥血的、天才的杰作？

"我已经写出了我想要表达的……我没有什么不满足了，"小涵像是看出了我的想法，"我写音乐只是为了追寻音乐的美，为了艺术的尊严，只是为了表达我自身，只是为了解决我面临的问题……我已经追寻到了，也表达出来了。尽管我也有过美好的愿望，但人们不会对我的音乐感兴趣……就当作我的音乐只为自己而写……就当作一切都没有出现过……烧掉吧。"

尽管我的内心很想说不，可是看着小涵惨白的脸和乞求般的眼神，我无法拒绝她。

"特别是那个孩子……"小涵艰难地说，"他很有天分，理应成为我们这个时代杰出的音乐家……他本质上是个好孩子，你要相信我，我了解他……一定要答应我，不要再追究了……除了造成更多的伤害外毫无意义。他的心理还很脆弱，不要毁掉他……多给他一点儿关怀，有一天他会给世界带来更多光明……"

"我答应你……"我忍不住又哭了。

"母亲来了吗？"

"嗯，她在外面。"我费力地点了点头。

"你叫她进来吧。"小涵的眼角滑出一颗晶莹的泪珠。

走出病房的那几步，我仿佛走了整整一个世纪。在我的一生中，我再也没有走过那么久、那么遥远的路。

第三十六章

　　小涵的葬礼没有像她姐姐的那样孤独。送别她的人里，有她的老师和同学，有她教过琴的学生和他们的家长，还有那些平时不怎么熟悉，甚至并不认识，但被她的温情与善意感染了的陌生人。

　　一路上，穿过那片覆盖在山坡上的树林时，灌木丛里的长春花开得正盛，风铃草的蓝花和白花相间密布在枝头，头顶翁翁郁郁的绿意和遍地的繁花使得小路上笼罩着一股庄严平和的气息。

　　我和小涵的母亲一起把小涵的骨灰埋葬在夏悦的墓地旁边，两座墓碑并排而立。我颤抖着手指，将小涵生前所作的《葬礼》放在了墓前的草丛里。这首曲子的每一个音符我早已铭记在心，那庄严、迟缓而又搅动人心的曲调在我的耳边回响。

　　我回想起去年的秋天，我和小涵一起来看夏悦，那天银杏树林里一片金黄，堆在地上的旧叶随风而起，旧叶与新落下的叶子纠缠在一起，在半空中四散飘零，仿佛下起一场金色的雨。如今，银杏树干上的苔藓更厚重了一些，林间长出了一些零星的小树苗，此外这片树林并没有什么变化。

　　小男孩和他的外婆在葬礼开始前就早早来到了墓园。男孩看到我不自觉地想要躲闪，眼神里有惊恐，有不安，也有因为悔恨而黯淡的目光。

　　"想知道林老师说了什么吗？"我走到他身前。

　　他没有回答，只是艰难地点了点头，似乎有千钧重的力量压在他的头上。

　　"她说，你很有天分，她希望有一天你能用音乐给世界带来更多光明。这原本是她的心愿，但需要你去实现了。"

　　事实上，小涵并没有说后半句话，但不知道为什么，我总觉得我应该这样说。

他的嘴角抽动了几下，似乎想要说些什么，却终究一个字也没有说出来。

"在林老师的墓前，你应当跪下。"我深吸一口气，颤抖着嗓子说，"她为你所做的一切，上天都看到了。"

他的脸色惨白，双眼迷惘失神，尽管他只有十三岁，脸上却似乎有皱纹了，那是一种被痛苦扭曲了的神情，我此前从未在他的脸上见过。他跪在小涵的墓前，一直到葬礼结束后才站起来。

在场的所有人都以为小涵的离世是个悲剧的意外，只有我知道真相。但是，我只能把这个秘密藏在心里，也许是永远。

颜小书也出现在送行的人群里。她听说了小涵的事情以后，为小涵感到难过，推掉了一连好几天的社交聚会来送别小涵。她坦然告诉我："我对她了解并不多，但仅有的一次见面已经使我明白了她对你的意义。"

为小涵送别的人里，竟然还有几个偶然听过她在大学期间发表的钢琴曲集的音乐界人士。当时他们直觉上感到这些作品是杰作，但或是因为怯懦，或是因为怕麻烦而没有说出他们的感想。他们现在都为小涵感到惋惜和悲哀。我意识到，小涵的思想已经不知不觉地对陌生人有了影响。这种影响一开始也许很有限，但绝不会落空。也许在不知道多少年以后，思想会生根发芽，蔓延到人们的心里。

在墓前，我想起那些和小涵一起度过的时间，我想起过去二十多年里离开我的那些灵魂：桐，夏悦，我的父亲，小涵。我暗想：用不了多久就会轮到我。尽管我这样想的时候难免有一种悲伤的意味，但我的心里更多的是充满了宁静的气息。

葬礼结束后，气温骤降，狂风大作，不久冷雨铺天盖地地倾洒在地面上。和小涵的母亲告别后，我拖着沉重的脚步，一个人孤零零地踏上泥泞的路。雨天的一切都那样凄凉，疲惫压倒了我，回去的路变得无比漫长，似乎怎么也无法抵达了……

此后的半年从我的人生中消失了。无数个不眠的漫漫长夜里，孤独感风卷残云般地侵袭我日渐僵硬的身体。星落云散之际，空气中荡漾着破晓前的寒气，我经常直到天明也未能合眼。即便熬过整夜的冰冷，我依旧无力摆脱沉甸甸地压在我心头的虚无。寄存于过往的那些温度，不论冷酷还是温柔，都萦绕在我的心头，久久挥之不去。我想，我可能陷入了一个关于时间的死循环，无法逃离。

我不知道我是如何度过那个暗无天日的冬天的，我只记得那个冬天异常寒冷且漫长，没有一点儿日光，没有一丝温度，只有无穷无尽的重重暗影。我无法思考，无法集中注意力，无法与人交流，无法做任何事。我像个行尸走肉一样活着，也许说是死掉了更准确。我被抽离出这个世界了，变得一无所知、一无所闻、一无所感。我连生命最基本的本源都丧失殆尽了。

之后很长的一段时间里，唯一的安慰是小涵留下的手稿。我整理了她的手稿，她在短暂的生命里写作了数量不凡的音乐，除了那首《流光协奏曲》，还有十二首《中国狂想曲》，三首标题交响诗，以及几十首钢琴独奏曲。我每天都在翻来覆去地弹她写的音乐，除此之外什么曲子都不碰。

以前，我只接触过小涵写的个别曲子，难以窥得她作品的全貌。如今，弹完她的全部作品后，我一刻更比一刻意识到，毫不夸张地说，小涵写的音乐是大师级的杰作。她的作品构思精妙，巧妙融合了迄今为止的作曲技法，又有她鲜明的个人风格，和声很独特，创造出的效果令人意想不到却又有着非同寻常的美感。她的音乐从不为取悦听众，而是将音乐当作一种威力巨大的语言，用音乐探求了人生中的许多重大命题，从这个意义上来说，她的作品充满哲理性和思想性。从作曲技法上来说，小涵进行了许多创新，这些作品值得当代的理论家做更深入的分析研究。她的音乐涵盖了多种多样的主题，有对内心情感的细腻描述，也有对现实生活方方面面的描绘。这些音乐探求了音乐表现思想、情感和社会生活的更广阔的可能性。

她写的十二首《中国狂想曲》是将民族旋律高度艺术化的作品，在我看来值得每一个钢琴学生去学习。未来有一天，我希望这些音乐会成为中国音乐和世界音乐交流的桥梁。在小涵的音乐里，我看到了中国音乐未来的希望。倘若能有更多像她这样把音乐当作生命去书写的作曲家，我们这个民族在未来的音乐史上必将翻开新的一页。

除了音乐外，小涵还留下几本厚厚的笔记本，其中有散文、音乐评论。它们藏在抽屉深处，此前我从未见到过。我颤抖着手指翻开笔记本，结果便一发不可收。连续两天，我没日没夜地读她写的文章，那些或清新或忧郁的文字，使我洞见了她内心极隐秘的精神世界。

小涵写下了自己对于家庭发生变故后一系列事件的观察和想法，这些内容尽管带有一种阴郁的气氛，但可以看到是音乐把她从精神危机中解救出来。文章里也可以看到这些年她如何与精神上的恶魔不屈地战斗。同样，音乐是她最有力的武器，一开始是钢琴，后来是作曲，在音乐的抚慰下，她熬过了那些连我都不知道的最难熬的时光。那些关于小涵和姐姐的记录更是洋溢着治愈人心的温情。姐妹两人在互相陪伴和依靠下才熬过了那段最艰难的岁月，那些文字每一行都触动了我内心最隐秘的角落。读了她的文字，我才知道这些年来，她一个人默默地承受了那样多的精神负担，而我却像是置身事外一样。我原本可以做更多的。这使我在多年后想起时仍然感到不安。

我在小涵留下的文字里看到了不少关于我的记录。尤为令我动容的是，她提到了我们分别五年后第一次在钢琴大师课上相遇的那天。她写道：

> 生命中有一种邂逅，初看是偶遇，其实是迟早会遇到的。

小涵还写下了她作曲的心路历程。对于几乎每一首曲子，她都写下了创作时的感想，并且描述了自己想要描绘的情境或者抒发的情绪。我马上意识到，这些注解是演绎她的作品的珍贵材料。她在创作《流光协奏曲》的那段时间写道：

> 我想以协奏曲的形式记录一生的历程，不是我的一生，而是所有人的一生。在协奏曲中，我尝试用音乐提出几个问题：人生的意义是什么？人生的终极目的是什么？我们应该怎样过好这一生？也许我们终其一生也不可能有完美的答案，艺术却可以使我们无限接近问题的答案。艺术也许不是人生的终极意义，但艺术比任何东西更接近人生的终极意义。唯有通过艺术，我们才能了解自身，了解我们的思想。唯有通过艺术，我们才能自由，才能抵达那遥远的彼岸。艺术可以战胜死亡和虚无。写完这首协奏曲后，我觉得我可以随时没有怨言地死去了，因为在艺术中我已经得到了自

由，也得到了一个人此生可以从这个世界得到的一切。

读完她的文字后，我一连几天都没有睡好觉，每天翻来覆去地读，仿佛我在她的文字里看到了一个活生生的小涵。我想起小涵曾讲到，她从小就想要写一个温暖人心的故事。我不由得想，她不需要再写一个故事了，因为她自己从头到尾就是一个温暖人心的故事。

现实把我从死亡边缘拉了回来。整整半年，我没有给学生上过一节钢琴课，没有一分钱收入。半年下来，房租、生活账单、给小涵支付的医药费账单雪花般地飞来，迫使我不得不从那种丧失意识的状态里爬出来。我打电话给颜小书，希望能给她继续上课，我也联系了其他学生。我还找了琴行的方小宇，求他给我介绍更多学生。我很感谢他们在这个困难时刻帮助我渡过难关。

经历一番苦苦挣扎后，我还是无法信守对小涵的承诺。我无法毁掉我眼前的这些手稿，正如我无法无视徘徊在我耳边的音乐。抱着厚厚的一箱手稿，我明白我抱着的不只是乐谱，而是小涵的生命。她的生命以音乐的形式存活在天地间，我无法将她的最后一缕痕迹残忍地抹去。我也愈发意识到，尽管在小涵自身而言，她是彻头彻尾地为自己而作曲、为艺术而作曲，但对于这些天才的作品，我不能剥夺它们被世人听到的权利。渐渐地，我觉得不能再这样消沉下去，因为我意识到我还有未完成的使命——我不能让这个世界遗忘小涵。

第一步是把小涵的所有作品结集出版，把这些音符永久性地固定下来。然而，在这一步我便遇到了困难。许多有名气的音乐出版机构一听小涵是个还未毕业就离世的学生，看都不愿意看她的作品便冷漠地拒绝了我。后来，我只好找了一家出版社自费出版，为此耗尽我所有的积蓄，还欠下一笔债务。

对于小涵留下的文字，我犹豫了很久。这些文章中有不少揭示了小涵的内心世界，蕴含了深刻的哲思，其中的温情更是抚慰人心。我直觉上感到它们不应该永远藏在阴暗的角落里不见天日，而应当成为这个时代人们的精神食粮。但是对于把它公之于众的念头，我又感到深深的不安。我问自己，小涵是否会允许我把她的文章出版呢？她是否愿意把自己的内心展示给别人呢？也许只是我自己读了她的文字就已经违背了她的本意了。

一番踌躇之后，我还是决定将小涵的文章结集出版。我始终觉得，这些文字所呈现出的这样一个纯洁而自由的灵魂，值得更多的人去了解、去理解、去爱。起初，我曾迟疑要不要对其中一些容易引发争议的文章做出删节或者处理，但最终我还是决定毫无保留地把这个灵魂以其本来面目呈现给世人。我把小涵的文集命名为《叹息》。李斯特的《叹息》是小涵生前最喜欢的钢琴曲之一，我相信这个书名能够告慰逝去的亡灵。

接下来必须使小涵的音乐被尽可能多的人听到。由于小涵的作品内涵丰富，技巧性又高，我觉得非得是技艺精湛的钢琴演奏家来演奏和录制她的音乐不可。我第一个想到的人是康教授。我带着乐谱去找他，他听到小涵的事以后叹了好几声气，表现出遗憾的意味。我表明来意后，他翻开小涵的乐谱，看了足足有半个钟头。全程他没有对我说一句话，看到一些段落便停下来目光停留良久。看得出来，他也被小涵的音乐吸引了。

当我正为此感到欣慰时，不料他却说：

"这些曲子是不错的学生习作。"

"习作？"我惊讶地说，"您不觉得她的音乐是天才式的杰作吗？尤其是那首钢琴协奏曲和十二首《中国狂想曲》。"

"我承认这些作品若出自一个学生之手，当然是值得赞赏的，但倘若以音乐家的标准来看，并没有达到你所说的那种高度。"

"那么您觉得问题在哪里呢？"

他指着乐谱中的某几页，指出了一些在我看来无关痛痒的所谓问题，说这里不符合什么规则，那里又违背了什么理论。他的批评给我的感觉就像是一个人埋怨太平洋里掉进了一滴污水。实际上，他所说的问题放在音乐整体中来看，恰恰是不可或缺的点睛之笔。

也许，他作为一个钢琴系教授，并不能从作曲家的角度来公正地看待小涵的作品。我大胆地为小涵辩护："您说的是理论，但是这些地方弹出来却有着出人意料的效果。我可以为您弹一遍吗？"

于是我坐在钢琴前，以我的理解把康教授指出的那些段落弹了一遍。果然，小涵大胆地打破了常规，却制造出了极不寻常的音响之美。特别是，当这些段落置于整部作品中时，它们给人的感觉是恰到好处。我在弹奏时，康教授坐在一边倾听。我用眼睛的余光分明看到，他时而下意识地探着脑袋，托着下巴微微点头，时而嘴唇翕动，好像在自言自语，又好像在跟着旋律哼唱。这一切反应都是无意识的，在我看来恰恰说明他也被小涵的音乐吸引了。

我弹完了以后，他一声不响地对着乐谱又看了很久，眼睛里发出星星点点的亮光，音乐似乎唤醒了他内心什么极隐秘的事。我内心一阵激动：我盼望着他能够意识到这些音乐的价值，并且能够演奏和录制小涵的作品，使得更多人能够听到。几分钟后，他眼里的光芒平息了，他的神色也恢复了，他对我说："我明白你的意思。这些作品的确是令人印象深刻的学生作品，但仅此而已。我无法认同你对这些作品的判断。"

"可是为什么呢？"我几乎是下意识地喊道，"我刚才弹的时候难道您不是已经为之动容了吗？难道您心里不觉得这些音乐很有价值吗？"

"我说过了，作为学生作品我很赞赏，"他盯着我说，"但这和作品是不是天才的杰作是两码事。而且，难道我说是就是吗？你说了不算数，我说了也不算数，需要音乐界的广泛认可才行。"

"但您不就是音乐界的一分子吗？总得有一个人先认可，之后才会有越来越多的人认可吧？"

"我无法下这个结论。"

"不需要您下结论，我只是希望您可以演奏和录制这些作品。可以吗？"我急得眼泪都快冒上来了。

"那不就等于我下结论了吗？"他甩了甩手，"人家就会以为，我是在大力推广这些作品。"

"那又怎么样呢？这些作品本来就是杰作啊，我还是不明白。"

他长叹了一口气说："唉，年轻人啊，你还是太稚嫩了。对你说实话吧，我不可能随随便便为别人的作品背书。你想啊，每天都有层出不穷的新作品被写出来，每个作者都希望自己的作品得到音乐界的认可。如果每个人都像你这样，带着一堆作品来找我，难道我都要帮助他们吗？你不觉得这对我本人的声誉会有极大的风险吗？万一我看走眼了呢？如果我今天如你所愿，演奏了她的作品，万一明天这些作品被认为是毫无价值呢？你有没有想过这些问题？"

"但您作为钢琴系的教授，在听到一首作品时难道还不能判断它的价值吗？我是说，完全从音乐性和艺术性上做的判断，不考虑其他因素。"

"那你是在说笑了，"他冷冷地笑了，其中有一种令我不寒而栗的成分，"不考虑其他因素？那怎么可能呢？我是音乐学院的教授，我有我的事业和我过去几十年所积累的声誉。我的学生遍布全世界，我不可能满足他们每一个人的要求。坦诚地说，我今年打算竞聘系主任，所以我不能被人家抓到任何不利于我的把柄。所以你看，我不可能不考虑其他复杂的因素。你所说的只从音乐和艺术上来判断作品的价值，我可以明确告诉你，这个圈子里没有人能做到。"

"我早就对她说过，"他继续说，"她应该读钢琴系，做一个钢琴演奏家，因为对她来说，成为一个演奏家是水到渠成的事。倘若有一天她能够成名，那时候再作曲，不用怎么费力就会有大批大批的人来追捧她。很多人听音乐、判断音乐的价值只是凭着音乐家的名气，一个名气大的音乐家即便写出来一篇垃圾，也有人说那是艺术，相反，一个默默无闻的人即便写出来大师级的杰作，也会被人家认为是垃圾。你以为人们真的是用耳朵、用心灵来听音乐和鉴赏音乐吗？你以为世上真的有那么多人真心热爱音乐、热爱艺术？那你也太幼稚了！大多数人只不过是把音乐当作牟利的工具而已。即便是在音乐学院里，无论是老师还是学生，许多人心里并没有音乐，没有艺术，他们想的都是如何往上爬、如何寻欢作乐。"

说到这里，他的话里有种自言自语的意味，仿佛他不再是对着我说话，而是对着我看不见的人直抒胸臆。

最后他还补充了一句："也许有一天她的作品会被认可，但更大的可能是会湮没无闻。"

"我明白了……"我颤抖着喉咙说，"但我还是要说，她的作品不能被湮没，否则将是这个时代的悲剧，我们所有人的悲剧。"

我试图再做一些挣扎。我请求康教授再听我弹几首小涵的作品，他却冷冰冰地说不用了。随后他头一扭，坐到沙发上看起了书。我明白继续待下去也没有什么意义了，话说了一半就打住了。我觉得眼前这个曾经包容过我、指导过我，我曾以为是大师的人物，此刻我竟有些认不得了。我没有对他说告辞就走了，因为我害怕再看到他冷漠的眼睛。我也不敢再想下一步应该怎么办，我的心里一片空虚。

走在街上，我的脑子里忽而掠过一大堆不成形的画面，忽而又泛滥起一阵铺天盖地的潮水。我失魂落魄的样子引得路人侧目，甚至还吓跑了一个迎面而来的小孩。我稀里糊涂地走错了路，朝相反的方向走到了我不认识的地方。我搭上返程的公交车，连公交卡都忘了刷，在司机的责骂声和周围人的异样眼光中才刷了卡。车上没有座位，我站了一路。我觉得身体麻木了，简直快要支持不住，却只能靠着扶手硬撑下去。回到家以后，我衣服也没脱就瘫倒在床上。天色暗淡，我望着屋顶，感觉它变得越来越低，似乎要压到我的胸口了，我简直无法呼吸了……

但我不能放弃。我联系了不少活跃在国内舞台的演奏家，给他们寄去小涵的作品，希望他们可以演奏这些作品。令我没有想到的是，这些请求无一例外地石沉大海。我又想起了大师课上的那位钢琴家，于是给他发了电子邮件，但他十天后才回复我说他现在正忙着在海外演出，近期的行程安排得很密集。潜台词显然是他无法帮助我。

我找了我能想到的所有可以帮助我的人，但他们无一例外地对小涵的作品抱有怀疑的态度，即便是那些听了小涵的作品直觉上感应到她的才华的人，也难以下决心为了一个不相干的、已经夭折了的学生承担风险。

音乐家们的冷漠令我寒心不已。连续好几天，我滴水未进。在心灰意冷和重压之下，我病倒了，但我连去医院的心力也没有了。那几天，我晚上通宵失眠，咳嗽越来越严重，身体虚弱无比，精神濒临崩溃，我感觉自己距离那个世界越来越近了……

直到听到有人敲门，我才从迷惘的状态中清醒了一些。我颤颤巍巍地打开门，看到颜小书站在我面前，眼里露出诧异的目光，这时我才意识到我还活着。

"你怎么来了？"我有气无力地问。

"你已经两个星期没来给我上课了，一声也没有说。前几天给你打电话，你说你病了，我放心不下就过来看看。"

"对不起，我实在没有心情。"

"你现在的样子很可怕，你知道吗？"她生气地说，"生病了为什么不去医院？你这样躺着，不吃不喝，会死人的懂吗？"

"那样倒是更好。"我苦笑着说。

她环顾房间一周，看到钢琴上和书桌上都堆满了手稿和乐谱，我写的那些笔记杂乱地甩在地上。她转身说："还是为了她，对吗？我不知道她对你施了什么魔法，你要为她变成现在这个样子。"

"我不允许你这样说她。"我用微弱的力气嘶吼着，喉咙都要干了。

"你这样自暴自弃，又怎么能改变任何现状呢？我送你去医院吧。"

去医院的路上，我发烧了，身体感觉很冷，手脚不停地发抖。我对她讲述了几个月来我为了小涵的作品所做的那些徒劳的奔走。讲述的过程中，我再次陷入了深深的自责中。

"我现在问你，"她说，"你是否依然认为她的作品是有价值的？"

"有价值？"我立刻回答，"她是一个伟大的艺术家，你明白吗？她的作品都是大师级的杰作。"

"你和她的关系是否会影响你的判断呢？你的判断是不是你的一厢情愿和臆想呢？"

"不可能，绝不会的，"我用不容置疑的口气说，"正因为我了解她，所以我更能理解她的音乐。她的作品是值得后代演奏、学习的杰作，我必须让人们明白她是一个伟大的艺术家，我必须让人们明白她的过早离开是这个世界的惨痛损失。在实现这个目标之前，我永远不会停歇。如果无法实现这个目标，我永远也无法原谅自己。"

"就算你说的是事实，你为什么非得找那些钢琴家去演奏她的作品呢？难道你不能自己弹吗？"

"我是觉得有了这些大人物的认可，她的作品会被更多的人认可。"

"可是现在结果你也看到了。我觉得你可以自己来演奏她的音乐，如果没有知名钢琴家愿意演奏，那么你可以自己弹，发布到网络上。倘若那些音乐真的如你所说很有价值，迟早有一天会引起人们的关注，你不觉得吗？但在做这一切之前，你必须先养好身体。"

我在医院里待了几天后便出院了。在家休养了半个月后，我打电话给颜小书表示感谢。

"所以你现在怎么想？"

"我认真考虑了你的提议。尽管我自认为我的水平还无法完美地诠释她的作品，但眼下也唯有照你说的去做了。我觉得你说得对，应该让音乐自己来说话。"

"我还是不理解你为什么要这样折磨自己。我是说，她真的值得吗？"

"在我们这个星球上，每一分钟就有上百个人死去。也许在别人看来，小涵只是每一天离去的无数生灵里平平无奇的一个，然而我知道，小涵的离去并不会像一滴小水珠落到太平洋里那样不留痕迹。相反，有一天，整个太平洋也会为她的离去而咆哮。"

"答应我，不论最终结果怎样，不要再无谓地惩罚自己了。不要再说什么无法原谅自己的傻话了，无论如何你都应该好好地生活。一切都会过去的。"

"不，一切都不会过去。"我说，"我们经历的事，哪怕再微不足道、再不引人注目，也不会不留痕迹地过去。过去一切好的坏的事情，都会在未来的某个时刻对我们产生意想不到，甚至是决定性的影响。"

那天晚上，我靠在窗台上，久久眺望远方的街市。街上一团漆黑，一个人影也看不到，只听到树叶伴着风声簌簌地落下来，在街灯下洒下一块块暗影。河岸边隐隐亮起了跳跃不定的光，一堆篝火在暗夜里声嘶力竭地燃烧着。看着眼前这一幕，一丝咸咸的味道在我的嘴角蔓延开来，就像是海风拂过我的侧脸。

那些日子，我偶尔会在墓地前遇到颜小书。我们站在银杏树下，有时候一句话也不说，有时候也会聊几句。我谈起一个人活在这个世界上是多么可悲，她谈起小涵的音乐，说那些光影变幻的曲调里隐藏着某种说不清、道不明，却又使她心烦意乱的东西。

一个秋天，我去了小涵的墓前。墓前的那株树苗又长高了，姿影更加秀丽挺拔了。落下的叶子在地上堆得厚厚的，脚踩上去发出的沙沙的声响。

我面前有两块石碑，一块上面写着"夏悦长眠于此"，另一块上面写着"夏涵长眠于此"，除此以外，石碑上只有一些被雨水淋出的痕迹。

墓前摆放的花引起了我的注意，有一些已经枯萎，也有一些新近才放上去。更令我惊讶的是，我逗留期间又有几个人过来在墓前放下几束鲜花，花束与树林里盛开的繁花一起，呈现出一派宁静美好的气氛。我忍不住问其中一个中年女子为什么要来送花。

"你读过《叹息》吗？这是夏涵的遗作。她的文字打动了我，她和姐姐的情谊也使我很感动。我也有一个姐姐，那个年代我们家里条件不好，姐姐为了供我读书付出了很多。后来，我在她的支持下考上了大学，在城市里找到了爱人，建立了幸福的家庭，还有了自己的孩子，可是姐姐却一辈子留在乡村，不久前因病去世了。感激她的同时，我对她抱有深深的愧疚。我有一种感觉，好像我偷窃了本应该属于她的人生。尽管夏涵的人生和我迥然不同，但我在她的书里竟然体会到了许多相似的感情，有时候我甚至觉得书里的那个人是我，说出了我心里想说的话。"

于是我便明白了：这些来送花的人都是读了小涵的文字而被打动的人。使我更为触动的是，来看望小涵的人们不仅在小涵的石碑上放了花，也在夏悦的石碑上放了同样的花。两块石碑前的花连成了一条线，已经分不清彼此的界限。小涵并没有一个人独占人们的善意，这就和她在世时的为人一样。

夏悦和夏涵终于在长满长春花和风铃草的树林里团聚了。

我注视着两块石碑，这一幕景象令我百感交集。小涵的文字已经在陌生人里产生了影响，而且这种影响还将继续。那么小涵的音乐呢？它们理应而且必须发挥更大的影响。我在墓前待了整整一个下午，回去后的当晚，我坐在钢琴前开始练习小涵的作品，希望能够尽快演奏她的作品，使更多的人能够听到她所写的音乐。然而那首《流光协奏曲》必须与交响乐团合奏才能显示出它本来的面目。目前来看，要与交响乐团合奏这首协奏曲还是个遥不可及的愿望。

但是我并不着急。

从小涵的墓前回来以后，我心中多了一份信心——对小涵的音乐的信心。小涵的音乐一定会迈着磕磕绊绊的步子，踏进少数人的心田，开花结果，进而蔓延到大多数人的心里，最终成为整个民族艺术的一部分。

我期待着那一天的到来。也许不会很久，也许在我有生之年可以看到。我想起了那句话——

"不要着急。重要的是要有耐心。"